Comentarios sobre *El club soc*

"Un fresco giro a la novela sobre las amistades, graciosa, conmovedora y divertida. ¡Una ganadora"! —Jennifer Cruisie, autora de *Faking It*

"Una primera novela increíble". —*Library Journal*

"No se atreva a comparar esta novela con imitaciones de *Sex and the City*. Sí, se trata de una ligera lectura de playa, pero las mujeres son lo bastante listas, sencillas y desenfrenadas como para hacer que usted olvide untarse crema contra el sol". —*Entertainment Weekly*

"La sensación de pasar una noche de juerga con las chicas . . . encantadora . . . innegablemente divertida". —*Miami Herald*

"Esta vivaz primera novela . . . se lee como una versión hispana de *Waiting to Exhale*". —*New York*

also by alisa valdés-rodríguez

El club social de las chicas temerarias

JUGANDO con CHICOS

alisa valdés-rodríguez
traducción de Daína Chaviano

St. Martin's Press ⚑ New York

Este libro está dedicado a la maravillosa actriz Mara Holguín, quien me enseñó
que nunca somos demasiado viejos para hacer nuevas amistades, y a la brillante
Elsa Menéndez, que me hizo comprender que siempre había tenido a una aniga
junto a mí. (Gracias, Faustino, donde quiera que estés, por reunir de nuevo a
todas las chicas de Albuquerque).

www.stmartins.com

ISBN 0-312-33522-9
EAN 978-0312-33522-9

First Edition: November 2004

10   9   8   7   6   5   4   3   2   1

Agradecimientos

Gracias nuevamente a mi esposo Patrick, por dejar de lado su propia escritura para que yo pudiera diseminar la mía por todo el mundo. Y gracias a nuestro hijo, Alexander, por ser más listo que sus dos padres juntos. Gracias a mi padre, por todo. Y a Leslie, por creer en mí y luchar por mí. Gracias a Stephanie por venderme por todo el mundo, y a Ron por promoverme en Hollywood. Por último, gracias a Elizabeth Beier y a toda la gente de St. Martin's Press por su incondicional apoyo, paciencia y buen humor.

Otoño

El encanto surge de lo inesperado.
—José Martí

ALEXIS

En ciertos momentos me he sentido tan orgullosa de ser mexicana que he llorado hasta que el maquillaje se me arruinó . . . como cuando Vicente Fernández cantó "Cielito lindo" para la Convención Nacional Republicana del año 2000. Pero *esta* vez, querida, no se trataba de uno de esos momentos.

Me encontraba sola en medio de una multitud elegante, durante un cóctel privado que se celebraba en la terraza del museo Getty de Los Ángeles, fingiendo interés en un cuadrado de atún crudo que se hallaba sobre una bandeja de plata. Parecía un dado rojo, húmedo y tembloroso. ¿Estaría muerto? Lo pinché con mi sofisticado mondadientes para estar segura.

—Es sólo gelatina, corazón—me susurré a mí misma, mientras cerraba los ojos y lo engullía. Pero no se parecía en nada a la gelatina, a menos que hubieran sacado un nuevo producto con sabor "ligeramente acre" que desconocía. Lo que yo necesitaba era un bistec bien cocido. Menuda ilusión.

De pronto, el parloteo disminuyó y todas las miradas se volvieron hacia una entrada, mientras yo contenía el aliento y rogaba a Dios que me diera paciencia.

Uno tras otro, los miembros de Los Chimpancés del Norte—la banda de música norteña que yo había terminado representando (explícame cómo, Dios mío)—entraron a la terraza, pavoneándose en fila india, vestidos con unos trajes de vaquero en los que parecía haberse vomitado un papagayo.

Les había rogado que vistieran de Armani. Armani negro. Como siempre, me ignoraron. Instintivamente acaricié las perlitas rosadas que llevaba en torno al cuello, y alisé con mis manos los costados del vestido de cóctel Ann Taylor, talla 14, al que yo consideraba "mi negrito", pero que según los patrones de L.A. era más bien un "negrote".

Escuché la exclamación de una mujer a mis espaldas: "¿De qué van vestidos?" Un hombre la tranquilizó, diciendo: "Me parece que se han inclinado por un *kitsch* posmoderno". Me hubiera gustado contradecirlo. Piensan que están muy elegantes, y existe un gran porcentaje de personas en todo un país—el país de origen de mis ancestros—que está de acuerdo. Yo no me hallaba dentro de ese porcentaje, pero yo había sido educada en Texas, no en México.

Las chaquetas con flecos verde limón no son para todos; tampoco los pantalones Wrangler de color plátano amarillo, ajustados como el pellejo de una salchicha. Un sombrero blanco de vaquero se ve muy bien en Toby Keith. ¿Pero doce de ellos en fila, embutidos en unas grasientas melenas mexicanas, en medio de un museo moderno? Santo Dios. ¿Y quién hubiera pensado que veinticuatro pares de botas granates, con dibujos de piel de serpiente, podrían lucir tan mal cuando se alineaban como si fueran las teclas del piano del propio Satanás?

Estábamos ahí esa tarde, disfrutando de una exclusiva fiesta privada en los jardines de este museo: una obra maestra modernista y curvilínea que se alza en las colinas levemente brumosas de Los Ángeles. Era una celebración. ¿Qué estábamos celebrando? Pues el hecho de que Los Chimpancés del Norte acababan de donar cinco millones de dólares al Centro de Estudios Chicanos de la Universidad de Los Ángeles, en California, para el estudio de esa música con ritmo de feria circense, antes olvidada, típica de la frontera mexico-americana, y que era igual a la que ellos mismos habían infligido al público durante los últimos veinte años.

Yo era una muchacha nacida y educada en Dallas, armada con un arsenal de títulos—sí, corazón, Licenciatura y Maestría en Artes, otorgados por la Universidad Metodista Sureña (SMU)—, pero intentaba convertirme en una chica de California, con resultados ambiguos. Vine a este infierno de ciudad porque pensé que era vergonzoso que en un sitio donde las tres principales estaciones radiales de FM *tocaban música mexicana*, las grandes compañías de relaciones públicas siguieran indiferentes al talento y la riqueza de los hispanohablantes en Estados Unidos. Fui la primera en ofrecer a artistas como Los Chimpas una publicidad al estilo *americano*, incluyendo comunicados de prensa profesionales, llamadas telefónicas y almuerzos . . . Todo lo contrario de la publicidad al estilo mexicano, que usualmente se dedicaba a comprar a los reporteros con cocaína o vacaciones en una isla.

Mis clientes en Tower Entertainment, la firma con sede en Whittier para la que trabajaba, habían aparecido en el *Tonight Show*, en *60 Minutes* y en *The New York Times*, algo que me había impresionado a *mí*, pero rara vez a mis clientes. Como solía decirles a los periodistas, Estados Unidos estaba cambiando . . . y rápido. Ahora se vendían más tortillas que roscas. Los americanos consumían ahora más salsa picante que *catsup*. Los supermercados Wal-Mart ofrecían plátanos, yuca y productos Goya. La marca Kraft había inventado algo que llamaban "mayonesa", hecha a base de limón y mayonesa mexicana. ¿Por qué? No porque fueran buena gente, sino porque *tenían que hacerlo*. Las principales estaciones de onda corta en Nueva York, Los Ángeles y Chicago transmitían en español, y Estados Unidos se había convertido en el cuarto país con el mayor número de hispanohablantes en el mundo. Ahora bien, yo era una de esas afortunadas que había vivido mucho tiempo en un Estados Unidos donde se hablaba el español y el inglés con igual soltura. Saltaba con facilidad del pésimo humor de *Sábado Gigante* al pésimo humor de las series del canal WB. Algunos académicos, como mis profesores de la Universidad Metodista Sureña, llamaban "biculturales" a personas como yo. Pero yo prefería que nos llamaran *americanos*, porque los latinos estamos a punto de convertirnos en la cuarta parte de la población de este país.

Por supuesto, a la mayoría de la gente en esta fiesta no le importaba esto. Sólo le importaba que había un grupo "latino" en Los Ángeles con mucho dinero . . . un grupo del que jamás habían oído hablar hasta que el *L.A. Times* escribió un artículo sobre la donación. Todos conocían las estadísticas sobre la creciente población hispana, y querían conectarse con nosotros por razones económicas. Así es que vinieron. Pero no tenían idea de lo que encontrarían cuando vieran a mis chicos. *¿Mis* chicos? Bueno, los llamaba míos, pero en realidad era yo quien le pertenecía a ellos: yo era *su* representante, *su* agente, *su* publicista, *su* chivo expiatorio.

Cinco millones de dólares era el tipo de regalo que las escuelas americanas solían recibir de benefactores no hispanos, cuyos apellidos se leían con entonación suave y monótona al final de los programas de la radio y la televisión públicas. Y una fiesta privada en el Getty era el tipo de acontecimiento elegante al que la gente acudía con vestidos de cóctel y corbatas de lacito.

En otras palabras, para mi mentalidad universitaria resultaba espantosa la imagen de Los Chimpas enfundados en sus estrafalarios atuendos, que les semejaban a toscos y escandalosos campesinos de Chihuahua. Yo sabía, por supuesto, que Los Chimpas se habían ganado sus millones (sí, millones) tocando la música de los "trabajadores" en todos los rodeos, desde Zacatecas hasta Whittier, y que también, alabados fueran, no lo olvidaban aunque habían amasado una fortuna suficiente para olvidar lo que les viniera en gana. Tal vez aquellas vestimentas idiotas fueran una declaración de principios sobre este hecho. O bien era eso, o sencillamente no tenían la menor idea de nada.

Por eso, aunque estaba orgullosa de que mis chicos pudieran donar el dinero suficiente como para atraer a toda la plana mayor de esta ciudad llena de temblores y sobresaltos—y debería añadir, para mantenerme a mí y a mi morbosa pasión por las carteras—, también era una distinguida mujer de veintinueve años, cuya adorable mamá había trabajado casi hasta la muerte vendiendo productos Avon para darme la clase de vida que ella siempre quiso: una vida en la que ganara mucho dinero, donde nadie pudiera pensar que yo era una tonta sin credenciales, donde supiera en qué parte de la mesa había que colocar la canasta del pan; como habría sido mi mamá si *sus* padres—mis queridos, pero excéntricos y atrasados abuelita y abuelito López—no hubieran pertenecido a esa primera generación de mexicanos tradicionales que decían cosas como "sólo las mujeres fáciles van a la universidad" y "no platiques tanto ni te hagas la viva, que a ningún hombre le gusta una mujer así".

Yo había tenido la idea de donar algunos "centavitos chimpas", como llamaba a la jugosa donación a UCLA, sugiriendo este regalo académico para aumentar la visibilidad del grupo entre los americanos y, de paso, dar más relieve a todos los mexicanos y mexicoamericanos aquí, lo cual, en última instancia, también podría contribuir a mejorar mi vida. Y quizá si los traficantes de influencias comenzaran a notar que los mexicanos teníamos dinero—dinero de verdad—, y no sólo tijeras de podar y cepillos para limpiar inodoros, podrían comenzar a producir películas donde *el mexicano* fuera una persona y no un *arma*, y donde *Hidalgo* fuera un ser humano, en vez de un apestoso (aunque valiente) *caballo*. Era una posibilidad muy remota; pero, en mi humilde opinión, todo lo que valía la pena resultaba difícil, y en Hollywood había muchas cosas que estaban por hacerse, amén.

—¡Órale, Alexis!—gritó Filoberto, el director de la banda, que me estaba espiando. Sus labios se separaron para revelar un tablero de dientes amarillos y dorados, uno o dos de ellos manchados con lo que parecía ser un delineador de cejas marrón. Lentamente levantó una mano y enseguida la bajó de golpe en dirección al piso, como si una cucaracha hubiera aterrizado allí y quisiera espantarla. Ése era el *mero mero* gesto con que Filoberto decía "Aquí llegó el machazo, ajúa, amén".

Me apresuré a saludar a mi banda.

—Filoberto—dije, besándolo en la mejilla como era nuestra costumbre y sintiendo su olor a sudor—. Hola, querido.

Me le acerqué y le susurré al oído:

—¿No iban a usar los trajes Armani?

—Pues, no—replicó Filoberto.

Sus dos manos bucearon en su entrepierna, y yo me replegué. No quería mirar, pero lo hice. Agarró y sacudió de arriba abajo la enorme hebilla de su cinturón, y algunos de Los Chimpas hicieron lo mismo, en lo que pareció ser un extraño círculo de idiotas. Sentí alivio. Por un momento temí que Filoberto fuera a "sacarla", como había hecho el mes pasado detrás del escenario cuando le sugerí que fuera amable con una reportera. "¿Quién es el hombre aquí?", había preguntado mientras "aquello" se asomaba como una desinflada babosa tuerta.

Por lo general, las hebillas de los cinturones son una buena idea. Impiden que se caigan los pantalones y sostienen el cinturón. Son útiles. Pero cuando tienen el tamaño de una fuente de ensalada y llevan incrustaciones de brillantes piedras rojas, verdes y blancas, imitando la forma de una bandera mexicana, no sé, se me antoja que el asunto cobra un aire imperdonablemente Liberace. Sobre todo cuando se hunden en una barriga enorme. Observé a toda la fila de Chimpas. Todos tenían una.

—¿Por qué?—susurré a Filoberto.

Filoberto me miró con dureza.

—Mira—me dijo en el perfecto inglés que a menudo pretendía no hablar.

Los Chimpas eran de Sacramento, California, pero pretendían ser de Sinaloa.

—Los *mexicanos* nos dieron el dinero que donamos a la escuela. Les debemos nuestra carrera a los *mexicanos*. Nosotros somos *mexicanos*. Y no vamos a vestirnos como gringos sólo para que tus "finos" amiguitos se sientan cómodos.

¿Finos? Era bueno ver a Filoberto no sólo hablando inglés, sino mejorándolo.

—No les pedí que se vistieran como gringos—repliqué, replegándome ante su comentario racial. Mi padrastro era gringo y el hombre más bueno del mundo—. Les pedí que vistieran trajes *Armani*.

—Y yo voy a pedirte que te vayas a la mierda—susurró en mi oído—, porque ésta es mi banda y aquí hacemos lo que yo mando, ¿entiendes?

—Muy bien—dije, sonriendo una vez más—. Entiendo. Es tu derecho y yo lo respeto. Espero no haberte ofendido. Buena suerte esta noche.

Comencé a alejarme. Eso era lo mejor en presencia de la ira: replegarse, calmarse y luego hablar.

—No somos nosotros los que necesitamos cambiar—continuó diciendo Filoberto, mientras señalaba a la multitud—. Son ellos.

Bla, bla, bla . . . Filoberto seguía pensando que aún estábamos en la batalla del Álamo.

—Tienes razón—mentí—. Estoy orgullosa de ti. Acaba con ellos, queridito.

Mucha de la élite reunida allí no parecía saber bien cómo lidiar con Los Chimpas, y parecían estar buscando la expresión facial adecuada. La condescendencia no funcionaba, pero tampoco la amable curiosidad. La mayoría, que desconocía el mundo de la canción norteña—gente que había venido, supongo, esperando encontrar un grupo de salsa—, observaba boquiabierta a Los Chimpas. Diablos, yo también los observaba boquiabierta. Pero ¿por qué no iba a traerlos al Getty? Después de todo, vivían en Estados Unidos, pagaban sus impuestos en Estados Unidos, y ganaban tanto dinero como otras muchas celebridades del *pop* norteamericano, aunque *Rolling Stones*, *Spin* y el resto de la crítica musical en el país, los ignorara con insistencia enfermiza.

Con alivio, vi que tres representantes de la UCLA surgían del interior del museo y caminaban hacia nosotros en sus trajes de tres piezas. Al menos, ellos sabían cómo vestirse. El más guapo, Samuel Reyes, se las arreglaba para ser bien parecido aunque se estaba quedando calvo. Me sonrió y sentí que mi pulso se aceleraba.

Cuando la gente de le universidad se acercó, me adelanté y pasé junto a Filoberto para ser la primera en saludarlos. Escuché que Filoberto suspiraba a mis espaldas, consternado una vez más de que yo me creyera con derecho a llevar los pantalones.

—Samuel—lo saludé con una gran sonrisa.

Le di la mano, estrechándosela con autoridad. Él la retuvo más tiempo del necesario y buscó mi mirada.

—Se ven de maravilla—dijo—. Tienen valor.

—Sí, lo tienen. Y éste es un evento maravilloso. Has hecho un gran trabajo.

Samuel asintió, de acuerdo conmigo en que él era maravilloso. Un verdadero tejano habría devuelto el elogio. Pero, Toto, ya no estábamos en Texas.

Mientras la gente de la universidad se mezclaba con Los Chimpas y se preparaba para presentar el galardón, yo me fui a chismorrear. Después de recolectar algunas tarjetas de negocios para uso posterior—sí, tenía la esperanza de escapar algún día del mundo de Los Chimpas—, me aparté para observarlos. Ojalá no lo hubiera hecho.

Primero, una reconocida dama de sociedad de Pacific Palisades y su esposo se acercaron tímidamente a Filoberto para presentarse. Filoberto sólo hizo contacto visual con el hombre, aunque fue la mujer quien habló.

—Mucho gusto en conocerlo—dijo ella—. Felicidades.

Filoberto notó sus enormes pechos flotantes, que eran un perfecto par de medias toronjas quirúrgicamente fabricadas, como otras muchas en el sur de California.

—Mucho gusto en conocerla—le dijo con lascivia.

Luego se volvió al marido, añadiendo un "¡Felicitaciones!" con una risita sugerente.

La pareja se alejó con rapidez para inspeccionar una escultura.

Cuando me aproximaba a Filoberto para darle una rápida lección de etiqueta, una camarera alta y preciosa atravesó la fila de Chimpas con una bandeja de camarones. Filoberto le dio una nalgada. Ese hombre necesitaba mucho más que lecciones de etiqueta. Y yo necesitaba otro trabajo.

Los dados de atún pasaron junto a mí de nuevo, pero, aunque estaba hambrienta, no me animé a tomarlos. No pude. Una vez era suficiente. Verán, en el fondo de mi corazón saturado en grasa, yo era una chica de bistec y papas fritas a la que no le gustaba el ejercicio, a menos que incluyera un hombre en mi cama. Era cristiana y furiosamente republicana, tal como mami y papi me habían criado. Ya podrán *imaginarse* lo lejos que me había llevado eso en esta ciudad de los mil demonios, donde todos querían pasar su tiempo libre haciendo yoga, ofreciéndose como voluntarios para las causas liberales o convenciendo al resto de nosotros para que nos uniéramos a ellos. Ah, y tenía el pecho plano . . . un crimen en el sur de California.

Como iba diciendo: a chacharear. Avancé con aire seguro hacia un grupito de personas hermosas y me colé entre todos.

—Hola—dije, adelantando mi mano hacia el rostro más cordial—. Soy Alexis López, la representante del grupo que estamos homenajeando esta noche. Gracias por venir.

Los guionistas, los actores y el único presentador para MTV del grupo me dieron la mano. Me mantuve con mis pies abiertos en un ángulo de noventa grados, en la tercera posición de ballet, porque apuntarlos directamente hacia el sujeto con el que uno hablaba significaba que me había comprometido con él, y no hay nada peor para "trabajar" un salón que comprometerse con una sola persona o grupo.

Yo tenía amigos. Cierto, la mayoría estaba en Dallas, pero los tenía. Yo no venía a estas recepciones a hacer amigos, sino a hacer contactos. Tomé las tarjetas de todos, incluyendo la del presentador.

Después de escucharlos quejarse y chismear durante tres minutos, fingí que había visto a un conocido. Era hora de seguir.

—Fue un gusto conocerlos—dije, abriendo mi estuche de tarjetas y actuando como si trabajara en una mesa de naipes en Las Vegas—. Gracias de nuevo.

Me alejé con la desagradable impresión de que alguien me seguía.

—¿Esos cretinos son tuyos?

La voz femenina resonó sombría, junto a mi oído, y percibí en mi nuca los tonos tintos de su aliento perfumado con vino, que se confundía con un aroma oscuro y almizclado. Conocía esa voz. Tenía una memoria auditiva perfecta.

Me volví para toparme con la esbelta y delgada camarera que Filoberto había manoseado. Vestida con una blusa blanca muy ajustada (bueno, para ser sincera, se *pegaba* a sus pechos como si llevara globos llenos de agua en el sostén) y pantalones negros, tenía una larga y brillante cabellera, con reflejos en oro y miel que descendían ondulando hasta la mitad de su espalda. Hermosos pendientes de oro, en los que reconocí un diseño de 550 dólares perteneciente a Paloma Picasso (también tenía un sentido perfecto para reconocer los precios), brillaban en sus lóbulos, y me avergoncé de preguntarme cómo una camarera podía permitirse algo así. Medía seis pies de altura, pero seguramente pesaba unas 130 libras. También tenía un sentido perfecto del peso. Sus ojos, de un azul eléctrico, se movieron con viveza y una especie de rabia controlada. Antes de hablar, la piel dorada de sus mejillas enrojeció. Era ese tipo de mujer que no podías dejar de mirar, aunque quisieras, porque te recordaba lo delgada y hermosa que jamás podrías ser sin una intervención quirúrgica o divina.

—¿Te refieres a los muchachos de la banda?—pregunté.

Asintió.

Le eché una mirada a Filoberto. Había alzado su corpachón sobre el pequeño escenario, separando sus pies como un caballete. Era la postura que adoptaba cuando estaba a punto de cantar. No era el momento, pero a Filoberto no le importaba. Sin un micrófono, comenzó a cantar a grito pelado algunos compases de su cancioncilla favorita: "El rey", de José Alfredo Jiménez.

—*Yo sé bien que estoy afuera*—comenzó.

Le eché un rápido vistazo a los rostros del salón y me di cuenta de que, para ellos, Filoberto era poco más que un pintoresco mariachi de restaurante, mientras que él se creía el rey de México.

—Sí, son míos—suspiré, pensando, "para bien y para mal . . . sobre todo, para mal."

—Muy bien—su voz densa era tan familiar como su rostro. Frunció el ceño y colocó una mano firme sobre mi hombro—. Dile al gordo ése que no vuelva a ponerme sus jodidas manos encima, a menos que quiera tragarse sus huevos. *Enteros.*

Filoberto cantaba:

—*Con dinero y sin dinero, hago siempre lo que quiero . . .*

—Lo siento—le dije a la camarera—. Es un poco . . .

Busqué la palabra adecuada y sonreí con tanta energía, y tan forzadamente, que mi rostro se contrajo. Como decía mi madre, uno hace cosas por su trabajo que nunca haría en la vida real.

—Es un poco anticuado.

La camarera se rió en mi cara como si le hubiera contado una flagrante mentira y sacudió su espléndida cabellera. De pronto me di cuenta de que en aquella fiesta llena de gente hermosa, ella, con su enorme pecho y su vientre liso (dicho sea de paso, yo era exactamente lo opuesto), era probablemente la más hermosa.

—Es más bien un poco cretino—me corrigió—. Y si no te ocupas del asunto, me ocuparé yo misma.—Cerró un puño antes de golpearlo contra la palma de su otra mano—. Soy cinta negra en karate, niña.

Su modo de sonreír me resultaba extremadamente familiar.

—¿No nos hemos visto antes?—le pregunté.

Sus grandes ojos se contrajeron mientras me estudiaba, apoyando un dedo de cuidada manicura en el mohín de sus labios llenos. Finalmente sacudió la cabeza.

—¿Fuiste a Cate?—preguntó.

—¿Adónde?

—A la escuela Cate, en Santa Bárbara. Pero si tienes que preguntar, la respuesta es no.

Me miró de arriba abajo.

—No—dijo—. Nunca nos hemos visto.

—Entonces te pido disculpas—dije, tristemente consciente de mis labios estrechos y mi doble papada.

Parecía como si la camarera tuviera coronas de porcelana en sus dientes; a mil dólares por diente, me pregunté otra vez, cómo era posible. Recordé la primera vez que fui a hacerme una manicura en Los Ángeles, cuando la manicurista vietnamita me dijo asombrada que yo era "bonita, pero una bonita gordita y natural", como si esto fuera una rareza. En Los Ángeles, hasta la servidumbre había invertido en cirugía cosmética.

—Creí que te conocía de algún sitio.

Pareció relajarse y bajó la voz, como haría alguien que va a decir algo no muy apropiado para la ocasión, en el mismo tono conspirativo y gozoso que solían usar mis amigas en Dallas. ¡Cómo las extrañaba!

—¿Alguna vez ves novelas?

Asentí.

Se refería a uno de esos culebrones en español que pasaban todas las noches por los canales de Univision o Telemundo. Si tu familia era de West Dallas, como la mía, era poco probable que hubieras escapado a la experiencia mientras crecías, sobre todo si tenías a una abuela como abuelita López, que vivía para el melodrama y los finales felices.

—¡Eso es!—exclamé—. ¡Tú hiciste la campesina analfabeta que se enamoraba de Fernando Colunga en *Sus raíces*!

Sus raíces había sido la única novela que yo había seguido religiosamente, como si se tratara de una droga, con mis amigas de la universidad; y esta preciosa camarera no sólo había sido una actriz hermosa, sino muy buena, a la que habíamos envidiado y admirado. Incluso había comprado un ejemplar de esa revistucha en español, *TV y Novelas*, cuando ella apareció en la portada, y recordaba cómo me había sorprendido al saber que esa actriz, que hablaba un perfecto español, en realidad era mitad dominicana y mitad francesa, nacida y criada en Santa Bárbara, California. Y de familia rica. Eso explicaba los dientes, los pendientes y, posiblemente, los senos. Pero ¿por qué estaba trabajando *aquí*?

La agarré de un brazo y escuché mi propia voz llena de emoción.

—¡Dios mío! ¡Eres Marcella Gauthier Bosch!

Recordaba su nombre, aunque ya habían pasado casi diez años desde que saliera el programa. Calculé que posiblemente tendría unos treinta años. También recordé haber leído en algún sitio que ella había expresado su deseo de dejar la televisión en español para trabajar en Hollywood. Había dejado de hacer telenovelas más o menos en la misma época que Salma Hayek, pero al parecer no había navegado con la misma suerte.

—¿No ibas a actuar en inglés?

Me sentí extrañamente deslumbrada, y un poco avergonzada y confundida, de ver a esta mujer sirviendo cócteles. No estaba bien. Ella sintió, confirmando el hecho de que era la actriz que yo creía.

—Ajá—dijo—. Pero me niego a hacer de mucama con acento hispano o de puta drogadicta, así es que estoy tomándome mi tiempo para encontrar el papel perfecto.

Echó una mirada inquieta sobre su hombro. Un tipo alto, de semblante severo, con pantalones negros y camisa blanca, se hallaba detrás del bar, dando golpecitos a su reloj en dirección a ella. Se parecía a Moby.

—Sí, ya va, pedazo de esfínter inútil—susurró por lo bajo. Luego añadió, dirigiéndose a mí—: por favor, pídele a ese asqueroso corrido de chimpancé que me deje en paz, o se las verá conmigo. Así y así.

Agitó las manos frente a su rostro, mientras dejaba escapar un gritito de karate que me hizo pensar en Angelina Jolie. En realidad, se parecía a Angelina. A ella y a Carmen Electra.

—¡Espera!—le grité, mientras se alejaba dando una patada, demasiado atractiva y furiosa con su trabajo. No lo dije, pero pensé: "¿Qué demonios haces sirviendo cócteles?".

Me pregunté, no sin interés personal, si tendría un buen agente. Noté que más de un invitado, hombres en particular, la observaban con fijeza. En una ciudad como Los Ángeles, donde posiblemente existiera la mayor cantidad de gente hermosa per cápita del mundo, era un inmenso logro conseguir que la gente volviera la cabeza para mirarte. Sabía que L.A. podía ser brutal, pero al ver la evidente caída de Marcella Gauthier Bosch, me dieron ganas de llorar.

En el escenario situado a un extremo de la terraza, un micrófono soltó un chirrido mientras la plana mayor de la UCLA se preparaba para entregar a Los Chimpas una especie de placa y responder preguntas de la prensa. La banda debía estar allá arriba, junto con la gente de la universidad, alineada para una amistosa foto de grupo, pero sus miembros se hallaban dispersos por la terraza, ocupados en cosas como arrojar centavos a una fuente que, en realidad, era una escultura que no debía tocarse. Intercepté a Filoberto en el instante en que volvía a acercarse a Marcella Gauthier Bosch, relamiéndose los labios.

—No toques a las camareras y no les hables—le dije—. Necesitas subirte al escenario y hablar sobre lo emocionante que resulta todo esto para ustedes, cuán honrados se sienten, la importancia de la educación para los tuyos, etcétera. ¿Te acuerdas de lo que hablamos?

—No me digas lo que tengo que hacer—replicó con aliento etílico—. Haz tu trabajo, que yo haré el mío.

Sus ojos no se separaban del encantador cuerpo de Marcella, mientras ella se movía hacia uno y otro lado con la bandeja, con una mezcla de esperanza y rabia en la mirada. Realmente odiaba a las mujeres con vientres planos y tetas grandes. De *veras*. Espero que Dios me perdone. La envidia es algo muy feo.

—Por favor—le pedí—. Esto no es un club de bailarinas desnudas. Es un museo. Actúa como un caballero, por favor. Todo el mundo está aquí. El *Times*, el *New Yorker*. Todos.

Filoberto, desbocado ante el hecho de que su riqueza y poder fueran homenajeados por un grupo de gringos, pareció sentirse invencible y se zafó de mis garras, avanzando hacia su objetivo, que no era otro que encontrar y acariciar a Marcella.

—Hazme caso—le dije, tirando de sus flequillos verdes—, habrá otras muchas mujeres en tu vida.

—Me vale madre—dijo sin misericordia—. Quiero esa buenota.

En otras palabras, que le importaba un rábano lo demás.

Pensé con desespero.

—Está embarazada—mentí en un español susurrante y audible. Su expresión se transformó en miedo al instante. Coloqué una mano amistosa en su antebrazo, como si fuera una hermana ofreciéndole un compasivo consejo—. La conozco, y . . . —Pensé de nuevo—. Y creo que está enferma, amorcito. Por eso está tan delgada. Te mereces algo mejor. Sólo estoy cuidándote.

Filoberto hizo una mueca, que pensé iba muy bien con la subsiguiente rascada de entrepierna y su exclamación de "Ni modo", y dejó de perseguir a Marcella.

Sí, señor, hubo momentos en los que me sentí orgullosa de representar a esta banda . . . pero éste no era uno de ellos. No sabía si sentirme orgullosa de mí misma por calmar la situación, o avergonzada hasta los huesos por mentir. Pero Los Ángeles era una fábrica de decir mentiras, y mientras más vivía aquí, las mentiras—como el asma o las cafeterías Starbucks—cobraban mayor fuerza.

Arrastré a Filoberto hacia el escenario y lo dejé al cuidado del apuesto Samuel. El profesor se hallaba junto a una mujer bonita y pequeña, de unos cinco pies de altura, con intensos ojos negros y cabellos brillantes que rozaban sus hombros, salpicados con algunas hebras de blanco y cortado al descuido, sin ningún estilo en particular, como si ella mismo lo hubiera hecho con unas tijeras de podar mientras escuchaba distraída la radio.

—Alexis—dijo Samuel—, quiero presentarte a mi esposa Olivia.

Demonios. ¿Estaba casado? Había esperado que no lo fuera, y me sentí un poco sorprendida, dada la desvergonzada manera en que el muchacho había flirteado conmigo. O por lo menos, creí que había estado flirteando. Pero ése era uno de mis problemas. Nunca entendía a los hombres. Creía que estaban interesados en mí cuando lo único que les interesaba era un emparedado. Y en más de una ocasión había ignorado a un tipo maravilloso que me amaba porque no creía que alguien así pudiera amar a una mujer como yo. En esta ciudad, todos los hombres que valían la pena estaban casados o eran gays, por lo cual yo estaba saliendo con un periodista fracasado, llamado Daniel, que tendría que haber estado aquí conmigo de no haber tenido una asignación urgente de última hora para cubrir un tiroteo relacionado con el mundo del *rap*. No debería haberme sentido aliviada de que Daniel se hallara en otro sitio, especialmente en un sitio con violencia, pero así era. Tenía casi cuarenta años, y usaba sus amplios *jeans* tan bajos que podías ver sus calzoncillos Fubu. Lo peor era que él creía estar en la onda. En una época pensé que lograría mejorarlo, pero últimamente parecía que eso no iba a suceder.

Olivia extendió su mano para estrechar la mía y su vigor me impresionó. Para ser una mujer tan menuda y frágil, tenía fuerza. Hasta los tendones de su antebrazo parecían musculosos, como si nunca hubiera comido grasa y corriera en los maratones para divertirse, como Gandhi. Samuel se llevó a Filoberto hacia un rincón y comenzó a aleccionarlo para la conferencia de prensa. Yo me quedé con su esposa.

La mujer se encorvó, encogiéndose como si temiera algo. ¿Sería a mí? ¿Me tendría realmente miedo? Qué tonta. Se aferró con sus dos manos a la húmeda copa de vino y bebió con cuidado, entrecerrando sus ojos y observando el entorno, con lo que juzgué era una expresión de placentera crítica salpicada de paranoia.

Vestía un sencillo vestido negro de punto, con una falda demasiado larga, que habría sido perfecta para una maestra mormona y que parecía haber conocido mejores tiempos. Su bisutería de plata manchada necesitaba un lustre. Sus zapatos azul marino estaban gastados y polvorientos, y no hacían juego con el vestido; se movía incómoda en ellos, como si estuviera más acostumbrada a usar botas o zapatos para correr. O ningún tipo de zapatos. No llevaba medias, y un par de horribles vellos negros se asomaban en el empeine de sus pies. ¿Es que nunca había oído hablar de la cera caliente? ¿De cremas para depilar? ¿De una cuchilla? Algo. Su cartera se parecía a la de mi abuela, comprada en un Wal-Mart o un Target, hecha con una especie de tejido de malla, forrada con *nylon* abajo. En la agarradera llevaba pegados una decena de distintivos con mensajes políticos de izquierda, en español e inglés, al estilo del Sindicato de Granjeros y de Frida Kahlo, que tanto había visto desde que me mudara para acá, y una insignia especialmente desconcertante que parecía una etiqueta de la campaña Bush/Cheney, pero que en lugar de '*Cheney*' decía '*Chupa*'. ¡Qué desvergüenza!

Sin embargo, Olivia irradiaba inteligencia y una intangible aura de gracia, casi como mecanismos de defensa, al parecer en proporción inversa a su gastado vestuario. Debía de ser consciente de la cantidad de trajes elegantes que había en el salón, y del hecho de que ella no llevara uno así. Pese a sus principios políticos, y quizás debido a mi enorme capacidad de piedad, sentí una instintiva simpatía hacia ella. Mi mamá siempre me acusó de "coleccionar desastres", refiriéndose a que, de todas mis condiscípulas latinas, yo era la más propensa a entablar amistad con los desamparados y los drogadictos que conocíamos durante los proyectos sociales, la más propensa a andar con gente necesitada, la más propensa a querer adoptar a un niño, previendo la posibilidad de que no lograra tener uno, lo cual, dadas las recientes circunstancias, era mucho más que probable. La pequeña Olivia parecía un poco desamparada, y yo deseaba aliviar su sufrimiento de algún modo.

—¿Así que estás casada con Samuel, eh?—pregunté.

Era una pregunta idiota, pero no sabía qué otra cosa decir. Evidentemente no podía hablar de *modas*. Apenas pensé esto, me detuve, porque se trataba de un pensamiento *nada* amable, y yo había sido educada para ser amable. Que sea Dios quien juzgue, me dije, pero no siempre era fácil.

—Es muy buena persona—dije, refiriéndome a Samuel—. Me ha ayudado mucho.

También me había imaginado lo bueno que sería en la cama, pero no lo mencioné.

—Desde hace diez años—dijo ella, con una sonrisa más triste de la que yo hubiera imaginado que debía acompañar un anuncio tan bueno. Su inglés estaba teñido de un ligero acento castellano. Suspiró—. Hemos estado juntos durante mucho tiempo.

—¿También perteneces a la universidad?—pregunté, asumiendo que la respuesta sería afirmativa, dados sus zapatos y la horrible colección de distintivos.

Ella sacudió su cabeza y bebió del vino con un sorbido audible, replegándose aún más en la estrecha armazón de sus hombros.

—Fui redactora técnica para una revista de medicina, pero dejé mi trabajo cuando nació nuestro hijo Jack. Tiene dos años.—Finalmente me miró a los ojos y sonrió, recordando a su hijo. Por eso me caía bien, pensé. Es una buena madre—. No creo en niñeras, ni en centros infantiles.

Me gustó eso también. Yo nunca contrataría una niñera. Nunca. Bueno, quizás si me veía obligada.

Echó una ojeada a mi mano izquierda, e hizo una pregunta cuya respuesta se desprendía de la propia desnudez de mi dedo anular.

—¿Estás casada?

—No—contesté, y me guardé los pensamientos que siguieron: "Estoy llegando a los treinta y todavía no encuentro a un hombre que pueda aguantarme. Nunca tendré hijos, a menos que sea mediante una intervención quirúrgica. Estoy pensando que el mejor remedio para todo esto sería adoptar trescientos gatos, uno por cada libra que espero aumentar pronto, porque no puedo dejar de arrojar helado de galletitas en mi enorme buche, gracias a mi justificado y creciente miedo de quedarme soltera para siempre, amén."

—Suerte que tienes—bromeó ella, aunque no le vi la gracia. ¿Qué había de malo en estar casada?

—¿Te gusta quedarte en casa?—le pregunté.

—Me encanta—respondió ella, con un dejo de fingida felicidad—. De veras me encanta. Adoro a mi hijo.

Sonaba como si intentara convencerse a sí misma.

—Qué bueno.

—Así es que representas la banda.

—Ajá.

—Son muy buenos. Realmente se conectan con la gente.—Parecía como si de verdad le *gustaran* Los Chimpas, o los admirara, o se sintiera orgullosa de ellos—. ¿Qué te parece tu trabajo?

Que yo recordara, era la primera vez que alguien en Los Ángeles me hacía una pregunta tan personal, sencilla y directa. Le contesté honestamente, hablándole de mi sueño de tener algún día mi propia agencia de talentos y terminar con Los Chimpas.

—Vaya—sus ojos se iluminaron con sorpresa—, ya veo que todos tenemos sueños.

—¿Cuál es el tuyo?

Habíamos comenzado a susurrar porque los hombres ya se acercaban al micrófono.

—Quiero escribir el guión de una película.

Miró con fijeza sus pies sin afeitar y se sonrojó.

—Qué maravilla. —Traté de mostrarme entusiasmada.

Todas las personas que conocía en L.A., desde los barman hasta las chicas que vendían cosméticos, decían ser guionistas o actores, pero en el caso de Olivia no parecía que el ego jugara papel alguno en esa declaración. De hecho, parecía extrañamente humillada por el hecho. Todo esto me hizo pensar que quizás ella tuviera cosas que decir, y supuse que debido a su costumbre de replegarse y observar lo que ocurría a su alrededor (algo que francamente podría calificarse como una tendencia antisocial) a lo que se sumaba su anterior empleo como redactora técnica (independientemente de lo que esto significara) era posible que resultara una guionista bastante buena. O al menos tan buena como la mitad de los aspirantes a guionistas en esta ciudad.

—Bueno, la verdad es que ya lo tengo escrito—se disculpó—. Pero no sé qué hacer con él.

Samuel, su marido, se veía alto y confiado. Se acercó al micrófono en el escenario, dio uno o dos golpecitos en él, se aclaró la garganta, y comenzó su minuciosa y halagadora presentación de la banda.

—Me encantaría leer tu guión—le espeté a Olivia, preguntándome, al mismo tiempo, si no había cometido un error. A veces mis impulsos caritativos iban demasiado lejos.

Olivia me miró con fijeza. No sabía por qué había dicho que quería leer algo de lo cual nada sabía, como no fuera el hecho de que me sentía capaz de pensar que algún día podría tener mi propia compañía si podía decir esas cosas y lograba que una persona insegura creyera que yo era muy importante.

—¿Lo harías?—susurró ella—. Quizás es una basura. Necesito una opinión honesta. Samuel dice que es bueno, pero él es mi marido. —Le lanzó una mirada iracunda—. Y los hombres *mienten*.

Le sonreí con tanta amabilidad como pude, para dejarle saber que ya era hora de guardar silencio y escuchar a los oradores. Tampoco la conocía lo bastante bien como para hablar sobre su desconfianza hacia su marido y los hombres en general, y no me sentí cómoda con su evidente e inmerecida confianza en mí. Captó mi mensaje de inmediato—después de todo, era una mujer sensible—y se apartó un poco de mí, murmurando una disculpa. Esperé no haberla ofendido, y buceé en mi cartera para sacar una tarjeta de negocios.

—Llámame—le dije con un movimiento de labios—. Envíame una copia de tu guión. Hablaremos. Podemos almorzar.

Asintió sombríamente y se alejó.

Una vez que la conferencia de prensa hubo terminado, con estimulantes aplausos y amables sonrisas por doquier, Filoberto se acercó otra vez a la mesa de los tragos con una mano inexplicablemente oculta en la cintura de sus pantalones, como si estuviera posando para imitar a Napoleón. Olivia se colgó del brazo de su marido, con una media sonrisa de complicidad hacia mí, y yo me quedé sola, rodeada por una multitud susurrante de adinerados anglolinos.

Llegué al salón, preguntándome a quién me presentaría ahora. Se respiraba tanto poder que apenas podía resistirlo. Finalmente distinguí a una pareja, cuyas fotos había visto en una revista de chismes. El hombre, Darren Wells, era un famoso productor de dramas televisivos que se había hecho rico con un programa sobre chicos blancos de Beverly Hills atormentados por la ansiedad. Su hijo actuaba en él. De baja estatura, con un tinte castaño en el cabello y modernas gafas bohemias, llevaba un falso bronceado bajo su suéter negro y bebía vino con estudiada indiferencia. Su también bronceada esposa era un tributo ambulante al Bótox, a Chanel y a las dietas, de cuya cintura colgaban innumerables cadenas.

—Hola—dije con una sonrisa de oreja a oreja, extendiendo mi mano en el espacio que había entre el señor Wells y yo—. Mi nombre es Alexis López, y soy la representante y publicista de la banda homenajeada. Muchas gracias por venir.

Cuando el señor Wells me tomó la mano, quedé impresionada por su suavidad y calidez. Mis propias manos parecían de hielo. Su rostro se iluminó con una amable sonrisa que no esperaba, y tanto él como su esposa se mostraron más que encantados de conocerme.

—Esto es una verdadera sorpresa—dijo Darren Wells—. He estado buscando algo con sabor latino, y alguna gente que conozco pensó que quizás podría hacer algunos contactos aquí.

Mi sonrisa pasó de forzada a fabulosa.

—¿Qué clase de sabor latino?—pregunté.

—Un programa. Hago programas de televisión. Mi nombre es Darren Wells.

—Sé quién es usted, señor Wells—dije con un guiño—. Y también sé que hace programas de televisión. ¡Todo el mundo lo sabe! Y nadie los hace mejor. Creo que usted es genial y cuando lo vi aquí, me dije: caray, no puedo *dejar* de conocer a este hombre. Nos sentimos muy honrados de que viniera. De veras.

Sonrió con modestia y desechó con un gesto mis desvergonzados elogios, aunque pareció disfrutar de la alabanza.

—No, de verdad, señor—continué—. Me encanta todo lo que ha hecho.

Le hice todo un listado de sus programas y de los nombres de actores y guionistas que recordaba. Primera regla para unas buenas relaciones públicas: el halago. Segunda regla: conoce con quién estás hablando y lo que ha hecho. Él y su esposa parecieron impresionados, y ella me puso una mano en el brazo.

—¿Eres sureña?—preguntó—. Hablas precioso. De una manera muy expresiva. ¿Verdad que es expresiva, cariño?

Él asintió.

—Soy de Texas—dije con orgullo.

—¡Qué encantadora!—sonrió el señor Wells.

Ambos parecían sorprendidos de que alguien como yo—es decir, alguien con piel y cabellos oscuros—pudiera ser tejana. Siempre pasaba eso aquí. Hollywood pensaba que los latinos sólo existían en East L.A. Lo dejé pasar porque, honestamente, no me molestaba. Bueno, quizás me molestara un poco que la gente se sorprendiera de que yo fuera "expresiva" o tejana. Pero me encantaba ser embajadora de mi estado.

Después de alguna cháchara más, él me dijo que estaba montando un programa parecido a *Baywatch*, y que esperaba contratar a una latina para el papel protagónico femenino con el fin de reflejar, según dijo, "el verdadero L.A." Me encantó eso.

—El único problema con esta maldita ciudad es que adondequiera que voy me dicen: "Darren, no existen hispanos hermosos. Mira a George López. Eso es lo que me dicen." Siempre mencionan a George.

—¿Es cierto que dicen eso?—me sorprendí.

En privado, tuve que admitir que una o dos veces había pensado que existían hombres mucho mejor parecidos en el mundo que el gracioso y dulce George López, pero no podía imaginar cómo Hollywood podía asumir que él fuera el prototipo físico de los latinos. Era como decir que todos los anglosajones se parecían a Rodney Dangerfield o a David Spade.

—Pues lo dicen. Todo el tiempo.

—¿Y Jennifer López?—pregunté.

—Bueno, piensan que es la única diferente y, además, no es precisamente la mujer más agradable para trabajar y nadie se mata por firmar un contrato con ella después de *Gigli*.

—Me han dicho que es vulgar—dijo su mujer.

—De cualquier modo, no he podido conseguir que ninguna agencia de la ciudad me envíe a alguien que valga la pena. Estoy a punto de darme por vencido y contratar a otra muñequita Barbie más, pero no quiero hacerlo. Eso es lo que quieren las cadenas, pero pienso que eso es decadente y estúpido. Tarados hijos de puta.

—Viajamos mucho a Los Cabos—dijo su esposa—. Hay tantas mujeres hermosas en México.

Mencioné algunas actrices latinas muy conocidas, que también eran hermosas, pero el señor Wells meneó su cabeza.

—Demasiado famosas—afirmó—. Quiero crear expectativas. Alguien nuevo que pueda sacar la cara como hicimos por los chicos en *Beverly Hills High Life*. No quiero que el programa gire alrededor de una celebridad. Quiero que la gente crea que estos actores son personajes porque es la primera vez que los ven.

Lo que ocurrió a continuación fue un verdadero toque de genialidad al estilo Alexis. Si yo hubiera sido un personaje de los dibujos animados—algo que a veces he creído ser en esta ciudad—, sobre mi cabeza habría aparecido un bombillo de sesenta vatios, haciendo ¡bing!

—¿Es usted un hombre religioso, señor?—pregunté.

La pareja me contempló con horror. Había olvidado que uno no hace esa clase de preguntas en Los Ángeles. Obtendrías la misma reacción si le preguntaras a alguien si le gustaba la pornografía.

—Quiero decir, espiritual—añadí, utilizando la palabra que, para mí, se refería a la Biblia, y que en L.A. significaba camisetas alusivas a la marihuana y vegetarianismo.

—Pues, claro. —Parecía preocupado por el rumbo que seguía la conversación.

—Yo también—afirmé—. Por eso pienso que nos hemos encontrado esta noche. Hay alguien aquí que creo que debe conocer. La actriz perfecta para su programa.

Miré a mi alrededor, tratando de localizar a Marcella, la camarera, pero no la vi. Le pregunté al señor Wells si le importaba esperar allí mismo mientras buscaba a alguien, y asintió. Recorrí toda la galería, pero no pude hallarla.

—Disculpe—le dije al hombre que se hallaba detrás del bar y que asumí era su jefe—. ¿Podría decirme dónde puedo encontrar a Marcella, esa camarera tan bonita?

—No tengo ni la más puñetera idea—gruñó.

—¿Cómo dice?

—La muy puta renunció hace diez minutos.

—¿Renunció? ¿Y adónde se fue?

—No lo sé y no me interesa.

—¿Sabe cómo puedo ponerme en contacto con ella?

—¿Para qué?—preguntó—. Está loca.

—Soy una vieja amiga y quiero seguir en contacto—mentí una vez más. Ya me estaba resultando demasiado fácil.

Debajo de una caja con dinero en efectivo, el hombre sacó un papel destrozado con una lista de números telefónicos. Me señaló el de ella. Saqué el Palm Pilot de mi bolso blanco de flecos Tod y tecleé su número.

Regresé donde el señor Wells y le expliqué la situación, adornándola un poco al decirle que acaba de firmarla como clienta. Dijo que recordaba haberla visto y que no le sorprendía que hubiera sido actriz.

—Una chica espectacular—dijo.

—Es fabulosa—le aseguré mientras le daba mi tarjeta—. La nueva Salma. Y como puede ver, necesita el trabajo. Puedo enviarle vídeos de su trabajo, si quiere, y organizar una reunión.

Él pareció dudar, pero su esposa se mostró confiada. Me recordó esa frase de que tras cada gran hombre existe una gran mujer. Era *tan* cierto.

—¿Por qué no, querido?—preguntó—. Tal vez no suceda nada, pero quizás sea la decisión más inteligente que hayas hecho nunca. ¿No fue por eso que viniste aquí?

—Sí, pero ¿una camarera?

—Es una celebridad en el mercado hispano—le aseguré.

—Jennifer Aniston fue camarera, querido—dijo su esposa—. Y Brad entregaba refrigeradores a domicilio.

—Pero necesitamos que hable inglés—objetó él.

—Ella es de Santa Bárbara, señor, completamente bilingüe, sin ningún acento en ambos idiomas. Estudió en Cate.

—¿De veras?—preguntó él—. Tenemos una sobrina en Cate.

Nunca había oído hablar de Cate hasta esta noche, pero sabía el efecto que causaba mencionar nombres de escuelas preparatorias.

El señor Wells tomó mi tarjeta y se la metió en un bolsillo con un gesto que me hizo pensar en Woody Allen.

—Veremos—dijo—. Gracias por la recomendación, Alexis. Ya te llamaré.

Durante varios minutos deambulé por el salón recolectando tarjetas, hasta que me acerqué a Filoberto, que aún montaba guardia junto a la mesa de las bebidas. Le pregunté si estaba bien, y cuando me dijo que sí, le dije que me marchaba.

Había sido una larga jornada, y en mi condo de Newport Beach me aguardaban una pinta de helado Chunky Monkey y una chihuahua de pelo largo a quien había bautizado como Juanga, en honor a Juan Gabriel, mi cantante favorito. Mi perrita Juanga no era macho, sino hembra, pero igual hubiera podido serlo Juanga el cantante, con sus brillantes capas y sus ropas de cuero.

El trayecto para llegar hasta Orange County no era corto . . . pero valía la pena porque era el único lugar del sur de California donde no sentía necesidad de disculparme por ser republicana. *Casi* encajaba allí. Aunque me encantaba correr en mi precioso y pequeño Cadillac de color crema, temía esos sesenta y tantos minutos que aún debería pasar en las autopistas del sur de California. Gracias a Dios que existían los CDs; esta noche, mi compañía sería una selección de canciones *rock* de los ochenta.

—Vete—gruñó Filoberto, no sólo como si ya no me necesitara, sino como si nunca me hubiera necesitado y como si nunca fuera a necesitarme. A pesar de todo, sonreí.

—Te portaste muy bien hoy, querido—le dije—. Estoy muy orgullosa de ti. Todos lo estamos. Gracias por tu gran trabajo y generosidad.

Filoberto se tragó su cerveza y me observó con el rabillo del ojo. Luego, para mi sorpresa, eructó suavemente y me atrajo con un abrazo paternal.

—Ven aquí—dijo—. Sé que soy duro contigo. Quizás . . . quizás tengas razón. Me refiero al traje. Pero creo que luzco bien.

A continuación, con la misma rapidez con que se había aflojado, volvió a endurecerse de nuevo, rechazándome como si hubiera sido yo quien lo hubiera abrazado. Permanecí mirándolo, como una tonta, mientras las lágrimas se asomaban a mis ojos.

Era la niña que llevaba dentro. Lloraba por casi todo. Recién nacidos, aviones que aterrizaban a tiempo, comerciales sobre duchas, la amable señal de mi secadora de ropa. Por todo.

Pero si se trataba de algo que me recordara que no había conocido a mi padre biológico (mexicano) hasta los dieciocho años, entonces lloraba como Tammy Faye en una entrevista con Barbara Walters.

Había cumplido los dieciocho cuando mis padres me dijeron la verdad: el donante de mi espectacular ADN no había sido otro que Pedro Negrete, el famoso mariachi y actor mexicano. Él era, y seguía siendo, el cantante romántico de mediana edad más querido y bigotudo de todos, tan popular en sus grabaciones como en los granulosos filmes que Telemundo transmitía a altas horas de la noche. Un pedazo de hombre alto y lleno de picardía, que usaba pantalones muy ajustados, con objetos brillantes que colgaban como monedas a sus costados, y chalecos bordados que rozaban la parte superior de su amplio trasero. Tenía ranchos en México y en McAllen, Texas, llenos de hermosos caballos blancos que hacían cabriolas como perros de circo durante sus conciertos, que habitualmente se celebraban en terrenos de rodeo. Cada vez que podía, Pedro cantaba sentado sobre el lomo de un caballo, y mujeres de avanzada edad y senos caídos arrojaban pantaletas cada vez mayores sobre el polvo apisonado por los cascos. Al principio, cuando mami y papi me lo contaron, creí que bromeaban; pero pronto supe que era cierto.

Creo que mi madre estuvo temporalmente loca cuando pasó aquella sola noche con Pedro en 1974. Pero en West Dallas, Pedro Negrete era como Elvis o los Beatles. Así es que cuando mi tía Dolores llevó a mi madre a uno de los conciertos de Pedro para celebrar su graduación en SMU (fue la primera de la familia en ir a la universidad, en contra de sus padres), Pedro escogió a mi madre entre el público porque pensó que era muy bonita con esa melena corta y rojiza, sus botines blancos y su vestido corto de color turquesa. He visto las fotos; era delgadita y muy mona. La gente cree que sólo los cantantes de rock escogen chicas lindas del público, pero por lo visto los ídolos de la canción ranchera también lo hacen.

Aunque mi mamá es metodista ahora, igual que mi papá, fue criada como católica. Abortarme nunca fue una opción . . . gracias, Jesús, María, José, Mel Gibson y todos los demás. Cuando nací, ella vivía con mis abuelos, quienes aseguraron que la "situación" (es decir, yo) era *exactamente* lo que podía esperarse cuando se enviaba una *hembra* al colegio. En un gesto de desafío, Dolores también decidió graduarse de SMU, y su decisión de besar los labios (superiores e inferiores) de las mujeres solamente sirvió para afianzar en mis abuelos la idea de que la universidad era una Escuela Satánica del Pecado para Chicas. Mamá esperó a que yo cumpliera los dos años para buscar trabajo como secretaria en una compañía petrolera. Ahí conoció a mi padre, que entonces formaba parte del equipo de vendedores jóvenes. Cuando digo papá, me refiero a la persona que me *crió*.

—Filoberto—me detuve, porque las palabras adecuadas se negaban a salir de mi boca.

Quería decir algo, pero me di cuenta que no era a Filoberto a quien quería decirlas. A veces todo se confundía en mi cabeza: quiénes eran los hombres y qué significaban para mí, qué quería de ellos y por qué.

—¿Todavía estás aquí, mujer?—me limpió una lágrima de la mejilla con su pulgar calloso y sonrió—. Vete a casa, chiquita.

MARCELLA

Aunque se suponía que esto fuera lo último en las sesiones de gimnasia, no estaba preparada para el travesti negro. Déjame explicarlo mejor. Esperaba el travesti negro, por supuesto. Después de todo, esto era SMASH Fitness, en West Hollywood. Una de cada tres personas que asistía al lugar podía ser un travesti negro. Pero no esperaba que éste se despojara de toda su ropa hasta quedar como Dios lo trajo al mundo, con el cuerpo totalmente afeitado, ante un salón lleno de personas.

La clase se llamaba Trepando al Poste y, como pueden imaginarse, incluía un poste, música disco y movimientos de bailarina nudista que eran enseñados por un experto en bailes exóticos, certificado en primeros auxilios. Durante dos semanas había estado leyendo sobre el tema en todas las revistas de moda, sobre cómo tonificaba el vientre y la parte interior de los muslos. Desde la semana anterior había estado observando la clase, como todos los demás en mi gimnasio. Entonces todo parecía bastante inocente y estaba ansiosa por practicar. Me hubiera gustado ser una bailarina nudista, por razones demasiado complicadas y desagradables para pensar mucho en ellas; pero no tenía el coraje suficiente. Esto era lo que más se le parecía.

Había venido con la idea de que no hay nada mejor que una buena sesión de ejercicios para hacerte olvidar que acabas de renunciar a tu quinto trabajo en un mes. También necesitaba olvidarme de que Ryan Fuckwad, el único hombre agradable que había conocido el año pasado, había resultado ser otro oportunista enfundado en una camiseta Abercrombie.

Ayer mismo la revista *Cristina* había publicado unas fotos que él les había vendido, donde yo aparecía trotando semidesnuda en aquella playa de Tulum, México. La revista aparentaba un horror excitante ante el hecho, pero no aclaraba que el lugar era una playa nudista y que, por el hecho de llevar la parte inferior de mi bikini, había sido la única persona que no mostraba mi pelambrera. Dadas las circunstancias, me había comportado de manera muy conservadora, pero la revista proclamaba que yo había caído en la degradación total. Incluso llegaba a mencionar que tenía una deuda de más de cien mil dólares en mis tarjetas de crédito, lo cual, desgraciadamente, era cierto. Ryan también debió de habérselo dicho. Yo había confiado en él, y eso me costó caro.

Los medios latinos habían estado publicando mis escándalos durante años, comenzando por los implantes de seno que me hice cuando cumplí los dieciocho años, en mitad de la grabación de *Sus raíces*. De ahí habían pasado a reseñar cómo me había peleado con un famoso grupo de productores brasileños y mexicanos, unos cretinos con los que me había "acostado", asegurando que yo se las había mamado a cambio de papeles en sus estúpidas novelas (esto de las estúpidas novelas, obviamente, era cierto; pero no hubo nada de sexo).

Los medios se burlaban de mis alardes de renunciar a la televisión en español, porque me consideraba una estrella latina más inteligente que el resto y pensaba que podría llegar a Hollywood. Para ser honesta, una vez dije que la televisión hispana en Estados Unidos y México era la mayor mierda sexista y discriminatoria que uno podía encontrar en todo el planeta, e insinué que si cualquiera de las grandes cadenas de televisión en inglés del país hubiera intentado hacer algunas de las cosas que se hacían en Univision, habrían perdido su licencia por motivos de indecencia o estupidez, o ambas. También dije que Don Francisco parecía una imitación amanerada de la doctora Ruth. Por supuesto, nunca me dejaron olvidar que había dicho todo aquello, y pronto pasé a engrosar la lista negra de la televisión latina.

Yo habría pensado que los míos me apoyarían un poco en mis intentos por hacer algo más valioso que reírme como una tonta en *Sábado Gigante*, luchar cuerpo a cuerpo con enanos nudistas en *Cristina*, o ser arrastrada por el brazo en el escenario de una telenovela por un tipo bigotudo en la obligatoria escena de "hombre macho, mujer tímida"; pero eso era perder mi tiempo. Yo había sido una actriz estelar en las telenovelas, y Univision no me dejaría en paz sin que antes intentara hacer todo lo posible por destruirme. Últimamente se habían dado gusto porque, después de ser una adolescente consentida en California y una estrella en las telenovelas, me había convertido en una de las actrices con menos trabajo en L.A., sirviendo de mesera y corriendo desnuda por la playa con la boca abierta, porque, según suponían, no podía pagar mis deudas . . . todo lo cual era más o menos cierto, pero muy doloroso.

Por supuesto, nadie quiso notar que yo tenía un fondo de inversiones, y que era mesera y cargaba mis tarjetas de crédito porque no quería depender de mis padres el resto de mi vida. Y ahora, esto. Yo y mis pechos desplegados por toda la revista, con estrellitas rojas para cubrir mis pezones y una foto superimpuesta de mi madre, Brigitte Gauthier, que otrora fuera una admirada actriz francesa, sacada de una de esas lamentables películas de arte caseras, con sus manos levantadas en un gesto de horror y la boca abierta en ademán de gritar.

Ryan me había tomado esa foto de la boca abierta, a manera de broma, pero colocada en la portada de la revista me hacía parecer una loca. "Adicta al sexo", clamaban los titulares, "Ninfomaniaca". Una desgracia para su elegante madre y su poderoso padre, el famoso abogado y escritor dominicano. Una lunática, la peor pesadilla americana de todo padre europeo o latino. Y todo esto, porque Ryan había vendido las fotos en un evidente e histérico "vete a la mierda", dirigido a mí, por haberlo largado después que casi me mata del aburrimiento. Nunca había podido llegar al orgasmo con ningún hombre, nunca. (Es una larga historia con un final triste.) Pero no fue hasta el soporífero acto sexual con Ryan Fuckwad que un día me quedé completamente *dormida*.

Así es que necesitaba atención. Deseaba las envidiosas miradas de los desconocidos para hacerme la ilusión de que era algo especial y que, por tanto, no necesitaba deprimirme por la manera en que el mundo intentaba destruirme. Yo era el tipo de mujer que nunca podía mantener amigos, que de alguna manera terminaba por ofenderlos y enviarlos bien lejos aunque no fuera mi intención. Así es que trataba de llamar la atención cada vez que podía. No debería haberla necesitado, pero así era. Años de terapia obligada por mis preocupados y avergonzados padres no habían logrado nada, así es que me lo permitía. Era una actriz. ¿Qué otra cosa tenían que saber? Necesitaba atención. Eso era lo que importaba. Y si tienes un cuerpo como el mío, un gimnasio era uno de los mejores lugares del mundo para llamar la atención.

Lamentablemente, el travesti estaba recibiendo más atención que yo. Debí de haber escogido una clase de aeróbicos.

Yo no era lo bastante apacible como para apreciar o sacar provecho del Pilates. No me sentía suficientemente irritada ni negativa como para creer que el yoga me calmaría los nervios; y no era lo bastante mentecata como para ir a una clase de aeróbicos (aunque todavía me gustaba, nunca lo hubiera admitido frente a alguien importante) y odiaba esa sensación de vulva anestesiada que me daba el pedaleo. El poste me parecía perfecto. O lo había parecido hasta que llegó lo del afeitado y la encueradera. Me recordó algo que Julia Roberts dijo una vez: "Para mí, actuar vestida es una representación; actuar desnuda es un testimonio". Esta clase era un testimonio del travesti negro, que parecía identificarse con el poste de un modo que apenas podía empezar a imaginarme . . . que realmente no deseaba imaginarme.

ALISA VALDÉS-RODRÍGUEZ

Nadie se había desnudado para trepar el poste la semana anterior, cuando yo había estado observando. Todos se habían visto muy atractivos, y yo estaba acostumbrada a sentirme sexy. Las tres telenovelas en que había actuado giraban en torno a eso, incluso hasta cuando debía llorar por mi hermana gemela o era golpeada por mi patrón. En los dramas mexicanos, todo giraba siempre en torno a las mujeres atractivas.

En realidad, no había mucha diferencia con Hollywood. En mi fuero interno, había transformado la idea de la sexualidad femenina en una doctrina filosófica personal que incluía las ilusiones sociales posfeministas, lo cual hizo más fácil justificar los modelos que escogí para mí: *Mére* Brigitte y Collis, mi mejor amiga en la secundaria y la única que he tenido nunca. Pero incluso Collis se mostraba disgustada con mis pantalones ceñidos y mis blusas recortadas. Ella, como el resto del mundo, no entendía nada. O a mí. Nadie me entendía. No había nada malo en la sexualidad femenina, sino en la manera en que la sociedad pensaba que tenía que negarla para avanzar. Yo no quería que los hombres se sintieran cómodos y seguros para seguir adelante. Quería aterrorizarlos a cada jodido momento.

Ya habían pasado cuarenta años desde Betty Friedan y veinticinco desde que Madonna se revolcara gozosa por el suelo en un traje de novia, y nuestra puñetera sociedad aún *no* aceptaba que las mujeres fueran dueñas de su sexualidad. Yo era soltera, independiente, exitosa, atractiva, y todavía personas como mi madre, mi hermana y Collis se avergonzaban de que yo hubiera salido en bikini por la televisión internacional, como si eso fuera algo *denigrante* para mí. ¿Acaso nunca habían oído hablar de los talibanes? Lo que yo había hecho era *tan* antitalibán. Por eso me había interesado en el poste. Pensé que la gente aquí pensaría como yo y estaría abierta a un nuevo orden mundial. Pero el hombre desnudo estaba a punto de convertirse en el motivo de mi deserción.

No obstante, a un nivel más superficial, pensé que la clase podía ser divertida. También tenía la esperanza de conocer a alguien que quisiera salir conmigo. Había montones de hombres guapos en SMASH. Hasta me vestí más sexy de lo que acostumbro para hacer ejercicios. Sólo por fastidiar, llevaba unos *shorts* de punto muy cortos y un ajustado sostén deportivo con soportes para los pechos. Llevaba un par de esos largos calcetines atléticos a rayas, como los que usaban los jugadores de béisbol de los años setenta, y que parecían botines elásticos con mis Nikes dorados y grises. Cuando iba a hacer ejercicios, solía hacerme una cola de caballo, pero pensé que para esta clase sería más divertido dejarme el pelo suelto, a la altura del cierre de mi sostén. Por último, me puse un anillo platinado en el hueco del ombligo.

La cuestión no habría sido tan chocante si no hubiera estado justo frente a mí, y si no hubiera olido tan espantosamente a desnudo. Existe un olor a hombre desnudo que es un cruce entre animal de granja, masa con levadura y zumo de

☆ 26 ☆

limón añejado, que nunca esperé encontrar en una clase de ejercicios, pero allí estaba . . . Cristo, era apestoso. La gente dice que las mujeres huelen mal "ahí abajo", pero prefiero un millón de veces la vagina y la sangre menstrual antes que el semen seco y los pelos del culo. Aún tenía a Ryan en el cerebro, y la frase se me escapó para mezclarse con el escándalo de la música: "Tal vez este mundo sea el infierno de otro." Seguramente.

Ya había pasado media hora de clase y cada uno de los asistentes nos turnábamos para ir al poste frente a la clase, tratando de imitar los deslizamientos del instructor. Yo acababa de ir, y todavía estaba un poco mareada por la parte en que debía colgarme cabeza abajo del poste, aguantarme con las manos y abrir las piernas, imitando una gigantesca letra Y. Es mucho más difícil de lo que parece. Sólo tengo veintiocho años, pero ya he sacado turno para mi primera cirugía facial: gajes del oficio. Collis se atoró cuando le conté de la cirugía, y no me habló durante dos semanas para mostrarme cuánto desaprobaba mi degradación. Uno sueña con conservar a los amigos durante toda la vida, pero esto rara vez sucede. Lo más probable es que uno vaya cambiando de amigos a medida que crece, ajustándolos al nuevo modo de vida.

Había regresado a mi puesto en el salón, chocado los cinco con Krista Brooks, una actriz preciosa que reconocí de un programa de la cadena USA, me volví, y *allí* estaba él, concentrado en sus asuntos que poco tenían que ver con los ejercicios. Para ser más precisa, se quitó las ropas como si éstas le quemaran, saltó y sonrió mientras el resto de la gente chillaba, vitoreaba y lo azuzaban. ¿Ves?, pensé. Una mujer independiente, capaz y lista como Krista Brooks o como yo, sale en bikini por televisión y el mundo se lamenta ante nuestra trágica falta de moral, pero un travesti lunático quiere sacudir su esmirriada salchicha ante el mundo y todos lo aplauden. Te lo agradezco, pero eso—en mi opinión—no era progreso, sino una nueva modalidad del patriarcado.

SMASH era famoso por violar las reglas de los gimnasios convencionales y por atraer a esnobistas. Yo había asistido a clases de aeróbicos donde las instructoras daban sus clases en brillantes botines de plataforma . . . algo que ocurrió durante la locura de las Spice Girls.

También fue en SMASH donde asistí a una divertida clase de ejercicios, en la que los accesorios incluían hachas y mangueras contra incendios, amén de dos espectaculares bomberos que daban la clase con pantalones sujetos por tirantes y corbatas de lacito. SMASH era muy West L.A. Y yo también lo era, pensé. Pero el travesti desnudo que se manoseaba, con su miembro carente de hormonas, el pubis afeitado y sus pechos llenos de hormonas, me iba a hacer vomitar.

Cuando estaba en Cate School, nos habían pedido que ayudáramos durante un verano en un hospital de personas con sida, así es que sabía cuán importante era no tener prejuicios. Y si era del todo honesta, debía reconocer que a veces me sentía *más* excitada pensando en el cuerpo de una mujer hermosa que en el de un hombre, aunque no creía que esto me convirtiera en homosexual ni nada por el estilo. Apreciaba la belleza femenina, en parte porque yo luchaba mucho por mantener la mía y podía reconocer cuando otras mujeres se cuidaban tanto como yo; y porque, como actriz, me resultaba mucho más fácil imaginarme en el lugar de una actriz porno que en él de un actor y, por tanto, me identificaba con ella . . . por no mencionar que la mayoría de los actores porno eran tan feos como los comediantes ingleses o como Luis Guzmán. Pese a todo, *no* quería tener que ver *esto*. De veras que no.

Me fui huyendo de la clase, agarré las llaves y el bolso que había dejado en la taquilla, y salí del gimnasio por la puerta que daba al centro comercial. Una vez allí, disminuí el paso y terminé sentada sobre un banco, frente a la fuente, tratando de ignorar los deliciosos aromas del ajo y la mantequilla que provenían del restaurante Wolfgang Puck. Busqué mi teléfono celular con tanto desespero que casi me rompo una uña postiza.

Lo abrí y marqué el teléfono de Nicolás, mi hermano abogado. Ya estaba de regreso en L.A., preparando un caso y visitando a algunos amigos. Contestó al primer timbrazo.

—Nico—le dije—, quería que fueras el primero en saber que acabo de ver a un gigantesco travesti negro meneando su pito como si fuera un chicle.

Pareció como si se hubiera quedado sin aire, antes de responder.

—¿Dónde estás?—preguntó en un tono inexpresivo—. ¿En Venice Beach?

Me reí.

—No. Estaba en mi puñetero gimnasio.

—Un pito de chicle. Está bueno eso. Deberías dedicarte al *rap*, princesa. Hacer un disco como J.Lo. Quizás ése sea tu camino, a ver si dejas ese mierdero trabajo de mesera.

—Cállate. Necesito que me ayudes. Estoy a punto de vomitar.

Suspiró.

—Ya te he dicho que esa Mansión de la Carne en Chatsworth, de la señorita Kitty, no es un gimnasio, pero no quieres hacerme caso.

—Nico, escúchame.

—Dime.

—Perdí otro trabajo.

—¿Perdiste? ¿O renunciaste?

—Renuncié.

—Felicidades. Te llamo más tarde. Estoy ocupado.

Colgó. Yo tenía los nervios destrozados. Necesitaba hablar con alguien. ¿A quién llamaría? ¿A Mère? Me echaría un discurso sobre la necesidad de abrirme al cambio de sexo como una forma de arte, o buscaría un modo de vincular el travestismo con Jean-Paul Sartre o Samuel Beckett.

¿A quién llamar, entonces? ¿A mi agente Wendy? Odiaba a Wendy. Necesitaba despedirla, pero después de hacer lo mismo con tres agentes en un año, trataba de contenerme.

Papá. Él entendería. Nos parecíamos bastante, supongo. No aguantaba mierdas de nadie, yo tampoco. Tal vez hasta le parecería gracioso lo del travesti.

Así es que llamé a mi padre, el gran abogado de negocios, pero enseguida me arrepentí. Estaba en Halifax, por asuntos de negocio, pero incluso en medio de la estática de su celular pude notar el disgusto en su voz. Apenas murmuró algo durante toda la historia del travesti, y enseguida me preguntó por mi trabajo, su tema favorito; como yo soy quien soy, le dije la verdad: había renunciado porque me consideraba más inteligente que mi jefe y porque me había ofendido el escaso salario.

—¿Cómo que renunciaste a *otro* trabajo?—gritó en español, el idioma que usaba para los regaños severos.

—¿Y qué querías, papi?—le pregunté—. ¿Que aceptara insultos? A veces uno tiene que defenderse. Tú mismo me enseñaste. Fue una noche llena de manoseos, quejas y mierda generalizada por ningún dinero. No pude aguantarlo. Buscaré otro trabajo. Siempre lo hago, ¿no?

—Ay, Marcella—suspiró.

—¿Qué?

—¿Por qué siempre tienes que pensar que todo el mundo está tratando de hacerte daño?

—Porque es cierto. ¿Has visto la revista *Cristina*? Quieren desgraciarme la vida. Todo el mundo quiere hacerlo.

Se echó a reír con incredulidad.

—Estoy seguro que la revista te obligó a quitarte la blusa en la playa, ¿verdad? Marcella, fuiste tú. Tú lo hiciste. ¿Cuándo vas a aceptar la responsabilidad de lo que haces con tu vida? Eso se llama madurar.

—¡Era una playa nudista!

Suspiró.

—¿Por qué no puedes parecerte más a tu hermana?

—Porque Matilde es una estúpida y yo soy inteligente. Pensé que lo sabías.

—Sacará su doctorado antes de que termine el año.

—¿En una especialidad sobre estudios de la mujer? Es un área de investigación completamente farsante.

—Tu hermana es una mujer brillante.

—Me alegro por ella.

—¿Y tu hermano? ¿Por qué no puedes parecerte a Nico?

—¿No te parece suficiente que ya exista un clon tuyo?

—Marcella, lo que estoy tratando de decirte es que fueron a la *universidad*. Tienen *carreras*.

—Yo tengo una carrera. Soy actriz, como *Mère*. Ella nunca fue a la universidad y no he oído que la hagas leña por eso. ¡Por Dios!

—Tu madre fue una *verdadera* actriz, Marcella. ¿Cuándo fue la última vez que actuaste?—preguntó en el tono acusatorio de un abogado.

—El año pasado.

—¿Ese comercial sobre tortillas en él que estabas desnuda?—se rió de nuevo.

—Era un trabajo. Tenía puesto un sombrero.

—Marcy, eres joven y linda, pero no siempre serás así, y no puedes seguir quemando puentes dondequiera que vas. Tienes casi treinta años. Hay un límite en la cantidad de chiquilladas que la gente puede tolerar. Necesitas concentrarte en algo realista y que sea respetable.

—También hay un límite en la cantidad de mierda que uno puede aguantar en un trabajo, papi.

O de la propia familia, agregué para mi coleto.

—No digas malas palabras.

—Está bien, no diré otra jodida mala palabra. Te doy mi puñetera promesa—estaba a punto de colgarle, y él lo sabía.

—Por favor, Marcy.

—Lo siento.

Su voz fue más cariñosa.

—¿Necesitas dinero?

—Todavía no.—Mi padre era el rey de depositar dinero en mi cuenta, lo mismo si se lo pedía que si no, y estaba acostumbrada a que siempre apareciera allí un par de miles de dólares cada mes—. Todavía me queda algo del último depósito.

De nuevo un suspiro.

—Es que odio verte gastar tu juventud en malas decisiones. Podrías haber seguido haciendo telenovelas, pero nadie en la industria quiere trabajar contigo. Tienes fama de ser complicada. Dondequiera que voy, escucho cosas de ti. ¿Puedes imaginarte por un segundo lo que significa ser tu padre, Marcella? Lo único que escucho es lo problemática y alocada que eres.

—Eso es cierto.

Observé a un grupo de mujeres que salía chismorreando y riendo de una *boutique*. Me pregunté cómo me sentiría si fuera alguien que tuviera amigas así, comparada con el tipo de mujer que era yo, es decir, complicada y casi sin amigos.

—Deberías aceptar los trabajos que te ha ofrecido tu tío Hubert.

—Gracias, pero prefiero envenenarme primero.

—¿Ves? Estás loca. No haces más que buscar el fracaso y yo estoy cansado de verlo. ¿Tratas de herirnos? Dios mío.

—¿Dices que estoy loca porque no quiero trabajar con un cretino?

—No digas eso de tu tío.

—Lo siento. Mira, lamento haberte llamado. Tengo que colgar.

—Se trata de Broadway, princesa. Hubert es productor de Broadway. ¿En qué otra parte vas a encontrar una oportunidad así?

—No sé. No me interesa Broadway. Me interesan la televisión y las películas.

—¿Qué tienes contra tu tío? Cada vez que viene a vernos, te vas a otra habitación. Llama para hablar contigo y no quieres dirigirle la palabra. Admira tu trabajo y lo repite todo el tiempo. En realidad, es casi la única persona a la que le oí decir eso.

—Espera un minuto—rugí, sintiendo que el insulto disparaba mis niveles de adrenalina—. Eso no es cierto. Sabes que no. Puede que la gente me considere loca o difícil, pero nadie ha dicho nunca que yo no pueda actuar. *Puedo* hacerlo. Tú lo *sabes*.

—Quizás, pero no tienes que probarle a nadie que puedes hacerlo sola. Nadie puede hacer nada sin ayuda. Deja que tu tío lo haga.

No dije nada, porque tenía demasiadas cosas que decir y no sabía cómo. Tío Hubert, el marido de la hermana mayor de mi madre, era un conocido y elegante actor y productor teatral que andaba con gente como Joan Didion en Nueva York. Cuando cumplí trece años, decidió que ya era hora de deslizarse hasta mi cuarto por las noches para ponerme las manos sobre mi pijama, hurgando y toqueteándolo todo, y nunca se lo dije a nadie. Durante los asaltos, me hacía la dormida. En esa época, él tenía casi cuarenta años, y ya era guapo y famoso. Al principio, no supe si sentirme aterrada o halagada. Varias veces al año buscaba cualquier excusa para visitar a mis padres, por razones de negocios, y fingía disfrutar hablando con ellos hasta muy tarde, mientras bebía coñac y fumaba tabacos. Y después, ya podía contar con las sudadas y desagradables manos de Hubert sobre mí, luego con su boca de sabor avinagrado, y finalmente con el propio Hubert, dentro de mí.

Tenía quince años cuando dejó de ocurrir, porque finalmente me di cuenta de lo que pasaba y le dije a Hubert que si no me dejaba tranquila le diría a todo el mundo lo que había estado haciendo. Al principio trató de consolarme y se disculpó. Dijo que sabía que yo lo disfrutaba, lo cual no era verdad. Insistió en que me amaba y en que yo lo amaba. Entonces, cuando le dije que me dejara *sola* de una puñetera vez, me amenazó: "No se lo digas a nadie, o mataré a tu gato y luego te mataré a ti". Eso fue lo que dijo. Así es que le permití abusar de mí dos veces más. Pero en ambas ocasiones grabé el episodio con la videocámara que me habían regalado en Navidad, oculta detrás de una montaña de ositos y animales de peluche que había en mi librero, porque era una chica muy inteligente y nunca se sabe cuándo puede ser útil una grabación en la que tu tío aparece violándote.

Entonces le dije que, si lo intentaba de nuevo, sería yo quien lo mataría. Para entonces ya tenía casi seis pies de altura y estaba fuerte. Él era más bajito que yo y creo que se dio cuenta de que hablaba en serio, porque lo pateé en la ingle y le mordí una mano y me reí mientras él se retorcía en el suelo de mi dormitorio, haciendo su mayor esfuerzo para no gritar porque, de haber sido descubierto con sus horribles pantalones a cuadros por los tobillos, la situación podría haber puesto a mis padres sobre aviso.

Jamás volvió a molestarme, como no fuera pidiéndoles continuamente a mis padres que quería trabajar conmigo, lo cual creo que hacía sólo para fastidiarme. También armaba un gran aspaviento para decirles a mis padres que yo era su sobrina favorita, en las raras ocasiones en las que todos coincidíamos en la misma habitación.

A mi modo, intenté decirles a mis padres que alguien había abusado de mí, cortándome los brazos con cuchillas de afeitar, faltando a la escuela con la frecuencia necesaria para que casi me echaran, acostándome con todo el mundo durante mis cuatro años de secundaria, sin discernir el sexo o la apariencia de quienes me llevaban a la cama, leyendo a poetas taciturnos y casi matándome de hambre. Pero mis padres decidieron que yo era una fracasada y una perdida—o, según declararon, patológicamente promiscua y mala estudiante—y para remediar esto me enviaron a un médico que me atiborró de medicamentos y que nunca supo lo que me ocurría porque yo sabía lo malvada que era la gente y, para entonces, sabía que todos *me* echarían la culpa. De todos modos nunca me hubieran creído, porque toda la familia, desde los abuelos en Santo Domingo y París hasta mis propios hermanos, pensaban que yo era una especie de mentirosa irresponsable que diría cualquier cosa con tal de llamar la atención. La reina del drama. La bella descarriada. La puta. Pensaban que yo era una salvaje, la más problemática, una malcriada corrupta que no conocía el valor del dinero ni del verdadero trabajo, una desgraciada sin futuro. Pero no me conocían. Nadie me conocía. Y yo lo prefería de esa forma. Así es que la actuación me vino muy bien. Si yo era capaz de pretender que no había ningún problema, entonces no lo había. Ése era el don del actor, y así fue cómo decidí vivir mi vida. Fingiendo ser feliz.

Por suerte, mi celular sonó para avisar que entraba otra llamada.

—Papi, tengo que colgar. Te hablaré más tarde.

—Llama a tu madre. Busca un trabajo. Llama a Hubert.

—Adiós.

Atendí la otra llamada.

—Marcy, ¿eres tú?

Wendy, mi lamentable agente, era la única persona, aparte de mi padre, que me llamaba con ese horrible nombre, y aunque ya le había pedido muchas veces que no lo hiciera, seguía insistiendo. Había oído a mi padre una vez y se mostraba despiadadamente insensible.

—Hola, Wendy. ¿Cómo estás?

—¿Estás libre el martes a las diez?

Como otras muchas personas en el negocio del espectáculo, Wendy nunca se molestaba en charlas inútiles. Yo tenía la impresión de que, en esta ciudad, la gente trataba de sonar lo más apurada, ocupada e importante posible, a menudo inversamente proporcional a su verdadera importancia. Tenían asistentes que te llamaban—y mientras más afeminados sonaran, mejor—para parecer más importantes de lo que requería la tarea, posiblemente porque les gustaba oír sus propias voces diciendo "consígueme a fulano, ¡ahora mismo!" Tenían llamadas de conferencia sin ninguna razón, como no fuera para que crear una gran confusión cuando uno trataba de adivinar quién había sido la última persona que había hablado. Todo era parte del juego en Hollywood, un juego que requería de muchas reuniones inútiles donde la gente tenía la oportunidad de parecer importante por el simple gusto de parecer importante. Demoré en contestar, tratando de recordar mi calendario.

—¿Marcy?—ladró Wendy—. ¿Me escuchas?

—Sí, hola.

—El martes a las diez.

—Te oí. Estaba pensando.

—Truman quiere que hagas una audición para *El faro*, el nuevo proyecto que está haciendo con Morgan Freeman.

—No lo conozco—dije, mientras buceaba otra vez en mi bolso en busca de mi agenda electrónica.

—¿Dónde has estado? *El faro*, Marcy. Es un papel perfecto para ti.

—Aaaah—dije—. ¿No es ésa donde trabajó Jennifer Jason Leigh, en la que Morgan hace el papel del hijo analfabeto de un aparcero y ella es una señora rica sureña que se hace amiga suya y le enseña a leer, aunque él tiene Alzheimer, porque se siente culpable de haber dejado morir a su niñera negra?

—Sí.

Casi me había acostumbrado a los arquetipos raciales de Hollywood. Todos los negros eran violentos, pobres, oprimidos o estúpidos, raperos, psíquicos o dotados de poderes sobrenaturales que sólo usaban para mejorar la vida de la gente blanca. Y las "mejores" películas eran ésas donde los negros eran todo lo antes mencionado, a la misma vez. Todas las mujeres blancas eran ricas, benévolas y sexualmente frustradas. Todas las latinas eran picantes, lo cual me parecía un gastado cliché porque la misma palabra "picante" tenía connotaciones étnicas. Se suponía que fuéramos unas tipas calentonas, que ansiábamos meternos desnudas en una bañera llena de chiles rojos antes de salir a hacer picardías y limpiar inodoros. Al principio había pensado que existían montones de papeles para personas como yo, pero casi me había dado por vencida. Encendí mi agenda y comprobé que había vuelto a borrar todo lo que había escrito antes.

—Mierda—dije, sin poder evitarlo.

—¿Qué? No me vengas ahora con la jodida excusa de que no quieres aceptarlo, Marcy. Ya te he dicho que no puedes esperar que te den papeles protagónicos viniendo directamente de la televisión.

Supongo que no se le ocurrió que Jennifer Aniston había hecho precisamente eso. Pero Jennifer trabajaba en *Friends*, era blanca y no era yo.

—No—le dije, haciendo un esfuerzo para no golpear el aparato contra el banco—. Perdí toda la información de mi agenda. Lo siento. Sigue.

—¿Así es que no puedes hacerlo?

—No, es que no lo *sé*. Es lo que estoy tratando de decirte. No lo *sé*, porque he perdido todo lo que tenía en mi agenda de bolsillo.

—Está bien—respondió Wendy con un suspiro exasperado—. Mira, escribe esto. ¿Tienes una pluma?

Esta vez, busqué algo que escribiera. Lo encontré en un delineador labial de color rojo sangre, y saqué un recibo de Fogol, mi *boutique* de lencería favorita en Rodeo Drive. Gastaba demasiado dinero allí.

—Muy bien—dije.

—Universal Studios, a las diez. Reúnete conmigo en The Agency e iremos juntas—dijo.

—¿Cuál es el papel?

—Una muchacha trabajadora. Pero sale mucho. Tendrás unos seis minutos hablando y algunos más en silencio. Es un personaje clave.

—¿*Una chica trabajadora*? ¿Tiene acento?

—Me está entrando una llamada—dijo Wendy enfáticamente.

Tomó la otra llamada, y regresó a mí un minuto después.

—Muy bien—dijo cuando volvió a ponerse en línea—. ¿Entonces te veo aquí a las nueve? Digamos a las ocho y media. Así podremos tomarnos un café y salir con tiempo de sobra, por si hay mucho tráfico.

—¿Cómo se llama el personaje?—pregunté de nuevo.

—Ah, *eso*—Wendy fingió que no sabía de lo que estaba hablando.

—Sí, por favor—dije.

—Bueno, la cosa es que no tiene exactamente un *nombre*.

—¿Cómo la llaman, Wendy?

—Está bien, Marcy. Pero no vayas a montar ahora una cabrona cruzada. Es una buena oportunidad para salir y que te vean.

—Está bien.

—Mmm, tengo el guión por aquí. Está bien. ¡Ah! Aquí está.

—¿Y?

—El personaje se llama Bailarina Nudista Hispana Número Uno—informó. No dije nada.

—Confía en mí, Marcy. No es tan malo como suena. Puedes aportar mucho al personaje. A ella no le gusta ganarse la vida de ese modo, pero tiene que hacerlo, ¿entiendes? Tiene una familia que mantener. Puedes darle mucha dignidad. Tiene seis minutos de diálogo. Es un montón.

—Está bien, Wendy.

—¿Entonces te veo mañana?

—Sí. Gracias por llamar.

Cerré el celular de un golpe y me quedé contemplando el agua que brotaba de la cima de la fuente, como una fiesta interminable de líquido seminal. Saqué mi nuevo libro del bolso y traté de leerlo. Era *¿Quién se robó el feminismo?*, de Christina Hoff-Sommers. Necesitaba municiones contra mi hermana Matilde y sus acólitas, y éste era el libro perfecto. Leí algo acerca de la ciencia y las epistemologías feministas, pero no podía concentrarme. El agua que salía a borbotones se parecía demasiado a un pene, a Ryan, sonaba demasiado fuerte y escandalosa para mis oídos.

En ese momento, una pareja masculina de la clase del poste, que para entonces ya habría concluido o estaría violando todo un código de salud, pasó por mi lado y uno de ellos le comentó al otro: "Mira a la tonta homofóbica, mi cielo". Mi cielo chasqueó la lengua y dijo en español: "Bueno, ¿y qué esperabas, m'hijito, si siempre está mostrando sus implantes frente a la cámara?" Se aferraron mutuamente en un ataque de risa compartido y ambos se dijeron "Tulum", como si fuera la palabra más graciosa del mundo. Uno de ellos, la muy puta, se alzó la camisa como si estuviera mostrándome los pechos. Basta ya, eran demasiados maricas desnudos en un día. ¡Dios mío!

Pensé en llamar a Ryan para contarle todo el daño que me había hecho al vender aquellas fotos, pero posiblemente grabaría la llamada y se la vendería al programa *Entertainment Tonight*, donde la colocarían entre un Michael Jackson lloriqueante y una Britney Spears borracha. Nico pensaba que yo debía "sobrellevarlo" y esperar a que apareciera el próximo escándalo en un tabloide latino, que sacaría el mío del radar. Pero ¿cómo se puede sobrellevar a dos hombres que se burlan de ti en tus narices?

¿De qué estaban hablando ellos? ¿*Homofobia*? Yo no tenía ningún problema con los gays. Ninguno. Solamente que no me gustaba que se sacaran la ropa en clases, especialmente si eran hombres y se habían afeitado todo el vello púbico. Hasta yo me dejaba una pequeña franja en el centro, para que los visitantes encontraran el camino.

Busqué las llaves del auto en mi bolso. Mientras las sacaba, un hombre maduro y bien parecido salió de una librería cercana, me miró, volvió el rostro y volvió a mirarme. Sonrió tímidamente y se acercó. Quizás no me conocía y sólo quería saludarme e invitarme a salir con él.

—¿Marcella?—preguntó nerviosamente.

O quizás no.

Se secó la palma sudorosa de la mano en sus jeans y me habló en español.

—Tú eres Marcella Gauthier Bosch. Lo sé, mira. —Abrió la bolsa de compras que llevaba en la mano, sonrojándose—. Acabo de comprar tu calendario.

Mi calendario. Me había olvidado de eso. Wendy había tenido la idea de recopilar algunas de mis fotos más picantes, tomadas durante mis tiempos de telenovela, para un calendario de distribución limitada en los principales mercados latinos de Estados Unidos. No creí que nadie lo pusiera a la venta, mucho menos que alguien lo comprara.

Tartamudeó nerviosamente.

—Pude haber comprado uno de Pamela Anderson. Pero compré éste porque estás en él. No me gustan las rubias.

—Es un pensamiento fascista—dije, y me miró sorprendido como si yo hubiera hablado en otro idioma—. No importa.

Me extendió el calendario para que lo viera y miró mis pechos.

—¿Podrías dedicármelo?

—Claro—respondí.

No era mal parecido. En realidad, era muy atractivo. Quise preguntarle si le gustaban las mujeres y si le gustaría salir conmigo alguna vez. Pero a los hombres comunes y corrientes les intimidaba salir conmigo, de igual modo que a las mujeres comunes les intimidaba ser mis amigas. De todos modos, quizás el tipo fuera un psicópata. Ah, y llevaba un anillo de compromiso. Y no es que ese tipo de alhajas impidiera que los hombres dejaran de salir y fornicar, como yo bien sabía. A menudo, incluso parecía estimular ese comportamiento.

—Y bien, Marcella—dijo, ahora en inglés, antes de despedirse—, ¿cuándo podremos verte en la gran pantalla? Recuerdo que, hace algunos años, todos se referían a ti como la próxima Salma.

Sólo las personas que no eran actores decían "la gran pantalla".

—Espero que pronto.

—Es alentador ver que hay modelos de latinas fuertes para nuestras hijas—dijo—. Mi hija te adora tanto como yo. Bueno, no dejo que lea todas esas cosas sobre el nudismo que salen en *Cristina*. Pero vemos las repeticiones de tus antiguos programas que pasan por las estaciones hispanas. Eres la única latina de la televisión a la que admira mi hija. Ella también es de California, como tú.

Mi corazón se encogió mientras le devolvía el calendario y pensé en esa pobre niña que sólo me tenía a mí como modelo.

—Gracias—respondí—. Agradezco tu apoyo.

—Esperaré tu debut en el cine—dijo—. Iré a verte con mi hija.

—Qué bueno—asentí, recordando a la Bailarina Nudista Hispana Número Uno—. Pero te ruego que no le hagas eso a la pobre muchacha. En serio. No es una buena idea. Trata de que se fije en Julia Roberts o en Catherine Zeta-Jones. Sé un buen padre.

Se me quedó mirando confundido, mientras yo me alejaba.

En el instante en que entraba a mi pequeño chalet en Laurel Canyon, con dos gatos amarillentos y ansiosos enredados en mis tobillos, mi teléfono sonó. Corrí a responder, pero ojalá no lo hubiera hecho. Era mi madre, gruñendo.

Cuando se hallaba furiosa y atiborrada de medicamentos (su estado natural), mi madre, que era una fumadora impenitente, hablaba como una loba que llevara un conejito ensangrentado entre los dientes. Era lo mismo de siempre: cómo es que había renunciando, cómo podía avergonzarla así, cómo podía ser tan fracasada, por qué no llamaba a mi puñetero tío, cuándo iba a tener un trabajo de actuación que valiera la pena, como el suyo. Sin embargo, a diferencia de mi padre, ella amenazaba con suicidarse si no ponía orden en mi vida. Yo era la que más me parecía a ella, me dijo, y por eso era su mayor desilusión. Me pregunté qué pastillas habría estado tragando toda la mañana.

Colgué y vagué por toda mi casa, buscando un buen libro. Leía unos cinco semanales. En el momento en que me acomodaba en mi silla, el teléfono sonó de nuevo. Segura de que sería otro miembro de mi desgraciada familia, respondí con un, "No me jodan más. Adiós".

—¿Cómo? ¿Hola?—dijo una dulce voz con acento tejano—. Debo haber marcado el número equivocado. Siento mucho haberla molestado.

—¿A quién busca?

—A Marcella Gauthier Bosch.

—Es la que habla. Soy una cretina. Lo lamento.

—Oh. —Hubo una pausa—. Me imagino que estabas esperando a otra persona.

—Más bien, temiendo.

La mujer explicó que era Alexis López, la agente que había conocido en el Getty la noche anterior. Me dijo que después que yo me marchara del museo, nada menos que Darren Wells había manifestado su interés en reunirse conmigo para una audición para un nuevo programa de televisión que estaba produciendo para una importante cadena.

Le respondí que tendría que hablar con mi agente, Wendy, y enseguida me dijo que le había mentido a Darren Wells, diciendo que ella me representaba.

—Se está poniendo viejo—dijo con un suave susurro, refiriéndose a Wells—. No quiero confundirlo. ¿Puedo ir contigo a esta entrevista?

—¿Le dijiste *qué*?

—Querida, era una oportunidad única para ti—dijo Alexis con la voz más dulce y sureña que he oído—. Siento haber sido deshonesta. De veras que lo siento. No tienes idea. Pero a veces uno tiene que serlo en este negocio. Se lo diremos a Wendy más tarde. ¿Qué opinas?

—¿Se lo diremos? ¿Lo dice *quién*?

—Lo siento. ¿Te he ofendido?

No, pensé. Me has impresionado.

—Creí que sería mejor decírselo más tarde—continuó—. La llamaré ahora mismo si quieres. Pero ésta es la situación: el señor Wells me dijo que había tanteado todas las agencias, incluyendo la tuya, y que ninguna le había enviado a nadie. Con todo el respeto.

Recordé los papeles que Wendy me había estado pasando, y todos, sin excepción, habían sido de trillados estereotipos latinos: putas drogadictas, mucamas, pandilleras, o madres adictas a la heroína, atractivas y agonizantes en un salón de emergencia, que maltrataban a sus hijos. Había estado a punto de despedirla, pero mi padre me había convencido de que no lo hiciera porque, según me recordó, ya había despedido a tres agentes el año anterior, y yo estaba quemando poco a poco todos los puentes, incluso antes de haberlos cruzado.

—No me importa si la dejas fuera de la jugada—le dije—. Pero debes saber que si consigo el trabajo tendrás que compartir tu dinero con ella. El contrato dice que ella obtiene el quince por ciento de todo, aunque no haya sido ella quien lo consiga. Vas a tener que vértelas con ella.

—Mi cielito, yo no quiero nadita de tu dinero—replicó Alexis en un tono tan pícaro que me mostró que no solía practicar esa mala gramática pueblerina—. No me pediste que hiciera esto, así es que lo haré gratis. Pero si funciona, te pediré que consideres la posibilidad de que sea tu representante. Eso es todo. Puedes tener a Wendy como agente y a mí como representante. Muchas chicas lo hacen. Con todo el trabajo adicional que voy a conseguirte, ni siquiera sentirás la falta del porcentaje que me pagarás.

De inmediato Alexis me dio la dirección y la fecha de mi cita para la audición, dentro de dos semanas, y la dirección del restaurante donde ella y yo nos tomaríamos antes un café para ponernos de acuerdo. Se disculpó por no haber organizado una audición más pronto, pero dijo que tenía que pasar una semana de "tortura yoga" con "otra clienta".

—Yo no soy clienta tuya—le recordé.

Ella continuó su cháchara como si yo no hubiera dicho nada.

—¿Estás libre para ese día? ¿Estás dispuesta? Iremos al lugar juntas, si es que no tienes pecho—ahogó una exclamación y escuché un sonido que supuse sería su mano cubriéndose la boca, seguido por una risita—. Ay, Dios, quise decir "si es que no tienes tiempo". Eso sí que fue un desliz freudiano. ¡Vaya! Ya habrás notado que no tengo senos. De ahí salió. ¡Uf! Bueno, ¿cuento contigo? ¿Tendrás tiempo, muchacha con pechos?

Claro que no tenía tiempo. Estaba muy ocupada deambulando por toda la casa, sintiendo lástima de mí misma. Estaba ocupada yendo al gimnasio, sólo para ser insultada por unos travestis en cueros.

—Muy bien—respondí—. Iré. Pero con una condición.

—¿Cuál?—preguntó ella.

—Que vayamos de compras en vez de irnos a comer. Puedo pensar mejor así.

—Lo que quieras, corazón. Debería de haber adivinado que no eras comelona.

OLIVIA

No grites me dice ella y sus ojos parecen los de un animal. Su mano me cubre la boca y sabe a masa y cebollas y su otra mano sobre los labios fruncidos de mi hermanito y el otro hermano es tan pequeño, casi recién nacido, que está dormido y le ruego a Dios que no se despierte riendo como suele hacer el bebé más alegre de Perquín. Nos dice que hagamos silencio lo dice todo el tiempo por supuesto porque somos niños pero esta vez lo dice y sabemos que hay que obedecer. Tiene mal aliento como ocurre con el aliento a mitad de la noche, cuando es denso y pastoso, y tengo ganas de orinar y ella está cerca y es tarde y no recuerdo cómo nos metimos debajo de la cama en la entrada la puertecita que mi padre hizo en el suelo de la que ella se burlaba y dijo que nunca necesitaríamos, una puerta más pequeña que ninguna otra que haya visto, con arañas y oscuridad al otro lado del suelo. Practicamos una vez, toda la familia, deslizándonos a través del hueco, hacia el costado abierto de la casa, trepidando sobre nuestros vientres hacia la luz del patio.

Una mujer y tres niños nos apretujamos bajo la cama del cuarto oscuro y no nos movemos apenas respiramos. Ella tiene veintisiete años, se llama Soledad y es mi madre. Y los oigo echar debajo de una patada la puerta principal el crujido de la madera el sonido más súbito y horrible que haya oído en mis diez años de vida. Y los oigo hablar con sus voces fuertes de hombre y yo soy pequeña pero sé cómo hablan los hombres cuando están borrachos; si me preguntan diré que no, que no sé, pero sí sé. Los escucho decir que buscan a mi padre lo llaman puta fidelista comunista marxista palabras peores palabras terribles que mi madre no me deja pronunciar. Y puedo ver a mi Tata en el otro rincón de la habitación acurrucado en una silla luego se pone de pie detrás de la puerta con un arma en su mano temblorosa y su otra mano temblorosa corta el aire para ordenarnos que nos quedemos ahí. Tiembla sólo lleva sus calzoncillos como hace para irse a dormir y una camisa a cuadros, agujereada por las polillas. Parece un niño. Su pelo está revuelto y es tan flaco tan joven ahora me doy cuenta. Veo sus rodillas huesudas y su segundo dedo del pie más largo que los otros. Me doy cuenta de lo pequeño que es y eso me asusta porque siempre me había parecido tan alto y valiente, era todo para mí. Me mira y son- ríe para darme a entender que todo saldrá bien pero sus ojos dicen otra cosa. Sus dientes están teñidos de marrón por los minerales que hay en el agua del pozo del pueblo en las lomas donde aprendió a ser honesto y bondadoso. Sé lo suficiente como para saber que está mintiendo, de la misma manera que sé cómo hablan los hombres cuando están bor- rachos también sé cómo miran los hombres cuando están mintiendo. Mi padre nunca supo decir mentiras. Esa fue su mejor y peor cualidad. Tata siempre dijo la verdad y eso no estaba permitido. Era un hombre amoroso y amable con los animales tan amable que ni siquiera se los comía era budista y todos en el vecindario y en el pueblo pensaban que estaba loco y trazaban círculos con un dedo apuntándose a la cabeza como si llevaran un arma, qué loco, qué loco.

Sé que el arma no tiene balas que mi madre se las sacó un día cuando mi padre es- taba en la escuela estudiando para ser arqueólogo porque soñaba con documentar los ase- sinatos en masa los enterramientos anónimos de su gente mi gente nuestra gente. Lo sé porque la vi sacándolas y ella me contó por qué lo estaba haciendo mientras lo hacía, dijo que no creía que necesitáramos un arma. "Ninguna casa donde haya tres niños debe tener un arma cargada, ésa es una señal segura de decadencia social", dijo ella y me besó en la cabeza y echó las balas a la basura. "Pero Tata dijo que podría necesitarlas", dije. "Roland Reagan quiere capturarlo". "Ronald", me corrigió ella, y se rió y me revolvió el cabello. Cloqueó como una gallina y me dijo que no creía que esos problemas llegarían hasta nosotros que no pensaba que las cosas se pondrían tan malas y que temía tener un arma en la casa tenía más miedo del arma que de los escuadrones de la muerte.

Siempre confié en mi padre porque me contaba historias a la hora de dormir y me peinaba con un cepillo plateado y yo no conocía de ningún otro Tata que lo hiciera, casi todos los otros Tatas que conocía parecían borrachos y tenían ojos que mentían. No en- tendía lo que significaban estas cosas pero sabía que mi madre había sacado las balas y que mi padre las quería dentro del arma. Y nuestras cabezas se asoman bajo las camas y lo veo todo y entonces comencé a odiar a mi madre.

Y mis padres intercambian una mirada y él le dice con los ojos que sabe que no hay balas y que está asustado y ella le dice que lo siente y él le dice que no importa y ella llora sin hacer ruidos y aprieta mi mano hasta que los dedos se me entumecen. Y mi padre el budista maya comienza a rezar un rosario católico que aprendió cuando era niño y pensó que había olvidado y escucho caer las palabras una catarata de palabras y la cabeza de mi madre golpea el suelo y vuelve a golpeársela tres veces y dice que es una estúpida y yo es- toy de acuerdo con ella.

Nos quedamos escuchando mientras ellos tiran y rompen en la otra habitación nues- tra única otra habitación es un pequeño apartamento no tenemos mucho dinero compartimos el espacio y la comida lo mejor que podemos y sólo más tarde comprendo que éramos pobres. Y no golpean la puerta del dormitorio. La echan abajo. No está asegurada y pudieron haber hecho girar el picaporte y haber entrado eso es lo que pienso mientras observo los trajes verde oscuros y las botas de caucho a través del piso de madera. Mi madre me aprieta más fuerte y ahora tengo todo el brazo dormido. Ni siquiera son unas botas bonitas porque estos hombres son unos ignorantes son muchachos que están borrachos y no saben por qué asesinan ni a quién asesinan porque creen que el dinero que reciben por eso es bastante. Veo la bota y el rifle y luego los hombres y veo que son cinco y que hay más hablando en la otra habitación riéndose. Esto no es justo pienso con mi mente de niña cinco contra uno, aunque ése uno sea mi padre que es grande y fuerte o lo era antes de que mi madre le robara las balas y él se fuera a dormir sin sus pantalones.

Nunca olvidaré qué pequeño se veía mi Tata con su arma vacía, sus piernas más flacas que las patas de un flamenco, tratando de sonreír y encogiéndose para tratar de parecer inofensivo. Intentó razonar con ellos con una voz suave y odié a mi madre por haber sacado las balas y ella nos agarró a todos como si fuéramos un bulto como tortillas y nos cubrió con su cuerpo con sus manos sus piernas nos envolvió con su cuerpo y sentí sus sollozos ahogados que nos estremecían y ahora mis pies están dormidos.

"No mires", me dice y no sé de qué habla y entonces alzo la vista y la cabeza de mi Tata explota en rojo y gris y un pedazo de su cabeza con sus brillantes cabellos negros y rizados sale volando por la habitación y se incrusta en la pared. Apenas hay tiempo para entenderlo y ya ha sucedido. Y luego escucho los disparos como si llegaran con retraso y los hombres se ríen mientras el cuerpo de mi padre cae sobre el suelo como una canasta de papas pesado e inmóvil y le disparan otra vez y otra vez y quiero gritar y no puedo mi madre no me deja y esto es culpa suya y la odio. Huelo el olor a pólvora y a sangre. La sangre huele a metal. Nunca supe hasta ese día que la sangre oliera. Mis piernas están dormidas.

Uno no se da cuenta enseguida de que su padre ha muerto de que en un pequeño intervalo de tiempo, una fracción de tiempo, unos hombres puedan arrancarlo de ti tan fácilmente que las personas son tan frágiles desechables que nuestras vidas cuelgan del más fino de los hilos que en cualquier momento alguien puede decidir volarte la cabeza. Eso es algo que más tarde te perseguirá en sueños por el resto de tu vida en la manera en que te aferras a gente y situaciones que no deberías en la manera en que pasas por alto las cosas malas la gente mala en la manera en que no quieres separarte de nadie por muy mal que te traten especialmente los hombres y en mi sueño uno de los hombres del escuadrón de la muerte es mi marido Samuel borracho que se ríe de mí.

Y mi madre que tiembla maldice susurra empuja un picaporte bajo la cama y hay un hueco debajo de la casa y ella nos va depositando en él uno a uno y no puedo sentir mi espalda cuando aterrizo en el suelo y nos abrimos paso por el túnel y salimos al patio trasero y ella nos empuja y levanta porque estamos demasiado asustados para movernos, yo y mi hermanito de cinco años que está quieto tan quieto que no puedo creer que sea el mismo niño que hace tanto ruido todo el día que quisieras pegarle y el otro todavía duerme y no puedo creerlo después que mi madre lo hizo rodar como una masa de maíz por todo el suelo. Es bueno que los soldados estén tan borrachos que cantan y gritan para celebrar el asesinato que les traerá oro, porque no nos oyen hasta que ya estamos fuera de la casa en el patio y corriendo hacia el único lugar que aún está a salvo: la iglesia.

Y quiero regresar a la casa para matar a los hombres y mi madre dice que no y asegura que esto es lo que él quería que esperáramos hasta que ellos estuvieran en la casa hasta que lo agarraran y luego nos iríamos que ésa era la mejor manera y la única. Ella repite "esto no está sucediendo" una y otra vez y la odio por su manera de resolver la desgracia por la manera en que dejó que ocurriera y nos levanta y me coloca sobre uno de sus hombros los varones en el otro, y ella pequeña y flaca pero corre y siento la calidez salada de sus lágrimas y no son las mías son las suyas saben más amargas que el metal y muy malas en mi boca. Las lágrimas de mi madre empapan mi hombro y ella corre descalza en medio de la noche y de las balas que vuelan y tratan de detenernos.

Y ahora mi madre la maya atea ruega que Dios le permita llegar con sus hijos a la iglesia que lleguemos a la iglesia donde estaremos a salvo y la noche es tan oscura que no puedo imaginarme que alguna vez vuelva a haber luz otra vez y una bala alcanza en un pie a mi hermano el más pequeño el recién nacido y chilla y perderá su pie y nunca caminará derecho pero vivirá y será un médico y ayudará a los niños refugiados en todas la guerras habidas y por haber y ahora me siento tan entumecida que no puedo sentir nada . . .

Noooo!—me desperté gritando, empapada en sudor.
—Olivia. Tranquilízate, cálmate.

Era la voz de Samuel, con su mano suave y cálida sobre mi brazo erizado, y su español forzado y torpe, pero cariñoso.

Seguía oliendo a algo extraño que yo no podía reconocer.

—Fue sólo un sueño—aseguró.

Me acunó como a un bebé. Escudriñé la oscuridad, observando las paredes del pequeño dormitorio, demasiado próximas, el aparador alquilado con su espejo barato, la silla que estaba en el otro extremo, el afiche de la Huelga de las Uvas del Sindicato de Trabajadores Granjeros que mi madre nos había regalado por nuestro aniversario, los tejidos del Perú con sus colinas y sus llamas que colgaban de las paredes. Miré sobre mi hombro la cabecera alquilada. Luego miré al rostro de mi marido, fuerte, amable, con ojos oscuros y acongojados.

Me acurruqué entre sus brazos, temblando.

—No—dije—. No es sólo un sueño. Es *el* sueño.

—Necesitas ver a alguien que te atienda eso—dijo—. Está empeorando. Te matará.

—No hables de matar.

Parecía un sueño. ¿Qué era ese olor? Se sentía tan caliente. Pólvora. No, metal. El olor de un sueño. Algo irreal. Samuel olía a sangre. Escuché la voz de mi madre, muy cercana, y vi una boca que se movía en el aire. *Esto no está sucediendo, esto no está sucediendo.*

—Tú estabas ahí—exclamé—. Esta vez lo mataste tú, eras tú.

Lo golpeé, lo abofeteé, abrí mi boca para morderlo, pero él me sujetó.

—Shhh—dijo, rodeándome fuertemente con sus brazos como si fuera un chaleco de fuerza—. Olivia, escúchame. Sé que quieres escribir la historia de tu madre. Sé que eso es importante para ti. Pero mientras más trabajas en el guión, peor te sientes. Debes dejarlo por un tiempo, ir primero a una terapia.

El silbido de una bala irrumpió en la noche. Salté y grité.

—Shhh—dijo de nuevo—. No es nada. Sólo la calefacción que se encendió. Estás en L.A., es octubre, hace frío. ¿Me oyes? ¿Oíste lo que dije sobre el guión? No quiero que trabajes más en él.

—Van a matarme—dije.

—Nadie va a matarte. Estás a salvo. ¿Quieres que te traiga agua?

—¡Samueeeel!—dije histérica—. Ve a ver si Jack está bien. *Fue la pelona.*

La muerte estaba aquí, en la habitacíon, respirando en las esquinas. Podía sentirla.

—Estoy seguro de que Jack está bien, Olivia. Escucha.—Sostuvo el monitor para que lo viera. No emitía sonidos inusuales. Samuel sonrió—. No te preocupes.

Trató de abrazarme otra vez, pero lo pateé.

—Ve a ver—le dije.

—El niño está bien—repitió.

—Pero el pie—grité—. El bebé perdió su pie.

Traté de zafarme. Él intentó controlarme de nuevo, pero volví a patearlo con fuerza.

—No—murmuré—. Ve a ver al niño.

Samuel retrocedió.

—Está bien, está bien. Lo haré. Pero ¿vas a estar bien si te dejo sola aquí?—preguntó.

—Asegúrate de que Jack esté bien—me estremecí—. Le disparan a los bebés. No discriminan.

Samuel se deslizó por el dormitorio en penumbras, cuidando de no darme la espalda. Vi sus poderosas piernas, fuertes de tanto ciclismo, y los músculos de su abdomen. No tenía derecho a ser mucho más fuerte que mi Tata. ¿Por qué había estado allí, me pregunté, disparándole a mi padre?

—Regreso enseguida—me aseguró.

Tan pronto como Samuel salió del cuarto, las voces se arremolinaron sobre mí. Me quedé contemplando los fantasmas revoloteantes que danzaban por las paredes, y esperé entumecida y helada. Me cubrí con la sábana e intenté calentarme de nuevo.

—Váyanse—les dije a los fantasmas.

Se rieron. Traté de olvidar el sueño y la manera en que el olor persistía. Incluso después que Samuel saliera, flotaba en el aire. Había espectros por doquiera que miraba, calaveras amenazantes, excepto un solo rostro, con barba y mirada bondadosa.

—Tata—llamé.

Sonrió tristemente y cortó el aire con una mano, diciéndonos que nos quedáramos quietos, quietos. Quise advertirle, decirle lo que iba a ocurrir para que corriera a salvarse, para que viniera con nosotros, por qué no escapamos todos juntos, por qué se quedó a pelear, pero mi lengua no podía moverse.

Salté de la cama y fui al espejo. Ya no era una niña. Frente a mí había una mujer de treinta y cuatro años que parecía joven para su edad, de piel canela y oscuros cabellos castaños salpicados de canas, a la altura de la barbilla. Ya no me arreglaba el pelo, aunque había puesto cierto empeño en él y en el resto de mi apariencia cuando estaba en la secundaria y la universidad. Pero ya no había tiempo, y de todos modos a nadie le importaba cómo luciera, ni siquiera a mi propio marido.

Olivia, llamaron los fantasmas. *¿Dónde estás?*

—Aquí—contesté a mi imagen.

No podemos verte.

Yo era el tipo de mujer que la gente siempre estaba creyendo reconocer de alguna parte, aunque yo no conocía a mucha gente. Tenía un rostro ovalado y franco que inspiraba confianza y hacía pensar a muchos que te habían visto antes, y una o dos veces me habían dicho que me parecía a Talisa Soto, aquella mujer que se había casado con Benjamin Bratt. Usaba maquillaje tan pocas veces que había olvidado quitármelo la noche anterior, pero de algún modo el rímel se había corrido de una manera que parecía calculada, como si estuviera usando delineador y tratara de verme bonita. El rubor aún coloreaba los huesos de mis mejillas. Recorrí con los dedos mi estrecho cuello, en dirección a las clavículas. Me estremecí.

Olivia, venimos por ti.

Medía algo más de cinco pies, era fuerte y musculosa por los muchos años de carreras diarias, y el remolino de los fantasmas contra el techo me hizo sentir aún más pequeña. Escuché pasos y me agazapé en la cama, sumergiéndome bajo las mantas, temblando.

Samuel regresó, andando suavemente sobre la alfombra. Cuando entró al cuarto, los fantasmas se dispersaron como cucarachas.

—¿Está vivo?—pregunté.

—Jack está bien—respondió él y se trepó a la cama—. Ven aquí.

Me abrazó y acunó en sus brazos.

—Ya, ya, mi amorcito—dijo—. Ya pasó todo. Estás a salvo.

Me estremecí y me entregué al calor de sus poderosos brazos. Miré los números digitales rojos del despertador junto a la cama: 4.47. Samuel debería estarse levantando en una hora para ir a su oficina en la UCLA y prepararse para sus clases. Pero aún escuchaba el resonar de los pasos, unos tras otros, correteando, caminando, borrachos en busca de su presa en el otro cuarto, en las verdes colinas de Perquín. Cerré mis ojos para no escuchar las botas de los hombres sobre el piso de madera. Me dije que aquí no había ningún piso de madera, sino alfombra, la alfombra nueva de un apartamento; estaba en Calabasas, no en El Salvador; tenía treinta y cuatro años, no diez; no había nada que temer. La cortina de vinilo de la única ventana del dormitorio se tornó gris con la cercanía del amanecer.

—Ayúdame—sollocé.

—Llama a ese médico—dijo Samuel, con una herida sangrante en su mejilla por culpa de mis uñas.

—Está bien—dije.

—No me digas que sí otra vez, Olivia. Hazlo. No podré seguir aguantando esto.

—Lo haré.

Me acurruqué contra él y comencé a librarme de las pesadillas. Me abrazó y comenzó a besarme en el cuello y los hombros, y ahí estaba. Una erección. Contra mi muslo.

—No—le dije, mientras me libraba de él.

—No puedo evitarlo—se justificó con un gesto de vergüenza.

—No necesito eso ahora. Necesito ayuda.

Se apartó de mí.

—Lo sé. Es algo biológico. No quisiera que ocurriera. Lo siento.

—Está bien—acepté.

—¿Qué tal si hago tortas para el desayuno?—preguntó—. ¿Ayudaría eso?

—Sí—contesté—. Pero apenas son las cinco de la mañana.

—Duerme tú—me aconsejó—. Limpiaré un poco. Te despertaré dentro de un rato.

—Trataré.

—Ey—dijo, volviendo su rostro para que pudiéramos vernos los ojos—. ¿Sabes que te quiero?

Sonreí mientras los últimos fragmentos del sueño se disolvían en el aire.

—Yo también te quiero—contesté.

De repente, el rostro de mi padre apareció frente a mí, en la cama con nosotros, y de inmediato atravesó volando la habitación, tan nítidamente como si estuviera vivo, y se quedó allí, en el alféizar de la ventana, sonriendo.

—¿Tata?—llamé.

Samuel se volvió hacia el sitio donde miraban mis ojos.

—¿Lo ves?—preguntó.

Además de otros temas, Samuel enseñaba sobre la guerra civil en El Salvador en la UCLA. Era americano, de ascendencia mexicana, pero me comprendía.

—Sí—dije.

Pero apenas respondí, el rostro desapareció y me sentí más fría, mucho más fría de lo que me había sentido en días.

Samuel me besó la mano.

—Él también te ama—me aseguró—. No lo olvides. Y tampoco quiere que sigas teniendo esos sueños. Quiere que te permitas a ti misma ser feliz.

—Seré feliz tan pronto termine el guión.

—Olvídate del guión—replicó Samuel—. Concéntrate en ponerte bien, Olivia. Eso es lo más importante ahora.

—Ay, Samuel—exclamé y me acurruqué contra su pecho. El olor a sangre se había ido de él; ahora olía a desodorante masculino—. ¿Me estoy volviendo loca?

—No—dijo—. Estás bien.

No sentí nada, sólo una somnolencia anestesiante que se extendía por todo mi cuerpo. Samuel hizo chasquear la lengua suave y adormecedoramente, y me dejó hasta que llegó la mañana y, con ella, la luz.

ALEXIS

Permanecí bajo la brillante luz de mi dormitorio, abrí el armario y comencé a arrojar trajes de yoga con colores claros y puñados de medias deportivas blancas en la boca abierta de mi bolso Vuitton, con la tela y los dibujos de la temporada.

Había ahorrado durante tres meses para comprar aquel bolso, y no estaba segura si debía llevarlo conmigo a The Ashram. Yo era un caso perdido, en parte porque carecía de entusiasmo y en parte porque no tenía nada de atleta, lo cual añadía aún más presión a la idea de permanecer toda una semana en el apestoso Ashram. Según rezaba el sitio de Internet del Ashram, regresaría en ocho días "esbelta, tonificada y tostada" . . . es decir, todo lo que importaba en el sur de California. Pero mis brazos colgaban a mis costados, pesados e inmóviles, organizando su propia rebelión . . . contra el Ashram; contra Lydia, mi estrella mariachi de dieciocho años que me estaba arrastrando en contra de mi voluntad a una semana de tortura yoga; y contra todo el sur de California, este gigantesco y nebuloso derrame de autopistas que se las daba de ser una ciudad . . . o dos . . . o tres. Ya había perdido la cuenta.

Desde mi ventana del segundo piso, observé las ramas verdes de la palmera que se mecían en el patio de mi condominio. El cielo era de un agua pálido, parecido al color de un chicle ya mascado y duro, que era lo más cercano a un cielo despejado en Orange County. Al igual que el resto del sur de California, el lugar se ahogaba bajo una permanente capa gris de ozono, óxido de azufre, partículas variadas, óxido nítrico y dióxido de carbono, en resumen, una sopa de *smog* que los nativos llamaban alegre y equivocadamente "capa marina". La reticencia estaba muy cerca de ser una forma de arte por estos contornos. Ciertas formas de vida vegetal más animadas, incluyendo mi alegre palmera, prosperaban en la niebla tóxica. Pero los asmáticos como yo, junto a sus apretados bronquios, no tanto.

Decían que uno terminaba por acostumbrarse a la contaminación. Pero lo único a que me había acostumbrado era a boquear desesperadamente en busca de mi inhalador, que seguía siéndolo aunque viniera en un monísimo estuche plástico y redondo de color púrpura, llamado '*Diskus*'. No me importa el esfuerzo que hicieran las compañías farmacéuticas por hacerlos parecer modernos. En mi opinión, los inhaladores—al igual que los frenillos y los zapatos ortopédicos— jamás estarían de moda. Pero con la cantidad de megalópolis en todo el mundo que deseaban imitar a ésta, vaya usted a saber. Supongo que dentro de unos veinte años, los inhaladores podrían convertirse en un accesorio imprescindible para las aspirantes a actrices y modelos, que podrían llevarlos colgados del cuello como grandes alhajas de plástico.

Boqueando, agarré el mío de la mesa de noche, apreté el botón y aspiré el polvo blanco y vagamente dulzón. Sostuve la respiración, como hubieran hecho Cheech y Chong en una fiesta callejera, hasta que no pude aguantar más. Entonces me atoré, tosí y jadeé con el chillido ansioso de un gato al que están estrangulando, y volví a mirar mi bolso. Sabía que la teleaudiencia americana había destrozado a Jessica Simpson por acampar con *su* bolso Vuitton, pero dudé que alguien en L.A., especialmente en un lugar tan *chic* como The Ashram, pusiera objeciones. De hecho, tal vez ni siquiera me dejaran entrar al Ashram sin un Vuitton. Algo que uno aprendía enseguida en Los Ángeles es que la gente que *hacía* televisión no se parecía en nada a la gente que *miraba* televisión. Yo pertenecía más bien al tipo que miraba, pero en virtud de mi trabajo estaba obligada a parecerme a aquellos que la hacían. No era fácil.

Era la primera publicista de prensa que trabajaba a tiempo completo para Tower Entertainment, la firma administrativa de mi padre biológico en Whittier, y tenía un número cada vez mayor de artistas que representar. Lydia, la reina de la canción mariachi de dieciocho años, que me llevaba a rastras al Ashram, era ahora la principal solista mexicana del mundo, pese al hecho de que había nacido y crecido en Orange County y no entendía ni una palabra de las canciones que cantaba, igual que el grupo Abba. Ella vendía millones, Los Chimpas vendían millones. Yo estaba ganando buen dinero. Todavía no era rica, pero en mi horizonte ya se vislumbraba un brillo semejante al oro. Llegaría. Sin duda alguna. Pero para llegar allí, desgraciadamente, tenía que vivir en el sur de California.

Pero ni siquiera con todo ese éxito y las cosas que venían aparejadas con él, me sentía a gusto en Los Ángeles. Para bien o para mal, todavía era una tejana. Prefería un buen bistec al queso de soja, y el fútbol antes que el yoga. Casi todas las mujeres de mi edad (veintinueve) que estaban en mi círculo (el mundo del espectáculo) se hubieran sentido encantadas de que su más preciada cliente (Lydia) las llevara al costoso (cuatro mil dólares por semana) Ashram (a practicar un yoga infernal) durante dos semanas (una eternidad). Era el tipo de cosas que la gente con el código genético más superficial de la especie humana acudía en tropel para practicar en el sur de California. Debería haberme sentido feliz, pero tenía tantos deseos de ir al Ashram como de que me pusieran un enema de Tabasco. (Esperaba que pronto se ofrecería algo así en todos los Ashrams del país, pero ¿qué sabía yo?)

¿Yoga? ¿Durante dos semanas?

Apreté la tecla de tocar el CD en mi computadora portátil, y la melodiosa voz de Juan Gabriel llenó la habitación. Hubiera querido quedarme en la cama y oírlo cantar, comerme un helado, hacer el amor con Daniel, ver el programa de George López y dormir.

Por mucho que mis compañeras de la universidad habían intentado convencerme de que Juan Gabriel era Barry Manilow en español, aún me gustaba el tipo. Juanga era el mejor. Y tampoco era la única a la que le gustaba. Tenía treinta millones de discos vendidos, una estrella en Hollywood Boulevard, mansiones en Malibú y Miami . . . Bastante impresionante para ser un huérfano mexicano y homosexual de Juárez. Hubiera sido capaz de matar con tal de tenerlo como cliente. Era una meta a seguir. Pero Juanga también podía ser un aficionado a los Ashrams. Y yo necesitaba clientes que *no* hicieran yoga. Es lo que necesitaba.

Me senté al borde de la cama y traté de hallar una excusa para salirme de este embrollo del Ashram. No pude. Era una representante y publicista del mundo del espectáculo, y visitar The Ashram era un asunto de negocios. En Los Ángeles, el yoga se había convertido ahora en una especie de peligro laboral.

—*Her name was Lola*—canté sombríamente, y las orejas de Juanga se pusieron de punta, estremeciéndose al sonido de mi voz—. *She was a showgirl. With yellow feathers in her hair, and a dress cut down to there . . .*

A decir verdad, no creía que Barry Manilow fuera nada malo. Era un compositor dotado y prolífico. Si uno lo miraba objetivamente, era obvio que tenía mucho talento. Barry había tenido una mala racha, como Fabio, Vanilla Ice, Pauly Shore, Debbie Gibson, Todd Bridges, o Siegfried y Roy. Todas eran personas con talento que habían sido atacadas por una u otra razón por los medios, casi siempre porque su aspecto era raro, o eran demasiado atractivos o muy populares.

Sonreí a Juanga, aunque no tenía ganas, porque sonreír cuando uno no tiene deseos levanta el ánimo, como cantar. En mi ciudad natal, la solución hubiera sido fácil: no habría ido a ningún Ashram. En Dallas, las publicistas hacían cosas propias de mujeres, como irse a tomar un café y unas tostadas francesas con sus clientas. Eso era impensable en L.A., donde, aunque la gente respiraba más toxinas en cuatro días de lo que era recomendable para toda una vida, el color amarillo del colesterol aún era visto como el enemigo público número uno, seguido de cerca por otras cosas que yo adoraba, como el azúcar, la cafeína, la manteca y la Biblia.

Si aún viviera en Dallas, probablemente ni siquiera sabría lo que *era* un Ashram. Y si hubiera *oído* la palabra Ashram—y no tengo idea dónde *podría* haber escuchado esa palabra allí, como no fuera en un programa de televisión hecho en *Los Ángeles*—me habría imaginado que se trataba de una falda enrollada, como las que se usan sobre un traje de baño, o de un lenguaje antiguo marcado con semillas en tablas de arcilla, o de un intimidante juguete sexual, como el que descubrí una vez cuando abrí un correo electrónico que pensé iba dirigido a mí, cuando en realidad era uno de esos mensajes con propaganda no solicitada en los que se intercambian algunas letras al azar; y me habría quedado tan tranquila. De veras.

—Odio este lugar—suspiré mientras comenzaba a enrollar los trajes de yoga, que era la mejor manera de empacarlos para evitar que se arrugaran en un viaje.

De inmediato, al darme cuenta que me había dejado llevar momentáneamente por un negativismo inaceptable—el cinismo es otra consecuencia de vivir en L.A.—, rectifiqué con una sonrisa:

—Este lugar tiene cosas buenas. Lo que ocurre es que ahora no me siento a tono con ellas.

Sonreír, aunque no sientas deseos de hacerlo, enseguida te hace sentir mejor. Eso decía el doctor Phil, y yo creía tanto en ese sabio y atractivo calvo como creía en Jesús. ¿Por qué no había otros hombres como el doctor Phil? ¿Hombres sensatos, preferentemente con el físico de Alex Rodríguez, el jugador de béisbol? Tenía que haberlos. Pero una cosa era segura: *no* los encontraría en un Ashram.

Mientras Juanga gemía en su portamascotas, me senté en las escaleras a mirar por los ventanales de la entrada en espera de la limusina rosada. Lydia, que era una neurótica obsesiva, no confiaba en mi habilidad para conducir hasta The Ashram, y había decidido que sería mejor pasar a recogerme. Tomé mi celular para llamar a Heather Simpson y disculparme por no haber podido ir a ver a su recién nacido la última vez que estuve en Dallas. Luego llamé a Jessica Maldonado para charlar sobre las últimas juntas a las que había asistido en Fort Worth.

Lydia estaba retrasada, así que tuve tiempo de llamar a otras amistades, en su mayoría condiscípulas de la secundaria y compañeras en la universidad: Heather Martínez, Madison Richards, Chloe Quiñónez, Charlotte Walker, Briana Pérez. Habíamos hecho labores sociales, asistido a la iglesia, bebido cerveza y mirado el fútbol con nuestros diferentes novios del momento. Ellas sabían dónde me gustaba ir de compras, qué me gustaba comer (¡en Rudy's Barbecue, muchacha!). Habíamos cantado villancicos de puerta en puerta, sin que nadie se riera de nosotras. No podía imaginarme haciendo algo parecido en L.A., sin que alguien me apuntara con un arma por haber penetrado en su propiedad o, peor aún, por haber cometido el peor pecado posible en Los Ángeles: tener el pecho plano.

Colgué cuando apareció la limusina y me enfrenté a la realidad. Lydia salió del auto con unos *shorts* muy cortos y una camiseta *baby-doll* con la palabra *deep* sobre el pecho. Abrí la puerta y abracé a mi clienta. Hasta fingí escucharla mientras parloteaba sobre un jugador de balompié de su secundaria que le gustaba mucho, pero en realidad estaba pensando en Olivia Flores, la guionista que había conocido en la UCLA.

Finalmente el guión acababa de llegar por correo, y me propuse usar cualquier tiempo libre que tuviera en el Ashram para revisarlo. Había leído las primeras tres páginas y me parecía excelente, incluso sin estar de acuerdo con las ideas políticas de una película que responsabilizaba a Reagan por el supuesto hecho de que Estados Unidos había patrocinado los escuadrones de la muerte en América Central. Pero yo conocía al público, y éste creería cualquier cosa. No iba a negarme a apoyar a una mujer latina cuyos puntos de vista eran distintos a los míos; eso hubiera sido tener mal ojo para los negocios. Y ahora que había conseguido como clienta a la voluptuosa y explosiva Marcella Gauthier Bosch, y con Lydia entrando a Hollywood en compañía de Will Smith, estaba impaciente por ver el resto. Me imaginé convertida en una potencia del espectáculo latino, y eso me gustó.

La carta adjunta de Olivia decía que la película *Soledad* contaba la vida de su madre: una mujer que huye de los escuadrones de la muerte en El Salvador y se convierte en una legendaria líder sindicalista en Los Ángeles. Y aunque mi mente suele bloquearse cuando se habla de política y de historia (y, ¡Dios nos ampare!, de los sindicatos), mi deseo de liberarme de Tower Entertainment y de las bandas rancheras se sobrepuso a la política.

—¿Te sientes bien?—preguntó Lydia, mientras las puertas de la limusina se cerraban—. Pareces aprensada.

—¿*Aprensiva*?

—Así mismo.

Hizo chasquear el chicle que olía a uvas y se retorció un bucle de cabello oscuro.

—Estoy bien—dije—. Sólo pensaba en el guión de una película que estaba leyendo.

—¿Es ciencia fisión, como mi película con Will?—preguntó Lydia.

—*Ficción*. No, es algo basado en la realidad. Sobre una líder sindicalista.

—¡Oh!—gritó Lydia, abriendo la boca con entusiasmo—. Una vez vi un programa como ese en TLC, donde las mujeres trabajaban y parían. Era superfuerte. Los programas realistas son lo mejor. Me gusta ése donde la gente come lombrices y bebe vómito. ¡De rechupete!

Juanga gimió desde su aparato y me observó con simpatía.

—Bueno—traté de cambiar el tema—, ¿aún sigues entusiasmada con ir al Ashram?

—¡Completamente! Por fin voy a salir de este vulgar trasero. ¿O crees que debería mantenerlo? Me da una imagen más popular.

Lydia, que no podía ser más delgada, trató de pellizcarse un poco de carne de la cintura, pero allí no había nada que agarrar. Tampoco tenía ningún trasero, mucho menos esa "vulgaridad" de la que tan a menudo alardeaba que deseaba perder. Lydia era una estaca con una buena cirugía en la nariz que sus padres le habían regalado para su fiesta de quinceañera. Pero era una estaca que se aterraba ante esas míticas cinco libras de más que hacían palidecer a cualquier mujer raquítica que yo conocía en L.A. Ése era un modo de establecer relaciones amistosas: estar tan flaca como para deslizarte debajo de una puerta cerrada, aunque jamás creyeras estar lo bastante transparente.

—¡Estoy tan contenta de que mi mejor amiga venga conmigo!—chilló Lydia, abrazándome—. ¡Supercontenta!

Juanga rugió y gruñó en dirección a Lydia. Dejé escapar un suspiro mientras la limusina se remontaba en dirección norte por la autopista 405. Iba camino al infierno, junto a Lydia, una mariachi que no sabía hablar, tan brillante como una noche sin luna. Pero ¿qué podía ser esa sensación de congoja y desagrado que sentía en el pecho? Supongo que era sufrimiento. Nunca lo sentí en Texas con la misma fuerza que en California. Estaba convencida de que Los Ángeles necesitaba la infelicidad de los tejanos nativos. Eso era parte de su venganza contra nosotros por ser tan sensibles. Me pregunté si un superhombre tejano atractivo y sensible como el doctor Phil, atrapado en su mansión de Beverly Hills, rodeado de maquillistas y de toda clase de gente superficial, no estaría de acuerdo conmigo.

Lo intenté de veras. Con toda el alma. Me sentaba con las piernas cruzadas y la vista fija en la estatua del Buda, en el jardín de meditación del Ashram, escuchando el zumbido adormecedor de gente que canturreaba. Intenté ponerme a tono. Con energía. Pero mi mente *no* se quedaba en blanco. La guía yoga clavó sus garras heladas en mi hombro y me ordenó que dejara mi mente en blanco.

—Si no lo haces—susurró—, los rezos no funcionarán. No conseguirás lo que más deseas en la vida.

Así es que, adiós bolsa Isabella Fiore (¡tan mona!) y marido y niños. Hasta la vista, Rolex. Quién hubiera pensado que los rezos no funcionarían a menos que la mente se quedara en cero, nada de nada, *nothing*, sin rastros de esta cristiana metodista.

Pero era su forma de decir las cosas lo que echaba a perder todo. Susurraba con voz débil y áspera que mi mente debía estar tan despejada como una sábana almidonada. ¿Almidonada? ¿De qué estaba hablando? Para ser justa, estoy casi segura de que quería decir limpia. Pero decía almidonada . . . Mmm, almidón, eso me recordaba un cereal. Lo único que había comido en los últimos cinco días eran frutas, vegetales y arroz integral . . . según las normas del Ashram. ¿Cómo iba a ser posible que una chica de 170 libras, con cinco pies y cinco pulgadas de estatura, que llevaba inscrito en el alma un bistec con papas, pudiera mantener su regia humanidad con comida para roedores?

Podía olvidarme de la gramática y la ortografía, y hasta de las rosquillas por una causa justificada, pero no podía tolerar una idiotez como ésa de las sábanas almidonadas. De pronto, el Ashram, que hasta el momento había sido algo simplemente *aburrido*, pasó a ser algo *jocoso*. Bajo la mirada de una experta en yoga que sólo pesaba noventa y cinco libras, que boqueaba en busca de aire y soñaba con rosquillas gratinadas, juré que algún día me iría, quizás a Texas, o más probablemente a un sitio que fuera mitad Texas, mitad California, como la Florida.

Me senté bajo la palmera, estudiando la estatua del Buda con sus grandes tetas y su piel lustrosa, pero no pude hallar nada trascendente ahí. No había sido educada para hallar la salvación en un calvito sonriente cuya filosofía espiritual podía resumirse en el interior de una tapa de Snapple. Lo siento.

Además, no me parecía bien que Buda pudiera tener unas tetas más grandes que las mías, eso es todo. Podía soportar la existencia de Marcella, la maravilla con silicona, especialmente porque sus implantes algún día podría proporcionarme un salario muy jugoso, pero pensé que me merecía un *premio* o algo así por ser la única mujer en la industria del espectáculo que jamás había pensado en ponerse implantes. ¿Es que una mujer no podía ir a cualquier sitio de esta puñetera ciudad sin que algo le recordara sus miserables senos talla A? ¡Santo Dios!

Observé a Lydia, gozosa en sus senos talla C, en el paraíso del yoga. Me alegré por ella. Había algo ingenuo y dulce en ella, algo inocente y confiado. Quería protegerla . . . o huir de ella. Todavía no lo había decidido.

Lydia y yo teníamos reuniones de publicidad en su dormitorio estilo Laura Ashley, en la casa playera de sus padres, donde la cantante de varios discos de platino aún firmaba cheques con una pluma rosada de adolescente. Yo estoy a favor de mantener el mayor tiempo posible la inocencia de la infancia, pero llegaba el momento en que era necesario seguir adelante. Lydia tenía algunos amigos, pero la mayoría de las chicas con las que había ido a la escuela sintieron que su temprano éxito intimidaba (había firmado su primer contrato para grabar cuando tenía diez años) y decidieron sentirse mejor, durante esos primeros años, pegándole chicles en los cabellos, y años después, creando un sitio en Internet al que nombraron 'Odio a Lydia Blanco'. Lydia lloraba todo el tiempo por esas cosas, y creo que ésa fue la razón por la que había decidido que una tejana pasada de peso, que ya llegaba a los treinta años, era su mejor amiga. No había otras mujeres en su vida.

La verdad es que no podía imaginarme lo que ella sentía, porque yo tenía *muchos* amigos, o al menos los tenía en el sitio donde había nacido. Era la única mujer en el séquito de Lydia, y la más cercana en edad, aunque yo *era* once años mayor. Así es que adopté a la pobre criatura como mi apreciada amiguita de confidencias. Lydia me confundía, porque podía cantar en español con una voz profunda y poderosa, pletórica de sentimiento y hastío, y cuando terminaba tartamudeaba como una adolescente y parecía confundida ante casi todas las cosas.

El mes anterior, ella y yo habíamos viajado juntas en una gira por Europa. Sus padres habían estado demasiado ocupados para acompañarla, así es que fungí tanto de chaperona como de publicista. Me había obligado a mí misma a reírme de todos los chistes en España, Francia, Italia y Portugal, por lo que supongo que era normal que pensara que éramos grandes amigas. Quería que lo siguiera pensando porque ahora que tenía varios Grammys de música latina bajo su pequeño cinturón de mariachi y que Hollywood comenzaba a mostrar interés por ella como actriz, era un producto codiciado. Yo no acostumbraba a pensar en la gente en términos comerciales, pero vivir en el sur de California y salir con Daniel, el Presumido Periodista de la Farándula, me arruinó. Ahora las personas eran artículos valiosos. ¿No era una pena?

Por cierto, Lydia me asombró en Europa. Me había preocupado su desconocimiento del español, la imposibilidad de que el sarcasmo y la sofisticación penetraran alguna vez en su cerebro. Pero había conquistado multitudes de personas políglotas y cosmopolitas de todos los estratos, con su enorme (y sin embargo, femenino) sombrero de terciopelo marfil y rosa, y sus apretados pantalones blancos de charro, cantando a grito pelado las poderosas y estereotipadas canciones mexicanas de amor, dolor y juerga, en el consabido estilo casi operático. A nadie le importaba que Lydia jamás hubiera probado una gota de alcohol y que apenas entendiera el idioma en que cantaba, porque era una cantante impactante y entonada con pasión singular y aptitud operática y, además, porque era *agradable*. Realmente agradable, de corazón. Los europeos, en especial los franceses, por supuesto, no tenían paciencia para la gente agradable. Pero incluso a ellos les *gustaba* Lydia. No podían evitarlo.

—Es una superestrella—dijo mi padre biológico, Papi Pedro, la última vez que visitó la ciudad y la vio cantar; y al igual que hacía cada vez que estaba convencido de algo, frunció el ceño—: Es un gigante, como Rocío o Ana.

Me agaché, apreté los párpados y me sumé al coro que murmuraba *nam-myoho-renge-kyo*. Pero cuando salí en busca de aire, seguía siendo Alexis, todavía soñaba con carteras y zapatos, y todavía extrañaba a mi perrita Juanga. ¿Cómo estará pasándola ese bichito ladrantín en su hotelito de perros? La había llevado conmigo a Europa y quise traerla aquí, pero estaba prohibido tener perros en el Ashram. *Todo* lo que me gustaba estaba prohibido en el Ashram. Todavía me sentía furiosa por no poder usar mi celular, leer novelas de Danielle Steele, comer dulces o mirar el programa de George López, las cuatro cosas que, para mí, hacían que la vida valiera la pena. Todavía saltaba de rabia ante la prohibición de visitas conyugales de Daniel durante mi condena en el Ashram. Esperaba con ansiedad el momento en que pudiera tener varios días de sexo ininterrumpido con él. Ahora bien, Daniel no era el hombre de mis sueños (ni el de los sueños de nadie), y aunque jamás hubiera sido el padre de mis hijos, era un poco mejor que una sábana almidonada en blanco, queso de soja y no poder leer novelas románticas.

En vez de quedarse en blanco, mi mente conjuró imágenes en las que yo me hallaba junto a Emeril Lagasse, el más atractivo gordito viviente, que tenía una larga vara con la que pescaba sábanas de algodón egipcio de trescientos hilos en una freidora. En una *gigantesca* freidora plateada. Mmmm. Una freidora. Grasa, la base de mi pirámide alimenticia personal. Mentalmente me propuse volar a Williams-Sonoma y comprar una freidora apenas saliera de este lugar, y freír todo lo que había en mi cocina sólo porque *podía*: queso, sopa, apio, cereal, de todo.

Diablos, hasta podía freír el bizcocho canino de Juanga. Mi adorada chihuahua también devoraba puré para perro Iams, dos veces al día. Pero la idea de freír esa bazofia tóxica y llenar la casa con olores de jarretes de caballo o belfos de pescado o lo que fuera que echaran en esas latas, era demasiado. Aunque a Juanga podrían gustarle los *kibble* fritos. Dios es testigo de que le gustaban la pizza, el capuchino y los Cheez-Its, casi tanto como a mí. Sí señor, freiría comida de perro, sólo porque esto era Estados Unidos y yo era una mujer libre y no tenía que adherirme a la manera de vivir, comer y divertirse del Ashram. Al diablo con todo, vivan las masas (y los chihuahuas lanudos) que aman los Pringles, amén.

Está bien, quizás había un poco de envidia en mi valoración del Ashram. Yo no me parecía a una Barbie naturalista de Malibú, como mi instructora de yoga. Aunque había sido esa clase de chica universitaria de cabellos brillantes a la que la gente llama "graciosa" (imagínense a una Sally Fields, jovencita, en SMU), en algún momento me había transformado en esta mujer ligeramente rolliza que envejecía con rapidez, que nunca lucía del todo bien en un par de *jeans*, y a quien los tipos bien parecidos le hablaban sólo para poder conocer a sus otras amigas, mucho más guapas.

Siempre me gustó la comida rápida, pero al parecer hacía más ejercicios cuando vivía en Highland Park, un suburbio de Dallas; y jugaba al tenis, era *cheerleader*, tomaba lecciones de equitación y cosas así. Pero aquí en Los Ángeles casi parecía como si me hubieran cosido al carro. Nunca *buscaba* el tiempo para hacer ejercicios, que eran una tortura para mí. Ahora era la mujer amable y sonriente con amigas atractivas y un inhalador. Comía demasiado, me movía muy poco, jadeaba . . . y si tienes treinta años y todavía andas buscando un marido, tienes una combinación fatal.

No había querido mirar al ruso; simplemente ocurrió. Apreté los nudillos cuando mis ojos tropezaron con los suyos, al tiempo que me juraba que no volvería a mirarlo *nunca más*. Había estado contemplando el alegre ombligo del Buda, cuando—hola—ahí estaban los ojillos grises de Boris, con un párpado roizo que parpadeaba bajo su tembloroso entrecejo.

Al parecer, la mente de Boris no había logrado parecerse a una sábana almidonada. Cerré los ojos de golpe, sorprendida, y luego, sin querer, volví a mirar, para ver si aún seguía allí, contemplándome, después de aquella expresión de disgusto-con-la-vida dirigida a alejar a los hombres maduros e impertinentes que tenían la espalda cubierta de pelos negros. Allí seguía. Mirándome. Y parecía creer que mi segunda mirada de desagrado era una bienvenida. Fuera, fuera, pensé, aléjate de mí. El parpadeo aumentó, y él colocó sus manos en círculo como si tratara de incluirme en ellas. Movió los labios: Tú, yo, tú y yo. Las manos regordetas, cuyos dedos parecían todos iguales, temblaron. Yo tenía instrucciones de la instructora yogui de quedarme allí, cantando mantras y meditando durante los próximos veinte minutos, pero me puse de pie y salí huyendo del hediondo jardín en busca de la tranquila humedad del templo circular de madera que se alzaba sobre la colina. Los instructores no me vieron desertar porque estaban ocupados preparando otro de sus insípidos banquetes de arroz integral y vegetales hervidos, sazonándolo todo, imaginé, con mierda de Buda aromatizada.

Durante dos minutos contemplé el dorado Krishna colocado en la fachada, antes de que Boris subiera los gastados escalones de madera del templo con sus pies hinchados y pequeños. Posiblemente creía que yo había venido hasta aquí en busca de una sesión de "tú, yo". Madre mía.

—Cinco pies, Boris—le advertí.

Trastabilló en la puerta, saludó y sonrió, tomando mi señal de "párate ahí, cretino" por un saludo amistoso.

—Hola—gruñó—. Tropiezo porque no estoy muy fuerte. Todos los músculos duelen. Lastiman. Y me llamo Burian, no Boris, muchas gracias, hermosa dama.

Sondeé la habitación en busca de un arma. Ese cucharón de madera, que se usaba para el agua bendita estancada en la cazuela dorada, me serviría.

—Quédate a cinco pies de mí, cosaco, o llamaré a la policía.

Mostró su diente de oro y abrió sus palmas hacia el techo.

—Nunca te dejarán usar el teléfono aquí—dijo, encogiéndose de hombros—. Prohibido teléfono, eso dicen.

Me acordé del celular oculto en mi maleta, bajo el catre de mi habitación. Si corría, podría llegar hasta él.

Como si me leyera la mente, Boris sonrió.

—Celulares no servir aquí. Antena no buena en la gran montaña.

De un salto llegué hasta el agua bendita y blandí el cucharón de madera. Lo esgrimí en el aire, tratando de recordar lo que había aprendido durante el fin de semana dedicado a la defensa personal, durante mi segundo año universitario en la sede de Sigma Lambda Gamma. Sólo pude recordar vagamente algunas escenas de *Karate Kid*. Mi voz se elevó una octava:

—Te lo advierto, Boris. No estoy bromeando. Aléjate.

—No entiendo.

Acomodó sus nalgas cuadradas en uno de los bancos, mientras se mojaba los labios gruesos y carnosos. Se secó el sudor de la frente con una gran toalla verde de mano que llevaba sobre los hombros. Sudaba como Whitney Houston durante los premios NAACP. Retrocedí, preparada para luchar, haciendo círculos con las manos frente a mí. Así . . . Así . . .

—No tengo ningún interés romántico en ti, Boris—dije.

—Está bien—respondió él, al parecer sorprendido—. Yo tampoco tengo ninguno. Soy hombre casado, dos veces tu edad. No soy loco—dijo, y se golpeó el pecho con un puño—. Qué pensamiento sucio el tuyo.

Se echó a reír a carcajadas.

Me di cuenta de que el tal Boris jamás había manifestado que quisiera algo conmigo. Sólo me había seguido para hablarme de su vida. Hasta me ofreció un pedazo de naranja, despojada de semillas por su pulgar mugriento, durante dos mañanas seguidas. En el Ashram eso era como una invitación, ¿no?

—¿Qué quieres?—pregunté.

Burian se golpeó un muslo.

—Quería hablarte de algo—dijo—. Pero no quiero apurarlo. Quiero esperar hasta ser amigos. Creí que éramos amigos ya, después de naranja hoy la mañana, pero ahora creo que no somos amigos.

—No, Boris, no lo somos.

—¿Por qué?—parecía esperanzado como un niño.

Tal vez fuera la dieta vegetariana, o el hecho de que ya había bajado siete libras, casi todas, pensé, de mi cabeza, porque le pregunté:

—¿Qué quieres? Dime.

—Me preguntaba si has oído hablar del gran músico Vladimir—chasqueó los dedos y movió su cabeza, como si escuchara una pegajosa tonada.

Trató de imitar el sonido de una batería con la boca, y escupió al hacerlo.

—No, nunca he oído de él.

Burian dejó caer su mandíbula y abrió mucho los ojos.

—Ah, entonces te lo has perdido.

—¡No me digas!—traté de no poner los ojos en blanco.

—Es muy popular en su país. Creo que estarías muy interesada en él.

—Lo siento, Boris—me dirigí a la puerta—. Si me lo permites, tengo una meditación que hacer. Estoy rezando por un Rolex.

Burian me siguió con pasos cortos y aprensivos.

—No, por favor. Dame dos minutos más de tu tiempo, hermosa dama.

A veces ser amable es una desgracia.

—Está bien—dije—. Dos minutos. Suelta.

Burian sonrió.

—Tengo un amigo, un músico muy bueno. Por eso quiero hablar contigo aquí ahora. Se llama Vladimir. Es muy famoso en su país.

Lo detuve con un gesto. Demasiados Vladimir en una semana. Mi amiga Heather quería tener un segundo hijo y me dijo que le encantaría llamarlo Vladimir, en honor de su padre ruso. Uno de los yoguis en el Ashram se llamaba Vladimir. Y ahora esto. No debería obligarse a ninguna persona a escuchar el nombre Vladimir tantas veces en un mes. No estaba bien. Además, mi conocimiento del mundo musical me decía que cualquier cantante ruso que valiera su peso en carne encurtida y vodka debería tener otro nombre que no fuera *Vladimir*, reservado para viejos incontinentes. Y también me di cuenta de que una verdadera estrella del *pop* no tendría por amigo a un tipo lujurioso y peludo con párpados temblorosos que se alojaba en el Ashram.

Le agradecí a Boris su tiempo, me volví y salí del templo. Boris me siguió tambaleándose, con la mirada extraviada.

—No quiero saber más—le dije, apurando el paso—. Y no deberías ir por ahí llamando dama hermosa a toda mujer desconocida, a menos que quieras que piense que tienes algún interés en ella.

Burian sacudió sus brazos junto a mí, jadeando por el esfuerzo, como alguien que imitara el baile de la gallina en un asilo de ancianos.

—¿Quieres que yo esté interesado en ti, entonces? ¿Una pequeña aventura con un extranjero?—me guiñó un ojo—. ¿Algo para escandalizar a la familia?

—No, gracias—me apresuré sendero abajo, deseando perderlo de vista, pero se mantuvo a mi lado—. Ya hay bastantes escándalos en mi familia.

—¿Estás segura?—mostró su diente de oro y dejó escapar una risa profunda.

—Sí.

Me senté en un banco cerca de un rosal. Burian se dejó caer a mi lado.

—Boris—le dije—. Por favor, acaba de decir lo que quieras y después déjame tranquila. Estabas hablando de tu amigo, el cantante Vladimir.

—Mi nombre es Burian.

—Perdona.

—Vive en Glendale—sonrió como si vivir en Glendale fuera lo más maravilloso del mundo.

Sí, pensé. Vladimir de Glendale. Glendale, ese hervidero de estrellas *pop*. Burian notó mi expresión dubitativa.

—A pesar de su fama, es muy pobre, porque su música está prohibida en su país.

—Ah.

—Toda es pirateada. Cuatro o cinco millones de contrabando. Si a Vladimir le pagaran por los discos que vende en su país, sería muy rico. Pero nadie paga. ¿Es así como dicen? ¿Pirateada?

—¿Por las copias ilegales de un disco?

Burian sonrió y asintió.

—Exacto. Todo el mundo ama la música de Vladimir—su entrecejo tembló.

—Ah—dije, y busqué el modo más rápido de irme.

—Y tiene a muchos admiradores aquí.

—Ah.

—Vladimir es un gran admirador de Lydia, tu artista. Es una muchacha muy linda.

—¿Y?

—Y tiene muchas ganas de grabar un disco en español con ella. El otro día me dice: Burian, mi amigo, tengo muchas ganas de grabar un disco en español con Lydia, ¿ves? Vengo aquí, te veo a ti y a ella, y me digo ¡es increíble! Me digo: Voy a hablar en nombre de Vladimir.

—Eso es muy conmovedor, Boris. Pero Lydia es una celebridad internacional. No basta con venir y decirnos que tu amigo quiere grabar un disco con ella. No es así como funcionan las cosas. Lo siento. Mira, tengo que irme.

Me escurrí, pero me persiguió con mayor rapidez, volviendo su rostro hacia mí mientras caminaba de espaldas y gesticulaba.

—¿Irte? ¿Adónde? Te quedan dos días más de prisión en Ashram. Quiero darte estos dos boletos para el próximo concierto de Vladimir, próximo fin de semana, en Anaheim, te pido tú y Lydia que vengan.

Tenía los ojos llenos de lágrimas. Disminuí el paso y le puse una mano en un hombro. La falta de hamburguesas me había vuelto muy grosera.

—Muchas gracias, Burian. Pero estamos . . . ocupadas.

—Tómalos—dijo él, aventándome los boletos en la cara—. Sólo por si estás inocupada.

—¿Eres su agente o algo así?

—No, soy conductor de taxis. Vladimir no tiene agente.

—Perfecto—tomé los boletos, húmedos por el bolsillo de Burian, y los embutí en el bolsillo de mi sudadera rosada Juicy Couture.

—Bueno—sonreí—, te deseo suerte.

—Ya veo que piensas que estoy loco—gruñó Burian, dándose golpecitos en la sien con un dedo vigoroso—. Pero te pido tener mente abierta. Eres cruel y dura. Eres verdadera . . . ¿cómo dicen aquí? . . . verdadera hija de puta—sonrió como si fuera un halago—. ¡Sí! Eso es bueno. Muy bueno.—Rió para sí.

Corrí a unirme con mi círculo de meditación en el momento en que los guías guiaban al rebaño a la tienda llena de moscas donde se comía. Lydia me agarró por un brazo y me besó en la mejilla mientras caminábamos.

—¿No es regio esto?—me preguntó—. Ahora me siento mucho más insinuada.

—Querrás decir inspirada.

Lydia pareció confundida.

—Eso fue lo que dije. ¿Crees que soy tonta?

—Ah—dije.

Arroz integral, vegetales hervidos y agua del tiempo en vasos grasientos que tenían huellas de dedos yoguis. Esa fue la cena. Eso era lo que los guías habían demorado tanto en cocinar. Mi estómago se retorcía hecho un nudo, suplicándome por un Burger King. Uno pensaría que si te obligan a caminar durante cinco horas, retorcerte con el yoga durante dos horas y hacer toda clase de ejercicios durante otras dos horas más, que al menos echarían un chorrito de aceite de oliva en tu comida. Pero no. Les hubiera dado igual hacernos comer madera, pensé. Iba a preguntar a los guías si se permitía polvorear un poco de tierra sobre la comida para darle un poco de sabor, pero me contuve la lengua, por el bien de Lydia.

—Es asombroso lo bien que una se siente cuando se cuida de veras—dijo Lydia mientras bebía un sorbito de agua turbia. Inspiró profundamente, las aletas de su nariz temblaron y sonrió como Krishna mientras exhalaba aire—. ¡Me siento nueva!

—Sí—le dije, soñando con el saludable chisporroteo de los altoparlantes en un autoservicio de Taco Bell.

Recordé la entrevista que le habían hecho a la esposa de uno de los hombres que había muerto en uno de los aviones secuestrados el 11 de septiembre, y cómo decía que esperaba con ansiedad el sueño para poder estar otra vez con su esposo. Yo apenas podía esperar a que se apagaran las luces para deslizarme en mi catre y pasar las próximas ocho horas y media de sueño permitido bailando con quesadillas de pollo y Ding Dongs.

—Gracias por venir conmigo—dijo Lydia, entornando los ojos en éxtasis mientras saboreaba un pedazo de requesón vegetal tieso.

—Sólo hago mi trabajo, querida—le dije con un suspiro, mordiendo lo que esperaba fuera mi último queso de soja en mucho tiempo.

CARIDAD

Correo reenviado de JulindaLinda@cuny.edu
Para: Goyo528@rappermail.com
De: Chicabata@cubalinda.cu
Asunto: Te extraño . . . Estaba equivocada.
Fecha: 7 marzo
Nota: Adjunto mensaje enviado

Hola Goyo!
Mi nombre es Julinda y recibí esta nota para ti de un amigo en París. Vino escrita en un idioma que no entendíamos, pero encontramos a alguien aquí, en CUNY, que sabía que era angolano. ¿¡Angolano!? ¿Eres un espía? Conseguimos a alguien que te la tradujera y aquí está!! Niño, esta Caridad debe estar enamorada de ti en serio. ¿Es cierto que vas a abrir el concierto de Cypress Hill? ¡Vaya! Recién oí tu música, niño, y eres lo mejor. Estoy tratando de darme a conocer como chica disc jockey y me encantaría conocerte si alguna vez pasas por Nueva York. ☺ Chao, Juli.

Mi querido Goyo,
La Habana no es lo mismo sin ti.
La gente del Grupo Changó firmó unas planillas donde te denunciaban. Empezaron a hacer esos *raps* profidelistas como el resto. Todos están muy asustados desde que empezó la campaña. ¿Has oído hablar de ella, Goyo? Me encerraron por un mes. Creen que te ayudé a construir la balsa. Se llevaron mi batá. Dijeron que una mujer no debería andar tocando un tambor

sagrado y buscaron a un babalao para que me echara un sermón. Me quitaron mi trabajo. Cancelaron mi teléfono y nuestros vecinos no me dejan usar los suyos porque tienen miedo de ser amables conmigo. Mi madre dice que alguna gente del gobierno pasó por el apartamento haciendo preguntas. Eniguay. Okei. Todavía estoy practicando mi inglés, como ves. Vi en Internet que vas a tocar antes del concierto de Cypress Hill y de Orishas, en su nueva gira. Estoy muy orgullosa de ti, Goyo. Sólo has estado en Los Ángeles por seis meses y ya estás haciéndote sentir. Pero siempre supimos que eras *da bomb*. Felicidades y que Dios te bendiga. Siento que nos fajáramos. Por favor, no olvides a tu novia cubana y percusionista favorita. Te quiero. Un abrazote muy fuerte pa'ti, mi compay.
Caridad Heredia

MARCELLA

Siguiendo los consejos de Wendy, me vestí como correspondía a mi papel, con una minifalda y un ajustado corselete con dos sostenes debajo, uno para quitármelo y otro para que quedara debajo, según las normas del Gremio de Actores de la Pantalla. Me calcé los tacones de estilete, regalo de Dios para alargar las piernas. Me puse mucho maquillaje. Me solté el cabello.

—Este es el país de lo literal—me dijo Wendy—. No dejes nada a la imaginación.

Ya había pasado por suficientes audiciones como para saber lo que me esperaba. Wendy, al volante de su BMW verde oscuro con cuatro puertas, escuchando a Josh Groban, que canturreaba como un chico autista en el estéreo, mientras conducía a través de garitas y guardias; y yo, la gran estrella, sentada con mis estúpidas gafas, preguntándome por qué carajos estaba haciendo una prueba para el papel de la Bailarina Nudista Hispana Número Uno en una película que posiblemente sería estúpida y que saldría de cartelera tras un solo fin de semana en la taquilla. ¿Estaba realmente tan desesperada? La respuesta era: sí.

—Hola, Marcella—dijo el guardia de seguridad, un hombre joven y rechoncho con acento español y ojos bondadosos—. Me llamo José. Soy un gran admirador tuyo. ¡*Sus raíces*! ¡Tremenda novela!—levantó un pulgar.

—Gracias, José.

Me pidió un autógrafo y se lo di, aunque Wendy me echó una mirada como diciendo que ya llegábamos tarde y que ese tipo era una escoria humana. Wendy pensaba que todas las personas con un sueldo menor de 300.000 dólares al año pertenecían a la escoria de la humanidad. Yo tenía una filosofía diferente: nunca desilusiones a un admirador.

Encontramos el escenario donde los tres productores se hallaban sentados sobre tres sillas de directores. Sí, cada uno de los tres estaba sentado sobre una silla de dirigir. Con la excepción de ese detalle, aquello no se parecía a nada de lo que uno ve en las películas, donde hay montones de chicas en espera de ser llamadas. Yo había estado en esa clase de audición, así es que sabía que existían. Pero aquí se trataba de otro nivel. Uno sólo consigue pruebas para este nivel si tiene conexiones y un agente muy influyente.

—Hemos visto tus programas—dijo el director de elenco—. Es decir, hemos visto los programas donde trabajaste. Así es que sabemos que puedes . . . actuar. Esa parte está superada. Lo que nos preocupa es tu capacidad para desnudarte. Quiero decir, sabemos que te ves fantástica sin ropa o en traje de baño. Eso es obvio. Lo que necesitamos es ver si eres capaz de quitarte la ropa de un modo seductor y atractivo.

—Y apasionado . . . latino—gorjeó otro de los productores.

—Eso es, de un modo muy provocativo—dijo animadamente el director de elenco.

Provocativa, apasionada . . . Era otro modo de referirse al estereotipo de la latina.

—Marcy es completamente apasionada, no se preocupen—dijo Wendy, lanzándome una mirada en la que me decía que no abriera la boca y que no formara un lío con toda esta mierda.

—Ve para allá—dijo, señalándome el centro del salón.

Arrojé mi bolso sobre una silla y me coloqué delante de los productores. El director de elenco pidió a su asistente: "Música". Un equipo estereofónico dejó escapar—adivinen, adivinen—el último jodido éxito de Ricky Martín, una especie de flamenco y *hip-hop*, muy sexual, con ese estilo tan suyo a lo soy-gay-pero-me-haré-el-que-no-lo-soy-para-seguir-ganando-dinero.

—Adelante—dijo el director de elenco.

Sonreí, hice un guiño y comencé a ondular y a contonearme y a hacer todo lo que había practicado, como los remeneos provocativos y todo lo demás. Pero seguía oyendo la voz de mi madre que decía en mi cabeza: *vulgaire*. Y seguía pensando en Alexis, la otra agente, y en lo inteligente que me había parecido. Me había conseguido una audición para un verdadero papel protagónico en un programa de televisión. Lo tenía en la mano. No necesitaba hacer esto, ¿cierto? No necesitaba de Wendy, ¿verdad? Pensé en el hombre que me había pedido que le firmara el calendario, y en su hija, y en cómo le desgraciaría la vida ir a ver una película donde una joven de Santa Bárbara se ve obligada a hacer el papel de bailarina nudista sólo por su origen étnico.

—¡Te ves chulísima!—dijo uno de los productores.

—Gracias—dije.

Pero sentía un frío interior, y odiaba todo esto. No quería hacerlo.

Y de pronto, sin previo aviso, dejé de moverme. Casi dejé de respirar. Y extrañamente me pareció como si remontara el vuelo. Esto era lo que siempre sucedía cada vez que renunciaba a un trabajo o le decía a cualquiera necesitado de que alguien lo mandara urgentemente a la mierda que se fuera a la mierda. Me había liberado.

—Sigue—dijo un productor, como si yo no hubiera entendido bien algo—. Lo estabas haciendo muy bien.

—No—dije suavemente.

Sonreí y me alejé para tomar mi cartera. Luego le bajé el volumen al equipo y me quedé ante ellos, sonriendo.

—¿Qué ocurre?—preguntó Wendy.

—Nada—dije.

Y era cierto. No ocurría nada.

—Sencillamente no quiero hacerlo. Lo siento.

Les di la mano a todos, agradeciéndoles que me hubieran dado esa oportunidad.

—Lo siento de veras—dije—. Pero no creo que sea la joven adecuada para este papel.

El director de elenco no estuvo de acuerdo, y dijo que el papel era mío si lo quería.

—Ése es el problema—dije—. No lo quiero. Quiero un papel de médico o de presidente. ¿Hay algo así en el guión para una latina con tetas grandes?

Se me quedaron mirando con la boca abierta.

—Estás loca—dijo Wendy—. Todos me dijeron que yo estaba loca por querer representarte, y les aseguré que no, que no había problema contigo. Pero tenían razón. Estás loca.

Y a los productores les dijo:

—Lo siento mucho. Debe tener la regla o algo así. No sé. Está loca.

Pensé un momento y luego dije:

—Hace muchos años, estar loco significaba algo concreto. Hoy en día todo el mundo está loco. Esto lo dijo Charles Manson.

Wendy y los otros movieron sus cabezas y trataron de reír, como si yo fuera a animarme con eso.

—Ah—añadí—. Y tú, Wendy, estás despedida.

—¿Estoy *qué*?

—Mi nueva agente es dos veces más agente que tú.

—¿Quién? ¿Cuál nueva agente?

—Y aquí tengo esto último para ti—dije, y comencé a cantar mi canción favorita de Ani DiFranco—: *They can call me crazy if I fail, all the chance that I need, is one–in–a–million and they can call me brilliant if I succeed.* Chao.

Seguí silbando el resto de la canción mientras salía del estudio y atravesaba el soleado parqueo para llegar a la garita de salida. Me despedí de José con un gesto de manos mientras me dirigía hacia el caos de Ventura Boulevard, y seguía andando hasta que un taxi al que llamé se detuvo a mi lado.

ALEXIS

Daniel me recogió de las clases de yoga en la temprana mañana amarilla de un día maravillosamente cálido en que fui liberada del Ashram. Lydia prefirió perder un poco más de trasero en una última clase de yoga, pero realmente yo no pude decidirme a pasar por *eso* en espera de la limusina rosada. Por nada del mundo. Estaba tan lista para partir como lo había estado desde el instante en que llegara allí, dos semanas atrás.

Media hora antes de que Daniel llegara, yo estaba allí, parada en el polvoriento parqueo, rodeada por los árboles mustios y las rocas afiladas de Malibu Canyon. El tono azul pálido de mi sudadera replicaba el color del cielo. Me imaginaba que esta sensación de libertad que me estremecía era algo parecido a lo que debió de experimentarse el día después de la liberación. Escuché cómo los neumáticos de mi Cadillac hacían crujir el suelo del terreno y di unos saltitos de emoción, feliz y hambrienta como un niño adoptado, al que finalmente rescatan de un orfanato Dickensiano.

Haciéndole honor a su fama, Daniel, un reportero al que sus jefes llamaban "el as", patinó sobre la gravilla con mi Cadillac, mientras escuchaba un CD de Tupac a todo volumen. Su Toyota Corolla 1990 estaba nuevamente en el taller, y él era demasiado miserable para alquilarse un carro. El *L.A. Times* le daba un auto blanco de la compañía durante las horas laborales, razonaba él, y después del trabajo tenía el mío. Siempre quería conducir mi auto y, contra toda prudencia, yo se lo permitía. Aunque él tenía treinta y siete años, reclinaba el asiento tan lejos como podía, usaba la gorra con la visera de medio lado, y movía el timón con una sola mano, sintiéndose, estoy segura, un tipazo con tremenda onda, mientras el *rap* retumbaba en las bocinas. Desde que comenzara a dejar mechones de cabello castaño en cada desagüe donde se hubiera bañado, Daniel empezó a llevar gorras de pelotero, aunque esta moda del pañuelo atado debajo de la gorra era nueva, según me fijé. No sabía cuánto tiempo podría soportar a Daniel. Yo tenía veintinueve años, es cierto. Y con un suministro de óvulos cada vez más escaso. Pero por mucho que lo intentara, no lograba imaginarme que algo sucediera con Daniel. No podía imaginármelo paseando a un bebé en un cochecito Baby Bjorn. De veras que no. Quizás si Fubu comenzara una línea Mack–Daddy o algo así, lo vería pasear con un bebé y un *pit bull*.

El auto resbaló hasta detenerse frente a mí y el oscuro cristal de la ventanilla del chofer descendió silenciosamente.

—Hola, bebita—dijo Daniel—. Arriba.

Tan fácil como eso, como si el carro fuera suyo o, por lo menos, como si se lo mereciera, lo cual no me parecía que hubiera ocurrido. El problema es que yo era demasiado buena gente, demasiado tejana, una chica con educación; y Daniel se aprovechaba de eso. Me sonrió y tomó un sorbo de una taza de café que reconocí como mía, sacada de mi propio gabinete de cocina. Daniel tenía las llaves de mi casa y ahora estaba segura de que se había quedado allí durante todo el tiempo que yo estuve fuera, aunque me aseguró que no lo haría. Le había pedido que regara mis plantas. Posiblemente hasta había organizado una fiesta.

Daniel no se había quedado en su apartamento sin amueblar, cuya renta compartía con un tipo en Echo Park. ¿Qué necesidad había de dormir en un sofá inflable negro, rodeado de cajas vacías de fideos y cucharas de plástico sucias, cuando uno podía echarse gratis sobre mi cama matrimonial Thomasville, entre mis sábanas de seda Yves Delorme? ¿Qué necesidad tenía de bañarse en la angosta ducha de su casa, matando cucarachas que caminaban por las cañerías rotas, cuando tenía para escoger entre mis dos baños, cada uno con *jacuzzi* y su ducha independiente? También le encantaba sentarse junto a la piscina de mi patio, con sus amigotes del *Times*, un puñado de reporteros imberbes y cretinos que, en conjunto, gastaban miles de dólares en protectores de bolsillo para no mancharse las camisas de tinta durante sus años universitarios, y que ahora pensaban que escribir sobre la industria del espectáculo para el mayor diario de la nación los convertía a *ellos* en personas divertidas e importantes, a pesar de sus dientes mal alineados, sus chalecos con letreros de *Sólo para Miembros* y sus brazos escuálidos. Bebían directamente de la botella ese tipo de champán costoso que aparecía en los videos de *rap* con los que Daniel estaba obsesionado, como unos New Kids on the Block, y mencionaban a toda clase de personajes. *El otro día estaba hablando con J.Lo, y me dijo que llamara a Bruce directamente. ¿Ah, sí? Bueno, yo tuve una reunión con Jimmy, y me propuso un trato. Me contó en quién les interesaba invertir su dinero el próximo año. ¿Jimmy quién? Iovine, so imbécil. Ah, sí ¿todavía quieren a Whitney? No, hombre, está tan jodida y apaleada que no sé por qué Bobby no la deja. Eso fue lo que me dijo*

Christy Mil cuando almorzamos. ¿Te acostaste con Mil en el almuerzo? Ja, ja, ya quisiera yo. Hey, ¿tú crees que las tetas de Britney sean postizas? Posiblemente, pero eso no la ayudará a superar su mala fama. Pues a mí no me importaría consolarla. Besuquearla, virarla al revés, manosearla . . . Oye, sería para morirse. Socio, le daré tu teléfono. Sí, seguro. No, hablo en serio. Me dijo que está sola porque los tipos no se atreven a pedirle que salga con ellos. Yo no puedo hacerlo porque escribo sobre ella todo el tiempo, pero tú cubres la radio y la tele, compadre, puedes acostarte con ella. Tengo el número de su asistente aquí.

Por supuesto, Britney y Christina no tenían la menor idea de quiénes eran estos tipos. Pero después de tres años cubriendo esa zona de la industria musical que él había empezado a llamar *vida de matones*, Daniel había comenzado a vestirse como si tuviera veinte años menos y a usar una jerga que había sido muy popular entre los adolescentes dos o tres años atrás. Sus amigos del *L.A. Times*, un periódico que se enorgullecía de cubrir la cultura *pop* con el mismo respeto y profundidad con que *The New York Times* se ocupaba de la música sinfónica y de los ajíes chipotles enlatados, eran iguales que él. Si no hubiera sido tan bueno de la cintura para abajo, y en la oscuridad, lo habría dejado allí mismo. Era inevitable. Ya era hora. Estaba empezando a cansarme, como decía él mismo, de ser el pesado que hablaba mal de los tipos a los que otros admiraban.

—Pensé que ya habías dejado a Tupac—comenté, como si de veras me importara, mientras arrojaba mi bolso Vuitton en el asiento de atrás y me acomodaba junto a él.

—Suge llamó, diciendo que tenía información nueva—dijo Daniel, bajando las viseras del auto para revelar el brillo diabólico de sus indescriptibles ojos color avellana.

No creo que tuviera pestañas. No podía ver ninguna. Siempre esperé a que le crecieran o algo así, pero nunca ocurrió. Sus ojos permanecían abiertos y expuestos, como los de un canguro recién nacido. Quizás se sacara las pestañas. Tricotilomanía.

—Tríquiti–trácata. Yo soy el sátrapa. Ta' bien, ta' bien.

—No—suspiré, porque ya me había olvidado de esas jerigonzas y no estaba de humor—. Te lo prohíbo. No quiero oír más Tupac ni más Biggie.

—Te ves estupenda, caramelito—dijo Daniel mientras me atraía hacia él para besarme. Me llama *caramelito*, y no me gustaba lo que insinuaba con eso—. Bajaste de peso.

Dejó atrás el polvoriento camino, en dirección a Las Vírgenes Road, y se dirigió a la autopista Ventura. Encendí mi celular y revisé mis mensajes.

Olivia, la extraña guionista del vestido de pelusas, había llamado tres veces para saber lo que pensaba del manuscrito. Le devolví la llamada mientras Daniel conducía, y le dije la verdad. Su guión es muy bueno, pero un poco largo y disperso.

—Te pareció horrible—dijo.

—No, me gustó. Sólo que me parece que debes pulirlo un poco.

—Dios, qué estúpida soy. Siento mucho que hayas tenido que leerlo. —Parecía destrozada, como si quisiera morirse.

Sugerí que nos reuniéramos para almorzar y hablar un poco más sobre eso. Ella aceptó sin mucha convicción y colgó.

—¿Me oíste?—se quejó Daniel—. Dije que te ves bien.

Dejé el celular en el contenedor del tablero. Pobre Olivia. Era muy frágil. Nunca había conocido a nadie tan frágil. Mis ojos iban de un lado a otro como los de un convicto fugitivo. ¿Qué estaba buscando yo exactamente? Comida.

—¡*Dije* que te ves bien!—ladró Daniel—. No puedo creer que finalmente hayas bajado de peso, caramelito.

Ahí estaba otra vez. Mi palabra. Oteé el horizonte en busca de una cafetería. Sólo vi espacios abiertos y colinas grises con ovejas. ¡Maldición! Eso es lo que ocurre cuando matas de hambre a una persona. Grasa. Necesitaba comer algo frito.

Daniel condujo con gran seguridad, sonriendo bajo sus enormes gafas de tipo duro. Gafas de policía. El tipo de gafas que usaba tío Hubert. Me disgustaban tanto como su tradicional sudadera Adidas con la cadena de oro en torno al cuello.

—¿No te gustó el Ashram, mi cielo?—preguntó, colocando una mano sobre mi muslo y pellizcándome.

—No quiero hablar de eso—contesté, y puse mi mano sobre el suyo por pura costumbre.

Tenía casi treinta años. ¿Encontraría a otro hombre si me peleaba con Daniel ahora? ¿Podría acostumbrarme a él? ¿Ya no tenía remedio? ¿Por qué no existía un centro de rehabilitación para los fracasados sin remedio?

—¿Cómo fue la cosa?

¿No acabo de decirle a este tipo que no quería hablar de eso?

Daniel se comportaba como un periodista todo el tiempo, no sólo cuando estaba trabajando. Era chismoso y no podía parar de hacer preguntas.

—Hablemos de ti—gorjeé.

Casi al instante de haberlo dicho, me arrepentí de la invitación que acababa de hacerle a Daniel para que hablara sobre Daniel. Era como estar sentada en una de esas casetas de ferias a las que la gente arroja pelotas: uno lo hace para ser caritativo y bondadoso, pero luego se pasa el tiempo maldiciéndose porque, en el fondo, no deseaba caer en un tanque lleno de espuma.

—¿Qué quieres saber, corazón?

Se dirigió hacia una intersección donde había un Jack in the Box y un Starbucks, y mi corazón se agitó. ¿Debería pedirle que se detuviera? Aquí no. Quería alejarme lo más posible del Ashram. Los instructores podrían estar siguiéndonos.

—¿Sigues con lo de Tupac, Daniel? ¿Estás loco? A nadie le importa esa historia. Déjala. No vale la pena.

Era lo que Daniel quería oír y sobre lo que deseaba hablar: la gran historia que lo había mantenido en vilo durante casi todo el año en que habíamos estado juntos.

Daniel sacó a relucir su risa de reportero investigativo, tremebunda y desquiciada, llena de esa errada percepción de poderío. Daniel, que apestaba a café y a tinta, creía que lo que escribía les importaba a millones de personas, cuando lo cierto era que no era así. La mayoría de la gente no leía el periódico, y aquellos que lo hacían, posiblemente sólo leían los dos primeros párrafos de cada artículo antes de usar el *Times* para otras cosas: envolver la vajilla en una mudanza, cubrir el suelo de la jaula de los pájaros, proteger una mesa de las salpicaduras de pintura acrílica, limpiarse sus vagabundos traseros. Conocía bien la actitud de Daniel: los golpeteos al volante, los acelerones emotivos . . . Eso significaba que creía tener otra primicia que opacaría a todas las demás. Le daba una erección pensar que podía ganarle a *Daily Variety* y a *The New York Times*. Me dio lástima.

Conocí a Daniel cerca de un delfín esculpido en hielo, que había sobre la mesa de *sushi* en una fiesta de los Grammys, poco más de un año atrás. Él sabía de *sushi*, y yo pensé que se veía mono, es decir, era buen mozo, pero no tanto como para estar fuera de mi alcance, gracias a todo ese asunto de su falta de pestañas. Se había mostrado encantadoramente arrogante, muy diferente a cualquier hombre con quien yo hubiera salido antes. Cuando sonreía, lo hacía de medio lado: algo que me encantó. Era cínico, elocuente y, según pensé en aquel instante, importante. Había leído su columna y me gustaba cómo escribía. Nos gustamos desde el principio.

Sin embargo, después de eso Daniel se había vuelto cada vez más iluso. *Pensaba* que era importante, y no sólo importante, sino *realmente* muy importante. Y esa idea se volvía más y más peligrosa a medida que abandonaba la seguridad de las historias banales y se adentraba en los abismos del negocio musical que involucraba drogas y armas.

Daniel me sorprendía siempre con su capacidad de emocionarse cuando tropezaba con una entrevista donde le informaban (¡oh, sorpresa!) de corrupción en la industria musical. ¿En qué planeta vivía que eso resultaba noticia para él o que pensaba que podía ser noticia para alguien? Nunca se lo dije, pero yo hubiera podido darle muchas historias dignas de una primera plana, su santo grial; pero, por supuesto, estas historias me costarían mi trabajo.

Mi propio grupo de obesos, Los Chimpas, probablemente estuvieran involucrados en el tráfico de drogas. Cantaban sobre el tema y aspiraban las rayas de cocaína como cerdos salvajes entre trufas con esos bolígrafos vaciados que llevaban en sus bolsillos. Pero al igual que casi toda la gente que depende de esta clase de corrupción, preferí callármelo. Ésa es la pieza del rompecabezas que Daniel nunca pareció descubrir: que la mayoría de la gente que "se le abría", lo estaba haciendo por alguna otra razón: vengarse de alguien, hacerse famosos . . . Los soplones limpios, en mi humilde opinión, no existían. Me imaginé que existían pocas personas altruistas que trabajaran en cualquier negocio, y muchas menos en el mundo del espectáculo, y aun menos todavía, por lo que podía decir, en la industria musical latina de Estados Unidos. Además, al final del proverbial día, ¿realmente importaba que un cantante famoso hubiera sobornado a alguien para que se tocara su música por la radio? ¿No había cosas más importantes que no fueran los raperos y los sellos discográficos? ¡Válgame Dios!

Realmente no quería que Daniel tuviera otra primicia, especialmente otra que incluyera a los dos asesinos más famosos del *rap*. Ya había ganado un Pulitzer. El comité dictaminó que escribía con una viveza juvenil que se correspondía con el tema, y que poseía una capacidad periodística insuperable. Me mostró la carta en tres ocasiones diferentes. Estaba segura de que el comentario acerca de su viveza juvenil fue lo que le decidió a comprar en tiendas para adolescentes. No adoraba a Daniel, pero le tenía aprecio y no quería verlo asesinado a causa de un artículo. Sin embargo, no sabía cuáles eran sus límites, y me parecía que escribía mayormente para otros reporteros. Tenía sus admiradores, hombres endebles de brazos demasiado largos, que parecían detenidos en el pasado, tipos que deambulaban en sus pantalones de cuero aunque su falta de carne en los traseros dijera que no debían hacerlo, tipos que aún pensaban que los Rolling Stones y el soporífero de Bob Dylan aún significaban algo. Hablaba en conferencias con su gorra ladeada y se sentía importante. Y aquí estaba ahora, conduciendo mi auto a toda velocidad, hablándome como si yo fuera uno de ellos, como si me importara, cosa que no era así.

Lo único que me importaba en ese momento era encontrar cafeína, una freidora y un rincón tranquilo para llamar a Olivia.

Observé a Daniel junto a mí y vi que su boca se movía, aunque no escuchaba lo que estaba diciendo. Casi parecía una escena en cámara lenta. A juzgar por la expresión de sus ojos, pensaba que lo que estaba diciendo era muy interesante. No lo oí. En su lugar, escuché el odioso *rap* que él adoraba y que reventaba mis bocinas con un escándalo que casi se oía en Timbuctú, con una canción sobre putas, negros que asesinan y un pene de seis pies de largo. Un verdadero encanto.

Si yo no hubiera sido tan buena persona, hubiera puesto uno de mis CDs en lugar del suyo, con algo alegre de los ochenta. Me hubiera gustado oír cualquier cosa al estilo de Bananarama. Las canciones de los ochenta me recordaban tiempos más felices, en Texas, cuando la vida no era tan complicada ni estaba tan contaminada como ahora, cuando yo era delgada y creía que ya estaría casada a los treinta años, cuando los adultos no se quitaban la ropa interior en los clubes. Le eché otra ojeada a Daniel, intentando visualizarlo con una cortadora de césped o en un juego de béisbol de las pequeñas ligas. No. Eso nunca ocurriría. No se dio cuenta de que estaba analizándolo y siguió hablando con esa boca chasqueante de nutria.

Me hubiera gustado que se olvidara de eso. Ya había probado el vínculo del departamento de policía de Los Ángeles y de varias pandillas de L.A. con el asunto, y ya le habían pinchado los neumáticos, habían destrozado su apartamento, y dos chicos con máscaras de esquiar habían amenazado su vida. Yo ya tenía bastantes problemas con Los Chimpancés del Norte, que cantaban sobre drogas y consumían drogas y que, según me habían dicho una o dos veces, contrabandeaban con ellas en las cajas de sus acordeones. No necesitaba contratar a un guardaespaldas. Necesitaba un marido encantador y afable.

—No—lo interrumpí finalmente, con la esperanza de que se callara—. Daniel, por favor, no. Eso no conseguirá nada, excepto cambiar tu número telefónico.

—¡Sí, sí!—saltó en su asiento con regocijo, mientras mi carro salía disparado hacia la 101, sólo para quedar casi detenido por un embotellamiento de tráfico a la entrada de la rampa—. No tienes idea de lo que va a cambiar todo, chiquilla.

—¿Qué es esto?—señalé hacia la cola de autos—. Todavía no son ni las siete de la mañana. ¿Quiénes son estas gentes? ¿Qué hacen levantadas a esta hora? ¡Váyanse a sus casas! ¡Fuera de aquí!

—Va a ser mi mejor historia y vamos a crucificar a esos sórdidos cabrones— dijo Daniel, ignorándome como de costumbre.

Tomó la gigantesca taza de café que reposaba entre sus piernas y bebió un enorme trago con sus dientes manchados de cafeína. Un hilo marrón se escurrió por su mentón sin afeitar.

—Usa el contenedor para vasos—me quejé, señalándolo—. Ya te dije que si andabas en mi carro, usaras el contenedor. ¿Eh, y ésa no es mi taza?

Sonrió como un niñito al que han sorprendido haciendo algo malo, pero yo seguí:

—Éste no es tu Corolla. No puedes llenarlo de basura. No hagas esa historia, Daniel. No vale la pena.

—Lo siento—metió la taza en el contenedor—. Es la costumbre. —Y luego me echó una mirada acusadora—. Por supuesto que vale la pena. ¿Sabes hasta qué altura llega esto? ¡Dios! ¿Sabes cuántos cabrones del LAPD van a ir abajo si esto se hace público?

Mis pulmones comenzaron a cerrarse otra vez. Me incliné hacia atrás y arrastré el bolso Vuitton hacia mí. Rescaté mi inhalador de un bolsillo lateral y aspiré el medicamento. Daniel no me preguntó cómo me sentía, que habría sido lo más amable. En lugar de eso, siguió hablando. Fue ahí donde decidí dejarlo, por incorregible.

—Dios—tosí—. ¿Qué habrá pasado que hay tanto tráfico?

Los ojos de Daniel permanecían fijos en la carretera, fuera de sí, como si creyera que sólo él, Don Especial, podría encontrar un modo de salir de este embotellamiento que incluía el tráfico de cinco carrileras.

—Ojalá pudiera contarte lo que he descubierto, pero no puedo. Es superconfidencial, pero muy bueno. Te caerías para atrás, muñeca. Sí, es muy bueno.

—¿Tan bueno como el tiro que van a meterte?—escuché las palabras que salían de mi boca, pero sin las correspondientes emociones de preocupación y alarma. Estaba siendo insensiblemente amable, pero él no se daba cuenta.

—Quizás—sonrió.

—No le veo la gracia. Esa gente no vacilará en eliminarte.

—No me tocarán.

—¿Por qué? ¿Porque eres un reportero?—solté un gruñido de risa.

—Exactamente. Soy imparcial. Me necesitan.

—Sí, está bien.

—Eso hará que los tipos de Rampart parezcan un puñado de mariquitas.

—Daniel—resollé, sintiendo que la cabeza me latía por falta de cafeína—. No estoy para esto ahora. Necesito ir a un Krispy Kreme. Necesito cafeína. ¡Dios! ¡Cuánto he extrañado la cafeína! ¿Tienes idea de lo que es vivir sin cafeína durante una semana?

Le eché una ojeada a la taza de café de Daniel, más bien a *mi* taza, pero no entendió la indirecta. La siguió sosteniendo entre sus piernas.

—¿Te parece bien que vayamos a Starbucks?—preguntó él, metiéndose en el carril lateral de emergencia, llena de guijarros, para irse escurriendo entre los ocasionales espacios abiertos en el tráfico—. Estamos en Calabasas, ¿verdad? Brandy acaba de comprarse una casa aquí. Puffy pasa por aquí algunas veces. No creo que hallemos algún Krispy Kreme por aquí. Más bien esos . . . ¿cómo se llaman? *Croissants* o algo así. Este sitio es de pura clase alta.

—Starbucks está bien.

Me molestaba la manera en que Daniel se refería a las celebridades, como si fueran sus amigos. Al principio creí que los conocía de veras y que le tenían afecto. Era la impresión que daba. Pero lo cierto era que él los había entrevistado, y eso era todo. No se daba cuenta de que ellos se mostraban encantadores con él, porque así es como se comportan los artistas en presencia de los reporteros. Eso es lo que los publicistas y los agentes como *yo* aconsejaban que hicieran en presencia de reporteros. Si puedes, invítalos a tu casa, halágalos. Háblale de su último artículo, dile que lo hallaste fascinante. Miente. A nadie en el mundo se le decían más mentiras que a los reporteros, con excepción quizás de los jueces. Pero los reporteros, por lo visto, no se daban cuenta.

—Creo que hasta Ja está pensando en construirse una casita por aquí—continuó Daniel—. Eso sería bárbaro.

—¿*Jah*?—arrugué la nariz, preguntándome exactamente en qué momento Daniel habría conocido al dios de los rastafarianos. Él pensaba que tenía amigos en las más altas esferas de poder, pero esto ya era ridículo.

—Me refiero a Rule, niña—me aclaró, tratando de imitar al rapero Ja Rule, que a mí me sonaba como un Louis Armstrong drogado con *crack*.

—Ah, ah—dije.

Ya apenas intentaba parecer interesada. No me quedaban fuerzas para mostrarme amable con Daniel. Era demasiado irritante. Ningún hombre en sus cuarenta debería imitar a Ja Rule de esa forma. Una última cogida, pensé, y se convertirá en historia. Después de todo, una chica también tiene sus necesidades carnales. Especialmente después de pasar dos semanas en el Ashram.

Daniel giró en la siguiente salida, y entró a un pequeño centro comercial en el centro de Calabasas. Era el primer centro comercial pequeño que había visto con un gigantesco Rolex en la torre del reloj.

—Qué gracioso—reflexioné, preguntándome si, después de todo, éste sería el resultado de mis rezos por un Rolex. Pero tuve la impresión de que quizás debería hacerme una cirugía de la papada antes de poner un pie allí.

—*Pasarla en grande en California*—"cantó" Daniel—. *Guaá, guaá* . . .

Basta ya, pensé.

—¿Siempre tienes que hablar así?—sonreí débilmente, tratando de mantener mi compostura. Me froté las sienes y cerré los ojos para no verlo.

—¿Así cómo?

—Da igual, cariño.

Mientras nos dirigíamos hacia la cafetería, decidí llamar a Olivia. Me había quedado preocupada por el tono de su voz. Cuando contestó, me dio la impresión de que había estado llorando. Bingo. Demasiado sensible. ¿Qué le pasaba a estos escritores? O bien mostraban una arrogancia muy superior a su talento, como Daniel, o creían ser pura plasta de perro, aunque lo tuvieran.

—Hay mucha competencia allá afuera, cariño—le dije a Olivia—. Quiero estar segura de que cuando enviemos esta cosa sea lo más perfecto que podemos lograr.

—¿Entonces te gustó?—preguntó.

—Sí, es un excelente primer borrador.

—Oh, no—se sopló la nariz.

—¿Qué pasa, Olivia?

—Acabo de destruir el manuscrito.

—¿Qué?

—Acabo de hacerlo pedazos, con la ayuda de mi cortadora de papeles y de mi hijito, al que le gusta meter papeles en la cortadora, y le caí a martillazos al disquete y eché los pedazos por el tragante.

Es curioso que nadie mencionara a la hermana de Norman Bates en la película *Psicosis*. Pero allí estaba.

—¿Lo tenías en un disco duro?—pregunté, tratando de actuar como si todo esto fuera normal.

—Lo tenía. Pero lo borré.

—¿Así es que no tienes una copia?

—Sólo la que te di, pero me imagino que la botaste.

—¿Por qué iba a hacerlo? Era buena.

—Dijiste que era mala.

—¡Nunca dije eso! Dije que necesitaba trabajo. Pero era buena. Todo necesita trabajo. ¡Nadie lo logra la primera vez! No puedo creer que hayas hecho todo eso, Olivia. ¡Válgame Dios!

—Bueno, tú no me conoces bien.

El parqueo cercano al Starbucks estaba repleto de autos lujosos y relucientes. Daniel, para no variar, aparcó mal, en la curva frente a la cafetería, casi encima de la acera, junto a la rampa de entrada de Parkway Calabasas.

—No puedes quedarte aquí, Daniel—le dije—. Vamos hasta Ralph's y caminaremos.

—Estoy apurado. No quiero ir hasta Ralph's para parquear.

Lo miré incrédula.

—Hay montones de espacios allí, Daniel. Es una caminata de cuarenta segundos.

—Aquí estaremos bien.

Daniel apagó el motor y colocó su omnipresente pase de prensa verde, con su destrozada cubierta de plástico y su cadena metálica, encima de la consola.

—Es *mi* carro. Creo que tengo derecho a decidir dónde parquearlo.

—Acaba de salir, muñeca—ladró—. No dirijas tanto. El estrés va a acabar contigo. Los policías te dejan en paz cuando ven el pase, cariño. Ya me conozco el juego.

Asentí, sólo porque mi cuerpo necesitaba cafeína, y el aroma del café recién colado me abrumó. Abrí la puerta del Cadillac, evitando por poco ser golpeada por un BMW que pasaba, y me arrastré hacia la cafetería.

Una cola de personas elegantes que gritaban a través de sus teléfonos y de sus audífonos celulares serpenteaba por toda la tienda y llegaba hasta la acera. Daniel pasó junto a la multitud con la cojera que había comenzado a usar últimamente. No era una cojera real. No se había lastimado, ni operado, ni nada por el estilo. Era más bien una cojera de pandillero. Creía que eso era estar en la onda. Ahora que había salido del auto, noté que llevaba una pata del pantalón remangada como solía llevarla LL Cool J, una década atrás, por lo que parecía estar a punto de montarse a pedalear en su Huffy. Varias personas lo miraron con miedo y perplejidad. Yo sólo quería quedarme lo más lejos posible de él. ¿Cómo me había enredado con este tipo? ¿Por qué lo dejaba conducir y parquear mal mi carro? ¿Por qué se quedaba en mi casa? ¿Por qué no podía parecerme más a Marcella, que le decía a todos lo que pensaba? Yo había tratado de ayudarla, pero era yo quien necesitaba lecciones de Marcella . . . y rápido, o terminaría casándome con este desgraciado.

—¡Daniel!—gritó desde el otro extremo un hombre con un audífono celular en la cabeza, que ocultaba a medias su enorme panza tras un brillante traje azul—. ¡Daniel Mehegan! ¡Grandísimo hijo de puta!

Estaba sentado junto a una sonriente muñeca Barbie, que llevaba una ajustada camiseta rosada.

—¡Ross, mi socio!—respondió Daniel, abriéndose camino entre la multitud de hermosos cuerpos para darle la mano al hombre.

—¿Cómo andan las cosas por el *Times Mirror*, Danielito?—preguntó el hombre, poniéndose de pie.

—Bien, ya sabes—dijo Daniel—. Pero ya no somos el *Times Mirror*. La compañía Tribune nos compró. Tríquiti–trácata . . .

Se volvió para buscarme. Traté de ocultarme al final de la cola, pero lo único que tenía delante eran dos señoras de Calabasas, ambas tan esmirriadas como una bolsa de café Starbucks. Necesitaría al menos cinco como ellas para esconderme. No tenía ningún interés en conocer o mezclarme con pendejos gordos y charlatanes . . . si me perdonan la expresión, pero creo que esa descripción se ajustaría bien al individuo. En ese momento sólo me interesaban los panecillos untados con mermelada de arce y un capuchino helado con jarabe de nuez y toneladas de crema batida bien grasosa.

—¡Alexis López!—llamó Daniel, pretendiendo que bromeaba al decir mi apellido, pero yo había notado que usaba mi nombre completo cuando pensaba que esa clase de nombres exóticos podía impresionar a otras personas, como al parecer le ocurría a él—. Ven aquí. Te presento a Ross Albertson, de la agencia Creative Artists. He estado intentando que lo conocieras, ¿recuerdas?

Contemplé con ansia la vitrina de los pasteles, y noté los tres zombis de mirada vacía que temblaban detrás de mí, en la cola, por falta de cafeína. Si me iba ahora, tendría que regresar al final de la cola. Deseaba quedarme, persistir en la conquista de mi felicidad. Pero, fiel a mi crianza, hice lo que pensaba que era más educado: hacer que el hombre de mi vida se sintiera cómodo, aunque él ya no me interesara para nada. Abandoné la cola.

A Daniel se le había metido en la cabeza que yo estaría mejor si trabajaba para una de las grandes agencias de talentos de la ciudad, en lugar de hacerlo para Tower. Había estado tratando de que yo me empatara, como él solía decir, con gente importante que él conocía. A juzgar por el modo en que Daniel me abrió los ojos mientras me acercaba, pude darme cuenta que él creía que ésta era una de ellas. Se comportaba como si compartiéramos un secreto, lo cual no era cierto.

Ross me apretó la mano con tanta fuerza que mis nudillos crujieron. No sólo era gordo, sino fuerte.

—Un tremendo gusto en conocerte—bramó mientras sus carrillos temblaban—. He oído hablar mucho de ti.

—¿Sí?—pregunté, con mi sonrisa más amable.

—Bueno, la verdad es que no. Pero esa es la clase de mierda que se supone que uno debe decir, ¿no?

Ross se rió, y le dio un manotazo en la espalda a Daniel que pudo haberlo tumbado. Luego el gordo señaló hacia la rubia sonriente de la mesa y dijo con un tono de aburrimiento mortal:

—Ésta es la esposa Betty.

¿*La* esposa? ¿Su esposa?, me pregunté. ¿O la de otro, que estaba allí en calidad de préstamo?

—¡Betty! ¡Qué nombre tan apropiado!

Daniel le hizo un guiño y apuntó con el índice, en un gesto de halago.

—Gracias—dijo la mujer, sin que su expresión facial se alterara. Ya yo estaba familiarizada con esa expresión: parálisis inducida por Bótox—. La verdad es que lo odio.

—¿Qué dices? Es un nombre con mucha onda. Betty . . . Toda chica del hampa quiere llamarse Betty—soltó Daniel.

—Encantada de conocerte—me dijo Betty, con un gesto en sus grandes ojos azules e inexpresivos. Por suerte para ella, aún podía moverlos.

—Gusto de conocerlos a ambos—saludé.

—Alexis representa a Lydia Blanco, la cantante de mariachi—dijo Daniel, esforzándose demasiado en pronunciar los nombres castellanos *en* castellano. Liiiidiiiiaaaa Blaaaancooo. Ni siquiera Lydia lo pronunciaba *tan* castellano.

—¿De veras?—la expresión de Ross fue vacía, pero se obligó a sonreír en el tradicional estilo de L.A.

—Se ha ganado un par de reconocimientos en los Grammys Latinos—añadió Daniel, hablando de nuevo en tono de periodista—. Tremenda cantante, compadre, deberías oírla. Y muy linda también. Joven y atractiva.

—Grammys *Latinos*. Vaya, qué impresionante—dijo Ross con la misma sinceridad de un vendedor de autos—. Te deseo lo mejor.

—Ross representa a raperos—me explicó Daniel, repitiendo ese gesto de complicidad de abrir mucho los ojos—. Lemon Joy, Booty Ransom, y . . . Ross, ¿cómo se llama ese grupo de chicas que tienes ahora?

—Heir Cunning–Lingus—dijo Ross.

Betty arrugó su esculpida naricita, mostrando sus dientes esmaltados que se parecían a los de Lydia y Marcella. Eran unas cubiertas de porcelana que a primera vista se veían perfectas, aunque si se miraban con atención, parecían estar manchando las encías de un gris azuloso. Yo había empezado a pensar que ésa era la boca típica de Los Ángeles. Decían que uno debía limar los dientes hasta que éstos parecieran unos muñones antes de colocar las cubiertas, y que este costoso procedimiento debía repetirse en el futuro. Me imaginaba que dentro de cuarenta años, Los Ángeles estaría lleno de antiguas celebridades que no podrían pagar para volver a arreglarse los dientes, y que la mayoría de ellas sonreirían con sus afilados dientecitos sucios de bruja, como si fueran prostitutas inglesas del siglo diecisiete.

—Odio ese nombre—dijo ella. Por lo visto, odiaba todos los nombres.

—Es bastante asqueroso—admití.

—Es un nombre muy bueno—dijo Daniel, riéndose—. Compraría su CD sólo para ver el nombre.

—Tú nunca compras CDs, Danielito—bramó Ross—. Ustedes son una horda de cabrones reporteros que lo quieren todo gratis. Admítelo.

Me ruboricé de vergüenza ante el vocabulario de aquel hombre. Qué tipejo. Y en presencia de damas. Pero por supuesto, tenía razón.

—Él conocía a Tupac desde antes de que fuera famoso—dijo Daniel con admiración.

—¿Con qué agencia estás?—me preguntó Ross, mirándome fugazmente, aunque enseguida descubrió algo más interesante en el parqueo.

—Tower Entertainment—sonreí lo mejor que pude y traté de no volver la vista hacia donde quería, que era en dirección a la vitrina de los pasteles. Mi padre siempre me decía que si uno se mostraba educado, por muy mal que lo trataran, siempre podría dormir tranquilo sabiendo que era mejor persona que el otro.

Ross se encogió de hombros y se embutió un gigantesco trozo de pan en sus fauces.

—Nunca la he oído mencionar—murmuró mientras masticaba.

—Es una compañía mexicana en Whittier—explicó Daniel—. Pero no te engañes. Ganan una fortuna. Estoy hablando de cientos de millones—exageró—. Hacen buenos chavitos con los inmigrantes.

—Estoy seguro que sí—dijo Ross, embutiéndose más pan en la boca.

Me pregunté si Ross se daría cuenta de que la palabra "chavitos" pertenecía a una jerga ya gastada.

—Todo eso suena a mierda, pero apuesto a que los mexicanos lo compran como si fueran jodidos tacos.

Tragó, miró por la ventana durante unos segundos, mordiéndose el labio inferior, y luego continuó con excitación:

—Me gustaría ver algunas raperas mexicanas. Sabes a qué me refiero, ¿verdad? Unas tipas rebuenotas de verdad, con grandes melones y *mini-shorts* y tacones, y unos labios bien gordos.

—Es una idea de puta madre—dijo Daniel a Ross mientras se rascaba sus partes privadas con gran entusiasmo de gringo—. *Rap* cantado por chicas mexicanas bien chulas.

—Y con grandes melones—repetí con un leve sarcasmo que ninguno de los hombres entendió. Betty hizo una mueca y movió su cabeza, pese a que ella misma ostentaba unos grandes melones tostados por el sol.

—Sí, algo como Los Coños Picantes—dijo Ross—. ¿Me sigues?

—Ross, por Dios, ¿qué es eso?—preguntó Betty—. ¿Tomaste tu medicina esta mañana? —Y mirándome, dijo—: Perdona el retraso mental de mi marido. Normalmente sólo es medianamente retardado. No sé qué le pasa hoy.

Hice un gesto con la mano para indicar que no había ningún problema. Yo, con mi amabilidad de siempre.

Ross lamió la crema batida que quedaba al final de su pajita verde, dejando manchas en su labio superior.

—Yo podría hacerlo. Sería un éxito.

Daniel hizo girar una silla, y se sentó en ella a horcajadas, despatarrando sus pies calzados en brillantes zapatillas Nike que se cerraban con zípers en lugar de cordones. Luego sacó su viejo celular, tosco e inusitadamente grande, y fingió que estaba revisando sus mensajes escritos.

—Malditos editores—dijo—. Siempre quieren algo.

—Los coños picantes—repitió Ross, observando el celular de Daniel como si mirara una choza en Calcuta—. Marca la estrella donde deberían estar los segundos, y lo tendrás.

—Danielito—dije finalmente—. Espero que no te importe mucho, pero me he estado muriendo de hambre desde hace una semana en el Ashram, así es que voy a ponerme en la cola, ¿está bien?

—Claro, no hay problema.

—¿Estuviste en el *Ashram*?—se animó la mujer.

—Ajá—repliqué.

Sonrisa vacía de Betty:

—Me gusta el Ashram.

—Seguro—dijo Ross—. Ya ha tratado de meterme allí, pero le dije que primero prefería sacarme un jodido ojo con pinzas calientes.

—¿Quieres algo?—le pregunté a Daniel con una sonrisa—. ¿Quizás una ducha fría? ¿O tal vez *café*?

—No, ya estoy bastante enchufado, chula.

¿Chula? Me estremecí. ¿Enchufado? Por supuesto que lo estaba. No dudé que el café que estaba en la taza de viaje también proviniera de mi despensa.

La cola era más larga que antes, y maldije a Daniel por lo bajo. Casi toda la gente me miraba después de oír el repugnante diálogo que mi novio parecía disfrutar. Yo odiaba esa palabra: *coño*. Era tan fea. ¿Qué estaba haciendo yo con un tipo que usaba esa palabra sin pensarlo dos veces?

Cuando finalmente llegué ante el mostrador, pedí con júbilo un panecillo dulce y un capuchino helado con jarabe de nuez. Esperé por mi café en el mostrador, aunque el lugar estaba repleto. Cuando finalmente llegó mi pedido, decidí que en vez de regresar a la mesa para seguir escuchando las brillantes ideas de mercadeo transcultural de Ross, me sentaría sola afuera, bajo el sol. Devoré el pan dulce y crujiente, masticando sin parar, bajo la mirada desdeñosa y operada con láser de varias mujeres anoréxicas que bebían capuchinos de soja desgrasada. Estaba cansada de ser considerada la mujer más gorda de los alrededores. Ni siquiera era tan gorda. Sólo que estaba en Los Ángeles. Eso te hace sentir imperfecta. Pero no era nada que no pudiera curarse con algunas compras, después que botara a Daniel. Todavía quería comprar la freidora. Pero también necesitaba nuevas gafas y una cartera. Una chica nunca tiene demasiadas carteras. Ése era uno de mis lemas. "Daniel apesta" sería el próximo.

—Ojalá hubiera pedido dos—murmuré, deseando tener el valor de decirlo en voz alta para que me oyeran—. Mmm. Qué rico.

Tragué el café helado y dulce, con los ojos entrecerrados, mientras me concentraba en la droga que penetraba por mi torrente sanguíneo, para ver si podía notar el momento en que acabara con las vitaminas y me devolviera de golpe a la frívola y excitante realidad que prefería. Bum, ahí estaba. Ahhh. Energía, luz, felicidad. Cerré mis ojos, concentrada en . . . bueno, en *nada*. Asombroso, me dije. Mi mente está en blanco como una sábana almidonada. Y para lograrlo, sólo había necesitado azúcar y cafeína.

Mientras disfrutaba de la soleada paz, pensando en todas las deliciosas variantes que podría usar para dejar plantado a Daniel, escuché la inconfundible melodía de una de las canciones de mi padre mariachi, brotando triste y mexicana de un oxidado Jeep Wrangler azul. El conductor era un joven precioso, que al principio confundí con Alex Rodríguez, el pelotero dominicano de piel castaña. Una mirada más cuidadosa me mostró que no era él, por supuesto. El pelotero mejor pagado de las grandes ligas jamás conduciría un cacharro semejante. El hombre tras el volante del Jeep tenía la piel morena clara y cabellos oscuros que estaban peinados en trencitas cortas y finas. Vestía una camiseta sin mangas que dejaba ver una especie de tatuaje en los hombros. Y llevaba un fino sombrero de vaquero, muy echado hacia atrás, que no lucía mal en él. Se veía muy *chic*, en su estilo Santa Fe. Poseía esa clase de brazos musculosos, con grandes deltoides, que me hubiera gustado poder atraer. También usaba gafas que no se parecían en nada a las viejas gafas que usaba Daniel. Era un hombre *atractivo*, aunque no del modo en que Ross y otros como él hubieran pensado que debía ser alguien atractivo. Era masculinamente atractivo, un semental con la cantidad adecuada de barba incipiente que cubría su fuerte mandíbula. Lo miré con más atención, y ahora se me pareció a Will Smith. Era un tipo delicioso y guapo . . . que escuchaba cantar a mi padre biológico en el estéreo de su carro.

Los Ángeles, pese a sus problemas, siempre estaba lleno de sorpresas.

Miré en torno y me di cuenta de que ambos éramos las únicas personas de piel castaña aqui. ¿Qué demonios estaba haciendo un morenazo tan atractivo en Calabasas, escuchando por todo lo alto a Pedro Negrete en su estropeado Jeep? No me gusta generalizar, pero había una pequeña *posibilidad* de que fuera mexicano. Había muchos negros en México, especialmente en la costa oriental, pero ¿quién si no un mexicano escucharía a mi padre de esa manera, a todo volumen?

Sin embargo, sus gestos parecían americanos: el modo de inclinar la cabeza, aquella sonrisa a medias . . . (Curiosidades de la cultura mexico-americana: Algunos académicos creen que los olmecas mexicanos llegaron originalmente de África, pues su alfarería, lengua y rasgos faciales eran similares a los de los pueblos de África Occidental. Muchos académicos están empeñados en negar esto, porque significaría que los africanos llegaron a México por su cuenta, mucho antes de que Hernán Cortés trajera el primer esclavo llamado Juan Cortés, en 1519.)

Los preciosos labios del joven (posiblemente olmeca) cantaron a la par de la emotiva y lacrimosa música de Papi Pedro. Ni siquiera tuvo la cortesía de avergonzarse, lo cual se me antojó bastante admirable. De hecho, se veía un poco pagado de sí, orgulloso de su desvencijado transporte en un vecindario donde desplazarse en un buen vehículo era casi tan importante como tener un contador deshonesto.

Me alegré por él.

Bebí las últimas gotas de café y crema batida, ya aguada, y me pregunté cómo sería tener un tipo como *éste*, atractivo y sexy, una vez en mi vida. Cuando se acercó más, vi que el tatuaje era un corazón. También noté que llevaba un palillo de dientes entre sus labios rojos y llenos. Mientras cantaba, se meneaba de arriba abajo. Jesús. Era la cosa más dulce que había visto en mucho tiempo. Que se fuera todo al demonio. Lo quería para mí.

Desde que estaba en la universidad, y a medida que iba aumentando de peso, casi todos mis novios habían sido variantes de Daniel: tipos que tenían algún encanto, pero no tanto como para que salieran huyendo si yo me acercaba. Mis mejores amigas trataron de darme lecciones. Decían que un buen hombre no se preocuparía tanto por mi peso, y me mostraron estudios que afirmaban que los hombres valoraban más la amistad y el sentido del humor en sus esposas que la atracción física. Pero yo sabía que a la mayoría de los hombres sí les importaba el físico, y Marcella, la reina del *sex appeal*, me lo confirmaba. Era ella quien conseguiría tipos de esa clase, no yo. ¿Cómo sería estar con uno así? Casi podía imaginármelo en la portada de una novela rosa.

Finalmente el fulano del Jeep notó que lo estaba mirando, y tuvo la misma reacción tardía que yo había tenido ante Boris, tres días atrás, como si me temiera y deseara que no lo sorprendiera mirándome. Por supuesto: él era atractivo y yo no. Hubiéramos podido hacer una comedia. *El semental y la gordita*, todo un éxito. Aparté la vista, pero volví a mirar de inmediato al escuchar un terrible estruendo metálico.

El bello del Jeep, distraído por mi desvergonzada atención y quizás espantosa mirada, había chocado contra la parte trasera de un auto. Mi auto. Bajó la música. Todos los ojos estaban sobre él.

Apagó el motor del Jeep y se bajó. Vestía unos elegantes *jeans*, no tan anchos como los que Daniel había comenzado a usar, ni tan estrechos como los que usaba Papi Pedro. Eran unos *jeans* perfectos para un trasero perfecto. Cuando se volvió, noté que los *jeans* se habían desteñido ligeramente, siguiendo la forma de su . . . bueno, ya se imaginan. Un enorme . . . ya se imaginan. ¡Huy! Calculé que tendría más de seis pies de altura y caminaba con autoridad.

Me acerqué, arreglándome el cabello. Por supuesto, debería haber estado alarmada por mi auto, pero estaba más preocupada por el nido de gallinas que tenía en la cabeza. Claro, los acondicionadores para el cabello estaban prohibidos en el Ashram. Así es que me parecía a Roger Daltrey.

—¿Éste es tu carro?—preguntó el joven con un fuerte acento hispano. No necesito decir que su español aumentó mi potencial para fantasear con él. Supongo que por la ausencia de un padre mexicano, o algo así. No quería pensar mucho en eso. Me aplasté el cabello y sonreí lo más tímidamente que pude.

—Sí—respondí en inglés, sin saber por qué, y avergonzada de que él hubiera chocado contra mi auto y por la humedad que provocaba en mi ropa interior. Ya sé, no es educado hablar de cosas así, pero—qué diablos—ocurren. Sobre todo en presencia de un hombre tan especial. Mis últimos seis óvulos se precipitaron hacia la salida, listos a pelear por una oportunidad con este material genético.

—Ay, Dios—dijo en español, mientras gesticulaba con las manos al hablar.

Su acento era raro; no podía determinar su origen. Los mexicanos con los que solía lidiar casi todo el tiempo provenían de la Ciudad de México o, por alguna razón, de San José, California, y ninguno hablaba así. Después añadió en inglés:

—Oiga, señorita, lo siento mucho.

—Está bien—le dije, aún sonrojándome.

Por fidelidad a mi auto, di una vuelta en círculo alrededor del Cadillac. El hombre caminó en círculos conmigo. Olía a coco y a toronja.

—Lo siento muchísimo—repitió.

—Es un arañazo, no es gran cosa—dije—. No debí haberme parqueado sobre la acera.

—Déjeme darle mi seguro y mi teléfono—dijo—. Venga.

Me gustó cómo sonaron esas palabras en su boca. Demasiado. Me lo imaginaba diciéndolas de una manera más sabrosa y privada, y obedecí. Me guió hasta el compartimento delantero del Jeep, se acercó a la guantera y la abrió. Una carpeta plástica llena de fotos, como las que guardaría un hombre en su billetera, cayó sobre el asiento. Todas eran fotos que mostraban la misma joven de expresión seria, hermosa pero triste, con sus brillantes ojos verdes y enormes. Sentí que me estremecía al darme cuenta que sus ojos se parecían a los míos. Demasiado. Era algo raro.

Sacó del compartimento un paquete de lo que parecían ser fotocopias de correos electrónicos, y revolvió un poco hasta que encontró su tarjeta de póliza.

—Aquí está—dijo, sacando una pluma y un pedazo de papel de la guantera—. Déjeme escribírselo.

Garabateó algo en el papel y me lo entregó. Lo doblé sin mirarlo, y lo metí en el bolsillo exterior de mi nueva cartera a rayas Kate Spade.

—¿Debemos llamar a la policía?—pregunté, aún ruborizándome.

—Deberíamos, si quiere que el seguro le pague el arreglo.

Su rostro amable se fijó en mí, como si me escuchara con atención, como si no estuviera siendo observado por decenas de preocupados residentes de la zona.

Me di cuenta de que le había estado hablando sólo en inglés, aunque yo podía hablar en español perfectamente . . . o bastante bien. Cambié de idioma, esperando que no se ofendiera.

—Es muy honesto de tu parte—le dije—. ¿Vives en L.A.?

Se rió y continuó en español:

—Sí, claro.

Entonces lo supe. Cubano. Sonaba como un cubano. Ahora que lo había escuchado en español podía darme cuenta.

—¿Lo eres de veras?—pregunté—. *No* existen hombres honestos en L.A. Es una ley.

El joven sonrió y comenzó a guardar con cariño las cartas y las fotos en la guantera. Algunos envases vacíos de comida china y McDonald's yacían sobre el suelo del auto. Yo respetaba a los hombres que respetaban los lugares de comida rápida.

—Creo que soy el primer y último tipo honesto en Los Ángeles—me dijo—. Creo que me dieron un premio por eso cuando llegué aquí el año pasado.

—¿De dónde viniste?—pregunté.

—De Labana, Cuba.

Me imaginé que *Labana*, para los cubanos, era La Habana; de igual modo que, en inglés, *Havana* es una manera de referirse a toda la isla de Cuba; y de igual modo que, en tejano, *Cuba* significa tierra exótica y prohibida de hombres atractivos.

—¿Dónde aprendiste español?—me preguntó.

—En Texas.

Asintió, como si eso lo explicara todo; lo cual, si alguna vez has estado en Texas, es así, en efecto . . . y eso también me encantó.

—Tejas—repitió el nombre, pronunciándolo a la manera mexicana, un hecho cuya propia existencia espantaba a la mayoría de los no mexicanos residentes en Texas, excepto a mi fabuloso papá.

—Bueno—dije—, creo que tendré que llamar a la policía ahora.

—Sí, por supuesto—aceptó.

Marqué el 911 en mi celular, y conté lo que había pasado. El atractivo cubanito aparcó su Jeep cerca y regresó. Daniel no había notado nada de lo ocurrido, y aún estaba adentro hablando con Ross y Betty.

—De nuevo—me dijo el joven, extendiendo su mano para estrechar la mía—, lo siento mucho. Es un carro muy bonito y lo he golpeado con esa porquería que tengo. Lo siento.

Drogada por el café, se me escapó:

—Debo de haberte provocado por estarte mirando—le dije.

¡Ay! ¿Había sido yo la que dijo eso?

—Bueno, sí. Me di cuenta—admitió él, sin timidez; más bien sonrió de medio lado con la misma media sonrisa de Daniel, excepto que sus dientes eran muy blancos y sus labios eran de ésos que uno podía estar mordisqueando durante horas—. Pensé que a lo mejor te conocía o que estaba embarrado de comida o algo así.

Me echó una larga mirada y continuó:

—Me entretuve porque te pareces a alguien que yo conocía. Tus ojos se parecen muchos a los suyos . . . Pero ¿por qué te me quedaste mirando?—preguntó él, alzando juguetonamente una ceja.

—Como si no lo *supieras*—se me escapó en inglés—. Eres un tipo superatractivo, hombre.

Sonrió cálidamente y sacó una pluma y un pedazo de papel de su bolsillo. Escribió algo y me dio el papel.

—Éste es mi teléfono. Olvidé apuntarlo antes, por lo nervioso que estaba cuando te choqué el carro—sonrió.

Leí su nombre: Vladimir G. Menéndez. Pasaría por alto su acento: tenía un lindo trasero, así es que su pronunciación no tenía que ser perfecta.

—Esto sí que es raro—dije, contemplando el trozo de papel que tenía en la mano.

—¿Qué?

—Acabo de regresar de una semana de tortura vegetariana en el Ashram, y había un viejo ruso que no hacía más que hablarme de un Vladimir que era amigo suyo. Y también había un instructor llamado Vladimir. Y la semana pasada, una amiga mía, que le puso Jack a su primer hijo, me dice que le pondría Vladimir al segundo. No he oído el nombre Vladimir en un millón de años y ahora resulta que lo oigo cuatro veces en la misma *semana*. Es bastante raro.

—Debe ser que el Apocalipsis se acerca—dijo Vladimir en un tono solemne, pero con la mirada llena de humor.

Solté una risita. ¿Desde hacía cuánto tiempo que un hombre—un tipo monísimo—me hacía reír como una niña? Años.

—La segunda venida de San Vladimir—dije, haciendo uso de mi educación metodista.

—O la segunda de Monómaco—señaló él.

—Me quedé fuera, precioso—admití—. ¿Quién es . . . monomaniaco?

—Vladimir Monómaco, el gran monarca ruso del siglo doce—afirmó.

Puse los ojos en blanco, como si no me hubiera impresionado.

—Cuando tu nombre es Vladimir estás en la obligación de conocer a todos los Vladimires importantes, en defensa propia—alzó las manos como un instructor de karate.

¿Conocía yo a algún Vladimir histórico? Tenía que conocerlo. ¿Cómo se llamaba ése que escribió *Lolita*? Me concentré y dije:

—Nabokov.

Levantó las cejas.

—Ah, sí. La tierna historia de un amor pedofílico que terminaría en la cárcel si le ocurriera a un hombre de nuestra época. ¿Ves? Hay Vladimires dondequiera.

—¿Dondequiera?

—Es un nombre común.

—No creo.

Su boca se abrió en cómico gesto de frustración.

—Adondequiera que voy, la gente me dice que conoce a otro tipo que se llama Vladimir. Es realmente muy común, en términos globales.

—¿Dices que eres de Cuba?—pregunté.

—Sí.

—¿Y Vladimir es un nombre común allí?

Hizo un saludo militar y frunció el entrecejo.

—Mi generación está llena de nombres de héroes soviéticos—explicó, haciendo chocar los talones con sus imaginarias botas. Después se golpeó el pecho con sarcástico abandono, como si no le importaran mucho los héroes soviéticos—. Mi querida e ilusa madre me llamó así en honor a Vladimir Lenin. —Hizo un gesto de duda—: De todos modos, me dicen Goyo, que es el diminutivo de Gregorio, mi segundo nombre.

—Menos mal—dije.

Me gustaba Goyo mucho más que Vladimir. No podía imaginar que existiera un lugar en el mundo donde las madres llamaran a sus hijos en honor a Vladimir Lenin. Si alguien hubiera intentado hacer tamaña idiotez en mi natal Highland Park, Texas, habría recibido una paliza en el trasero y un boleto sin regreso a Siberia.

El guapo Vladimir Goyo se dirigió a una de las mesas de afuera, y me hizo un gesto para que me sentara.

—Por favor—me invitó—, mejor nos ponemos cómodos mientras esperamos.

—Gracias.

Traté de mantenerme en cuclillas para poder sentarme elegantemente cuando deslizara la silla debajo de mí. Las piernas me temblaron, adoloridas por todas esas caminatas de la semana pasada en las montañas. No había nacido para los ejercicios, pero sí había nacido para que los hombres guapos me arrimaran sillas mientras me sentaba.

—Bueno—dijo—, ¿y qué dijo ese hombre del Ashram sobre su Vladimir?

—Es un músico gordo de Rusia. Nada parecido a ti.

—¿No?—los ojos marrones de Goyo chispearon bajo sus espesas cejas negras.

—No. Dijo que era tuerto.

Apenas lo dije, me di cuenta de que había confundido la conversación en el Starbucks con la conversación en el Ashram, al parecer porque en ambos casos yo había anhelado estar en otro sitio y sólo escuchaba a medias.

—¿Tuerto?—dijo Goyo, retrocediendo.

Luego arrugó con disgusto su bien delineada nariz, se agarró de la mesa y se rió con ganas. Sacudió la cabeza y dijo algo rápido en su fluido y hermoso español caribeño, que no se parecía a nada al español mexicano al que estaba acostumbrada.

Me eché el cabello por detrás de las orejas y bajé los hombros, que tendía a alzar hasta las orejas cuando estaba nerviosa, lo cual me daba un aspecto tan atractivo como el de un curiel en estado de hibernación.

—Bueno, no sé. Me dio la impresión de que sería uno de esos tipos al que le faltaría un ojo. Probablemente se lo sacaron con unas tenazas calientes rusas o algo así.

—¿Y es bueno ese cantante ruso?

El cubano abrió sus piernas y se recostó, muy satisfecho de estar en su propia piel . . . su increíble piel café que olía a todas las cosas deliciosas que nunca te dejaban comer en el Ashram.

—¿Cómo?—pregunté.

Había estado tan ensimismada, imaginándomelo desnudo y embarrado en crema, que no había oído su pregunta.

—¿Qué si ese músico tuerto es bueno?

Me encogí de hombros.

—No tengo idea. No sé. Pero lo dudo. Vaya, tú mismo eres un Vladimir, pero te haces llamar de otro modo, ¿no? Y debo decir que eres el primer y único Vladimir guapo que he conocido.

Me ruboricé por haber soltado aquel idiota y xenofóbico cumplido, recordando que yo, menos que nadie, debería haberlo hecho. Y le eché la culpa al exceso de cafeína.

—¿Crees que soy bien parecido?—preguntó.

Estaba sentado allí, reluciendo bajo el sol como una verdadera joya, ¿y me hacía esa pregunta? ¿De veras no lo sabía?

—Pero, claro, mi niño—asentí, recurriendo al tono amistoso de una amiga, ese tono de hermana que usaba con los hombres guapos, como mecanismo de defensa.

—Gracias—contestó sonriendo, y el hoyuelo de su mejilla se marcó más, ¡cielos!

Tragué en seco y parpadeé, tratando de pensar en otra cosa que decir. Se me ocurrió esto:

—Pero no estoy hablando del problema físico. Si alguien fuera a escribir una novela romántica, no escogería el nombre Vladimir para el protagonista.

—Depende de dónde la estén escribiendo—me interrumpió con un gesto de hombros—. Un libro así podría ser muy popular en Novgorod. O en Drazna. O en Chernogolovka.

—¿Chernogolovka?—pregunté.

Asintió.

—Y no sólo ahí—dijo, hablando tanto con las manos como con la boca—. También en Polonia. Allí, Vladimir es un nombre común.

—¿Lo es en esta época?—mi estómago cosquilleaba de emoción al ver que no sólo tenía un cuerpo sino un cerebro.

—Pero eso no es nada—dijo—. Tenía un amigo polaco llamado Wienczyslaw.

Solté una risita. No era de buena educación reírse de los nombres ajenos, pero no pude evitarlo.

—Suena a algo que podría saber bien con pollo frito—aventuré—. ¿Cómo se deletrea?

Me lo deletreó. Fui escribiendo con el dedo, sobre la mesa, la interminable fila de consonantes.

—Pobre muchacho—dije.

Movió la cabeza en señal de asentimiento y me apuntó con un dedo, como diciendo, "¿ves?"

—Está bien—admití—, tienes un nombre normal, más o menos. Pero tú sabes lo que quiero decir. Si pretendieras ser una estrella *pop* o un actor, ¿no te lo cambiarías?

—Nunca se me había ocurrido—parecía herido—. Pero probablemente no.

—Claro, a la mayoría de las personas no se les ocurren esas cosas. Perdona si insulté tu nombre. Es un nombre bueno para una persona normal como tú. Pero ¿para una celebridad?—me encogí de hombros—. No estoy segura. Al menos, no en este país.

Goyo sonrió.

—Hablas como si supieras algo sobre celebridades.

Me senté más erguida, sintiéndome importante.

—Soy agente y publicista de actores y de espectáculos musicales.

—Parece un trabajo muy emocionante—dijo Goyo relamiéndose los labios, sin darse cuenta de que lo había hecho o de que, haciéndolo, estaba excitando mi imaginación . . . donde lo puse a lamer otras cosas.

Me incliné, tratando de tranquilizar todos los malditos temblores y ahogos que sentía.

—No tanto. ¿Qué haces tú?

Sonrió sin dejar de mirarme a los ojos. Mi cuerpo se llenó de hormonas. Se enderezó en su silla como si se concentrara en una pregunta muy difícil. Dejó correr los dedos fuertes y sorprendentemente largos de ambas manos a través de sus trenzas cortas, y dijo:

—Soy escritor.

Me miró a través de sus pestañas, de manera coqueta, culpable e infantil, como si esperara mi reprimenda por haber escogido una carrera tan mala.

—Eso explica el Jeep—dije sin pensar. Qué lengua la mía. Hoy estaba peor que nunca. Me llevé la mano a la boca. El Ashram no me había hecho ningún bien—. Ay, perdona. Es un Jeep muy mono. De verdad. Un poco imprevisible, quizás. Pero bastante lindo. —Sonreí.

—¿Por qué mi escritura explica el Jeep?—preguntó Goyo.

Parecía genuina y auténticamente perplejo ante mi cínico comentario. Me horroricé de mí misma por insultar a ese hombre. Yo misma había estado sermoneando a la pobre Marcella durante meses exactamente por la misma cosa. Dios, tal vez me estaba contagiando con la rudeza de esa mujer, en lugar de ser al revés.

—Por nada—apuré hasta el final mi capuchino derretido y deseé otro—. Mi novio es escritor y también tiene un carro viejo.

—¿Te refieres a un carro barato?—se rió.

—Eso lo has dicho tú, no yo.

Vladimir echó una mirada a los lujosos autos que nos rodeaban y se encogió de hombros.

—Posiblemente tu novio ya sepa que no hay mucha recompensa financiera en escribir. El dinero no lo es todo. En Cuba todos andamos en bicicleta y aun así nos queremos. Nuestras vidas tienen un sentido, sin todo esto. —Agitó su mano en dirección a los lujosos autos del parqueo, y continuó—: Existe una recompensa en ser leal a tus ideales y a tu espíritu. Tu novio debe saberlo.

Pensé en Daniel y moví la cabeza. Dudaba que él tuviera ideales ni espíritu.

—Daniel es su propia recompensa. Y de todos modos, ¿quién necesita tener un buen carro cuando puede manejar el de su novia?—le dije con falsa sonrisa y pestañeando con rapidez.

—Parece que has escogido a un triunfador—dijo en inglés.

Ladeó su cabeza y sentí deseos de saltarle encima. Pocas veces me sentía así. Me estaba excitando demasiado.

—No, es periodista—me reí, rogando en ese mismo momento que el hombre no fuera también periodista.

—Ya veo—dijo Goyo—. Deben ser tan malos aquí como en Cuba.

Compartimos un breve y extraño silencio, que yo rompí con una pregunta.

—¿Y qué escribes?

Goyo hizo una breve pausa, como si estuviera sopesando algo importante antes de responder:

—Poesía.

—Válgame Dios—bromeé y le hice un guiño—. Creo que mejor me quedo con el periodista.

Ambos soltamos una carcajada.

Un auto patrullero se arrimó a la curva cercana, con sus luces parpadeando. Nos acercamos al joven oficial de la policía, que parecía nervioso, y nos presentamos. Don Autoridad apuntó la información requerida mientras algunos curiosos miraban. Observando al policía, traté de imaginar a Marcella mamándosela a uno, como me contó que había hecho una vez para que no le pusieran una multa. De veras me preocupaba esa muchacha.

—No era necesario llamar a la policía por una defensa abollada—concluyó el oficial—. No hay mucho daño aquí. Basta con que intercambien sus datos. Pero haré el informe.

—La gente cree que esto es una redada por drogas—le susurré a Goyo.

—Dos latinos en Calabasas con un policía—murmuró él y, haciendo temblar sus manos junto a la cara, añadió—: Huy, qué miedo. —Sonrió—. A correr, a esconderse . . .

El policía nos echó una mirada curiosa detrás de sus gafas, pero siguió escribiendo.

—¿Y qué hacías oyendo a Pedro Negrete?—le pregunté a Goyo.

—¿Que qué estoy haciendo oyendo a Pedro Negrete?—repitió atónito, como si el mundo entero, puesto a escoger, también escuchara a mi padre biológico con el nivel de decibeles suficiente como para ensordecer a un burro—. ¡Es el cantante de boleros más grande que jamás haya existido!

Abrió los brazos en un gesto dramático.

—¿Crees que es tan bueno?

—Por supuesto—respondió—. ¿Tú, no?

—Supongo que sí.

—En Cuba todo el mundo adora a Pedro Negrete—dijo—. A mi mamá y a mi abuela les encantan todas las baladas mexicanas.

—Vaya. ¿Estás seguro de que no eres mexicano?

Goyo se rió e hizo un gesto.

—No soy mexicano—aseguró—. Pero me gusta la música mexicana. Soy un cubano . . . sin prejuicios.

—He oído que *eso* no es fácil de encontrar, al menos en este país.

—El hombre que te lo dijo era muy sabio—dijo, golpeándose las sienes con un dedo delicioso.

—¿A quién más oye la gente en Cuba?—pregunté.

—Salsa de Puerto Rico, por supuesto—dijo, y ambos nos reímos—. Les gusta Marc Anthony y la India, Jerry Rivera, todo eso. Pero tenemos nuestras propias cosas. Lo más moderno es la timba. Y el *rap*. Hay mucho rapo en Cuba.

—¿*Rap*? No me digas . . .

—Sí—sonrió como si acabara de hacerse un chiste que sólo él había oído—. Es verdad.

Finalmente Daniel apareció en escena, cojeando en su mejor estilo pandillero, aunque su falso aire de delincuente se redujo frente al carro patrullero. De todos modos, realizó su rutina periodística, en la que trataba de anotar el nombre del policía y el número de su chapa, y de actuar como si supiera hacer el trabajo del oficial mejor que él mismo. Después comenzó a mencionar nombres de personas que trabajaban en el LAPD.

—¿Ése es él?—me susurró Goyo al oído—. ¿Ése es tu . . . *novio* periodista?

—Por desgracia.

Goyo lo miró de arriba abajo, y silbó lenta y ligeramente entre sus dientes.

—Le gusta estar en la onda—murmuré.

Goyo me agarró por un brazo y me alejó de la gritería de Daniel.

—Dime una cosa—susurró rápidamente en inglés, que realmente era perfecto, aunque tenía acento—. Sé que no te conozco, pero ¿te estás comprometiendo?

Me encantó cómo dijo la última palabra.

—¿Comprometiendo? ¿Con él? No, no lo creo.

—No, comprometiendo tu vida, como si no pensaras que puedes conseguir algo mejor.

—¿Yo?

—Tú—sus ojos buscaron los míos y sentí como si se abriera una caja y mi corazón echara a volar.

—Ése es el tipo de hombre que consiguen las chicas como yo—dije—. No soy como esas otras monadas que andan por aquí.

Goyo observó las edificaciones de Calabasas y meneó la cabeza como si no me creyera.

—No estás mal, ¿sabes?

Mi corazón regresó de golpe a la caja y se hundió en mi pecho.

—Jesús, gracias. Nada anima más a una chica que escuchar que no está mal. Si la poesía no funciona, podrías pensar en una carrera para diplomático.

—Quiero decir que eres muy mona. Tienes ojos hermosos. Me gustan tus ojos. Y una sonrisa preciosa. Puedes conseguir algo mejor que *ese* tipo.

—Es posible.

—¿Pero te has decidido por él?

—Más o menos. Sí, creo que sí.

—No lo hagas—dijo Goyo con una sonrisa y moviendo un dedo admonitorio—. Nadie debería hacer eso. El amor es lo más importante en la vida. Y el verdadero amor no encontrará el camino para llegar hasta ti si el sendero está bloqueado por un periodista que se viste como . . . como . . . ¿de qué está vestido?

—De rapero—dije.

Goyo se echó a reír con ganas.

—Un rapero. Eso sí que está bueno. No me había dado cuenta que lucían así.

—Quizás porque en Cuba se visten mejor.

—No te comprometas—repitió—. Y el amor te encontrará.

Sonreí y disfruté la sensación de sentir la mano de este extraño sobre mi brazo.

—Sólo los poetas piensan así—dije—. Toda esa tontería de que el amor va a encontrarte.

El oficial se marchó con la promesa de que enviaría una copia del informe sobre el accidente a cada uno. Daniel se presentó a Goyo de la manera menos encantadora posible.

—¿Estás borracho, pendejo?—preguntó, enrollándose las mangas como si creyera que tendría que fajarse.

—No bebo cuando estoy solo en mi carro, y no me acuesto con mi madre, aunque siento mucho que estas cosas sean tan normales para ti que enseguida las mencionas cuando acabas de conocer a alguien—dijo Goyo con rapidez, en su perfecto inglés—. Estaba distraído.

—¿Por qué?—preguntó Daniel, dando salticos en la punta de los pies como un boxeador.

—Por tu novia—Goyo me miró y sonrió—. Tiene unos ojos hermosos.

—¿Ah, sí?—Daniel no parecía halagado.

—Vamos, Daniel—dije.

—No tengo tus datos—me dijo Goyo.

—No importa—le aseguré—. Yo tengo los tuyos.

Goyo asintió, se despidió tocándose la frente con dos dedos, y sonrió mientras se dirigía al Jeep. ¡Qué andar! Tan elegante, seguro y poderoso. Mientras tanto, Daniel sacó mis llaves del bolsillo de sus enormes pantalones Adidas y trató de hacerlas girar en un dedo como si fueran un revólver. Se le cayeron al suelo. Cuánta clase.

—Qué tipo más odioso—dijo Daniel mientras se inclinaba a recoger las llaves, revelando la raya de sus nalgas en el proceso. ¡Ay, santísimo!

—Dame acá—le dije, extendiendo mi mano.

—¿Dame qué?

—Las llaves. Dámelas.

—¿Quieres conducir?—su voz se elevó con sorpresa.

—Es mi carro, Daniel.

—Está bien—pareció ofendido—. ¡Qué mañana más jodida!

Nos metimos en el auto y de inmediato saqué su CD de Tupac para cambiarlo por mis Thompson Twins. Canté "Hold Me Now", imaginándome que se lo decía a un cubano guapo que acaba de decir que yo no estaba mal, que era muy mona y que tenía unos ojos preciosos.

Al salir del parqueo, pasé junto al Jeep de Goyo, que alzó la vista y levantó un pulgar aprobatorio cuando escuchó la música. Me dirigió la sonrisa más perfecta y hermosa que había visto. Se amañó con el estéreo de su auto y pronto escuché "She Blinded Me with Science", de Thomas Dolby.

—¡Los ochenta!—gritó en su cubano sensual y atropellado—. ¡Excelente! Dime que vas a llamar.

—Lo haré—prometí. Me sentía de nuevo como una adolescente, como si yo hubiera pasado con la camioneta de mi papá por la cancha donde los chicos practicaban balompié y el más guapo me hubiera sonreído.

—Dime que no vas a decidirte aún—gritó y comenzó a alejarse.

—No lo haré—grité.

Junto a mí, Daniel frunció el ceño y se tapó los oídos, incapaz de tolerar mi música de la misma manera en que yo toleraba la suya.

—Odio esa mierda—protestó.

—Está bien—dije—. ¿Qué preferirías?

—Cualquier cosa.

Introduje el disco más reciente de Los Chimpancés, sabiendo que Daniel odiaba la música mexicana mucho más de lo que odiaba los años ochenta. *Um–pa–pa, um–pa–pa* . . .

—Eso suena a un cabrón circo de pueblo—gimió Daniel, hundiéndose más en su asiento como si quisiera esconderse—. Apaga esa mierda, por Dios.

—No, no voy a apagarla. Los Chimpas van a empezar otra gira y tengo que refrescar mi memoria con sus letras para posibles preguntas de la prensa. Así es que deja de darme órdenes. Gracias.

—¿Sobre qué cantan?

—Drogas, tráfico de estupefacientes, inmigración ilegal, delitos y chicas, chicas sórdidas.

—Es bueno saber que alguien está luchando contra los estereotipos hispanos—remató Daniel.

Buen chiste. Yo también me reí, y por un momento recordé lo que me había gustado de Daniel en el pasado.

—Sí—contraataqué—. Como tu socio Ross. Un verdadero adalid de la igualdad entre los sexos.

Daniel se irguió en su asiento con excitación y bajó el volumen del estéreo como si estuviera en su derecho. Ni siquiera preguntó. De pronto recordé todas las cosas que *no* me gustaban de Daniel.

—Dime, ¿qué piensas de la idea de Ross sobre *rap* mexicano cantado por chicas? Tú estás en la música mexicana.

—Creo que fue ofensivo.

—¿De veras?—sonrió como si ofensivo fuera un elogio, lo cual me imagino que lo es . . . en el mundo del *rap*.

—Por supuesto—di media vuelta y me dirigí hacia el oeste por Mulholland Drive—. Él no conoce a los mexicanos si cree que eso va a vender. Somos muy conservadores sobre la manera en que deben vestirse y actuar las mujeres. Queremos que las mujeres sean dulces e inocentes, mientras salen vestidas de putas junto a Don Francisco. Es . . . complicado.

—Vas en la dirección equivocada—dijo Daniel, arrojando miradas de pánico por sobre su hombro y señalando hacia atrás. Era un maniático controlador. Para un hombre como él, no poder manejar era lo más cercano a estar castrado—. La 101 es del otro lado.

—No vamos a tomar la 101.

—¿Por qué no?

—Hay mucho tráfico. Voy a tomar la autopista de la costa.

—Tengo que estar en la oficina dentro de una hora.

—Y yo tengo que recoger a Juanga. Confía en tu chofer, ésta es la ruta más rápida.

—Tengo una reunión a las diez para hablar de esa historia con mi editor—insistió Daniel, trasteando otra vez su gigantesco celular del Paleolítico. Probablemente me había estado envenenando el auto con dosis letales de radiación.

—Me alegro por ti.

—¿De veras piensas que no debo hacerla? Pareces preocupada por mí. Me parece muy tierno.

Eché una mirada a Daniel y sentí que el estómago se me viraba al revés.

—La verdad es que me tiene sin cuidado.

Era mejor ser honesta. Pensé en el trozo de papel que llevaba en mi cartera, con el teléfono de Goyo, el poeta.

—Es una historia de puta madre—añadió Daniel, confundido.

—Apuesto a que sí.

Canté al unísono con Los Chimpas y tuve la esperanza de que ahora se callaría.

—Será una historia del carajo.

Aceleré y pasé a un Porsche, lo cual me hizo sentir mejor de lo que creí.

—De la manera en que escribes, Danielito, sería imposible que *no* fuera buena.

—Gracias—dijo, sonriendo.

—Todos creen que eres muy bueno, ya lo sabes.—Hubiera querido vomitar.

—Bueno, sí. Es cierto. ¡Oye, ten cuidado! Manejas como una mujer. ¿Quieres que nos matemos?

Nosotros no, pensé. Sólo *tú*.

Haciendo curvas a través del tráfico, y sonriendo como una loca, me acordé del Ashram y recité mi mantra del momento: "nam–myo–ho–bó–ta–lo."

—¿Qué estás murmurando?—preguntó Daniel mientras se reventaba una espinilla, usando el espejo del parasol. Qué encantador.

—Nada—dije, sonriendo—. Sólo que estoy ansiosa por leer tu increíble historia.

Sonrió y frotó el zíper de sus pantalones.

—Sí, chiquita, tú y todos en L.A.—dijo en serio.

Varias horas después de una refrescante ausencia de Daniel, me arrimé a un parquímetro en Beverly Hills y caminé media cuadra hasta Beige, una tiendecita *chic* de Beverly Boulevard, entre Martel y La Brea, menuda y arreglada con gusto, como la propia Marcella.

Allí estaba ella, aguardando por mí detrás de sus gigantescas gafas, con su largo cabello recogido en un complicado y glamoroso moño. Llevaba unos jeans ajustados, bajos en la cintura, una camiseta blanca sin mangas, un suéter negro de punto con piel falsa en las mangas y el cuello, y botines negros de tacones altos.

—Alexis López—dijo mientras yo me acercaba—. Mi atrevida y corajuda salvadora.

—¿Qué hubo, Marcella? ¿Cómo estás?—extendí mi mano para estrechar la suya, y se rió de mí.

—¿Qué pasa? ¿No das la mano?—pregunté.

—No veo qué sentido tiene eso—dijo—. Es un ritual raro.

—El sentido es que le muestras a alguien que eres amistosa y civilizada—le tomé una mano, la coloqué en la mía y le hice una demostración—. Así: cortés, amable, civilizada.

—La amabilidad no lleva a ningún lado—dijo ella—. Y no soy amistosa ni civilizada, sino reservada y temperamental. Pregúntale a cualquiera.

—Querida, la semana pasada estabas limpiando mesas. Creo que ya es hora de que tengas un enfoque diferente de las cosas.

Marcella me arrojó una mirada que casi sonó como un gruñido, y me sacudió la mano otra vez.

—¿Así?

—Mejor, pero necesitas practicar—sugerí.

Me echó un brazo sobre los hombros y me tocó la punta de la nariz con un dedo.

—Me caes bien—admitió, antes de arrastrarme por el brazo rumbo a la *boutique*—. Pero eso podría cambiar en cualquier minuto.

La tienda se veía despejada y moderna a través de la ventana, con un aire casi asiático, y mi corazón dio un vuelco cuando comprendí que era uno de esos lugares donde sólo te dejan comprar si te conocen o si haces una cita.

Nunca había estado aquí, pero había oído hablar de él. Beige atraía a las celebridades. Era una boutique que imponía tendencias, muy popular entre las estrellas y los estilistas de moda, lo cual me descalificaba a mí y a mi trasero. Nos detuvimos en la puerta, y yo comencé a retroceder

—¿No podemos ir a Bloomies, como chicas normales?—pregunté.

—Adelante—Marcella me arrastró con ella—. Vive un poco.

La recepcionista apretó un botón para dejarnos pasar, y de inmediato me sentí fuera de lugar entre los jarrones con bambú y las esculturas de metal al estilo de los sesenta. Marcella no se inmutó. Saludó por su nombre a los dueños, que la abrazaron y le ofrecieron champán. Le impedí que bebiera, recordándole que tenía una audición en un par de horas. Me presentó como su "nueva representante", lo cual suavizó un poco las miradas que recibí por llevar una talla 10 que posiblemente ni siquiera tuvieran aquí. Después la señorita Marcella se olvidó de mí, y se dedicó a manosear con vehemencia las blusas de encaje y los largos chales, los pantalones ajustados y las diminutas falditas brillantes. Todo era perfecto para ella, que iba apilando las ropas en sus brazos.

Después de un capuchino gratis y cremoso para relajarme, me le uní en el recorrido. No había duda, chica, las ropas eran exquisitas. Cada artículo era una obra de arte, con mangas de seda bordadas y acampanadas en los ángulos justos, y unos *jeans* hechos para cuerpos y traseros como los de Marcella. Los diseñadores no eran muy conocidos, porque la mayoría de las familias no podrían comprar sus accesorios, pero reconocí a algunos de ellos: Seven, Strenesse, James Corviello, Lix . . . Uno leía sobre ellos en *In Style* si era una persona normal, o llevaba puestos sus artículos si era como Marcella.

La seguí al vestidor con reticencia cuando me pidió que entrara con ella. Marcella carecía de timidez frente a su cuerpo, y se desnudó hasta quedar en una minúscula tanga antes de empezar a probarse pieza tras pieza, cada una más sexy y arriesgada que la anterior. La perfección de sus formas me deprimió más de lo que hubiera imaginado. Debería ser fabuloso tener un cuerpo así.

—¿Por qué no te pruebas algo?—preguntó—. ¡Vamos!

Me encogí de hombros.

—Estoy demasiado gorda—dije.

Para mi horror, Marcella llamó a Tina Webb, la diseñadora y dueña de la tienda, y le pidió que trajera algunas ropas con mi talla. Y también para mi sorpresa, resultó que en Beige tenían algunas cosillas para mí. Una de ellas, una chaqueta estilo kimono en seda melocotón con flores rojas, me gustó, aunque no era exactamente mi estilo. Pero la compré de todos modos.

Mientras ambas nos probábamos ropas en el vestidor, Marcella comenzó a hacerme preguntas sobre la audición y me contó su versión de los principales hechos de su vida. Hacía poco que yo había visto las fotos de sus desnudos en la prensa latina, pero no me pareció delicado traerlas a colación.

Quiso saber sobre mi vida y le dije la verdad: era una persona corriente, quería a mi familia, me gustaba mi trabajo, algún día esperaba casarme y tener hijos, y mientras tanto, tenía un perro. Escuchó aparentemente asombrada y se rió en los momentos en que no creía que debía hacerlo, como cuando le dije que había pertenecido a un club universitario y me había presentado en sociedad.

—¿Qué hay de gracioso en eso?—le pregunté.

—Es muy cómico—dijo—. Y extraño. Como tu ropa interior.

—¿Cómo?

—Nadie usa esa clase de pantaletas. Pertenecen al ropero de una abuela. Esas pantaletas que se marcan sobre la ropa se ven realmente mal—me acarició las nalgas y cloqueó—: Te sugiero que uses tanga. Incluso con exceso de culo.

—No necesito pasarme un hilo dental por mi enorme trasero—dije, ruborizándome.

—Claro que sí, claro que sí. Son muy buenos. No se sienten, y si llegaras a sentirlos, te excitan. Pero tienes que comprar los adecuados.

—Un consejo—le dije, mientras volvía a ponerme rápidamente mi ropa—. Insúltame cuánto quieras, no hay problema. Pero en la audición, guárdate tus opiniones y juicios sobre la gente y su ropa interior. ¿Está bien? No puedo creer que seas tan grosera.

Se rió.

—Gracias, doña Etiqueta. Trataré de acordarme.

Marcella siguió riéndose de mí y de mis horribles pantaletas durante todo el camino hasta el mostrador, donde apiló decenas de costosos artículos. La dueña calculó el total y Marcella abrió su cartera, mostrando decenas de tarjetas de crédito. Conocí a muchas chicas adineradas en la universidad, pero nunca había visto una colección tan variada y extensa de tarjetas. Parecía estar pensando cuál quería usar, mientras las recorría con un dedo y se mordía el labio inferior.

—Paguemos con la tarjeta de efectivo. ¿Para qué acumular más deudas si no es necesario?

—Buena filosofía—dije, preguntándome si las historias que había leído sobre su gigantesca deuda serían reales.

La cajera pasó la tarjeta por la máquina y, después de un instante, le sonrió confundida.

—Lo siento, señorita Marcella, pero la tarjeta fue rechazada.

Marcella dejó caer su mandíbula.

—¿Rechazada? Tiene que ser un error.

—¿Quiere que la vuelva a pasar?—preguntó.

Marcella asintió. Y otra vez volvió a ocurrir lo mismo.

—Lo siento. ¿Tiene otra tarjeta?—preguntó la dueña.

—Por supuesto que sí—saltó Marcella, tendiéndole una Master Card—. Pero no entiendo lo que está pasando con la otra. Nunca en la vida me han rechazado una tarjeta.

La dueña me miró y se encogió de hombros, intercambiando tarjetas con Marcella. La nueva funcionó, y Marcella y yo salimos de la boutique con bolsas de minúsculos *jeans* Buzz Jones y camisetas Vato and Jakes, que valían mucho más de lo que la mayoría de las personas gastan en todo su guardarropa durante un año, y más del que yo ganaba durante un mes de trabajo.

—Qué maravilla—dijo ella mientras salíamos a la brillante luz del sol. Dejó caer sus gafas Gucci sobre la nariz, como si fuera la celebridad en que yo creía que podría convertirse algún día. Era uno de esos raros días en L.A., con escasa contaminación y cielos increíblemente azules y límpidos.

—Próxima parada—anunció—. Desnudo.

—Por favor—dije—, no te quites la ropa. Los escándalos ayudan después, cuando ya tienes el programa.

—No, tonta. Me refiero a la tienda Desnudo.

La tienda Desnudo estaba un poco después de Beige y, en mi opinión, tenía el mismo tipo de cosas, excepto el champán. Una vez más, Marcella se gastó una fortuna que me hizo estremecer.

—Debes tener mucho dinero ahorrado—dije.

—Gracias por recordármelo.

Sacó de su cartera un diminuto teléfono plateado, tipo polvera, y marcó rápidamente mientras nos deteníamos en la acera. Comenzó a hablar—luego a gritar—mitad en inglés, mitad en francés, a una persona que deduje era su madre. Los peatones se desviaban de su camino para evitar pasar cerca de nosotras, y no pude creer que alguien tuviera tan poco pudor para despotricar y chillar así en un lugar publico. Quería esconderme. Por lo que pude entender, Marcella se estaba enterando de que sus padres habían dejado de meter dinero en su cuenta de cheques, y ella estaba furiosa.

—¡Maldita puta!—gritó mientras colgaba—. No puedo *creerlo*.

—¿Qué pasa?

—Mis padres me han dejado sin dinero. Se enteraron de que había despedido a Wendy y sencillamente me cortaron el suministro. ¡No pueden hacerme esto!

—¿Despediste a Wendy?

—Era una idiota—dijo Marcella—. Pero ésa no es una razón para dejar de mantenerme. ¡Tengo cuentas que pagar!

—Con todo respeto, yo me he mantenido desde que me gradué de la universidad. ¿Cuántos años tienes?

—Veintiocho.

—Ah.

Me pregunté qué clase de malcriada era alguien que lloraba porque sus padres habían dejado de mantenerla casi a los treinta años.

—¡Es *mi* dinero, Alexis!—gimoteó—. Siguen manejando mi fondo como si fuera de ellos. Pero es mi dinero. Todo. Ni siquiera creo que sea legal que ellos me impidan tener acceso a mi propio dinero. *Mierda, mierda, mierda.*

—¿Estás bien?

—Sí—me espetó—. ¡Todo está jodidamente bien!

Miré mi reloj. Nos quedaba una hora para la audición.

—Deberíamos ir en camino—dije, echando a andar hacia mi carro, imaginándome que lo tomaríamos para regresar más tarde por el de Marcella, dondequiera que estuviera—. ¿Estás lista?

—¡Malditos hijos de puta!—chilló.

—¿Quién? ¿Darren Wells?

—Mis padres.

Habíamos llegado al carro, y le quité el seguro a la puerta para que se montara. No pude asegurarlo, pero me pareció que mi Cadillac se le antojaba gracioso. Mientras me montaba, hubiera jurado que la chica se reía de mí. Me senté tras el volante y encendí el motor, pero no salí enseguida. Más bien, me volví hacia mi nueva clienta y le puse una mano en el hombro.

—Marcella, querida, deja de pensar en tus padres por un momento. Ya sé que estás pasando por una situación difícil—dije, pensando que hubiera sido bueno que conociera lo que era un día de mi vida—. Trata de verlo así: estás a punto de conseguir el mejor trabajo de tu vida, porque te lo mereces. No necesitarás dinero de nadie. Pero debes controlarte y estar preparada. ¿Sí? Si no lo estás, podemos hacer una cita para otro día. Haré la llamada ahora mismo, si quieres.

—Siempre estoy preparada—resopló—. La pregunta correcta es: ¿están *ellos* preparados para mí?

Por supuesto que estaban preparados para Marcella. Me di cuenta desde el instante en que ella avanzó entre los lujosos blancos y amarillos que llenaban la oficina iluminada de Darren Wells, en Century High. Allí estaba el señor Wells, junto con varios asistentes y productores del nuevo programa *Bod Squad*.

Todos los presentes, sin excepción, hombres y mujeres, homosexuales y heterosexuales, tuvieron que controlarse para que los ojos no se les salieran de las órbitas mientras Marcella avanzaba contoneándose como un acicalado y hermoso pavo real. El señor Wells y sus asistentes sonrieron entre sí, de la manera en que lo hace la gente cuando quiere comunicarse sin hablar, y supe lo que eso significaba: ésta es.

Marcella no tuvo que hacer mucho, excepto ser quien era. Entregué una copia de su currículum vítae, vídeos y una colección de artículos (elogiosos) publicados en periódicos latinos. Había deslizado algunos de los artículos sobre su carrera por la playa al final del resto, no fuera a ser que Marcella protestara. Resultó protestara. Resultó que el señor Wells había realizado ciertas investigaciones por su cuenta después de nuestro encuentro en el Getty, y halló muestras de la actuación de Marcella en las telenovelas, que vio y evidentemente disfrutó.

—Muy interesante—dijo el señor Wells mientras hojeaba distraídamente el material y observaba abiertamente los atractivos de Marcella en vivo y en directo—. Esto es muy interesante. Gracias, Alexis, por mostrarme a esta hermosa dama. —Se volvió hacia Marcella—: Querida mía, tú eres la respuesta a mis oraciones. Estamos muy interesados en que inicies la temporada de *Bod Squad* con nosotros.

—Eso sería estupendo—dijo Marcella, en tono casi sarcástico. Nunca antes había conocido a alguien con unas murallas tan impenetrables para defenderse. Quise patearla bajo la proverbial mesa, pero estábamos sentadas juntas, en un largo sofá blanco, sin ninguna mesa a la vista.

—Sería estupendo—repetí—, asumiendo que los términos sean aceptables.

—Por supuesto—dijo el señor Wells.

—Comenzamos a filmar la próxima semana—dijo un asistente—. Le daré los detalles a Alexis y podrán discutirlos por teléfono.

Mariposas, saltamontes, renacuajos . . . No sabía bien qué se movía dentro de mi estómago. Pero me sentía efervescente como una botella de agua Pellegrino agitada. Había disparado y había dado en el blanco.

El señor Wells se puso de pie mientras recogíamos nuestras cosas para marcharnos. Levantando su vaso azul oscuro, lleno de agua burbujeante—todos teníamos uno—, propuso un brindis.

—Por una nueva y fructífera temporada—dijo.

Marcella, que quizás fuera el ser humano más raro que hubiera conocido, respondió de una manera que pronto comencé a sospechar era su modo natural de reaccionar: con una frase intelectual y desconcertante.

—Bueno, damas y caballeros—dijo—, sólo quisiera decir: "Mostrarse interesado en el cambio de las estaciones es un estado del alma más feliz que estar perdidamente enamorado de la primavera". Palabras de George Santayana.

Rostros inexpresivos alrededor.

—El filósofo—dijo Marcella, con su habitual diplomacia—, poeta y maricón . . . Andaba con Bertrand Russell. Tal vez lo conozcan como el Tocqueville hispano. Mucha gente lo conoce así.

Se hizo un silencio mientras todos trataban de pensar en algo que decirle a esta mujer, que probablemente no era lo que esperaban (por lo menos, no era lo que yo había imaginado) y que no mostraba ningún interés por convertirse en lo que ellos o cualquiera esperara.

Me aclaré la garganta y también intenté aligerar el ambiente.

—Por una nueva temporada, señor Wells—dije, haciendo tintinear mi vaso con el suyo—. Y por muchas otras que vendrán.

Invierno

Cambiar de dueño no es ser libre.
—José Martí

MARCELLA

stá bien, Marcella. Hazlo otra vez—ladró Gabe, el director—. Pero esta vez, con *sentimiento*.

—¿Qué se supone que sienta exactamente?

Deslizando mi dedo índice, me saqué de las nalgas el hilo de mi pantaleta de licra roja Tommy Bahama, mientras una maquillista me arrancaba con su pinza un descarriado vello púbico que asomaba bajo la línea de mi bikini, desplumándome como si fuera una gallina.

Había estado actuando en *Bod Squad* durante cinco meses, y ya no me avergonzaba por esto, ni por la manera en que embadurnaba con maquillaje bronceador el interior de mis muslos cuando terminaba. Estaba más o menos resignada a que la vida fuera un trozo de carne *televisada*, en parte porque era divertido y en parte porque me estaba haciendo *famosa*. Parecía que no hubiera tabloide en todo el país que no quisiera conseguir más fotos de Marcella Gauthier Bosch, la actriz a la que todos habían llegado a considerar "la nueva Carmen Electra".

Hacía lo que debía hacer, y después seguía mi vida sin pensar mucho en eso. Y así era feliz. Pensar mucho era la manera más segura de buscar la infelicidad. La cita brotó de mi cabeza: "La felicidad no es más que una buena salud y una mala memoria". Albert Schweitzer.

—Sientes ansiedad y deseo—gritó Gabe—. Quieres a este hombre más de lo que has querido a ningún otro en tu vida, y parece que se ha ahogado. Depende de ti, y sólo de ti, ir a rescatarlo. La mierda de siempre.

—Está bien—dije.

Mientras Gabe peleaba con un asistente, me quedé en la arena con los ojos entrecerrados frente a la brillante luz del sol, mirando en dirección a la alta silla de

Gabe. La encargada de sostener su sombrilla era una interna que indudablemente creyó que su trabajo en la cadena sería algo mucho más sustancial. Ahora parecía como si, en cualquier momento, fueran a caérsele los brazos; pero por lo menos llevaba ropas y un abrigo. Era invierno en Los Ángeles, y aunque esto era un terreno privado en Malibu Beach, se me estaba congelando el culo.

Les gustaba grabarme con frío porque los pezones se marcan más. Y a este puritano país le encantaba ver un buen par de pezones, pese al escándalo de lo que le ocurrió a Janet Jackson por culpa de Timberlake en aquel intermedio. En Estados Unidos, a pesar de todas las quejas sobre la pornografía, en realidad se invertía más dinero en el lado censurable de la industria fílmica que en su lado "limpio", lo que quería decir que el humilde Chatsworth era más rentable—y llegaba a más hogares—que su elegante y famosa hermana Hollywood. Pero, como sociedad, nunca admitiríamos nuestra sordidez, porque admitirla significaba perder el encanto de lo prohibido. Para Estados Unidos, el pecado secreto era hermoso, y mientras más banal mejor.

Mientras temblaba en espera de otra toma, me vino a la mente otra toma: "No existe belleza extrema sin algún trastorno en la proporción". Sir Francis Bacon. Sí, señor.

Hacía casi quinientos años, el señor Bacon lo había comprendido muy bien. Por eso yo no me esforzaba mucho en no pensar de la manera en que mi hermana Matilde, la feminista académica, lo hacía: porque la gente mucho más lista que yo ya lo había comprendido todo hacía mucho tiempo y nada había cambiado. Lo mejor que podías hacer en la vida era ganar mucho dinero, que significaba libertad, y hacer algo que te gustara, que en mi caso era actuar. Había que olvidar el pasado y seguir adelante con la venganza.

Si los periodistas de los tabloides se hubieran dado cuenta de lo duro que estaba trabajando en este programa, que yo no era la niña mimada de la pantalla televisiva; si comprendieran qué ajeno me resultaba correr con una expresión insípida por la playa; si supieran, mientras yo gemía en falso éxtasis, que ni una sola vez en mi vida había tenido un orgasmo con un hombre, hubieran podido apreciar más mi trabajo. Sin embargo, ya estaba acostumbrada a que nadie lo hiciera. El público asumía que yo había nacido para trotar por la playa; no hacía ningún esfuerzo por ver nada más que eso . . . Eso y los pezones, con la adecuada iluminación. Últimamente, no me importaba. Estaba acostumbrada a ocultar mi verdadero yo detrás de un muro de silicona.

Eso es lo que ninguno de los implacables engendros de los tabloides entendían de mí: que yo tenía una verdadera memoria de actriz para recitar los textos, facultad que había heredado de mi madre Brigitte Gauthier, la famosa actriz del cine francés de los años sesenta que aún no podía sentirse orgullosa de mí y mi recuperado, aunque limitado, estrellato.

La última vez que hablé con ella, mi madre me hizo saber que estaba desperdiciando mi talento en *Bod Squad* y puede que tuviera razón. De hecho, era más o menos la misma trama todas las semanas. Su predecible sexualidad había hecho de *Bod Squad* el programa más popular de Alemania, partes de Austria y Corea, donde la precisión—y los senos grandes—eran evidentemente muy apreciados. No me quejaba.

El éxito del programa me había proporcionado el dinero suficiente como para mantenerme más o menos a flote, sin la intervención de mis padres. Aún vivía en mi encantador chalecito, un callejón tranquilo, verde y agreste, visitado por coyotes, de Laurel Canyon, y hoy tenía una cita con el concesionario Bentley para revisar las últimas adiciones a mi nuevo auto. Sí, aún estaba haciendo malabares con mis tarjetas de crédito, pagando una y cargándola a la otra para el mes siguiente, y tendría que financiar el Bentley con un banco (el concesionario no financiaba, razonando, quizás con razón, que si no podías pagar al contado, no eras el tipo de cliente que podía comprarse un Bentley) hasta el punto en que quizás terminaría pagando más por las mensualidades del carro que por la hipoteca de mi casa. Pero yo era una estrella. Tenía que vivir como una estrella. Y al menos por un tiempo, me hizo sentir bien poder comprar mierdas, montones de mierda. Lo único que mi dinero no había podido comprar era amor, como decía el cliché, pero eso podría estar cambiando.

—¡Toma cuatro!—gritó Gabe—. ¡Roooodando!

Ian Cross, un guapo actor australiano que ahora era el galán de una telenovela norteamericana matutina, era el actor invitado para ahogarse en este episodio de *Bod Squad*. Cada semana, alguien guapo se ahogaba en mi programa. Me alegraba que fuera Ian, que tenía un parecido intimidante con Ricky Martín.

Apoyado en un codo sobre la arena mojada, se apartó de los ojos un mechón de los sucios cabellos rubios y me sonrió un momento, antes de regresar a su pose de muerto. Ian usaba gafas, y yo lo había sorprendido leyendo a René Descartes en el vagón del camerino, justo cuando yo acababa de terminar *Burocracia*, de Balzac, que me había vuelto a leer sólo por entretenerme. En otras palabras, era exactamente mi tipo, alguien a quien la gente subvaloraba, hermoso de contemplar, con un cerebro que le gustaba usar porque estaba allí y exigía uso. Habíamos estado flirteando todo el día y parecía tener una erección bajo sus floreados *shorts* hawaianos de surfear. Me sentí halagada.

No me resultaba difícil fingir deseo por ese hombre. Todas las mujeres enloquecían por él, excepto mi madre. *Mère*, que ahora tenía una galería en Santa Bárbara, hallaba a todas las personas que trabajaban en la televisión americana, incluyéndome a mí—y quizás especialmente a mí—, vulgares. Aunque últimamente había proclamado a la prensa norteamericana que estaba orgullosa de mí, a menudo me dejaba saber que no creía *realmente* que lo que yo hacía en Hollywood y (¡puaf!) en la televisión (*vulgaire, vulgaire!*) pudiera considerarse *actuación*. Al igual que los medios de prensa, *Mère* Brigitte creía que ella era la única actriz en la familia, y mi papel estelar en una imitación de *Baywatch* no hizo nada por ayudar.

Ian permancecía cubierto de algas, dejando escapar agua salina por la nariz, y lucía precioso a pesar de eso. Tenía grandes bíceps y músculos abdominales tan fuertes que parecían duplicarse. Sí, señor. Luciría requetebién llevándome del brazo, mientras entrábamos a Dolce o a Ivy. ¿Y qué mejor manera de vengarme de Ryan Fuckward que salir con un hombre más rico, más guapo, más famoso y, obviamente, más refinado que él? Ah, y con un rabo al parecer más grande. No porque esto último fuera difícil de hallar. Hasta mi gato castrado lo tenía más grande que Ryan Fuckward.

Me preocupaba la parte de la ansiedad. El cremoso maquillaje de "muerto" era muy evidente en el sonrosado y vital Ian Cross. No parecía tanto un cadáver como alguien que hubiera sido asaltado en un callejón oscuro por el trío Blue Man Group y el monstruo de las galletas.

Así y todo, empiné mis implantes, tomé aire y corrí descalza hacia el agua, llevando el salvavidas anaranjado lo suficientemente en alto como para que la cámara pudiera hacerle una buena toma de mi culo y mi pelo castaño con reflejos dorados, que llevaba echado a un lado para permitir una buena toma de mis tetas.

Mientras los extras hacían exclamaciones por toda la playa, traté de imaginar lo que la banda de sonido podría añadir a esta conmovedora escena. ¿Quizás colocarían unas guitarras con efectos de *wa–wa*, propios de las películas porno? ¿O esos violines sintetizados baratos, que recordaban los primeros tiempos de *Charlie's Angels*? Las posibilidades eran tan infinitas como los pasillos de un Wal–Mart.

Alcancé a Ian y me arrodillé, cuidándome de apartar nuevamente mi cabello y apretando mis brazos todo lo que podía para lograr un busto más prominente. Le tomé el pulso. Volaba, pero pretendí que no existía. Entonces, haciendo honor a nuestra tradición, me mojé los labios y comencé un perturbador y apasionado boca a boca. La boca de Ian Cross sabía a menta y a miel. Quería más. Pero él pronto tosió y revivió, parpadeando bajo el cielo despejado como un minero rescatado de un pozo de carbón.

—¡Corten!—gritó Gabe—. Terminamos. Receso para merendar.

Me quedé junto a Ian, que me ofreció una mano para ayudar a levantarme. Me hubiera encantado comerme una rosquita, pero estaba limitando al máximo el consumo de carbohidratos y de todas las comidas con calorías. Tendría que conformarme con un cigarrillo.

—Buen trabajo, muchacha—dijo.

—Gracias, Ian. Tú también.

Mientras los asistentes nos envolvían con gruesas y cálidas togas de felpa, y nos ofrecían humeantes tazas de té, regresamos a los remolques.

—Quería decirte que siento mucho lo de los tabloides—dijo, aludiendo al hecho de que la prensa amarilla hubiera descubierto las fotos que *Cristina* sacara el año pasado, en las que yo andaba semidesnuda, y al hecho de que ahora mis tetas empapelaran los pasillos de los mercados americanos con titulares que invariablemente me comparaban con Carmen Electra—. ¡Qué partida de pendejos!

Asentí.

—Digan lo que digan, no soy ninguna ninfomaniaca—afirmé.

—Eso sí es una pena—dijo.

Reí y él sonrió.

—Todos andaban desnudos en esa playa. Por Dios, era Tulum, México. Nunca me quité la parte inferior de mi bikini. *Eso* nunca lo dicen. Las otras mujeres se la quitaron. Comparada con ellas, fui muy conservadora.

Ian asintió con solemnidad.

—Son un atajo de cabrones buitres—dijo—. Y odio que no se les ocurra decir otra cosa de ti, excepto que eres la nueva Carmen Electra. No veo el parecido.

—¡Yo tampoco! ¿Por qué lo hacen?—sonreí a Ian. Era listo, considerado, perfecto.

—Por la misma razón por la que me llaman el nuevo Mel Gibson. ¡Porque soy protestante! Lo hacen porque no tienen imaginación y porque no te conocen.

Lo estudié.

—Tú tampoco—dije.

Volvió a echarse atrás su cerquillo, con una sonrisa tímida:

—Pero me gustaría.

—¿Estás seguro?

Subió por las escaleras del vagón de los hombres, yo por las de las chicas.

—Haré que mi agente llame al tuyo para planear algo, si te parece bien.

En mi negocio, eso era un hombre en busca de una cita.

—Me encantaría—dije, metiéndome en mi vagón.

—Ey, Marcella—llamó.

—¿Sí?—volví a asomarme.

—Deberías hacer películas, salir de esta mierda de la televisión.

Sonreí.

—Ése es el plan. Pero primero tenemos que encontrar algo donde no se necesite a una actriz latina para hacer de mucama o de puta drogadicta o de Jennifer López.

OLIVIA

Fui al médico porque Samuel juró que me abandonaría si no lo hacía. ¿Y por qué quería dejarme? Porque, después de recibir por correo la única copia que quedaba de mi horrible guión, que la tal Alexis me enviara tres meses atrás, no había dudado en quemarla y, en el proceso, casi quemé también el apartamento.

Y más tarde, después de reescribirlo todo de nuevo, por sugerencia suya y porque Alexis seguía llamando y visitándome y almorzando conmigo y diciéndome que lo necesitaba, me llevé a Jack a pasear por las colinas cercanas a casa el mes pasado, y volví a quemar el guión de una vez y por todas. Hice una pequeña hoguera en la zona de *picnics*, y mientras Jack y yo tostábamos alteas, fui rompiendo las páginas y las fui echando en la hoguera. Mientras lo hacía, estaba convencida de que era la peor escritora que hubiera existido, y pensé que si lo quemaba tal vez las pesadillas no regresarían.

Por supuesto, no era una escritora tan mala, por lo menos no lo pensé así cuando me sentí mejor. Cuando Alexis no estaba diciéndome que quitara algunas partes y añadiera otras, aseguraba que tenía talento.

Pero las pesadillas continuaron, con su acostumbrado final en el que yo acababa golpeando a Samuel con los puños y arañándole los ojos. Había estado sangrando y lleno de moretones más tiempo del que estábamos dispuestos a admitir, y me dijo que se sentía cansado de todo eso. No lo culpaba. Hasta Jack parecía detectar la tensión, y el otrora alegre niño se hallaba más sombrío de lo que hubiera esperado, y parecía observarme con miedo.

El médico no tardó en diagnosticarme. Síndrome de estrés postraumático. Yo no estaba loca, me dijo. No me sucedía nada malo. Era una mujer normal, dijo, que había sido testigo de una violencia horrible y casi inimaginable. ¿La solución?

Reunirme con él una vez por semana, o hasta dos, para hablar sobre el tema, y tomar medicamentos, una cosa llamada Zoloft. Y me recomendó que intentara escribir sobre mi experiencia otra vez. Estaba segura de que a Alexis le gustaría saberlo. Parecía creer que su más reciente clienta, esa preciosa actriz dominicana a la que todos llamaban la nueva Carmen Electra, podría realizar un magnífico papel, pero yo no estaba segura de que fuera tan buena actriz. Y estaba menos segura aún de que yo fuera una guionista que valiera la pena, ni siquiera que fuera una guionista.

Le dije al doctor que ya había escrito sobre mis experiencias, que había escrito dos guiones, ambos titulados *Soledad*, como mi madre. Hasta le conté que a una mujer que representaba a una banda de música y a una actriz bastante conocida le habían gustado las primeras dos versiones; y que después que quemara la última había vuelto a escribir la mitad de una tercera versión, trabajando en una especie de trance durante las siestas de Jack y muy temprano en las mañanas, cuando no podía dormir. Le dije la verdad: quería dejar de escribir, pero no podía. Para mí, escribir era una manía y una maldición.

A diferencia de Samuel, el doctor creyó que era buena idea hacerlo por tercera vez, y hasta pensó que era lógico que mis ataques empeoraran después que comenzara a escribir el guión.

—Las cosas se están resolviendo en tu cerebro—dijo—. El cerebro durmiente está aprendiendo a solucionar problemas con los que no puede lidiar conscientemente. Es asombroso. No dejes de hacerlo.

El doctor también preguntó si existían tensiones en mi matrimonio. No tuve que pensar mucho para responder: sí. No había peleas abiertas, pero Samuel y yo no estábamos tan unidos como antes. Él trabajaba mucho, yo siempre estaba cansada, ya no teníamos relaciones sexuales. El doctor sugirió que pasara más tiempo conmigo misma. Dijo que la falta de una identidad o de tiempo personal podía generar los problemas que yo estaba teniendo, y que yo parecía prestar muy poca atención a mis propias necesidades y deseos. Me preguntó qué me gustaría hacer, aparte de escribir, y la respuesta fue fácil: correr. Me encantaba correr. Pero desde el nacimiento de Jack había dejado de hacerlo porque parecía muy egoísta de mi parte y porque no tenía a nadie con quién dejarlo.

—Las enfermedades cardiacas son la principal causa de muerte en las mujeres—aseguró el doctor—. No creo que sea egoísta querer vivir más. Creo que a tu hijo le gustaría que estuvieras más tiempo con él, ¿no te parece?

Pensé en el incidente de las tijeras, y no me sentí muy segura.

Con ese objetivo vine aquí, a East Hollywood, junto a Silver Lake, cerca de Waterloo y Reservoir, a la calle donde crecí. Ahora era un vecindario sumido en una crisis de identidad, con cibercafés y anticuarios de moda que se codeaban con tiendas mexicanas baratas y salones de manicura poco higiénicos, cuyas paredes exteriores estaban pintadas con graffitis. Pensándolo bien, no era tanto una crisis de identidad como una soberbia expresión de la diversidad de Los Ángeles.

Esa tarde iba a dejar a Jack con Debbie, la esposa de mi hermano Frascuelo, para poder irme a correr. Después iría con Alexis y Marcella a una sesión de fotos. Alexis no se había dado por vencida. Nos habíamos reunido a almorzar un par de veces, pero Jack siempre estaba conmigo y yo no había podido concentrarme en los consejos de Alexis. Después de leer la última versión del guión, me dijo que pensaba que era mucho mejor que las anteriores. Estaba segura de que mentía, pero ella me había tranquilizado.

Frascuelo y Debbie vivían en una casita alquilada, con tejas de placa, rejas en las ventanas y fragmentos de vidrio oscuro en el jardín, dejados allí por gente que arrojaba botellas de cerveza desde sus autos en marcha. No era lo ideal. Pero en el interior, la casa era bonita y cómoda, y a Jack le gustaba quedarse porque sus primos tenían peceras con tortugas y cangrejos ermitaños, y ésas eran las cosas más maravillosas que él podía imaginar. Yo no deseaba cuidar mascotas, así es que los animales pequeños resultaban muy interesantes y novedosos para mi hijo.

Debbie abrió la puerta. Vestía unos *jeans*, una camiseta negra que llevaba sobre el pecho la palabra *chica*, escrita en letras de color rosado brillante, y unas sandalias de plataforma negras, demasiado pequeñas para sus pies. Llevaba las uñas de los pies largas y amarillas como colmillos caninos. Tenía el largo cabello peinado como siempre, desde que la conocía, liso sobre la espalda y con un gran cerquillo que se curvaba encima de sus ojos. No era exactamente la esposa de Frascuelo, pero así la llamábamos. Era su *mujer*, la madre de sus dos hijos, y habían estado juntos desde la secundaria. Aunque ambos se llamaban mutuamente esposo y esposa, que yo supiera jamás se habían casado. Pero en este vecindario "esposa" era una actitud mental.

Debbie era una madre y ama de casa, como yo, pero apenas había terminado la secundaria. Hacía cosas por sus niños que yo jamás haría con los míos. Por ejemplo, colocaba gruesas colchas de personajes de dibujos animados sobre los coches de sus bebés porque creía que eso los protegería de los microbios y del mal de ojo. Muchas mujeres de esa zona lo hacían. Lo habían estado haciendo desde que yo era niña y seguían haciéndolo.

Realmente no sé cómo sobrevivían los bebés en East Hollywood, con todas esas madres que los ahogaban bajo colchas sofocantes para mantenerlos "saludables". Debbie también permitía que sus hijos vieran programas de televisión con violencia y, al parecer, pensaba que las "comidas con queso" constituían uno de los grupos alimenticios más importantes y que eran mejor digeridos con "*refresco de naranja*". Usaba la doble negación con mucha frecuencia, como por ejemplo:

"No creo que no haya ningún problema con las comidas con queso y los refrescos de naranja". Debbie tampoco creía que hubiera ningún problema con dejar que sus niños jugaran con pistolas de juguetes, y yo me preguntaba cómo Frascuelo, que había perdido un pie por causa de un arma y que había sido criado por nuestra *madre*, una gran opositora de las armas, podía justificar la manera en que sus hijos se perseguían unos a otros, gritando: ¡Pum–pum, te maté!

A causa de nuestras diferencias de opinión sobre la crianza de un hijo, Debbie era mi última opción para dejar a Jack a su cuidado. Pero ella era lo único que tenía a mano. No me tranquilizaba el hecho de que tuviera un tatuaje en forma de lágrima debajo de un ojo, rezago de su época de pandillera, o que su otro tatuaje, en uno de sus rollizos brazos, dijera *La Sad Girl*. Frascuelo había terminado la secundaria y la universidad, y ahora estaba en su tercer año de medicina de la Universidad del Sur de California, por lo que yo estaba completamente confundida sobre la relación entre ambos. No sabía de qué podían hablar, pero no me entrometía. Mi hermano amaba a Debbie y le gustaba decir que era su mejor amiga. Con sus veinticuatro años, Frascuelo se entregaba abiertamente a todo. Creo que ser tan leal era su modo de lidiar con las pérdidas. Paz y yo hablábamos sobre esto todo el tiempo, a espaldas suyas, lo cual supongo que no estaba bien, pero era nuestra manera de tratar de explicárnoslo.

Más temprano, mientras conducía hasta aquí, había llamado a Samuel para decirle que me sentía culpable de dejar a Jack con Debbie, pero él me dijo que me tranquilizara. Pero yo no estaba dejando a Jack para irme a hacer algo productivo, como pulir mi guión o irme a correr. Lo estaba dejando para irme a una sesión de fotos con mi famosa amiga. Samuel tenía la idea de que eso era algo saludable. Dijo que sería bueno que Jack saliera y pasara un rato con sus primos.

—Pero ¿y si lo ahoga con una de esas gruesas mantas que tiene con el Conejo de la Suerte?—le pregunté a Samuel.

—Dile que no lo cubra. Que lo haga con sus hijos, pero no con el nuestro.

—¿Y si él empieza a querer dispararle a todo con pistolas de juguete?

—Jack nunca tendrá una pistola de juguete. Le explicaremos por qué las pistolas son malas, pero le enseñaremos a ser tolerante con otros niños que no son como él. No es malo que conozca a personas diferentes, Olivia. Tienes que dejarle saber que existen otras cosas.

Jack corrió hacia la casa para buscar los cangrejos. Debbie sonrió de un modo raro y de nuevo vi que le faltaban varios dientes de atrás. Me invitó a pasar, y empezó a retirar la ropa que estaba doblando sobre el sofá. Se lo agradecí, pero le dije que tenía que salir corriendo . . . y lo hice literalmente. Estaba planeando correr cinco millas por la playa antes de regresar a casa a ducharme y vestirme. Tenía tres horas para encontrar el sitio de las fotos. Con el tráfico que había en L.A., no me quedaba mucho tiempo.

Le grité a Jack que lo quería, le di a Debbie un débil y obligado abrazo, y regresé a la camioneta. Cuando abría la puerta, escuché una voz familiar.

—¡Olivia!

Alcé la vista y vi a Chan Villar, un muchacho que conocía desde la infancia, de pie en el portal de una casa, a media cuadra de distancia.

—¡Ey!—saludé, agitando un brazo.

Chan corrió hacia la camioneta, sonriendo.

—Pensé que eras tú—dijo—. Hace tiempo que no te veo.

Chan, mitad coreano y mitad mexicano, había sido un chico gordo y pálido que estuvo enamorado de mí durante la mitad de la secundaria. Siempre lo ignoré, pero viví para lamentar la llegada del último año, cuando de golpe creció seis pulgadas, perdió toda la grasa y se convirtió en uno de los chicos más guapos y mejor formados que yo hubiera visto, al estilo de un chico de vecindario, una especie de Dean Cain. Pero para entonces ya yo estaba saliendo con Samuel, y perdimos el contacto. Le había oído decir a mi madre, amiga de la suya, que se había casado con una hermosa muchacha armenia llamada Katia, que vivía cerca.

—¿Qué te trae por el vecindario?—preguntó.

—Vine a dejar a mi hijo con mi cuñada.

Sonrió y pareció sinceramente feliz de verme. Una de las ventajas de ser un patito feo, pensé, es que cuando el Patiño se convierte en cisne no deja de ser amable. Chan nunca había tenido tiempo de ser vanidoso, y se comportaba como si no supiera que era guapo.

—Te ves muy bien—dijo—. ¿Qué edad tiene tu hijo?

—Dos.

—Yo tengo una niña de tres años—dijo—. Melanie.

Me sonrojé sin querer, mientras él me sonreía. Estaba más guapo ahora que la última vez que lo vi, con los hombros más anchos, como si hubiera estado haciendo ejercicios.

—¿Todavía vives por aquí?

—¿Yo?—sacudió su cabeza—. Oh, no. Vivo en Santa Mónica, pero tengo el estudio aquí.

—¿Estudio?

—Dios, ¿ha pasado tanto tiempo?—preguntó—. Soy fotógrafo.

—Pensé que ibas a ser dentista.

—Yo también, pero no. Tomo fotos. Y hago algo de cine. ¿Y tú?

—Vivo en Calabasas—dije, y él alzó una ceja como si se hubiera impresionado—. Mi marido enseña en la UCLA mientras yo me quedo en casa, a cuidar de Jack.

—Parece una vida agradable y normal.

—¿Todavía estás casado con Katia?—pregunté.

Sonrió con tristeza.

—Supongo que no lo sabías—dijo—. Katia tuvo cáncer de ovario. Murió hace dos años.

—¡Dios! Lo siento, Chan.

—Por eso busqué este estudio aquí, para poder estar cerca de los míos. Es bueno que mi mamá me ayude con Melanie, que pueda darle una visión femenina de la vida. La visión de una chica. Perdón, de una mujer. ¿Ves lo que te digo? Necesita de alguien un poco más sensible que yo.

—¿Estás bien?—pregunté.

Sonrió sin deseos y se frotó las manos como si acabara de terminar un trabajo importante y ya fuera hora de irse.

—Me está yendo tan bien como podría esperarse. Bueno, si alguna vez andas por el vecindario y quieres conversar un poco, allí está mi estudio: es la casa púrpura con la puerta roja. Pasa cuando quieras.

Dio media vuelta y se dirigió a su estudio, con un gesto de despedida.

—Me gustaría ver tu trabajo.

—Con gusto—gritó—. Cuando quieras.

Llegué diez minutos tarde a la sesión de fotos. Al principio creí que tenía mal la dirección, porque el edificio no era más que un almacén. Pero Alexis estaba esperando por mí en la puerta.

Dentro del almacén, había una esquina iluminada y decorada con muebles modernos en brillantes colores primarios. Marcella estaba sentada en una silla alta, como las que usan los directores, mientras un hombre la maquillaba, otro le arreglaba los cabellos y otros dos—ambos muy bien parecidos—comían panecillos y frutas de una mesa mientras observaban. Una mujer revolvía las ropas que colgaban de un largo perchero, escogiendo piezas.

Alexis me empujó hacia la actriz y nos presentó. Marcella no me dio la mano hasta que Alexis la obligó. Yo hubiera querido irme.

—Olivia es la guionista de la que te hablé. Tiene una película maravillosa que creo que sería buena para ti.

Marcella se miró en el espejo y dijo:

—Felicidades.

—No le hagas caso—susurró Alexis, mientras me apartaba de la actriz—. Es un poco rara, pero no es mala. Levanta sus murallas para defenderse. No sé por qué.

Después Alexis me llevó al rincón donde se hallaban los muebles y me presentó a una mujer que vestía un moderno traje de satén rojo ajustado, y cuyo nombre me resultó familiar.

—Olivia—dijo—. Quiero presentarte a Rebecca Baca, la editora de la revista *Ella.*

La mujercita de la melena negra sonrió y me estrechó la mano con una fuerza que no guardaba proporción con su tamaño. Recordé los días en que solía estrechar las manos de esa forma. Había pasado mucho tiempo. Me sentí falta de práctica.

—Encantada de conocerte—dije, sintiéndome fuera de situación.

Rebeca me preguntó si vivía aquí, en L.A., y le respondí que sí. Luego me preguntó qué hacía, refiriéndose a cómo me ganaba la vida. Me sonrojé, y le dije la verdad.

—Soy madre y ama de casa.

Asintió, pero pareció como si me tuviera un poco de lástima.

—Es el trabajo más importante del mundo—afirmó, pero enseguida pareció perder interés en mí y comenzó a hablar con su asistente.

Eso del "trabajo más importante del mundo" era un lugar común. La gente lo decía todo el tiempo, pero yo no pensaba que se lo creyeran. Si fuera así, los hombres estarían abandonando la fuerza laboral para dedicarse a eso.

Alexis me pellizcó el brazo.

—¿Rebecca? Olivia es guionista, pero es muy modesta.

Rebecca volvió a mirarme de nuevo.

—¿Sí?—preguntó.

Asentí, encogiéndome de hombros.

—Es muy buena—dijo Alexis—. No la pierdas de vista.

Alexis me arrastró a la mesa cercana de los hombres guapos, mascullándome al oído.

—No puedes hacer eso, corazón. Debes mostrarte segura cuando conoces gente o nadie creerá en ti.

—Pero yo no soy una guionista—contesté—. Todavía no.

—¿No escribiste un guión?

—Sí, pero no se ha publicado ni nada por el estilo.

—¿*No escribiste un guión?*—repitió, imitando al doctor Phil, que era su fuente de inspiración diaria.

—Sí.

—Pues ahí lo tienes.

La discusión pareció haber molestado a Alexis, porque sacó el inhalador de su cartera y comenzó a aspirarlo. Un montón de recibos y papeles cayeron al suelo. Los recogió.

—Lo siento—dije.

Alexis aguantó la respiración y sacudió su cabeza. Después respiró y dijo:

—¿Ves? Me refiero a eso. No puedes echarte la culpa por cosas de las que no eres responsable. ¡Maldición, Olivia! ¡Confía un poco en ti! Es que me sacas de quicio.

Miró los papeles a medida que los colocaba, uno a uno, en su cartera.

—Mira esto—dijo con expresión agria—. Me siguen llegando por correo boletos de este cantante ruso llamado Vladimir. Conocí a su amigo en el Ashram cuando fui con Lydia, una clienta mía, y desde entonces ha sido como un acoso. Creo que he recibido como seis pares de boletos. Éstos llegaron hoy. Un loco que te persigue sí que es un problema. Pero ¿tú y tu imaginaria incompetencia? Olivia, no tienes nada de qué preocuparte. Te lo aseguro.

Alexis me llevó adonde estaban los hombres, con una sonrisa que amenazaba con cubrirle todo el rostro.

—Ésta es Olivia Flores, guionista—anunció.

Los hombres sonrieron y extendieron sus manos para estrechar la mía. Traté de luchar contra el impulso de encogerme y desaparecer, mientras Alexis me observaba sonriendo.

—Eso está mejor—dijo.

El más alto de los hombres era un galán de telenovelas, Ian Cook, que estaba aquí con Marcella. Por supuesto. Ella tenía amigos glamorosos en su glamorosa vida. El hombre más bajo, pero que no dejaba de ser alto, era Nico, el hermano de Marcella. Hubiera jurado que flirteaba con Alexis.

—Creo que le gustas—le susurré, mientras nos alejábamos de los hombres.

—Ése quiere poder y piensa que llevarme a la cama sería un reto—comentó distraídamente—. Quiere convertirme en liberal.

—Es gracioso—comenté, preguntándome de nuevo qué hacía yo andando con fascistas de derecha como Alexis.

—Es demasiado fácil—continuó ella—. Además, no hago amistades ni fornico con la familia de mis clientes, especialmente si son liberales—añadió con un guiño.

Me dejó en una esquina, cerca de una nevera repleta de agua embotellada, y se excusó diciendo que tenía un asunto que atender. Me quedé allí, con mi agua, tratando de aparentar confianza. Así es que mientras los entrenadores mimaban a Marcella, mientras Rebecca hablaba por su celular en apagados susurros—posiblemente con algún novio—y mientras Alexis flirteaba con Nico, e Ian flirteaba con Marcella, me mantuve allí, aferrada a mi bolso, que pesaba debido al guión; y me sentí como una idiota por haberlo traído. Yo no era una guionista, por mucho que Alexis insistiera en presentarme como tal. Yo no era como esa gente, tan importante y mundana.

No era de extrañar que me sintiera incompetente. Eso ya lo esperaba. Lo que no esperaba eran los fantasmas. Los sentía, aunque afortunadamente no los veía. Y también sentí, más que escuchar, las últimas palabras que el fantasma de mi padre me dijo en el apartamento.

Marcella volvió a colocarse en su puesto, sobre una *chaise lounge* que debía parecer como si estuviera en una biblioteca, cerca de un librero alto. El fotógrafo me colocó detrás del librero para mantenerme fuera de la escena, aunque yo aún podía ver lo que estaba sucediendo. Marcella se arregló y posó para la cámara, frunciendo los labios, abriéndolos, riendo con la cabeza echada hacia atrás. El collar hawaiano que llevaba alrededor del cuello amenazaba con mostrar sus senos en cualquier momento, pero se hallaba discretamente sujeto con cinta adhesiva. La escena era completamente glamorosa y sería un excelente recurso para algún futuro guión.

No es que sintiera exactamente envidia, pero me pregunté cómo sería tener la vida de Marcella. Se veía muy cómoda allí, casi desnuda, posiblemente llevando más maquillaje encima que todo el que yo había usado en mi vida.

De pronto sentí que el suelo se tambaleaba debajo de mí. Ya había pasado por esto muchas veces para saber lo que era. Un terremoto. Casi siempre terminaba antes de que uno tuviera tiempo de comprender lo que estaba ocurriendo. Pero éste seguía. Miré hacia las luces que se balanceaban como péndulos. Éste iba a ser grande.

El librero comenzó a inclinarse hacia Marcella, mientras el fotógrafo y el productor le gritaban que se moviera. Inmóvil de terror, Marcella se quedó sentada como una linda conejita cegada por la luz de un auto. La gente corrió a guarecerse. Antes de que supiera lo que hacía, salí disparada tras el librero y agarré a Marcella por un brazo para alejarla de los estantes, momentos antes de que pudieran aplastarla. Mientras la empujaba hacia un rincón seguro, escuché el crujido del *chaise lounge* que se rajaba. Después oí el sonido de unos cristales que se rompían y algo parecido al disparo de un arma de fuego.

Cuando oí el disparo, caí al suelo y empecé a gritar. Como si ocurriera en cámara lenta, vi que el bolso se me escapaba de las manos y que *Soledad*, mi guión, se desparramaba por todo el suelo. Escuché gritar a los fantasmas y las botas que arañaban el piso de madera, y luego sentí un golpe claro y muy real en mi cabeza.

Entonces me desmayé.

Cuando recuperé la conciencia, el terremoto había terminado y Marcella me sostenía la cabeza en su regazo, mientras Alexis gritaba por el celular que necesitábamos una ambulancia. Nos hallábamos en una especie de habitación posterior que no había visto antes, y todos me rodeaban como si estuviera a punto de morirme. Ian Cook me tomó la mano, lo cual me resultó extraño porque él hacía el papel de médico en la telenovela y, por un momento tuve que preguntarme si acababa de despertarme en una realidad paralela en la que ahora vivía dentro de la televisión.

—¿Qué pasó?—pregunté.

—Creo que te cayó un pedazo de yeso en la cabeza—dijo Marcella.

—Los paramédicos están en camino—anunció Alexis.

—No—dije.

Me sentía bien. Me incorporé. Me dolía un poco la cabeza, pero nada por lo que valiera la pena ir a un hospital. Yo evitaba los hospitales siempre que podía, porque eran grandes catalizadores de mi padecimiento.

—Pero te desmayaste—insistió Marcella.

—Siempre me desmayo—expliqué.

—¿Entonces cancelo la ambulancia?—preguntó Alexis.

Asentí.

—¿Estás segura?—preguntó, frunciendo el ceño, entre preocupada e indecisa.

Asentí de nuevo.

Volvió a gritar en el celular que no necesitábamos una ambulancia, y luego me dijo:

—Si te estás desmayando siempre, deberías hacerte un examen. Yo tenía una amiga en Dallas a la que le pasaba lo mismo. Era falta de hierro.

—Sé lo que es—dije.

Ian me soltó y comenzó a pasearse por la habitación con las manos en los bolsillos. Busqué al hermano de Marcella, y lo descubrí sentado en el suelo de una esquina, leyendo mi guión con una media sonrisa en los labios.

—¡Ey!—grité—. ¡No leas eso!

Alzó la vista.

—¿Por qué no? Es muy bueno.

Alexis me preguntó a qué se debían mis desmayos y le dije la verdad.

—Padezco de síndrome de estrés postraumático. Cuando oigo algo que parece un disparo, se activa.

—¿De veras?—las cejas de Alexis se alzaron con sorpresa.

—Qué interesante—exclamó Ian Cook—. ¿De dónde salió?

Nicolás respondió por mí:

—Si esto es autobiográfico, padece el síndrome porque vio cómo un escuadrón de la muerte asesinaba a su padre cuando ella era una niña en El Salvador. ¿Tu mamá es Soledad?

—Qué interesante—repitió Ian.

Me puse de pie y caminé hacia Nico.

—Dame eso—le pedí, intentando llegar al documento.

—No—respondió, mientras lo alzaba fuera de mi alcance.

Pensé que estaba bromeando, pero escapó de la habitación con mi guión. Me sentía mareada y no quería perseguirlo. Volví a sentarme.

—Es un cretino—dijo Marcella, que se levantó para perseguir a su hermano.

Regresó con mi guión e inesperadamente me besó en la frente.

—Me salvaste la vida—dijo, mientras me lo entregaba—. Lo menos que puedo hacer es devolverte tu trabajo.

Sonreí antes de embutir las páginas en mi bolso.

Entonces regresaron las voces de los soldados y de mi madre y de mi Tata: "Ella te verá y jamás olvidará".

Apreté mi manuscrito y salí del cuarto rumbo al almacén. Saqué mi celular del bolso y llamé a Debbie para ver si Jack estaba bien. Lo estaba, me aseguró ella, y había dormido mientras duró el terremoto. Por ese lado no tenía de qué preocuparme. Caminé hacia el parqueo.

Alexis corrió tras de mí, jadeando y taconeando sobre sus preciosos zapatos:

—Cariño, ¿seguro que estás bien?

—Lo estoy—aseguré—. Se me ha hecho un poco tarde. Tengo que irme.

—¿Cuándo podremos hablar sobre el guión?—preguntó—. Quiero que Marcella lo lea.

—No sé. Te llamaré cuando lo termine . . . si lo termino.

Sin despedirme de mis extraños y glamorosos amigos, escapé perseguida por los fantasmas.

ALEXIS

Daniel se sentó con las piernas abiertas y los codos sobre los mullidos brazos del sillón, que era blanco y acolchado. Se veía fuera de lugar. El sillón era un clásico. Él . . . no. No es que quiera sonar cruel ni nada por el estilo, pero temía que me lo manchara con su polvo y su mugre.

Daniel acababa de jugar pelota en un parque, junto con un grupo de estudiantes de secundaria y, por supuesto, había recibido una pateadura. Cuando regresó a mi casa, desafiante y sin aliento, alardeando de sus "tremendas habilidades como pelotero", y cubierto de tierra después que algún chico con gafas y tuberculosis lo revolcara por el suelo, según imaginé, decidí que hoy sería el día y que éste era el momento.

Adiós, Daniel.

—Lo siento, cariño, pero esto no está . . . funcionando.

Sonrió como si acabara de oír un chiste, y enlazó sus pálidos dedos a manera de iglú blanco azulado sobre su entrepierna. No parecía estar absorbiendo suficiente oxígeno después de todo ese ejercicio. Afuera, desde el patio, Juanga le ladró. La encerré, sabiendo que ella lo odiaba y que quizás presentía mis deseos de que se fuera. Puede que fuera pequeña y que llevara un collar de piedrecillas rosadas, pero era una perrita valiente. No podía oírla, pero veía la boca de mi chihuahua abriéndose y cerrándose, y sus belfos replegándose para revelar sus negras encías y sus afilados dientecitos. Crac, crac.

—¿Crees *qué*, niñita? No puedo oírte ahora—le lanzó una mirada fulminante a Juanga—. Cabrona apestosa.

Embistió hacia mi dulce perrita, chasqueando los labios como una tortuga, y haciendo una alarmante imitación de sus gruñidos. Juanga respondió arremetiendo contra la puerta, dejando las huellas de sus patas cagadas por todo el cristal. Era bueno saber que alguien me apoyaba, aunque sólo pesara seis libras y bailara sin remilgos sobre su propio excremento.

Me paré ante la isla de granito rosado de la cocina y corté un trozo de torta congelada Sara Lee con un cuchillo para mantequilla.

—Ya me oíste, Daniel—dije—. No está funcionando. Necesito espacio.

Daniel se echó a reír.

—¿Tú? ¿Espacio? ¿Tú, mi muñequita rozagante? Ahora sí que no me queda nada por oír.

Abrí la puerta de mi refrigerador de acero inoxidable, regalo de Papi Pedro, y saqué un cartón de leche sin descremar. Sabía que sólo debía beber leche descremada, pero me gustaba más la leche entera, especialmente si estaba bajo coacción. Así es que ya puedes demandarme. Me serví un vaso, agarré mi torta y me senté en una de las banquetas de la isla.

—Sí—le dije a la torta.

No soportaba mirar a Daniel. Aunque estaba harta de él y de sus falsos gestos de pandillero, me dolía hacerle daño. No quería ser cruel. Había sido educada para hacerle la vida lo más agradable y cómoda a la gente.

—No me parece que ahora tenga tiempo para esto.

—Eso es ridículo—dijo—. Vamos, no te pongas así. Prefiero que te enfurezcas. Vamos a fajarnos como ratas y después haremos las paces como ya sabes.

Se puso de pie y trató de abrazarme, aunque más bien pareció como si tratara de montarme como haría un perro en la pierna de alguien. Además, reconocí la versión libre que hacía de viejas canciones de LL Cool J, y no me impresionó.

—Por favor—dije, apartándolo—. Estoy hablando en serio.

—¿Estás con la regla?—preguntó.

Muy bien, pensé. He tratado de ser compasiva, considerada, pero ahora estaba empezando a encabronarme.

—Daniel, el hecho de que una mujer rompa contigo no quiere decir que esté loca o que tenga la regla.

Daniel se sobresaltó.

—¿Romper conmigo?—preguntó—. Dijiste que necesitabas *espacio*. Eso no es lo mismo que romper con alguien.

Me tomé la leche, me limpié las comisuras de los labios con una servilleta de tela y finalmente lo miré a los ojos. Tenía lágrimas en ellos. Ay, Dios.

—Lo siento—dije, deseando quedarme a solas con mi torta.

—¿Qué necesitas? ¿Tiempo o ruptura?

Dudé, mientras colocaba mi tenedor sobre el mostrador. Suspiré.

—Ruptura—dije suavemente.

Masculé una disculpa. No servía para esto. Generalmente era a mí a quien botaban, la que se aferraba demasiado y empezaba a exigir anillos de compromiso e ideas para nombres de bebés.

—No puedo creer esta mierda—protestó Daniel, con la voz llena de furia—. ¿Quieres terminar? ¿Me estás botando? ¡Qué bien!

Su furia y sus obscenidades me hicieron estallar.

—Sí—dije—. Te estoy botando. Botando y rebotando.

Hice un ademán de darle a una pelota antes de lanzarla a un aro imaginario, algo que dudaba que hubiera hecho en todo el día.

De un manotazo arrojó el plato de torta, que tintineó y giró como un trompo sobre el mostrador.

—No puedes botarme—dijo—. ¿Quién más va a quererte con ese culo gordo? Si alguien debe botar a alguien, ése soy yo. Mírate. Te estás empezando a parecer a Rosie O'Donnell.

Ay.

Me puse de pie y me dirigí a la puerta de la casa.

—Adiós, Daniel—dije mientras abría la puerta en actitud erguida, como si estuviera de guardia, esperando, como dirían sus "socios" policías, a que se retirara de los predios—. Fue un placer, pero creo que es hora de que te vayas.

Daniel permaneció en el umbral de la cocina, manoseando la larga cadena de oro que colgaba sobre el logo Fubu de su enorme camiseta.

—¿Qué pasa? ¿Hay otro?

—No hay nadie más, Daniel.

Soltó un bufido.

—Te apuesto a que hay alguien. No me digas mentiras. Conozco a las chavas.

—Daniel, vete—le señalé hacia la puerta—. *Ahora.*

—¿Qué? ¿Por qué? ¿Qué hice?

—Vamos a ver—dije pensativa—. Ah, sí. Eso mismo. Acabas de llamarme chava. Ésa es una. Crees que eres una estrella del *rap* de la secundaria. Ése es el peor problema. Odias a mi perra. Y hablas todo el tiempo sobre ti. No te importan mi trabajo ni mi vida. Estás tan enamorado de ti que no queda espacio para nadie más. Y sigues pensando que eres un adolescente. Bueno, creo que ya lo dije, pero es que me sacas de quicio.

—¿De qué estás hablando?—parecía honestamente sorprendido ante su propio retrato.

Suspiré. Tenía tensos el cuello y los hombros, y me empezó a doler la cabeza.

—¿Por lo menos puedo buscar mi cepillo de dientes?—preguntó.

—Adelante.

Aunque nunca lo usas.

—Debe haber otro tipo—dijo Daniel, en tono de complicidad mientras subía los escalones de dos en dos. Gritó desde mi cuarto—: Nunca confié en ti, ¿me oyes? Siempre supe que tenías tu lado promiscuo, siempre pensé que estarías acostándote con otro fulano.

—Tienes razón, Daniel—admití, entornando los ojos—. He estado acostándome con otro fulano. ¿Estás feliz ahora?

Se precipitó escaleras abajo con un destrozado cepillo azul en el puño.

—¡Lo sabía! ¡So puuuuta! Es uno de los tipos de la banda, ¿verdad?

—Cierto—me imaginé en la cama con uno de los panzones de Los Chimpancés del Norte y estuve a punto de reírme, pero no lo hice. Más bien, asentí sombríamente.

Mientras pasaba por mi lado, Daniel agitó un dedo frente a mí.

—Menos mal que no soy un tipo violento—dijo—. Deberías alegrarte por eso. Deberías. Pero no creas que no conozco a tipos que podrían joderte.

—Aaayyy, qué miedo—dije sofocando la risa, con una sonrisa en el rostro—. ¿Qué piensas hacer? ¿Echarme encima a tu pandilla de editores?—Me reí mientras hacía como que golpeaba a alguien con un periódico enrollado—. O quizás puedas llamar a tu buen amigo Nelly y pedirle que envíe a sus socios. Oh, espera. Perdona. Se dice "socitos", ¿no? ¿Lo dije bien?

—Síguete riendo, Alexis—dijo, asintiendo furioso con la boca desencajada. Debería ser ilegal tener tantas caries—. Está bien. Ya verás.

Se detuvo en el portal, frente a mí. Cerré la puerta, pero podía oírlo gritar sobre su prehistórico celular, llamando a uno de sus compinches del *Times* para que fuera a buscarlo a "casa de la puta que vive en Newport Beach". Su auto estaba nuevamente en el taller, esta vez con problemas en los frenos. El Corolla ya no lograba detenerse, pensé, igual que Daniel.

Abrí la puerta de nuevo.

—Mis llaves—dije, extendiendo la mano.

Casi lo había olvidado. Daniel hurgó en el bolsillo de sus gigantescos *jeans* Sean John y extrajo mi juego adicional de llaves de la casa.

—Disculpa—dijo mientras las dejaba caer a propósito en el suelo.

Tuve que agacharme a recogerlas, algo que disfrutó. Se echó a reír e hizo como si fuera a patearme en la cabeza. Qué bien. Se me ocurrió que Daniel, tan salvaje en el dormitorio, quizás pudiera tener otro lado que nadie había logrado descubrir; un lado que tal vez debería preocuparme. Retrocedí sin mirarlo, cerré la puerta y la aseguré. Unos sonidos sordos estremecieron las paredes, como si Daniel estuviera afuera golpeándolas.

Me apresuré a entrar a Juanga, que corrió por todas partes como una hiena en miniatura, oliéndolo todo, mientras gruñía con desagrado. Tenía un instinto formidable para conocer a la gente. La tomé en mis brazos y dejé que me lamiera cada rincón de la cara.

—No te preocupes, preciosa—susurré—. El hombre malo ya se fue. Ahora debemos prepararnos para ir al trabajo.

Veinte minutos más tarde, observé desde la ventana del cuarto de huéspedes en los altos, cómo el amigo pecoso de Daniel, el reportero pelirrojo que se parecía a Alfred E. Neuman de la revista *Mad*, se acercaba en su Pontiac Grand Am, con la antimúsica de Tom Waits a todo volumen, como si eso fuera a impresionar a alguien. Por alguna razón, todos los amigos de Daniel pensaban que Tom Waits tenía mucha onda y era muy listo. A mí, por el contrario, me parecía un retardado mental que sólo ladraba.

Daniel caminó como un boxeador profesional que llevara un fardo en los pantalones, riéndose entre dientes como si no le importara nada. Se detuvo ante mi buzón y lo pateó varias veces hasta que lo tumbó. Le pediría al padre de Lydia que viniera a arreglarlo más tarde. Era uno de esos hombres con los que soñaba casarme algún día: hábil, leal, tranquilo, estable y seguro como un faro.

Después que Daniel se marchó, esperé veinte minutos antes de dejar mi puesto de observación. Quería estar segura de que no regresaría a hacer otra locura. Necesitaba darme una ducha y prepararme para el concierto de esa noche—Los Chimpas tocaban en el Estadio Deportivo de Whittier—, pero temí estar enjabonada en el momento en que Daniel volviera a aparecer con un cuchillo de carnicero en la mano, como en una escena de *Psicosis*. Me estremecí.

—Está bien, chica—le dije a Juanga—. Vamos a buscar algo que ponernos.

Desplegué ordenadamente toda mi ropa sobre la cama, un viejo hábito mío. Supuse que, de no haber sido publicista, me hubiera gustado trabajar vistiendo los maniquíes en las vitrinas de una sofisticada tienda por departamentos. Me encantaban las ropas, y últimamente, gracias a la generosidad de mi padre biológico y de mi trabajo, tenía muchas de donde escoger. Si el concierto hubiera sido un evento normal, me habría vestido mejor, pero como se trataba de un espectáculo de Los Chimpas, en el Pico, escogí algo moderado que pudiera aguantar la posibilidad de caminar sobre una montaña de basura. Un par de *jeans*, una camiseta, chaleco y botines de vaquero rosa subido, metidos en los *jeans*.

Cerré bien todas las entradas antes de dejar la casa, luego realicé una inspección *dos veces* para asegurarme que estuvieran bien cerradas. Después metí a Juanga en su nuevo portamascotas Penélope, de lunares blancos y rosados, y agarraderas de piel blanca—no iba a dejar sola a la pobrecita, con Daniel merodeando por aquí—y activé la alarma.

Tenía treinta años y no quería seguir viviendo sola. Quería un esposo y familia. Estaba comenzando a pensar que eso nunca me ocurriría.

Llegué al Estadio Deportivo de Whittier a las cinco, tres horas antes de la señalada para el concierto de Los Chimpancés. Caminé por el parqueo llevando a Juanga, volví a meterla en su portamascotas, y la escondí en su acogedora camita rosa en un rincón de mi oficina.

—Volveré pronto, gruñona—canturreé.

Tenía papeles que revisar y mi jefe, Benito Tower, quería hablarme de varias cosas. Así lo dijo por el intercomunicador. "Tengo que hablarte de varias cosas". Además, tenía que ver a Patsi Robles, la reportera local de espectáculos de Univisíon que venía al concierto. Estaba especialmente interesada en Filoberto, el cantante panzón, al que ella describía como "mono". Casi me reí cuando lo dijo, pero por supuesto no lo hice. Todavía no podía entender por qué tantas mujeres se volvían locas por Los Chimpas. ¿Que enloquecieran por raperos? Era posible. ¿Por roqueros? Sin duda. ¿Pero cantantes de música norteña? No me lo explicaba.

Benito Tower, con veintisiete años, era más joven que yo, tenía millones y estaba casado y con hijos. Había sido guardia de parqueo en el estadio deportivo durante la época en que sus dueños trataban de ganar algún dinero con la música *country* y espectáculos donde competían camiones gigantes. Benito, que había vivido en Whittier toda su vida, escuchaba la música que escapaba de los autos que circulaban por East L.A., y se dio cuenta de que el estadio podría hacer más dinero con las rancheras y las bandas norteñas. Así se lo dijo a los blancos anglosajones que eran dueños del lugar.

Al principio se rieron de él, que en esa época aún era un adolescente. Pero Benito siguió insistiendo. Finalmente le permitieron organizar una de las noches para ver qué ocurría. Benito contrató nada menos que a Pedro Negrete, mi padre biológico. Anunció el concierto en las estaciones radiales hispanas de todo el sur de California. Consiguió a un cantinero mexicano para el concierto, sabiendo que los perros calientes, las hamburguesas y las rositas de maíz que usualmente se vendían allí no entusiasmarían tanto a un público de inmigrantes mexicanos como un buen surtido de tacos, burritos y churros. Buscó tiendas de ropas con nombres en español para que vendieran boletos. Los dueños del estadio le aconsejaron que los vendiera baratos porque, según dijeron, "esa gente no comprarían boletos a treinta y cinco dólares". Benito los vendió a sesenta y cinco cada uno. Las entradas se agotaron en tres días.

Desde ese día, se le permitió contratar bandas de las que los dueños jamás habían oído hablar. Dos años después, Benito, que para entonces tenía veinte años, había ahorrado lo suficiente como para comprar el estadio. Siete años después—ahora—él mismo valía unos veinte millones de dólares y había extendido su imperio, que incluía la representación y promoción internacional de conciertos. Yo admiraba su iniciativa, pero su exitosa carrera aún no lo había convertido en una buena persona.

Pese a su riqueza, seguía viviendo en Whittier, a poca distancia de sus padres. Era el padre de cuatro niñas bien educadas, que siempre se sentaban en silencio en la oficina, con sus vestidos de terciopelo rojo y sus costosos zapatos negros, peinando las crines sintéticas de sus caballitos de juguete con cepillos rosados de plástico.

Benito no ocultaba su desprecio hacia mí, aunque yo me veía obligada a ocultar el mío hacia él. Me encontraba chillona y desagradable, gordiflona y desarreglada, y me lo hacía saber. Nunca antes me habían dicho eras cocas. Yo no era gritona ni grosera, pero Benito creía que todas las mujeres debían andar medio desnudas, siempre sonrientes y en silencio, como las "anfitrionas" de *Sábado Gigante*, su programa de televisión favorito. Decía que toleraba mi "aspereza" porque yo era importante para la compañía, y explicó que me valoraba porque, con mis "títulos universitarios y un padrastro blanco," sabía cómo manejar el mundo "anglo" mejor que nadie que trabajaba ahí. Y, según me recordaba, tenía una gran deuda con Papi Pedro por haberle dado la primera oportunidad de probarse a sí mismo en el negocio de promocionar conciertos.

—No tenía por qué haber venido—solía decirme Benito, a veces con una lágrima brillando en sus ojos—. Pero lo hizo. Vino, y eso me convirtió en millonario.

No obstante, yo tenía la impresión de que el imperio de Benito estaba condenado. Benito Tower creía en la lealtad y trabajaba, para mi horror, sin contrato con la mayoría de los artistas.

—Admiro a esta gente—decía Benito de sus clientes—. Son hombres íntegros. Y yo también. Un apretón de manos es suficiente.

Esta noche, encontré a Benito con una camisa blanca almidonada y una corbata de rayas rojas y azules oscuras, sentado detrás de un enorme escritorio de madera oscura y brillante, marcando números en una calculadora. El estadio deportivo era algo rechoncho, un lugar polvoriento y enyerbado, como casi todas las cosas al este de la carretera 101, situado entre tres o cuatro autopistas diferentes. Sin embargo, la oficina de Benito parecía trasplantada de Santa Mónica. Discos de oro se alineaban a lo largo de las paredes. Las plantas crecían lozanas y verdes. Y una alfombra oriental cubría el suelo.

—Pasa—me invitó con un deslumbrante gesto de su mano enjoyada—. Siéntate. —Alzó la vista y sonrió abiertamente—. Te ves de maravilla. Perdiste mucho peso. Casi te ves linda.

Gracias, cretino, pensé. Exteriormente sonreí y dije:

—Sí, Lydia me hizo pasar hambre en The Ashram.

—Me contó que la pasaron bien—chupó su tabaco.

Toda la habitación apestaba a humo. Sentí que se me cerraban los pulmones y resollé, deseando haber traído mi cartera Coach con el inhalador.

Como era usual, mentí:

—Así fue. Nos divertimos.

—Qué bueno—se mojó los labios.

Odiaba admitirlo, pero había algo innegablemente atractivo en Benito. Estaba gordo. Era un corrupto. Cruel. Pero se mostraba seguro y tenía unos hermosos ojos marrones. Era como un Bill Clinton mexicano. Y aunque temía que tuviera otra queja—las últimas habían sido porque yo había cometido un error al encargar la comida de Los Chimpancés en Texas (querían agua Perrier, no Pellegrino, tortillas de harina para sus tacos, no de maíz, etc.)—, pronto comprendí que quería felicitarme por el éxito de la gira de Lydia por Europa, por la cual él había ganado el 5 por ciento.

—He estado mirando las cifras y los recortes de prensa—me dijo con una sonrisa—. Son fenomenales. Debes de sentirte muy orgullosa de lo que lograron allí.

—Gracias—respondí.

En realidad, me sonrojé porque de pronto recordé un sueño reciente en el que Benito y yo hacíamos el amor en un túnel de lavado de autos. ¿Por qué no lo había recordado hasta ahora? ¿Y qué demonios estaba haciendo mi subconsciente cogiéndose a Benito en un túnel de lavado?

—Sólo quería decirte que aprecio el gran trabajo que estás haciendo—añadió.

—Gracias.

Traté de sacarme de la cabeza el sueño erótico. Por lo menos, iba a extrañar el cuerpo de Daniel. Ya estaba obsesionada con el sexo. Quizás debía haberme quedado con Daniel un tiempo más, como si fuera un vibrador viejo. No, mejor no.

Benito se puso de pie y me extendió su mano.

—De nuevo, felicidades por tu trabajo.

Como acababa de darme la mano momentos antes, sospeché que pasaba algo.

—¿Algo más?—pregunté.

Estaba ocultando algo. Se paseó por la oficina con sus apretados y brillantes mocasines con borlas.

—En realidad, sí. Una última cosa.

—Te escucho.

—Recibí la llamada de un tipo que trabaja en el departamento de la policía de Los Ángeles—dijo—. Es un amigo de la infancia, crecimos juntos. Me dijo que oyó que la policía había recibido el chivatazo de que Los Chimpancés andaban traficando con drogas . . . u otra ridiculez parecida.

Aparenté sorprenderme, como requería la ocasión. Benito también simuló hallarse atónito. ¿Los Chimpas? ¿Vendiendo drogas? ¿Los tipos que cantaban "huí de la policía al desierto, llevando la coca a tu corazón, mujer"? ¡De ninguna manera!

—Lo sé—dijo—. Es ridículo. Sólo porque los tipos cantan sobre drogas ya creen que están involucrados en ellas. Sólo se ocupan de perseguirnos a los mexicanos. No veo a nadie que ande arrestando raperos.

No creí que haría ningún efecto mencionar a todos los raperos que habían ido a la cárcel el año pasado.

Continuó:

—Tú lo sabes y yo también. Pero mi amigo quería que supieras que la policía y el FBI y no sé quién más, estaban siguiendo a los muchachos.

Asentí solemnemente.

—Me alegra saberlo, pero están perdiendo su tiempo, ¿no?

—Por supuesto.

Por mucho que lo deseara, Benito no podía mirarme a los ojos. Estaba mintiendo.

—La gente sólo se fija en los mexicanos—dije.

Por supuesto, yo no me creía eso, pero él sí, y la situación exigía un ataque frontal.

—Es verdad—dijo—. Sobre todo si tenemos dinero, como tú y yo. Es algo que odian.

Yo no compartía la manía de Benito de considerar a todos los "gringos" como seres diabólicos, porque había sido criada por un blanco no hispano que era el ser más maravilloso que conocía, pero sonreí y escuché. Era la mejor política.

—Odian que tengamos más dinero que ellos. Te lo digo por experiencia personal. Piensan que sólo porque tenemos mucho, debemos estar relacionados con las drogas. Eso es lo que piensan de nosotros, los mexicanos: que todos somos de clase baja. Pero no saben un carajo.

—Ah.

Si algo era este Benito era que pertenecía a la clase alta.

Fue entonces cuando soltó la bomba.

—Si algo sucede, debes jurar que no sabías nada—murmuró mientras echaba miradas ansiosas a su alrededor.

Me detuve un segundo. ¿Qué estaba tratando de decirme?

—¿Crees que va a pasar algo, Benito?

—Yo no dije eso. Sólo dije *si pasaba algo*.

—Está bien. —Mi corazón comenzó a latir con fuerza—. Sinceramente, Benito, no quiero saber más. Por favor, no me digas nada, ¿está bien? No quiero involucrarme. Sea lo que sea, no quiero saber.

—Eres una buena chica—inspeccionó algunos de los trofeos del estante, en busca de polvo—. ¿Así que estás lista para la función de esta noche?

—Lo estoy.

—¿Están listos los chicos?

—Acabo de llamar a Filoberto al Bellagio, y están en camino.

—Perfecto. Es posible que me quede un rato, pero mi hija mayor tiene un juego de fútbol y tengo que irme.

Nunca supe que fuera un padre tan dedicado a sus hijas.

Benito parecía realmente preocupado y me dio la mano por *tercera* vez. Eso era un récord. Su palma estaba mojada como un trapo de limpiar carros. Me acompañó hasta la puerta.

—Recuerda—dijo, y se llevó un dedo sobre los labios en ademán de silencio.

Sacudí la cabeza y me tapé los oídos.

—No—le pedí—. Por favor, guárdate lo que sea.

Me apresuré por el pasillo hasta mi oficina, sintiendo un nudo en mi estómago, y cerré la puerta.

—Cariño—le dije a Juanga—, ¿qué vamos a hacer?

Me senté en el escritorio, enterré mi cabeza entre las manos e hice un esfuerzo por no llorar. Algo malo iba a ocurrir, y yo no quería estar presente cuando ocurriera. Pensé en las cosas que Los Chimpas habían dicho en todos estos años que aludieran a un posible tráfico de drogas. En una ocasión, cuando Rafael, el baterista, estaba borracho y agotado, me dijo sin miramientos que ellos operaban una red de drogas que les daba tres veces más dinero que su carrera musical. Aquello me dejó atónita porque hasta la fecha habían vendido más de diez millones de discos y los boletos para sus funciones en enormes estadios se agotaban.

—¿Pero cuánto dinero necesitan?—pregunté—. ¿Vale la pena el riesgo?

Se rió y simuló que todo era una broma. Ése había sido mi mayor error. Había creído que era una broma, aunque siguió hablando y me dijo que el negocio de la droga había llegado primero, antes de que tuvieran éxito en la música, y nunca habían renunciado del todo a él.

—Una vez que eres parte de la familia, nunca puedes dejarla—murmuró tristemente, encogiéndose de hombros.

Luego se había vuelto a reír y me había dado un sopapo amistoso, como si estuviera de broma. Aparté la vista y simulé que no había oído nada.

Levanté la cabeza y miré en torno a la oficina. La luz de los mensajes parpadeaba en el teléfono. Hice algunas llamadas, incluyendo otra a Filoberto, el director de Los Chimpas, para asegurarme que todo estuviera a tiempo. Los muchachos acababan de cenar en el restaurante del hotel, y estaban a punto de meterse en varias limusinas. Le recordé la entrevista de Univision y traté de captar si había algo diferente en su voz. Nada.

Era el mismo Filoberto de siempre, pedante y soltando chistes homofóbicos como si temiera que fueran a pasar de moda, lo cual seguramente no iba a ocurrir en México.

El sol comenzaba a ponerse. Los conciertos en el Whittier nunca empezaban después de las 8 p.m., lo cual era más conveniente para las familias. De hecho, casi todas las personas que asistían a los conciertos venían en grandes aglomeraciones familiares que incluían abuelos y bebés. Eso era parte de la ecuación musical mexicana que gente como Ross, el gordo hijo de puta amigo de Daniel que trataba de introducirse en el mercado, no lograba ver. Los mexicanos viajamos en familia y pocas veces usamos niñeras. Los niños eran bien recibidos en todas partes. Recientemente Benito había comprado lapiceros en forma de animalitos para un zoológico con crías dentro del estadio, y yo estaba casi segura de que el Pico era el único sitio de conciertos en Los Ángeles equipado con un moderno terreno de juegos para niños.

Patsi llegó a la hora exacta en que dijo que llegaría, vestida como había imaginado, con ese tipo de ropas provocadoras, ajustadas y de colores brillantes que usaban las reporteras en las estaciones hispanas.

Los camarógrafos montaron sus equipos en la habitación, mientras Patsi se componía y acicalaba frente al espejo, inclinándose sobre la mesa de maquillaje con la intención, al parecer, de revelar lo suficiente de su espectacular trasero para provocar un paro cardiaco a los hombres presentes. Los chicos de la banda llegaron minutos después. Vestían lo que normalmente llevaban cuando no estaban en un escenario: *jeans*, camisetas, zapatos Armani y zapatillas Nike. Pensé que varios de ellos eran bastante atractivos, pese a sus gigantescos bigotes y hebillas de cinturón con sus nombres: Dilberto, Dagoberto, Norberto, Filoberto. Me imaginé llevándome a uno o dos "bertos" a los baños del estadio para hacer el amor en una caseta. Fue una fantasía fugaz y me reí de mi propia mente sucia. ¿Qué estaba ocurriendo? Nunca antes había fantaseado con ningún "berto". Pensé que debía ser la libertad que sentía después de Daniel. Los ovarios estaban de fiesta.

Los asistentes llegaron con los trajes para el concierto en envoltorios de plástico transparente. Las ropas que usaban en escena eran, a la vez, increíblemente recargadas y humillantemente barrocas para un vaquero. El atuendo de esta noche—los chicos siempre se vestían iguales—consistía en pantalones ajustadísimos de color verde limón, botas amarillas de piel de culebra y chaquetas de cuero negro y verde, con largos flequillos rojos. Ah, y gigantescas hebillas doradas y plateadas en los cinturones y sombreros blancos de vaquero. Los colores de Marcella.

Patsi flirteó con los hombres de la banda, que disfrutaron su interés con ese cansancio de los hombres casados y aburridos de sexo que constantemente reciben proposiciones de mujeres con motivos ulteriores, como dinero y drogas. Patsi les hizo preguntas ligeras y divertidas, al estilo de "¿Cuál de ustedes es el más sexy?" o "¿Qué buscas en una mujer?": las clásicas e inofensivas preguntas de una reportera mexicana de la farándula. Nada fuerte y, ciertamente, nada sobre tráfico de drogas. De hecho, yo creía que esta clase de periodismo era más distinguida, a su manera, que el "periodismo" hecho por Daniel y los de su calaña. No podía imaginar cómo Patsi no había escuchado los rumores sobre esta banda. Pero quizás ella pensara que eso no importaba porque, en última instancia, su principal objetivo en la vida era tocar música para fiestas. La prensa latina de Estados Unidos no tenía interés en destronar a las celebridades de la misma manera que lo hacía la prensa en inglés. De hecho, siempre estaban más empeñados en halagarlas que cualquier otra cosa.

Cuando terminó la entrevista, dejé que los muchachos se vistieran en paz, aunque me hubiera gustado quedarme para verlos desnudarse (¿qué me estaba pasando?). Subí por las escaleras traseras hasta el reservado de la prensa, y miré hacia el estadio que iba llenándose de familias, casi todas encabezadas por hombres con pantalones negros Wrangler y sombreros blancos de vaquero. Miré hacia el parqueo, con su muestra de transportes típicos de los inmigrantes, en su mayoría carros viejos amorosamente cuidados y al menos con un asiento de bebé en cada uno. La uniformidad de los vehículos que solían conducir los admiradores de Los Chimpas, me hizo notar enseguida los cuatro Ford Taurus negros colocados juntos hacia el final del parqueo. Tenían cristales oscuros y antenas largas.

La policía. Policía encubierta.

Observé con atención las calles aledañas y vi varios carros patrulleros, más de lo que era normal en esa área. También noté otro par de Taurus negros. Mi corazón se aceleró. ¿Me habría advertido Benito porque sabía algo? ¿Había decidido esa noche convertirse de pronto en un buen padre que iba a los juegos de sus hijas o estaba huyendo de algo que alguien le avisó que estaba a punto de ocurrir? Corrí escaleras abajo hacia el cuarto verde, con la esperanza de avisarles a Los Chimpas para ver si podían evitar algún problema, pero llegué tarde. Ya se dirigían hacia el área exterior, esparcida con heno, detrás del improvisado escenario del rodeo. Pasé caminando de prisa junto al equipo de Univision, porque hubiera despertado sospechas con una carrera, y llegué junto a los muchachos en el instante en que abrían la puerta para dirigirse a las escaleras del escenario. La multitud rugió cuando vislumbró a los famosos chicos malos de la música norteña.

— Filoberto—llamé.

Le hice señas de que se acercara donde yo estaba oculta.

Filoberto se volvió a mirarme.

—¿Qué pasa?—me preguntó en español.

Estaba molesto. Filoberto siempre estaba molesto conmigo. Al igual que Benito, no creía que necesitara de una americana, como me llamaba, para que promocionara sus asuntos. Me permitía hacerlo porque Benito, a quien veía como su verdadero representante, insistía.

Lo agarré por el chaleco de cuero verde y le susurré al oído, en español:

—Estamos rodeados de policías. Benito dijo que le habían avisado que algo podía pasar.

Filoberto sonrió.

—¿Por qué iba a importarnos estar rodeados de policías?

—¿Estás bromeando?—pregunté.

Filoberto asumió la postura y expresión de macho que yo había visto tantas veces en mi padre biológico.

—No, no estoy bromeando. Los Chimpancés del Norte no tenemos nada que ocultar—gritó con un floreo de manos, casi al estilo de un torero—. Que vengan. ¿Qué me importa? Somos Los Chimpas. —Se golpeó el pecho como un mono.

—No es momento de negativas viriles, querido—dije.

—¿Qué quieres que hagamos?—dijo entre dientes, con el aliento tibio y lleno de cerveza—. ¿Correr? ¿No sería más sospechoso? Lo mejor que podemos hacer es comportarnos como siempre.

Dio media vuelta y atravesó la puerta para enfrentar la multitud vitoreante. Los otros Chimpas lo siguieron, ajenos a la conversación que su director acababa de tener con su agente, quien ahora maldecía de lo lindo.

Regresé al cuarto verde, sólo para encontrarlo lleno de hombres en uniformes de la DEA y en trajes de negocios, algunos con armas a la vista, otros husmeando entre los estuches de instrumentos que pertenecían a los energúmenos de la banda.

—¿Puedo ayudarles?—pregunté, sonriendo como si no hubiera nada extraño en esta situación—. ¿Qué tal la están pasando esta noche?—añadí con mi mejor actitud de muchacha desenfadada, que siempre parecía dar buenos resultados con los policías.

El más alto de todos que, según supuse, tenía la voz más imponente, me mostró una chapa de policía y un permiso de registro. Se identificó como un agente de la Agencia para el Control de las Drogas y me preguntó quién era.

—Me llamo Alexis López—respondí, aún sonriendo—. Trabajo para Tower Entertainment.

—¿Trabaja con Los Chimpancés del Norte?—preguntó.

Tenía un fuerte acento sureño, así es que compartíamos algo en común. Me fijé en que otro agente abría el estuche del acordeón de Dagoberto y sacaba varios fardos grandes, envueltos en papel de aluminio, y dos bolsas de plástico transparente más pequeñas, llenas de polvo blanco. Otro descubrió un grupo de armas dentro de un estuche de la batería.

—Bueno, indirectamente—dije, sintiendo que la quijada se me caía de horror cuando sacó una ametralladora del estuche—. Organizo las conferencias de prensa y cosas así. ¿Qué sucede?

—¿Va a decirnos que trabaja con esta banda, ha oído sus canciones y no tenía idea de que estaban involucrados en el tráfico de drogas?

—Bueno, mi español no es muy bueno—mentí—. Soy de Dallas. Llegué hace muy poco tiempo para trabajar en la oficina. Trabajo con muchos artistas que cantan sobre un montón de cosas que ninguno de ellos hace en la vida real. Honestamente, nunca se me ocurrió. —Abrí los ojos con toda inocencia.

El agente que estaba a cargo revisó una agenda.

—Tu nombre está aquí—dijo.

Mi corazón dio un vuelco. Pareció sonreír ligeramente para sí, mientras yo me retorcía.

—Pero . . . —se detuvo con una media sonrisa.

¿Pero? ¿Pero? Esperé con una sonrisa tensa en el rostro.

— . . . Pero está en la lista inofensiva.

—¿La lista *inofensiva*?

—Tenemos una lista de nombres que nos entregó una fuente confiable—concluyó—. Tenemos nombres de personas en la organización que posiblemente saben lo que está pasando, y nombres de aquellos que probablemente no tengan idea. Tú eres una de las que se cree que no tenía idea.

—Gracias.

Se rió. ¿Acaso los agentes para el control de las drogas se reían? Además, era guapo. Por un segundo me imaginé cómo sería estar arrodillada frente a su pantalón abierto. Marcella lo había hecho. ¿Por qué yo no? ¡Maldita libido!

—¿Y quién está en la lista *no* inofensiva?—pregunté.

—Eso no puedo decirlo—dijo el agente—. Pero te aconsejaría que abandonaras estos predios, si es posible. Y que no regreses. Nunca.

—Yo soy la única aquí que está a cargo de esto. El señor Tower me dijo que tenía que asistir a un juego de fútbol de su hija.

Los agentes se echaron a reír.

—Apuesto a que sí—dijo el alto de la voz gruesa, y luego, dirigiéndose a uno de los otros agentes, preguntó—: Oye, ¿sabes si Bart ya tiene a Tower?

—Sí. Lo agarró cuando escapaba por la frontera hacia México. Está regresando con él.

—A menos que su hija juegue para el Cruz Azul, yo diría que el señor Tower te mintió—dijo uno de los agentes.

—Señorita López—dijo el agente principal—, le diré lo que está a punto de ocurrir aquí. Vamos a salir a ese escenario y arrestar a sus chicos por tráfico de coca y un listado de delitos relacionados con lavado de dinero, prostitución, armas de fuego y un montón de cosas malas.

—¿Han hecho todo eso?—pregunté.

—Sí, señora. Los hemos estado siguiendo desde hace algún tiempo. También tenemos a su jefe, que estará de regreso aquí en unos minutos, y al que también le haremos algunas preguntas. En realidad, bastantes.

—¡Dios bendito!

—Así es. Pero usted parece ser una joven tranquila. No tenemos razones para pensar que tuvo algo que ver con esto. Así es que, si yo estuviera en sus zapatos, creo que éste sería un buen momento para renunciar.

—¿Renunciar?

—Renunciar a su trabajo. Irse a bolina. Busque en la página de empleos, encuentre otra cosa. No ande más con mexicanos.

Se me puso la carne de gallina. *Yo soy mexicana*, quise decir. Pero sonreí, como siempre, y asentí como si él hubiera dicho algo muy sensato.

—¿Me está diciendo en serio que me vaya?

—Bueno, si quiere quedarse por aquí a defender a estos payasos, puede hacerlo. Si quiere enredarse en algo complicado—y déjeme decirle que la cosa está fea—, adelante. Pero si quiere continuar su vida, sea buena y váyase de aquí.

—¿Ahora?

—Ajá.

—¿Es una trampa? ¿Me meteré en más problemas si me voy? Porque le juro que yo no sabía nada de esto.

Abrí mis ojos con tanta inocencia como me fue posible, y pestañeé varias veces como si fuera a llorar.

—No es ninguna trampa. Sólo un consejo, señorita.

Otro de los agentes alzó la vista del cargamento de municiones en el cuerpo de una guitarra.

—Tiene que irse ahora, señorita—repitió—Váyase . . . Vamos . . . No estamos bromeando. Adiós.

Miré en torno.

—¿Puedo recoger algunas cosas de mi oficina?

—Más tarde—dijo el jefe—. Este es un mal momento para hacerlo.

—Diablos.

—Chao, chao.

Corrí a mi oficina y agarré a Juanga, su portamascotas y su camita, mis fotos y plantas, y corrí por todo el pasillo hasta el área de las taquillas. Ya los trabajadores se habían ido de allí, y algunos agentes de la DEA habían ocupado su lugar. Donde antes había habido guardias de seguridad, ahora se sentaban agentes antidrogas.

Una flota de autos patrulleros aguardaba afuera. Pasé casi en puntillas, casi esperando a que me detuvieran y me esposaran. Pero no lo hicieron. Ni siquiera me dirigieron una segunda mirada a mí, ni a mi perra. Ésa era una de las ventajas de ser insulsa y gordita, me dije. Nadie te notaba. Incluso aquellos que se habían molestado en mirarte rara vez podían recordar cómo eras. Yo parecía inofensiva, sin pretensiones, simple y sosa.

No era una buena combinación para hallar marido.

No caí en cuenta que me había quedado sin trabajo hasta que tomé la autopista. Benito ya estaría esposado. La banda, que era mi principal proveedora de dinero, iba camino a la cárcel. Lydia pertenecía oficialmente a la nómina de Tower, y yo, estúpidamente, había firmado a Marcella para la nómina de Tower, aunque yo era su única agente y representante, así es que no sabía lo que esto significaría para la carrera de ambas. En resumen, me había quedado sin sueldo. Sólo con lo que recibía de mi padre biológico. Mi mamá y mi papá pensaban que no estaba bien ofrecer ayuda financiera a niños mayores de veinticinco años. Papi Pedro no tenía esa clase de principios, así es que nunca había pasado hambre. Eso era todo lo que sabía. De todos modos, era una vergüenza tener treinta años, una licenciatura en administración pública, y aceptar dinero de un padre, incluso aunque se tratara de uno famoso y lejano que nunca notaría la falta de ese dinero.

Pensé en llamar a mis amigas de Dallas para contarles lo que estaba pasando, pero no creí que entendieran por qué o cómo me había visto involucrada con socios tan indeseables. Llamé a Marcella por mi celular y le conté lo que ocurría. Traté de ocultar mi pánico. Ella no pareció preocupada por mí, ni por ella, y me dijo que tomara lo que sucedía como una señal y que aprovechara la oportunidad para comenzar mi propio negocio.

—No necesitas a Benito para ser mi representante—dijo—. Según lo poco que vi de él, estamos mejor sin ese jodido gordo.

—¡Marcella!

—Lo siento. No, espera. *No lo siento. Estamos* mejor sin ese jodido gordo. Empieza tu propia compañía. ¿Qué te detiene? Te pasas la vida hablando mierda sobre eso.

—¡Marcella! No puedo *hacerlo.*

—¿Por qué? Benito lo hizo, y sólo había terminado la secundaria. Tú tienes una licenciatura en negocios. No veo cuál es el problema.

—No sé. No puedo empezar un negocio así como así. Para eso se necesita dinero.

—Alexis, tú conoces gente con dinero, ¿verdad? Consigue unos inversionistas, después se lo devuelves. Ni que fueras a hacer una cirugía de cerebro.

Tenía razón. La industria del espectáculo estaba casi totalmente en manos masculinas, y eso conducía a una estupidez casi generalizada. Pero para empezar un negocio propio se requería de mucha organización y confianza. Se lo dije. Me recordó que yo tenía todas esas cosas. Le recordé que no era así.

—Sí que las tienes, so tarada—dijo.

—No hables así—le espeté—. ¿De verdad lo crees?

—Mierda, claro que sí, so tarada.

—Gracias.

—Deberías representar a toda clase de artistas—dijo—. No sólo bandas de música norteña. De hecho, te recomendaría que abandonaras esa mierda. ¿Por qué no actores? Yo conozco algunos.

—Pero no sé nada de actuación—dije.

—Me tienes a mí . . . *Bod Squad*, so tarada. ¿Ya se te olvidó?

—Es cierto.

—Ahora tendrás que olvidar todos tus buenos modales. Tienes que tener cojones para hacer negocios, Alexis. Ya tienes cerebro, compadre, ahora necesitas unos cojones bien puestos.

—Por favor, Marcella, no hables así. Me estás provocando un ataque de asma.

—¿Dónde estás? ¿Qué vas a hacer ahora?

—Estoy a punto de montarme en la sesenta. Me voy a casa. Estoy muy cansada. Hoy rompí con Daniel.

—Gracias a Dios.

—Sí. Sólo quiero descansar.

—Está bien, concéntrate en la carretera y llámame cuando llegues a casa. Ya pensaremos algo. Nico puede manejar todo el papeleo para tu nuevo negocio. Es bueno.

—¿De verdad?

—Haz un plan de negocios. ¿Sabes cómo hacer un plan de negocios, no? Después de una licenciatura en administración pública, mejor que tengas una puta idea de cómo hacer uno, o pídele a la cabrona universidad que te devuelva el dinero.

—Puedo hacer un plan de negocios. Por favor, deja de decir malas palabras.

—Bárbaro. Haz uno. Habla con tu gente, yo hablaré con otra. Conseguiremos el dinero. Me imagino que no necesitaremos muchos equipos. Una oficina, teléfonos, computadoras, fax, copiadora . . .

—Eso puedo hacerlo desde mi casa.

—Deberías tener una oficina.

—Supongo que sí.

—Vayamos a tomar un café con alguna gente. Con Lydia y alguna gente que conozco. Te conseguiremos un negocio propio, por todo lo alto.

Marcella me colgó, como siempre.
Casi estaba empezando a caerme bien.

Me metí en la 60 y comencé a dirigirme hacia el oeste. El tráfico estaba bastante ligero para tratarse del sur de California. Encendí la estación local de noticias con la paranoica intención de escuchar los titulares. Había una noticia nacional sobre un francotirador en una escuela de Michigan. Martha Stewart se había metido en otro problema. Noticia internacional sobre una posible acción militar de Estados Unidos en Paquistán. Luego, las noticias locales. Tiroteo entre pandilleros al este de Hollywood. Tuberías de alcantarillado rotas cerca de la playa Venice. Nada de Tower Entertainment.

Ésa era otra ventaja de trabajar para las compañías latinas en California. Los principales medios de noticias acostumbraban a ignorarte, no importa lo mal que te portaras. Cubrir las actividades delictivas de una compañía hispana hubiera sido considerado racista en los actuales medios de prensa, que preferían mostrar fotos de niños de cinco años llevando vestimentas propias para un Cinco de Mayo.

Me cambié hacia la intersección que se convertía en la autopista 5 que iba al sur, y escuché de nuevo las noticias que repetían lo mismo. Entonces, cuando estaba a punto de tomar la 710 hacia el oeste, para dirigirme a la 405 que me llevaría hasta la casa, el informe del tráfico habló de un embotellamiento total en la 710. Un camión carguero se había volcado, derramando aceite de oliva por toda la autopista, gritaba el reportero por encima del ruido de las aspas del helicóptero, y no se sabía cuándo podría recogerse todo el derrame. Por un momento pensé en correr hacia allí y lamer toda la grasa posible, pero al final decidí lo contrario. El alarmado reportero aconsejó que nadie tomara la 710 hasta mañana.

—¡Qué bien! ¡Lo que me faltaba!—resoplé en voz alta.

Quizás fuera un mal karma por mi actitud en el Ashram, Fuera lo que fuera, ahora me quedaría atascada en medio de un tráfico que apenas se movía en la carretera 5, durante todo el trayecto hasta Orange County. Tendría que ir hasta Laguna Hills antes de que pudiera dirigirme otra vez al norte por la 405. Sólo eran las 8.00 p.m. Me imaginé que llegaría a casa alrededor de la medianoche. Miré en la guantera para ver si tenía algunas golosinas para perro y dejé que Juanga engullera algunas de mi mano.

—Ésta va a ser una larga noche, cariño.

El tráfico se puso aún más lento cuando llegué a Anaheim. De hecho, apenas se movía. Las noticias repetidas empezaban a darme dolor de cabeza. Así que apagué la radio. Fue entonces cuando noté que estaba rodeada de autos con las ventanillas bajas, que dejaban escapar la música *rap* a todo volumen. *Rap* y una especie de conga con flautas que trinaban. Algunos autos tenían banderas cubanas—creo que eran cubanas, o quizás puertorriqueñas, siempre las confundía—que se agitaban. Otros llevaban banderas mexicanas. Vi algunas que no reconocí. ¿Qué estaba pasando aquí?

Jóvenes de indumentaria muy moderna sacaban medio cuerpo por las ventanillas de los autos y cantaban entre ellos. Bajé mi ventanilla para escuchar mejor la música. Los chicos parecían mexicanos, pero la música no sonaba para nada a mexicana, sino caribeña y también *hip-hop*. Me gustaba, pero como representante de música latina, me sentía un poco avergonzada de no conocerla o no saber qué concierto era éste . . . que, además, había estado programado para la misma noche del mío.

Miré el espejo retrovisor, y no pude creer lo que veían mis ojos. Los autos con banderas formaban, al parecer, una fila de muchas millas. ¿Qué demonios estaba pasando? ¿Y por qué no se movía el tráfico? ¿Había algún tipo de día feriado o de manifestación? Dios, qué suerte la mía.

Estiré el cuello en busca de la fila más rápida. La extrema derecha. Hice serpentear mi carro a través de la multitud gozosa y cantarina, y estuve a punto de aplastar a un hombre que se hallaba a un costado de la autopista sosteniendo un enorme pedazo de cartón con un letrero rojo. Leí las letras, y las volví a leer, para estar segura de que había entendido bien.

"BOLETOS PARA VLADIMIR $100."

¿Un revendedor de boletos para *Vladimir*? ¿Otro Vladimir? ¿O sería éste el mismo Vladimir del que me había hablado el ruso peludo en el Ashram? ¿Aquel del cual seguía recibiendo boletos tras boletos, con esas enloquecidas notas, garabateadas por él? ¿Significaba eso que las banderas que no conocía eran rusas? Bendito Dios, pensé. ¿Toda esta gente viene a ver a *Vladimir de Glendale*? No podía ser. ¿Era un ruso, no? ¿Y viejo?

Tenía que ser el mismo tipo, ¿no? Busqué en mi guantera para sacar los boletos que había arrojado allí, antes de abandonar el Ashram, por si acaso. Los moví hacia la luz de la pizarra, y leí. Vladimir tocaba esa noche en el *Arrowhead Pond*. Era el telonero del concierto de Cypress Hill, un famosísimo rapero, y de los Orishas, un grupo rapero cubano al que ya conocía.

Me sentía tan avergonzada. Había sido tan altanera que nunca me había molestado en mirar los boletos. Este Vladimir era telonero en un concierto de gente famosa. Y todavía Marcella creía que yo tenía lo necesario para ser una buena agente. No me parecía. Lydia quería introducirse en la música *hip-hop* y R&B, y aquí estaba un tipo que quería grabar un disco con ella y al que le estaba yendo lo bastante bien como para abrir un concierto de Cypress Hill en el Arrowhead Pond. Yo había supuesto que el tal Vladimir, fuera quien fuera, estaría tocando en algún bar de mala muerte en un pueblito perdido, en cualquier esquina apartada de la ciudad. Jamás imaginé que estaría tocando en el estadio de conciertos más grande de Orange County.

Observé a los admiradores de Vladimir en los autos que me rodeaban. Bajé la ventanilla para escuchar mejor la música. Juanga sacó la cabeza por la ventanilla y jadeó con aprobación. Un auto que pasó velozmente por mi lado llevaba un afiche de Vladimir pegado en un cristal lateral. No parecía nada viejo. Ni siquiera parecía ruso. Y ahora que lo pensaba, parecía familiar. Muy familiar. Me estiré para ver mejor el afiche, pero ya el carro se había alejado.

Mi Cadillac se unió a la fila de automóviles que salían por la rampa en dirección al Arrowhead Pond. ¿Qué tenía que perder?, me pregunté. Tenía los boletos. Necesitaba hacer algo medianamente divertido. Tenía miedo de llegar a casa y, de todos modos, el tráfico era un desastre. Burian había dicho que Vladimir necesitaba un agente. Era evidente que tenía muchos admiradores y su música no estaba nada mal, si es que era suya la música que salía de los autos. Tal vez tuviera algún dinero. De pronto, me di cuenta de que no podía darme el gusto de ser tan selectiva con los clientes. No era tan viejo como yo pensaba, y ahora, diablos, ahora me había quedado sin ningún trabajo. Hasta podía haber aceptado a un viejo cantante ruso. Un joven tendría toda clase de posibilidades.

Me parqueé en un lote del estadio que se llenaba rápidamente, dejé la ventanilla un poco abierta para Juanga, la besé, le prometí que regresaría pronto y salí de mi auto para unirme a la multitud de cuerpos jóvenes, perfumados y excitados, que avanzaban hacia el estadio. Yo iba vestida de la peor manera posible—como una niña rica vestida para su clase de equitación, en medio de un concierto de *rap*—, y recibí miradas de reojo que lo confirmaban. Las vidrieras a la entrada del Pond estaban llenas de afiches con el rostro de Vladimir. Detuve mis botas rosadas de vaquero y me quedé con la boca abierta por segunda vez en el día.

Era *él. Él, él.* ¡El tipo precioso del Starbucks, el cubano sexy que me chocó el auto! ¡Vladimir! Me miraba desde los afiches, seductor y guapo como siempre, o más aún porque estaba en un afiche y eso significaba que era famoso o, por lo menos, un poco famoso. Vladimir, el nombre del tipo había sido Vladimir. Por supuesto. Debí haber podido atar los cabos, como diría mi madre, pero no lo había hecho. Hasta le había hablado del tipo del Ashram que me estuvo hablando de un viejo y horrible cantante ruso. ¡Había tenido una expresión tan divertida cuando se lo contaba! Ahora supe por qué. Oh, Dios, qué vergüenza. Éste era el tipo de metedura de pata que ni siquiera una nota de disculpa podría arreglar. El tal Boris me había dicho que Vladimir era una estrella, que adoraba la música mexicana. Pero no le hice caso.

Me quedé mirando la atractiva imagen del afiche, y recordé que Goyo me había asegurado que yo era muy mona. Incluso me había pedido que lo llamara y nunca lo hice, pensando que no podría enfrentarme a su rechazo si no lo había dicho de veras. Estaba totalmente convencida de que había flirteado conmigo para que no le exigiera mucho en relación con el arreglo del carro, lo cual tal vez fuera cierto, no sabía.

—¿Qué demonios me pasa?—exclamé, allí de pie, mientras observaba a Vladimir, el músico cubano.

—¿Vas a moverte?—preguntó alguien.

Me volví para descubrir una larga fila de personas detrás de mí. Ay, Dios. Estaba bloqueando una de las entradas, en medio de mi trance, contemplando a Vladimir/Goyo.

—Lo siento—dije—. Perdone.

—Acaba de moverte—gritó alguien más—. No tenemos toda la noche. El concierto está a punto de empezar.

El portero rompió mi boleto y pronto me encontré avanzando en medio de una palpitante marea de cuerpos hacia las puertas abiertas del estadio. Mi asiento era muy bueno, cerca del escenario. Junto a mí quedaba uno vacío, porque correspondía al boleto que se había quedado en mi guantera. Sin embargo, tres asientos más abajo se hallaba otro rostro familiar: Burian.

—Alexis López—gritó encantado.

—Hola, Burian—dije con vergüenza.

Junto a él había dos muchachos y una joven, posiblemente sus hijos y esposa, una mujer de mirada bondadosa que parecía un hámster y tenía manos de hámster.

—Estoy tan feliz de que te inocupaste—dijo.

—Bueno, pensé . . . —tartamudeé y no acabé la frase. No supe qué decir.

—¿Ves? ¡Mucha gente aquí!—gritó Burian, sobre el barullo de la multitud.

Me volví para mirar el estadio, que estaba lleno.

—Siento haber dudado de ti—logré decir.

—No importa—dijo Burian.

Entonces me presentó a su familia, que se mostró muy amable y simpática, aunque él me identificó como "ésta es la mujer del Ashram de la que les hablé, ¡verdadera americana hija de puta!"

Las luces disminuyeron y unos rayos láser cruzaron el escenario. Un fuerte ritmo de *reggae* comenzó a retumbar, y la multitud rugió como si lo reconociera. El *reggae* se mezcló con un clásico ritmo cubano que reconocí, pero no pude identificar, y las flautas ascendieron con un revoloteo. Una voz masculina rugió, cantando: "¡Libre, libre, libre!" Percusión, flautas, todo seguía el patrón de la conocida música cubana, pero con una increíble mezcla de *hip-hop* y *rap*. Nunca había oído nada igual.

Y entonces apareció, elevándose desde el suelo con los brazos abiertos. Llevaba sombrero de vaquero, *jeans* y una camiseta blanca con unas enormes letras en negro y rojo que decían *CUBA LIBRE*. Era tan guapo como lo recordaba, y hasta más, porque pude ver que tenía un carisma interior, una capacidad innata de brillar en escena, que pocas personas poseían. Era más guapo que Timi Martínez, la gran estrella puertorriqueña que había comenzado a cantar en inglés. Estaba rodeado de bailarinas en diminutos bikinis, y cuando él sacudió sus caderas con ellas, durante un impresionante solo a ritmo de conga, quise desmayarme.

—*Thank you*—dijo con sencillez, y luego en español—: Gracias, mi gente.

Luego, en vez de zambullirse de lleno en lo que iba a hacer, ya fuera cantar o rapear, se hizo a un lado y un hombre más viejo, con un par de tambores que colgaban de unas correas atadas en torno a su cuello, salió al centro, tocando el tambor con dos baquetas. La música cambió a un ritmo africano.

—Los batá—dijo Vladimir ante el micrófono, uniendo sus manos como en oración frente al pecho—. El tambor más sagrado de la tradición afrocubana.

Mientras el tambor tocaba, la imagen de una hermosa mujer de sonrientes ojos verdes apareció en la pantalla a sus espaldas. También ella sostenía la misma clase de tambor, y parecía estar tocándolo. Sus ojos tenían el mismo color de los míos.

—Este concierto, como todos mis conciertos, está dedicado a Caridad Heredia—dijo—, la mejor percusionista de batás que he conocido. En Cuba aún se dice que las mujeres no deben tocar los batá. Pero ella los toca. Ella se quedó en Cuba, tocando con los muchachos, y el gobierno la persigue por eso y por sus vínculos conmigo. Les pido a todos ustedes que recen por su seguridad.

El grupo comenzó a tocar suavemente y las imágenes cambiaron, mostrando más fotos de Caridad Heredia. Tenía el cabello rojo oscuro, muy lacio y largo. Su piel era oscura, casi negra, pero sus rasgos parecían chinos. Y sus ojos eran verdes, como los míos. Era la mujer más impactante y exótica que había visto, con la excepción de Marcella. Era la misma que aparecía en la colección de fotos que Vladimir llevaba en su carro. Se me cayó el alma a los pies cuando comprendí que el corazón de ese hombre se hallaba enteramente entregado a otra.

La música comenzó a aumentar otra vez de volumen, y se aceleró. El *reggae* regresó con más fuerza hasta que las fotos de Caridad fueron reemplazadas por una imagen de la isla de Cuba con una paloma blanca encima.

—Libre, libre, libre—comenzó a cantar Vladimir de nuevo.

La multitud gritó y se le unió. Las bailarinas iniciaron una complicada coreografía, a la cual se unía Vladimir de vez en cuando. Bailaba realmente bien, se movía bien y no pude evitar sentirme enormemente excitada. Excitación sexual, pero también empresarial. Este hombre era un artista fabuloso, en todo el sentido de la palabra. Una superestrella en ascenso.

Me incliné hacia Burian y le pregunté:

—¿Desde hace cuánto tiempo que está en este país?

—Como un año—gritó Burian—. Mi hermano pelea con hermano de él en guerra Angola.

—¡Vaya!—exclamé.

Vladimir comenzó a cantar y a rapear, mezclando ambos estilos. La canción, en español, hablaba de libertad: libertad religiosa, política y social. Las palabras brotaban en cadencias incesantes y expertas, rítmicas, hipnóticas, con compases distantes y sorprendentes en ocasiones, y palabras que me hacían reír. Era un poeta, tal y como había dicho, pero un poeta que cantaba. Un rapero. Él se había reído cuando yo me mostré sorprendida de que hubiera raperos en Cuba, y también cuando le dije que Daniel se vestía como un rapero. Ahora lo entendía todo.

La primera canción terminó, y él permaneció a un costado del escenario, sonriendo. Una bandera americana se desenrolló sobre su cabeza y, junto a ella, lo hizo una cubana, con su triángulo rojo con su estrella. El triángulo rojo pertenecía a la bandera cubana, el azul a la de Puerto Rico. Nunca más lo olvidaría. Me enamoré de él, en ese mismo instante. Incluso si su corazón ya estaba ocupado, incluso si amaba a esa valiente, talentosa y hermosa mujer de las fotografías. No teníamos ningún control sobre nuestros corazones, pero me hubiera gustado tenerlo.

—¡Viva la libertad!—gritó Vladimir mientras el piano rompía a tocar un montuno para la próxima canción y la gente comenzaba a bailar en los pasillos.

—¡Que viva Cuba libre!

MARCELLA

Era mi cumpleaños, y el corazón me latía con tanta fuerza que me sentía mareada. Arranqué las llaves de las manos del repartidor—un joven alto y delgado, con dientes blancos y brillantes—y sonreí.

—Gracias—dije.

Ajusté los finos tirantes de mi *top* Cosabella, para asegurarme que no dejaba demasiado al descubierto; algo que, a juzgar por la prensa sensacionalista, era raro en mí.

—Te he visto en el periódico—afirmó el muchacho mirándome los senos, con una sonrisa que indicaba su seguridad de que lo arrastraría al interior de la casa para chuparle el pito—. He visto *mucho* de ti.

Después que comenzara *Bod Squad*, las estúpidas fotos de la revista *Cristina* sobre mis senos adornaban los pasillos de los comercios en todo el país. Alexis pensó que eso impulsaría mi carrera . . . y los productores de *Bod Squad* estuvieron de acuerdo. La popularidad del programa aumentó tan pronto como se publicaron las fotos. Pero yo no necesitaba esta mierda. . . . especialmente frente a mi propio jardín.

—Escucha, imbécil—dije al desconcertado joven—, esas fotos eran privadas, y fueron vendidas por una mierda de dinero con el fin de joderme, y como regalo de despedida, por Ryan, el idiota de mi ex novio, un tipo egocéntrico y tan vanidoso que no pudo creer que casi me mató del aburrimiento.

—Perdona—dijo el repartidor—. No lo sabía.

Examiné el auto para asegurarme de que el chico no lo hubiera arañado al traerlo a mi casa.

—Creo que necesitas tomártelo con calma—dijo el muchacho—. Te dará un infarto cardiaco con tanto estrés.

—Muy bien. Gracias, Freud. Todo el mundo cree que puede darme buenos consejos.

—Me llamo Lance—añadió confundido.

La frase surgió de mi fichero mental, antes de que pudiera evitarlo: "Es peligroso ser sincero, a menos que también seas estúpido." George Bernard Shaw, uno de mis genios favoritos

—Bueno, Lance, ¿por qué no dejas de hablar y me permites echar una ojeada a la mercadería, te parece?

Consejos. Hasta Nico había sopesado las fotos de las tetas, y había intentado consolarme recordándome que las aventuras sexuales y los escándalos habían convertido a Paris Hilton en una celebridad internacional. Eso no me consoló en lo absoluto. No tenía ningún deseo de ser tan insulsa como Paris Hilton, y mucho menos como Carmen Electra. Hubiera preferido que me torturaran antes que parecerme a cualquiera de esas damas.

—Se ve bien—le dije al chico, refiriéndome al auto.

—Seguro que te ves bien—respondió, creyéndose muy ingenioso.

No me había puesto sostén, algo que no es inusual un sábado por la mañana para muchas mujeres, pero este cachorro humano pensaba que eso era una especie de invitación. Yo deseaba que se fuera, que es lo más normal que ocurra después que un repartidor entrega su mercancía, pero se quedó allí, mirando y jadeando.

Y de pronto, ¡pum!, sin previo aviso, mis recuerdos de secundaria se activaron, nada menos que con una frase de Sócrates: "El perro es un vigilante y, visto desde esta perspectiva, ¿no se parece un joven a un perro de buena raza?"

—¿Tienes un padre?—preguntó.

—Qué pregunta tan rara—dije.

—Eres muy linda y eso, pero si yo tuviera una hija no me gustaría que anduviera mostrándose desnuda por ahí.

El cachorro no se marchaba. ¿Qué quería? ¿Una propina? ¿No era suficiente todo lo que yo le había pagado al concesionario? Aunque la atención masculina *no* paterna solía ser algo positivo en mi vida, en este momento prefería estar a solas. Ésta era mi casa, después de todo, mi *santuario* . . . y un sábado por la mañana. Pero el cachorro seguía allí, aguardando por algún espectáculo. Maldición. Instintivamente busqué el aro que tengo en el ombligo, para asegurarme de que mis suaves pantalones de corte bajo no hubieran descendido demasiado, mostrando más de lo necesario. No era el caso, pero él mi miraba y ronroneaba como si yo estuviera desnuda. No podía creer en su buena suerte.

—Es un auto impresionante—añadió, aún esperanzado.

—Me gustaría quedarme a solas con él, si no te importa—dije.

—Muy bien—respondió, pero no se movió.

La cálida y blanca luz del sol de Los Ángeles se reflejó en sus dientes, y metió sus manos grandes, manos de ogro, en los bolsillos de sus arrugados shorts que, sin duda, había comprado en una tienda donde resonaba la música estridente de unos chicos rebeldes, adornada con afiches de modelos desnudas, y donde los adolescentes, el mercado más impresionable e implacable de todos, pagaban una fortuna por prendas de moda que no valían nada.

Volvió a sacar las manos, jugando con los vellos desteñidos de sus nudillos bronceados, como si esperara algo. Porque *esperaba* algo, como todos los hombres. Sexo, elogios, más sexo, más elogios, el ocasional masaje en la espalda, el frecuente sexo oral, una mujer que no pensara mucho en ella misma o poco en él. Una mujer que se riera, incluso aunque los chistes del hombre no fueran divertidos.

—No te voy a dar una propina—le adevertí—. Así que puedes irte a surfear.

—¿Por qué no?—parecía devastado.

—¿Por qué no? Te lo diré. Porque hablaste mirándome a las tetas, en lugar de mirarme a la cara.

Se encogió de hombros.

—Pero ¿tú no crees que provocas eso, haciendo lo que haces para ganarte la vida?

—¿Siempre acosas de ese modo a los clientes, o es sólo conmigo?

Comenzó a buscar unos papeles en su maletín.

—Sólo cuando no estoy haciendo *surfing*.

Touché.

—Firma aquí, por favor—dijo.

Me entregó el recibo con temor, pero ni aún así podía quitarme los ojos de los senos. Muy bien. No me importaba. En este día especial podía aceptarlo.

—Gracias, Dulcinda—dijo.

—Ése es el nombre de mi personaje en la televisión—le espeté—. Yo tengo mi nombre. Está en el recibo que acabas de pedirme que firme. Aprende a leer.

—Puta—murmuró, mientras se alejaba hacia la calle.

—"Háblale con sabiduría a un tonto y te llamará loco"—declamé—. Es una frase de Eurípides.

Sonreí. La cortesía se hallaba tan sobrevalorada como la universidad. La cortesía, como sabía cualquier dulce ardillita, sólo lograría que te aplastaran el dulce trasero.

Me concentré en el regalo que me había hecho a mí misma. Oh, era hermoso, reluciente y negro; una obra de arte con dos puertas, curvilíneo como el cuerpo de una mujer, con un turbocompresor y 552 caballos de fuerza. Y había sido elegido el más bello auto del mundo nada menos que por los franceses. Hasta *Mère* le hubiera dado su aprobación.

Un Bentley Continental GT. Y no estoy hablando de esos anticuados, pesados y acajonados Bentleys. Éste tenía líneas suaves, elegantes, atractivas como las de un Porsche. Un Bentley para mujer. Mío, todo mío.

Después de sumar todos los lujos adicionales, había terminado pagando casi 165.000 dólares por este juguete. O más bien, había conseguido un préstamo por esa cantidad. Por eso mi deuda comenzaba a aproximarse a la de una nación pequeña. Sabía que, con esa cantidad, hubiera podido construir un condominio para una familia sin hogar, o haber fundado una organización de beneficencia. Fue lo que Alexis me dijo. Ella pensaba que hubiera debido conformarme con un Lexus o un Mercedes, usar el resto del dinero para una buena causa que me hubiera valido elogios en la prensa. No veía la lógica de comprar un Bentley cuando había gente que no tenía que comer. Pero era un Bentley.

¡Un Bentley nuevecito! ¿Qué sabía Alexis?

Con todo ese humanitarismo, no entendía cómo esa muchacha podía seguir considerándose republicana. Y con todo mi egoísmo, no sabía cómo podía seguir considerándome demócrata.

Como solía hacer cada vez que no deseaba sentirme culpable, llamé a mi hermano menor, Nico, un sociópata que trabajaba como abogado defensor para belgas traficantes de éxtasis, magnates de la industria tabacalera, asesinos múltiples islandeses extrañamente atractivos y otros criminales de moda, célebres en el mundo entero. Busqué mi teléfono en mi bolso Prada, lo abrí y marqué el número uno en el discado rápido.

—Dímelo—respondió, tratando de parecer un tipo duro. ¿Desde cuándo el pequeño Nico era tan autoritario?

—¿Dónde estás?—pregunté.

—En San Pedro de Macorís. Hola, princesa—respondió.

Había regresado a la República Dominicana, donde nuestro padre nació y creció, donde aún vivían nuestros abuelos, donde habíamos pasado nuestros veranos desde que éramos chicos y donde, en ese momento, se encontraban los traficantes belgas de éxtasis, probablemente porque allí hacía más calor que en Bélgica y se jugaba mejor béisbol.

A través del teléfono pude escuchar el tintineo de unos cubos de hielo, y le oí exhalar una bocanada como si estuviera fumando . . . lo cual posiblemente fuera así. Había dicho que quería despojarse del hábito, pero nunca hizo un esfuerzo por lograrlo. Nico y yo compartíamos ese vicio. Oírlo fumar provocó deseos en mí también. Busqué mis Capris y mi encendedor en mi bolso Prada. Mientras encendía, escuché al otro lado de la línea las cuerdas de una guitarra bachata. Inhalé profundamente, paladeando el inmediato estímulo de la nicotina en mi sistema. Tanto Nico como yo habíamos odiado la bachata obrera cuando éramos chicos, pero ahora la disfrutábamos con una sensación semejante a la nostalgia, especialmente después de beber uno o dos vasos del Mabí que hacía nuestro padre en casa, macerándolo al sol.

—Dime algo sobre mi hermoso Bentley, hermanito—le rogué.

Habíamos crecido usando tres idiomas, pero por alguna razón siempre hablábamos en francés. La razón, para ser preciso, era mi madre. Ella se había mostrado tan taciturna con él como conmigo.

—¿Ya lo recibiste?—me preguntó, masticando hielo.

—Sí.

—Felicitaciones—oí que besaba a alguien, con un sonido húmedo y baboso.

—*Mira, Casanova*, sólo necesito una cita—le pedí.

Siempre jugábamos a recordar las cosas que habíamos leído o escuchado. Tanto nuestro padre como nuestra madre amaban los libros y tenían una memoria fabulosa. Sus tres hijos éramos iguales, para bien o para mal. La memoria fotográfica era un atributo muy bueno para las pruebas de actuación, y terrible en una familia de gente exaltada que conservaba sus rencores como si fueran cuentas de bancos en Suiza.

Siguió masticando hielo mientras conversábamos.

—Bueno, aquí va: "Vivir con conciencia es como conducir un auto con los frenos puestos."

—¿Quién dijo eso?—pregunté riendo.

—Budd Schulberg.

—¿Quién coño es ese tipo?

—Budd Schulberg, un escritor. Tengo que dejarte, princesa. El deber me llama. No choques. Te llamaré más tarde.

Y me colgó.

Me deslicé en el asiento del conductor como si el auto fuera un estanque de agua fresca. El interior beige olía a piel fresca, limpia, costosa. Tiré las cenizas del Capri por la ventana y di otra chupada al cigarrillo. La madera brillaba como un cristal. Al contacto con mi piel, todo se sentía suave y cómodo. ¿A quién más tenía para que compartiera mi felicidad?

Llamé a Alexis y le dije, cantando:

—¿Quieres pasear en mi Bentley, chica? Te diré qué voy a hacer. Si quieres pasear en mi Bentley, chica, ven con tu trasero tejano antes de las dos.

Alexis se rió.

—Me imagino que recibiste el auto.

¿Era fingida su risa? No podía saberlo. Alexis es una buena actriz, pensé. Casi tan buena como yo.

—Sí, señora. Lo tengo.

Señora era una de las muchas expresiones tejanas que se me escapaban cuando hablaba con Alexis.

—Eso es maravilloso, cariño—susurró Alexis, con un jadeo ronco—. ¿Recuerdas que invitaste a Olivia?

Olivia, su más reciente proyecto, coleccionaba amigos como Alexis coleccionaba bolsos. De cierto modo, era demasiado amable. A cambio de haberme salvado la vida durante el terremoto, Alexis esperaba que yo llevara a Olivia a pasear en mi nuevo Bentley, y así todas podríamos ser buenas amigas. Pero pese a toda la confianza que ella sentía en Olivia, yo no estaba segura de que deseara su compañía. Olivia me parecía taciturna y hasta aburrida, y Alexis, como casi todos los críticos literarios, parecía confundir el carácter taciturno y aburrido con el talento.

Por lo visto, Alexis no se daba cuenta de que todo el mundo en Los Ángeles creía ser guionista. Ella, en cambio, pensaba que Olivia era "asentada", y pensaba que eso sería bueno para mi psiquis y mi imagen. Ésa era la palabra. Asentada. Para Alexis, "asentada" significaba estabilidad. Para mí, significaba morirme de aburrimiento.

—Alexis—me quejé—. ¿Tengo que hacerlo?

—Olivia necesita salir, y tú necesitas estar en contacto con personas normales. Estoy segura de que a ella le encantará. No proviene de una familia rica como tú, y es probable que nunca haya estado en un auto tan lujoso. Pero la decisión es totalmente tuya.

—Bueno, está bien, Alexis. Hasta luego.

—Espera, Marcella.

—¿Qué?

—Sé que Olivia no te cae bien, pero ella es especial.

—También lo son los hijos de Jerry, y no los voy a invitar.

Colgué. Mi teléfono sonó instantáneamente. Era Alexis.

—Tienes que esperar a que la otra persona se despida—me regañó—. Son modales básicos, Marcella.

—Lo sé.

—Bueno—dijo—. Hasta luego, Marcella.

Volví a colgarle el teléfono.

Mientras esperaba a que llegaran mis nuevas "amigas" a pasar una tarde de lujo, paseando al estilo californiano, llamé a mi madre, que estaba en su galería, para alardear un poco, y también con la esperanza de recibir algun elogio, algún comentario donde ella reconociera que finalmente había triunfado.

—Ya tengo mi Bentley—anuncié e hice una pausa. Inclusive a través del teléfono pude sentir su fría mirada de censura—. Supongo que ahora soy una estrella de verdad, ¿no crees?

—¿Estrella?—soltó una carcajada—. ¿Qué palabra es ésa, *estrella*? *Tu me fais chier.* Estrella. Por favor. Suena tan *americano.*

Escupió la última palabra como si fuera *foie gras* podrido.

—Pero *tú* fuiste una estrella de cine—le recordé.

—Yo fui una actriz—me corrigió—. Las actrices no tienen necesidad de todo ese estrellato.

Claro. *Sus* películas habían sido profundas y significativas, hasta cuando se quitaba la blusa y se ponía enormes pestañas postizas y esos horrendos sombreros de parches que la hacían parecerse a la caricatura de un girasol. Sus filmes habían sido dirigidos por hombres como Jean-Luc Godard, y eran filmes que trataban de política y utopías, y que se exhibían sobre todo en las universidades del país. En otras palabras, eran películas más aburridas que el carajo.

—Tú fuiste una estrella, *Mère*—insistí—. No lo niegues.

Pensé que ese comentario la alegraría, que le inspiraría simpatía hacia mí, pero no fue así.

—*Peut–être*—dijo fríamente—. Pero hasta eso llega a su fin, y entonces ¿qué te queda, *mon amour*? Nada.

Suspiró con fuerza y me pregunté qué habría tomado: ¿Vicodin? ¿O Demerol, para sus jaquecas y otros males imaginarios? ¿Xanax, para su eterna depresión? ¡Alguna que otra Dexedrina para espabularla por la mañana? Todas aquellas brillantes píldoras de colores hacían que el botiquín de *Mère* se pareciera a una tienda de caramelos, ideal para personas desgraciadas.

¿Me preguntaba qué le quedaba? Te quedaba yo, pensé, y otros dos hijos maravillosos que te amaban (más o menos) y un esposo que te adoraba tanto como podía, y una mansión cerca de Santa Bárbara, y un rancho en Jackson Hole, y una hacienda en las frondosas colinas de Portillo, en la República Dominicana. Supongo que todo eso no era suficiente. Podría haber mencionado todas esas maravillas, pero también estaría el asunto de la sobredosis, la vez que tuvimos que derribar la puerta de su dormitorio mientras, del otro lado, ella se lamentaba y amenazaba con suicidarse, o la tarde en que fue necesario convencerla de que se alejara del borde de un precipicio, mientras los leones marinos ladraban lejanamente sobre las ásperas rocas.

Todos caminábamos de puntas cuando estábamos cerca de *Mademoiselle* Brigitte.

—Nadie en esta familia ha fracasado—le recordé—. No te preocupes por mí.

—*Oui*, nadie ha fracasado. Todavía. Tú has estado muy cerca de hacerlo.

—Cree en mí—le pedí—. ¿Es tan difícil eso, *Mère*? Es un auto lindo de veras.

Suspiró.

—Supongo que ahora no tienes un centavo. ¿Necesitas dinero otra vez? ¿Es eso?

—No, no necesito dinero. Lo tengo en abundancia.

—Bueno, me alegro.

—Está bien, hasta luego.

Colgué. ¿Que si necesitaba dinero? ¿Qué clase de pregunta es ésa para una hija que se ha convertido en una estrella y se ha comprado un Bentley? Lo hizo a propósito, por supuesto, para insultarme.

Durante años había necesitado su dinero. (No es fácil vivir en Santa Mónica ganando dos dólares por hora, más las propinas). Y ella siempre me lo dio, hasta para los implantes y el revestimiento de porcelana en mis dientes. Tal vez *Mère* pensara que Hollywood era vulgar, pero comprendía la importancia de la belleza.

Sin embargo, durante casi diez años había estado esperando el día en que pudiera decirle que no necesitaba dinero, y esperaba el día en que preguntaría a mis padres si ellos necesitaban algo, aunque sabía que con los millones de Papá nunca lo harían.

Hoy, por fin, había llegado ese día.

Y *Mère*, indiferente, artística y superior a mí, no se dio cuenta.

A las dos de la tarde, Olivia y Alexis llegaron a mi casita amarilla de los años veinte, estilo español, en Laurel Canyon. Situada a unas cuadras del parque, la casa estaba completamente oculta, más allá de lo que parecía ser la entrada de autos a la casa más cercana a la calle. Las esperé en el auto, vestida con una ajustada sudadera J.Lo de color negro y zapatillas atléticas. Me había puesto un sostén que me levantaba los senos, y me había bajado el cierre de la cremallera para mostrarlos todo lo posible. Después del encontronazo con mi madre, necesitaba atención.

Llevaba muy poco maquillaje, porque usaba tanto el resto de la semana durante el rodaje que resultaba un gran alivio prescindir de él los fines de semana. La idea de corretear por una playa con el rostro cubierto de maquillaje teatral me hacía sentir sucia y bufonesca. En general, había algo en mi trabajo que me hacía sentir así, pero eso es otra cosa. Mis poros descansaban los fines de semana, jadeando como criaturas que han estado a punto de ahogarse y hubieran sido llevadas sobre unas afiladas rocas. Mi cabello estaba recogido en una cola de caballo, con una gorra de béisbol de los Dodgers.

Grandes aros plateados colgaban de mis orejas. Mi piel, que es naturalmente bronceada, brillaba con el color dorado que había adquirido, gracias a la sesión semanal de bronceado del día antes. En mi línea de trabajo debo dar la impresión de que paso la mayor parte de mi tiempo al sol, aunque en realidad lo paso en mi auto, en un estudio de televisión o en el gimnasio. Tenía puesto mi reloj Gucci, una colección de anillos, brazaletes y collares de oro y diamantes, con el bolso Prada en el asiento trasero. Nunca pongo mi bolso en el suelo . . . En la República Dominicana se considera que eso trae mala suerte con el dinero. Era una de las extrañas supersticiones de mi padre que finalmente parecía estar dándome buenos resultados.

Estaba lista para salir, y me veía fabulosa. No era vanidad lo que me hacía pensar de ese modo, sino más bien una sensación de haber llegado a donde quería, después de todos mis esfuerzos y disciplina.

Brittany Murphy y Lara Flynn Boyle hacen que parezca fácil, pero matarse de hambre requiere un esfuerzo muy grande.

Olivia llegó primero. Venía en una vieja, atestada y abollada camioneta gris Ford Aerostar, con uno de esos anticuados carteles amarillos en forma de rombo que dicen "Bebé a bordo" pegado a una ventanilla. No sé por qué, pero el letrero me hizo sentir una gran lástima por ella. El interior de la camioneta era de un plastificado rojo, que le daba al vehículo el mismo aspecto matronal de unos tenis comprados en K–Mart. Sin duda, era el tipo de vehículo con un bebé a bordo. Bajó la ventana y silbó a través de sus dientes, sonriendo beatíficamente. ¿Cómo podía sentirse tan tranquila en un auto tan miserable como ése?

—Híjole—dijo—. ¡Qué auto tan bello, Marcella! ¿Puedo estacionar el mío en la entrada?

Quise decir no, pero no lo hice. Actuaba con vacilación y me miraba con ojos llenos de asombro. Odio que la gente me mire así, como si yo fuera superior a ellos. Aunque en este caso, tal vez fuera verdad.

Olivia usaba gafas de sol, y llevaba su cabello oscuro y corto recogido en una especie de cola de caballo, con *cerquillo*. Ya nadie usaba cerquillo, quizás con la excepción de Valerie Bertinelli y Eddie Van Halen, a quienes era virtualmente imposible distinguir entre sí, y las mujeres en las telenovelas, y esa cantante que estaba viviendo con Oscar de la Hoya. ¿Cómo se llamaba? Millie. *Ése* tipo de mujeres llevaba cerquillo, pero nadie que yo conociera. Olivia estaba vestida con unos *jeans* Levi's negros, que llevaba con la misma gracia y elegancia de Jerry Seinfeld, y me sorprendió ver que calzaba sandalias en lugar de las zapatillas rojas Converse, que pensé serian indispensables con unos *jeans* negros. Tenía una camiseta negra que parecía manchada con vómito de bebé, y unos horrendos aretes largos de madera, que mi estúpida ex agente, Wendy, hubiera llamado "étnicos", porque mi estúpida ex agente Wendy era una puñetera anormal y no se daba cuenta de que lo francés y lo alemán eran tan "étnico" como lo guatemalteco o lo kenyano.

Si se la observaba mejor, Olivia tenía un rostro bastante atractivo, y algo en ella me hizo pensar en una Salma Hayek de piel más oscura, probablemente por el mentón poderoso y los brazos delgados. Era una lástima que fuera de baja estatura, y que aparentemente nunca hubiera estado cerca siquiera de hacerse un buen tratamiento facial. Hubiera podido ser una modelo.

Entró al carro, lo elogió y de inmediato la conversación se detuvo. Nos quedamos en silencio durante uno o dos minutos, ella encogida y mirando sobre su hombro a cada segundo, como si alguien la estuviera persiguiendo. Olía a aceite de sándalo. Finalmente dijo:

—¿Cómo llegaste a ser actriz?

—No fue una decisión. Obviamente, yo era actriz.

—Perdona, fue una pregunta tonta.

Parecía estar esperando a que le preguntara sobre ella, como hace la gente, pero no tenía ganas.

Se sonrojó y comenzó a hablar muy rápido.

—Yo no tengo tiempo para ver televisión . . . Bueno, excepto los Wiggles y Caillou. A Jack le encanta Caillou. Se supone que tiene cuatro años, pero todavía no tiene pelo. Me refiero a Caillou, no a Jack. Jack sólo tiene dos años y mucho pelo. Nació con un cabello tan abundante que la gente no podía creerlo. Todos decían: ¡Es increíble la cantidad de pelo que tiene tu hijo!

Rió con nerviosismo. Yo me daba cuenta de que mi fama la ponía nerviosa, pero no tenía fuerzas para ayudarla a sentirse cómoda. Sólo quería conducir mi auto.

Ella continuó:

—No sé si Caillou está en quimioterapia o algo así. Supongo que sería bueno tener un programa sobre un niño con cáncer, siempre que se curara. No si muriera, aunque los padres siempre mueren en las películas de Disney. No sé. Es bueno que los niños sepan que hay niños diferentes.

La miré fijamente sin dejar traslucir nada.

—Bueno—dijo, tratando de romper el silencio—. Alexis me dijo que eras muy buena. Es decir, como actriz.

—Fue muy amable por parte de Alexis—respondí—. Pero teniendo en cuenta que se trata de mi agente, creo que tiene que decirlo. Está en nuestro contrato.

—¿Está en el contrato?

Olivia me miró con los ojos desorbitados, espantada ante la posibilidad de tener que elogiar a alguien porque eso figuraba en un contrato.

—No—dije—. Fue una broma.

—Ah—dijo Olivia—. Disculpa.

Sonrió un poco, después de un instante.

Recordé una frase de Mel Brooks: "El humor es sólo otra defensa más ante el universo." Me di cuenta de que Olivia se hallaba completamente indefensa.

En ese momento llegó Alexis, que escuchaba a todo volumen esa horrenda música de los años ochenta que a ella le encantaba. Por lo menos no era el tema de "El fuego de San Elmo", como la última vez. Su auto, un Cadillac brillante y nuevecito, era atractivo de la misma manera fascista que puede ser atractiva la carne roja. ¿Quién compra Cadillacs en estos tiempos, excepto los raperos con dientes de oro, que no saben deletrear, y los rotarios?

Como soy muy franca, le pregunté. Y Alexis me aseguró que mucha gente joven y moderna conduce Cadillacs . . . en Texas. Me había llevado a pasear en su maldita máquina, y debo admitir que era cómoda, suave y fina . . . si te gustaban los bistecs grandes (como a ella) y el perfume White Diamonds (como a ella). Pero yo sentía mucho afecto por Alexis y le perdonaba su mal gusto. La perdonaba porque era gracias a ella que mi sueño se había hecho realidad, y ya no tenía que trabajar de mesera, y nunca podría olvidar eso. Como siempre decía Nico: tal vez no te *gusten* los republicanos, ni estés de *acuerdo* con ellos, pero son los mejores contadores y los mejores gerentes.

Alexis caminó con cuidado y delicadeza sobre mi pequeño césped hacia el Bentley, con una gran sonrisa en su graciosa carita redonda. Tenía una de esas sonrisas, como la de Julia Roberts, que le invadía todo el rostro y que te hacía sonreír también, aunque no tuvieras ganas. Llevaba un tipo de ropa que es habitual en ella: un conjunto que armonizaba con su auto. Hoy vestía con unos conservadores pantalones blancos de algodón, estampado con grandes flores rosadas, un suéter de mangas cortas del mismo tono rosa, y perlas. Tenía otro bolso nuevo y las uñas perfectas. Nunca la había visto dos veces con el mismo bolso. Me había hablado, bromeando, sobre esa afición, y yo me preguntaba cuántos tendría. Las mujeres gordas enloquecen por los zapatos y bolsos, ¿no es verdad? No pueden comprar tallas normales en ninguna otra área, y por eso se concentran en eso. Lo he observado más de una vez.

Alexis se había alisado su cabello castaño, que era abundante y rizado, y sólo llevaba curvas las puntas. Se parecía a una *That Girl* mexicana o una Sor Juana Inés de la Cruz voladora.

—¡Oh, Dios mío!—exclamó en su habitual tono, que era tan dulce como siempre.

Odiaba sus ideas políticas, pero me gustaba—me encantaba—su acento. Era tan encantador como la propia Alexis, que, aunque era un poco gordita, era el tipo de mujer con quien los hombres parecen sentirse a gusto . . . a diferencia de alguien como yo. Hasta sus grandes dientes cuadrados eran adorables. Su piel resplandecía, perfecta y saludable. Y aunque su pecho era completamente plano y su trasero completamente descomunal, los hombres siempre se le acercaban en público, mientras que a mí parecían evitarme. Y en el corto tiempo en que la había conocido, Alexis, con lo recatada y formal que era, me contó aventuras sexuales que me pusieron los pelos de punta. Me enteré del hombre que le gustaba lamer su ropa interior sucia. Del otro al que le gustaba que le metieran zanahorias por el trasero. Del que untaba sus partes privadas con mantequilla de maní para que su perro se las lamiera. A Alexis le gustaba experimentar y no se avergonzaba de ello. Sin embargo, daba la impresión de ser una chica inocente y dulce. El conjunto resultaba incongruente.

También tenía unos ojos hermosos, enormes y sonrientes de un tono verde oscuro inusual. Las sombras moradas no se ven bien en todas las mujeres, pero resultaban perfectas para Alexis. Sus ojos eran casi de color jade. Mágicos. Si hubiera sido más delgada, habría sido más atractiva que yo.

—¡Es *precioso*!

Estaba de pie junto al auto, riendo con aprobación. Pronunciaba la palabra *precioso* separando claramente las tres sílabas: pre–cio–so.

—Entra—la invité.

Olivia, mucho más delgada que Alexis, abrió su puerta y se lanzó al asiento trasero del Bentley, dejando el espacio para Alexis. Mientras conducía el auto hacia la calle, con mucho cuidado por temor a romperlo, le pregunté a Alexis cómo se sentía mi auto en comparación con su Cadillac. Abrió mucho los ojos, con calculada inocencia.

—Por Dios, mujer—exclamó con una mano sobre el pecho, y batiendo las pestañas como Scarlett O'Hara—. Éste es mucho mejor. Por favor.

Con una mano en el volante, encendí el estéreo, que comenzó a retumbar con el moderno y alegre ritmo de "I'm Coming Out", de Pink, el mejor himno de todos los tiempos para pasear. Alcé el mentón, mis fosas nasales se abrieron y la sangre circuló furiosamente por mis venas, mientras cantaba a voz en cuello. Oprimí el acelerador con la punta del pie y sentí que la fuerza de gravedad presionaba mi espalda contra el asiento. Pasé velozmente a un Cadillac Escalade blanco con unos atractivos chiquillos que meneaban la cabeza, probablemente al ritmo de un *rap* idiota de Mister Fo'shizzle Snoop Dogg.

—¿Ves?—le dije a Alexis, señalando hacia el Cadillac—. Lo que ustedes consideran sofisticado en Texas es definitivamente malo en Los Ángeles.

Alexis fingió no haberme escuchado.

Me sentí muy complacida cuando las ventanillas del Escalade se abrieron y los brillantes ojos castaños de los hombres nos hicieron un guiño. Les dije adiós con la mano, siguiendo esa costumbre mía de no decepcionar nunca a un admirador, y le eché una ojeada a Alexis.

—He oído decir que esos chicos fanáticos del *rap* dan tremendas mamadas.

Olivia se quedó sin aliento en el asiento trasero, pero Alexis permaneció impasible. Le mandó un beso a uno de los chicos en el auto y le guiñó un ojo, echándose a reír enseguida.

—¡Loca!—la regañó Olivia—. ¿Y si fueran peligrosos?

—Los peligrosos son quienes mejor joden—sentencié.

—Excepto por Mystikal—aclaró Alexis.

—¿Quién?—pregunté.

—El rapero. Fue culpable de violación.

—Oh, por favor—se me escapó—. Si eres una mujer que vive en Estados Unidos, ya has sido violada.

Alexis me miró con curiosidad y yo desvié la mirada.

—¿Y si tuvieran una pistola?—gritó Olivia.

—Sólo es un juego, Olivia—dijo Alexis en voz alta—. Se llama coqueteo. ¡Sólo estamos jugando! Con *chicos*.

—No te preocupes. Mi pistola es más grande—aseguré, divirtiéndome a costa de Olivia.

Yo no tenía ningún arma, por supuesto, pero ella no tenía por qué saberlo. Nuevamente se quedó sin aliento.

Aceleré y canté con mayor fuerza, levantando los hombros en desafío a la indiferencia de mi madre, a mi enorme deuda y a mi catastrófica vida amorosa. Si no pensaba demasiado en las circunstancias de nuestra reunión, casi parecía que fuéramos tres viejas amigas que salíamos a divertirnos.

Iba a disfrutar este paseo, aunque no me gustara mucho la compañía. De las cenizas de mi jodida vida, que estaba recuperando después de mi experiencia con Univision, iba a crear el escenario que yo quería, aquí mismo y ahora: yo, una rica y joven estrella de Hollywood, con dos amigas íntimas y un auto divertido, viviendo una vida fácil y maravillosa; una vida como la que tenía Alexis, con unos padres amorosos que creían en uno y te enviaban correos electrónicos con caritas sonrientes, simplemente porque les gustaba todo lo que hacías, y tenían una fe inquebrantable en cuestiones como Dios y el fútbol; una vida como la de Olivia, que tenía esposo e hijo, y cosas normales como ésas . . . El tipo de vida que uno ve en la televisión, protagonizada por personas jodidas como yo.

OLIVIA

Jack estaba haciendo pucheros y yo no sabía qué hacer para alegrarlo. Se hallaba sentado al borde de su camita, sobre la frazada azul con dibujos de Bob el Constructor, con su camiseta de Bob el Constructor y sus *shorts* de Bob el Constructor, balanceando sus diminutos pies enfundados en medias rojas. Su labio inferior sobresalía y las cejas se apretujaban sobre su naricita perfecta.

—No—dijo—. No *quiero* los zapatos.

—Por favor—le rogué.

Yo había estado tomando Zoloft durante dos semanas. Me sentía menos nerviosa que antes y menos culpable. Era casi mágico.

Antes había sentido un sentimiento de culpabilidad que me había aplastado todo el tiempo, sin ninguna razón aparente. Ahora no tenía tantos pensamientos negativos durante el día, pero estaba mucho más cansada. Podía aguantar los berrinches de Jack sin creer que estaba a punto de perder el control o echarme a llorar, pero había perdido el apetito y manchaba las blusas porque sudaba mucho. Samuel decía que era el precio que tenía que pagar por la mejoría, y realmente valía la pena.

A través de la puerta del dormitorio de mi hijo, distinguí mi reflejo en el enorme espejo del pasillo. ¿Quién era esa mujer vieja con el rímel corrido que le marcaba sus patas de gallina? ¿Por qué tenía esas bolsas inflamadas debajo de los ojos? Me pregunté si el envejecimiento sería sólo un largo proceso de creciente agotamiento como éste. No recordaba haberme sentido nunca tan débil y cansada. Antes soñaba con un esposo e hijos, ahora soñaba con siestas y programas de televisión diurna. ¡Qué agradable hubiera sido pasar todo un día viendo películas en Lifetime! Descanso. Quería descansar.

Tenía la cabeza llena de canas. No tenía tiempo para teñirlas. Ése hubiera sido un lujo personal, y el único que me permitía ahora era usar el baño con la puerta entornada, y *eso* sólo sucedía cuando Jack dormía su siesta. Los libros recomendaban que las madres tomaran su siesta al mismo tiempo que sus hijos. Pero si yo hacía eso, nunca terminaría de escribir. Y si no escribía, me moriría.

A veces, si Jack seguía durmiendo después que yo había terminado las tareas de la casa y había escrito tanto como podía ese día, me permitía el lujo de hojear una revista. Después de asistir a la sesión fotográfica con Marcella, compré un número de *Ella* en el supermercado. Tenía un papel brillante y a Jessica Alba en la portada. No era algo que normalmente compraría. Los artículos de moda y belleza me hicieron pensar en los días en que esas cosas me parecían importantes; en Pepperdine, cuando mi compañera de cuarto y yo nos poníamos máscaras de minerales en la cara; y hasta del Inmaculado Corazón, la escuela católica para niñas donde las chicas mostraban una increíble creatividad con las medias y las cintas para el cabello, las únicas cosas que no formaban parte del uniforme y que usábamos como medio de expresión personal.

Observé mi reflejo: el de una mujer cansada y arrodillada con *shorts* de color caqui y una camiseta blanca de Target, que sostenía en las manos unos diminutos zapatitos de Bob el Constructor con cierres de Velcro. Todavía estaba en buena forma física, pero estaba empezando a parecerme demasiado a mi madre: desgastada, cansada, agotada.

Samuel y yo no habíamos tenido relaciones sexuales en casi seis meses. Él siempre quería, pero yo no. Antes habíamos tenido una buena relación marital, nada del otro mundo, pero aceptable. Sin embargo, después que nació Jack, mi interés por el sexo casi había desaparecido. Me hicieron una cesárea y después tuve unos coágulos de sangre que resultaron casi mortales. Para mí, el sexo era ahora como un arma cargada. Demasiadas cosas podían salir mal. Samuel me dijo que lo entendía, pero en realidad no podía comprenderlo. Nunca había perdido a uno de sus padres. No sabía cuán vacía quedaría el alma de Jack si yo moría. El sexo podía significar la muerte; por eso no me parecía prudente. Yo sentía deseos sexuales, más o menos. De vez en cuando miraba sitios pornográficos en la Internet, cuando Jack estaba dormido y Samuel en el trabajo—pese a que nunca se lo confesaría a nadie—, y me excitaba y me las arreglaba sola.

Alexis, que extrañamente se estaba convirtiendo en una buena amiga, creía que la pornografía era saludable, y hablaba de ella como si no fuera nada vergonzoso. Hasta alardeó de haberla visto con su novio. Le dije que a mí nunca se me hubiera ocurrido verla, que pensaba que estaba hecha para los hombres, pero mentía. Existían ciertas cosas que creo que nunca podría admitir ante la gente, y ésta era la más importante. Pero me hallaba sexualmente distante de Samuel. Ya no podía continuar con eso.

Esta mañana, con su habitual gentileza que jamás me presionaba, Samuel me preguntó si la causa era él, si lo encontraba repulsivo.

—No—le aseguré.

Era yo quien me sentía repulsiva. Volví a mirarme en el espejo y me pregunté por qué Samuel insistía en tocarme. Me veía agotada, gris, sin vida.

¿Qué me había sucedido? Conocía la respuesta: me había vuelto madre. Y esposa. Y ahora Samuel tenía la oportunidad de una carrera. Yo ya tenía la mía. Si me quedaba en casa era por decisión propia. Traté de recordar eso. Yo misma lo había elegido. Y lo hice, porque quería que mi hijo fuera lo más importante en mi vida. Entonces, ¿por qué insistía en escribir?

Con una sonrisa, le dije a Jack:

—Sabes que no puedes ir a jugar sin zapatos.

Me incliné hacia él para darle un beso en su cálida mejilla. ¿Cómo era posible que los niños tuvieran las mejillas tan rosadas y perfectas? Era una piel maravillosa.

—¡No! Quiero salir descalzo—chilló.

Me dio una patada en el mentón. Me dolió como diablos, pero contuve el grito. Ver a mamá presa de pánico asustaba terriblemente a Jack. Por eso, estando a punto de tener un serio berrinche, era necesario evitar el pánico. Sacudí la cabeza como hacen los perros cuando tienen algo metido en la nariz.

—Mamá no sale a jugar descalza—le dije con calma, dulcemente—. Mira.

Señalé mis pies. Llevaba unos zapatos para correr, gastados y viejos; unas zapatillas de cien dólares que reflejaban la vida que yo había llevado antes de convertirme en madre, en la época cuando me compraba lo que se me antojaba y no sufría porque cada centavo no estuviera yendo al fondo de educación universitaria para Jack. Necesitaba zapatos nuevos, pero con el sueldo de Samuel, eso tendría que esperar meses. Tendría que lavar éstos y conformarme con la situación.

Pensé en Alexis y su interminable colección de zapatos y bolsos, en Marcella y sus sesiones fotográficas y sus entrevistas para revistas, y en esa editora de *Ella*, Rebecca algo, que era una de las mujeres latinas más ricas del país. Apuesto a que ella nunca se fijaba en el precio de un par de zapatos. Yo quería una vida así, sólo que yo la apreciaría mucho más que ellas. Suspiré al recordar cuán aliviada me sentía en mi antiguo trabajo, cuando terminaba de resolver un montón de asuntos pendientes y limpiaba mi oficina. Una sensación de realización personal. Me encantaba ir caminando al banco a depositar mi cheque, y salir a almorzar el día de pago, o irme de compras. Todo era diferente ahora.

—¿Ves? Mamá usa zapatos. A mamá le gusta usar zapatos. A Jack también le gusta usar zapatos.

—¡No!—gritó con el rostro contraído y rojo, y sus grandes ojos marrones llenos de lágrimas—. A mí no me gustan los zapatos. ¡No quiero!

El chillido brotó de su boquita temblorosa. El berrinche había comenzado.

—No, cariño, por favor—le dije—. Por favor, no llores. A mamá no le gusta que llores. A mamá le gusta que Jack sea feliz.

Lloró con más fuerza. Se arrojó sobre la cama y comenzó a patear el colchón con sus pies cubiertos con medias. El logotipo de Baby Gap en sus plantas se hacía borroso con sus rápidos movimientos. Las medias de Jack se compraban en Gap. Las mías, en Target.

—¡No quiero!—chillaba—.¡No quiero! ¡No quiero!

Con frecuencia, Samuel volvía de su trabajo como profesor adjunto en el Departamento de Estudios Chicanos de la UCLA, trayendo ropa nueva para Jack. Yo hacía cálculos mentales, tratando de averiguar de dónde venía todo ese dinero. Samuel, un mexicano estadounidense que hablaba poco español, pero que tenía un gran instinto cuando se trataba de dinero, administraba nuestras finanzas porque era mucho mejor que yo en matemáticas y porque me había dicho que no me preocupara por la economía. Sus padres, ambos médicos, le enviaban dinero para comprar ropa nueva para el bebé.

Me hubiera gustado que le enviaran dinero para comprarme ropa a *mí*. Mi madre pensaba que nunca debí haberme casado con un joven tan "consentido"; un hombre que, como ella decía, "nunca en su vida tuvo que trabajar para conseguir algo". No se cansaba de repetirme que Tata era el hombre más trabajador que había conocido. Pero ella no veía en Samuel lo que veía yo. Él era apuesto y gentil. Era el mejor hombre que yo había conocido, fuera de Tata, y se preocupaba por la lucha de nuestra gente.

—Está bien—dije, cediendo una vez más.

Sabía que no debería hacerlo. Jack ya tenía dos años y era hora de que yo estableciera límites, que le dijera que no siempre se saldría con la suya.

—Jack no tiene que ponerse zapatos.

Dejó de llorar el tiempo suficiente para echarme una mirada. Sus ojos estaban cargados de duda, incrédulos, como si alguna vez yo le hubiera engañado . . . y por supuesto, lo había hecho. Ésa es la naturaleza implícita de la relación entre padres y niños pequeños: una constante manipulación y mentiras por ambas partes.

—No quiero—repitió, para asegurarse.

—Lo sé—dije—. Mamá sabe que Jack no quiere ponerse zapatos—lo acaricié suavemente—. No tienes que ponerte zapatos si no deseas. Puedo llevarte sentado en tu cochecito hasta el parque.

Resolló, y pareció tener dificultad en recuperar el aliento después de tanto esfuerzo. Me observó con el rabillo del ojo. En sus dos años de vida, había algo que le hacía pensar que yo no era de confiar. ¿Cómo era posible? Tal vez estaba cansado; tal vez todavía no odiaba a su madre. Tal vez sólo mi imaginación me hacía pensar que él deseaba ser más grande y más fuerte para poder darme una paliza y tomar las llaves del auto. Debe de haber estado listo para tomar una siesta. Últimamente era inconsistente con sus siestas, y yo nunca sabía si dormiría o no. Recé por que durmiera; me encantaba la hora de la siesta, ese minúsculo pedacito de soledad que me proveía.

Se frotó los ojos con sus pequeños puños. *¡Sí!*

—Quiero ir al parque a jugar—dijo. *¡No!*

—Lo sé—dije.

Eran las tres de la tarde, hora de descansar. Hacíamos las mismas cosas, a la misma hora, todos los días, y de alguna forma Jack podía calcular la hora como un reloj suizo.

—Quiero ir al parque—repitió suspicaz, con voz de queja.

Me miró y su rostro se contorsionó. Sus grandes ojos marrones se volvieron a llenar de lágrimas. El berrinche se inició de nuevo. Yo no tenía idea por qué. Le había dicho lo que quería oír, que no tenía que ponerse zapatos. Le dije que podía ir al parque, lo cual contradecía las reglas. Pero por sus diminutas arterias debía de estar circulando alguna extraña química que provocaba esa tristeza.

—Oh, cariño mío—le aseguré—. Todo está bien. Mamá está contigo.

Rechazó mi mano.

—Quiero que mamá se marche—dijo.

Eso me dolió. Ya me quería fuera de su vida. No lo hubiera imaginado. Eso explicaba su obsesión con los dinosaurios. Quería ser grande y tener colmillos para deshacerse de mí. Sabía que no quería decir eso, pero me entristeció.

—Bueno, bebé—le dije—. Voy a la otra habitación a sacar tu cochecito, ¿está bien?

No sé por qué siempre le preguntaba si las cosas estaban bien. A su edad era natural hacerme saber que las cosas no estaban bien. Y yo era el adulto. No necesitaba su permiso. Yo sabía que ese constante desafío suyo era normal. Sabía que era su forma de reafirmar su naciente independencia. Pero saber esas cosas no me ayudaba a mantener la calma o sonreír durante sus berrinches.

—Nooooo—lloriqueó—. No quiero.

Ya no sabía qué era lo que Jack *no* quería. Pero sabía lo que *yo* no quería. No deseaba estar despierta. Quería dormir. Durante un año seguido.

—Vuelvo en un momento, corazón—le dije.

Sentía que arrastraba los pies por la alfombra y que mi espalda se encorvaba. Mi cuerpo se curvó instintivamente hacia adentro, como buscando protección, como diciendo "¡basta!", pidiendo un poco de descanso.

Jack sollozaba con tanta fuerza que me era difícil entender lo que gritaba: "columpios" o "canal" o ambos. Quería ir al parque, pero necesitaba una siesta. Mi única esperanza era que, al ponerlo en su cochecito, se quedara dormido durante la caminata de diez cuadras hasta allá. El movimiento adormecía a los niños, y yo no podía imaginar qué hacían las madres cuando no existían los automóviles o los coches para bebés.

Traté de no escuchar los lloriqueos y los gemidos mientras sacaba el coche. Hasta sonreí y me puse a tararear, tratando de seguir el consejo del doctor Phil, mi única compañía adulta durante el día. El doctor Phil decía que, con fuerza de voluntad, todos podíamos ser saludables y felices, pero era necesario dejar de analizar todo lo que sucedía. Sonríe, aconsejaba el doctor Phil, y el resto vendrá solo. Sonreí. En el cuarto donde estaba Jack sonó un fuerte ruido, seguido de un alarido que me heló la sangre en las venas.

—¡Achís!—grité en español, el idioma que usaba en momentos de pánico.

Solté el coche y corrí al cuarto de Jack, convencida de que lo encontraría muerto en medio de un charco de sangre. Sabía que no debía dejarlo solo ni un minuto, pero estaba tan cansada que no había pensado en eso. Podía meter sus deditos en un enchufe, o caerse por la ventana, o golpearse la cabeza con una puerta, o quemarse. ¿Cómo pude olvidarlo? ¿Qué me estaba sucediendo?

Volé al cuarto y encontré a Jack sentado junto a una pila de piezas Lego. Tenía un aire de frustración, pero cuando me vio llegar con el terror pintado en el rostro, se rió. Luego levantó la caja de plástico que contenía las piezas y la arrojó contra la puerta del clóset. ¡Bam! Lo volvió a hacer. ¡Bam! Me miró para ver si volvía a mostrarme aterrada. Eso le hubiera gustado.

—Mamá graciosa—dijo riendo.

Sentí que mi cuerpo resbalaba hacia el suelo, hasta que caí al lado de Jack y su desordenada pila de bloques plásticos de colores rojo, amarillo, azul y verde.

—Ay, Jack—murmuré exasperada, exhausta, agotada.

Sentía como si tuviera un gran peso sobre los hombros. Me latía la cabeza, adolorida por la falta de sueño.

—Ay, Jack—me imitó riendo.

Me imitaba bastante bien el condenado.

—¿Ya estás listo para ir al parque?—le pregunté, acariciando su cabello.

—¡Quiero ir al parque!—chilló con entusiasmo.

Se puso de pie, caminó hasta la cama y tomó sus zapatos.

—Quiero que mamá los ponga a Jack—dijo.

Aparentemente había olvidado la batalla que habíamos sostenido ocho minutos antes.

—Está bien—dije, y rápidamente le puse los zapatos—. Vamos a sacar el coche.

Jack escarbó en una canasta de mimbre, buscando a Jackie Azul, su marioneta en forma de dinosaurio a la que había bautizado con su propio nombre y sin la cual estaba convencido que no podría sobrevivir.

—Lleva a Jackie Azul al parque—me pidió—. Juega en la arena. Está caminando.

Puso los pies de la marioneta sobre la alfombra y los movió. El muñeco caminó torpemente hacia delante, como un soldado ebrio.

Jack, Jackie Azul y yo fuimos hasta el vestíbulo. Jack dejó que lo metiera en el coche sin mucha resistencia, mientras conversaba con el muñeco. Saqué mis llaves de la gaveta, que estaban en la mesa de la entrada, llena de facturas sin pagar, las metí en el bolsillo de mis *shorts* y finalmente salimos.

La calle estaba llena de coches, pero no de gente. Calabasas es conocida por ser una maravillosa meca rural en pleno Los Ángeles, perfecta para las familias con niños, pero también era muy diferente a todo lo que yo había conocido. Para mí, Calabasas tenía un ambiente estéril e hipócrita. En East Hollywood, donde había pasado la segunda mitad de mi infancia y la mayor parte de mi vida, hasta que me casé con Samuel hace diez años, las calles estaban llenas de gente caminando, conversando, haciendo compras. East Hollywood era un barrio que poca gente de esta zona jamás vendría a conocer, gracias a que los continuos artículos racistas de la prensa que siempre estaban exagerando las noticias sobre violencia entre pandillas. Para mí, East Hollywood, con su olor a frituras, el constante sonido de las guitarras y las erres arrastradas del español, era mi hogar.

Mi teléfono celular sonó mientras caminaba por Lost Hills Road, hacia la tranquilidad bucólica del parque De Anza, que limita con las montañas de Santa Mónica y un parque nacional. Era Samuel.

—Hola—dijo—. ¿Cómo está Jack?

—Muy bien. Vamos camino al parque.

—Qué agradable.

Me encogí de hombros.

—Sí, supongo . . .

—¿Cómo estás tú? ¿Todavía con los efectos del Zoloft?

—Estoy bien. ¿Cómo te va a ti?—pregunté.

—Bastante bien—dijo—. Suenas como si necesitaras un descanso.

—Lo necesito. ¿Cuándo me lo darás? Me encantaría salir a correr esta noche, sola. No puedo correr con Jack, porque se pasa todo el tiempo gritando que quiere ir en dirección opuesta.

Suspiró.

—Lo siento, amor. Es por eso que te llamo. Hay un panel de discusión esta noche, y quieren que yo modere la última parte.

La presión en mi cabeza se duplicó, oprimiendo los frágiles huesos de mi cráneo.

—¿Quieres que te lleve algo de comer?

—Oh, no—dijo—. No te preocupes por eso. Estaré en casa apenas pueda, a menos que me pidan que me quede a hablar después con los panelistas, algo que podría suceder.

—No hay problema—mentí—. Diviértete . . . Oye—dije, recordando que mi madre había llamado más temprano—. Nana llamó. Quiere que vayamos a East Hollywood este fin de semana para cenar a casa de Frascuelo con mis hermanos y sus familias. ¿Qué te parece?

Mi madre todavía vivía en East Hollywood, en una zona a la que llamaba "Pequeño San Salvador", pero que cada vez se iba convirtiendo cada vez más en una "Pequeña Corea". Tenía una casa destartalada con cuatro dormitorios y un gran huerto de vegetales, cerca de Silver Lake. Hubiera podido mudarse a otro barrio, pero no quería hacerlo. Estaba sólo a unas cuadras de distancia de Debbie y Frascuelo.

Samuel suspiró.

—Ya sabes qué pienso—dijo.

Él había crecido en Oxnard, y temía que Jack recibiera un balazo en mi antiguo barrio. Pero le agradaba mi madre. Tenían mucho en común en sus ideas políticas. También se llevaba bien con mis hermanos, especialmente con Paz, el famoso poeta que tenía la misma edad y el mismo sentido de humor que él.

—¿Por qué no averiguas si todos pueden venir a nuestra casa?—preguntó.

—Es muy pequeña—repliqué—. Recuerda que la esposa de Paz acaba de tener mellizos.

—Cierto.

—Y la familia de Frascuelo son cuatro.

—Es verdad—dijo—. Iremos a casa de Nana.

—Gracias, amorcito.

—Te quiero, Olivia—dijo con tono dramático.

A veces, Samuel era melodramático. Yo, por el contrario, opté por una fría y distante indiferencia.

—Yo también. Hasta luego.

Colgué y traté de no pensar mucho en Samuel. No quería molestarme con él porque tuviera una carrera. Pero no podía evitarlo.

Tal como esperaba, Jack se recostó en su coche cuando apenas faltaba una cuadra para llegar al parque. Su cabeza se inclinó hacia un lado y sus párpados comenzaron a aletear. El sol le hería los ojos y bajé la cubierta del coche para protegerlo. ¡Sí!, pensé. ¡Dios existe! Tal vez se duerma. Tal vez yo tenga una o dos horas libres para picar los vegetales de la cena, sin tener que entretenerlo al mismo tiempo. Tal vez pueda revisar mi correo electrónico, sin temor a que sus deditos golpeen el teclado y borren algo importante.

Me dirigí hacia el parque por obligación, pero caminé lentamente. Me hubiera encantado que alguien me hiciera pasear en un coche como éste. Me hubiera gustado tener la oportunidad de quedarme dormida en un gran coche. O en una cama. Hubiera podido quedarme dormida en la acera. Tan cansada estaba.

Una mujer con el cabello teñido de rubio, que llevaba un bebé en su coche, venía en dirección opuesta. Le sonreí cuando estábamos por cruzarnos, observando que su niño también estaba dormido. Tenía puesta la ropa habitual de las madres en Calabasas: pantalones a la cadera, zapatillas de moda, un atractivo *top* y una sudadera con capucha. Había una taza de cartón de Starbucks en el espacio para poner bebidas del cochecito.

—Perdone—me dijo, tocándome el brazo con una amplia sonrisa—. ¿Habla inglés?

—Sí—le dije, deseando que nuestra conversación no despertara a Jack.

—¿Su empleador vive cerca de aquí?

—¿Cómo dijo?

—Bueno—dijo ella sonriendo de nuevo—. Soy nueva en este barrio y quiero contratar a alguien para que trabaje para mí. Pensé pedir a las niñeras del barrio que me recomendaran a alguien. ¿Cómo la encontraron a usted? ¿Conoce de alguna muchacha que necesite trabajar?

Demoré un momento en comprender que ella había asumido que yo era la niñera de mi hijo, debido a mi aspecto y al barrio donde estábamos.

—Éste es mi hijo—dije—. Y vivimos en esta área. No tengo una niñera. Que pase un buen día.

Me alejé sin tratar de ver la expresión en su rostro. A medida que avanzaba por la calle, anonadada, miré a Jack en su coche. Sus ojos estaban cerrados y volví a maravillarme de cuán largas eran sus pestañas. Tenía el rostro ancho de su padre, un mentón poderoso y pómulos fuertes. A la sombra de un árbol que emergía del muro de cemento de un patio, me incliné sobre mi hijo para besar su mejilla suave y sonrosada. Respiraba profundamente. Estaba dormido, y lo amé con una tristeza culpable que no podía comprender. Lo amaba desesperadamente. De buena gana me hubiera interpuesto entre él y una bala para salvarle la vida. Mi agotamiento se debía a algo más que a mi amor por él. Era un cansancio de toda la vida, nacido de un dolor que él no había causado y que necesitaba borrar de mi alma por su bien.

—Tú no tienes la culpa—susurré.

Di la vuelta y comencé a caminar otra vez hacia la casa, deseando no volver a ver a la rubia. Pondría suavemente a Jack en su camita, le quitaría los zapatos que había rechazado y lo arroparía con su cubrecama de Bob el Constructor.

Y estaría libre de nuevo, al menos por unos minutos, para ser Olivia Flores, el ser humano. La escritora. No Olivia la madre, ni Olivia la esposa. Escribiría y escribiría, y el tiempo pasaría tan rápido que no me daría cuenta. Y al terminar de escribir, leería los periódicos de El Salvador en Internet, simplemente para saber

ALISA VALDÉS-RODRÍGUEZ

qué estaba sucediendo en el lugar que había dejado atrás, para imaginar la vida que hubiera tenido en caso de haberme quedado. Leería el libro que estaba tratando de terminar desde hacía un mes. Marcella leía unos cinco libros por semana, que es lo que la gente hace cuando no tiene hijos. Por fin me depilaría las cejas. Y por fin volvería a revisar mi guión, aunque ya casi me lo sabía de memoria. Estaría sola, deliciosamente sola, durante unos minutos. ¿Era malo disfrutar tanto esos momentos? ¿Era mi cansancio una forma de debilidad? ¿Lo era por desear más de lo que tenía, cuando ya tenía tanto?

Me detuve ante la fila de buzones de correo en el vestíbulo de los bajos, y saqué las nuevas facturas. No acostumbraba a abrir el correo de Samuel, pero allí había algo de UPS que parecía una factura. Abrí el sobre y encontré un recibo—dirigido a Samuel y a mí—por un apartado postal alquilado. No teníamos uno. Llamé a su oficina desde mi teléfono celular y, en susurros, le pregunté por esa factura.

—Es un error—dijo de inmediato—. ¿Te acuerdas del jarrón que le mandé a tu madre en su cumpleaños?

—Sí—respondí. Le había enviado una bonita cerámica de Oaxaca que le había comprado a un estudiante de posgrado—. Bueno, la factura es por eso. Les pedí que me enviaran la cuenta porque ese día no tenía mi billetera conmigo. La había olvidado, pero me permitieron hacer el envío. Deben de haberse equivocado. Los llamaré para aclarar la situación. Siempre están cometiendo errores en ese correos. Probablemente se deba al reciente cambio de Mailboxes Etc.

—Está bien—dije.

Guardé todas las cuentas en la bolsa, detrás del cochecito, y traté de no preocuparme por ellas. No teníamos suficiente dinero. Eso era todo.

Empujé el coche hacia el ascensor, rezando por que el ruido de las puertas al cerrarse no despertaran al niño dormido. Siguió durmiendo, pero cuando hice girar la llave en la cerradura de la puerta, sus párpados se abrieron. No había caminado lo suficiente para inducirle un sueño profundo que resistiera el ruido de la cerradura. Estaba despierto. Y se sentía irritado por ello. Sus ojos comenzaron a mirar alrededor. Se dio cuenta de dónde estaba y me miró fijamente, como un hombre al que se le ha prometido una comida caliente y, en lugar de eso, se le ha llevado a la guillotina.

—Jack quiere ir al parque—lloriqueó—. No quiere ir a casa.

—Está bien—suspiré—. No te preocupes. Iremos al parque.

Me incliné y le di un beso en la mejilla. Se irguió en su asiento. Se le habían parado los cabellos en la parte posterior de la cabeza, que había apoyado contra el respaldo de plástico del coche, ahora húmedo de sudor.

—¿Quieres ir al parque?—preguntó dulcemente.

—Claro—respondí—. Mamá quiere ir al parque con Jack.

Caminé con dificultad hacia el ascensor, aguantando las ganas de llorar, invadida por una sensación de tristeza y de pérdida. Amaba a mi hijo, pero me echaba de menos a mí misma.

CARIDAD

Correo reenviado de JulindaLinda@cuny.edu
Para: Goyo528@rappermail.com
De: Chicabata@cubalinda.cu
Asunto: Nueva dirección
Fecha: 5 junio

¡¡Goyo!! ¡¡Mi amigo!! Aquí estoy otra vez, hermano. Incluyo una foto mía para que me veas.
;-) Un gran BESO, hermano lindo! Juli.

Mi Querido Goyo,
Me alegró saber por Francisco que has estado recibiendo mis correos. Te escribo para contarte que me he mudado con mi madre y mi abuela al apartamento de mi tío en Luyanó. El gobierno nos echó de la casa para que un miembro del partido pudiera vivir allí. Mi mamá casi no quiere ni hablarme, Goyo. Está furiosa. Estamos sobreviviendo a duras penas, y no quiero ni pensar en lo que tendré que hacer si las cosas no mejoran. Goyo, no sé por qué te escribo, excepto porque que te extraño y me hubiera gustado irme cuando tú te fuiste. Pero tenía demasiado miedo de irme a un lugar desconocido. No pensé que todo esto pudiera ocurrir. He comenzado a vender *cakes* que preparo con mi mamá. ¿Te acuerdas de esa esquina donde había un ciego que vendía naranjas? Me paso los días al otro lado de esa calle, tratando de alejar las moscas de los dulces. No son nada del otro mundo,

pero el dinero nos permite comprar más ingredientes en el mercado negro para hacer más *cakes*. Cuando tenemos el horno prendido todo el día, hace un calor infernal en el apartamento. No sé cuánto tiempo seguiremos con esto. Ya ha venido una persona para decirnos que nos meterán en la cárcel por vender contrabando. Así está Cuba, Goyo. Los dulces son contrabando. Pero todos los días veo niñas, jovencitas que apenas han dejado de peinarse con cola de caballo, caminando por el Malecón, en *shorts* y con los labios pintados, con esos enormes zapatos de quinceañera que les da el gobierno, esperando a que los hombres compren sus cuerpos. Se me rompe el corazón y no sé qué hacer. Quiero hablarte de la travesía. ¿Tenías miedo en la balsa, Goyo? Goyo, dame el valor para hacer esto. A veces la gente se marcha en aviones, ¿verdad? Te quiero y te extraño. Por favor no te olvides de llamarnos el domingo.
Caridad Heredia

MARCELLA

Ian Cross vivía en una casita de color azul oscuro, en Encino, a pocas cuadras del Ventura Boulevard. Se había ofrecido para venir a buscarme y llevarme a Santa Bárbara a almorzar con mis padres y Nico, pero no me parecía lo más conveniente. Su casa se hallaba en mi camino, y yo podría encontrarlo allí.

Estacioné mi Bentley en la entrada y taconeé con mis Prada hasta la puerta posterior, como me había recomendado hacerlo. Todavía no éramos grandes celebridades, pero había ciertos *paparazzi* que se estacionaban cerca de nuestras casas, de vez en cuando, con la esperanza de que sucediera algo emocionante. Y el hecho de que yo fuera a casa de Ian Cross, probablemente causaría algún revuelo. Por esa razón me puse unas grandes gafas de sol, esperando ocultar mi identidad. Con un poco de suerte, pensarían que yo era Carmen Electra.

Como era probable que *Mère* me criticaría por vestirme de manera demasiado informal si iba en pantalones, decidí ponerme una falda negra, de Roberto Cavalli, que me llegaba a la rodilla, con un bajo asimétrico que la hacía parecer irregular y aleatoria. También llevaba un *bustier* negro y crema, y el cabello suelto. Tenía una chaqueta ligera en el auto, porque aunque estábamos a finales de marzo y hacía más calor que de costumbre, no podía llegar a casa de mi padre en un *bustier* sin que me dijera que debía vestirme más conservadoramente.

Arañé levemente la puerta de malla, admirando la limpieza de la pequeña piscina y el jardín, dividido en impecables cuadros. Su césped estaba recién cortado y muy verde. El aroma de ropa recién secada salía de un respiradero cercano a la puerta posterior. Era evidente que Ian Cross sabía ocuparse de su casa.

Abrió un poco la puerta, me vio y, antes de darme cuenta, me agarró y me llevó adentro.

—Dios, luces maravillosa—dijo, dándome un gran beso húmedo en los labios.

Todavía no habíamos dormido juntos, aunque hubiéramos podido hacerlo la noche de la sesión fotográfica si el terremoto no nos hubiera dejado a todos tan asustados y temblorosos. Nos habíamos besado apasionadamente, nos habíamos acariciado un poco y, desde entonces, hablábamos por teléfono todas las noches, al menos durante media hora. Según mi impresión, las cosas iban muy bien.

Ian llevaba unos pantalones *beige* y una camisa negra de mangas cortas. Olía a cedro y menta. Su cabello, recién cortado, le caía graciosamente sobre un ojo; y cuando sonreía, yo sentía que mi sangre burbujeaba.

—"Quien conserva la capacidad de ver la belleza nunca envejece"—dije—. Kafka.

—Estás loca—dijo.

Se rió y me alzó en sus brazos. Comenzó a pasearme por su casa. Yo no sabía cómo interpretar ese gesto. Me besaba el cuello y yo reía nerviosamente. Todo era tan fácil con él que casi parecía demasiado bueno para ser verdad. Yo apenas lo conocía, pero él sonreía y parecía juguetón. Decidí relajarme en sus brazos y dejarme llevar adonde él quisiera.

Su cocina era muy ordenada, decorada con materiales cromados y bastante desnuda. El comedor, por el que pasamos rápidamente, era muy similar. En su pared principal había un gigantesco cuadro con el rostro de Ian, algo desconcertante.

Ian me depositó en el sofá de la sala, y se paró a mi lado, sonriendo. Otro retrato suyo colgaba sobre el sofá, y observé no menos de cuatro espejos en la habitación.

—Compláceme, ¿está bien?—dijo, desabrochándose la bragueta.

—¿Qué haces?

Me alejé, y él me siguió.

—Es lo que comentamos el otro día. Deberíamos tratar de ser totalmente honestos en la vida, todo el tiempo, para ver qué sucede. Tenías razón. Me inspiraste.

De pronto, se sacó el miembro. Así, sin previo aviso. Se movía a ciegas frente a mí, ansioso y expectante. Levanté la vista hacia Ian, para ver si se estaba riendo.

—¿Estás bromeando?

—Por favor, chúpalo.

Me puse de pie y me alejé, invadida por recuerdos horribles. Me siguió y se cerró la bragueta, sin el menor atisbo de vergüenza.

—Soy yo. Estoy siendo honesto contigo—explicó con las manos extendidas, mostrando su inocencia—. Quiero que me la mames.

Sólo pocas veces en mi vida me he quedado sin habla, pero ésta fue una de ellas.

—No puedo resistir la idea de pasar contigo todo el día sin hacer esto primero. Me sentiría mal. No podría concentrarme. Podría haberme aliviado antes de que llegaras, pero quería que lo hicieras y pensé que entenderías, ya que te gusta tanto la honestidad.

—Lo siento, Ian—dije—. No me gusta tanto.

Me pidió disculpas y se sonrojó. Le di algunos puntos por intentar algo nuevo, y dejé pasar el incidente porque la otra alternativa sería recordar, y eso es algo que no me gusta hacer.

Ian condujo mi Bentley hacia Santa Bárbara. Él tenía el suyo, pero comprendió que yo deseaba mostrar el mío a mis padres. Sin embargo, me rogó que le dejara conducir, y yo se lo permití porque pensé que le debía algo por no haberle, bueno, ordeñado como pedía.

—Hay algo muy excitante en conducir un hermoso auto con una mujer hermosa al lado—dijo.

No me molestó el comentario. Me gustaba que pensara que mi auto y yo éramos hermosos.

Ian optó por la autopista Pacific Coast.

—Es un camino más largo—explicó—, pero más pintoresco.

—Es un recorrido muy agradable—coincidí, aún alejada de él, dentro del auto.

—Oye—dijo dulcemente, tomando mi mano y besándola con suavidad—. Realmente lamento lo sucedido allá. Debo haber comprendido mal lo que estabas tratando de decirme la otra noche. Te pido disculpas, ¿está bien? Me porté como un imbécil. Normalmente no soy tan estúpido. Lo juro.

Me sonrió y tuve que perdonarle. ¿Cómo podía seguir molesta con un hombre tan atractivo? Tuve que admitir que se le veía muy guapo conduciendo mi auto. Era apuesto por todas partes. Ian Cross no tenía un ángulo malo. Y conocía todas las letras en inglés de mi último CD de Cherie, que sonaba en el estéreo. Nadie conocía a Cherie, la increíble cantante francesa, por lo menos no muchos americanos que yo conocía. Con la excepción de su atolondrado pedido de sexo oral, Ian Cross era interesante y pensé que podría estarme enamorando un poco de él.

—¿Qué estás leyendo ahora?—le pregunté, esperando que mencionara algún libro parecido al que le vi leyendo en el gimnasio.

—¿Leyendo?—preguntó, confundido.

—Pensé que te gustaba leer—aclaré—. Estabas leyendo a Descartes en el *trailer*. Impresionante.

—Oh, eso—dijo riendo—. Leo por razones de trabajo, cuando tengo que hacerlo. Tenía que decir algunas líneas de esa basura en el programa.

Sentí que mi corazón se encogía un poco.

—¿Ah, sí?

—Oye—me dijo, quitándole la envoltura a una goma de mascar, mientras acelerábamos pasando por Malibú—. Hazme un favor.

—El que quieras.

—Levántate la falda.

—¿Cómo?

—Levántala y acaríciate.

—¿Aquí?

—Aquí mismo.

—Ian, eso es estúpido.

—Anda, vamos. Métete los dedos para que yo pueda ver.

—¿Estás loco?

—Eres preciosa, cariño. Es por eso. Quiero ver.

—Estás siendo honesto otra vez, ¿verdad?

Crucé las piernas y me recosté un poco más hacia la puerta.

—No seas aguafiestas—se quejó—. Eres muy atractiva, Marcella. Cualquier hombre de sangre caliente desearía verte el coño.

Recordé una reciente conversación que había tenido con Alexis, en la que me contó lo mucho que le había ofendido esa palabra. En ese momento, yo le había dicho que no veía nada malo en ella, que era simplemente una palabra que describía el sexo femenino, pero ella insistió que sólo la usaban los hombres que no respetaban a las mujeres. Una vez más, parecía que Alexis tenía razón.

Subí el volumen del estéreo, miré por la ventana y tuve la esperanza de que Ian no volvería a hablar. Mi deseo se cumplió, pero a medias. A mitad de camino a Santa Bárbara, Ian Cross, el médico más atractivo de la programación diurna, se volvió a abrir la bragueta y comenzó a masturbarse. Creo que me miraba mientras lo hacía, murmurando, "maldita puta, uf, uf, uf, maldita puta", mientras seguía conduciendo, pero no podía estar segura porque no me atreví a mirarlo.

—Si manchas mi auto, estúpido maniático sexual, te mato—le advertí, mirando por la ventana.

—No temas—jadeó—. Siempre uso mis *shorts*.

Bonito lugar—dijo Ian con una voz casi normal, al pasar por la reja de seguridad guiando mi Bentley hacia la entrada de autos de la casa de mis padres, en Campanil Drive, que trazaba una larga curva. Se había cerrado la bragueta y volvió a pedirme disculpas. Trató de explicarme su comportamiento, diciendo que era un adicto al sexo y que estaba recibiendo tratamiento.

—Mis intenciones son buenas—dijo—. De veras. Y creí que podrías entenderlo, después de leer todo lo que había leído sobre ti.

—Ya te dije que nada de esa mierda es verdad—dije.

Me quedé mirando la propiedad donde había crecido. Extensas áreas verdes, árboles enormes, pájaros por doquier, nubes blancas y algodonosas. Había tanta paz y quietud que, si uno escuchaba con atención, podía oír a las ballenas que lanzaban sus chorros de agua cerca de la costa, o a mi madre tratando de ahogar sus sollozos en la almohada por las noches.

—¡Uy!—exclamó.

—Sí, está bastante bien—asentí.

Pero era mentira. Mis padres tenían una casa increíble, por la que habían pagado una cantidad igualmente increíble: cerca de ocho millones de dólares. Situada en lo alto de una colina, con vista al océano Pacífico, era un gigante de piedra gris y blanca con nueve dormitorios, nueve baños, una piscina, un *spa*, casa para huéspedes y canchas de tenis. El patio posterior se extendía en forma de césped y flores hacia la falda de una colina que bajaba al mar y estaba arreglado como un jardín inglés. El aire parecía más limpio aquí que en cualquier lugar de Los Ángeles.

—¡Uy!—dijo Ian.

—"Uy" es una palabra muy útil para ti, ¿verdad?—dije mientras abría la puerta y me bajaba en la sombreada entrada. El Land Cruiser de Nico ya estaba allí.

—¡Uy!—dijo Ian, mirando la casa con asombro—. Esto es de primera.

Me quité los zapatos antes de entrar a la casa. Ian hizo lo mismo. No se pedía a los invitados que lo hicieran, pero con esa alfombra blanca que iba de pared a pared en todas las habitaciones donde no había pisos de mármol, yo lo hacía por precaución. ¿Por qué tenían huecos las medias de Ian? ¿No ganaba lo suficiente para comprarse medias nuevas? ¿Y por qué se quitaba los zapatos si sabía que sus medias tenían huecos?

Mère se acercó a la puerta, acompañada por el murmullo que producían capas flotantes de fibra natural, en tonos coral y amarillo claro, y el tintineo de costosas joyas en forma de cuadrados y triángulos. Tenía entre los dedos un cigarrillo encendido, y sonreía como un gato . . . no exactamente de felicidad, sino más como si estuviera lista para matar.

Observé la expresión de Ian al verla. Su rostro expresaba un "¡uy!" puro y directo. *Mère* llevaba el cabello largo, teñido de rubio, cortado en capas que ponían de relieve su agraciado rostro redondo. Aún usaba pestañas postizas, por lo que la inmovilidad de sus párpados operados resultaba aún más sorprendente. Se había pintado los labios con el más pálido de los tonos rosados. Mantenía el mentón alto, probablemente para estirar la piel del cuello, por temor a que se viera arrugada, y eso le daba un aire distante. Su aspecto reflejaba, en todo sentido, lo que ella era: una estrella de cine francesa, entrada en años, a la que le gustaban los cigarrillos, la bebida y el drama.

—*Bonjour*, Marcella—me dijo, con un beso hipócrita en la mejilla—. Me alegro de verte a ti y a tu amigo. Pasa.

Olía a tabaco, a alcohol y a algún vago perfume.

Cuando entré en la sala—una habitación espaciosa y bien iluminada, con alfombra blanca y muebles negros—, me miró de pies a cabeza con desdén. Las persianas estaban abiertas, y el sol del mediodía se reflejaba en el mar azul que se divisaba desde las ventanas.

—¡Uy!—dijo Ian.

—*Que vous êtes belle*—dijo *Mère*, elogiando mi aspecto.

Sospeché que lo decía por exhibicionismo. Si no hubiera llevado a un invitado, dudo que me hubiera dicho algo tan agradable y maternal como "Te ves bonita".

Lo que no comprendía, sin embargo, era por qué lo decía en francés, un idioma que probablemente mi invitado no comprendía. Quizás estuviera tratando de impresionar e intimidar a Ian.

Mère hablaba muy bien el inglés, pero se resistía a hablarlo por las mismas razones por las que se resistía a la televisión, las cadenas de supermercados y los McDonald's. Odiaba Estados Unidos. Vivía aquí y se beneficiaba de las libertades que le brindaba el país, y hasta era muy probable que jamás pudiera volver a vivir en otro lugar, simplemente porque aquí la vida le resultaba muy fácil. Pero lo odiaba de todos modos.

—Mamá, te presento a Ian—dije, pensando, "es un psicópata que se masturba, y que se chorrea de leche por las piernas hasta sus asquerosas medias viejas."

—Me alegro de conocerte, Ian—saludó ella, tendiéndole una mano.

Él le dio la mano con que se había masturbado y que, por supuesto, no había tenido la oportunidad de lavarse.

—¿Cómo está, señora Gauthier?—sonaba tenso y falso como Keanu Reeves en una obra de Shakespeare—. Soy un gran admirador suyo.

—Por favor, llámame Brigitte—pidió *Mère*, que lo miró de arriba abajo con la misma expresión de desdén—. Qué hombre tan apuesto. Pasa, por favor. Nos agrada mucho tenerte en casa.

Seguimos a *Mère* hasta la cocina, donde Nicolás y mi padre se hallaban sentados frente a un mostrador, jugando ajedrez y bebiendo café dominicano. La cocina era enorme, con mostradores de granito claro y equipos electrodomésticos de acero inoxidable. La cocinera de mis padres, Georgina, estaba frente al fogón, salteando algo que olía a cebollas y crema. Aquí, al igual que en la sala, los inmensos ventanales proporcionaban una hermosa vista del mar.

—¡Princesa!—exclamó Nico, poniéndose de pie, muy sonriente—. Hola, Ian.

Mi padre levantó la mirada, por lo que sabía que me había visto, pero enseguida volvió a bajarla, examinando las piezas de ajedrez. Me cerré un poco más el suéter, esperando no haberle dado una razón para que volviera a llamarme puta.

—Hola, Papá—saludé.

Levantó una mano como para detenerme.

—Marcella—respondió sin mirarme—. Enseguida estaré contigo.

Mère se acercó a mi padre y le susurró algo al oído. Vi que lo pellizcaba con fuerza en el brazo. Él volvió a levantar la vista, y mi madre habló:

—Papá, éste es Ian, el novio de Marcella.

—Es sólo un amigo—le corregí.

Mi padre se puso de pie y frunció el entrecejo, que es lo que solía hacer cuando conocía a los hombres que yo le presentaba. Estaba vestido con pantalones grises y una camisa de seda, e irradiaba poder y dinero. Bajó un poco la voz y se acercó con el brazo extendido.

—Hola, Ian—dijo.

Mientras le estrechaba su mano, vi que el rostro de Ian se tensaba de dolor. Mi padre era un hombre fuerte, sólo tenia cincuenta y nueve años, y no se andaba con remilgos. Desde que comencé a salir con muchachos en el noveno grado, mi padre dejó muy claro ante los chicos quién era el amo—. ¿Juegas ajedrez?

Ian me miró como pidiendo auxilio, pero fue Nico quien lo salvó.

—Acaban de llegar, papá. ¿Por qué no le mostramos la casa a Ian y terminamos la partida más tarde?

—Muy bien—dijo papá.

—A lo mejor hasta te dejo ganar ahora—bromeó Nico, que era un experto en diluir el efecto que causaba papá, una habilidad que lo ayudó a convertirse en un magnífico abogado.

Con expresión de aburrimiento, *Mère* se sentó frente al mostrador para observar cómo Georgina preparaba el almuerzo. Pensé que estaba drogada, pero no podía saberlo con certeza. Papá se acercó al refrigerador para sacar una cerveza.

—Haz lo que quieras, Nicolás. Siempre lo haces—dijo, abriendo una botella de color café oscuro.

Nico me echó una mirada de complicidad: sabía que me desagradaba el estrés de estar con esta gente tanto como a él.

—Ey—propuso Nico—. ¿Por qué no nos acompañas, Marcella? Muéstrale a Ian dónde creciste.

—Con gusto—respiré aliviada.

—Ya volvemos—anunció Nico.

Ian recorrió la casa exclamando "¡Uy!" a cada momento y, cuando llegamos a la casa para huéspedes, preguntó si podía usar el baño. Mientras permanecía allí, sabe Dios haciendo qué, Nico y yo hablamos sobre él, junto a la piscina.

—¿Así que te gusta este idiota?—gruñó con incredulidad.

—Pensé que me gustaba—confesé—. Pero es un poco raro.

—Me dio esa impresión—dijo Nico, que encendió un cigarrillo y apuntó con el mentón en dirección a la casa, antes de exhalar el humo pensativamente—. ¿Estás preparada para esta mierda de mamá y papá?

Le pedí un cigarrillo.

—No, realmente. ¿Y tú?

—Mierda, no. Cada vez que los veo, me siento peor que antes.

Ian salió de la casa de huéspedes y vino hasta nosotros, sonriendo. Me pregunté qué habría estado haciendo allí.

—¿Quién tiene hambre?—preguntó Nico, tratando de animarse.

—¡Uy!—exclamó Ian—. Ése es un baño realmente lindo.

Mientras se servía el almuerzo, Nico finalmente se refirió a algo obvio que ni mi madre ni mi padre habían mencionado.

—Deberían ver el auto de Marcella. Es realmente bonito.

—¿Qué compraste esta vez?—preguntó mi padre.

Ya se lo había dicho dos o tres veces. Se lo repetí. Hizo un gesto de aprobación, mientras observaba un suculento trozo de pato que Georgina le servía.

—Buena elección—dijo papá.

No pude recordar cuándo fue la última vez que me había hecho un cumplido. Me sentí muy bien.

—A Marcella le está yendo muy bien—insistió Nico—. Me siento orgulloso de ella.

Mis padres me sonrieron. Para no sentirse superados, especialmente por uno de sus hijos, mi padre comenzó a hacer su propia lista de logros en esa semana. Se había reunido con personas importantes, había tenido ideas importantes y había hecho cosas importantes. *Mère* asentía mientras él hablaba, en actitud de admirar y proteger su delicado ego. Cuando él terminó de alardear, *Mère* dijo:

—Tu padre es maravilloso.

El resto del almuerzo transcurrió en un incómodo silencio, interrumpido sólo cuando Nico le hacía a Ian toda clase de preguntas corteses que mis padres no hallaban necesario hacer. En un momento, Nico preguntó cómo nos habíamos conocido, y enseguida Ian le contó sobre el episodio en el que había actuado como invitado especial y en cómo habíamos congeniado.

—¿Le diste tu teléfono a un desconocido en tu trabajo?—preguntó papá, con un severo tono de desaprobación.

—No era un desconocido—me defendí—. Ian también es actor. Yo había oído hablar de él. Hizo que su agente llamara a mi agente. Así es como hacemos estas cosas.

—Pero tú no lo *conocías* personalmente, ¿correcto?

Papá quería pelear. Siempre sabía cuándo quería pelear. Él aducía que, siendo abogado, estaba en su naturaleza hacer preguntas. Pero la verdad es que a mi padre le encantaba pelear.

—No exactamente—dije—. Pero todo salió bien. Nos llevamos muy bien.

—Se llevan bien—repitió *Mère*, tratando de apaciguar a mi padre, como de costumbre—. En estos tiempos es normal que las mujeres tomen la iniciativa para conocer a los hombres.

Mi padre pinchó un trozo de pato con su tenedor, y luego dirigió la comida hacia Ian.

—¿Y tú?—preguntó metiéndose la carne a la boca—. ¿Te gusta cuando son las mujeres quienes te buscan?

Ian no parecía saber qué responder. Sonrió y levantó los hombros.

—Cuando son tan hermosas como su hija, señor, no tengo el menor inconveniente.

Mère dio un respingo, y yo supuse que estaba recordando los tiempos en que ella era hermosa. Eso era algo que le preocupaba.

—La belleza se marchita—dijo mi padre.

La boca de *Mère* se puso tensa y tragó en seco.

—Marcy debió ir a la universidad—siguió mi padre. Así tendría algo en qué apoyarse cuando las tetas le lleguen al suelo.

Mi padre lanzó una mirada a mi madre y Nico y yo intercambiamos un gesto de resignación. El juego había comenzado.

Los ojos de Ian se abrieron ante la imagen gráfica invocada por mi padre.

—Marcella está bien, papá, déjala en paz—dijo Nico.

Mère miró fijamente a mi padre, de un modo que me pareció cargado de odio, y posiblemente hubiera entrecerrado los ojos si hubiera sido capaz de semejante gesto después de tanto Bótox.

—¿Estás tratando de decir algo sobre mis senos?—preguntó con calma.

Mi padre siguió hablando como si mi madre no hubiera dicho nada, esta vez apuntando su tenedor hacia mí.

—Si hubiera ido a la universidad como sus hermanos, no sería un motivo de vergüenza para su familia, con esas fotos y esos artículos. —Miró a Ian—. Si yo fuera tú, me mantendría lejos de ella. Es mi propia hija y la quiero, pero no es una mujer con la que un hombre quisiera casarse. Mi otra hija también es hermosa, pero tiene cerebro.

—¡Papá!—dije—. ¿Cómo puedes decir eso?

Mère soltó un bufido y abandonó la mesa con un dramático revuelo de faldas, murmurando en francés algo en defensa de sus senos. Eso era lo que solía hacer durante las comidas. Ian la miró alejarse con fascinación y embarazo, y se inclinó hacia mí.

—¿No crees que deberíamos marcharnos?—me preguntó en voz baja.

—Probablemente—respondí.

—Ven conmigo un segundo—dijo Ian.

Se levantó y mi padre lo miró con severidad. Eso era contrario a las reglas: levantarse antes que papá. Pero yo estaba molesta con él. Así es que seguí a Ian, haciendo un gesto de desconcierto a Nico, con la esperanza de que comprendiera que debería llamar a la policía si yo no estaba de vuelta en diez minutos. Ian me llevó a la casa para huéspedes y abrió el refrigerador en la cocina.

—Vi esto hace un rato—dijo, mostrándome una botella de salsa para barbacoa—. Me acordé de ti.

Me condujo de la mano hasta el baño y se bajó los pantalones. Antes de que pudiera darme cuenta de lo que ocurría, se estaba embadurnando la verga tiesa con el espeso pegote marrón.

—Para ti—dijo, con una sonrisa juguetona—. Mmm, qué rico.

Me le quedé mirando, y el corazón se me encogió hasta que dejé de sentirlo.

—Eres un enfermo hijo de puta—le dije.

Di media vuelta y lo dejé allí, chorreando salsa de barbacoa sobre la mullida alfombra tejida a mano de *Mère*.

Cuando regresé al comedor, tomé a Nico por un brazo.

—Ven aquí—le dije.

Nuestro padre siguió comiendo como si todos estuviéramos aún sentados a la mesa. Arrastré a Nico hasta donde papá no pudiera oírnos, y le dije que Ian era un loco y posiblemente un psicópata.

—No puedo llevarlo a casa—dije—. Y no quiero quedarme más tiempo aquí.

A lo lejos, *Mère* gimoteaba en francés que iba a suicidarse porque nadie la amaba desde que sus tetas habían llegado al suelo.

—Vete—me apremió Nico—. Yo me las arreglaré con mamá.

—¿Y qué hacemos con John Wayne Gacy en la otra casa, que está bañándose los huevos en la salsa especial de Corky?

—También me las arreglaré con él.

No quería hacerlo, pero comencé a llorar.

—¿Por qué me odian, Nico?

Sonrió suavemente y me puso una mano en el hombro.

—¿Te acuerdas la primera vez que me preguntaste eso?

Lo recordaba. Aún estábamos en la escuela. Asentí.

—¿Y qué te dije entonces?

—Dijiste que nos olvidáramos de ellos y que nos ocupáramos de nosotros mismos.

—¿Estaba en lo cierto?

—Sí.

Nico me enjugó una lágrima de la mejilla y me abrazó.

—Olvídalos. Son como una mercadería dañada. Tienen buenas intenciones, pero no tienen las herramientas. Vete a tu casa y métete en la bañera un buen rato. Vete de compras. Haz algo divertido. Llama a tus amigas.

Asentí con la cabeza, y tomé mi bolso y las llaves del auto.

—¿Y qué haremos con Ian?—le pregunté en la puerta—. ¿Cómo volverá a su casa?

—¿Crees que pueda hacer *auto–stop*?

Me reí.

—No, a menos que el conductor quiera mamársela. Y es tan guapo . . . Qué pena.

—"La belleza se marchita, la estupidez es eterna"—me recordó Nico, como si estuviera sobre un escenario, lo cual me hizo pensar en nuestro juego favorito.

—¿Quién lo dijo?

—La jueza Judy. No te preocupes, princesa. Yo llevaré a Ian a su casa.

—¿Estás seguro?

—Carajo, que sí—la amable expresión de Nico se oscureció—. Yo me ocuparé de él.

ALEXIS

Olivia miró hacia las suaves olas de Laguna Beach y bebió un sorbo de su *espresso*.

—No debí haber dejado a Jack con ella—dijo por centésima vez.

"Ella" era la indeseable cuñada de Olivia.

Mordí un trozo de galleta de chocolate, y la bajé con un sorbo de *latte* con sabor a avellana.

—Por favor, deja de preocuparte por eso—le rogué—. Jack va a estar bien. Hablemos de la película, ¿quieres?

—¿De qué quieres hablar?—preguntó.

—Bueno, ya hemos hablado sobre lo buena que es. Ahora pensemos de dónde vamos a sacar el dinero para producirla.

Yo ya había ido a las mayores productoras cinematográficas de la ciudad con el guión, pero todas me habían dicho lo mismo: a nadie en Hollywood le interesaban los guiones originales. Lo único que querían las grandes compañías era hacer dinero y, por lo tanto, sólo emprendían proyectos de bajo riesgo. Y en Hollywood, bajo riesgo significaba que todos tenían mucha prisa por ser los primeros en hacer la segunda versión de algo. Me había pasado semanas tratando de convencer a esa gente de la ridícula y miope industria del cine que la película de Olivia podía hacer por el público latino lo que *La pasión de Cristo* había hecho por los cristianos. En Hollywood, nadie estuvo dispuesto a producir *La pasión*, porque no creían que los cristianos fueran un mercado real. Hasta ese punto llegaba su arrogancia y su ignorancia. Pero después que la película recaudara semejante botín cristiano en las taquillas, los mismos ejecutivos que al principio rehusaran producirla comenzaron a correr de un lado a otro tratando de hacer su propia versión. Bueno, les espeté, también están equivocados en asumir que los latinos no irán a ver un filme como éste, sobre una mujer salvadoreña que también es una heroína de este país. Fui recibida con bostezos y despedidas en todas partes, excepto en Columbus Pictures, donde un productor más astuto me dijo que si yo lograba producir el filme y éste recibía buenos comentarios en pequeños festivales cinematográficos, él estaría dispuesto a distribuirlo en todo el mundo. Le expliqué todo esto a Olivia.

—Me odian—dijo.

—No—le aseguré—. No te odian. Les agrada y creen que es un buen guión. Pero tienen miedo, Olivia. Nadie en Hollywood se atreve a hacer algo nuevo, porque este lugar está lleno de cobardes.

—¿Entonces qué haremos?

Yo había hecho algunos cálculos, y creía saber cuánto dinero necesitaríamos para producir una versión de calidad de la película de Olivia. Era mucho dinero. Cuando le mencioné la suma, silbó y sacudió la cabeza.

—Es una locura—dijo.

—No. No lo es. Podemos hacerla. Solo tenemos que encontrar el dinero en algún lugar.

Olivia terminó su *espresso* y se quedó mirándome.

—¿Por qué tienes tanta fe en mí?—preguntó.

—Porque lo mereces.

—Yo no conozco a nadie rico—dijo Olivia.

—No importa—dije—. Yo sí.

—¿Podríamos irnos?—preguntó.

Dejé una propina sobre la mesa. Olivia se quedó un instante bajo el sol, sonriendo.

—Me duele todo—dijo, frotándose la parte baja de la espalda—. He estado corriendo para ponerme en forma y eso me está afectando. Alexis, me estoy haciendo vieja.

—Vayamos a sentarnos en la bañera de mi condominio—dije.

Olivia me miró como si le estuviera haciendo una proposición extraña o algo así, y la tranquilicé:

—Podemos tomarnos algo y conversar un poco más sobre la película. Realmente me entusiasma mucho. Tenemos que hacer algo con ella.

Mientras Olivia me seguía en su pequeña camioneta, me dirigí a mi condo. Al llegar, noté que el Lincoln Town Car de mi padre biológico, con sus vidrios a prueba de balas, estaba estacionado al frente. ¿Qué demonios estaría haciendo aquí? No me había llamado para avisar que vendría. ¿Y si yo hubiera estado en casa con un hombre? Felizmente, tal vez eso nunca volvería a suceder.

Estacioné el Cadillac y le expliqué la situación a Olivia mientras nos acercábamos a la casa. Ella me miró como si acabara de ganar la lotería.

—¿Pedro Negrete? ¿Tu padre es Pedro Negrete? ¡Uy! No puedo creerlo. Voy a conocer a Pedro Negrete.

—Parece que es tu día de suerte—dije con cierto sarcasmo.

Empecé a sospechar que me estaba contagiando con Marcella.

Papi me esperaba dentro del condo, como siempre. Lo había comprado para mí y conservaba una llave. Era su modo de lidiar con la culpa de no haber estado conmigo cuando yo era niña. En el fondo, era un buen hombre; y realmente no fue su culpa que nadie le hablara de mi existencia hasta que fui adulta. Nunca trató de negar su paternidad, como hubieran hecho otras celebridades.

Y aunque nunca fuimos pobres, gracias al trabajo de papi como vendedor y de mami en Avon, nunca había conocido la cantidad de dinero que tenía Papi Pedro. Pagó por mi condominio en efectivo. También me compró el Cadillac, por mi cumpleaños, el año anterior. ¿Quién era yo para pedir privacidad en tales circunstancias?

—Alexis—dijo mi padre, haciendo un gesto de saludo con la cabeza y bebiendo su agua mineral con pompa y ceremonia.

Se lo presenté a Olivia, que se sonrojó y tartamudeó. Él le sonrió, pero su grueso bigote negro le dio la misma expresión de júbilo que la de una morsa deprimida y soñolienta.

Papi volvió a sentarse en mi mullido sofá. Llevaba *jeans* negros apretados, botas de vaquero exageradamente decoradas, y una camisa de seda con dibujos y colores chillones, que llevaba abierta casi hasta el ombligo. De su cuello colgaba la habitual colección de cadenas de oro. Dos enormes guardaespaldas, con gafas de espejo, hacían guardia a la entrada de la casa, con sus manos entrelazadas y enfundadas en guantes de cuero negro, como los que usaría O.J. Simpson, y pistolas en sus costados.

Era muy improbable que alguien tratara de secuestrar a Papi en Newport Beach, pero él tenía guardaespaldas porque muchos de sus amigos más famosos en México habían sido secuestrados a cambio de recompensas. Eso de secuestrar a ricos y famosos era casi un pasatiempo mexicano, y supongo que caminar con guardianes a todas partes era un símbolo de poder o riqueza para los chiflados.

—¿Cómo estás?—preguntó Papi Pedro, acercándose para abrazarme torpemente, como un robot.

Hablaba un inglés perfecto, pero su voz profunda y masculina resonaba operática contra las paredes de mi casa, como si no supiera cuándo dejar de cantar. Dejó rastros de una colonia fuerte y jabonosa en mis manos y mejillas.

—Bien—dije, dirigiéndome a la alacena en busca de un vaso—. Perdona, pero tengo un poco de sed. Es la contaminación. Ya veo que te serviste algo.

Fui hasta mi refrigerador blanco y al instante noté que había desaparecido. En su lugar había uno plateado, más brillante. Miré a Papi con las cejas levantadas.

—Pensé que te gustaría—cruzó los brazos y sonrió con orgullo—. Es un Sub-Zero. El mejor que existe.

—El otro estaba bien—dije débilmente, sintiéndome violada—. Y hacía juego con la lavadora de platos y la cocina, que eran blancos, mi color favorito para los equipos electrodomésticos.

—Sé que los colores no armonizan—dijo, pareciendo leerme el pensamiento, una vez más—. He comprado los otros equipos del mismo color. Llegarán la próxima semana.

A Papi Pedro le gustaba engreírme, pero era él quien dictaba las normas. Yo no quería un refrigerador nuevo, y menos de este color; pero él pensaba que sí y lo había comprado. Estaba acostumbrado a controlar a las personas y las vidas ajenas, y esperaba que lo adoraran por eso . . . , lo cual solía ocurrir.

—Tiré los helados, Rosalba—me informó, dándome una palmadita en el estómago—, porque no deberías comer demasiado.

—Alexis—le corregí.

Ambos nos quedamos inmóviles por un momento, sin atrever a mirarnos.

Papi frunció el ceño y salió de la habitación, avergonzado por haberme llamado una vez más por el nombre de su otra hija. Rosalba era su hija oficial, fruto de su matrimonio con una heredera neurótica. Había muerto en un terrible accidente en su BMW, un año antes de que Papi Pedro se enterara de que yo existía. Había amado a esa muchacha. Había tenido los mismos ojos verdes que teníamos yo y Papi, y él me transfirió mucho de su amor por ella. Papi Pedro era tan transparente en sus emociones que hasta un psicólogo aficionado lo hubiera hallado aburrido.

Abrí una botella de agua y fui a encontrarme con Papi en la sala de estar, donde una vez más se sentó en el sofá, apuntando con un brillante control plateado hacia una cosa nueva en mi anaquel de música. Un estéreo.

—El mejor estéreo que se pueda comprar—anunció, mientras la habitación se llenaba con el sonido de su propia voz, cantando acompañado por un mar de violines—. Mi nuevo álbum—dijo con una sonrisa de satisfacción—. Quería que fueras la primera en tener una copia, mi vida.

—Gracias—le agradecí—. ¿Dónde está el viejo estéreo?

—Lo tiré a la basura—respondió, como si esa fuera la única alternativa en el mundo.

—¿Por qué?

Ignoró mi pregunta.

—Escucha este disco, y quizás te embulles a darle mi nombre a tu cachorro, en lugar de llamarlo como ese *pendejo maricón*.

Papi era muy competitivo y consideraba a Juan Gabriel como su principal adversario.

—Gracias por los regalos, Papi—le dije, furiosa porque había tirado algo que me pertenecía sin antes consultarme, pero sin saber cómo mencionarlo, y molesta porque había usado esa expresión desdeñosa hacia el maravilloso Juanga—. Lo siento, pero Olivia y yo teníamos planeado mojarnos en la bañera un rato. Si quieres, puedes acompañarnos.

—¿Te va bien?—preguntó Papi, como si yo no quisiera irme de la habitación.

Miró por la ventana y cantó junto con su disco, moviendo las manos como si dirigiera una orquesta invisible.

—Sí—dije—. ¿Por qué?

—Sueno muy bien, ¿eh?—preguntó, señalando el CD—. ¿Te gusta?

—Sí—contesté.

Mi papá Stiffler nunca había necesitado elogios, y yo no podía creer con cuánta frecuencia necesitaba hacérselos a Papi Pedro. ¿No le bastaba con sus millones de admiradores? ¿Cómo sería la vida para su esposa?

Se puso de pie, sonriendo con orgullo al escuchar su propia voz, y pasó los pulgares por las presillas de su cinturón.

—Todavía lo hago bien, ¿eh?

—Sí—repetí—. Ahora nos vamos a tomar un baño caliente.

—¿Así es que estás bien?—repitió.

—¿Qué quieres decir?

—Con tu dinero. Te quedaste sin trabajo. He estado preocupado por ti.

Olivia me miró como si esperara algo maravilloso.

—Estoy iniciando mi propio negocio, Papi—dije—. Voy a hacer lo mismo que hacía antes, pero para mí.

—Te contaré algo—continuó como si no me hubiera escuchado—. Mi esposa y yo no hemos dormido juntos en diez años, desde lo de Rosalba . . . —Su voz tembló. Yo no quería oír el resto—. Pienso en lo buena que hubiera sido mi vida si hubiera estado con tu madre.

—Lo siento—lo interrumpí—. Nos vamos a la bañera. Me alegró mucho verte, Papi. Gracias otra vez. Que tengas un buen concierto esta noche. Me gustaría estar allí.

—Si tu madre no hubiera sido tan fácil, tal vez me hubiera casado con ella—continuó—. ¿Alguna vez te lo comentó?

—Sí—respondí.

—No seas como ella—dijo, como si el teléfono no estuviera sonando, como si yo no hubiera hablado—. No seas fácil, Alexis. Tu madre es maravillosa, pero no seas como ella.

No te preocupes, pensé mientras corría a responder el teléfono. Mamá estaba felizmente casada y yo tenía un padre relativamente normal.

No había ninguna probabilidad de que yo terminara así.

Papi se puso de pie para marcharse.

—Si necesitas algo para tu nuevo negocio, ya sabes que eres mi hija. Quiero que lo recuerdes. Siempre pienso en ti como si fueras mi hija. Si necesitas algo, sea lo que sea, pídemelo.

—Gracias, Papi Pedro.

—Nos veremos pronto—dijo—. ¿Necesitas algo?

—No, gracias—respondí, mientras pensaba: "mi viejo refrigerador lleno de helados, por favor".

—Déjame saber lo que sea—repitió, asiéndome por los hombros fuertemente y con ademán teatral, sin dejar de mirarme a los ojos—. Todo lo que tengo es tuyo. Lo sabes.

La prensa local en Los Ángeles seguía las finanzas de Papi como si se tratara de Harrison Ford, lo cual, en el mundo musical de Los Ángeles, era posible que lo fuera. Recientemente su fortuna se había calculado en unos 500 millones de dólares. Yo sabía que hablaba en serio cuando afirmaba que me daría cualquier cosa que necesitara.

—Toma—me dijo, poniendo en mi mano un cheque doblado con gran ceremonia—. Para ti. Cómprate algo bonito. Unos de esos bolsos que tanto te gustan. Y recuerda—me miró bajo sus pobladas cejas—, no seas fácil.

No me atreví a desdoblar el cheque en su presencia. Hizo una reverencia, como si estuviera en un escenario, y salió del condominio envuelto en una nube de Aqua Velva, seguido por sus guardaespaldas.

En cuanto la puerta se cerró, miré el cheque mientras Olivia me apretaba el brazo.

—Eso pareció sacado de una película—dijo.

Me había dado cinco mil dólares, sin motivo alguno.

—Tendrás que acostumbrarte al refrigerador—me aconsejó Olivia.

Nos pusimos los trajes de baño y fuimos al patio posterior para meternos en el agua tibia y relajante.

—Supongo que ya sabes dónde puedes encontrar el dinero para la película—sugirió Olivia.

—No puedo pedírselo a él—dije—. No sería correcto, ¿no crees?

—Es millonario, Alexis, y quiere ayudarte. Hazlo.

Miré hacia el falso cielo del sur de California, y me di cuenta de que quizás esa fuera la única manera de filmar *Soledad*.

—Muy bien—decidí—. Se lo pediré.

MARCELLA

Alexis y yo siempre hacíamos lo mismo. Apenas había terminado de marcar su número, cuando la alegre chica de cabellos brillantes me estaba llamando al mismo tiempo.

—Ey, mujer, ¿cómo sabías que estaba tratando de llamarte?—le pregunté.

Yo estaba relajándome en el *jacuzzi*, bajo la pérgola, en el tranquilo y salvaje verdor de mi patio, bebiendo una copa de Pinot Grigio bien frío. De alguna forma, la prensa sensacionalista había obtenido lo que ellos pensaban que era una foto de mí, mientras se la mamaba a Ian Cook en su sala, pero la foto sólo mostraba un costado de mi cabeza, y a él con la bragueta abierta. Había sido tomada a través de la ventana por algún *paparazzo* chiflado que no tenía otra mierda en qué ocuparse. La pobre Alexis estaba haciendo todo lo posible por negar que la mujer de la foto era yo, mientras yo hacía todo lo posible por intentar comprender por qué mi vida sexual interesaba tanto a la gente.

Traté de decirle a Alexis que Ian era un adicto al sexo y que no había sucedido nada, y que si alguien merecía un escándalo en esos periodicuchos era él, pero creo que no me creyó. Quizás pensaba que sí lo había hecho, y de todos modos no veía nada malo en ello.

—Me gusta mamarla tanto como a cualquier otra chica—confesó—. Pero deberías hacerlo donde nadie te viera, querida.

Quería saber si él la tenía grande, como si eso importara. En realidad sí, pero la pregunta me ofendió de todos modos.

Necesitaba un trago. Mañana quemaría las calorías, corriendo.

—¿Yo?—preguntó—. ¿Eres tú quien me está llamando por la otra línea?

—Sí—dije—. Por favor, ¿podrías no insistir más en demostrar que Jung estaba en lo cierto con su teoría de la sincronicidad?

—Como quieras, linda.

—Cuelga y te llamaré. ¿Estás en casa?

—Estoy conduciendo, pero el tránsito está atascado. Puedo hablar. No, espera, está comenzando a moverse. ¿Me das cinco minutos?

—*Okay*. Te llamaré en un momento.

Colgué ambas líneas, y tomé un sorbo del vino mientras admiraba las caprichosas formas curvilíneas y enrevesadas de mi verde jardín. Medio ebria, el mal rato que había pasado con Ian no me parecía tan crudo ni escandaloso. Casi lo encontraba cómico. ¿De veras habría pensado que las mujeres desearían lamerle la salsa de barbacoa de sus huevos? Mierda. Brindé por el aire fresco de la noche, y recité uno de mis pasajes favoritos de Walt Disney . . . el hombre, no la corporación: "No me agradan los jardines formales. Me gusta la naturaleza salvaje. Supongo que se lo debo a la rebeldía de mi instinto."

Pese a haber citado a Walt Disney, me sentía más en la onda de Walt Whitman. Eso me pareció muy simbólico. Mi afinidad con Whitman era natural. Había estado leyendo un libro de poemas que me envió mi hermana menor, Matilde, que parecía estar pasando por una especie de renacimiento latino en Stanford, además de su despertar feminista. De pronto había comenzado a enviarme "literatura latina". Antes le había bastado la literatura universal. Ésa era otra razón por la cual me alegraba de no haber ido a la universidad: el "multiculturalismo" moderno me parecía una forma de *segregación* moderna. Pero qué sabía yo. Yo era sólo una actriz tetona, oprimida y maltratada, por no mencionar que me odiaba a mí misma, como demostraba con mis constantes y lastimosas exhibiciones de sexualidad y desnudez, mientras se la mamaba a actores de telenovela porque no tenía otra cosa que hacer. La propia Matilde lo había dicho.

Esta vez se trataba de un poeta salvadoreño–estadounidense de Los Ángeles, llamado Paz Flores, cuyo nombre me pareció inventado. Los poemas eran bastante buenos, aunque deprimentes, y hablaban sobre revolución y lucha armada, y sobre la necesidad de ser fiel al hermano, aunque no entendí bien a qué se refería con eso. Yo estaba en la bañera caliente y no quería arruinar el libro. Así es que decidí tirarlo sobre la mesa y me hundí en el agua para pensar a solas. Algo peligroso.

Hojas de hierba e instinto rebelde. Hojas de hierba e instinto rebelde. Me gustó cómo sonaba eso. Yo tenía mucho instinto rebelde. Eso era lo que me había metido en tantos líos. Traté de usar esa frase para defenderme cuando me sorprendieron con uno de los padres que vinieron a cuidarnos durante un viaje que hice a un orfanato en Tijuana, con mis compañeros de escuela en Cate; papá y *Mère* no se lo tragaron. De hecho, amenazaron con enviarme a la escuela Obispo García Diego en castigo por haberme enredado con el padre de Jon Roth. Era un tipo más bien atractivo para ser padre de familia, guapo al estilo de un Sean Connery, y no habíamos tenido relaciones sexuales, a menos que se tome en cuenta lo que Bill hizo con Mónica. Se había sentido tan excitado ante mi juventud y supuesta virginidad que me permitió tocarlo y explorarlo, y me lo explicó todo con mucho detalle en su cuarto de hotel.

Yo tenía suficiente edad para reconocer que mis impulsos surgían de la falta de amor paterno y de un desequilibrio emocional provocado por el abuso sexual de mi tío: era una niña en busca de una imagen paterna. ¿Por qué mis padres no lo entendieron? ¿Por qué me culparon? Yo necesitaba amor, como cualquier otro niño. Mierda. Aún lo necesitaba.

Me encantaba mi patio. Era pequeño y se hallaba junto a una colina, así es que no tenía una vista maravillosa ni nada parecido. Pero era silvestre, natural y estaba lleno de vida, de gorjeos y aleteos, de malezas y marañas siempre cambiantes. Yo me ocupaba de él cuando tenía tiempo, pero más que nada lo dejaba crecer a su gusto, y eso me agradaba. Prefería mil veces este lugar recluido y reconfortante a los panoramas extensos y ricos de la casa de mi infancia. Aquí me sentía segura. Allá me sentía expuesta, siempre expuesta.

Mi casa estaba retirada de la calle, al final de una larga entrada para autos que compartía con otro par de casas. Tenía tres dormitorios y una cocina *gourmet* remodelada que casi jamás usaba, por la sencilla razón de que rara vez comía o tenía invitados allí. Pero lo que me cautivó fue el jardín. Era como mi propia jungla privada y recluida, y a mis tres gatos les gustaba casi tanto como a mí. Pasaban la mayor parte de su tiempo aquí, escondiéndose y tratando de cazar pájaros e insectos, cuyas partes mutiladas y putrefactas aparecían sobre la estera de la puerta trasera con alarmante frecuencia.

Yo sabía que era recomendable mantener a mis gatos encerrados, como me habían pedido muchos veterinarios y amantes de las aves . . . pero yo no podía hacerlo. Habían saboreado la libertad y, como sucede con la mayoría de los animales, no se dejarían encerrar sin pelear. Estaba de acuerdo con Adlai Stevenson, quien dijo: "Está en la naturaleza de los gatos pasearse sin ser vigilados." Me molestaba que otros seres humanos no reconocieran la naturaleza de los gatos, ese instinto salvaje que poseían. Yo no quería encarcelarlos, sobre todo en deferencia a su curiosidad, pero también porque, cuando se sentían encerrados, pasaban horas enteras maullando y arañando la puerta, esperanzados y exigentes. ¿Y qué actriz medianamente respetable podría memorizar sus líneas en medio de un caos semejante?

¡Mi patio! Cuando el resto de Los Ángeles hervía con un calor seco, mi oasis siempre era fresco y sombreado. Cada rincón parecía estar cubierto de enredaderas y de capullos de buganvillas rosadas. Ésa era mi flor preferida, porque se parecía a mí. Pese a los obstáculos que encontraba en su camino, la buganvilla siempre hallaba la manera de crecer y brillar.

Llamé a Alexis nuevamente.

—Hola—dijo—. ¿Cómo estás?

—Estoy en la bañera, con una copa de vino.

—¿En tu casa?

—Sí—dije—. Relajándome. Deberías hacer la prueba. Oye, ¿qué quieres decir con que si estoy en mi casa? ¿Dónde más podría estar?

—Ando cerca—dijo, ignorando mi pregunta—. Acabo de terminar una reunión con la gente del Hollywood Bowl. ¿Puedo ir a verte? ¿Tienes ganas de compañía? Quiero hablarte de la película de Olivia.

—Claro—respondí, no porque quisiera hablar del filme de Olivia, sino porque quería compañía—. ¿De qué trató la reunión?

—¡Oh, es la cosa más estupenda! Estoy tratando de que contraten a Lydia este otoño, para una producción con Juan Gabriel.

—Vaya. ¿Crees que también podrían invitar a Liberace y Wayne Newton?

—Cállate, Marcella! Juanga es fabuloso.

—Juanga es Barry Manilow en español. Creí que lo sabías.

Alexis no me hizo caso. Habitualmente, Juan Gabriel era su punto débil.

—Bueno, estaré allá en diez minutos.

—Está bien.

Colgué el teléfono y no me volvió a llamar para regañarme. Se estaba dando cuenta de que no era posible educarme.

El calor de la bañera de hidromasaje comenzaba a marearme, así es que decidí salir del *jacuzzi* y me envolví en una gran toalla. Después de secarme, entré a la casa y me serví otra copa de vino. La tostadora brillaba porque el servicio de limpieza había venido hoy. Me encantaba llegar a casa los días de limpieza. Todo estaba perfecto. Esos días casi era como si yo no viviera sola, parecía como si alguien se ocupara de mí.

Caminé hacia mi clóset. Una de las mejores cosas de esta casita era el gigantesco clóset con un tocador empotrado en el centro. Me puse frente al espejo y observé que el interior de mis muslos se veía un poco flácido. Podía hacerme una liposucción, pero demoraría mucho tiempo en recuperarme. Sólo necesitaba dejar de comer tanto. No más leche en mi café, ni siquiera descremada. Ni más vino.

La película con la Bailarina Nudista Hispana Número Uno estaba a punto de salir. Lo había leído en el periódico. Y finalmente habían contratado a Paulina Rubio para protagonizar a la bailarina. Era casi cómica la manera en que una misma mujer mexicana podía ser una chica altanera y de moda en el mundo periodístico mexicano, y ser una triste prostituta en el anglosajón. Sin embargo, los periódicos decían que Paulina se había robado la película, y todos predecían que se convertiría en la próxima Jennifer López, pese a que Paulina no era estadounidense y jamás llegaría a hablar inglés de un modo natural. La prensa no hacía distinción entre ninguna de nosotras. Y en el caso de Paulina, todo el mundo comentaba que había aceptado hacer una escena de desnudo en su próximo filme, con Owen Wilson. Era estúpida la forma en que Hollywood trataba a las latinas, y ya me estaba cansando de eso.

Observé el cuerpo que tanto trabajo me había costado tener, y me pregunté si tal vez yo misma no estaría infligiéndome esa clase de frustración hollywoodense. Quizás había cometido una tontería al rechazar los papeles que Wendy me había conseguido. Después de todo, las latinas no eran las únicas mujeres a las que Hollywood le gusta mostrar como bailarinas nudistas. Lo hacían con *todas* las mujeres, ¿no? Todas, excepto las que actuaban en los artísticos filmes franceses de los años sesenta. Y hasta la frágil *Mère* estaba obsesionada con su peso. Yo hubiera podido ser la Bailarina Nudista Hispana Número Uno, y estaría camino al estrellato, con toda la prensa ocupada en mí. En lugar de eso, era una de las muchachas que corría por la playa exhibiendo sus senos en un programa de televisión. ¿Cuál era la diferencia? Tal vez me hubiera convenido más tener a Wendy que a Alexis. Después de todo, Alexis no parecía estar muy apurada en iniciar su propia empresa, y no era una entidad conocida en la ciudad. No me había conseguido un sólo trabajo desde *Bod Squad*, y yo no dejaba de insistirle en que deseaba hacer películas.

Moví las caderas como una bailarina nudista mientras tarareaba una de esas vulgares canciones de bar. El aire acondicionado, que funcionaba a toda potencia, me congeló el bikini sobre la piel. ¿Qué haría si al final me contrataban para una película que requería hacer una escena desnuda? *Mère* me había rogado que nunca aceptara ese tipo de escenas. Me dijo que, si lo hacía, mi abuela parisina se moriría; que ninguno de nuestros "amigos" en Francia lo aceptaría. Pero era ella quien tenía amigos en Francia, no yo. Y me gustaba cómo me veía desnuda. Si podía ganar dinero con mi desnudez, ¿qué importaba?

—En el cine francés, la desnudez no es vulgar—insistía *Mère*—. Pero en el cine americano es crudo y repugnante, es el dominio imperialista del hombre sobre la naturaleza.

Típico. Y ésta era la opinión de la misma gente que criticaba con encono a los restaurantes McDonald's, pero bañaban toda su comida con mantequilla y crema; la misma gente que hacía manifestaciones callejeras contra la guerra y, sin embargo, tenían el cuarto arsenal nuclear más grande del mundo . . . por si acaso. A mí me gustaba mi familia francesa, pero a veces sólo nos fijábamos en la mierda equivocada.

Temblando de frío, me puse una pantaleta tipo "hilo dental" de color verde limón y un sostén del mismo color. Luego escogí unos cómodos pantalones crema para ejercicios, de Cosabella. Me encantaban esos pantalones. No éstos en particular, sino este corte y estilo. Vivía con ellos todo el tiempo. Completé mi atuendo con una camiseta de tirantes del mismo color.

La casa estaba silenciosa, demasiado silenciosa; y como ya sabía, una actriz no soporta estar mucho tiempo sola, aunque sea el tiempo que demora una amiga en llegar a su casa, porque siempre necesita de un público. Llamé a Matilde a su apartamento en Palo Alto. Contestó su novio. Me sorprendió que aún no se hubiera vuelto lesbiana. No conocía al novio, pero Nico me había asegurado que era tan cretino como la propia Matilde. Hacía mucho tiempo que no veía a mi hermana menor. Pregunté por Matty y él la llamó. Sonaba cansada.

—¿Estás estudiando mucho?—le pregunté.

—En realidad, estaba peleando con Tim—dijo en francés, porque Tim no lo entendía—. Él piensa que Ayn Rand tenía razón con respecto a los altruístas. Es un idiota.

Colgué. Por supuesto que estaba peleando. Ése era el principal modo de comunicación de Matilde.

Sin embargo, pensé que sería agradable tener con quién pelear, además de mi hermana.

El timbre de la puerta sonó. Habitualmente le quitaba el cerrojo cuando sabía que Alexis estaba en camino, pero se me había olvidado. Alexis estaba parada en mi porche, sosteniendo dos cosas: Juanga, la maldito chihuahua de pelo largo, vestida con un diminuto traje para hacer deportes, hecho de terciopelo, con un cuello rosado a cuadros y un lazo de la misma tela coronando su cabecita, y una pequeña planta en maceta.

Una buganvilla.

Me daba igual la perra, pero la planta fue un gesto muy amable de su parte. Volví a preguntarme por qué los republicanos parecen cuidar mejor de sus perros que de los niños que tienen que asistir a las escuelas públicas.

—Para ti—dijo con una sonrisa, entregándome la planta—. Porque ya sé que no tienes suficientes buganvillas invadiendo tu jardín posterior. Y pensé que necesitabas algo que te alegrara.

—Vaya, muchas gracias, señorita Alexis.

Sonreí a la perra que, pese a su vestidito, no dejaba de oler a carne podrida.

No entendía a los perros, no entendía la forma en que se encogían y mentían todo el tiempo. Los gatos eran más honestos, aunque mataran cosas en su tiempo libre. Por eso me gustaban. No podía confiar en los perros. Hacían lo que tú querías sólo para conseguir lo que deseaban. Los perros eran muy Hollywood. "A los artistas les gustan los gatos", decía el psico-sociólogo Desmond Morris. "A los soldados les gustan los perros".

A mí me convenía tener a un soldado como publicista y agente. Después de todo, las balas y los alaridos de guerra eran imprescindibles en un publicista y administrador. Pero no me gustaba tener a su perra disfrazada en mi casa.

—Espero que no te moleste—dijo Alexis, señalando con su cabeza a Juanga, quien acarició las orejas, lo cual esparció aún más su desagradable olor—. Ella estuvo sola en casa toda la mañana, y no tuve el valor de dejarla en Orange County.—Comenzó a hablar como un bebé—. ¿No es cierto, guau guau? ¡No hubiera podido dejarte solita!—La perra le lamió la boca y yo estuve a punto de vomitar.

Tosí y entrecerré los ojos.

—Tú sabes que Juanga siempre es bienvenida aquí, especialmente cuando está vestida como Christina Aguilera.

Juanga gruñó y lanzó una mordida al aire, cerca de mi cabeza. Nunca me había llevado bien con esta perra.

—¡Ey!—grité—. Soy amiga de tu mamá. ¿No te acuerdas de mí?

—Probablemente está oliendo a los gatos—dijo Alexis.

¡Vaya! Mis gatos no apestan . . . al menos, no como Juanga.

—¿Puedo ponerla en el suelo?

—Por supuesto—asentí, pero deseba que el animal se hubiera quedado en el auto, tal vez con las ventanas cerradas en un día de mucho calor.

Cerré la puerta y Alexis depositó a Juanga sobre las baldosas del vestíbulo. La perra comenzó a olisquear y a gruñir, dando vueltas en círculo como si quisiera orinar.

—Te ves fabulosa—dijo Alexis—. Como siempre.

Batió las pestañas con énfasis, como si pensara que no era tan bonita como yo. Lo hizo como jugando y para sentirse cómoda en mi compañía.

Alexis *pensaba* que envidiaba mi cuerpo y mi belleza. Me lo había dicho muchas veces. Pero en realidad no era así. Por lo menos no lo creo. Asumía su físico con aplomo y confianza. No estoy segura de que supiera que era bonita, aunque yo se lo había dicho, pero siempre me acusaba de decirlo por caridad. Hoy llevaba un vestido azul marino con textura de crepé, a la altura de la rodilla, con una chaqueta azul y blanca de mangas cortas: un atuendo muy clásico y conservador. Como siempre, llevaba sus perlas. Y diferencia de su perra, Alexis tenía un perfume fabuloso.

—Déjame ver tus pies—le pedí mientras nos dirigíamos a la sala. Levantó uno, juguetona.

Los zapatos que había elegido eran azul marino, como el vestido, con tirillas y hebillas en las puntas.

—¿Son de piel opaca?—le pregunté.

—No, de tela—informó, y sus músculos temblaron mientras sostenía el pie para que lo viera—. ¿Ves?

Pasé un dedo por la superficie del zapato.

—Muy bonitos—dije—. La próxima vez que vengas aquí con otro atuendo así, te voy a quitar la ropa y voy a quedarme con él.

—No estás tan deprimida, ¿verdad, querida?

Colocó su bolso sobre uno de mis sofás de terciopelo verde claro, colocados frente a frente y separados entre sí por una mesa de centro Bergman, de madera oscura.

—Estoy bien—dije.

—Qué bueno. Porque recuerda que si puedes sobrevivir a la mala publicidad, es posible que ésta termine por ser beneficiosa.

—¿De qué manera?

—La resurrección, querida—lo dijo como si se tratara de algo que ya debería conocer—. Lo que más le gusta a la prensa, después de destruir a una estrella, es volverla a levantar después que la han hecho polvo. Tienen que vender periódicos, y lo que vende es el movimiento: lo que ayer fue bueno, hoy es malo, y viceversa.

Para completar el decorado de la habitación, tenía un piano que nunca había tocado, pero que mi diseñador me convenció que usara para colocar flores en jarrones exóticos. Además, tenía varios objetos de arte folclórico con tema español, una sillita con asiento blanco de Kerry Joyce que rara vez usaba y una gruesa alfombra persa con suaves tonos de color miel, morado y rojo. Las paredes eran de un relajante color crema, con tres puertas en arco que llevaban, por orden, a la cocina, a la entrada y al pasillo posterior.

¡Qué bolso! Alexis tenía marcas que yo nunca había oído mencionar, de diseñadores de todo el mundo. Al parecer su madre compartía con ella esa obsesión y tenían una especie de competencia no oficial para ver cuál de ellas podía superar a la otra. Alexis estaba ganando, porque tenía acceso a Los Ángeles.

—¿Qué diseñador es ése?—pregunté, tomando el inusual bolso para examinarlo.

Parecía hecho de piel de cocodrilo. Era azul y algo voluminoso, pero al mismo tiempo femenino. Angular.

—Nancy González—dijo Alexis sonriendo—. Una nueva diseñadora colombiana.

—Oh, Dios mío—exclamé—. Acabo de enterarme de su existencia por la revista *Ella*. ¿Dónde lo encontraste?

—En The Beverly Center. También leí ese artículo. No pude resistirme a este bolso.

—¿Es nuevo?

—Por supuesto—aseguró—. Salí de compras hoy. También me compré una freidora, en Williams-Sonoma. ¿Qué te parece?

—Creo que deberías deshacerte de la freidora—le advertí, dándole una palmadita en la cadera—. Y creo que deberías haber comprado dos bolsos. ¿Dónde está el mío?

Alexis sonrió.

—Sabes que puedo prestarte éste cuando quieras.

—No quiero que me lo prestes—dije—. Quiero tener el mío propio. ¿Qué clase de agente eres?

—Te traje flores. Conténtate con eso—bromeó.

—Sabes que así es—dije.

Me senté a su lado y la abracé. Alexis tenía algo que invitaba a abrazarla. Era como una madre o como un osito de peluche, o una combinación de ambos . . . aunque era republicana. O quizás porque era republicana. Mis padres eran demócratas, y eran insoportables. Pensé que los republicanos eran mejores padres de familia, aunque fueran peores ciudadanos.

—¿Quieres una copa de vino?—le pregunté.

—No, gracias—negó, haciendo ademán de sostener un volante con las manos—. Tengo que conducir.

—Sólo una copa. No vas a irte enseguida. Para cuando te vayas, se habrá evaporado de tu sistema. Y si no es así, tendrás que quedarte aquí.

—Está bien.

Fui a la cocina y le serví un poco de vino en una de mis copas inglesas talladas, de 1930. Como rara vez uso la cocina, siempre me parecía encantadora. La había mandado a hacer en un estilo *art déco* que más o menos armonizaba con la época y el estilo de la casa, pero que había modernizado con equipos nuevos que *parecían* antiguos . . . lo contrario a lo que ocurría con mi línea de trabajo, donde la gente que envejecía se veía más joven . . . o trataba de parecerlo.

Yo quería que la cocina recordara la del apartamento de mi abuela en París, donde había pasado algunos de los momentos más felices de mi infancia. Mi abuela era delgada y distante, pero al menos era predecible en el sentido de que horneaba. Pero no lo hacía así como así: horneaba a la francesa. *Grand-Mère* hubiera podido ser una maestra pastelera con sus delicadas masas de milhojas, rellenas con crema de ron y albaricoques y cosas por el estilo. Como ya no podía comer esas golosinas, quería al menos recordarlas en mi cocina. Con esa idea en mente, le pedí al diseñador que creara un fondo blanco, incluyendo las alacenas y el lavabo, donde mis copas, fuentes y jarrones rojos y verdes se destacaran contra las paredes, los anaqueles y los mostradores. El piso blanco y negro, como un tablero de ajedrez, parecía original, pero no lo era. Tampoco eran originales las adornadas cortinas en rosado y rojo sobre el lavabo. Hasta tenía secadores clásicos en colores borgoña y verde limón.

Alexis me acompañó a la cocina y se sentó frente a la mesa de cromo de los años cuarenta que yo había hecho pintar de un color chocolate oscuro. Los cojines rojos de los asientos habían sido hechos a la medida.

—Me encanta esta habitación—propuso—. Cocinemos algo.

—No—dije—. No tengo ganas.

—Oh, es cierto. Lo había olvidado. Tú sólo comes una vez por semana.

—Mejor salgamos—respondí, entregándole su copa—. Hay muy buen tiempo afuera.

—Está bien. Pero no dejes que se me acerquen los gatos.

¡Qué atrevimiento! Tuve ganas de decirle lo que realmente pensaba de su jodida . . . bueno, de su chihuahua de pelo largo; pero para variar, me contuve. Ya estaba comenzando a dudar de las ventajas de ser cortés. Simplemente no era mi estilo. Mientras pensaba en esto, una frase de Aristóteles me vino a la mente: "El ingenio es la insolencia educada."

No era culpa de Alexis que detestara a mis gatos. Sufría de asma y alergias, y no podía soportar su proximidad. Hubiera bastado con tocarlos para que se le inflamaran los ojos y comenzara a toser y estornudar.

Los tres—Alexis, yo y la apestosa Juanga—salimos al patio. Los humanos nos sentamos frente a la mesa de hierro forjado. Juanga se puso a perseguir gatos, y sus diminutas uñas pintadas hacían un ruido curioso sobre los ladrillos rojos del patio. Los gatos se pusieron a salvo, trepándose a las paredes o a los árboles, de donde silbaban amenazantes. Es mucho más fácil ser valiente cuando uno está a salvo.

—¿No podríamos llevarnos bien?—pregunté, imitando a Rodney King.

Alexis se rió. Ésa era otra cosa que me gustaba de ella. Se reía de mis malos chistes y parecía que los encontraba realmente cómicos. Levantó el libro de poesía que yo había estado leyendo y le echó una mirada.

—¿Fue Olivia quien te dio este libro?—preguntó.

—¿Ella? No. ¿Por qué habría de hacerlo?

—¿No lo sabías? Su hermano lo escribió.

—¿Qué?—le arrebaté el libro de las manos y volví a mirar la foto de Paz Flores en la portada. Ahora que lo sabía, pude ver el parecido—. Matilde me lo envió.

Alexis asintió como si eso fuera lógico.

—Es bueno, ¿no? Toda la familia escribe sorprendente.

Tomé un cigarrillo de la caja que estaba sobre la mesa y lo encendí, sin decir una palabra.

—Sorprendentemente bien—le corregí.

Alexis me miró con fastidio y no dijo nada, decepcionada. Ambas bebimos de nuestro vino y guardamos silencio durante uno o dos minutos. Alexis lucía muy bonita e impecable. Tuve una extraña y breve fantasía: besarla. No tengo idea de dónde vino.

—¿Has bajado de peso?—le pregunté finalmente.

—Oh, no lo creo, querida.

—Te ves bien—le dije.

—Sí, claro—contestó con ironía.

—Oye—insistí—. Estoy hablando en serio. Te ves saludable.

Alexis se rió:

—Gracias.—Y terminó su vino de un trago.

—Luces fantástica—repetí.

Una vez más, tuve la imagen del beso. Me hubiera gustado besar a Alexis. No sé por qué. Demasiado vino.

Alexis comenzó a contarme cómo había recorrido todo Hollywood, casi sin resultado.

—Ninguno de los grandes estudios quiere arriesgarse con un guión original sobre una heroína salvadoreña-estadounidense—me explicó—. Ni siquiera Miramax. Es asombroso. Uno pensaría que después de *Frida* por lo menos serían un poco más abiertos, ¿no?

—Miramax es una compañía cinematográfica independiente—le corregí—, no un gran estudio.

Alexis se rió, cubriéndose la boca con una mano.

—Perdona—se disculpó—, pero es cómico que Miramax quiera que pensemos que es una compañía independiente.

Tenía razón, pero yo no se lo iba a decir. Más bien, aclaré:

—Incluso si Miramax fuera una compañía poderosa—que no lo es, pero no quiero ponerme a discutir—, *Frida* seguiría siendo una excepción. Salma tuvo que luchar muy duro para lograr que la película se hiciera. Nadie en Estados Unidos hará un filme sobre mujeres latinas dirigido al gran público. Probablemente tengan razón.

—¿Y qué me dices de *Y tu mamá también*?—preguntó Alexis—. La vi en uno de esos cines diseñados como un estadio. Me encantan esos asientos, ¿a ti no?

Estaba tratando de volverme loca, ahora podía verlo.

—Alex, ésa fue una película mexicana, no estadounidense. Y fue un filme artístico, como los otros. Y era en español con subtítulos en inglés. Eso no es comercial, ni dirigido a un público general. Y encima de todo, la protagonista era una verdadera *puta*. Me refiero a su personaje . . .

Alexis se quedó boquiabierta y golpeó la mesa con una mano, sonriendo a su pesar. Le gustaba cuando yo me excedía, sobre todo porque pensaba lo mismo, pero nunca tendría el valor de decirlo tan rudamente.

—¿No era una, una . . . eso que dijiste!

—Puuuta—repetí sólo para verla encogerse.

—¡Basta ya!—exigió Alexis con la mirada brillando de placer—. ¡La mujer se estaba muriendo! ¡Deseaba tener una última aventura amorosa! ¡Tenía el corazón destrozado! Eso no es vulgar, es hermoso y *triste*.

Moví la cabeza.

—Era una mujerzuela—insistí—. Una puta.

—Eres terrible, Marcella. A veces creo que eres una mala influencia para mí. ¡No puedo creer que digas eso de una mujer que se está muriendo!

—¿Y qué importa si se muere?—volví a la carga con un gesto de fastidio—. ¿Acaso morirse la hace menos puta? Todo el mundo muere, hasta las putas.

Alexis se rió con más fuerza.

—¡Basta!

—Lo siento. No.

Alexis recuperó su compostura, bebió otro sorbo de su vino y comentó:

—Bueno, hablando en serio. Necesitamos recaudar dinero y hacerlo nosotras mismas.

Me quedé mirando las verdes enredaderas que se entrelazaban a través del techo de tablillas de la pérgola, y me mordí el labio inferior. Luego miré a Alexis y me encogí de hombros:

—Bueno.

Ella no dijo nada.

Miré las flores rosadas que trepaban por la pared. El sol comenzaba a ponerse y las luces automáticas del exterior se encendieron suave y relajadamente. Juanga se lamía debajo de la mesa, haciendo un ruido perturbador. Debe estarlo disfrutando, pensé. Si yo pudiera lamerme mi propia vulva, probablemente también lo disfrutaría.

—No pareces pensar que es una buena idea—dijo Alexis.

—Yo creo que una buena idea sería algo que produjera dinero, querida—me froté el pulgar con el resto de los dedos frente a mí—. Ésa es la única razón por la que deberíamos hacer algo en la vida.

Levanté mi elegante copa *déco*, bebí un sorbo del costoso vino, eché una ojeada a mi casa con sus muebles de diseñador y cuadros originales. Con la excepción de la perra que estaba en el patio, me gustaba cuanto me rodeaba. No quería renunciar a ellas. Antes bien, quería más. Y no pensaba que un mísero filme acerca de la madre de Olivia era lo que más me convenía.

—Eso es falso—dijo Alexis—. En la vida hay otras cosas, aparte del dinero.

—¿Cuáles, por ejemplo?

—El amor.

Me eché a reír.

—¡Por favor!

—¿La realización artística?

—Está bien—dije, inclinándome a través de la mesa y mirándola directamente a los ojos—. ¿Quién le ha hecho creer esa mierda, señorita empresaria republicana?

—Un poeta cubano.

—No me digas que el Vlad . . .

—Él nunca se interesaría por alguien como yo.

—Oh, Cristo, no volvamos a eso—protesté.

—Necesito un hombre. Hasta estoy pensando en volver a llamar a Daniel, sólo para acostarme con él.

—Si lo que quieres es templar, creo que puedes encontrar otro hombre.

—¿Piensas que eso sería fácil para mí? Despierta. Yo no soy tú. No tengo un cuerpo perfecto.

Me encogí de hombros, y pensé en lo tranquila que estaba la casa cuando mis amigos no se hallaban allí, y no me sentía demasiado perfecta. Mis implantes me dolían. Mis muslos no eran tan firmes. Sentía hambre todo el tiempo.

—Lee el guión—recomendó—. Antes de rechazarlo, léelo, Marcella.

Incliné la botella de vino hacia su copa, pero ella la cubrió con una mano. Le retiré la mano y serví. Sonrió y siguió bebiendo.

—¿Puedes vigilar un segundo a Juanga mientras voy a buscarlo al auto?

Asentí y la observé caminar con paso delicado hacia la puerta. Un momento más tarde estaba de vuelta, con un sobre de manila. Lo dejó caer pesadamente ante de mí.

—Pensé que si estabas leyendo algo de su hermano, ¿por qué no podías leer algo escrito por ella?

Tomé el sobre y lo abrí.

—No sé, Alexis. Estoy pensando en un presupuesto mayor, ¿sabes? Gente establecida.

Alexis esbozó una sonrisa condescendiente.

—¿Qué dirías si encontráramos la manera de obtener el dinero, como dijiste? Tenemos conexiones.

—¿Entonces serás la productora?

—Algo así. Yo . . . y quien me dé el dinero.

—¿Qué clase de presupuesto haría falta?

—Muy grande—respondió Alexis.

Miré la portada. *Soledad*, por Olivia Flores. Se veía bastante profesional.

Juanga me mordisqueó la pierna para llamarme la atención. Tuve que contenerme para no darle una patada que la lanzaría al otro lado del patio.

—Espero que no interpretes mal esto, Marcella, pero sería realmente agradable verte representar otro tipo de personaje. He aprendido mucho sobre ti últimamente. Y no estoy segura de haber tomado la ruta apropiada contigo al comienzo, con ese programa de *Bod Squad*. El guión de Olivia es realmente profundo, Marcella. Estoy hablando de algo semejante a *Frida*. Ése no es precisamente el tipo de cosas por las que eres conocida. Pero es el tipo de cosas por las que *deberías* ser famosa.

Dejé de hablar y leí unas diez páginas del guión de Olivia. Cuando llegué a la página nueve, tenía los ojos llenos de lágrimas y me sentí como una idiota por haber pensado que Olivia era aburrida. Todo lo contrario.

—¡No es malo!—reconocí.

—Traté de decírtelo, pero no escuchas. Deberías aprender a escuchar mejor, linda—dijo Alexis.

Leí otras diez páginas y me di cuenta de que una de las más entusiastas republicanas me estaba vendiendo una historia sobre escuadrones de la muerte patrocinados por Estados Unidos.

—Alexis—comenté, sacando otro cigarrillo—. ¿Cómo diablos puedes ser amiga de Olivia y conocer la historia de su vida, y aún así apoyar a gente como Reagan y Oliver North y George W. Bush?

Alexis miró mi cigarrillo con desagrado y sacó su inhalador con gran aspaviento. Luego se quedó mirando su copa de vino, con expresión meditativa.

—No lo sé—dijo—. La verdad es que no lo sé. No puedo explicarlo de forma lógica. No tengo ganas de pelear. Vamos a ponernos de acuerdo en que no estamos de acuerdo.

—Ésa es una mierda, Alexis.

Alexis me miró de un modo que nunca antes había visto, con dolor y confusión.

—¿Puedo decirte la verdad, Marcella?

—No me vengas con esa mierda—dije, porque tenía la propensión a repetir la palabra 'mierda' cuando bebía—. Detesto que la gente me pregunta si puede ser honesta conmigo, como si existiera otra forma de hablar. Como si yo quisiera que me mintieras. Dímelo de una vez. Habla . . .

Juanga saltó al regazo de Alexis, que se dedicó a acariciar la apestosa perra mientras me hablaba. Juanga abrió la boca y me sonrió con la lengua afuera. ¡Perros!

—No sé qué otras cosas haya hecho nuestro país. Sabía que sucedían cosas malas, pero hasta que leí el guión nunca me detuve a pensar en eso. No quería hacerlo.

—¿Entonces estás de acuerdo en que son malos?

Negó con la cabeza.

—Yo no diría eso. Conozco a muchos conservadores y son gente realmente buena. Pero creo que no estaba tan enterada como pensaba. Los liberales también esconden las cosas. Clinton es un ejemplo. Todo lo que hizo fue mentir. No están libres de culpa. Eso es todo.

Me reí con ganas.

—Muy bien, el padre de Olivia fue asesinado por los hombres de tu presidente favorito, que recibieron un pago por estar allí. ¿Cómo puedes justificar eso?

—No soy una persona mala, Marcella. Yo no maté a su padre.

—No directamente.

Alexis tenía los ojos llenos de lágrimas, y yo no sabía qué decir. Terminó su copa de vino y se echó a reír.

—¿Puedes creer que estamos hablando de política como un par de cabilderas? Y pensar que creí que no éramos más que un par de chicas superficiales, aficionadas a los bolsos y los zapatos.—Me guiñó un ojo—. ¿No podríamos simplemente acordar que no estamos de acuerdo, cariño? Realmente me gustaría.

Nunca antes me había hecho un guiño. Ésta era una nueva Alexis. Una Alexis ebria que irradiaba calor y poder. No tenía idea de cuán poderosa podía ser, simplemente mostrando su propia personalidad.

—Bueno, no hay problema.

Alexis se puso de pie y se acercó para abrazarme.

—El guión de Olivia es excelente—aseguró—. Y es perfecto para ti.—Se tambaleó un poco bajo los efectos del vino y susurró—: Además, creo que sé dónde conseguir el dinero. Mi padre es Pedro Negrete. Nunca te lo dije, pero es la verdad.

—¿Estás borracha?—le pregunté, aunque sabía la respuesta.

—¡No! ¡Es mi padre! Y sí, estoy un poco borracha. Pero mi padre es Pedro Negrete. Él y mi madre tuvieron un romance de una noche y aquí estoy.

Recordé haber oído ese rumor hace unos diez años, que el rey de los mariachis tenía una hija estadounidense y que no se avergonzaba de ello. La chica vivía en Texas, pero nunca hubiera sospechado que sería Alexis.

—¿Te estás burlando de mí?

—No.

—¡Vaya—dije—. Esto pone las cosas bajo una luz diferente. Tal vez no es una mala idea hacer esta película.

Alexis me miró y se rió.

—Antes pensaba que eras la bruja más descortés que había conocido, pero ahora te comprendo. Eres honesta y colérica, y tienes una mente asombrosa—levantó su copa—. Brindo por tu cerebro.

—Por mi cerebro—repetí, chocando mi copa con la suya.

Desde que salí de la escuela, nadie, excepto mis padres, había dicho algo bueno sobre mi cerebro.

—Y por . . . mis tetas—concluyó. Miró hacia su pecho como si buscara algo que no podía ver—. Dondequiera que estén, están en algún lugar, hubiera jurado que acabo de verlas. ¡Ey!—gritó a una multitud imaginaria—. ¿Alguien por ahí ha visto a mis tetas? ¿Podrían decirles que me llamen, por favor? Están retrasadas. Las estoy esperando desde hace veinte años.

Me reí.

—Puedes solucionar ese problema—le dije bromeando—. Conozco a un excelente médico en Beverly Hills.

Le pasé la mano por su pecho, y ella me echó una mirada corta y desconcertada. Después me dio un manotazo en el brazo.

—¡Prefiero la muerte a ponerme implantes! Me basta con lo que Dios me dio.

—Nunca digas nunca.

Sonrió y me tocó un seno con un dedo.

—Ohhh—exclamó—. Parece gelatina.

—Puedes tenerlas—le dije.

—Bueno, tal vez. Dame su teléfono. ¿Es soltero? ¿Es un poeta cubano o un cantante de *rap* con un gran bulto en los pantalones?

—No estoy segura de eso—dije—. Pero hay una cosa de la que estoy segura.

—¿De qué?—preguntó.

La empujé hacia la casa.

—Es mejor que te quedes en el dormitorio de huéspedes esta noche. No quiero que conduzcas hasta Orange County como estás . . . *borrachona*.

—¿Cómo estoy? ¿Sin senos?—Volvió a buscarlos, levantándose la blusa y riendo—. Ya sabía que eso se convertiría en un delito en el sur de California. Conduzca sin pechos, vaya a la cárcel. No pase por "Adelante". No cobre los cien dólares . . .

Tropezó pero logró recuperar el equilibrio.

—Tienen que actualizar ese juego de Monopolio—advertí—. ¿Quién diablos puede entusiasmarse con cien dólares hoy en día?

—Yo no—afirmó.

—Yo tampoco—dije.

—Puedo conducir—me aseguró—. Dame un poco de café y algún bocadillo.

—Tonterías—dije—. Te quedarás a dormir.

La empujé hasta el cuarto para huéspedes, le quité la ropa y le puse una de mis camisas de dormir más grandes. Le limpié el maquillaje y para cuando le limpié el rímel y le di un beso en la mejilla, ya estaba completamente dormida en la cama, con Juanga acurrucada a sus pies.

Lavé las copas y me acosté con el guión de Olivia. Comencé a leer con la intención de terminar el primer acto y luego dormirme, pero seguí leyendo hasta el final . . . y después lo volví a leer.

Cuando terminé, ya había salido el sol. Busqué el número de teléfono de Olivia en mi bolso, y anoté su nombre e información en mi PC de bolsillo.

Luego la llamé—estaba dando de comer a su hijo—para decirle que pensaba que tenía un talento del carajo y que lamentaba mucho no haberlo descubierto antes.

Primavera

*El primer deber de un hombre es pensar
por sí mismo.*

—José Martí

GOYO

Goyo, que se hallaba agotado después de actuar ante un teatro lleno la noche anterior en San Diego, volvió a colocar el teléfono inalámbrico en el cargador, en la oficina de su padre, cruzó los brazos y apoyó la cabeza en el escritorio para pensar. Caridad había sonado realmente asustada y deprimida cuando la llamó. Había dado con ella en casa de Francisco, en La Habana, habían hablado durante veinte minutos y ahora había vuelto a desaparecer. ¿Por qué no había venido con él cuando se lo pidió? Tenían sus problemas, sus altibajos, y pelearon la noche antes de que él se marchara, pero a veces ella podía ser demasiado obstinada. Debió haber cedido. Mira lo que le estaba sucediendo ahora. La matarían si no se callaba la boca, y él conocía a Caridad. Nunca se quedaría callada. La idea le resultaba casi insoportable. La amaba. Tenía que sacarla de allí.

Goyo había llamado desde la oficina trasera de la Librería Alabar, la tienda de libros cristianos en español que tenían sus padres en Glendale. Desde que llegaron a Estados Unidos, finalmente tenían la libertad de hacer abiertamente las cosas que en Cuba sólo podían hacer en secreto. El padre de Goyo era ahora ministro bautista y su madre, que escribía libros cristianos para niños, tenía un agente. En Cuba, estos eran delitos peligrosos, y por eso su padre tuvo que estudiar arqueología y fingirse científico, mientras su madre había trabajado como bibliotecaria para la universidad, y cada noche lloraba en secreto cuando tenía que prohibir libros religiosos, incluyendo la Biblia.

Su padre había dirigido una iglesia clandestina desde su casa. Fue allí donde Goyo aprendió a esconder sus ideas ante el gobierno. Eso de tener que disfrazar las creencias propias de los demás no era nuevo en Cuba. De allí vino la santería, cuando los esclavos africanos colocaron los rostros de los santos católicos a sus dioses y diosas del panteón yoruba. El gobierno enseñaba con orgullo ese fragmento de historia en las escuelas, pero fingía que eso mismo no seguía ocurriendo en la isla. Toda esa hipocresía bastaba para enloquecer a cualquiera que pensara un poco en ella. El gobierno de Cuba se enorgullecía de la religión en Cuba, pero al mismo tiempo la consideraba ilegal.

A medida que fue creciendo, para Goyo había sido cada vez más díficil ocultar sus opiniones. A través de la Internet y de los turistas que llegaban a Cuba, se dio cuenta de todas las cosas que ocurrían en el mundo de las que no podía participar, y eso lo enfurecía. Estudió el verdadero significado del pensamiento de José Martí, que era obligatorio estudiar en las escuelas cubanas, y comprendió que las mismas palabras del apóstol que se usaban para defender la Revolución pedían su derrocamiento. Los comunistas juraron que habría libertad, pero no habían cumplido, y sus promesas rotas eran el cimiento enfermizo en que se apoyaba la sociedad cubana contemporánea. Sus conciertos, y las letras de sus canciones, eran cada vez más osados en sus críticas contra Castro y sus compinches, en su análisis sobre la impotente desesperación de su pueblo, hasta que no pudo lograr que sus conciertos duraran más de quince minutos, porque la policía irrumpía en ellos y lo hacían callar. Continuamente lo encerraban, lo maltrataban, y cada vez eran más violentos con él. Goyo sentía un profundo amor por Cuba, pero no la amaba lo suficiente como para morir en prisión bajo un régimen injusto. Cuando las cosas se pusieron realmente terribles, tomó la decisión de marcharse. Pensó que tal vez podría hacer más por Cuba diciéndole al resto del mundo lo que ocurría allí que si se quedaba viviendo en la isla.

Toda su familia había llegado a Estados Unidos en la pequeña balsa que construyeron con sus propias manos, embarcándose en medio de la noche, y rogando a Dios y a la Caridad del Cobre que los protegiera en su travesía hasta Cayo Hueso. Al llegar, la familia de Goyo obtuvo cierta ayuda monetaria para instalarse, otorgada por la Fundación Nacional Cubano Americana en Miami, y ahora Goyo vivía en un espacioso apartamento encima de la librería, con su madre, padre y abuela. Tenían un horno de microondas, un aparato de aire acondicionado en la ventana de cada una de las habitaciones principales y televisión de cable, mucho más de lo que él había tenido en toda su vida. Pero ahora que varias compañías productoras de discos estaban interesadas en lo que hacía Goyo, y ahora que estaba haciendo amistad con conocidas estrellas del *rap*, se dio cuenta de que la vida podía ser aún más cómoda . . . mucho más cómoda, abierta y libre de lo que hubiera podido imaginar.

La gente de Cypress Hill y de Orishas tenían casas que a Goyo le parecían palacios, a veces con tres o cuatro autos. Sólo era una cuestión de tiempo para que él tuviera lo mismo. Y cuando realmente empezara a ganar dinero, haría lo mismo que hacía ahora: le daría la mitad a sus padres y a su abuela por haberlo criado con una profunda fe en Dios y ese deseo de expresar sus ideas, pese a la ilegalidad de ambas cosas en su país.

Goyo salió de la oficina hacia la suave luz dorada de la librería, y contó a sus padres la conversación que acababa de tener con su novia en Cuba.

—Ay, niño—se lamentó su madre—. Creo que será mejor que la olvides. Sé que la amas, pero hay algo en ella que no me gusta. A lo mejor nunca más vuelves a verla. Hay muchas mujeres hermosas aquí en Los Ángeles. Búscate otra. Sigue adelante con tu vida.

—No quiero otra mujer—protestó.

—*Necesitas* otra, pero deja que yo la conozca primero.

Goyo respiró profundamente.

—No creo que ninguna mujer que conozca te parecerá nunca suficientemente perfecta, mami.

La madre de Goyo se rió y le tendió el plumero rosado para que desempolvara los estantes multicolores de la acogedora librería. Goyo lo hizo, pero observaba el cielo cambiante por la ventana del frente. Pensó en Caridad, que estaría sufriendo en el calor y la hediondez del apartamento de su tío, sobreviviendo a duras penas. Él estaba aquí, en la tienda de su padre, viviendo en una libertad que no había imaginado posible. La vida era muy injusta.

Aunque era un día de primavera, el clima era inusualmente fresco, casi frío, y el padre de Goyo había encendido la chimenea en una esquina de la habitación. Los dos gatos persas—residentes permanentes de la tienda—dormían apaciblemente sobre una de las tres butacas cerca del hogar. Era el tipo de día que las personas utilizan como excusa para acurrucarse como los gatos, a salvo dentro de casa, con un libro. Pero no es lo que Goyo prefería hacer con un día como ése. Para él, esos días eran perfectos para surfear, y rogaba a la tierra que atrajera la llegada de olas agitadas, tempestuosas e iracundas. Grandes olas. Olas capaces de cambiar la vida. Lo había hecho en Cuba, y seguía haciéndolo aquí. Esto era algo que los estadounidenses se perdían por no poder viajar a Cuba: un *surfing* extraordinario cuando había buen viento.

La madre de Goyo levantó la vista desde su asiento en la caja registradora, con los bifocales montados sobre la punta de su fina y delicada nariz, y una cadena plateada que los sujetaba al cuello. Dejó el periódico en español que estaba leyendo sobre el mostrador, cerca de su taza de café cubano. Temblaba, como de costumbre. Desde que se mudaron a Los Ángeles parecía tener frío todo el tiempo. Después de pasar toda su vida en Cuba, le resultaba difícil adaptarse al aire seco y las noches frescas del sur de California. Se cerró aún más el suéter sobre el pecho.

—Vladimir Gregorio—dijo, usando su nombre de pila, y señalándolo con una uña larga y rosada—. Yo sé en qué estás pensando. Puedo verlo en tus ojos.

—¿Puedes?—le preguntó él.

Como siempre, hablaban en español.

—Déjame adivinar—intervino el padre de Goyo, un hombre de cabello ralo con los mismos rasgos atractivos de su hijo. Estaba de pie sobre una escalera de madera con ruedas, que se hallaba sujeta a la pared trasera de la pequeña librería, acomodando los nuevos libros en la sección de viajes. A Goyo se le puso la carne de gallina viendo cómo su padre manipulaba todos esos libros de viaje con enfoque religioso. Hacía menos de un año que todos habían estado viviendo en una nación donde estaba prohibido viajar o adorar abiertamente a Dios. En inglés dijo "rollos nudosos", y añadió en español—: ¿Tengo razón o tengo razón?

Goyo se rió. Siempre le divertía oír a su padre cuando trataba de hablar la jerga propia de los surfistas en California. Por alguna razón, las palabras sonaban increíblemente cómicas viniendo de un sexagenario ministro bautista dueño de una librería.

—Ve—dijo dulcemente su madre—. El negocio está lento hoy. Nos irá bien solos.

El padre de Goyo le sonrió a su hijo.

—Ve—dijo—. Sólo vas a ser joven una vez. Diviértete.

Goyo agradeció a sus padres su comprensión—realmente eran los mejores padres que un hombre hubiera podido desear—, pero antes terminó de desempolvar la tienda y acarició los gatos hasta que ronronearon. Lo que realmente deseaba era un perro. Habían tenido que dejar a su Welsh Corgie con amigos en La Habana, y la echaba de menos. Pero el apartamento era demasiado pequeño para un perro, sobre todo con tres personas viviendo allí. Cuando tuviera su propia casa, lo primero que haría sería buscar un perro.

Le dio la vuelta al mostrador y abrazó a su madre. La besó en la cabeza, que olía a una antigua versión de Chanel, con aroma de almizcle. A ella siempre le gustó el perfume y era una de las cosas que Goyo le compraba cada vez que recibía un cheque. En Cuba, el perfume era escaso. Los alcohólicos se lo bebían llevados por la desesperación. Caridad le había regalado a la madre de Goyo todos los que producía la marca Suavitel, propiedad del gobierno, pero la mayoría apestaba por su mala calidad. Ahora, entre todas las cosas de que disfrutaba en su nuevo país, el perfume era uno de sus mayores placeres.

—Bueno, mami, me llevo mi celular. Si me necesitan, llámame y enseguida estaré aquí.

El padre de Goyo frunció el ceño como si le hubieran insultado.

—Podemos arreglárnoslas—dijo, con un guiño—. ¿Piensas que porque somos viejos no podemos hacer las cosas sin ti?

—¿Volverás para cenar?—preguntó la madre de Goyo.

—Claro—respondió Goyo.

Los domingos su madre preparaba una deliciosa vaca frita con cebollas que nunca se perdía.

—Mi niñito lindo—dijo su madre, acariciándole la mejilla—. Ten cuidado por ahí.

—¿Niño?—exclamó el padre de Goyo—. ¡Qué va! Un poco de respeto para el muchacho, por favor. Ya es un hombre. Lo mimas demasiado.

Los padres de Goyo intercambiaron una sonrisa amorosa, como habían hecho toda su vida. Se abrazaban y besaban en la boca, tan enamorados como hacía treinta y cinco años, el día de su boda. Goyo sabía que era muy afortunado. En todo, menos en el amor.

En el amor, era el hombre más desdichado del mundo.

Goyo guardaba su traje O'Neill negro de surfear y su tabla hawaiana Becker LC–3, de color azul celeste, en la parte trasera de su Jeep, todo limpio, encerado y listo para salir en cualquier momento. Después de Caridad, sus mayores pasiones eran cantar, componer y surfear.

Había comenzado a practicar el deporte de tabla a los diez años, en el litoral verdeazul de Matanzas, con un primo cinco años mayor que él. En aquel entonces había mostrado una aptitud natural para ese deporte, cabalgando sobre olas hasta la orilla y sosteniéndose sin esfuerzo sobre la tabla desde la primera vez. Había quedado cautivado por el rugiente silencio del mar y el vertiginoso panorama de la costa que se divisaba desde la cima de las olas. Y sus padres, con gran generosidad, según se percataba ahora, lo habían equipado con un pequeño equipo de *surfing* que su padre construyó con sus propias manos. Le dieron apoyo, aplaudiendo y animándolo bajo su gran parasol de lunares rojos, fabricado con un mantel que su madre había comprado en una feria callejera de La Habana, tiempos atrás, cuando la gente podía comprar cosas como ésa.

Vestido con su habitual ropa de trabajo—*jeans*, una camiseta y zapatillas—, Goyo abordó su oxidado Jeep azul sin techo, estacionado en su lugar de siempre, en el callejón situado tras la tienda de sus padres. Encendió el motor y el estéreo se prendió con él. Esta vez escuchó a Pepe Aguilar, al que consideraba como el mejor cantante en español, y una vez más rumió la idea de hacer un disco que mezclara la timba, el *rap* y el mariachi, para cruzar todas las fronteras de la música latina. Si alguien llegaba a encontrar la manera de hacerlo, pensó, esa persona se haría muy rica.

Goyo se puso los anteojos para sol, observó el cielo que se estaba oscureciendo—prometía, prometía—y retrocedió hacia la calle.

Necesitaba meterse al agua. Necesitaba olvidarla. O rescatarla. O morir en el intento, como decían en su nuevo país.

ALISA VALDÉS-RODRÍGUEZ

Tomó la ruta habitual a Santa Mónica—de la 5 a la 110, y a la 10—dirigiéndose instintivamente hacia el mar por el carril rápido. La ruta 10 terminaba en la playa y se convertía en la autopista Pacific Coast, que Goyo tomó hacia Malibú. Mientras conducía por el tramo curvo y angosto del camino, miró la superficie azul del mar a su izquierda. Las olas se elevaban con sus crestas blancas, tal vez hasta de cinco metros. Eran olas como pechos de mujer, suaves y curvas cuando uno estaba dentro de ellas y tocaba sus sólidas paredes con las manos.

Goyo condujo directamente hacia el Parque Estatal Surfrider Beach, en el extremo sur de Malibú. No le sorprendió encontrar allí alrededor de una docena de fanáticos del *surfing*. Los conocía a casi todos de nombre, y reconoció sus autos. La mayoría, pensó, hubiéramos ganado mucho dinero si no sintiéramos la necesidad de desaparecer en el mar cada vez que había un fuerte viento. Surfear era como una amante clandestina que amenazaba con arruinarte la vida. No podías vivir sin ella, pero nunca estarías en control de la relación. Sería ella quien te controlaría hasta la muerte, y tú te someterías a su dominio de buena gana, con amor, con constancia. Tratarías de conocerla lo suficientemente bien para complacerla, pero ella siempre sería impredecible.

Goyo estacionó el Jeep y, al igual que otro par de tipos en el estacionamiento, se quitó la ropa y se puso el ajustado traje impermeable negro, directamente detrás del auto. Con olas tan impresionantes como éstas, no había lugar para el recato. La gente esperaba ese tipo de exhibicionismo en esta zona de la autopista y, con excepción de algunas curiosas adolescentes que los observaban boquiabiertas, nadie prestaba atención a los surfistas desnudos.

—¡Eso pinta bien!—comentó un joven con una barbita de chivo.

—Sí—respondió Goyo sonriendo, mientras trataba de recordar el nombre del tipo.

—Diego—dijo el joven, extendiendo la mano para estrechar la de Goyo—, el mexicano loco.

—Claro—dijo Goyo.

El que se describía como "mexicano" era en realidad un americano que no hablaba español. Goyo había conocido a muchos de esos jóvenes desde que se mudó a California.

—Goyo.

—Bueno—dijo Diego, tomando su tabla y dirigiéndose hacia la colina arenosa que se elevaba a un extremo del parqueo—. ¡Nos vemos, amigo!

Goyo terminó de ponerse el traje hipotérmico. Encontró sus anteojos de surfear en el asiento trasero del Jeep y se los ajustó a los ojos. Aunque estaba nublado, los necesitaba. Se aplicó un bloqueador solar en las partes expuestas de la cara y los brazos, luego guardó su billetera, las fotos de Caridad y sus CDs bajo llave en una cajita de metal soldada a la parte posterior del Jeep. Se sentó en el parachoques, se puso unas medias marca O'Neill Freak en los pies y se enfundó las manos en los apretados guantes de surfear de la misma marca. Consideró en ponerse una capucha, pero pensó que no hacía suficiente frío; siendo músico, amaba la música del mar y odiaba que la capucha le impidiera oírla. Finalmente tomó su tabla encerada y brillante y siguió los pasos de Diego.

Había un camino establecido al otro extremo del estacionamiento, pero los surfistas rara vez lo usaban, prefiriendo descender por la colina hasta la playa. Era la ruta más rápida. Cuando Goyo acababa de llegar a Los Ángeles, se sintió tan entusiasmado con los "rollos nudosos" de las olas, que realmente se deslizaba al bajar por esa colina. Pero ese día estaba calmado, casi melancólico. Hoy se sentía solo, y pese a toda su espectacular belleza, surfear era una actividad que le recordaba la inmensidad del universo y su propia insignificancia. Y sentirse tan pequeño, pensó, agudizaría hoy su doloroso sentimiento de soledad.

La arena clara se iba oscureciendo bajo sus pisadas, a medida que se acercaba al agua, llegando a un marrón oscuro donde el mar la bañaba. Goyo se adentró osadamente en las agitadas aguas, sosteniendo su tabla encima de la cabeza y sintiendo que el pulso y el impulso del oleaje empujaba su cuerpo. Había algo innegablemente sexual en el golpe del agua contra las caderas de un hombre, pensó, algo desenfrenado y abandonado, algo perverso y amoroso. Cuando el agua le llegó a la cintura, soltó la tabla y se acostó encima de ella, sobre su vientre duro y musculoso, usando sus grandes manos para impulsarse y remar, pataleando con los pies. El mar luchó un momento contra él, lo empujó de nuevo a tierra, pero terminó por ceder cuando la tabla y el cuerpo de Goyo se confundieron con el vaivén del agua. O tal vez, pensó Goyo, fue *él* quien cedió. Sí, fue así. Él permitió que su cuerpo fuera mecido y golpeado por las olas, aceptando alegremente los embates del agua salada en el rostro. No era la primera vez que encontraba que el sabor amargo y vital del agua era idéntico al sabor de la sangre. Todos estamos hechos de mar, pensó, remando cada vez más aprisa para llegar a las aguas más profundas, extrañamente calmadas, donde otros jóvenes aguardaban a que la Madre Tierra los impulsara a través de una ola.

Goyo llegó a las aguas de color azul oscuro: la proverbial calma antes de la tormenta, pensó. Al igual que el resto, se hallaba acostado boca abajo, meciéndose en el agua engañosamente tranquila. Cerca vio a una mujer que hacía tabla, la única mujer allí ese día, con su largo cabello castaño recogido en un nudo apretado. La había visto antes. Tenía un cuerpo tan bronceado y poderoso como el suyo. Era una mujer espectacular y poseía el tipo de belleza característico de las personas que no se preocupan por ser bellas, porque están concentradas en cosas más grandes y más hermosas. Por un momento, deseó hablar con ella. Pero podría enamorarse de ella y él evitaba ese tipo de mujer. Su cuerpo era joven, fuerte y tenía necesidades. Necesitaba una mujer, la necesitaba con desesperación.

Pensaba constantemente en las mujeres. Las curvas de sus cuerpos le parecían mágicas, lo hipnotizaban. No había tenido una novia oficial desde que llegó a Estados Unidos. No podía tenerla. Su corazón pertenecía a una sola mujer. Había tenido relaciones sexuales exactamente tres veces desde que llegara a Los Ángeles, casi dos años atrás. Pero sólo había sido eso: sexo. Habían sido preciosas mujeres . . . admiradoras que se le ofrecían, y su curiosidad y deseo habían despertado. Se había acostado con ellas y luego se había arrepentido. Lo llamaban, pero él nunca devolvió sus llamadas. El amor y el sexo confundían a Goyo. Le hacían un nudo en el espíritu, un nudo tan apretado como el del cabello de la chica que montaba sobre las olas.

Goyo observó el agua que se inflamaba en el horizonte, y nuevamente volvió a pensar en la vejez y en la muerte. Para él, ésos eran los pensamientos que seguían naturalmente a los del amor y el sexo. Ya no tenía veinte años, sino treinta, la edad en que un hombre debía pensar en tener hijos, en formar una familia, en establecerse. Él quería hacerlo. ¿Pero cómo podría enamorarse y formar una familia cuando tenía el corazón desgarrado por Caridad? ¿Cómo podría amar a otra mujer mientras Caridad ocupara su corazón? No sería justo para la mujer. No sería justo para los hijos que tendría con cualquier otra que no fuera Caridad, y no quería criar hijos que lo odiaran por amar a otra mujer y no a su madre. Había comenzado a olvidarla, cuando ella le escribió otra carta y todo volvió a comenzar. Pensaba constantemente en Caridad, en sus poemas, en sus ojos. Esos ojos de un verde electrizante. Ojos cubanos. Nunca había encontrado, en su búsqueda, ojos como los de ella.

Había hallado ojos hermosos, ojos cafés, ojos solemnes, ojos alegres, pero ninguno con la chispa y la ferocidad de los de Caridad, ninguno con la misma determinación y tragedia. A algunos hombres les gustaban los traseros, a otros las caderas o los senos. Dividían a las mujeres en partes carnosas como los carniceros. Pero Goyo tenía debilidad por los ojos. Los ojos eran realmente las ventanas del alma. Y el alma, pensó mientras la ola cobraba fuerza, era la única parte del ser humano que importaba de veras. Y nadie tenía ojos como los de Caridad. Meses antes había conocido accidentalmente a una mujer en Calabasas, después de visitar a su amigo Fantasma, el compositor puertorriqueño que fuera una estrella infantil en el programa de Sancocho. Ella también tenía unos ojos hermosos. Pero él no tenía su número de teléfono y ella no lo había llamado. Era de esperar. Él le había dicho que era un poeta pobre, y una mujer atractiva como ésa no quería tener nada que ver con un poeta pobre. Era una ciudad grande. Probablemente nunca volvería a verla. Mejor así, porque ella tenía un encanto que él encontraría difícil de resistir. No se parecía a Caridad, pero algo tenía de ella. Un no–sé–qué que le daba una sensación de calidez.

Sintiendo la tensión que crecía en el agua, mientras la ola avanzaba hacia ellos,

Goyo y los otros surfistas volvieron sus tablas y sus cuerpos hacia la orilla y comenzaron a remar furiosamente para avanzar junto con la corriente. A medida que la masa de agua crecía y se elevaba debajo de ellos, enroscaron las piernas alrededor de sus tablas, mientras los dedos de sus pies buscaban un lugar en la tabla donde estuvieran más seguros, como fetos que aguardaran su nacimiento.

Uno por uno, dejaron de asir sus tablas y se pusieron de pie, manteniendo el equilibrio. Goyo también enderezó su cuerpo. De pie, se agachaba, vacilaba, recuperaba el control, sintiéndose pequeño ante el poder de la naturaleza, sintiendo una electricidad en todo el cuerpo con la fuerza vital que él identificaba con el mar, ese cuerpo gigantesco e indiferente que deseaba cantar, llorar y gritar al mismo tiempo.

La ola fue veloz y fuerte. Goyo sincronizó su cuerpo con el movimiento del agua, como un amante deseoso de complacer y aliviar, y sus ojos iban de la arena de la playa lejana hacia el agua que lo rodeaba, atento en todo momento a las necesidades del mar, al que no le importaba si él vivía o moría.

Uno a uno, los surfistas desafiaron la enorme y rugiente ola, y uno a uno cayeron entre sus remolinos y espumas. Todos, menos Goyo. Los latidos melodiosos y atormentados de su corazón lleno de angustia y tristeza repetían el suave ritmo del océano, y él se movía al unísono con el planeta y con todo el dolor que un ser humano podía encontrar en él; con todo el dolor y la belleza, con la vida y la muerte unidas inexorablemente, que bailaban juntas sobre la cresta de la ola. Para Goyo, apenas había alguna diferencia. Estaba vivo, pero sin Caridad le daba igual estar muerto, y vivía solamente en el escenario donde su musa bailaba con él.

Con demasiada rapidez, la ola se cerró delicadamente por encima de él, y se halló dentro de un cilindro de agua, viajando por un túnel de aire escondido y secreto, dentro de la ola. La luz en el interior del túnel era de un color sin igual: una luz verdeazul que parecía emanar del centro de su alma, o del alma del océano, o del alma de Caridad. Su tabla se deslizó por el agua con un suave silbido. Era hermoso y extraño y aterrador. Su corazón latió por la emoción del momento, por su belleza y por la aterradora certeza de que esa paz aguamarina terminaría de una manera brutal, confusa y peligrosa en sólo unos segundos, cuando el mar decidiera darle una lección a su arrogancia humana. Goyo se dio cuenta de que surfear era una forma de masoquismo.

Finalmente, la ola estalló, reventándose contra el cuerpo de Goyo y la tabla, separándolos y empujando a Goyo de arriba abajo, en medio de grandes y violentos círculos submarinos, haciéndolo dar vueltas una y otra vez, como hacían girar a los niños mexicanos bajo las piñatas de los parques públicos, hasta que no pudo recordar cuál era la dirección que debía tomar para llegar a la superficie. El pánico le atravesó el estómago. Relájate, se dijo. Recordó que cuando uno se desorienta en el agua, lo mejor que puede hacer es relajarse y dejar que el mar salga con la suya. Dejarlo que desahogue su rabia y su fuerza hasta que se sienta agotado, culpable y sereno, hasta que te libere de sus mortales garras y tú puedas flotar, como un espíritu, hacia la luz. Hacia la vida, que era el amor, que era Caridad, que era lo imposible, que era dolor, que era la muerte.

Solo, más solo de lo que jamás había estado, en la luz verde oscura del corazón marino, Goyo aguantó la respiración, y esperó.

ALEXIS

Nicolás, el hermano de Marcella, me esperaba en una mesa del fondo en el restaurante Hugo's, sin haberse quitado las gafas oscuras. El restaurante parecía un sitio normal donde podría comerse una enorme tortilla con papas fritas. Pero, como todo lo demás en West Hollywood, su aspecto engañaba. Hugo's era en realidad uno de los lugares favoritos donde desayunaba la élite de Hollywood, probablemente porque parecía el escenario cinematográfico de una cafetería tejana. Pero estoy segura de que no hay una sola cafetería en Texas donde los huevos vengan acompañados con "arroz sazonado con cúrcuma". Excepto, tal vez, en Austin.

No me gustó el olor de las "hamburguesas vegetarianas tántricas", y tampoco me gustó la forma en que los ojos de todos los comensales me miraron de pies a cabeza cuando entré. Sí, quería gritar, estoy gorda y tengo puesto un traje amarillo claro con tacones. No voy a vestirme como ustedes, quería gritar. Allí todos vestían sudaderas, que en realidad eran pijamas de todo tipo, pese a sus costosos zapatos que apenas les cubrían los pies. No me importaba cuánto dinero tuvieran en el banco, lo cierto es que todos andaban desaliñados.

Nico me vio y me hizo señas con la mano. Con su camiseta gris de mangas largas y jeans, el cabello peinado con gel y su teléfono celular sonando sobre la mesa, se parecía al resto de los comensales. Las gafas oscuras también indicaban que tenía dinero, y más de una chica interesada tenía los ojos puestos en él. En estos lugares, uno podía reconocer quiénes eran los legítimos y quiénes los falsos, por su lenguaje corporal. Las personas con verdadero poder parecían menos amenazadoras. Las que más alardeaban y escandalizaban probablemente no tendrían el suficiente dinero ese mes para pagar el alquiler de su casa.

Saludé a Nico desde lejos y atravesé el atestado restaurante hasta él. Había pedido un té de hierbas que olía a heno para alimentar ganado. Se puso de pie y me ayudó a sentarme, antes de ofrecerme otra de esas infusiones diabólicas, afirmando que era muy saludable y estaba de moda.

—No, gracias, querido—le dije—. Yo necesito un café. Un café de verdad.

Nuestro camarero, alto y bronceado, me escuchó, y luego de averiguar qué tipo de café quería—había una larga lista con pretenciosas variaciones—me prometió volver con una taza de café regular.

Observé el menú y decidí pedir una ensalada de frutas y pan tostado, lo mismo que Nico estaba comiendo. Nunca me había parecido apropiado comer más que un hombre durante una reunión.

Nico dijo que le gustaba el plan de trabajo, y me dio una copia de su versión editada. Había cambiado algunas cosas, pero dejó la mayor parte intacta.

—Ahora lo único que tienes que hacer es encontrar el dinero para comenzar—dijo.

—Lo sé—respondí.

—¿Has pensado en alguien?

Miré a mi alrededor y me di cuenta de que más de una persona estaba escuchando con atención.

—Sí—dije, vaciando casi todo el contenido de la jarrita de crema en mi sencillo café—. Tengo un plan.

Tomé un avión de la Southwest Airlines a Harlingen, Texas. Cuando comenzó a bajar, me sentí maravillada ante la hermosura verde y azul de la Costa del Golfo de Texas, y ante el aspecto llano y rural de la región, que parecía completamente desolada, pese a que estaba habitada por millones de personas a ambos lados de la frontera.

Papi Pedro estaba pasando unas semanas en su rancho, cerca de McAllen, y había aceptado reunirse conmigo para hablar del nuevo negocio esa tarde. Aterricé en Harlingen, recogí mi auto alquilado, un Mitsubishi Montero blanco, y encontré el hotel donde iba a hospedarme hasta el día siguiente.

Papi me había invitado, por supuesto, a hospedarme con él; pero eso era algo que yo evitaba siempre que podía, porque era agotador tener que estar elogiándolo y escuchando su música todo el tiempo, que es lo único que él quería que yo hiciera cuando lo visitaba. Prefería el servicio de habitación y pasar la noche explorando los canales de televisión, y le había dicho a Papi que tenía reuniones y un vuelo que salía temprano al día siguiente . . . ambas cosas, falsas. Cuando llegó el momento de ir al rancho, me puse mis *jeans*, mis botas, una blusa y un sombrero rosado de vaquero, y tomé el auto.

El rancho de mi padre biológico, Rancho Paraíso, era exactamente lo que indicaba su nombre. A dos horas por carretera desde McAllen, era una extensión de 2.000 acres cerca de Randado, Texas, no lejos de la frontera con México y el mar. Originalmente el rancho había sido fundado a finales del siglo diecinueve, y Papi lo había comprado veinte años atrás al nieto del fundador, que tenía apuros económicos. Inmediatamente procedió a demoler la casa existente y construyó un brillante palacio para él. Yo lo había visitado varias veces, y cada vez me dejaba sin aliento y me hacía preguntarme en qué clase de persona me habría convertido de haber conocido todo esto hace años. Yo había crecido en un vecindario de simples viviendas de ladrillo, había ido a una escuela pública, a las Girl Scouts y a la iglesia.

Después que los guardias armados de Papi inspeccionaron mi auto a la entrada del recinto, me permitieron conducirlo por el camino de tierra hacia la gigantesca propiedad. Desde que atravesé el portón, el paisaje se hizo más frondoso, más verde, y me pareció más silencioso. El largo camino a la casa estaba flanqueado, a la izquierda, por los interminables pastizales salpicados de reses que pastaban, y grupos de cactus de poca altura. Bajé la ventanilla para escuchar el soplo de la brisa sobre el pasto amarillo, el suave murmullo del ganado y el gorjeo de lo que parecía ser un millón de pájaros. Yo percibía el olor a tierra, a agua de mar, y pensaba en lo que me gustaría tener un trabajo que me permitiera vivir en un lugar como éste. Lamentablemente, la única ciudad donde podía ejercer mi trabajo era Los Ángeles.

Aunque a Papi no le hacía falta el dinero que podía producir un rancho activo, éste lo era, porque su premiado ganado de raza y sus sementales de enormes testículos lo llenaban de orgullo. Un molino de viento giraba en la parte alta de un bosquecillo sobre el lado derecho: era una imagen de tarjeta postal. Yo sabía que en algún lugar, detrás de los árboles, Papi tenía modernos establos, estanques para caballos y terrenos de entrenamiento, donde sus veinte caballos de pura sangre recibían los cuidados de una docena de empleados especializados.

Donde terminaban los pastizales, comenzaban los estanques y lagunas, algunos de ellos cercados porque estaban llenos de cocodrilos que a la esposa de mi padre le gustaba observar en su hábitat natural desde trípodes ocultos en los árboles. La esposa de mi padre tenía costumbres interesantes. En los extremos sur y oeste del rancho, extensiones de mesquite salvaje llegaban hasta el Golfo de México; Papi juraba que esos sitios estaban tan llenos de peyote que sus guardianes tenían que ahuyentar a los "recolectores" del cercano Nuevo Guerrero, en México. Papi tenía un cobertizo para barcos cerca de la orilla, y otro muy vigilado por guardianes para uno de sus yates.

Papi Pedro había recibido premios de la Sociedad Audubon Monte Mucho por sus incansables esfuerzos por preservar el ecosistema y la fauna en el área. Después de observar a los cocodrilos, lo que más le gustaba a su esposa era observar aves, y Papi se aseguró de que Rancho Paraíso tuviera en abundancia las trescientas aves que ella había memorizado.

La casa principal era enorme, probablemente unos diez mil pies cuadrados, de dos pisos, y estaba hecha de estuco blanco con tejas azules en el techo. Los maceteros en las ventanas se desbordaban de flores, y altísimas palmeras de un verde eléctrico se mezclaban con albercas, fuentes y esculturas. Muchas de las esculturas mostraban al propio Papi Pedro cantando en diferentes poses. Él mismo las había mandado a hacer para su propio deleite. La casa se alzaba en un pequeño valle, en el centro del rancho, con centinelas en torres de vigilancia para proteger al autoproclamado rey de la música mexicana y a su amante esposa.

Una de las empleadas de Papi abrió la puerta, vestida con su uniforme rosado, y me condujo hasta la elegante sala de proyecciones decorada en *beige* y marrón, donde él estaba sentado observando la grabación de uno de sus conciertos en una pantalla que ocupaba toda la pared. Me quedé atónita al ver la boca abierta de Papi Pedro, que cantaba desde la pantalla, grande como un camión. En la puerta se hallaban los habituales guardaespaldas fornidos. La esposa de Papi estaba sentada cerca, sonriendo con las rodillas muy juntas y las manos entrelazadas encima de ellas. Me saludó con un frío abrazo y de inmediato salió de la habitación, alegando que debía terminar de pintar una acuarela. Para ella era difícil aceptar que su esposo tuviera una hija de otra mujer, y supongo que pensaba que era injusto que yo viviera, mientras su propia hija con Papi Pedro había muerto.

—Pasa—saludó Papi, haciéndome una seña para que me sentara en el sofá, junto a él—. Dime qué necesitas.

—Como te conté, estoy fundando mi propia compañía—comencé, mientras él asentía, solemne y serio—. Y si me lo permites, me gustaría ocuparme de tus contratos en Estados Unidos, como hacía Benito, pero esta vez escritos. Benito tenía buenas ideas, pero no estaba preparado para negociar al estilo americano, y es por eso que perdió. Yo sé cómo manejar el mercado y la prensa estadounidenses.

Papi asintió con la cabeza. Él sabía que Estados Unidos no era su principal mercado.

—Muy bien—aceptó—. Confío en ti.

No era una sorpresa. Yo me había estado ocupando de sus contratos de manera no oficial desde que Benito había ido a la cárcel. Y podía seguir haciéndolo con un contrato.

—Eso no es todo—continué.

—Bueno, dime lo que sea—dijo sonriendo, como si estuviera orgulloso de mí.

Me entusiasmaba compartir mi sueño con él.

—También quiero producir películas. O una película. Es una oportunidad increíble.

Le hablé de Olivia y Marcella, y él me escuchó con una expresión sombría.

—No sé—dijo—. Una cosa es administrar y publicitar música y otra, producir cine. Tienes un diploma en administración de empresas, no en producción cinematográfica.

Se me encogió el corazón.

—Pero sé rodearme de la gente indicada, como haces tú cuando tienes un concierto. Tú no tocas cada instrumento, pero sabes escoger a los mejores músicos que lo hagan. Eso es lo que yo puedo hacer.

Le entregué una copia de mi plan de negocios, incluyendo proyecciones de ganancias y análisis de mercado. Me pidió más información sobre el filme, y le hablé de él. Pero su entusiasmo se había desvanecido. Ya no mostraba tanto interés. Parecía mucho más interesado en una hilacha en su camisa que en cualquier cosa que yo pudiera decirle.

—Tienes que saber cómo atraer al público—dijo—. En Estados Unidos, los mexicanos no van al cine con la frecuencia que deberían. Lo leí en el *L. A. Times*.

"Entonces debe ser verdad", pensé sin alterarme.

—Lo sé—respondí—. Yo puedo atraer al público. Además, no sólo es para el público mexicano. Esta película es de interés general. Se trata de una mujer salvadoreña que, luego de una increíble travesía a Estados Unidos, se convierte en una famosa líder sindical.

Papi Pedro volvió a hacer un gesto de duda.

—Realmente no lo sé. ¿De cuánto dinero estamos hablando?

Se lo dije. Probablemente era tanto como había costado esta casa que, pese a todo su esplendor, era solo una de las cinco casas que tenía, y la menos opulenta. Le recordé que no era un regalo, sino una inversión.

—Lo recuperarás con ganancias.

Aspiró profundamente, y exhaló lenta y dramáticamente. Frunció el ceño. Me recordé que no debía sentirme culpable por pedirle tanto dinero, porque Papi Pedro lo tenía y no sabía qué hacer con él.

Papi silbó entre dientes y sacudió la cabeza.

—No puedo hacerlo—dijo.

Me sentí devastada.

—¿Por qué no?—le pregunté—. El plan es bueno. Yo tengo la capacidad necesaria. Sé que lo que estoy haciendo tendrá éxito. Lo sé.

—¿Y si no funcionara?

—Funcionará.

Papi Pedro se puso de pie, alisándose los *jeans*.

—Lo siento, Alexis. Me gustaría poder ayudarte, pero a mi edad . . . —hizo un ademán de disculpa—. No sé cuánto tiempo más pueda seguir haciendo giras, y debo tener cuidado con mis inversiones.

—Pero . . . —protesté.

Él tomó un puñado de nueces de un plato que estaba sobre la mesa de centro y se lo metió a la boca, sonriendo mientras masticaba.

—Te irá bien administrando los conciertos—dijo—. El próximo año haremos algunas giras importantes, ¿sí? Tienes tu condominio, tu auto, y cuando te cases tendrás un esposo que te cuide. No te preocupes.

—Pero soy tu hija—dije finalmente.

¿Un esposo que me cuide? ¿De qué diablos estaba hablando?

Cuando le dije que era su hija, no sentí que eso fuera realmente verdad, pero tampoco sentí que fuera una mentira. No quería mostrarme débil y echarme a llorar, pero no pude evitarlo.

Papi Pedro me miró fijamente.

—Vamos a montar a caballo dentro de unos minutos—dijo—. Si quieres, puedes venir con nosotros.

—No, gracias.

No podía evitarlo, pero estaba sollozando amargamente.

—Ésta—dijo, refiriéndose a mis lágrimas—es la razón por la cual las mujeres no deberían administrar sus propias empresas. Son demasiado emocionales.

Lo miré y finalmente me di cuenta de que había sido mejor no haber conocido antes a este hombre. En todo caso, había sido una bendición.

Siguió farfullando.

—Las mujeres son demasiado débiles para estar a cargo de algo como la producción de una película. Mira a tu alrededor. Ninguna mujer lo hace, y si te ves en este momento, verás por qué.

Abandonó la habitación. Me puse de pie, sin saber qué hacer. No había imaginado que me rechazaría.

Estaba segura de que me daría el dinero que necesitaba. Yo era su hija, tenía su sangre, y él era extremadamente rico. Me había prometido ayudarme cuando lo necesitara, y me había decepcionado. Tenía una buena idea para hacer una película. Para mi compañía.

Pero aún no tenía el dinero.

No había planeado detenerme en Dallas en mi viaje de vuelta a Los Ángeles, pero necesitaba ver a mamá y papá. Estaba devastada y no sabía qué hacer. Ellos siempre encontraban la forma de levantarme el ánimo.

Papá me recibió en el aeropuerto y me abrazó largamente.

—No te preocupes por nada, criatura—me aseguró—. Todo va a salir bien.

Después del rancho de Papi, la modesta casa donde yo había crecido inspiraba lástima.

—Podríamos tratar de obtener un préstamo—dijo papá, después de analizar mi plan de negocio y leer el guión—. ¿No crees que eso sería lo mejor, Mary?

Mamá asintió.

—¿Cuánto necesitas, Alexis? Haremos todo lo posible. Tal vez podríamos refinanciar la casa.

Mi papá asintió, y yo destruí su bien intencionado sueño informándoles la cantidad que necesitaba: más de diez millones. Se quedaron boquiabiertos.

—Lo máximo que podríamos obtener son doscientos mil—murmuró mamá.

—De alguna forma, lo haré—dije—. No vine a pedirles dinero. Guarden el que tienen.

—Me gustaría poder hacer más—aseguró papá—. Y no estoy de acuerdo con la política de esta película, pero creo en ti, Alexis.

—Gracias papá—dije, abrazando y besando a ambos—. Los quiero mucho.

MARCELLA

No estaba acostumbrada a que la gente viniera a mí en momentos de crisis. Nunca habíamos tenido una en mi familia, por lo menos que estuviéramos dispuestos a admitir. Y cuando había tiempos de crisis, nadie acudía a mí. Por lo general, era yo quien las causaba.

Por eso no supe cómo reaccionar cuando Alexis apareció en mi puerta con los ojos llenos de lágrimas y su perra de aspecto igualmente triste.

—No me dio el dinero—dijo—. Alegó que las mujeres no saben administrarlo. Pero sí quiere que siga manejando sus contratos en Estados Unidos, porque aparentemente sirvo para ayudarle a hacerse rico aquí.

—Pasa—la invité. ¿Qué más hubiera podido decirle?

Alexis y su perra se sentaron en mi sillón. Normalmente le hubiera pedido que pusiera al animal en el suelo, pero ésta parecía ser una ocasión especial.

—No podemos hacerlo—dijo—. Lo siento. Yo quería producir la película. Quería que tú tuvieras el papel estelar.

Comenzó a llorar con más fuerza.

—¿De qué estás hablando?—le pregunté.

—Mi padre biológico no quiere darme dinero para el negocio—insistió.

—¿Y?

—Estamos perdidas.

—No—le aseguré—. Eso sólo significa que tu padre biológico es un imbécil. No estamos perdidas. Eso jamás. No hables así en esta casa. Encontraremos el dinero.

Se enjugó los ojos, y se rió.

—Sí, claro. ¿De la misma forma en que tú obtienes dinero? ¿Con tarjetas de crédito, engañándote a ti misma? Muy bien. Procedamos simplemente a cargar todo el filme a tus tarjetas de crédito, ¿te parece?

—Un momento—la atajé—. No te pongas agresiva conmigo sólo porque tu padre es un imbécil.

—No lo estoy haciendo—afirmó—. Lo siento. Tal vez sí lo esté haciendo. Pero, Marcella, tú no administras bien el dinero. Lo sé. Veo lo que haces. No puedes escondérmelo.

—Yo tomo lo que necesito—le aseguré.

Decidí que necesitábamos un poco de alcohol, y fui a la cocina en busca de una botella de vino y dos copas.

—Pensaremos en algo—dije mientras le servía—. Siempre lo hacemos. Tú siempre lo haces. Eres ejecutiva, ¿recuerdas?

—Cállate—respondió.

Repasamos la lista de inversionistas potenciales que conocíamos, y comprendimos que, combinándolos, aún nos faltaría un par de millones. Tratamos de pensar en la forma de ahorrar en los costos de producción, pero no podíamos ahorrar lo suficiente como para no quedarnos en bancarrota o comprometer la calidad del filme.

—Podríamos tratar de encontrar nuevos inversionistas—sugerí.

—Nadie en esta ciudad nos dará un centavo—dijo Alexis—. Ahora todas son corporaciones, y lo único que quieren es ganar dinero. Ni siquiera toman ya guiones originales como las grandes productoras de cine, Marcella. A menos que hagamos otra versión de alguna estúpida comedia de los años setenta, o la secuela de una película de dibujos animados, estamos perdidas.

—Nuevamente esa palabra—dije—. Deja de repetirla.

—Perdidas.

Me levanté y me puse a pasear por la habitación. Estaba molesta y furiosa. Esto no debería estar sucediendo. Pero así ocurría. Y todo por culpa de un padre a quien le importaba una mierda que Alexis estuviera continuando su tradición. Es probable que mis padres hubieran hecho lo mismo, porque aún no creían que yo fuera capaz de hacer algo con mi vida, pese a que estaba comenzando a hacerme famosa.

—Espera aquí—le dije.

Fui al clóset del dormitorio de huéspedes y abrí la puerta. Me quedé unos cinco minutos mirando la caja de cartón con figuras geométricas pegadas en ella. Yo había sido una niña extraña, por haber hecho una grabación como ésa; y una adulta aún más extraña, al conservarla. Pero en lo profundo de mi alma sabía que llegaría el momento en que la necesitaría, cuando ya no tuviera las fuerzas para seguir mintiendo, cuando necesitaría vengarme, y ésta sería la única forma de probar ante el mundo que había estado diciendo la verdad.

Saqué la caja y la llevé a la sala.

—Mira—le dije a Alexis, mientras abría la caja.

Adentro había seis cintas grabadas, una por cada año en que mi tío me había hecho daño. Sólo eran vídeos que había grabado en mi grabadora portátil, pero eran reales y espantosas.

—¿Qué es eso?—preguntó.

—Es nuestro dinero—respondí.

Alexis me miró con una pregunta en los ojos, y le conté todo lo que podía recordar. La expresión de su rostro fue cambiando de la compasión a la incredulidad y a la repulsión.

—Oh, Marcella—me dijo al final, atravesando la habitación y tomándome entre sus brazos—Lamento tanto que eso te haya ocurrido.

Yo pensé que lo había superado. Durante muchos años, traté de convencerme de que lo había superado, y hasta llegué a creerlo. Pero no era así. Contárselo a Alexis, que me creyó, y ver mi horrible realidad reflejada en la mirada ajena, fue demasiado.

Me derrumbé. Finalmente, me derrumbé.

—Ese tío tuyo, ¿es muy rico?—preguntó Alexis.

—Es millonario—asentí—. Y famoso. Haría cualquier cosa por obtener esas cintas.

—Eso es chantaje, es ilegal—me advirtió.

—Yo no lo veo así—respondí—. Según mi punto de vista, él está en deuda conmigo. Y si alguien pregunta de dónde sacamos el dinero, diremos que él mismo me lo dio para evitar que yo lo denunciara.

—¿La denunciarás?

—Una vez que nos dé el dinero, mierda, sí. Lo denunciaré.

—¿Estás segura?

—Alexis, ese tipo debería estar en la cárcel. Lo que él hizo fue ilegal, no lo que haré yo. Es probable que el muy mierda se lo esté haciendo a otra persona en este momento.

—Lamento tanto que haya sucedido—sollozó Alexis.

Traté de sonreír entre mis lágrimas.

—Oye—dije—. Piensa en toda la publicidad que generará esto para la película.

—Por Dios, Marcella. ¿Cómo puedes tomarlo todo tan a la ligera, siempre?

La miré fijamente y le pregunté:

—¿Cómo crees que he sobrevivido?

OLIVIA

Era jueves, y en mi mundo eso sólo significaba una cosa: grupo de juegos. Pero hoy significaba dos cosas: Marcella y Alexis vendrían por la mañana a tomar café para hablar de mi guión. El grupo de juegos sería después.

¿Quién decía que una mujer no podía tenerlo todo?

Me vestí y me arreglé con tanto entusiasmo y alegría, cantando mientras me cepillaba el cabello y saltando del clóset al baño, que Jack se dio cuenta. Levantó la vista de un carrito de juguete que empujaba sobre la alfombra y me sonrió. Hasta ese momento en que estuve cantando y bailando mientras me peinaba, y él comenzó a cantar y a bailar conmigo, yo no me había dado cuenta de lo mucho que Jack necesitaba verme feliz.

—Vamos, niño—lo animé, llevándolo cargado a la sala con tanta energía que se rió a carcajadas.

Bailamos con un vídeo de Wiggles y estuvimos dibujando con lápices de colores hasta que mis amigas llegaron. Jack estaba tan contento de verlas como yo. Le gustaba recibir visitas. En especial, de Alexis. Ella lo levantó de inmediato, lo cubrió de besos y le dedicó mil mimos. Marcella se mostró un poco más fría, pero Jack quedó cautivado por ella. Ya estaba comenzando a interesarse por las mujeres, aunque sólo fuera para mirarlas. Podía darse cuenta de que era hermosa, y se le quedó mirando.

Aunque no me agradaba hacerlo, senté a Jack en el sillón frente al vídeo de *Buscando a Nemo*. Lo había visto un millón de veces, pero no se cansaba de él. Marcella lo acompañó durante las primeras escenas, y Alexis y yo preparamos café y tostadas en la cocina.

—Esa película es fabulosa—dijo Marcella—. No me canso de admirar la animación. Es como si uno estuviera realmente bajo el agua. Es increíble.

Jack la imitó.

—Es increíble—repitió con la misma inflexión.

Todas nos reímos. La mirada de Jack se iluminó ante la atención, y repitió la frase. Nuevamente nos reímos y de nuevo dijo "increíble". A Jack le gustaba contar chistes y hacer reír a la gente. En eso se parecía a su padre. Sospeché que seguiría diciendo "es increíble" durante meses, con la esperanza de suscitar una reacción tan buena como la que acababa de recibir.

Mientras Jack continuaba viendo el video, Alexis y Marcella se sentaron conmigo frente a la mesita redonda Ikea del comedor. Era el único mueble que nos pertenecía. No podíamos permitirnos el lujo de comprar nada más. Normalmente me hubiera avergonzado de mi modesto apartamento y sus ordinarios muebles alquilados, pero hoy no me importaba. Me sentí optimista. Hoy era algo más que una mamá y una esposa, cuyo marido apenas tenía tiempo para ella. Era una escritora, y estas mujeres que yo respetaba y admiraba me tomaban en serio.

—Nos encanta—dijo Alexis—. Es un guión fabuloso. No hay nada parecido y el mercado está listo.

—Y queremos producirla—dijo Marcella—. Es decir, yo quiero producirla.

No supe qué decir, así es que sólo se me ocurrió añadir:

—Eso es bueno, ¿verdad?

Alexis y Marcella se miraron y rompieron a reír.

—¿Eso es todo lo que se te ocurre?—preguntó Alexis.

—No sé qué otra cosa decir—confesé.

—Es increíble—dijo Jack oportunamente.

Todas nos reímos de nuevo.

—Sé que no parezco salvadoreña—dijo Marcella.

—Es una nacionalidad—dijo Alexis—. Uno no se 'parece' a una nacionalidad particular. *Teóricamente*, cualquier persona nacida en El Salvador puede parecer salvadoreña.

Marcella hizo un gesto de fastidio y siguió hablando como si Alexis no hubiera dicho una palabra.

—Pero me encanta el personaje y soy actriz. Mi trabajo es convertirme en el personaje.

—A mi madre le encantará saber que será protagonizada por Marcella Gauthier Bosch—dije—. Creo que lo harás bien.

—¿Bien?—Marcella parecía ofendida.

—No, estarás perfecta—rectifiqué—. En serio.

Alexis intervino.

—Eso es lo mismo que pienso. Necesitamos a una actriz latina que hable perfectamente el inglés y el español, y que sea lo bastante famosa para que la gente vaya a verla, pero no tan famosa como para que la atracción sea la celebridad y no la película.

—Exactamente—dijo Marcella.

—¿Qué debo hacer?—pregunté.

—En este momento, nada—dijo Alexis—. Nosotras comenzaremos. Pero necesito que revises estos papeles y los firmes si los apruebas. Si deseas, puedo ser tu agente. Pero de todas maneras te recomiendo contratar a un abogado para asegurarte que las cosas están bien hechas.

—¿Un abogado?—pregunté.

—Somos tus amigas—dijo Alexis—. Pero por eso mismo te aconsejaría que nunca confíes en nadie, ni siquiera en tus amigas. Los negocios son negocios—miró a Marcella y sonrió—. Y en los negocios no puedes ser cortés. Tienes que tener . . . cojones.

—Nico podría recomendarte algún buen abogado, si no conoces alguno—aconsejó Marcella—. Y estoy segura de que también te recomendaría tener cojones, si los necesitas. Grandes y peludos.

Tomé los papeles de la mano de Alexis como si estuviera soñando, pero esta vez se trataba de un buen sueño. Era un montón de contratos, propuestas, palabras técnicas y patrones de lenguaje que reconocí de la tediosa escritura médica que hacía antes.

—Los miraré más tarde—aseguré—. Cuando Jack haga su siesta.

Alexis sugirió que ella y Marcella llevarían a Jack al parque durante una hora más o menos, mientras yo miraba los papeles.

—Creo que te gustará lo que dicen—concluyó—. No podemos pagar tanto como los grandes estudios, pero creo que lo que estamos ofreciendo será de ayuda.

Samuel estaba fuera de la ciudad en un viaje de negocios, una conferencia académica en Florida, y no volvería hasta después del fin de semana. Había viajado hacía dos días, y yo necesitaba descansar de Jack. La oferta fue tentadora, pero no quería abusar de mis amigas y—¿podía ser verdad?—socias.

—¿Están seguras de poder controlarlo?—pregunté.

—Es increíble—dijo Jack.

—Cuidar de un niño de esa edad es mucho más difícil de lo que parece—les advertí.

—Me encantan los niños—afirmó Alexis—. Muchas de mis amigas tienen hijos. Estoy acostumbrada a ellos. Puedo arreglármelas.

—Yo no puedo prometer nada—confesó Marcella—. Los niños no son mi especialidad.

—La mantendré alejada de Jack—bromeó Alexis—. Y no permitiré que fume cerca de él. ¿Dónde está tu cochecito, querido?

Según los contratos, pude deducir que Alexis había formado su propia compañía de producción y administración, llamada Talentosa, Inc., y había logrado un tentativo acuerdo de distribución con Columbus Pictures cuando éstos leyeron el guión y se enteraron de que Marcella sería la protagonista. Columbus distribuiría el filme en "mercados latinos" como El Paso y Los Ángeles, con la condición de que, en caso de tener éxito allí, considerarían exhibirla en más ciudades.

Al principio me molestó ver que habían hecho todo aquello sin consultarme, pero luego pensé y me di cuenta por qué habían procedido en esa forma. Si me lo hubieran preguntado, yo hubiera sido demasiado tímida y asustadiza para aceptar. Es más, ni siquiera hubiera querido mostrar el guión.

La compañía de Alexis quería comprar los derechos de mi guión por... ¿cuánto? Entrecerré los ojos para asegurarme que había visto bien. ¿Por más de que lo que ganaba Samuel en dos años de trabajo? ¿Había comprendido bien? Además de esa cantidad, yo recibiría un porcentaje de todas las ganancias que hiciera el filme en los cines, asumiendo que llegara hasta ellos.

Me pregunté cómo sería tener tanto dinero. Yo sabía que era mucho, pero ¿qué significaba? ¿Cómo vivía uno con tanto dinero? ¿Cómo sería no tener que preocuparse por pagar las cuentas... o peor aún, ignorarlas? ¿Y cómo sería no pensarlo dos veces y pagar en efectivo por zapatos nuevos? Yo no podía imaginarlo.

Miré mis viejos y desgastados Asics, y moví los dedos con alegría. Quería llamar a Samuel y darle la buena noticia, pero sería mejor decírselo en persona. Esperaría y se lo diría en cuanto volviera de su viaje de negocios. Francamente no sabía cuál sería su reacción al saber que, de pronto, yo estaba ganando más que él. Con suerte, su *ego* soportaría el golpe. Con los hombres nunca se sabe.

Cuando Alexis y Marcella volvieron, yo estaba mirando una página de la Internet donde vendían zapatos. Samuel decía que mi mala costumbre de visitar las tiendas *online* era "pornolivia". Alexis vio los zapatos instantáneamente.

—Será bueno que compraras, en lugar de sólo mirar—dijo.

MARCELLA

Sólo había necesitado cinco minutos para pasar los vídeos a un DVD, dos días para mandarlo a Nueva York, y sólo unas horas para que el querido tío Hubert enviara varios millones de dólares a la nueva cuenta de banco corporativa de Talentosa, Inc.

Gracias a que Alexis había considerado apropiado hacerme copropietaria, pude compensar la insuficiencia económica contratando a mi propio hermano como abogado y estudiando la forma de establecer un fondo de fideicomiso. Resulta que el dinero era mío, legalmente mío, y mis padres habían estado tratando de evitar que pasara a mis manos porque, como ya sabemos, mis padres eran una mierda.

Tomé lo que necesitaba, y el resto, como dicen, quedó en el pasado. *Bod Squad* seguiría pagando mis cuentas hasta que la película estuviera terminada, y entonces nunca más tendría que volver a preocuparme por dinero. Estaba contando con eso. Literalmente.

Alexis y yo alquilamos una pequeña oficina, en Sherman Oaks, con las paredes recubiertas con paneles de madera y un olor antiséptico, y comenzamos a establecer una verdadera compañía, con una cafetera Mister Coffee en una esquina y un teléfono comercial. Nico era el encargado de los contratos y nuestro asesor legal, y actualmente estaba bosquejando los documentos con que Alexis y yo esperábamos deslumbrar a Olivia cuando finalmente se los diéramos, como una sorpresa final. Aún no le habíamos hablado de nada de esto, porque a Alexis le encantaba una buena fiesta de sorpresa.

Alexis era la presidenta y directora de nuestra compañía; yo era la artista cuyo nombre invitaría a otros artistas a unirse a nosotras.

¿El primer paso? Buscar nuevos clientes.

Como no se puede esperar que ninguna mujer cuerda pase una tarde en Santa Mónica y Venice para patinar y establecer contactos sin haber consumido una cantidad razonable de cafeína, Alexis, Lydia, Sidney y yo nos encontramos en el mejor lugar de Los Ángeles para beber café y ser vistas: un hotel que era una obra maestra neogótica llamado Chateau Marmont, en Sunset, West Hollywood. Olivia dijo que no podía venir porque le había prometido a Jack llevarlo al museo de los niños. Aunque parezca extraño, me hubiera gustado ir con ellos. No es que de pronto me hubiera sentido invadida de un instinto maternal, ni nada de eso; pero me gustaba la presencia de Jack. Era un chiquillo bueno y gracioso, una persona dentro de un envoltorio muy pequeño.

Pensé que Alexis podría cautivar a Sidney, una joven y prometedora actriz que conocí por medio de una amiga en el gimnasio. Ambas necesitaban un agente y Alexis necesitaba clientes. Yo no quería ser la única oficialmente comprometida con su firma. Me sentía bien, como un hada madrina organizándolo todo. Lo único que necesitaba era una tiara y un par de alitas. Casi me parecía estar haciendo algo bueno. *Mère* lo hubiera aprobado, aunque pensándolo bien, tal vez no.

Yo llevaba una sudadera de dos piezas, con un bikini debajo. Alexis traía un atuendo en el que yo ni siquiera hubiera pensado: un cruce entre minifalda y *shorts*, con una camiseta rosada, muy sencilla, y un suéter negro anudado al cuello. Llevaba anteojos para sol y sus eternas perlas, pero esta vez pequeñas.

Lydia iba vestida—o *desvestida*, como solía decir Alexis—con un atuendo muy similar al mío: negro, revelador y atractivo, lo cual no era de sorprenderse. Alexis me había dicho que Lydia me idolatraba y, a juzgar por las preguntas que me hacía constantemente sobre belleza y actuación, pensé que era verdad. Lo que *no* creía, sin embargo, era que alguna vez Lydia llegara a parecerse a mí. Si yo hubiera creído realmente que tenía potencial para convertirse en otra Marcella, no hubiera estimulado a Alexis a tomarla como cliente. Después de todo, alguien con "potencial Marcella" hubiera podido robarme algunos trabajos. Lydia era demasiado inocente y demasiado tonta. No quería ser mezquina al pensar que la pobre chica era obtusa, pero era obvio que era una especie de idiota talentosa, capaz de cantar a voz en cuello, pero incapaz de comprender una frase compuesta. A su edad, yo ya estaba viviendo sola. A los dieciocho años, Lydia aún parecía tener doce.

Sidney, una chica israelí que creció en Venezuela y podía haber sido latina, llevaba unos *shorts* muy cortos que tenían la palabra "soltera" estampada en el trasero, y un diminuto *bustier*. Acababa de llegar a la ciudad, y aún estaba haciendo esfuerzos por adaptarse. Era preciosa, pero no necesitaba mostrarlo de esa forma. Ya aprendería. En realidad, ése era el tipo de consejo que le daría Alexis. Yo esperaba que no tuviera "potencial Marcella". Mmm, no había pensado en eso. Estaba tan contenta por haber encontrado a una actriz joven y bella para Alexis que ni siquiera me había puesto a pensar que podía ser más joven y bella que yo. Esta manera de pensar me hizo sentir peligrosamente parecida a mi madre, así es que dejé de hacerlo.

Las cuatro nos sentamos en el patio, bebiendo café con leche en grandes tazas de cerámica. Ya habíamos divisado a tres celebridades, incluyendo a Salma Hayek. Salma me sonrió y me saludó con la mano. ¡Me sentí en las nubes! La había conocido en una fiesta hace tiempo, pero no creí que se acordara de mí. Hasta se me acercó y me preguntó por el programa de televisión, aunque eso fue un poco humillante, y me felicitó por defender públicamente la igualdad de los sexos en el negocio, asegurándome que estaba completamente de mi parte. Yo lo tomé como una señal relacionada con la película de Olivia. Alexis se rió.

—Otra vez con tus teorías de Jung—dijo.

—Cuando las cosas funcionan, el universo te lo deja saber. Como ahora. Aquí estamos, hablando de tu negocio.

—Ah, un sutil cambio de conversación—comentó Alexis.

En ese momento, otra extraña coincidencia apareció en la puerta.

—Oh, oh—le dije a Alexis—. Ahí está tu ex *gángster*, esa mierda de Mac Daddy.

Alexis se volvió y vio a Daniel, que atravesaba el *lobby* vestido con unos *jeans* sueltos y una camisa ancha de hockey. Sidney y Lydia también lo miraron.

—¿Qué le pasa a ese tipo?—preguntó Sidney, riéndose como hacía tanta gente al ver la fingida cojera y los resoplidos que caracterizaban al extraño ex de Alexis.

Se quedó mirando a Alexis fríamente, con actitud de lobo, e hizo un gesto con la mano que intentaba ser amenazante. No estaba solo. Lo acompañaba un joven con *shorts* largos y medias blancas y largas, típicas del prototípico pandillero. Parecía salido de una película sobre East L.A., producida por Edward J. Olmos, con su cabeza rapada y un tatuaje de la Virgen de Guadalupe en el brazo.

—Oh, Dios—exclamó Alexis, con tono preocupado—. Juraría que me ha estado siguiendo.

—Tal vez deberías llamar a la policía—dijo Lydia.

Alexis sonrió y se encogió de hombros, mientras Daniel desaparecía en una esquina.

—Oh, no sé. Habla mucho, pero no creo que sea capaz de cometer una estupidez.

—Y esos *jeans* . . .—comenté—. Se ven ridículos en un tipo viejo.

Alexis consideró mi comentario antes de asentir y sonreír alegremente.

—Hablemos de otra cosa—sugirió—. Hablemos de negocios.

Alexis preguntó a las dos mujeres qué pensaban sobre la posibilidad de firmar un contrato con Talentosa, Inc. Sidney preguntó qué significaba el nombre de la compañía, y yo le dije que era un gesto de condescendencia hacia la industria del

ALISA VALDÉS-RODRÍGUEZ

espectáculo, que estaba dominada por los hombres. Alexis quería cambiar eso. Lo expliqué de una manera tan clara y significativa que me hubiera gustado que Matilde estuviera allí para escucharme. Fue casi como si me importara su opinión.

—No puedo imaginar una representante más perfecta—dijo Lydia, que apoyó la cabeza en un hombro de Alexis y cerró los ojos, mostrando las sombras plateadas brillantes de sus párpados—. No hay duda de que eres mi mejor amiga.

Bajé la vista para evitar la mirada de Alexis. Sabía cómo se sentía de ser llamada "la mejor amiga" por una jovencita muchacha de dieciocho años tan inmadura, aunque fuera muy talentosa. Ella le dio las gracias a Lydia y la elogió, sin retornar el cumplido sobre su amistad. Sorprendente. Qué profesionalismo.

—¿Y tú, Sidney?—pregunté.

Sidney, que en ese momento era objeto de gran atención por parte de dos ejecutivos de Hollywood, se irguió y develó una sonrisa amplia e impecable.

—Sólo he oído buenas cosas sobre ti—le dijo a Alexis con su extraño y ligero acento.

Hablaba perfectamente cuatro idiomas. Por supuesto. No sólo era más joven y más bonita que yo, sino que también hablaba un idioma más.

Alexis preguntó a cada una de las mujeres cuáles eran sus objetivos a largo plazo, y anotó las respuestas en un cuaderno amarillo que había traído. Les dijo cuánto costarían sus servicios.

—Además, seremos buenas amigas—intervino Lydia, y luego, dirigiéndose a Sidney, añadió—: Lo verás. Alexis es de lo más *divertida*.

Nuevamente bajé la mirada.

—Bueno—dije, cuando las mujeres hubieron firmado el contrato que Nico había creado para Alexis—. Me alegro que esto haya salido tan bien. Y ahora, ¿por qué no nos divertimos un poco?

—¡Me *encanta* divertirme!—exclamó Lydia.

Sidney miró a Lydia con una mirada cortés, pero curiosa, y no dijo nada.

—¿Han traído sus patines?—pregunté y todas asintieron—. Excelente. Entonces vamos a la playa. Mi auto es demasiado pequeño—sonreí pensando en mi pequeño Bentley—. ¿Vamos en autos separados?

—El mío es grande—aclaró Sidney.

—¿De qué marca es?—pregunté.

Alexis me hizo un gesto, como si hubiera hecho una pregunta indiscreta. Más tarde comprobé que así era.

—Una camioneta Volkswagen—dijo, sonrojándose—. Es vieja y está pintada de una forma algo alocada. Pero aunque sea un poco anticuada, nos llevará hasta allá.

Yo quise negarme, pero no lo hice.

—Creo que estaremos bien—dijo Alexis, que me miró con los ojos muy abiertos, como hacía mi madre cuando quería que no la contradijera—. Suena divertido, ¿verdad, Marcella?

—¡Sí!—gritó Lydia, mirando a Sidney con renovado interés—. ¡Me encantan las cosas divertidas!

Sidney volvió a mirar a Lydia, y pude ver una conexión entre ellas. Se harían grandes amigas. Eso era bueno. Tal vez así, Lydia podría dejar de pensar en Alexis como su mejor amiga y seguir adelante.

La camioneta apestaba a gasolina y hacía ruidos como si tuviera una fuerte indigestión. Necesitaba amortiguadores. Pero tenía un excelente estéreo y Sidney tenía buen gusto en música. Mejor que el de Alexis, en todo caso. Si hubiera tenido que volver a escuchar sus discos de Cyndi Lauper o Sheena Easton, creo que me hubiera suicidado.

—¿Quién canta?—pregunté.

—Es un nuevo rapero—dijo—. Un cubano que se llama Vladimir.

Inmediatamente le di un codazo a Alexis.

—¿Ves?—le espeté—. Sincronicidad.

Ella me miró riendo.

—Tonterías.

—No—dije—. ¿Ése no es el tipo que viste en un concierto? ¿El tipo guapo que te chocó el carro?

Alexis asintió.

—No iba a decir nada—dijo.

—¡Es buenísimo!—exclamó Lydia—. ¡Esto sí que es gracioso! ¿Es el tipo del que te habló ese chiflado ruso?

Alexis pareció avergonzada.

—Sí.

—Oh—dijo Lydia con aire decepcionado—. Me hubiera gustado hacer un dúo con él. Pensé que era un ruso viejo. Tú dijiste . . .

—No lo sabía en ese momento—dijo Alexis.

De pronto lamenté haber mencionado el asunto, porque Alexis estaba comenzando a parecer una mala agente. Y no lo era.

—Está bien, querida—dijo Lydia—. Ahora tendrás que presentármelo.

Pensé que tal vez Lydia no era tan tonta como parecía.

—Está bien—asintió Alexis.

—¿Ya lo llamaste?—le pregunté.

La había estado atormentando para que lo llamara desde que me contó lo maravilloso que había sido el concierto, lo guapo que era y cómo le había dicho que ella también era linda.

—No lo he llamado—admitió.

—Bueno, ¿qué estás esperando?—pregunté—. Han pasado meses, Alexis. Tienes que contactarlo.

—No lo sé—dijo—. Siempre se me olvida. Disculpa.

Pero yo sabía por qué no había llamado. No pensaba que él se acordaría de ella o temía que no quisiera hablar con ella . . . O cualquiera de las cosas que Alexis pensaba cuando trataba de concentrarse en las maravillas de la vida, especialmente aquéllas que involucran a los hombres. Normalmente, en un momento así, le hubiera dado un sermón. Pero no quería hacerla quedar mal ante sus nuevas clientas.

—Bueno, lo llamarás pronto, ¿verdad?—le pregunté—. Para que pueda hacer un dúo con Lydia. Eso sería fantástico, doña agente.

—Claro—dijo sonriendo, pero pude ver preocupación en sus ojos.

—¿Puedo subir el volumen, Sidney?—pregunté.

La playa estaba repleta, como de costumbre, pero cuando la gente nos vio venir, aunque parezca increíble, nos hicieron un espacio. Éramos cuatro hermosas chicas en patines.

Tal vez Alexis no hubiera pensado así, pero necesitaba mirarse en un espejo. Aunque nunca saldría en la página central de una revista, eso no significaba nada. Yo trabajaba con mujeres (y hombres) que eran hermosos por fuera, pero no tenían la chispa interior que poseía Alexis. Yo estaba empezando a darme cuenta que esa chispa era tan importante como los senos; aunque, a diferencia de ellos, no se podían comprar ni cultivar. Era un don innato. Y ella lo tenía.

Lydia y Sidney patinaban muy bien. Yo también era bastante buena. Pero la pobre Alexis luchaba para mantener el equilibrio. Era un poco más lenta que nosotras y patinaba de modo que sus rodillas se tocaban, aunque sus pies estaban tan separados como era humanamente posible. Me hizo pensar en una escena de *Bambi*, en la que el conejo trata de enseñar al flacucho venadito a patinar en el hielo. Con frecuencia tenía que detenerme a esperarla. Tuvo un par de caídas bastante aparatosas y finalmente decidió quedarse sentada en el muro de cemento, colindante con un campo de juegos, cerca de un quiosco de merienda. Boqueaba y tenía el rostro brillante y enrojecido.

—¡Vamos, agente!—gritaba Lydia, desde varios metros de distancia, aplaudiendo como un sargento de entrenamiento—. ¡Vamos! ¡Haz un esfuerzo!

Sidney, que al parecer había hecho patinaje artístico sobre hielo en algún momento de su vida, giraba sobre un solo pie en una cancha de baloncesto vacía y cantaba a todo pulmón con una voz muy hermosa. Era raro que las miradas masculinas se fijaran en alguien diferente a mí cuando yo estaba presente, pero ahora todos la estaban mirando a *ella*.

Diablos.

Pensé que sería mejor que aprendiera a hacer otra cosa en Hollywood, y rápido, porque incluso con tantas cirugías plásticas, me estaba acercando a la treintena. Siempre aparecería una mujer más joven y bonita que yo, patinando maravillosamente en un solo pie, hablando un millón de idiomas, y para mí no había nada más patético que las estrellas que hacían cualquier cosa por conservar su imagen sexy pese a estar envejeciendo. Pensé en el filme de Olivia. Antes había querido hacerlo, pero ahora ese deseo se había convertido en necesidad. Si pudiera conseguir elogios de la crítica por algo como la película de Olivia, tendría probabilidades de poder cruzar la línea entre símbolo sexual y actriz seria, y eso significaba que tendría trabajo para toda la vida, como Diane Keaton.

—Levántate—le dije a Alexis—. Apenas hemos comenzado.

Alexis estaba jadeando y sacó su inhalador del bolsillo. Me había olvidado de su asma. Debería haberla dejado en la camioneta.

—¿Estás bien?—le pregunté.

Asintió con la cabeza, pero volvió a inhalar.

—Sigan ustedes—jadeó—. Yo esperaré aquí. No quiero arruinar el patinaje. Le hice un gesto a Lydia y a Sidney para que se acercaran.

—No lo hagas—me pidió Alexis—. Sigan ustedes.

Parecía molesta, una emoción que rara vez detectaba en ella. Su mirada se fijó en dos jóvenes parejas que llevaban a sus bebés en cochecitos, haciendo ejercicios. Miró los bebés con desaliento y envidia.

—¿Qué ocurre?—pregunté.

—Nada—dijo.

Lydia y Sidney se acercaron patinando, tomadas de brazos y riendo, ya en vías de convertirse en buenas amigas.

—¿Qué sucede?—preguntó Sidney.

Alexis nos miró y rió amargamente. Nunca antes le había oído reírse con amargura.

—¿Qué sucede?—repitió Alexis, que parecía a punto de llorar.

—Sí—insistió Lydia—. ¿Pasa algo?

—Bueno, veamos—empezó Alexis, con ojos llenos de lágrimas que comenzaron a rodar por sus mejillas—. Soy fea y estoy gorda, y ustedes tres son absolutamente maravillosas. Estoy fuera de forma y no puedo respirar, y ustedes tres están haciendo piruetas. Los hombres se las quedan mirando con la lengua afuera, y a mí ni me ven . . . aunque probablemente yo peso más que ustedes tres juntas. Soy invisible. ¡Es asombroso! Y estoy a punto de tener un ataque al corazón.

Lydia, Sidney y yo nos miramos. Me senté al lado de Alexis y la abracé.

—¿De qué estás hablando?—le pregunté—. Eres muy bonita, Alexis.

—Por favor—dijo—. No me trates como a una idiota. Sé lo que soy. Tengo un espejo. Es más, tengo seis espejos.

—Ey—les dije a Lydia y Sidney—. Sigan ustedes. Yo iré más tarde. Necesito hablar con Alexis.

—Okay—dijo Lydia.

Se alejaron en medio de silbidos de admiración que venían de la cancha de baloncesto, que ahora estaba ocupada. Para mi alivio, no parecieron pensar que aquella demostración de debilidad de Alexis significara que no podría ser una buena agente o mujer de negocios.

—Alexis—dije—. Mírame.

—No. Ése es justamente el problema, Estoy *harta* de mirarte. *Odio* mirarte.

No supe qué responder.

—Por favor, no digas eso—le rogué.

—Pero es verdad—dijo Alexis, que había dejado de llorar y estaba recuperando la compostura. Ahora levantó la vista sonriendo, convertida de nuevo en la perfecta chica de sociedad.

—No tenía idea de que tuvieras tan baja autoestima, Alexis—dije.

—Ya te lo he dicho—dijo, ahora sin sonreír—. No quiero que te preocupes por ello. No tengo idea qué es lo que me sucede. Supongo que cuando necesitas bajar quince kilos y largas a tu novio y pierdes tu trabajo, y tu nueva amiga es la mujer más hermosa del mundo, todo puede ser un poco deprimente.

—Ven conmigo—le pedí.

—¿Qué? ¿Dónde?

La ayudé a levantarse del muro de cemento y la arrastré, vacilante en sus patines, al baño de mujeres que estaba cerca. Allí no había espejos, probablemente porque había tanta gente loca en la playa que no querían que alguien los rompiera y atacara a alguien con los trozos de vidrio. Pero sí había una especie de espejos falsos, de metal, en las paredes.

—Ven aquí—le dije.

—No.

—Sí—la empujé frente a uno de ellos—. ¿Qué ves?

—Nada, una imagen borrosa. Es mejor así.

—Alexis, basta. Mírate ¡Eres muy bonita! ¿Por qué te haces daño en esta forma?

—¿Podemos marcharnos?—preguntó—. Estoy bien, realmente. Ya pasó.

—Si lo deseas, podemos marcharnos—dije—. Pero quiero que sepas que yo creo que realmente eres bonita.

—Bien. Como tú digas.

—Dilo entonces.

—¿Qué?

—Di: soy Alexis López y soy hermosa.

Alexis se rió.

—Lo diré más tarde—dijo—. ¿Está bien?

—Dilo ahora. Quiero escucharte decirlo.

—Te llamaré cuando lo diga más tarde, en la privacidad de mi propia casa.

Me reí. Me di cuenta de que era bastante ridículo exigirle a alguien que elogie su propio reflejo en un baño público lleno de gente.

—Está bien—acepté—. Pero estoy hablando en serio. No quiero que vuelvas a pensar mal de ti. Es muy nocivo.

—*Okay*—dijo, y sonrió. Pero ella sonreía casi siempre.

—¿Alguna otra cosa que te esté molestando?—le pregunté mientras salíamos del baño y comenzábamos a patinar, tomadas del brazo, lentamente.

—En cierta forma sí—dijo.

—¿Qué?

—No puedo dejar de pensar en él.

La miré y se sonrojó.

—Vladimir, el rapero.

—Ohhhh. Él.

Patinamos hacia la luz.

—¡Ay, no!—dijo, y trató de esconder su rostro en mi hombro. Tropezó con sus patines y tomó mi brazo para mantener el equilibrio.

—¿Qué?—pregunté—. ¿Qué sucede?

—¡Es él!—señaló hacia el paseo entablado.

Dos jóvenes caminaban llevando tablas hawaianas. Uno era increíblemente apuesto, con trencitas en la cabeza. El otro era un tipo rarísimo que llevaba el cabello teñido de azul y perforaciones por todas partes.

—¿Cuál de los dos es?—pregunté, con la esperanza de que Alexis no estuviera enamorada del tipo raro. No necesitaba más chiflados en mi vida.

—El bonito—dijo—. ¡Escóndeme! ¿Crees que me haya oído hablando de él? ¡Ay, Dios!

Estaban bastante cerca, pero no pensé que hubieran escuchado nada. Y de pronto, el tipo bonito nos estaba mirando con una gran sonrisa en el rostro.

—Tal vez sí—dije.

—Santo cielo—exclamó Alexis—. ¡Ayúdame!

Empujé a Alexis y la llevé hasta donde estaban los hombres.

—Hola—dije, mientras Alexis se derretía de miedo a mi lado. Los hombres sonrieron—. Soy Marcella.

Alargué la mano para estrechar las de ambos. Ellos apoyaron sus tablas contra el muro de cemento y me dieron la mano.

—Ésta es mi amiga Alexis—dije—. Creo que ya la conoces, Vladimir.

Nos regaló una sonrisa encantadora.

—Sí, nos conocemos.

Hablaba con el más adorable acento inglés que he oído en mi vida.

—Choqué mi cacharro contra su auto de lujo.—La miró fijamente—. Me alegro mucho de volver a verte.

Ni se dio cuenta de que yo estaba allí . . . señal de que realmente le gustaba Alexis. Me sentí feliz por ella, lo cual me sorprendió. Tal vez estaba aprendiendo a ser amable y buena después de todo.

—Gracias—dijo Alexis.

—Tenía la esperanza de que me llamaras, pero no volví a tener noticias tuyas. Burian me dijo que habías venido a mi concierto, y por eso esperé que al menos me dijeras lo mal que te había parecido.

—Lo siento—dijo ella.

—Oye, Vladimir—intervine—, Alexis acaba de abrir su agencia de representación y publicidad, y he oído decir que estabas buscando un publicista.

—La verdad es que sí—dijo, mirando a los ojos de Alexis con ese brillo que había notado en muchos que la miraban, aunque ella nunca parecía notarlo—. Me encantaría conocer más detalles.

—Muy bien—respondió ella.

—Ven, siéntate aquí—ofreció.

Simpático muchacho, pensé. Y muy guapo. Y observé que casi ni me miraba. Obviamente no era el tipo de hombre que se deja impresionar por senos falsos. Por desgracia, los mejores hombres, como él, nunca se fijaban. Era evidente que le gustaba Alexis. Ella también podía notarlo. Y necesitaban estar solos un momento.

—Ey—le dije al otro tipo, cuyo nombre, según me enteré, era Fantasma, lo cual ciertamente no era un nombre normal—. Necesito ayuda con estos patines. ¿Puedes ayudarme?

Mi excusa era tonta, pero funcionó. Logré que Fantasma se fuera conmigo al otro extremo de la cancha de baloncesto, dejando a Alexis sola con Vladimir.

Fantasma me ayudó con mi pretendido problema; y mientras se afanaba, observé que a pesar de su maquillaje gótico y su cabello absurdo, era un hombre apuesto. Muy apuesto. Tenía un aspecto inteligente y espiritual . . . y me pareció conocido.

—¿De dónde te conozco?—le pregunté.

—No lo sé—dijo con una sonrisa que indicaba que lo sabía, pero que me iba a mantener en suspenso tanto como fuera posible.

—Realmente me parece conocerte—dije.

—¿Verdad? Pues lo lamento mucho.

No me gustó su respuesta. Me quedé mirándolo un momento, pero no pude ubicarlo.

—Y tú—dijo—eres Marcella Gauthier Bosch, la famosa estrella de televisión.

—¿Ves el programa?

—De vez en cuando. Creo que es una mierda. Un desperdicio de tu talento . . .

—No, por favor, dime *realmente* lo que piensas.

Traté de sentirme alarmada ante su falta de modales, como hubiera hecho Alexis, pero la verdad es que admiré su honestidad. Demasiadas personas que odiaban el programa me mentían y, por lo general, me daba cuenta. A mí no me gustaba el programa, y si no hubiera actuado en él, tampoco lo hubiera visto.

—Lo siento—dijo—. Pero trato de decir lo que pienso cuando lo pienso. Yo no miento.

—Eso es mío—le dije.

—¿Cómo?

—Siempre digo lo mismo. Yo no miento.

—Muy bien.

—Pero hay algo que he aprendido. Uno puede decir la verdad en forma creativa. No es necesario ser descortés.

—*Mentir* es descortés. Presentar una imagen falsa es descortés. No hay una persona más descortés que quien es excesivamente cortés.

Me gustaba este tipo.

Continuó.

—Y el programa es estúpido. Era estúpido cuando era *Baywatch*, y es más estúpido ahora. Pero haces un buen papel, teniendo en cuenta el limitado material de que dispones.

—¿Lo crees?—le pregunté.

Me miró directamente a los ojos.

—Luces más inteligente de lo que piensa la gente—dijo—. No puedo explicarlo exactamente. Siempre lo pensé, pero ahora que he hablado contigo lo creo aún más.

Me quedé mirándolo, mientras trataba de ajustar una rueda. Se puso a tararear, con una sonrisa reservada en el rostro. ¡Yo conocía esa canción! Era una vieja canción de Sancocho. Comenzó a cantar las palabras, y me lanzó una mirada salvaje y enloquecida. Puso el patín en el suelo y comenzó a bailar una danza que antes bailaban los chicos de Sancocho, en los días en que yo era una de sus más grandes admiradoras.

—Oh, Dios—dije—. ¡No puede ser! ¡Eres Chiquito, de Sancocho!

Se rió.

—Ése era mi nombre artístico—adoptó una expresión cínica y tonta, y llamó con una vocecita aguda de un niño—. Chiquito, ¡Ey!

—Me encantaba Sancocho—recordé—. ¡Me encantaba Chiquito! Pero lamento decirte que Timi era mi favorito.

—El tuyo y el de todos los demás, jodido Timi—dijo—. En aquella época parecía una chica, y ahora también parece una chica. ¿Cuál es la gracia?

—Pero tú eras muy mono—dije.

—Chiquito era una mierda—dijo—. Mi verdadero nombre es Carmelo Hernández, pero ellos pensaban que Carmelo era un nombre muy adulto para un niño, y me pusieron Chiquito. La gente que me conoce ahora me llama Fantasma.

Mostró los dientes como si tuviera colmillos y emitió un silbido. Era un tipo raro, pero me gustaba. Volvió a alargar la mano para estrechar la mía. Pero en lugar de estrecharla, la besó. Recuerdo haber escuchado historias sobre Chiquito, sobre cómo se volvió loco cuando tenía quince años y renunció a Sancocho. Oí decir que un día se marchó a Brasil y que se internó en el Amazonas para encontrarse a sí mismo, llevando una guitarra. Años después volvió completamente cambiado, y comenzó a escribir unas increíbles canciones de rock *heavy metal*. Se suponía que, en la actualidad, estaba escribiendo muchas canciones exitosas para otros artistas, como Timi Martínez. Le pregunté si toda esa historia sobre su viaje a Brasil era verdad.

—Sí—dijo, sentándose a mi lado sin dejar de examinar el horizonte.

—¿Por qué renunciaste?—pregunté.

Suspiró y me miró con ojos de vampiro.

—Quería escribir mis propias canciones—dijo—. Y los muy cretinos no me lo permitían. Por eso me marché.

Tragué saliva.

—¿De dónde sacaste valor a los quince años para hacer eso?—le pregunté, pensando, "yo no tengo esa clase de valor a los veintiocho."

—¿Valor?—preguntó.

—Sí—dije.

—Simplemente sentí un llamado. Necesitaba hacerlo de la forma que yo quería hacerlo. Y lo hice. No pensé que tuviera una alternativa.

ALEXIS

Nada se veía bien. Ni los conjuntos de traje y falda, ni los de traje y pantalón de lino, ni las falditas de chifón. Todo era demasiado conservador, demasiado Dallas, demasiado yo. Y esta noche no quería ser yo. Quería ser otra mujer, más bonita, más moderna, más delgada, mejor. Quería ser alguien con quien Goyo, la estrella de *rap*, no se sintiera avergonzado de que lo vieran. Dentro de mi clóset, en medio de una montaña de ropa en un desorden de colores pasteles y suaves, tuve la certeza de que nunca se enamoraría de una mujer como yo.

Era un rapero, lo cual significa que era arriesgado, expresivo, directo, duro y contemporáneo. Yo era aburrida, reservada, introvertida, cobarde y, según los cánones de Los Ángeles, torpe. Nunca funcionaría. A menos que alguien me ayudara a ponerme en la "onda". Yo conocía a una sola mujer realmente así, y comprendí que tendría que llamarla para que me ayudara. Tomé el teléfono inalámbrico del tocador en el centro del clóset y marqué su número, que sabía de memoria.

—¿Marcella?—pregunté, de pie frente al espejo, con mi bata de baño amarilla, estampada con patitos azules. Tenía una expresión aterrada, con la máscara de pepino y la crema hidratante para los ojos. Parecía una de esas chicas gorditas en las películas para adolescentes a la que otras chicas tratan de acicalar y hacerla parecer más bonita, sólo para terminar bañándola con sangre de cerdo, mientras la víctima huye sollozando y se pierde en la noche.

—Hola, Alexis. ¿Qué hay de nuevo?

Podía oír el sonido del motor de su auto. Estaba nuevamente en su Bentley. Se pasaba la vida conduciendo ese auto. Necesitaba algo para llenar su vida.

—¿Para dónde vas, querida?—le pregunté tratando de sonar alegre, pese a que tenía ganas de meterme en un agujero y esconderme durante mil años—. Suena como si anduvieras en tu auto de nuevo.

—Sólo doy una vuelta—dijo—. Pienso mejor cuando estoy conduciendo. Tengo muchas cosas en la cabeza.

—Vas a gastar tu Bentley—le dije—. Ten cuidado, no corras.

—Son las tres de la tarde. ¿Qué quieres que haga?

—¿Cómo?

—Es lo que dijo Jean-Paul Sartre—explicó Marcella—. Las tres de la tarde siempre es demasiado temprano o demasiado tarde para cualquier cosa que quieras hacer.

—Necesito que me ayudes—dije—. Por favor, guárdate las citas por ahora.

—Bueno, no es nuevo que necesites ayuda—bromeó—. ¿Qué puedo hacer por ti?

—Esta noche saldré a cenar y a visitar clubes nocturnos—dije.

—¿Y?

—Es un club *hip–hop*. Iré con Vladimir. ¿Te acuerdas? El rapero.

—¿Cómo piensas que se me pudo olvidar?—se rió Marcella—. ¿A qué hora es tu cita con el delicioso Vlady? ¿Quieres que te diga algo? Ese muchacho vale. Por fin has encontrado un tipo bueno. En el momento en que pierdo uno, tú encuentras otro. Hay justicia en esta vida.

—No es una salida romántica. Voy a ver si necesita de una agente. Y no te preocupes, tu príncipe llegará.

Marcella volvió a reír.

—¿Lo invitaste tú o te invitó él?

—Él me invitó.

—¿Lo quieres?—preguntó.

—Bastante. Sí.

Emitió una risa entrecortada. Odiaba cuando se reía así.

—Entonces es una salida romántica.

—Pero sólo me invitó después de que le dije que estaba fundando mi propia compañía.

—Así es que *no* es una cita.

Me sentí decepcionada. Tenía la esperanza de que ella me convenciera que sí lo era. Deseaba que lo fuera. Suspiré.

—No. Supongo que no.

—¿Pero quieres *lucir* como si estuvieras en una cita?

—Ajá.

—¿A qué hora irá a buscarte?

Me senté en la otomana floreada. Todo en mi vida era floreado . . . o bonito. Es como si viviera en la casa de una vieja.

—No vendrá a recogerme. Nos encontraremos en Asia de Cuba.

—Así es que se encontrarán. Ya veo.

A Marcella no le agradaban las citas en las que tenía que encontrarse con un hombre, especialmente después de lo ocurrido con Ian Cook. Pensaba que un verdadero caballero debía recoger a la mujer. Deduje que su padre dominicano le había inculcado esa idea. Y también veía la recogida como una oportunidad para evaluar la calidad, la clase y los modales del hombre, y como una ocasión para hacerlo sudar mientras tú lo hacías esperar.

—No es una cita—le recordé—. ¿Entiendes? No importa que me encuentre allí con él.

—Asia de Cuba es un lugar muy bonito—dijo Marcella—. ¿Lo conoces?

Había estado allí con *ella*. No pude *creer* que lo hubiera olvidado.

—Sí—dije—. Lo conozco.

—Nunca me lo dijiste—respondió, como si la hubiera ofendido.

Increíble.

—No es una buena idea ir allí luciendo mal—continuó—. Tienes que estar bonita. De lo contrario, tal vez no te dejen entrar. ¿A qué hora es el encuentro?

—A las ocho.

Entonces tenemos tiempo. Te espero en la tienda DKNY en Costa Mesa.

—¿En South Coast Plaza?—le pregunté.

—Sí, dentro de una hora. Iremos de compras.

—Pensé que odiabas los centros comerciales.

—South Coast Plaza es una excepción.

En ese momento, no tuve ganas de ir de compras, lo cual me pareció extraño porque no puedo recordar otro momento de mi vida en que no haya querido irme de compras. Tenía ganas de dormir.

—No tengo mucho dinero para ir de compras—mentí—. Estoy ahorrando todo para el negocio, ¿lo recuerdas?

—Escúchame—masculló Marcella, que comenzaba a impacientarse conmigo—. Tienes un negocio que administrar. Tienes que vestirte bien. Es una inversión. Vamos, Alexis. No eres pobre, deja de comportarte como si lo fueras.

—Muy bien, pero no quiero que gastes tu dinero. Me preocupa la forma en que gastas, Marcella. Deberíamos hablar de eso.

—Está bien. Oye, hay un policía que me está haciendo señas para que me detenga. Ahora tendré que chupársela para que no me ponga una multa. Hasta luego.

—Qué asco—dije.

—No me lo tragaré—dijo.

—¡Eres *tan* asquerosa!

—¡Vaya tonta! Sólo estaba *bromeando*. Un policía nunca podría darse el lujo de recibir una mamada de Marcella.

—¿Por qué hablas así?

—Porque tengo sentido de humor, querida. Una hora, en DKNY. No llegues tarde.

Colgué el teléfono y me vestí de la manera habitual: pantalones de lino y un *top* de seda con tirantes. Volví a mirarme en el espejo y la idea regresó: jamás se la mamaría a un policía. Nunca haría ni siquiera una broma acerca de eso. Lo único que yo deseaba era pasar mis momentos libres empujando a un niño en un columpio, como había hecho con Jack.

Era una mujer aburrida y no cambiaría nunca.

Normalmente no usaba valet para parquearme en el centro comercial. Siempre me pareció la cosa más pretenciosa y perezosa del mundo que hubiera un servicio de valet en un lugar así. Para mí, las palabras "centro comercial" y "valet" no debían estar vinculadas. Pero esta vez no tenía mucho tiempo. El tránsito para llegar a Costa Mesa había sido una pesadilla, gracias a un accidente automovilístico, y Marcella ya me esperaba en el centro comercial. Cada dos minutos me llamaba al teléfono celular para decirme que había encontrado algo perfecto. Le pregunté si estaba gastando dinero y me dijo que no, pero luego me explicó que estaba pagando las compras con sus tarjetas de crédito. Yo estaba a punto de que me diera un soponcio.

Dicho sea de paso, los primeros seis accidentes automovilísticos que había visto desde que me mudé a Los Ángeles me habían horrorizado. Pero cuando llegué al séptimo, ya no me afectaban. Se habían convertido en una rutina más en mi vida. Creo que me estaba comenzando a adaptar a Los Ángeles. Y ahora estaba a punto de utilizar el servicio de valet en un centro comercial, porque estaba demasiado apurada para estacionar, porque esa noche iría a un restaurante de moda y a clubes nocturnos con un rapero. ¡Santo Dios!

Todo esto significaba una sola cosa: por fin me había adaptado a la vida en el sur de California. Ya no había marcha atrás.

Conduje hasta la acera y me detuve frente a dos muchachos con camisas blancas y chalecos rojos que estaban debajo de un pabellón frente a un podio. ¿Por qué los chicos que parquean autos se paran detrás de podios? Ni que estuvieran preparándose para dar una conferencia. ¿Por qué no tienen bancos para sentarse? Es un trabajo bastante duro andar corriendo hasta el parqueo todo el día, llevando y trayendo carros entre curvas subterráneas para personas mezquinas que rara vez les daban una propina decente. ¿Y les daban un podio? Qué idiotez.

Esa idea del valet me parecía extraña. Aquí estaban estos chicos—siempre eran hombres—ganando unos cuantos dólares por hora, y tenían las llaves de autos que valían más de lo que ellos ganaban en un año. ¿Qué les impedía conducir hasta México y venderlos? Nunca lo comprendí. Nunca me gustó la idea de darle mis llaves a un extraño, y menos aún a un extraño con un chaleco rojo de poliéster, pero ahora lo estaba haciendo. Era como usar tarjetas de crédito. Había un exceso de confianza en todo eso.

En Texas, la confianza me había parecido la cosa más natural del mundo, pero después de ver a mi jefe derrumbarse bajo cargos relacionados con drogas, después de oír hablar de actores de telenovelas que se embadurnaban en salsa de barbacoa, ya no me gustaba. No se podía confiar en nadie, ¿verdad? Excepto en Vladimir Goyo. Confiaba en él. No sé por qué, pero confiaba.

—Bienvenida a South Coast Plaza—dijo el valet.

El infeliz sonaba como un robot. Estaba segura de que le hacían memorizar la frase. Probablemente había una cámara escondida en algún lugar, desde donde observaba un jefe cruel para asegurarse de que decía eso cada vez que se acercaba un auto elegante.

—Gracias—dije.

Puse un billete de cinco dólares en su mano, para asegurarme de que trataría mi auto con cuidado. Me entregó un recibo.

—Que disfrute de sus compras en el South Coast Plaza, señora—dijo.

¿Señora? Oh, Dios. Las cosas estaban mucho peor de lo que había pensado. Últimamente parecía haber pasado de la categoría de "señorita" a la de "señora", y eso no me agradaba. "Señora" era para las mujeres con pechos caídos, vientres protuberantes, venas varicosas y arrugas. Yo necesitaba ponerme a dieta y comenzar a hacer ejercicio. Realmente lo necesitaba. Estos quince kilos me aumentaban diez años. Estaba segura de ello, y eso significa que el valet probablemente pensó que tenía cuarenta.

—Gracias, querido—dije.

—¿De dónde es usted?—preguntó—. Si no le molesta que le pregunte.

—Texas—dije.

—Me encanta su acento—dijo, y sonrió.

¿Estaba coqueteando? Pero me había dicho "señora". Un hombre no coquetea con una mujer a la que había llamado "señora". Eso no es lo correcto, a menos que tuviera alguna *particularidad*. Estaba tan confusa y nerviosa que no tuve tiempo para pensar si el valet estaba coqueteando conmigo. Apenas tenía fuerzas para pensar en la posibilidad de que huyera con mi auto y no volviera a verlo nunca más.

Sonreí y le dije adiós con la mano, en un gesto cordial y amistoso, y me dirigí caminando hacia la alfombra roja—sí, el centro comercial tiene una alfombra roja desde el puesto de valet hasta la entrada—y entré al paraíso brillante, con aire acondicionado, de South Coast Plaza. Teníamos hermosos centros comerciales en Dallas, ciertamente. Pero nada comparado con South Coast Plaza. Era gigantesco, y estaba lleno de las más finas tiendas y *boutiques*.

En un mapa busqué la tienda de DKNY. Llamé a Marcella a su celular y le dije que ya había llegado, y que estaba en ruta para encontrarme con ella.

—Mientras te esperaba, encontré el atuendo perfecto—anunció—. Pero está en la *boutique* de Dolce & Gabbana. ¡No puedo creer que lo tengan en tu talla!

—Estoy caminando hacia DKNY—le dije—. Me dijiste que te encontrara en DKNY.

¿Que no podía creer que lo tuvieran en mi talla? Era tan poco delicada que apenas daba crédito a mis oídos. Contra mi voluntad, noté el pánico en mi voz. Estaba nerviosa. Nerviosa por mi carrera, por Vladimir. Nerviosa por ser una señora con quince kilos de más. Nerviosa pensando que el valet estaba en ruta a México con mi Cadillac.

Marcella tosió. Necesitaba dejar de fumar, eso es lo que necesitaba.

—Muy bien, nos encontraremos allá. Sólo que creo que deberíamos comprarte lo que encontré en Dolce.

Seguimos conversando hasta que la vi en la tienda DNKY. Nos miramos, cada una con su teléfono en la oreja, nos reímos y colgamos.

—¡Ya era hora!—exclamó.

Me abrazó. Olía bien, pese al odioso deje del cigarrillo. Ése era el problema con ella: había mucha belleza en Marcella, pero empañada por sus fallas de carácter. Algunas personas podrían decir que esas mismas fallas la hacían más interesante, pero yo comenzaba a pensar que sólo la hacían difícil.

—El tránsito—dije, pese a que ya debería saber que el tránsito no era una excusa aceptable por llegar tarde en el sur de California, donde el tránsito era parte de la vida. Se suponía que cada persona debía tomar en cuenta el tránsito para calcular el tiempo que demoraría en llegar a un lugar. Siempre olvidaba esa parte.

Miré en torno y pude observar que Marcella ya había recolectado varias bolsas de ropa para ella y para algunos de sus admiradores. La gente se arremolinaba cerca de ella y la miraba con la boca abierta, señalándola abiertamente, como si ella no pudiera verlos, como si estuvieran frente a un televisor en lugar de estar frente a una persona de carne y hueso. Una vendedora se mantenía cerca, con una falsa sonrisa en el rostro, imaginando quizás que la estrella de televisión gastaría una pequeña fortuna y que ella recibiría una buena comisión.

—¿Cómo puedes soportar que toda esta gente te persiga?—le susurré al oído—. ¿No te hace sentir rara?

—No—repuso Marcella, tomando una camiseta y acercándola a sus enormes senos para inspeccionarla frente al espejo—. Me gusta. Por eso quería ser una estrella de cine. Necesito llamar la atención, ¿recuerdas? Y es a ti a quien tengo que agradecérselo. Gracias.

Miró alrededor para asegurarse que la gente estuviera mirando, y me dio un gran beso húmedo en los labios antes de canturrear.

—Démosles algo de qué hablar.

—Un día de éstos necesitarás un guardaespaldas—le dije.

—No, los espantaré.

Realizó un círculo con los brazos, como una karateca, y emitió un ruido ridículo, como alguien burlándose de alguien que se está burlando de una película de karate. Al igual que en el Getty, me recordó a Angelina Jolie, una mujer realmente hermosa que se comportaba como una guerrera lista para atacar, y un poco desarticulada, casi marimacho.

—¡Qué extraña eres!—dije.

Me hacía reír. No podía imaginar que alguien tan bella y famosa como Marcella pudiera comportarse de un modo tan, bueno, confuso.

—¿Yo? ¿Extraña? Recuerda, querida, nadie mejor que un extraño para reconocer a otro extraño—me miró de pies a cabeza—. Ahora vamos a buscarte ropa.

Me tomó por un codo y me arrastró al cuarto de vestir, donde nos aguardaba un montón de ropas de mi talla: 14. Marcella estaba convencida de que debía comprarlas todas. Compré dos piezas. Y después, para horror mío, ella compró el resto con su tarjeta de crédito y lo metió en mi bolsa. Ese resto costó más de dos mil dólares.

—Las voy a devolver—le dije mientras salíamos—. No puedes desperdiciar tanto dinero, Marcella.

—Lo tengo de sobra—alardeó.

La detuve y la obligué a mirarme para verle los ojos, algo que ella solía evitar.

—Soy tu administradora y tu agente—le dije—. Soy la única persona que sabe exactamente cuánto ganas.

Trató de escapar, escondiendo su ira detrás de una sonrisa divertida.

—Vamos—dijo.

—Como administradora, debo advertirte. No ganas suficiente para pagar por todo eso, Marcella . . . El Bentley, la ropa . . . Tienes que ser cuidadosa.

—Estoy bien—dijo mientras se desprendía de mí—. Cállate.

Fuimos a la *boutique* de Dolce & Gabbana, donde Marcella me convenció de que comprara una minifalda y un *top* muy sexy, aunque yo sabía que nunca llegaría a usarlos. La arrastré hacia la tienda Burberry, donde me gustaba todo, y ella me llevó a la salida con un suspiro de agotamiento.

—No sé qué hacer contigo—dijo—. No estás yendo a jugar golf, Alex. Estás yendo de clubes con una estrella de *rap*.

—Todavía no es una estrella—le recordé—. Para eso estoy aquí, para ayudarlo.

—Como tú digas.

Pasamos frente a Lane Bryant y miré con nostalgia las camisas holgadas para chicas gordas y los pantalones con elástico en la vitrina. Lucían muy cómodos, perfectos para empujar a un niño en un columpio.

—¡No!—exclamó Marcella, mientras me alejaba de la tienda a toda velocidad—. ¡Ni lo pienses!

Seguí a Marcella al Emporio Armani, Christian Dior, Gianni Versace, Chanel, Gucci, Hermés y el tipo de tiendas donde todo parecía demasiado delicado, sedoso, banal y pequeño para servirme, y donde todas las empleadas anoréxicas halagaban a Marcella como si se tratara del propio Jesucristo que hubiera llegado con una tarjeta Visa de platino.

Al final se había gastado cerca de nueve mil dólares, que yo sabía que no tenía, en ropas que no necesitaba. ¿Y yo? Marcella había escogido prendas que me parecía imposible usar más de una vez . . . y tal vez ni una. Yo compré sólo algunas piezas, pese a lo cual me sentía culpable por haber gastado cerca de mil quinientos dólares.

—¿Cómo puedes vivir así?—le pregunté con los brazos cargados de bolsas—. No soy católica, pero, por Dios, ¡me siento culpable! Es más de lo que mi papá gana en dos semanas de trabajo, Marcella. Es un derroche.

—Recuperarás cien veces más con Vladimir—me aseguró—. Tiene todo lo que hace falta.

—¿Y tú?—le pregunté—. Terminarás en bancarrota.

Se encogió de hombros.

—Si eso sucede, comenzaré mi propio espectáculo en el Club 700 y estafaré a esa secta de retardados religiosos.

—Eso me ofende—la regañé—. No está bien burlarse de los cristianos.

—No me estoy burlando de todos los cristianos—aseguró—. Sólo de los retardados . . . Creo que no perteneces a esa categoría.

—¿*Crees* que no?

—Aún no estoy segura—dijo, antes de darme otro beso en los labios.

—Si no supiera que eres demasiado pobre, juraría que estás usando drogas, mujer—dije.

Y nos reímos. Pese a nuestras locas diferencias, nos reímos.

—Me caes bien—dijo—. Me alegra que seamos amigas.

Caminamos hasta el sitio del valet, cargadas de bolsas y cajas, y el joven que pensé había coqueteado conmigo antes corrió para alcanzarnos. Tan pronto como vio a Marcella, se olvidó de que yo existía. Lo mismo de siempre.

—Espere, señorita. Permítame ayudarla.

Señorita. La llamó señorita, y a mí, señora. ¿Me parecía acaso a su madre? Idiota.

Mientras metía mis cosas en el maletero de mi auto, Marcella me dijo que pasaría por mi casa después de beber un *latte* helado.

—No necesitas hacerlo—dije.

—Sí, debo—insistió—. Quiero asegurarme que te verás seductora, mujer. No permitiré que salgas de tu casa con una de esas anchas túnicas a cuadros.

Cuando entraba al parqueo de mi casa, noté un sobre de manila pegado a la puerta del frente. Rara vez usaba esa puerta; y en ciertas ocasiones FedEx me había dejado un paquete sobre el peldaño, que se había quedado allí días enteros, sin que yo lo viera. No acababa de entender por qué se construían casas con puerta principal en el sur de California, si todo el mundo vivía en sus autos y el garaje era la vía de acceso que más se usaba para entrar o salir.

Estacioné el auto en el garaje y dejé la puerta abierta. Así tendría suficiente luz natural para desempacar mis nuevas ropas. Atravesé el patio hasta la puerta principal y tomé el sobre. De inmediato reconocí la letra garrapateada y anémica de Daniel, y abrí el sobre para ver qué cosa horrible había metido adentro.

Era un artículo que había escrito, aún sin publicar. Lo había impreso directamente desde su computadora en la oficina. Lo supe porque todos los trabajos que imprimía—y que siempre le gustaba ostentar—tenían un texto extraño en la parte de arriba, con códigos y números y cosas así.

El artículo era sobre mí. Daniel había escrito una historia en la que me acusaba de estar involucrada en la batida contra las drogas en el Estadio Deportivo Whittier. Era una absoluta mentira. Una grapa roja sujetaba una nota escrita a mano por Daniel, que decía simplemente, "Pensé que te gustaría saber lo que el mundo sabrá de ti la semana próxima. Ten cuidado. Nunca sabes quién podría estar observando, acechando, ni lo que podrían hacerte. Estás advertida".

Sentí que el corazón comenzaba a latirme con fuerza. ¡No podía hacer eso! Daniel siempre estaba alardeando de la ética periodística, y aquí estaba inventando una mentira sólo para vengarse de mí, por haber roto con él. Lo único que tenía que hacer era contactar a los editores del periódico y decirles lo que Daniel estaba planeando. No sólo no podían publicar una noticia que no era verdad, sino que no podían publicarla porque existía un conflicto de intereses en el hecho de que Daniel escribiera sobre su ex novia. Respiré profundamente y me calmé, con la promesa de que me ocuparía del asunto mañana a primera hora, en el *Times*.

Volví rápidamente al garaje y cerré la puerta. Tenía la horrible impresión de que Daniel estaba cerca, acechando, observándome. Me sentí indefensa. Encendí la luz de los faros y comencé a vaciar el maletero, llevando las bolsas y cajas a mi dormitorio mientras Juanga ladraba a mis pies. A ella también le encantaban las compras. Necesité tres viajes para transportarlo todo.

Vacié las bolsas de ropas y las extendí sobre mi cama. Era uno de mis rituales preferidos. Después de ir de compras, me gustaba ver lo que había adquirido. Me encanta el olor de la ropa nueva y la forma perfecta en que cuelga de los ganchos, antes de que mi cuerpo haya podido arrugarla y quitarle ese lustre que nunca más podrá recuperar. No ayudaba que las lavara al vapor o que las mandara a lavar en seco, nunca habría manera de recuperar la perfección de la ropa nueva.

Puse algunas piezas junto a otras que armonizaban, luego las mezclé y las volví a separar, tratando de descubrir cuál era el atuendo perfecto para esta noche. Finalmente me decidí por un par de *jeans* color mandarina y una blusa blanca, zapatos de tacones altos y joyas. Sencillo, pero informal y moderno.

Me metí a la ducha y traté de borrar de mi mente la imagen de Daniel, acechando la casa con un cuchillo de carnicero en la mano. Estaba loco y era peligroso. Mientras me afeitaba las piernas, pensé que tendría que acudir a la policía en busca de protección.

Tal como me lo había anunciado, Marcella se presentó media hora antes de mi salida y me dio los últimos toques para que luciera perfecta.

—Gracias—le dije.

—Está loco si no se enamora de ti—dijo—. Estás preciosa.

—Lo que tú digas—respondí.

—Deja esa estúpida modestia—dijo Marcella—. Eres una chica bonita.

—Pero el muchacho del parqueo me llamó señora y a ti, señorita—me lamenté.

—Ésa fue una muestra de respeto—aseguró Marcella.

No me gustaba conducir, al menos no como le gustaba a Marcella. Pero mientras volaba hacia Los Ángeles para encontrarme con Vladimir, oliendo a limpio y costoso, me sentí libre. Esa emoción era algo que pensé haber perdido después de dos años de estar con Daniel. Pero heme aquí, con mi CD favorito de Boy George a todo volumen, sintiéndome en plena posesión de mis fuerzas. Me gustaba.

—*I know you missed me*—canté con el CD—. *I know you missed me–ee, I know you missed me bu–lie–i–ind.*

No podía recordar cuándo fue la última vez que me sentí tan bien.

Asia de Cuba estaba en el elegante hotel Mondrian, en Beverly Hills, y era uno de esos lugares donde a la gente le gusta que la vean; el tipo de lugar favorito de Marcella, y que yo evitaba siempre que era posible.

Vladimir estaba allí, esperándome a la entrada. Se me oprimió el pecho al verlo, el aire desapareció de la habitación. Vestía unos *jeans* oscuros y sueltos, con una camiseta debajo y una camisa tipo hawaiano por encima.

Llevaba unas cuentas de santería y botas de trabajo color camello, como las que usan los raperos. Su sombrero de paja caía hacia atrás y se veía adorable. Lucía aros de plata en ambas orejas. Se acercó a abrazarme con una gran sonrisa, como si fuéramos viejos amigos. La gente se volvía a mirarlo porque tenía algo especial, un aire de estrella. Como Lydia. Como Marcella. Como él. Desde el punto de vista de negocios, eso era bueno; pero resultaba malo desde el punto de vista romántico. ¿Qué podía querer un hombre así con una mujer como yo?

—Alexis—saludó con gran afecto—. Oye, pero te ves muy bella, mi amor.

Lo dijo en ese español cubano que hablaba, y yo quise desmayarme en sus brazos. De nuevo olía a toronjas y a cocos. Nunca había conocido a un hombre que oliera tan bien.

Le devolví el abrazo y sentí un nudo de placer en el estómago. Me gustaba tanto. No quería dejarlo ir. Él se separó primero.

—Tenemos una mesa reservada—me informó en español—. ¿Estás lista?

—Sí, claro—dije.

La anfitriona nos indicó el camino, y Vladimir hizo un gesto para que yo lo precediera. Era un caballero, además. Si un mes antes alguien me hubiera preguntado si los raperos podían ser tan caballeros, me hubiera reído en su cara.

La mesa se hallaba oculta en un rincón tranquilo.

—Aquí tienen los mejores emparedados—dijo Vladimir—. ¿Comes carne?

Asentí y me pregunté cómo no era capaz de imaginar, al verme, que yo comía cualquier cosa . . . y en exceso.

Mientras nos sentábamos, me explicó:

—En Cuba nos encanta el cerdo. Pero ya casi no queda ninguno.

Me reí, pensando que era una broma.

—Hablo en serio—afirmó—. Ya no queda mucho que comer.

—Lo siento—dije—. No quise ofenderte.

—No me has ofendido.

Se veía sorprendido. Me miró fijamente y sentí que el corazón me daba un vuelco. Estábamos en la misma frecuencia. Lo juro. Él tenía una expresión ávida, un aire de deseo, como si quisiera conocerme mejor. No creí que fuera imaginación mía. Después de todo, el día que chocó mi auto me había dicho que era bonita, que tenía lindos ojos. El destino nos había unido.

—Ese color es perfecto para ti—dijo con una sonrisa seductora y se apoyó en el respaldo de la silla, muy varonil.

—Gracias—respondí.

Noté que se sonrojaba. Parecía querer decirme algo, pero se estaba controlando. Sonreí. Tenía la impresión de que eso era lo único que yo sabía hacer.

El camarero trajo los menús, tomó nuestros pedidos para beber—él pidió un club soda con limón y, aunque yo quería alcohol, seguí su ejemplo—y pasamos unos momentos en silencio, leyendo.

Hicimos nuestro pedido y comenzamos a conversar. O más bien, él comenzó a hablar. Yo hacía preguntas. Así que supongo que fue mi culpa que todo lo que dijéramos fuera sobre él.

—Antes de decirte por qué me gustaría representarte, quisiera conocerte un poco mejor—le dije—. Háblame de ti. De tu vida.

Me contó, en español, de su infancia en Cuba; de sus padres, que eran muy religiosos, pero que tuvieron que esconder sus ideas toda la vida allí. Al parecer eran bautistas. No vi nada censurable en ello. Algunas de mis mejores amigas eran bautistas.

—Todo eso es terrible—dije, pensando en todas las cosas que yo daba por sentadas en mi vida, incluyendo el derecho de crecer asistiendo a los aburridos ritos metodistas con mi mamá y papá todos los domingos.

Me sentí culpable por haberme quejado de ello, cuando me di cuenta de que la libertad de culto en Cuba era un lujo del que no todos gozaban.

—Fue una vida muy dura—confesó—. Pero me ayudó a ser lo que soy. Por eso, retrospectivamente, creo que no cambiaría nada en mi vida.

Retrospectivamente. Era raro encontrar en Los Ángeles a una persona de habla inglesa que conociera palabras como retrospectivamente. Creo que hay alguna ley en L.A. que prohíbe usar palabras de más de dos sílabas en público. Y en el caso de un hombre para quien el inglés es el segundo idioma, era aún más raro.

—¿De verdad?—pregunté—. ¿No cambiarías nada?

Se quedó pensando en mi pregunta, aunque mi intención no había sido hacerle pensar tanto.

—Bueno—dijo—. Hay algo que cambiaría.

—¿Qué?

Me encantó su forma de mirarme, cálida y seductora, como si me deseara, como si realmente quisiera que alargara la mano para acariciarle el rostro. Quería acercarme lo suficiente para volver a sentir el aroma a toronjas y cocos. Quería beberlo, saborearlo. Sentí la electricidad entre nosotros, y me preparé para lo que diría después. Quizás lamentaría no haberme pedido el número telefónico cuando chocó mi auto para ponerse en contacto conmigo antes. Sentí que eso venía. Miré su postura, la manera en que se acercó un poco más a mí. Aguanté la respiración.

—Lamento haberme peleado con Caridad el día antes de escapar a Estados

Unidos—confesó—. Ella era el amor de mi vida. Lo sigue siendo. La echo de menos.

No quise sentir que las lágrimas acudieran a mis ojos, pero no pude evitarlo. No, me dije. No llores. Te has hecho ilusiones sin ninguna base. Has fantaseado sobre un amor apasionado con este hombre, y ya sabías que él amaba a otra, tan idiota con tus pantalones color mandarina, ¿quién usaba pantalones color mandarina? Cerré los ojos con fuerza y sonreí con determinación.

—¿Pelearon?—volví a pestañear y tragué saliva—. ¿Qué sucedió?

—Una estupidez. No vale la pena hablar de ello. Lo que importa es que ella debería haber venido conmigo, y no lo hizo.

—La amas realmente—dije.

Sonríe, sonríe, sonríe.

Asintió.

—Más que a nadie en el mundo—admitió—. Con la excepción de mis padres, por supuesto.

—Eso es . . . maravilloso—traté de seguir sonriendo. Era difícil.

—Ella me escribe todo el tiempo—me contó mientras el camarero nos traía la comida.

Goyo bajó la voz hasta convertirla en un susurro, y me di cuenta que todavía no estaba acostumbrado a hablar con libertad. Aún trataba de ocultar sus políticas y sus planes.

—Me escribe correos electrónicos. Quiere que la ayude a escapar.

—¿Podrías hacerlo?—pregunté, esperando que me dijera que no.

—Probablemente—dijo—. Pero tendré que planearlo con cuidado.

Miré mi plato. Mientras la tristeza invadía cada partícula de mi cuerpo, empecé a comer con desespero. No debería haber comido tanto, lo sabía, pero ya no había esperanza para mí. Por lo menos disfrutaría de mis comidas. Eran mi única compañía, mi único placer.

—Ahora—dijo alegremente, como si no acabara de destrozarme el corazón un momento antes—. Háblame de *ti*.

Se lo conté todo. Le hablé de mi padre biológico y de mi padre de crianza. Sobre mi profesión, sobre mi trabajo en Tower y lo que había sucedido allí. Le hablé de mi nueva compañía, de mis metas. Le hablé del trabajo que había realizado para Lydia en Europa. Me escuchó con atención, asintiendo. Le hablé de mis planes para la película.

—Es fabuloso—dijo—. Muy impresionante.

Luché contra el impulso de restar importancia a mis logros, traté de acordarme de no hacer ademanes de desdén. Marcella tenía razón. En los negocios no había lugar para la modestia. Ésa era la palabra que ella había usado: modestia.

—¿Qué quieres de un empresario?—le pregunté.

Me respondió de inmediato, y comprendí que había estado pensando en ello por un tiempo.

—Quiero una persona que comprenda el mercado latino y el mercado americano, que pueda llevar mi carrera al próximo nivel y luego al otro. No quiero ser como Proyecto Uno, limitado a cantar en VH-1 hasta que ya me sienta demasiado flojo y gordo para seguir haciendo discos. Quiero ser como Nelly y 50 Cent, estar en todas partes, en TRL. Quiero alcanzar ese nivel de exposición.

Asentí.

—Quieres cruzar fronteras.

Puso cara de desagrado.

—Odio esa expresión, pero si quieres llamarlo así . . . Sí, eso es lo que quiero.

—¿Por qué odias esa expresión?—le pregunté.

—Porque la gente es gente y la música es universal. No me gusta la imposición de fronteras irrelevantes entre las personas, especialmente cuando se trata de arte.

—Tienes razón—asentí.

—Entonces, ¿qué crees que podría llevarme al próximo nivel?

Lo pensé un momento. Había escuchado su música, lo había visto actuar. Sin duda alguna, tenía suficiente talento—y atractivo físico—para ser una superestrella. Pero necesitaría un buen plan.

Y entonces, súbitamente, me llegó la respuesta. No me gustaba, pero fue lo que se me ocurrió.

—Podrías rescatar a Caridad—dije—. Eso te daría una gran publicidad. Podríamos utilizar la prensa para hacer que ciertos ejecutivos escuchen tu música.

Se lamió los labios y yo casi me desmayé. Le estaba recomendando al hombre de quién me había enamorado que rescatara el amor de su vida en Cuba, mientras yo me encargaba de la cobertura de prensa. ¿Por qué lo estaba haciendo? Era demasiado buena gente, y ése era mi defecto principal. La gente buena siempre terminaba relegada. Era verdad. Allí estaba yo, gorda, comiendo demasiado y terminando relegada.

—Es brillante—dijo—. Es realmente una buena idea.

—Es mi trabajo—murmuré, casi con indiferencia.

—Conozco a personas que podrían ayudarme a organizarlo todo—dijo.

—También yo—pensé en mi padre y en algunos de los tipos delincuentes que había conocido—. No será difícil organizarlo todo. Podemos obtener documentos falsos para ella sin ningún problema y pasajes a México. Dijiste que era artista. ¿verdad?

—Sí—toca percusión, el batá, y es una excelente rapera y cantante.

Esta vez fui yo quien bajó la voz. Uno nunca sabía quién podía estar escuchando las conversaciones.

—Bueno—susurré—, entonces podríamos pedirle a mi padre que la ayude a atravesar la frontera a Estados Unidos, como parte de su banda. Eso sería fácil. Él viene aquí todo el tiempo para dar conciertos. Ella podría desertar en ese momento. ¿No es verdad que todos los cubanos que pisan suelo estadounidense tienen asilo instantáneo?

—Sí—dijo—. Le llaman "política de pies secos".

Sus ojos brillaron ante la idea de tener a su amante junto a él. Yo quería llorar, pero no me derrumbé.

—Será como hacer un pastel—dije en inglés con tanta alegría como pude.

—¿Cómo qué?—parecía confundido.

—Es un dicho. Significa que será muy fácil.

Se rió y se metió un pedazo de tostada a la boca.

—Qué cosa tan extraña—dijo.

—¿Por qué?

—Porque así es como Caridad intenta sobrevivir en Cuba: horneando pasteles.

—Qué casualidad—dije sin saber qué más añadir.

La odiaba, a ella y a sus malditos pasteles. Secretamente deseé que los documentos no funcionaran o que su avión se estrellara.

—No es fácil—dijo con tanta tristeza que me dieron ganas de tomarlo en mis brazos y protegerlo—. No tienes idea lo difícil que es hacer un pastel en Cuba, encontrar los ingredientes . . . Fácil como un pastel. Coño.

Se rió con tristeza y sacudió la cabeza.

—¿Qué?—pregunté—. ¿Dije algo que te ofendiera?

—No, mi amor—respondió, extendiendo una mano sobre la mesa para tocar la mía.

Sus ojos eran tan cálidos y bondadosos, tan llenos de pasión y nostalgia. Me sentía confundida con su actitud. ¿O acaso lo imaginaba todo?

—No me has ofendido—dijo—. Es tu *país* quien me ofende. Tu cultura de privilegios. Los refranes. El modo en que piensan los americanos. El mundo está pasando hambre y dices que "hacer un pastel" es sinónimo de algo fácil. Me parece irónico.

—Te entiendo—dije, encantada de la forma en que este hombre me hacía pensar en cosas en las que nunca antes había pensado—. ¿Eres comunista?

Se rió con tanta fuerza que la mesa se sacudió y la gente se volvió a mirarlo, tal vez pensando que había una emergencia.

—Suena ridículo—exclamó—. ¿Yo, comunista?

—Es que pensé en Cuba.

—¿Por qué me hubiera ido de allí si fuera comunista?—me preguntó.

Me quedé en silencio porque no pude encontrar respuesta. Y cuanto más lo pensaba, más estúpida me sentía.

—Soy republicana—dije—. Por eso nunca he conocido a un comunista.

—En mi experiencia, sólo existen personas buenas y personas malas—dijo Goyo—. Y todas las afiliaciones políticas tienen miembros de ambos tipos.

—Claro.

Era lógico lo que había dicho.

—Pero ése no es el punto—continuó—. Lo importante es que tienes un buen plan, y pienso que podría funcionar. ¿Dónde quieres que firme? Para hacerlo oficial. Para nombrarte mi agente.

—¿Dijiste que tenías correo electrónico?—le pregunté.

Asintió.

Le entregué una de mis tarjetas de negocios, con un lapicero.

—Escribe en la otra cara tu dirección de correo, y mañana te enviaré el contrato. Lo imprimes, lo firmas y me lo mandas de vuelta.

Sonrió.

—Tengo una idea mejor—dijo.

—¿Cuál?

Tenía la esperanza de que me dijera que su idea era olvidarse de Caridad y venir conmigo a mi casa, en este mismo momento.

—¿Alguna vez has surfeado?—preguntó.

—Soy de Dallas—respondí.

—¿Y eso qué tiene que ver?

—No tenemos acceso al mar.

Comenzaba a resultarme difícil mantener la eterna sonrisa. Me estaba poniendo de mal humor, y ya me dolían las mejillas de tanto esfuerzo.

—¿Y?

Una vez más, no sabía de lo que yo estaba hablando.

—No tenemos mar. No tenemos agua cerca.

—Sí, pero ahora vives aquí. ¿Nunca has surfeado?

—No.

—Te llevaré conmigo. Iremos este fin de semana, y entonces me darás el contrato. Puedes venir a cenar con mis padres. Dijiste que querías conocerlos, y estoy seguro de que les encantarás—hizo una pausa y sonrió—. Creo que ellos también son republicanos.

Sonreí y luché contra el impulso de decirle que no quería surfear, que lo que quería era besarlo. Pero la idea de estar en el mar con él, solos, donde podría fingir—o no—una total falta de coordinación para obligarlo a tocarme . . . bueno.

—Me encantaría—dije.

Había cosas peores que Vladimir en ropa de baño, ¿no es verdad?

—Gracias por escucharme cuando te hablé de ella.

—Por nada—respondí con una sonrisa más amplia de la que requería la situación.

Pero ése es un problema que tengo. Siempre trato de que la gente se sienta bien . . . toda la gente, excepto yo. Mis músculos faciales comenzaron a temblar.

—Es muy fácil hablar contigo—dijo.

Se acercó más y me dio un beso amistoso en la mejilla. Lo odié por ello.

—Gracias—le dije.

Ésa soy yo, pensé. La simpática señora que todos los hombres desean tener como amiga. Bravo.

—Creo que me gustará mucho que seas mi representante—murmuró, apoyándose en el respaldo y poniendo las manos detrás de su cabeza, de un modo tan delicioso que quise lanzarme sobre él—. Tengo un buen presentimiento contigo.

También me lo inspiraba él, pero de otra forma. Y él ni lo sospechaba. Deseaba abrazarlo, memorizar las líneas de sus manos, respirarlo. Tenía tantos deseos de besarlo que literalmente se me hacía la boca agua. Tuve que comer un trozo de pan para no babear.

—Entonces ¿qué dices? Hagámoslo.

Oh, Dios, pensé. Sí, hagámoslo.

—Sin duda—dije.

Otra sonrisa falsa. Junté las manos como una maestra de preescolar.

—Creo que seremos buenos amigos.

—Fantástico—dije.

Pero mi corazón se encogió. Otro hombre apuesto, divertido, talentoso, maravilloso, que quería ser mi amigo. Todos querían ser mis amigos. Eran los quince kilos de exceso. Sabía que tendría que bajarlos si aspiraba a conquistar alguna vez un hombre como éste. Pero me hallaba demasiado deprimida y no tenía suficientes fuerzas para pensar en ello. No quería ir a los clubes nocturnos. Eso sólo hubiera empeorado las cosas: verlo bailar, sintiendo mi falta de coordinación. Sólo quería ir a casa.

El camarero se acercó a nuestra mesa.

—¿Desean ver el menú de postres?—preguntó.

—No para mí—dijo Goyo—. Esta noche no quiero ningún pastel.

Se echó a reír.

—Sí—dije con gran energía, odiándome mientras lo decía; pero sonreí como si todo estuviera bien—. Me encantaría ver el menú de postres, por favor.

OLIVIA

Solté el aire lentamente por la boca, como mi terapista me había aconsejado que hiciera en los instantes de estrés. Samuel me dijo que tenía que trabajar tarde de nuevo, esta vez ayudando a organizar una mesa redonda estudiantil sobre el papel de las insurrecciones indígenas en los movimientos antiimperialistas de Chile y Argentina.

Yo había planeado cenar con él esta noche, en casa, para contarle sobre el contrato de mi película. ¡Columbus Pictures quería distribuirla! Apenas podía creerlo. Anoche llegó tarde y estaba demasiado cansado para hablar, y esta mañana salió corriendo. Así es que aún no había podido hablarle de eso. Y ahora, esta noche, tampoco ocurriría.

Vi que Jack cogía el vaso de plástico rojo lleno de agua que había estado usando para limpiar sus pinceles, y lo vaciaba cuidadosamente sobre la alfombra . . . La alfombra blanca que pertenecía al apartamento rentado. Un agua turbia y purpúrea se desparramó en todas direcciones, como un moretón. Jack se rió y dijo:

—¡Jack pintó el suelo con agua!

La cabeza me latía, pero resistí el impulso de frotarme las sienes porque eso era lo que más recordaba de mi madre: la forma en que se frotaba las sienes, como si yo le provocara el dolor de cabeza más grande del mundo. Necesitaba un tiempo con Samuel. Me parecía como si ya no nos conociéramos. No podía soportar la idea de pasar otra noche haciéndolo todo yo sola: la cena, el baño, los cuentos, los gimoteos cuando finalmente llegaba la hora de dormir. Necesitaba ayuda y compañía adulta, y a Samuel no parecía importarle.

—Está bien—dije—. Pero Samuel, vas a tener que hablar con tu jefe acerca de todo este trabajo. Tienes *familia*. Y te necesitamos.

—Ya sé—contestó con un aire tan aburrido y alejado como mi ánimo—. ¿Por qué crees que trabajo tanto, si no es por ustedes? Odio esto, Olivia. No pensé que esto fuera así. No me gusta tenerles que hacer esto. No será para siempre.

—Está bien.

—Te llamaré si surge algo—dijo—. Dale al pequeñito un beso de mi parte. Estaré en casa sobre las once. Y entonces hablaremos sobre lo que quieras.

Seguro, pensé. Le daré un beso al niño tan pronto como limpie todo este reguero, haga tamales en una cocina llena de vapores calientes, lave tres montones de ropitas apestosas y tiesas en el cuarto de lavar al final del pasillo y trate de mantener a un niño entretenido y fuera de peligro. ¡Ah! Y sin perder de vista a esa vieja filipina loca de los bajos, que ya es famosa por robarse las ropas mientras éstas se enjuagan.

—Está bien—dije—. Te quiero.

—Yo también te quiero—respondió con gran sentimiento.

Sentí pena por él. Estaba segura de que esto era tan duro para él como para mí. Quería mucho a Jack. Era un buen padre. Era duro estar en casa todo el tiempo, pero pensé que sería más difícil hallarse tanto tiempo alejado de Jack, como lo estaba Samuel.

—No te preocupes—dije—. Estaremos bien.

Pero no era cierto. No estaba bien. Mi vida no estaba bien. Acababa de recibir la mejor noticia de mi vida y me seguía sintiendo desgraciada. ¿Qué importaba el logro de un sueño si no tenías a nadie para compartirlo?

Suspiró.

—Lo sé—dijo—. Es que me siento tan culpable. Te quiero tanto. El único sitio del mundo donde quisiera estar es en casa contigo.

—El trabajo es el trabajo—dije.

—Es cierto. Está bien. Me alegra que lo entiendas. Te veo más tarde.

—Adiós.

Me lanzó un beso por teléfono, pero no tuve el valor de responderle igual. Hubiera sido como mentir.

Colgué y busqué toallas de papel. Los latones de basura de nuestro apartamento siempre estaban inundados de pañales y toallas desechables. Parecía como si yo sola fuera responsable de llenar cada vertedero en el sur de California. Uno trata de ser políticamente correcta, pensé, hasta que tiene un niño. Traté de mostrarme paciente con Jack, que ahora se dedicaba a lanzar al aire las pinturas que había estado haciendo una hora antes, para verlas caer por toda la sala como hojas de otoño. Hojas de otoño húmedas, que caían bocabajo. Me imaginé que no nos devolverían el depósito de seguridad.

—Por favor, no hagas eso—dije, mientras uno de los papeles aterrizaba bocabajo sobre el viejo sofá blanco de piel, manchándolo. Este sofá no estaba preparado para sobrevivir. Nada estaba limpio nunca en mi mundo. Sentí deseos de llorar.

—Por favor, no hagas eso—parodió Jack. Se echó a reír y corrió a su cuarto.

Después de limpiar y quitarle la pintura a Jack, y de luchar con él para vestirlo con otra muda de ropa—la cuarta en el día—, decidí que no soportaría ponerme a cocinar. Ni soportaría el calor, el sudor, el desorden . . . Todo por una comida que estaba casi segura que mi hijo se negaría siquiera a probar . . . No, de ninguna *manera*. No lo haría esta noche. Esta noche comeríamos comida rápida de McDonald's. Era políticamente incorrecto, dañino, terrible de mil maneras, pero era rápido y barato, y necesitaba conducir para hacerme a la idea de que estaba sola durante un rato, con el estéreo del auto encendido—y no con uno de esos CDs infantiles que ya no podía soportar—mientras el niño se interesaba tanto en los autos y los edificios que se quedaría tranquilo y no molestaría a nadie, especialmente a mí.

Durante un momento pensé en mi madre, y por primera vez vi las cosas desde su perspectiva.

Quizás ella no había querido desatenderme; quizás había estado ocupada viviendo su propia vida.

Mientras leía el menú de la entrada para autos, se me ocurrió que posiblemente Samuel no tendría tiempo para cenar. A pesar de sus ideas, era un gran amante de la Big Mac. Uno de nuestros placeres inconfesables era comprar comida rápida y devorarla en el auto mientras oíamos el programa de Phil Hendrie en la radio local. Encargué algo para él y decidí pasar por su oficina para sorprenderlo con la comida antes del panel. Me lo agradecería y, por lo menos, compartiríamos un rato en familia antes de que comenzara la mesa redonda. Quizás hasta tendría tiempo de darle la buena noticia. Estaba a punto de estallar de la emoción, y apenas podía esperar para contárselo a Samuel.

Me di cuenta que eso es lo que necesitaba hacer: poner más empeño en la relación con mi esposo, recordarle que lo amaba y que pensaba en él.

—¿Quieres ver a papi?—pregunté a Jack.

—Ver papi—gritó.

Comenzó a dar patadas de felicidad con sus piececitos. Estaba decidido. Iríamos a ver a papi.

La universidad se encontraba a unos cinco minutos del McDonald's en auto, y aparqué en el lote de la facultad gracias al pase que Samuel había conseguido para el Aerostar.

—Vamos, amor—le dije a Jack.

La idea de ver a Samuel, de hacer algo espontáneo con él por primera vez en no sé cuántos años, me levantó el ánimo. Desde que me di cuenta que a la gente le gustaba lo que yo escribía, me sentía una mujer diferente, más feliz, más espontánea. El Zoloft también ayudaba, claro.

Desabroché a Jack de su asiento, lo apoyé sobre mi cadera y aseguré las bolsas de papel con comida envenenada entre mis brazos.

—Vamos a sorprender a papi.

Mi hijo soltó una risita, imitando mi ánimo, como siempre. Si yo pudiera ser más feliz, pensé, mi hijo también lo sería.

El Centro de Estudios Chicanos aún estaba abierto, y la recepcionista nos saludó con nuestros nombres.

—¿Qué les trae por aquí?—preguntó.

—Queríamos sorprender a Samuel con una cena—sonreí, alzando las bolsas de McDonald's—. Nada *gourmet*, pero ya sabes que soy una mujer muy ocupada.

—¿Samuel?—repitió ella.

Pareció confundida, después incómoda.

—Mi marido—repetí en un tono de evidente verdad—. El profesor auxiliar más ocupado del departamento.

—Sí, ya lo sé—dijo sonriendo—. Pero no está aquí.

—Ah—exclamé—. Debe de haber salido a buscar algo de comer.

Ahora parecía preocupada.

—En realidad, no lo he visto en todo el día.

—¿Qué?

Le expliqué que él acababa de llamarme para decir que tenía que trabajar hasta tarde en la mesa redonda estudiantil. Ella movió la cabeza y se encogió de hombros.

—No tenemos ninguna mesa redonda esta noche—dijo.

Jack se retorció. Así es que lo solté y comenzó a correr por la oficina, ocultándose tras las montañas de libros que había por los rincones.

—¿Estás segura?—pregunté, y a mi hijo le dije—: No toques nada.

—Muy segura—respondió—. Pero volveré a mirar.

Levantó el receptor y llamó al director del centro, para preguntar sobre una mesa redonda.

—¿No hay ninguna?—preguntó al teléfono—. Ah, está bien. Gracias. Sólo quería asegurarme porque la esposa y el hijo de Samuel están aquí preguntando por él. Él le dijo que tenía que trabajar por la noche hasta tarde. Ajá. Está bien. Claro. La haré pasar enseguida.

La recepcionista me dijo que el director, quien siempre estaba insistiendo en conocer a mi madre, la famosa escritora y activista, quería verme en su oficina.

—Te cuidaré al pequeñito—se ofreció ella—. Me encantan los niños.

Me dirigí a la oficina del doctor García, que me recibió frente a su computadora con una expresión grave en el rostro. Aquella mirada no desdoraba el hecho de que era un hombre guapo e inteligente.

—Olivia—me invitó—. Ven, siéntate.

Lo hice.

—¿Cómo está Samuel?—me preguntó.

—Bien, supongo. ¿Por qué?

—Esta mañana llamó para decir que estaba enfermo, a causa del viaje desde la Florida.

Sacudí la cabeza.

—Él estuvo trabajando todo el día—dije—. Es decir, lo vi esta mañana antes de que saliera para el trabajo.

El doctor García, un hombre de unos sesenta años y de aspecto distinguido, de mirada bondadosa y rostro atractivo, pareció incómodo.

—En realidad—dijo—, hoy no vino a trabajar. Llamó para decir que estaba enfermo.

—¿Enfermo?—mi corazón comenzó a saltar.

—En los últimos meses, ha llamado a menudo para decir que estaba enfermo. Pensé que quizás tenía algún problema de salud.

—¿Qué? Nunca ha estado enfermo. Él nunca se enferma.

—Bueno—dijo, alzando las manos—. No quiero inmiscuirme.

—No—dije—. Eso no es posible. ¡Ha estado trabajando mucho! Ha trabajado hasta tarde casi todas las noches. Me dijo que usted le estaba dando mucho trabajo adicional.

El doctor García levantó las cejas.

—¿Te dijo eso?

—Sí—contesté.

—Bueno, eso es muy interesante. Tal vez sí deba inmiscuirme. No me gusta que me usen de coartada falsa.

—¿No ha *estado* aquí?—pregunté, sin creer lo que estaba oyendo.

—No.

Me observó y se encogió de hombros. Era difícil saber lo que estaba pensando.

—¡*Achís*!—exclamé—. Tendré que preguntarle sobre esto.

Mi estómago empezó a retorcerse de miedo.

—Había estado por preguntarles a ti o a Samuel sobre tu madre—continuó él, dulcificando su expresión—. He admirado su trabajo desde hace años y me encantaría preguntarle sobre lo que ha sucedido con los partidos obreros en El Salvador.

Sonreí débilmente.

—Claro—dije—. Veré si ella puede pasar por aquí.

—Es una extraordinaria escritora y erudita—suspiró—. Me sentiré honrado de poder tomar un té o un café con ella, cuando su horario se lo permita.

Tuve la impresión de que él admiraba a mi madre por algo más que su trabajo. Sería bueno que ella saliera con alguien. Ahora que lo pensaba, nunca había vuelto a salir con nadie, por lo menos que yo supiera. Nunca, después que mataron a mi padre.

—Seguro, se lo haré saber.

Me puse de pie y dije:

—Lo siento, doctor García. Pero mi hijo está allá afuera y tiene hambre. Tengo que irme.

—No te detengo más—se levantó y me colocó una mano en el hombro—. Olivia . . .

—¿Sí?

Sus ojos buscaron los míos.

—Cuídate. Ten cuidado.

—Gracias—dije.

No quería creer lo que vi en sus ojos: estaba preocupado por mí porque Samuel había estado mintiendo. Me apresuré a salir. Me siguió con ojos tristes. Corrí por el pasillo hasta el baño y me encerré en un cubículo hasta que pude controlar mi miedo. Me lavé la cara y corrí hasta el *lobby*, donde la recepcionista levantaba a Jack sobre su cabeza y lo lanzaba al aire con esa clase de felicidad y alegría que yo había perdido hacía tiempo. Jack chillaba de placer.

—Gracias por tu ayuda—dije a la recepcionista—. Lo siento, pero tenemos que irnos.

—Está bien—dijo—. Ha sido muy divertido. Adiós, Jack.

Mi hijo comenzó a gritar y a retorcerse en protesta. Quería quedarse ahí toda la noche para que lo lanzaran al aire. No lo culpé. Pero tenía la mala suerte de ser mi hijo y eso significaba que tendría que venir conmigo, adondequiera que fuera . . . y realmente no tenía idea adónde sería. Sólo sabía que no podía permanecer aquí.

Agarré las bolsas de McDonald's y corrí al carro mientras Jack chillaba en mi oído.

—¡Quiero la papa!—gritaba—. ¡Hambre!

Qué bien. Se me había olvidado darle la comida. Oh, Dios. Me detuve y respiré hondo. Tienes que ser fuerte por el bien del niño, me dije. No importa lo que esté pasando, tienes que ser fuerte por el bien del niño. Lo besé en la mejilla y traté de recuperarme.

Caminé hacia un espacio verde y despejado, hallé un banco y me senté. Traté de ocultar lo que sentía, es decir, miedo, traición, horror, dolor. Jack, intuitivo y listo como la mayoría de los niños, se dio cuenta de que algo ocurría.

—Mami no triste—dijo, como si diciéndolo pudiera hacerlo realidad.

Parecía asustado. Traté de sonreír, pero eso sólo lo asustó más.

—Mami contenta—dijo—. Mami contenta.

Comenzó a gemir, luego a llorar.

—No—dije, convencida de que la honestidad era la mejor política—. Mami está un poco confundida ahora. Pero mami te quiere y desea que te sientes en el banco cerca de ella y te comas tu comida.

—No—protestó.

Pero cuando abrí la caja con los *nuggets* de pollo, abrió la boca. Coloqué la comida en su boca, como si fuera un bebé de nuevo, y sentí el escozor de las lágrimas en mis ojos.

Jack me observó. Su mirada era la de un adulto, no la de un niño. Me observaba con su alma y me sentí la peor madre del mundo, maldiciendo, llorando, alimentándolo con McDonald's, aterrorizándolo. La peor de las madres.

—¿Quieres leche?—pregunté, intentando sonreír de nuevo.

—Quiero leche—dijo, haciendo un mohín—. Mami contenta.

—Mami no está contenta—dije, mientras abría el envase de cartón—. Pero volverá a estarlo pronto. Ahora está un poco confundida, eso es todo. Mami necesita hablar con papi.

Me estremecí cuando me di cuenta de que le estaba contando demasiado. Una madre no debía compartir sus conflictos emocionales con su hijo, ¿verdad? Sería una especie de abuso infantil.

—¡Noooo!—chilló—. Mami contenta. Mami no triste.

Encajé una pajita en el cartón y la llevé a sus labios. Bebió mientras me miraba con esos ojos.

—Escucha, Jack—dije, revolviéndole el cabello para suavizar el ánimo—. A veces las mamás se ponen un poco tristes, igual que le pasa a Jack. Pero eso no quiere decir que sea el fin del mundo. Mami está bien. Estamos bien. ¿Entiendes?

No dijo nada y se tragó la leche, engulléndola con ese sonido dulce y casi acartonado que hacía. Qué personita, pensé. Sus pies apenas colgaban sobre el borde del banco. Era un ser humano inocente, indefenso, pequeño, tan perfecto y hermoso . . . Me sentí invadida por una ola de puro amor y experimenté el instinto de una pantera que protege a su cría. Independientemente de lo que Samuel le estuviera haciendo a su familia, supe una cosa: tenía que proteger a mi hijo. Lo abracé, le planté una decena de besos en la cabeza, en las mejillas, en la frente. Quise apretarlo contra mi pecho y correr hacia algún lugar seguro.

—Mami te quiere mucho—dije, y la voz se me quebró.

Me miró con intensidad e inteligencia, intentando comprender. Que Dios me perdone si él recuerda esto el resto de sus días, pensé. Y dije:

—Mami nunca te hará daño.

—Quiero papas fritas—dijo, abriendo la boca como un pajarito.

Le di papas fritas. Le di pollo. Le di la leche. Aunque ya era lo bastante grande como para comer por sí mismo, le di su comida.

Y no lloró ni se quejó. Sólo observaba mis ojos en busca de una señal.

De regreso en el apartamento, sin saber cómo había llegado hasta allí, planté a Jack frente al televisor, bien atado a su sillita alta con una cinta Wiggles, y comencé a buscar entre todos los papeles que antes había ignorado. Encontré aquel que me había parecido tan raro una semana antes: la cuenta de la tienda del Servicio Postal. Llamé al número.

—¿Sí? ¿Todavía están abiertos?—pregunté.

—Sí, señora—dijo la amable mujer al otro lado de la línea—. La sucursal está abierta hasta la medianoche.

Sopesé mis opciones. Le dije la verdad.

—Mire, he descubierto algunas cosas raras sobre mi marido y me preguntaba si podría decirme si él tiene una casilla postal ahí. Tengo un recibo aquí, pero no sé nada sobre eso.

Le di nuestros nombres y esperé mientras ella tecleaba en su computadora.

—Samuel Reyes y Olivia Flores—dijo—. Sí. Tiene una casilla.

—¿Mi nombre está ahí?

—Bueno, parece que usó su cuenta de cheque conjunta para alquilar la casilla, así que su nombre entró automáticamente a partir del cheque.

—¿Significa eso que puedo obtener una llave?

—Aquí dice que enviamos dos llaves.

—Nunca me dio ninguna.

—Puedo darle otra. Serán cinco dólares.

—Bien.

Colgué y llamé a Alexis. No contestó a su celular, así es que llamé a Marcella. Iba camino a su casa desde el gimnasio. Qué maravilloso sería tener tanto tiempo para uno mismo. Le conté lo que estaba pasando y le pregunté si no le importaría quedarse con mi hijo por un rato.

—Sé que no nos conocemos muy bien—dije—. Pero no sé a quién más llamar.

Supongo que podría haber llamado a una de las mamás cuyos hijos se reunían para jugar, pero la verdad es que no quería que se enteraran de esto, y también era posible que sus hijos se estuvieran preparando para irse a la cama.

—No hay problema—me aseguró—. ¿Dónde vives?

Se lo dije y ella respondió:

—La verdad es que estoy cerca, en Wilshire. Iré para allá.

El buzón de correos contenía exactamente cinco artículos: la factura de una cuenta en Internet de AOL, que yo desconocía que Samuel tuviera (su nombre de acceso era *principemoreno*) y cuatro cartas de amor de una mujer llamada Lisa Benavides, cuya dirección en South El Monte aparecía clara y amorosamente impresa en una insólita tinta púrpura.

—Ay, Dios mío—gemí.

Me senté en el auto y leí las cartas. Era una estudiante de posgrado, diez años más joven que Samuel. Él la había acompañado a Tijuana para ver a su abuela en su lecho de muerte y ella le daba las gracias por el viaje. Habían hecho el amor en su auto, en el parqueo de la universidad. Ella sabía que Samuel estaba casado, pero albergaba la idea de que estaba planeando dejarme apenas yo me repusiera de mi depresión y del "síndrome de estrés postraumático". ¿Le había contado a esa mujer mi problema? ¿Se lo había contado a *esa* mujer?

¿El *cerote* me estaba *engañando*?

Comencé a temblar. Llamé a Marcella desde mi apartamento y le conté lo que había descubierto. Luego le pedí que hiciera una búsqueda en mapa por Internet para saber cómo podía llegar a casa de Lisa Benavides.

—¿Estás segura de que quieres hacer esto?—preguntó—. Piénsalo bien.

—Sí—dije.

—Respira, Olivia.

—Estoy respirando.

—¿Quieres que vaya contigo?

—No—me negué—. Quédate jugando con Jack.

—Es lo que he estado haciendo—dijo Marcella, que parecía sorprendida y complacida consigo misma—. Es realmente divertido. Parece una personita.

—Los niños son personas, Marcella.

—Ya lo sé, pendeja. Era sólo un decir.

—Por favor, no digas malas palabras delante de Jack.

—Es verdad. Perdona.

Me pidió que esperara un momento y pude oír que Jack se reía, repitiendo "pendeja" una y otra vez hasta que ella lo mandó a callar. A Jack le encantaba aprender palabras nuevas. Regresó al teléfono trayendo las instrucciones, y las escribí en el reverso de uno de los sobres.

Mientras manejaba, sentí como si me apretaran el estómago con un puño. Tenía la sangre helada y las entrañas insensibles, como si me hubieran envenenado. No podía respirar. ¿Cómo había podido ser tan estúpida? Esto no estaba ocurriendo. Esto no podía estar ocurriendo. Samuel me amaba y amaba a Jack. Ambos nos amábamos. ¿Por qué iba a hacer algo así?

Llegué a la casa y, sin ninguna duda, era su Sonata lo que estaba parqueado en la entrada, con todas sus pegatinas izquierdistas. Junto a él se hallaba el que supuse fuera el auto de Lisa: un Datsun viejo y oxidado, de color amarillo mostaza. La casita tampoco era nada especial, apenas uno de esos baratos cajones de estuco de los años sesenta, con un techo inclinado y un trozo de césped seco al frente. Todas las ventanas estaban cubiertas por rejas, y varios fragmentos de estuco habían caído de las paredes sobre la maleza. De algún modo, esto me disgustó. Si me iba a engañar, por lo menos que lo hiciera en un buen vecindario. ¿Estaba poniendo en peligro nuestra relación por una rata de barrio? ¿Por qué? No tenía ningún sentido.

—Ay, Dios mío—gemí.

En la ventana del frente, a través de las finas cortinas de algodón que estaban corridas, pude ver un movimiento en el interior.

Aparqué el Aerostar en la calle, frente a la casa, y caminé hasta la puerta. El timbre sonó roncamente, acorde con el olor de la calle.

Todo ocurrió mucho más rápido de lo que hubiera imaginado. La puerta se abrió y ella se quedó allí, sonriendo amistosamente como si yo fuera alguna vendedora a la que tendría que echar. Viéndola, comprendí con una oleada de miedo y envidia por qué Samuel se arriesgaba, y por qué lo hacía en un sitio mierdero de la ciudad. Era hermosa, más alta que yo y con el cabello castaño muy largo. Llevaba un pantalón de sudadera enrollado sobre su vientre que, según noté, no tenía las marcas ni las cicatrices que yo había heredado del embarazo y la cesárea. También llevaba un *top* ajustado estampado con la palabra *zorrita*. Marcella me llamaba *zorra* y siempre hablaba sobre la improbabilidad de las coincidencias. ¿Qué significaba eso?

—¿Eres Lisa?—pregunté.

Sonrió y asintió. Tenía unos ojos marrones, grandes e inteligentes. Olía a sexo. Conocía ese olor.

—Soy Olivia, la esposa de tu novio.

La sonrisa de Lisa se apagó.

—Ah—dijo—. Hola.

¿Hola? ¿Eso era todo? No se quitó del paso, ni pareció sorprendida ni cerró la puerta. Se quedó parada allí, con la puerta entreabierta, mirándome.

—¿Puedo hablar con Samuel?—pregunté.

—Déjame ver si quiere hablar contigo—respondió, y cerró la puerta.

No podía creerlo. ¿Iba a preguntarle a él? ¿Como si fuera él quien debía estar allí y yo no? ¿Como si ella tuviera más derecho a él que yo?

Segundos después, la puerta volvió a abrirse y Samuel se asomó con mirada afligida, saliendo tímidamente al porche por la puerta entreabierta.

—Olivia—dijo, mirando el cemento agrietado del suelo—. Puedo explicártelo todo.

Yo no podía hablar. No sentía nada. Mi psiquiatra me había dicho que la insensibilidad ante el dolor era parte del síndrome.

—Estaba planeando terminar con ella—me dijo—. Estaba en la clase conmigo, y ella . . . —se detuvo y suspiró como si se odiara a sí mismo. Hizo un gesto en el aire—. Lo siento. Soy un mierda.

Lo miré y traté de sentir algo, cualquier cosa. Nada ocurrió.

—Ella me persiguió. Sé que suena estúpido, pero es la verdad. Ocurrió aquella vez en que no tuvimos relaciones sexuales durante siete meses o algo así, cuando ni siquiera querías tocarme. No hice nada durante mucho tiempo, pero una vez salí a tomar algo con ella y . . . sucedió. Me sentí mal. Me sentí terrible. Pero era como si ya no tuviéramos un matrimonio, era como si sólo fuéramos buenos amigos.

—¿Amigos?—pregunté—. ¡Púchica!

—Sabes que no éramos un verdadero matrimonio.

—Quieres decir que no teníamos relaciones sexuales—dije.

—Sí.

—Así es que las tuviste con tu estudiante. Chuco.

Asintió.

—Pero después comenzaste a mejorar con las medicinas y tus nuevas amigas. Las cosas comenzaron a mejorar entre nosotros y estaba preparándome para romper con ella. Iba a hacerlo esta noche, te lo juro. Sé que parece la mayor mentira del mundo, pero . . .

Se detuvo.

—Oh, mierda—dijo—. Estoy hablando como un pendejo.

Lo fulminé con la mirada.

—Es bonita—comenté—. Mucho más bonita que yo. ¿Qué edad tiene? ¿Doce? ¿Trece?

—Por favor.

—¿Dónde estuviste hoy?—pregunté.

—¿Qué?

—Fui a tu oficina. Me dijeron que llamaste para decir que estabas enfermo.

Esta vez se quedó mirando el techo del portal y sonrió:

—Lo siento. Estaba con ella.

—Con Lisa.

Asintió.

—¿Adónde fueron?

—Quería ir a caminar un rato. Así que fuimos a caminar. Acabamos de llegar.

—Qué bien de tu parte.

Podía escuchar los latidos de mi corazón como si se tratara de algo ajeno a mi cuerpo, mientras la insensibilidad se extendía.

—Hay algo que había estado esperando para decirte—le dije, y vi que se estremecía como si esperara que le escupiera o algo así—. Vendí mi guión. Marcella va a protagonizarlo y Columbus Pictures va a distribuir la película.

Sonrió tristemente y asintió.

—Qué bueno. Felicidades.

—Desde hace días que quiero decírtelo, pero has estado muy ocupado sirviendo de niñera a tu estudiante.

Di media vuelta y me dirigí al Aerostar.

—Olivia—llamó—. ¿Adónde vas?

—A casa—dije.

—¿Puedo regresar?—preguntó.

—No sé—dije—. Ahora no quiero hablar contigo.

En ese instante, lo único que deseaba era estar lo más lejos posible de ese Samuel desconocido, estar en casa con mi hijo, proteger lo que quedaba de mi familia.

Jack estaba tan excitado con su nueva amiga de juegos que no se había dormido. Cuando entré, se perseguían alrededor de la mesa del comedor, aullando como hienas. Marcella era un monstruo convincente, y me di cuenta de que posiblemente las actrices eran unas madres divertidas. Marcella pareció avergonzada de estar pasándola tan bien en compañía de un niño.

—Hora de dormir—anuncié.

Jack chilló y enseguida se tiró al suelo, llorando.

—Mamá pendeja—gritó.

—¡Marcella!—le lancé una mirada fulminante.

—Lo siento. La habría aprendido tarde o temprano—dijo ella.

—Jack, ve a tu cuarto y métete en la cama.

Jack comenzó a chillar más alto, con el rostro descompuesto y rojo.

—¿Qué estás haciendo?—preguntó Marcella—. ¿Por qué está llorando?—Se me quedó mirando como si yo fuera una madre que maltratara a su hijo—. ¡Le estás haciendo daño!

—Eso se llama "sentar límites", y es algo que los padres, no las niñeras, tienen que hacer—le expliqué—. No está sufriendo, está aprendiendo que no siempre se puede salir con la suya.

—No lo hagas llorar—pidió ella—. Estábamos divirtiéndonos.

—Son más de las diez—dije—. Y necesita irse a la cama. Los cerebros de los niños sólo crecen cuando están dormidos.

Lo agarré contra su voluntad, lo metí en la cama y canté las canciones de siempre. Pronto se enjugó las lágrimas y comenzó a roncar con una sonrisa tranquila en el rostro, sin saber que su mundo estaba cayéndose a pedazos.

Marcella se quedó y me preparó una taza de té.

—Me parece increíble que yo no sea una cagada total con los niños—dijo sonriendo—. De verdad que fue divertido pasar la noche con tu niño.

—Qué bien—dije.

Me sentía tan indiferente que apenas oía lo que estaba diciéndome. Avancé tambaleándome hacia el sofá y me senté con el mismo cuidado que ponía cuando estaba embarazada, como si mis huesos pudieran romperse bajo el peso de mi desgracia.

—Lo siento—dijo—. ¿Quieres que hablemos de eso?

—En realidad, no—dije.

—¿Estaban allí?

—Ajá.

Movió la cabeza y se sentó en el sofá junto a mí. Tomó el control remoto y encendió la televisión.

—Se supone que las madres puedan ayudar en este tipo de cosas. Cocinan para ti y todo eso.

—Sí—dije.

—Te prestaría a la mía, pero ella no pertenece a ese tipo de madres. Aunque si te entran ganas de suicidarte, lo más seguro es que tenga el medicamento que te hace falta. Posiblemente hasta tenga un manual de cómo hacerlo.

—Ajá.

No supe qué más decirle.

Marcella detuvo el control remoto en un programa sobre la naturaleza, con cabras montañesas que saltaban.

—Casi siempre hay que pagar para ver la pornografía más fuerte.

Me pregunté cómo harían las cabras para permanecer en la ladera vertical del risco sin caerse. Marcella cambió el canal para Fox News. Otro fascista que se hacía pasar por locutor.

—Creo que prefiero la pornografía animal—dije.

Marcella se rió, me echó el brazo por encima del hombro y me apretó.

—O'Reilly es el diablo.

—Más o menos—dije.

—¿Y qué hubo de Alexis y toda esa mierda republicana?

Me encogí de hombros.

—Alexis tiene buenas intenciones.

—Lo siento—dijo Marcella, mientras cambiaba a un canal de videos musicales en español—. No debe haber nada más jodido que estar en tu lugar.

—Gracias. Me siento *mucho* mejor ahora.

—¿Eso era *sarcasmo*?—preguntó, y colocó su cabeza sobre mi hombro—. Qué niña tan mala.

Miré la televisión por un minuto, y dije sin apartar los ojos de la pantalla:

—Su novia era bonita.

—Eso es bueno—dijo, tomándome la mano.

—¿Por qué es bueno?

—Bueno, habría sido muy jodido si hubiera sido fea. Eso significaría que estabas por debajo de una tipa fea.

Me sentía lela. Sabía que tendría que llorar en algún momento, pero no sabía cuándo ocurriría eso.

—No puedo creerlo—dije.

—¿Quieres que te diga algo? Estás en un buen momento, no lo necesitas. Al menos, económicamente. Ahora eres libre. Eso es bueno.

—¿Y si ella tuviera alguna enfermedad?—pregunté.

—¿No tienes un buen médico?—replicó Marcella.

—Sí.

—Mañana a primera hora, pides una cita—aconsejó—. Y te haces cada jodido examen que existe en el jodido universo.

Asentí. Era sensato.

—No fui lo bastante buena para él—me lamenté.

—No comas mierda—dijo—. Esto no tiene nada que ver contigo. Toda la culpa es suya, ¿oíste? Él es quien tiene problemas.

—¿Qué voy a hacer?—pregunté—. ¿Qué voy a hacer con Jack?

—Vas a tomarte algún tiempo para pensar. Jack estará bien, pase lo que pase. Es un niño muy inteligente.

—No necesito pensar. Tendré que dejarlo, ¿verdad?

Marcella cambió con rapidez los canales y se aclaró la garganta.

—No necesariamente.

—¿Cómo?

—¿Lo quieres?

—Sí. No sé. Creo que sí. Yo amaba a la persona que pensaba que era, pero él ya no es esa persona.

—¿Tú crees que él te ama?

—Antes sí . . . No sé.

—Entonces quizás funcione. A veces estas cosas suceden como una alarma para que el matrimonio regrese a sus carriles.

—No puedo creerlo—dije—. Púchica.

En ese momento, la puerta se abrió y Samuel entró. Sus ojos estaban rojos del llanto y parecía sin resuello.

—Soy un mierda—dijo, cerrando la puerta y dejándose caer hasta el suelo—. Perdóname, Olivia.

—Samuel, ésta es mi amiga Marcella—dije.

—Hola—dijo, pero aunque estaba tratando de probar que no era un cerdo, la miró boquiabierto como si ella estuviera desnuda—. Felicidades por la película. Es magnífica.

—Encantada de conocerte—dijo Marcella.

Ella se puso de pie y fingió mirar un reloj que no tenía.

—Ay, mira qué hora es. Tengo que irme. ¿Estás bien?

—Sí—dije.

—¿Quieres que me quede?

—No.

—Llama si me necesitas—dijo ella y se marchó.

Samuel trató de no mirar el trasero de Marcella cuando ella se marchaba, pero fracasó. Luego se tambaleó junto al sofá y se sentó.

—Tenemos que hablar—decidió.

Saqué una sábana del clóset de ropa en el pasillo, y se la arrojé.

—No tengo ganas de hablar—dije.

—Tenemos que hacerlo—repitió.

—Ahora necesito dormir—dije—. Si alguna vez volvemos a hablar, será bajo mis condiciones.

MARCELLA

Me acosté bocarriba sobre la cubrecama de terciopelo negro y me quedé mirando las paredes lilas de mi dormitorio, mientras pensaba: "Estúpido Samuel". Olivia es una mujer linda. Bonita. Una excelente madre. Una de las mejores guionistas que he leído. Ha sobrevivido a toda la mierda imaginable en El Salvador, y es admirable sólo por el hecho de estar viva. Ha sacrificado su vida por él y por su hijo. Y no supo apreciarlo. Durante toda la mierda que ocurrió con Ian y tío Hubert y con todas las otras pendejadas, por lo menos tenía la imagen de Olivia y Samuel en mi cabeza, recordándome que el verdadero amor y los hombres buenos existían. Pero ya no. ¿Por qué la gente era tan complicada y tan descuidada?

Le di un puñetazo a uno de los almohadones de color crema, tomé el control del estéreo que colgaba de la pared y puse a Juan Luis Guerra a todo volumen. La mayoría de los merengues eran obscenos, lo cual no es algo necesariamente malo, aunque sí estúpido. Juan Luis Guerra era la excepción. Así ocurría también con el amor . . . con los hombres. Había muy pocas excepciones en la estúpida regla. ¿Qué *pasaba* con los hombres? Si no eran unos pendejos vengativos, eran gays. Y cuando no eran pendejos o gays, eran maniáticos sexuales. Cuando no eran esas cosas, eran tipos raros y llenos de metales y alambres, con el pelo azul o morado, que te besaban la mano y te hacían sentir nerviosa y excitada aunque fueran groseros y detestables. Mi vida estaba llenándose de personajes excéntricos. Primero Alexis. Después Olivia. Ahora Carmelo.

Me unté loción Cellex–C en las piernas, el torso y los brazos, y me aseguré que la depilación con cera del salón me hubiera quitado hasta el último vello. Me gustaba sentirme suave y depilada, especialmente cuando me dirigía al gimnasio, como ahora.

Mi hermanita Matilde opinaba que todo eso de que las mujeres se afeitaran o depilaran con cera para quitarse los vellos del cuerpo era una conspiración patriarcal para despojarnos de nuestros derechos como seres humanos. Matilde se volvía cada vez más idiota en la universidad. Un cuerpo suave era más agradable de tocar y de mirar, ya fuera masculino o femenino, y cuando éstos tenían más de cinco pies y menstruaban, ya no quedaba nada infantil en ellos, aunque fueran calvos. Compadecía a toda mujer lo bastante insegura y débil como para creer que su humanidad y adultez dependían de si tenía o no vellos en el cuerpo.

—¿Hola?—respondió.

—Ey—dije—, si el vello corporal es un indicio de humanidad en la mujer, ¿eso hace que las griegas sean más humanas que las japonesas?

—¿Marcella?

—Cuando tengas una respuesta, llámame.

Colgué. Siempre colgaba sin despedirme, y eso era todo.

Mi teléfono sonó.

Respondí:

—*Oui*, pendeja feminista.

No era el más amable de los saludos, es cierto, pero no estaba de humor para oír una charla de mi propia hermana. Además, tenía hambre. Me había matado de inanición durante una semana, después que Gabe comentó que me veía "hinchada" en el rodaje de la semana pasada. Para decirlo con suavidad, odiaba la cabrona palabra.

—Marcella—susurró una voz baja y sexy.

Definitivamente, no era Matilde. Pese a su pasión por el feminismo, todavía no hablaba como Janet Reno.

—¿Quién es?

—Carmelo, el Fantasma—dijo la voz—. *Pendeja feminista* es una de las mejores descripciones que he oído de mí en mucho tiempo. Gracias.

—¡El fantasmal chico de Sancocho!—exclamé en tono mucho más alegre. Él también odiaba al mundo. Me sentí feliz de escucharle—. ¿Cómo estás?

—Llamo para decir que te escribí una canción—dijo, como si no acabara de preguntarle cómo estaba. Era casi tan descortés como yo. Eso me gustaba.

—¿Que qué?

—¿Puedo tocártela más tarde?

—No sé—dije—. Se me hace tarde. Adiós.

—¿Cuándo regresarás? Quiero llevarte la canción.

—No sé.

—¿Dónde vives? Te la dejaré allí.

Miré mi imagen en el espejo sobre el tocador, con una pregunta en los ojos. ¿Debería darle mi dirección a este hombre raro, aunque dulce y decididamente inestable? Bueno, era *rico*. O debía serlo si estaba escribiendo todos esos éxitos para Timi Martínez y todas esas cosas. ¿Y cuántas veces un hombre me dedicaba una canción? A ver, déjame ver . . . pues . . . *ninguna*.

Le di mi dirección en Laurel Canyon.

—Allí estará cuando regreses—me aseguró.

—Muy bien.

Sonaba muy raro, como si estuviera un poco ausente.

—Se titula "La sangre de tu cerebro"—dijo.

De pronto, tuve visiones de Billy Bob Thornton y de ese frasco que Angelina Jolie llevaba colgado del cuello, y me arrepentí de haberle dado mi dirección.

—Adiós, conde Chocula.

Colgué, y salí para el gimnasio, rumbo a una nueva clase de ejercicios llamada "Los chicos de la pelota."

Cuando regresé a casa, revisé el buzón y encontré dentro un CD con lo que parecía ser una tarjeta donde había una huella dactilar impresa con sangre seca, dentro del dibujo garabateado de una boca abierta con colmillos salientes.

—Perfecto—me dije a mí misma.

Miré en torno para asegurarme que el pequeño psicópata Sancocho no estuviera merodeando entre los árboles con un hacha. Revisé el techo de mi portal para asegurarme que no hubiera adoptado la talla de un murciélago y se hubiera colgado de las vigas con las uñas de los pies.

Una vez en casa, coloqué el CD en el estéreo mientras me preparaba una merienda: galletas de arroz con agua efervescente y lima. Pero pronto tuve que dejar de masticar las galletas, porque sonaban mucho dentro de mi cabeza y abrumaba la belleza y la calidad de la canción. Tal vez fuera raro, tal vez su aspecto luciera ridículo, pero no había duda de que el Chico Sancocho era un tremendo compositor. Y cantante. Y programador. Y teclista. Las notas dentro del CD decían que lo había hecho todo. Y qué voz. Se parecía a la de Timi, pero más potente. Su voz rugía y suplicaba. Y la canción hablaba de la importancia de seguir el llamado de tu propio corazón. Ahora que lo pensaba mejor, se parecía a Kravitz.

Cuando terminó, la puse de nuevo. Lo hice quince veces, y al final no pude creer que un hombre que había hablado conmigo unos minutos hubiera podido entenderme tan bien. Volví a mirar el estuche del CD y, por supuesto, su teléfono estaba garabateado al pie en tinta roja. ¿O escrito con sangre con un palillo de dientes? Llamé.

—Es preciosa—dije.

—Ven conmigo a una fiesta—me invitó.

—¿Cuándo?

—El sábado.

—Está bien.

—Te recogeré a las siete y nos iremos a cenar—dijo—. Apuesto a que te gusta la comida francesa y el *sushi*. Pero sólo los vegetales. Nada de carne para ti.

Me quedé mirando el CD. ¿Quién era este tipo?

—Es cierto—admití—. ¿Te lo dijo Alexis?

—¿Quién?

—Alexis, mi amiga . . . la publicista de Goyo.

—Nadie me lo dijo. Lo leí en tu aura.

—Ah, claro. La consabida aura del *sushi* que huele a algas.

—Es de color azul claro.

—Tengo que irme, conde Chocula—dije.

—Te veo el sábado, muchacha azul.

—Adiós.

—Adiós.

Desconecté el teléfono y volví a poner la canción . . . unas cien veces más. Y dejé que el excéntrico Carmelo, el díscolo y repulsivo Chico Sancocho, me arrullara hasta el sueño.

CARIDAD

Correo reenviado de JulindaLinda@cuny.edu
Para: Goyo528@rappermail.com
De: Chicabata@cubalinda.cu
Asunto: no puedo esperar
Fecha: 8 abril

Goyo, cachorro, qué hubo. Entiendo que no estás disponible, sé cómo dele-trear y me disculpo por flirtear. Chao. Juli.

Mi querido Goyo:
¡Dios! No puedo creer que finalmente voy a verte. Muchas gracias, y dale las gracias a tu agente. Sólo tengo que pedirte un último favor, Goyo. Y si no quieres hacerlo, entenderé. ¿Te acuerdas de mi primo Amado? ¿El que era de Pinar del Río? Se mudó a La Habana después que te fuiste. Se ha metido en un problema, Goyo, y cuando digo problema, hablo de uno grande. Es escritor y disidente, y dice que soy la única a la que se atreve a pedir ayuda. Goyo, tú sabes que la sangre hala, y no sé qué hacer con un primo que me pide que le salve la vida. No sé a quién más pedir ayuda. Un abrazote y besos,
Caridad Heredia

ALEXIS

Está bien, quizás no sea el tipo de cosas que una agente le pida a un cliente nuevo y prometedor, pero le rogué a Goyo que me acompañara al edificio del *Los Angeles Times* mientras yo le pedía explicaciones al editor de Daniel sobre la carta que me había dejado en la puerta. De todos modos, L.A. ya me estaba cansando. Dos años atrás, jamás habría usado mi profesión para obligar a un tipo a que pasara un tiempo conmigo. Ahora estaba comenzando a pensar y a actuar como un verdadero agente de Hollywood, cuidando de la persona más importante, es decir, de mí. Muy triste.

Le había contado a Goyo sobre la carta de Daniel, y él me sugirió que me enfrentara al jefe de Daniel en persona, en lugar de hacerlo por teléfono, para que ellos pudieran ver con sus propios ojos el texto escrito de su puño y letra. Se me antojó que la única razón por la que no había pensado en eso era que, cada vez que veía a Goyo, mis células cerebrales se enquistaban y mis células sexuales asumían el control. Era una absoluta calamidad.

Yo había hecho una cita con el editor que, al igual que cualquier otro editor de prensa que hubiera conocido, se llamaba Bob. Pero no quería ir sola, por si Daniel estaba allí y quería cometer alguna locura.

Goyo se reunió conmigo en el centro, en el café Briazz de la Plaza California, donde nos tomamos unos capuchinos helados y miramos a los niños que chapoteaban en la fuente. Agosto era el mes más caluroso en L.A., y estas criaturitas estaba disfrutándolo al máximo. Estuve a punto de unirme a ellas.

—Esto —dijo Goyo, levantando su taza— es lo más parecido a un café cubano que puedes conseguir. Y todavía no está lo bastante fuerte.

—Uuuu—bromeé—. Debes ser un verdadero machazo para poder aguantar ese café tan bien.

Hice como que le pellizcaba un bícep, a manera de broma, pero en realidad sólo quería tocarlo.

Se rió. Me encantaba su risa. Parecía reírse de todo lo que yo decía.

—Son tan graciosas—dije, observando cómo dos niñitas con atuendos púrpuras iguales corrían dando gritos bajo el chorro de la fuente. La mirada de Goyo se enterneció al ver a los niños.

—Estoy loco por tener los míos—dijo.

Mi corazón saltó de gozo y dio una vuelta de carnero. En todos mis años de salir con hombres o de oír los cuentos de mis amigas sobre ellos, jamás había oído de alguno que expresara por sí mismo sus deseos de ser padre.

—¿Es una broma?—pregunté.

Volvió hacia mí su mirada herida y movió la cabeza.

—¿Por qué iba a bromear sobre una cosa así?

—Lo siento, cariño—dije—. Es que no he oído a muchos tipos solteros que digan cuánto les gustaría ser papás.

—No soy soltero—dijo con esos ojos de ensueño—. Y Caridad es muy buena con los niños. Va a ser una gran madre.

Me miró con una expresión que yo hubiera jurado era de deseo, lo cual hizo que mi cerebro se diera contra mi cabeza porque ¿no acababa de deshacerse en elogios sobre su asquerosa novia?

—Creo que tú también serás una gran mamá—dijo.

Se acercó y tocó mi mano con un dedo, ligera y juguetonamente, mientras me miraba a los ojos. Mi pulso se aceleró y retiré la mano como si me hubiera quemado.

—Tú serás un gran papá.

Hubiera deseado que fuera el padre de *mis* hijos y no de la progenie de esa diablesa que llegaría en cualquier momento, pero ¿qué podía hacer? El papeleo ya estaba casi listo, y nos habíamos puesto de acuerdo con un hombre de negocios mexicano que viajaba con frecuencia a Cuba y que, por un precio razonable, estaba dispuesto a pasar de contrabando los papeles. Si todo seguía como se había planeado, Caridad llegaría en menos de un mes, junto con su primo Amado. Goyo estaba transido de felicidad, por supuesto; y yo me sentía contenta por él. Pero de todos modos me dolía. ¿Quién sabe? Tal vez Amado sería mi tipo. Mientras no fuera comunista.

—¿Tú crees?—preguntó.

—Sin ninguna duda, corazón—dije—. Eres un caballero. Eres divertido. Tienes más talento que el diablo. ¿Qué te falta?

Me miró con pena y paciencia.

—Lo más importante que un padre puede ser para su hijo es un guía moral—dijo—. Quiero ser fuerte y bueno. Y quiero enseñarles a mis hijos la diferencia entre el bien y el mal. Eso es lo más importante. El dinero no importa.

—Bueno, el hecho de que estés pensando en todo eso me dice que lo harás bien—dije.

Miré en lontananza hacia la nebulosa silueta de la ciudad. Un avión chino de pasajeros voló rozando los techos de los edificios. Daniel me había explicado una vez que, al despegar, los vuelos con destino a Asia pasaban a poca altura por el centro de la ciudad porque estaban tan llenos de combustible que se demoraban en ganar altitud. Los reporteros estaban llenos de información curiosa.

—¿Estás bien?—preguntó, nuevamente tocando mi mano.

—Claro, cariño. ¿Por qué?—quise saber.

—Mientras más te conozco, más fácil me resulta saber lo que piensas—dijo.

Apartó un mechón de cabello, llevándolo detrás de mi oreja, y sonrió. Me derretí mientras preguntaba:

—¿Qué ocurre?

Tenía que pensar en una mentira. No podía decirle que estaba enamorada de él o que, de algún modo, extrañaba a Daniel: un hombre al que nunca pensé que se pudiera extrañar.

—Estoy preocupada por esa reunión con el editor—dije—. Y hoy Marcella y Olivia están entrevistando a varios directores para la película.

Movió su cabeza.

—No te preocupes por eso—me tranquilizó—. Ya lo arreglaremos todo. Daniel no puede incriminarte, Alexis. Tú no has hecho nada malo. Él, por el contrario, debería estar preocupado por su trabajo. Y en cuanto a la película . . . todo irá bien.

Asentí.

—Tienes razón—dije—. ¿Nos vamos?

—Sí—dijo.

Pareció como si estuviera pensando algo más . . . como si estuviera pensando en besarme. Sé que no fue una fantasía. Miró mis labios y se acercó. Conocía esa mirada. La conocía.

—Alexis—susurró.

—¿Sí, corazón?

Traté de que mis nervios no me traicionaran.

Goyo apartó la vista, súbitamente avergonzado.

—Nada—dijo—. Vamos.

El decrépito edificio del *Times*, que al parecer creía hallarse en una zona de guerra del Medio Oriente, en realidad estaba a unos pasos de la Plaza California, al final de una bajada que terminaba en una aglomeración de restaurantes coreanos con parrillada, callejones asquerosos y almacenes que daban miedo. Por alguna razón, mientras crecía, nunca imaginé que Los Ángeles fuera una ciudad llena de colinas con grandes espacios verdes intercalados, pero aquí estaba. No se parecía en nada a Dallas. La espesa y asfixiante masa de contaminación era un organismo vivo y palpitante que uno podía ver a casi una milla de distancia en todas direcciones, o al menos eso ocurría durante los días en que la visibilidad llegaba un poco más allá de las dos calles habituales.

El antiguo edificio había sido actualizado con un moderno sistema de seguridad. Un guardia con aspecto aburrido, que nos detuvo en el vestíbulo, telefoneó a Bob el editor para asegurarse de que éramos quienes decíamos ser. Mostramos nuestras tarjetas de identificación y nos dieron unos pases.

Tomamos el elevador hasta el tercer piso. La asistente de Bob nos recibió al salir del elevador y nos guió por el oscuro pasillo hasta su oficina. Había estado aquí muchas veces y encontré la sala de noticias tan deprimente como siempre: un lugar lleno de luces fluorescentes y de gente estresada y con sobrepeso. Mientras atravesábamos la sala de noticias, Goyo tropezó con una joven atractiva, pero de aspecto furioso, que no parecía saber adónde iba. La joven caminaba junto a un hombre alto que llevaba una tablilla para mensajes.

—A ver si tiene más cuidado—dijo la joven.

La asistente de Bob le sonrió al hombre que llevaba la tablilla, y él le devolvió el saludo. Presentó a la joven, que tenía pecas y cabellos rojos y muy rizados, como "nuestra candidata para ocupar la plaza de columnista local, Lauren Fernández. Escribe en Boston y estará por aquí un par de días".

—Mucho gusto en conocerla—dijo la asistente de Bob—. Buena suerte.

—Gracias—dijo Lauren, aún mirando a Goyo.

Intercambiamos apretones de mano y sonreímos, pero me sentí aliviada cuando se marchó.

Bob se hallaba junto a la puerta, con pantalones caqui y una camisa de rayas abotonada. Lo había visto varias veces, de manera informal, pero nunca habíamos hablado sin que Daniel estuviera presente.

—Alexis—me saludó—. ¿Cómo estás?

Me dio la mano. Y a Goyo le dijo:

—Soy Bob Turner.

—Vladimir Menéndez—contestó Goyo, estrechando su mano.

—¿Qué puedo hacer por ustedes?—preguntó Bob, moviendo dos sillas que se hallaban ante una mesa redonda, en un rincón de la oficina—. Por favor, siéntense.

Miré a Goyo, quien asintió y sonrió con una mirada de aprobación que me alentaba a hablar.

—Sabes que salí con Daniel durante algún tiempo—dije.

—Lo sabía, sí—dijo Bob.

—No sé cuánto conoces sobre la vida de Daniel fuera del trabajo—comencé.

—No socializo con Daniel. Sólo sé que es un reportero muy bueno, uno de los mejores con los que he trabajado.

—Sí—asentí—. Hay momentos en los que Daniel impresiona. Pero creo que debe ver esto.

Con mano temblorosa, extraje de mi bolso el sobre de manila con la carta y el artículo, y los dejé sobre la mesa.

—No acostumbro a traer la vida privada de un hombre a la oficina—continué—. No soy una persona vengativa. Nunca mostraría esto sólo para hacerle daño a Daniel. Quiero que quede claro.

—¿Qué debo ver?—dijo Bob.

—Dejaré que lo leas—dije.

Bob leyó con un ceño fruncido que se iba arrugando más a medida que avanzaba en la lectura. Terminó y soltó un silbidito entre los dientes. Parecía preocupado y molesto.

—¿Cuándo te dio esto?—preguntó Bob.

—Lo dejó en la puerta de mi casa—dije—. No quiero meter a Daniel en un problema. Pero no creo que deba ser calumniada por este periódico, sólo porque mi ex piense que merezco un castigo por haberlo dejado.

—Debes saber que yo no sabía nada de esto—dijo Bob.

—Claro—dije.

—Y tendré que oír su versión del asunto.

—Bien—dije frunciendo el ceño.

No sabía cómo Daniel podría salirse de esto. No tenía manera.

—Esto levanta enormes interrogantes para mí—dijo Bob—. Este periódico se enorgullece de su objetividad.

—Estoy segura de eso—afirmé.

—Bueno, esto . . . madre mía . . .

Bob resopló, volvió a sentarse y se sacudió el cabello. Parecía avergonzado y furioso.

—¿Está Daniel aquí?—pregunté.

—No—dijo Bob—. Pero te prometo que apenas regrese de su asignación, nos sentaremos a hablar.

—Te invito a que pidas a todos los reporteros de este periódico que investiguen las alegaciones que Daniel ha hecho aquí contra mí—dije—. No van a encontrar nada.

—Te agradezco que hayas venido—dijo Bob—. Y te dejaré saber en qué termina todo.

Goyo habló por primera vez.

—Quiere difamarla porque ella terminó con él.

—Como dije, me alegro que hayas venido—dijo Bob, haciendo un gesto con la mano en dirección a la puerta, como diciendo *váyanse ahora*.

—¿Qué puede pasarle?—pregunté.

—Bueno, en estos momentos, es tu palabra contra la suya. No puedo hacer predicciones sin conocer los hechos.

Se encogió de hombros y se apartó para que pudiéramos tener mejor acceso a la puerta por la que tenía tantos deseos de que desapareciéramos.

Goyo habló de nuevo.

—Eso no detuvo a Daniel.

—Estudiaremos la situación—dijo Bob—. Me pondré en contacto contigo tan pronto sepa lo que está sucediendo.

Le dejé mis teléfonos a Bob, nos despedimos con un apretón de manos y Goyo y yo abandonamos el edificio del *Times*.

—¿Ves?—dijo Goyo—. No hay nada de qué preocuparse.

—Sí, seguro, como si fueran a investigar algo.

Me detuvo y me abrazó. Un abrazo prolongado y estrecho que me dejó sin aliento y sorprendida.

—Ey—exclamó—, tranquila. Ya sé que en este país la gente no se abraza mucho, pero en el sitio de donde vengo, nos abrazamos todo el tiempo. Éste es para ti, por ser tan valiente y hacer lo que está bien.

Sentía su cuerpo contra el mío y deseaba fundirme en él. No quería separarme. Cerré mis ojos y permanecí pegada a él.

Cuando volví a abrirlos, vi que Daniel caminaba hacia nosotros por la acera, proveniente del estacionamiento techado del *Times*.

—Ay, Dios mío—dije—. Es Daniel.

Goyo me soltó y caminó confiadamente hacia el estacionamiento. Cuando Daniel nos vio, su rostro se endureció y apresuró el paso.

—¿Qué estás haciendo aquí?—preguntó con desdén.

—Ya lo sabrás—dije sonriendo.

La idea de que Bob lo confrontara me ponía muy feliz.

—Si me jodes en mi trabajo, te voy a joder la vida, reee–puta—gritó.

Goyo me apartó suavemente a un lado y se plantó ante Daniel. Se veía tan fuerte, alto y poderoso en comparación con Daniel que resultaba casi patético . . . y emocionante.

—¿Qué fue lo que dijiste, asere?—preguntó Goyo.

—Ya me oíste.

Daniel pareció retroceder y trató de esquivarlo para pasar junto a él. Así que no era tan pandillero, después de todo. Goyo agarró a Daniel por el cuello de su horrible camisa FUBU.

—No te metas con ella—bramó Goyo—. ¿Me oíste? No te atrevas a meterte ni pinga con Alexis.

No sonaba bien diciendo malas palabras. Sus *raps* no usaban groserías y jamás le había escuchado una salir de su boca.

—Goyo—intenté calmarlo—. No.

Me ignoró.

—Si te atreves a joder a Alexis, cabrón, tendrás que vértelas conmigo. Conmigo y con mis socios. Tengo un montón. Y no somos de aquí, sino de Cuba, y en Cuba arreglamos las cosas de manera distinta.

—Yo también tengo amigos—afirmó Daniel.

—Lo veo muy difícil—dijo Goyo.

Daniel trató de mostrarse valiente, pero me daba cuenta de que estaba asustado. Nunca lo había visto así. Goyo se adelantó para invadir todo el espacio personal de Daniel y habló con calma frente a la enfermiza carota de Daniel.

—¿Tus socios son capaces de hacer desaparecer a la gente, Daniel? Porque los míos pueden.

Daniel temblaba. Ver a Goyo defendiéndome me excitó de una manera primitiva que nunca imaginé que existiera en mí. Mi héroe, pensé. Es mi héroe.

—Me lo imaginé—dijo Goyo con una sonrisa triunfante, viendo cómo Daniel casi se orinaba en sus pantalones de pandillero.

—¿Qué? ¿Ahora es tu novio?—me preguntó Daniel—. ¿Estás templando con un matón? Pensé que tenías más clase.

Goyo se acercó a mí y dejó a Daniel en la acera, encogido de miedo.

—Dijimos lo que había que decir—dijo Goyo—. Lo que Alexis hace con su vida privada no es asunto tuyo. Recuérdalo. No quiero verte, ni saber de ti, ni nada.

Daniel trató de reírse, como si no tuviera miedo, pero temblaba visiblemente. Goyo me pasó el brazo por encima y caminamos juntos el resto del trayecto hasta el estacionamiento.

—Goyo—murmuré—. Dios, no tenía idea de que podías ser tan rudo.

—Hay muchas cosas que no sabes de mí.

Inesperadamente, Goyo me pasó la mano por la cabeza. Sin quererlo, lo rodeé con un brazo por la cintura y caminamos como si fuéramos una pareja.

—Tú no has hecho desaparecer a nadie, ¿verdad?

Goyo dejó de caminar y me miró a los ojos sonriendo.

—No—me aseguró. De nuevo me echó el pelo por detrás de la oreja, esta vez añadiendo una suave caricia a lo largo de mi rostro—. No podría hacerle daño a nadie, Alexis. Pero ese tipo no necesita saberlo. Déjale creer que soy el tipo más temible de todo el planeta.

—Ten cuidado—dije.

—Lo siento—dijo—. Es que tienes la piel más hermosa que he visto.

—Quiero decir que tengas cuidado con Daniel—dije—. No está bien de la cabeza.

Caminamos el resto del trayecto hasta mi auto. Después de abrirme la puerta, Goyo permaneció a mi lado y sonrió con tanta suavidad y ternura que estuve a punto de echarme a llorar. De nuevo se acercó, con la mirada posada en mis labios. Me zambullí en el auto, pensando en Caridad y en que no quería convertirme en la otra mujer de nadie, y en el respeto que le perdería a Goyo si en realidad no resultaba ser un hombre entregado a su pareja.

—¿Y ahora, qué?—pregunté alegremente.

—Traje mi equipo de surfear, ¿estás lista?

Esa mañana le había prometido que le dejaría enseñarme a surfear si me acompañaba al *Times*.

—Está bien—admití.

Bajó sus párpados y colocó un dedo sobre mis labios, como si fuera a hacerme callar.

—Una boca bonita—dijo.

—Goyo, por favor.

—Sígueme—dijo mientras me dejaba en el carro—. Hasta la playa.

Conduje mi Cadillac hasta Malibú, detrás del Jeep de Goyo, y escuché la música de su CD a todo volumen durante el camino. Sus letras me conmovían, su ritmo me enervaba. Era una canción graciosa, una tonada sobre ese ridículo debate entre los términos hispano y latino que, como señalaba Goyo, era tonto. Según la canción, aquellos que odiaban el término hispano lo hacían porque lo relacionaban con los europeos que habían subyugado a sus antepasados. Pero entonces, ¿por qué esa misma gente se aferraba al término latino? "Los indios no hablaban latín cuando los españoles llegaron aquí", decía un verso. Me reí con ganas. Hacía años que yo había estado diciendo lo mismo. Su voz abrió una puerta en mi alma. La intensidad de lo que sentía por este hombre me abrumaba.

Estacioné junto a él en la playa. Mientras Goyo sacaba del Jeep su equipo de surfear, dejó encendido su estéreo, de donde salían las cuerdas lacrimosas de la guitarra acústica del último disco de Lydia. Me había dicho que aún tenía el sueño de grabar a dúo con ella. Una vez que lo convirtamos en una figura reconocida, pensé, será el momento perfecto para hacer el dúo. Él y Lydia podrían ayudarse mutuamente a ganar en popularidad.

Había traído una bolsa Fendi de gimnasio con un traje de neopreno y unas zapatillas de surfear, como él me había aconsejado.

—Hay un baño de mujeres allí—señaló un sendero que se dirigía hacia un edificio pequeño que podía oler desde aquí.

—¿Tengo que ir?—pregunté.

La brisa batía las olas del mar y las gaviotas volaban en círculo, chillando de pánico al verme con un traje de surfear en la mano. No quería ahogarme. Y, para ser sincera, no quería desvestirme en un baño que apestaba a cincuenta pies de distancia.

—Vamos—me animó—. Nos vamos a divertir.

Fijé la vista en las intensas olas y tragué en seco.

—No dejaré que te pase nada—prometió.

Me estrujé los dedos y varias astillas de esmalte de uñas se desmoronaron bajo mi nerviosismo.

—Te lo *prometo*—insistió.

Caminé torpemente hasta el apestadero, me encerré en un cubículo y traté de cambiarme, haciendo equilibrio sobre una pierna y cuidando que mi piel desnuda no tocara el suelo mojado y lleno de arena. La única palabra apropiada para describir el sitio donde me hallaba era *letrina*. *Tocador* era demasiado aristocrático, y *baño* implicaba un nivel de limpieza que este lugar jamás había conocido. Me deslicé en el traje con la gracia de un pingüino que trepara por una pared rocosa, embutí el resto de mi ropa en la bolsa y caminé de regreso a la luz, parpadeando como un monstruo que acabara de nacer. Subí con dificultad la colina en dirección a Goyo, sintiéndome gorda y correosa mientras mis muslos chirriaban al rozarse. Él no pareció notarlo. Me saludó con una sonrisa, vestido ya con su traje de surfeo que, para ser justa, no oponía resistencia a su piel del mismo modo que mi traje parecía rechazar la mía. Qué cuerpo.

—¿Cómo pudiste cambiarte tan rápido?—pregunté.

—Los hombres siempre nos cambiamos aquí, al aire libre.

—Eso no es justo—protesté—. También pueden orinar de pie, en cualquier momento y lugar que lo deseen. No es justo.

—Tú también podrías cambiarte aquí—dijo—. Hay iguales oportunidades para el exhibicionismo.

—¡No!

—Te ves bien—afirmó con una media sonrisa torcida.

—No es cierto—dije.

Levanté un pie y arrugué el ceño. Esas zapatillas de surfear parecían enormes zapatos de payaso hechos de goma. Me sentí como si tuviera que hacer malabares o salir dando volteretas de un carrito.

Goyo parecía tenerme lástima.

—¿Por qué eres tan dura contigo?—preguntó.

—No lo soy. Soy sincera. Una muchacha a la que le sobran treinta libras no se ve bien con nada, mucho menos con un traje de baño pegado al cuerpo.

—Te ves bien—insistió—. Y te ves bien con tu peso. No necesitas bajar, Alexis.

—Está bien, gracias. Vamos.

En realidad, lo que estaba pensando era: "¿Soy tan linda como Caridad?"

Me sonrojé, aunque traté de evitarlo. ¿Por qué tenía que ocurrir que el hombre más inteligente, talentoso, amante de los niños y guapo que había conocido, me hallara atractiva y le gustara salir conmigo, pero estuviera enamorado de otra?

Siempre precavido, Goyo había alquilado una pequeña tabla de surfear para mí, de color turquesa y amarillo, que me dijo se llamaba Wahine y que supuestamente era sólo para mujeres. ¿Cómo demonios iba a poder pararme sobre un objeto tan brillante, mucho menos en medio de un océano revuelto y sediento de sangre? Supuse que debía de haberme sentido agradecida por su amabilidad, pero aún tenía la impresión de que estaba a punto de ahogarme voluntariamente.

Me mostró cómo sostener la tabla mientras nos adentrábamos caminando en el agua, cerca de la orilla. Me mostró cómo subir mi cuerpo a la tabla, cómo remar con mis pies, y mientras yo yacía boca abajo sobre la tabla, me señaló a los surfistas que se hallaban mar adentro y me explicó lo que hacían. Sentirlo cerca de mí, sentir su mano que me guiaba todo el tiempo, era casi insoportable. Incluso estando en el agua, olía a cocos. Quería besarlo más de lo que había deseado ninguna otra cosa . . . excepto estar en tierra firme otra vez.

—¿Quieres ir un poco más lejos?—preguntó.

Ni siquiera imaginaba cómo me sentía.

—Claro—dije alegremente, mientras imaginaba escenas en las que me hundía hasta el fondo del mar cubierta de peces y desechos médicos. Me estremecí.

—Oh, oh—dijo él, mirándome fijamente.

—¿Qué?

—Otra vez—dijo—. Algo anda mal.

—No, estoy bien—dije.

—No, algo anda mal.

En ese instante, una pequeña ola me arrancó la tabla de las manos. Caí al agua antes de saber qué me había golpeado. Sentí el picor del agua salada que me salía por la nariz y me entraba por la garganta. Bueno, pensé, al diablo todos, me llegó la hora. Comencé a chapotear con desespero, huyendo de los afilados dientes de los tiburones y las pirañas que, en cualquier momento, comenzarían a serruchar mi delicada y grasienta carne. Subí en busca de aire, avergonzada y con las sienes ardientes de tanto tragar aquella solución salina natural. Me enjugué un ojo y vi manchas negras en mi mano: el rímel. Me había olvidado del rímel. Las cosas no podían estar peor, pensé. Me ahogaba con la misma belleza y dignidad de una llorosa y empapada Tammy Faye.

Goyo parecía imperturbable por mi chapuzón en el mar, los mocos que me salían por la nariz y los ojos negros.

—Pareces una hermosa sirena—dijo, sobándome los cabellos.

—Para ya—le pedí.

El fondo era lo bastante bajo para que él pudiera permanecer de pie, pero demasiado profundo para que yo pudiera hacer lo mismo. Me agarré a un costado de la tabla, manteniendo los brazos y pechos encima, y el resto de mi cuerpo bajo el agua. Comencé a jadear y deseé haber traído mi inhalador. No podía darme el lujo de tener un ataque de asma aquí.

—¿Parar qué?—preguntó.

Fue hasta el otro costado de la tabla y se balanceó como si fuera mi imagen ante un espejo, con su rostro a pocas pulgadas del mío, como un muchacho travieso. Su aliento olía a menta.

—Deja de decir que soy linda . . . Demonios.

—¿Por qué? Es cierto. Eres muy linda.

Quería llorar. Lo miré directamente a los ojos y sentí que mi corazón estallaba.

—Me duele cada vez que lo dices.—Tosí.

—¿Por qué?—dijo, acercando aún más su rostro al mío. Parecía sorprendido.

—Porque sí—gemí.

Tosí un poco más. Quería irme a casa.

—¿Por qué sí?—insistió.

Me alisó el cabello hacia atrás, pero yo retrocedí ante su contacto. Una chica de Dallas no tenía nada que hacer flotando en el océano, mucho menos con un rapero cubano. Casi estaba avergonzada de mí misma.

—No—dije—, por favor.

Frunció las cejas con preocupación y su mirada se hizo más suave.

—¿Qué te pasa?—preguntó.

—Mira—le dije—, quizás en Cuba sea normal tocar a las personas todo el tiempo y decirles que son bonitas aunque estés enamorado de otra, pero no estoy acostumbrada a eso. Me hace sentir incómoda.

Fijó la vista en la tabla.

—No—dijo—, eso no es normal allí. No debería haberlo hecho. Tienes razón. No puedo evitarlo. Lo siento.

—Eso duele, Goyo.

Los ojos me ardían ante las lágrimas que escapaban, tanto por mi terror al mar como a causa de mi amor no correspondido. No soportaba mirarlo, así es que aparté la vista en dirección a una choza que vendía mariscos junto a la orilla. Deseé estar allí, croqueta en mano y con salsa tártara a mi alcance. Se acercó y me hizo volver el rostro hacia él. Gemí como un neumático desinflado y le viré la cara. Pero él me obligó a mirarlo de nuevo.

—Dime—me rogó.

—¿Eres tonto?—pregunté—. ¿No puedes darte cuenta?

—¿De qué?

Contemplé el pálido cielo azul y sentí que mi cuerpo se balanceaba en el agua. Por lo menos no me estaba ahogando. Quizás terminaría ahogada por mi propio tejido pulmonar, pero no me ahogaría mientras me mantuviera aferrada a esa tabla deprimente.

—¿No te das cuenta . . . de que estoy *enamorada* de ti?—gemí.

Un puño invisible me apretó los pulmones y los sacudió.

Sus mejillas se colorearon de un rojo vivo.

—¿De verdad?—preguntó, con una sonrisa creciente.

—Sí, Goyo—lo interrumpí—. Santo cielo, ¿cómo es posible que no te dieras cuenta? Siempre me pones nerviosa. Maldita sea.

—Tú nunca pareces nerviosa, Alexis. No lo sabía. Lo siento.

Las lágrimas tibias rodaron por mis mejillas, cayendo al mar.

—Sí, ya sé. Lo sientes. Yo también. Así es que, por favor, no me piropees más porque mi retorcido y triste cerebrito podría interpretarlo como una señal de que estás interesado en mí—le dije con aspereza y tosiendo.

—Lo estoy—dijo—. No debería estarlo, pero . . . —se detuvo y apretó los párpados como para controlar cualquier cosa que estuviera sintiendo. Cuando volvió a abrirlos, me sonrió y dijo—: Lo estoy.

—No seas estúpido—gemí—. Acabamos de arreglarlo todo para que tu novia pueda venir a reunirse contigo. ¡No puedes estar interesado en mí!

Goyo me miró fijamente a los ojos, y sentí que la tabla comenzaba a deslizarse hacia aguas más profundas.

—¿Qué estás haciendo?—pregunté.

—Estoy llevándonos más hacia fuera—explicó.

—No lo hagas. Tengo asma. No quiero morirme.

—No vas a morirte. Tengo algo que decir.

—No—le pedí.

Dejó de pedalear con los pies y se inclinó sobre la tabla.

—No sé la razón—dijo—, pero estoy muy interesado en ti, Alexis. No debería ocurrir, pero lo estoy.

Y entonces lo hizo. Me besó. Allí mismo, en medio del océano, donde yo no podía volverme y salir corriendo, donde tenía que besarlo o ser devorada por una multitud de medusas. ¿Multitud? No sabía cómo llamar a una aglomeración de medusas, aparte de horripilante.

—¿Qué haces?—gemí.

Quería más. Me gustaba tanto.

Goyo frunció el ceño, totalmente confundido.

—No sé—dijo.

—Yo tampoco.

Me besó de nuevo.

—No deberíamos hacer esto—dije, volviendo a toser.

—No—concordó él—. No deberíamos.

—¿La amas?—pregunté.

Esta vez, Goyo se quedó contemplando el cielo, y aquel mismo sentimiento que le hacía cerrar los párpados volvió a apoderarse de ellos, verdadero y dulce, anhelante y doloroso . . . todo al mismo tiempo.

—Sí—dijo—. La amo. Creo que sí.

—Entonces no debemos hacer esto—dije.

—Tienes razón. Dejaré de hacerlo después que me beses otra vez.

Nos besamos de nuevo, durante mucho tiempo. Sabía que no debía hacerlo. Era estúpido. Una cosa en la que mis amigas y yo siempre habíamos estado de acuerdo era en que jamás deberíamos convertirnos en la "otra mujer". Valíamos más que eso. Y hasta este momento, yo había logrado mantener mi promesa. Pero en medio de esta extensión de agua salada, mis labios hicieron lo que quisieron.

—Así es que esto es todo—dije cuando terminamos.

Solté la tabla y comencé a nadar hacia la orilla. En realidad, decir que nadaba es una exageración. Lo que yo hacía se parecía a un chapoteo incoherente para evitar ahogarme.

—¿Adónde vas?—me llamó—. ¡Regresa!

—A casa—respondí—. ¡No!

—No puedes irte—dijo—. Recién empezamos. ¡Dijiste que cenarías con mis padres!

Floté como me habían enseñado en las lecciones de natación que mami y papi me habían obligado a tomar en el Country Club durante la secundaria, y me enfrenté a él. Una parte de mí se regocijaba por haber descubierto que eso de flotar realmente funcionaba aquí, en medio del océano. Pero otra parte también estaba casi segura de que jamás llegaría a la orilla. Goyo se impulsó hacia mí, sosteniéndose de la tablita, con una sonrisa pícara en el rostro. Deseaba agarrarlo, tomarlo . . . o más bien, deseaba que me agarrara, que me izara sobre la tabla, que me rescatara de una muerte segura, y luego, una vez a salvo en tierra firme, me hiciera suya. Y también estaba bastante segura de que lo haría, con tan sólo pedírselo. Pero no podía. No si yo era una buena persona que respetaba a otras mujeres y no deseaba herirlas.

—Ése es el problema—dije—. No podemos empezar. Perteneces a otra. Debemos detenernos—resollé con más fuerza—. Y necesito buscar mi inhalador. Está en el auto.

—Déjame ayudarte—rogó, colocando la tabla bajo mi brazo—. Y tienes razón. Vamos a detenernos.

Presa de la mayor confusión que había sentido en mi vida, me volví otra vez y pataleé con todas mis fuerzas, resollando, hacia tierra firme.

OLIVIA

La mugrienta casita de tres dormitorios donde vivía mi madre, situada sobre una loma entre East Hollywood y Silver Lake, no había cambiado en los casi veinte años transcurridos desde que yo me mudara, excepto para desconcharse y desmoronarse. Los pisos de madera, aún desteñidos, necesitaban ser lijados y encerados; las alfombras continuaban deslucidas y polvorientas, pese a las innumerables veces que ella había pasado la vieja aspiradora; las paredes necesitaban pintura; el jardín requería atención; el patio era un espacio silvestre con una palmera frondosa y un montón de aves que cantaban. Nana se hallaba demasiado ocupada con sus escritos y su activismo como para atender asuntos prácticos, tales como mantener una casa. Y yo hasta dudaba que ella pudiera notar si algo aquí necesitaba desesperadamente su atención.

Mientras, por los alrededores, las antiguas casas estaban siendo compradas por parejas jóvenes y acaudaladas que las pintaban en tonos pasteles y llenaban sus porches con costosas macetas de plantas. Una tras otra, las casas de la zona iban perdiendo las rejas de sus ventanas. Lo llamaban aburguesamiento. Apenas podía imaginar lo que valdría ahora la casa de Nana. Cerca del medio millón de dólares, más o menos. Era probable que ni se lo imaginara.

Desde hacía mucho, había deseado tener el dinero suficiente para ayudar a que Nana arreglara su casa. Sabía que le encantaría, pero ella no contaba con los recursos suficientes para arreglarla como deseaba. ¿Cuántas veces me había mencionado la valla púrpura que le hubiera gustado colocar en lugar de la vieja cerca de alambre, oxidada y caída? Con unas pocas mejoras, la casa podría costar el doble de lo que valía en este momento. Pero yo dudaba que alguna vez la vendiera. Mi madre lo había perdido todo y casi a todos, cuando abandonó El Salvador: marido, padres, familia, trabajo, idioma, costumbres. Realizando trabajos duros y a veces desagradables, había conseguido un lugar para ella y sus hijos aquí en Los Ángeles. Y desde que los niños nos habíamos mudado para comenzar nuestras propias familias, su propia estabilidad y comodidad provenían de esta vieja casa, de la que hablaba como si fuera un ser humano.

Era sábado. Había dejado a Jack con Samuel y, después de entrevistar a media docena de increíbles directores para que trabajaran en mi película—¡*mi película!*— había ido a hablar con mi madre sobre el naufragio que era mi vida. ¿Cómo podía estar en el mejor y el peor momento de mi vida a la misma vez? ¿Cómo era posible que mi carrera floreciera mientras mi matrimonio no hallaba una salida? Eso no era lo que ocurría en las películas; en las películas, todas las cosas malas ocurrían de una vez, y todas las buenas también, y todos vivían muy felices para siempre. No había espacio para esta clase de ambigüedades en las películas. ¿O sí?

Había tratado de hablar con Samuel, pero mis sentimientos eran demasiado fuertes para que yo pudiera lidiar con ellos. Le había pedido que siguiéramos viviendo juntos en el apartamento y que continuáramos con las viejas rutinas por el bien de Jack, con la promesa de que hablaríamos más tarde, en presencia de un consejero, una vez que mi ira disminuyera. Yo no era la clase de persona que gritaba y lloraba. Deseaba comprender bien las cosas antes de hablar sobre ellas. De lo contrario, me parecía un desgaste de energía.

Samuel dijo que quería arreglar nuestra relación, pero lo dijo después que le hablé del contrato por la película y del dinero, y ahora no tenía idea si realmente me quería o si de pronto había visto que ante él se abría un camino mucho más fácil. Sobre todo, estaba preocupada por mi falta de emociones; todo parecía sellado, apagado, y me comportaba como una autómata. Lo único que veía cuando miraba a Samuel era a Lisa Benavides y su prominente trasero. Insensible. Era más fácil permanecer insensible.

Nana respondió a la puerta, perfumada y luciendo un brillante vestido azul. Casi siempre llevaba *jeans* y camisetas, así es que se había arreglado para recibirme. Sin saber por qué, eso me entristeció. Su formalidad hizo que la ruptura de mi matrimonio pareciera inminente.

—Hola, m'hijita—dijo.

No sonrió de la manera en que uno hubiera querido que sonriera una madre en un momento así. Más bien, miró de la forma en que siempre miraba, como si estuviera pensando en una conferencia que iba a dar, o en una huelga de trabajadores que estuviera planeando, sumida en sí misma, sopesando sus pensamientos.

—Pasa.

La casa olía a cera de velas, cebollas, aceite de cocinar y veneno de cucarachas, aromas que yo asociaba con mi niñez, la revolución, la comodidad y el miedo. Todo estaba como lo recordaba, hasta el viejo sofá cama de Sears, con su tela a cuadros amarilla y marrón, y su manta tejida en el respaldar. Había añadido algunas reproducciones de Diego Rivera compradas en Pier One, su tienda favorita, y algunos búcaros nuevos con flores artificiales. Fuera de eso, era la misma casita decadente y encantadora. Admiraba su manera de vivir, pero no la deseaba. Yo quería comodidad, cosas nuevas, una vida desahogada.

Me trajo un vaso de chicha, una bebida salvadoreña hecha con cáscaras de piña y castañas, y me ofreció cayoles con miel, que no acepté. No era la clase de madres que cocinara a menudo, aunque era una excelente cocinera. Me llenó de tristeza que hubiera preparado estas cosas para mí, como si estuviera preparándose para un funeral. Yo continuaba sin mucho apetito, en parte por los medicamentos, pero sobre todo por mi crisis matrimonial.

Apartó un montón de libros, y se sentó quedamente en el sofá. Me dejé caer en el viejo y ancho sillón de mimbre con almohadones de lienzo negro que habían recogido el polvo de los libros de Nana en los orificios de sus botones. Cuando era niña, pasaba horas leyendo en este sillón.

—Bien—dijo ella con un suspiro que parecía indicar que tenía algo mejor que hacer—. ¿Qué pasa?

Le dije todo lo que sabía sobre la relación de Samuel mientras ella me escuchaba con la concentración propia de un académico consumado.

—Bueno—me dijo cuando hubo terminado—, estás en una situación bien difícil.

—Me dijo que lo había hecho por mi síndrome—le dije, comprendiendo después que jamás le había contado a Nana sobre mi diagnóstico. Habérselo contado significaría tener que hablar de lo ocurrido, y por alguna razón nunca lo hacíamos.

—¿Cuál síndrome?

Nana pareció sorprendida.

Ni siquiera le había contado sobre mis pesadillas o el guión, sobre las veces que había vuelto a repetir en mi mente lo que había pasado en nuestra casa. Había tenido la esperanza que podría mencionarlo en la conversación sin que Nana me juzgara.

—Síndrome de estrés postraumático.

—Psss—siseó despectivamente—. ¿Quién te dijo eso? ¿Samuel? Se cree muy listo.

—No, Nana. Un doctor. Un doctor muy bueno. Es cierto que lo tengo.

La boca de Nana se endureció y me miró a los ojos.

—No me sorprendería que lo tuvieras—dijo, moviendo la cabeza y suspirando—. Tenía la esperanza de que no pudieras recordarlo muy bien.

Sacudí mi cabeza.

—Lo recuerdo.

—¿Estás tomando fármacos?—preguntó.

—Sí.

—¿Te afecta la libido?

Miré a Nana con la boca abierta.

—¿Qué clase de pregunta es ésa?—pregunté.

—A veces los hombres buscan otra cosa si no prestas atención a sus necesidades—dijo.

—¿No estás hablando en serio, verdad?

Frunció el ceño, inquisitiva.

—¿Cuánto tiempo ha pasado? ¿Semanas, meses? ¿Cuándo fue la última vez que dormiste con tu marido, Olivia?

—Nana, eso no es justo.

—Me lo imaginaba—dijo triunfante—. Tú lo amas, él te ama. Cometió un error. No sientes deseo sexual. Es lo que sucede cuando tienes niños. Supéralo y empieza a tener relaciones de nuevo. Ya verás, no es tan malo después que empiezas.

Se encogió de hombros y se sacudió las manos.

Me quedé sin aire.

—¡Nana! Eso es tan sexista.

Movió su cabeza.

—Es *sentido* común.

—¿Qué?

—Hay diferencias entre el deseo sexual de los hombres y las mujeres. Eso es un hecho biológico. Tal vez no nos guste escucharlo, pero es cierto. Todos tenemos que hacer sacrificios en las relaciones, y a veces esos sacrificios implican tener relaciones sexuales con tu marido porque él quiere y tú no.

—Eso no es justo—protesté instintivamente.

—¿Quién te dijo que la vida era *justa*?

Aunque no lo dijo abiertamente, supe que Nana estaba hablando sobre el asesinato de Tata, lo menos justo que jamás le había ocurrido.

—¿Viniste aquí para pedirme consejo o no?—preguntó.

—Pensé que sí, pero ahora no sé—dije.

—Entonces no me cuestiones. Necesitas salvar tu matrimonio porque allí existe amor. Lo he visto. Conozco a Samuel y sé que ese hombre te ama. Y está el niño.

El cuarto daba vueltas.

—¿Cómo lo arreglo?

—Busquen ayuda.

—Pero es que no confío en él, Nana. Me mintió.

Se mordió los labios y pensó un momento.

—Entonces tú y Jack deben mudarse conmigo durante algún tiempo—dijo sencillamente.

—¿Así es que *debo* divorciarme de Samuel?

Sentí un vacío en el estómago. ¿Quién compartiría mis alegrías sobre las últimas hazañas de Jack? ¿Quién me abrazaría por las noches? ¿Quién me haría tortas para el desayuno? ¿Quién me haría reír?

—No—dijo mi madre—. Se *separarán* por un tiempo. Después veremos qué pasa.

Ahora fui yo quien frunció el ceño.

—Vi a Chan Villar la semana pasada—dijo ella provocativa, como si la noticia significara algo para mí.

—¿Y?

—Y nada—parecía ofendida, aunque no tenía idea por qué—. Sólo quería decírtelo. Estaba paseando a su niña en un cochecito y me preguntó por ti.

—¿Qué dijo?

—Me preguntó cómo eras.

—¿Qué le dijiste?

—Le dije que eras normal—me miró entrecerrando los ojos—. Necesitas un hombre como ése, Olivia. Es un buen hombre.

—Nana, ni siquiera lo *conoces*.

—Conozco a su *madre*. Me contó cómo se portó él con su esposa cuando ella se estaba muriendo. ¿Sabes que se afeitó la cabeza cuando a ella le hicieron la quimioterapia, para que no tuviera que pasar la calvicie sola? Y todos los días le repetía lo bonita que era, aunque estaba enferma y agonizando. Todas las mañanas acostumbraba a dejarle notas, diciéndole cuánto la amaba.

—Qué maravilla—dije, pensando que esa información no ayudaba para nada en mi depresión por Samuel, quien probablemente celebraría la noticia sobre mi cáncer cogiéndose a una estudiante.

—Deberías de haberlo visto con su hija—continuó—. Nunca he visto a un hombre que se muestre tan amoroso con un niño. Ni siquiera mis propios hijos son así con los suyos. No había visto a un hombre como Chan Villar desde tu padre.

Su forma de hablar, controladora e insensible, me sorprendió.

—Entonces quizás deberías ser *tú*, Nana, quien lo invitara a salir.

Me miró, atónita.

—¿Por qué me hablas así?

—No resulta muy edificante escuchar ahora lo bueno que es el marido de otra persona, Nana. Realmente no necesito eso.

—Lo siento—dijo—. No quise decir eso.

Mordisqueé un pastelito desganadamente y miré por la ventana.

—¿Cómo sigue tu escritura?—me preguntó Nana.

La miré de reojo, con la cabeza inclinada.

—He estado esperando para decírtelo—admití con cierta vergüenza—. Vendí un guión.

Me di cuenta de que, en la familias normales, una noticia así habría sido conocida de inmediato, con la idea de que los padres se sentirían felices por su hijo. En mi familia, siendo Nana el centro de su propio universo y con su expectativa de que ella sería el centro del mío, me aterraba decirle que había hecho algo que podría eclipsar el trabajo de toda su vida, sobre todo si se trataba de algo sobre *ella*.

Nana alzó las manos sobre su cabeza y dejó escapar un grito de júbilo.

—¡Lo sabía! ¡Sabía que lo harías! ¿No te dije siempre que tenías talento?—palmoteó.

—La mujer que conocí en el evento de Samuel, con Los Chimpas del Norte, era la agente de todos ellos, y le gustó. Es una locura, porque ella es republicana y no suelo llevarme bien con ellos. Pero me cae bien. Es buena gente.

Nana me sonrió abiertamente.

—¿Ves?—dijo—. A veces todo es cuestión de equilibrio. Las cosas buenas vienen con las malas, todo es parte de la vida—sonrió—. ¿Y de qué trata la película?

—Ésa es la cuestión—dije avergonzada—. Es sobre . . . ti.

—¿Sobre mí?—Nana se puso una mano en el pecho y pareció desconcertada—. ¿Por qué?

—Porque tú eres la mujer más increíble que he conocido—dije.

Nana me miró frunciendo las cejas y dejó su vaso sobre la mesa con brusquedad.

—No puedes estar escribiendo sobre mi vida sin pedirme permiso, Olivia. Por el amor de Dios.

—Lo sé. Debería habértelo preguntado.

—¿Por qué no lo hiciste?—cruzó los brazos y se inclinó—. Estoy sorprendida.

—Tenía miedo de que te negaras, o que trataras de cambiarlo.

Nana guardó silencio mientras se mordía el labio inferior, un gesto que sólo hacía cuando estaba molesta. Eso la hacía parecer un bebé enfadado.

—Lo siento—dije—. Pero se trata de algo muy elogioso, Nana. Es una buena película, te hace parecer una heroína.

—Sé cómo piensas sobre mí, Olivia. Piensas que nunca te atendí como merecías, que no me preocupé lo suficiente de tus sentimientos. No me hace gracia que hagas una película para decirle al mundo cuánto me odias.

—Eso no fue lo que hice. Dios mío, Nana.

—¿Cómo puedo saberlo? Eso es muy americano: culpar a tus padres por todo y escribir una película para vengarte de ellos.

—Puedes leerlo, si quieres

Nana se encogió de hombros.

—¿Puedo cambiarlo si no me gusta?

—Te va a gustar.

—No sé—dudó—. Allá, en mi país, ningún niño haría una cosa así. A escondidas de uno.

—Creí que te sentirías feliz—dije.

—Si eso fuera cierto, no me habrías mentido.

—Nunca te mentí.

—Nunca me lo dijiste ni me preguntaste—protestó.

—Nana, soy un adulto ahora. No siempre tengo que pedirte permiso.

Se puso de pie, enfadada.

—Cuando escribes sobre mi vida, debes hacerlo—dijo.

—Ya sé, ya sé. Lo siento.

Guardamos silencio un minuto mientras Nana se paseaba por la habitación, hasta que finalmente se sentó con un suspiro.

—Le echaré una ojeada—acordó.

—Van a pagarme mucho dinero—le conté—. Más de lo que Samuel gana en dos años.

Dejó de morderse el labio y me sonrió, resplandeciendo de orgullo. Nana tenía la habilidad de cambiar de humor en un instante.

—Mejor te buscas un buen contador.

—Ya lo hice. Alexis conoce a un ruso.

Su mirada se volvió suplicante.

—No me hagas lucir mal, Olivia. Por favor, he trabajado muy duro.

—No te preocupes.

—¿Quién crees que hará de mí?

—Marcella Gauthier Bosch.

—¿Quién es ésa?

—Una actriz dominicana.

Nana pareció dudosa.

—¿Una dominicana?

—Es muy buena, Nana. Ya verás.

—Está bien—dijo.

Miré hacia el exterior y me sentí muy deprimida.

—Me hubiera gustado disfrutar todo esto, Nana. Pero no puedo. Es como si Samuel se hubiera llevado mi alma.

Nana se me quedó mirando, caminó hacia un librero y tomó una foto de familia de cuando yo era una niña, anterior al asesinato.

—Has sabido sobrevivir—dijo—. Todo cuanto me has dicho hoy no es nada comparado con lo que has pasado. Recuérdalo. Eres una mujer sorprendente.

Bajé la cabeza, avergonzada. Nunca hablábamos de la muerte de mi padre. Ella lo había intentado, por supuesto, pero yo siempre me había resistido, cambiando de tema, escapando de la habitación, culpándola, culpándola. Siempre había culpado a mi madre por la muerte del hombre al que ella amaba.

—¿Nana?—pregunté.

—¿Sí?—se estremeció, cerrando los ojos mientras contenía el aliento, como si esperara algún arrebato de mi parte.

—¿Por qué pasaste tanto tiempo lejos de nosotros, después que llegamos aquí? Me miró fijamente a los ojos y frunció el ceño.

—Ésa es una de las cosas que más lamento en la vida—admitió—. Estábamos huyendo, Olivia. En ese momento era más joven de lo que tú eres ahora. Quería estar segura de que el mundo era un lugar donde no hubiera peligros para ti.—Se acercó y me tomó por el brazo—. Tú eres la razón por la cual trabajé tan duro: tú y Paz y Frascuelo. Pero ustedes no necesitaban de una activista de derechos humanos. Necesitaban de una Nana. Lo siento. Ahora me doy cuenta. Pero en aquel entonces no sabía lo que estaba pasando. Me estaba moviendo tan rápido, Olivia, que no puedes imaginar cómo me sentía.

Por primera vez, en muchos años, sentí el escozor de las lágrimas en mis ojos. Me miró sin pestañear.

—Y sé que piensas que la culpa de lo que ocurrió a Tata fue mía. Pero lo hubieran alcanzado de todos modos, Olivia. Murió para salvarnos.

Una tras otra, las lágrimas rodaron por mis mejillas, recorrieron el contorno cercano a mi nariz y mi boca. Sal y metal. Agua sangrienta.

—Lo sé—tragué.

El labio inferior de mi madre tembló. En la película, Nana nunca llora, porque nunca la había visto llorar desde que salimos de El Salvador. Coloqué mi mano sobre la suya.

—Está bien mamá.

—¿Me perdonas?

Se arrodilló en el suelo y comenzó a llorar con la foto de mi Tata en sus manos. Le preguntaba a él, no a mí.

—No hay nada que perdonar—murmuré—. No es culpa tuya.

Nos abrazamos en silencio.

Finalmente Nana alzó la mirada y sonrió ligeramente.

—Sólo espero ser mejor abuelita que madre—dijo.

—Eres una buena abuelita—dije.

—Si tú y Jack se mudan para acá, no trabajaré tanto. Me quedaré con él tanto tiempo como necesites.

—Podría ayudarte a arreglar la casa—dije.

—Ay, Olivia—suspiró, pareciendo de pronto tan pequeña y sola que apenas pude soportarlo—. Hice lo mejor que pude. Lo hice.

La abracé de nuevo y pasé mi dedo por el rostro de Tata en la foto.

—¿Lo extrañas?—pregunté.

Asintió con gravedad.

—Todos los días.

—¿Alguna vez has pensado en salir con alguien?—pregunté, pensando en el doctor García de UCLA.

—¿Yo?—preguntó sorprendida, como si yo le hubiera sugerido un poco de porno.

—Sí, tú—sonreí—. Eres hermosa. Todavía eres joven. Eres una mujer de carne y hueso, mami.

—Cincuenta y dos no es precisamente joven.

No podía creer que sólo hubiera tenido dieciséis cuando quedó embarazada de mí.

—Eso es joven, mami. Y conozco a un tremendo tipo que está interesado en ti.

Se sonrojó e hizo como si me diera una palmada en el brazo.

—Olivia, deja eso.

—En serio. Te admira desde hace tiempo.

Sacudió la cabeza como si no le interesara, pero me miró con una sonrisa de colegiala.

—¿Es buen mozo?

—Mucho.

—¿Es republicano, como esa Alexis que es amiga tuya?

—Lo dudo.

—¿Es latino?

—Mucho.

—¿Le da miedo venir a esta parte de la ciudad, como a Samuel?

—No.

Me soltó, se puso de pie y dijo:

—Ya veremos.

—¿Puedo invitarlo entonces?

Se rió en voz alta, y su risa sonó a campanas de iglesia. No pude recordar cuándo fue la última vez que la escuché reír así. Luego, con su sonrisa más diminuta, repitió para sí misma:

—Veremos.

En aquel instante, en la calidez dorada de la luz vespertina, tenía las mejillas llenas y sonrosadas de una niña. Y comprendí algo que me sorprendió no haber considerado antes: que dentro de mi madre, igual que me ocurría a mí, también habitaba una niña.

Y mi madre, igual que yo, era humana. Y cometía errores.

Y quizás, sólo quizás, también lo era Samuel.

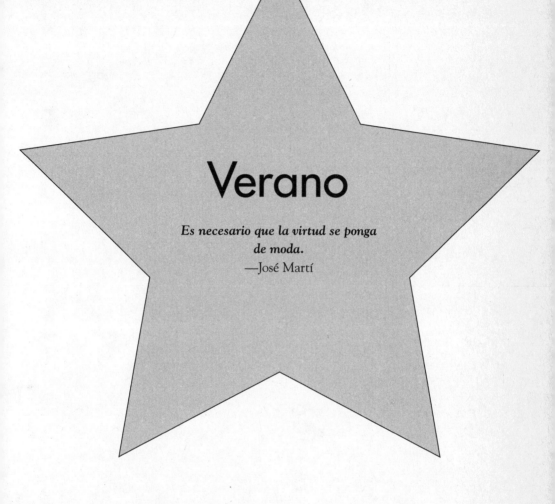

Verano

*Es necesario que la virtud se ponga
de moda.*
—José Martí

ALEXIS

aridad llegó a L.A. como un reluciente regalo de Satanás para mi cumpleaños treinta y uno, y yo comencé a preguntarme por qué Dios se comportaba de ese modo conmigo. Era una prueba. ¿Pero por qué?

Treinta y un años y soltera. Dios mío.

Le sonreí al fotógrafo de *The New York Times* y traté de parecer feliz como un bebé que ha metido sus manitas en un pastel de ruibarbo. A decir verdad, no había ningún otro sitio en todo Su reino donde *menos* hubiera querido estar que donde me hallaba en este momento. Tal vez en el infierno. O en la Antártica. Pero ¿aquí? Para mí, éste era el infierno en la tierra, y mi corazón se había congelado como si yo estuviera en medio de la tundra, vestida sólo con unos ridículos zapatos para surfear.

En realidad, me hallaba en una amplia galería del aeropuerto, a unos pies de distancia de Goyo, rodeada por un par de de camarógrafos. Habíamos dado una cobertura exclusiva al bendito evento para *60 Minutes* y *The New York Times* en inglés, y a Jorge Ramos y Univision en español. Yo había estado alimentando a la prensa con esto durante varias semanas, y todos pensaban que era una gran historia. Por supuesto, yo había pretendido que la historia era pura y orgánica como el recetario *Moosewood* que Olivia me había regalado para mi cumpleaños el año pasado (hice una receta y, gracias, regresé enseguida por mi hamburguesa en Carl's Jr.), aunque yo misma había planificado y organizado todo el tinglado con la misma frialdad con que el General Antonio López de Santa Anna había rodeado a aquellos desválidos vaqueros en el Álamo.

Había invitado a un montón de cubanos alborotadores y pesados que proporcionarían una impresionante banda sonora para la prensa. Quizás *60 Minutes* añadiría una música sentimental al segmento, como estaban haciendo los llamados noticieros liberales imparciales. Nada sería mejor para la carrera de Goyo que las imágenes de un puñado de cubanos que sollozaban, Goyo abrazando a su adorada (qué asco) Caridad, mientras una melodía triste y lenta brotaba suavemente de los aparatos de televisión americana. Escuchando el parloteo de esos condenados cubanos, no pude evitar pensar que la gente de la televisión estaría mejor allá afuera, haciendo algo para disfrazar el volumen. Por todos los cielos que eran escandalosos. Gritaban por cualquier cosa y agitaban sus manos como un puñado de niñitas haciendo cabriolas. Me ponían nerviosa. Podías pensar que discutían entre ellos hasta que escuchabas su conversación y te dabas cuenta de que sólo estaban hablando.

Nunca había notado que Goyo fuera particularmente escandaloso, pero en medio de su gente gritaba y agitaba tanto las manos como el resto. Y tampoco se trataba de gentuza. Eran cubanos ricos y poderosos que llegaban de todas partes del país y del mundo para tomarse fotos con Goyo, la naciente superestrella, quien ya había sido calificado como el primer fenómeno *pop* nacido en Cuba desde Gloria Estéfan, gracias a esta servidora, la Maquiavelo de la prensa tejana . . . y a su hermosa y ahora libre enamorada, la talentosa y casi famosa Caridad Heredia (qué asco). Y ahí estaba yo, en mi traje azul marino, con blusa blanca y perlas, sonriendo como una veraneante feliz, como la chica más dulce del mundo.

Para completar el engaño, yo llevaba un ramo de globos Mylar para darle la *bienvenida*. También había colocado varios arreglos de flores (del día antes, ligeramente mustias, en descuento . . . ¡ja!) en mesitas plegables que había traído en el Jeep de Goyo. Sonreí y traté de representar mi papel de publicista jubilosa, mientras decenas de cubanos se retorcían las manos a la expectativa de la feliz reunión.

Goyo, vestido en sus habituales *jeans* y camiseta con una camisa hawaiana encima, se paseaba de un lado a otro, estrechando manos aquí y allá, sonriendo ante las expresiones benevolentes en los rostros de las cubanas que sollozaban y lo palmeaban. Pues sí que era dramática esta gente. Bueno, ya sabía más o menos que lo era porque, al igual que el resto de los perplejos americanos, había visto en las noticias toda esa tontería sobre Elián González. Pero no esperaba toda esta lloradera y gritería.

Sin embargo, podía asegurar algo: si esto fuera un evento mexicano, todos refrenarían un poco sus impulsos para que las personas que los rodeaban no se sintieran asustadas o incómodas. Nosotros éramos considerados; no ocurría así con los cubanos, según me parecía en ese momento. Voceaban, gritaban y golpeaban sus palmas. No era como nuestra música; la música mexicana era digna, clásica, orquestal, apasionada . . . al menos, la clase de música que interpretaba Papi Pedro. Los cubanos sudaban y se estremecían con su música. Los mexicanos, en mi opinión, tenían más clase.

Goyo paseaba por el pasillo como un tigre hambriento. Y cuando dejaba de caminar, taconeaba con sus botines de gamuza, mientras sus musculosos bíceps se agitaban. Quería llevármelo, conducirlo lejos de aquí y de *ella*. Pero eso no ocurriría. Me miró, con los ojos bajos y llenos de culpa. Hizo una especie de gesto con los hombros, como si no supiera qué hacer con los besos secretos que habíamos compartido. Sí, mi hermano, pensé. Únete al maldito club. Lo cierto es que sentía lástima de él. Pero ése era otro de mis problemas; me preocupaba demasiado por los sentimientos de otros. Era capaz de perdonar a la gente por cualquier cosa.

Goyo me observó y pareció saber lo que ocurría dentro de mi cabeza. Miró su reloj y caminó hasta donde me encontraba.

—Alexis—dijo—, ven conmigo.

Me tomó de la mano y me condujo por el pasillo hacia uno de esos bares de aeropuerto débilmente iluminados donde gente como yo, que odiaba volar, trataba de ahogar su terror en alcohol y en la interminable programación deportiva que mostraban los televisores. Goyo miró en torno con expresión aprensiva, salvaje, paranoica, y me arrastró hasta una esquina oscura del bar.

—Siéntate un segundo al igual que el resto de los perplejos americanos—me pidió, ayudándome a entrar a una cabina de altas paredes que creaban una privacidad semejante a una habitación.

—Goyo, ¿qué estás haciendo? Hay prensa allá afuera. Tenemos que regresar.

Se deslizó en la cabina cerca de mí.

—Tengo que decirte algo—dijo.

Su frente se perló de sudor y su mirada parecía llena de preocupación.

—¿Qué demonios se te ha metido adentro?

Me miró fijamente a los ojos y me tomó de la mano.

—Caridad llega hoy—dijo.

—Por favor, dime que no acabas de darte cuenta de eso ahora.

Continuó como si yo no hubiera dicho una palabra:

—Y no sé por qué, pero siento esta cosa por ti que no se me va.

—Es sólo una indigestión. Debes dejar de comer esa vaca frita, querido. Vamos.

—Está bueno ya, Alexis. Estoy tratando de decirte . . .

—¿Qué?

La tensión de sus hombros escapó de él mientras suspiraba y se desplomaba. Parecía perdido, aterrado.

—No sé—dijo—. No sé.

—¿Me has arrastrado hasta aquí para decirme que no sabes algo? Goyo, por favor. Esto es idiota.

—No—dijo, mientras la tensión volvía a apoderarse de sus hombros y se sentaba para inclinarse hacia mí—. Ése es el asunto. No sé lo que hago. No me gusta tener sentimientos encontrados. Todo en mi vida estaba claro hasta que te conocí.

Miré mi reloj.

—¿Podemos hablar sobre esto más tarde? El avión de tu novia debe estar por aterrizar en cualquier momento y hay un salón lleno de cubanos locos que quieren verte allá afuera.

Se rió, quizás porque le gustó la manera en que me refería a su gente como si estuvieran locos.

—Está bien.

Goyo comenzó a levantarse, pero lo pensó mejor. Se volvió hacia mí, me tomó el rostro con ambas manos y me plantó un beso en los labios. Luché para zafarme, pero él me mantuvo a la fuerza en el lugar.

—No—protesté, con toda la deshonestidad de que era capaz—. Vete.

—Quédate—me rogó.

Y nos besamos. Durante casi veinte segundos, nos besamos con intensidad.

—Lo siento—se disculpó, pero sus ojos brillaban.

No lo sentía. Estaba feliz como un cachorro con un juguete nuevo para morder, y me di cuenta de que yo me dirigía hacia el mismo desastroso destino.

—Debemos irnos—dije.

—Ya sé.

—Por favor, nunca más vuelvas a hacerlo—le ordené, haciendo mi mejor esfuerzo por no llorar.

—¿Por qué no?—preguntó.

—Porque no creo que mi corazón pueda resistirlo. Y creo que te has enfriado.

—¿Qué? Yo estoy bien. Hace calor. De hecho, tengo calor. Son los nervios.

—Es un dicho. Significa que te has atemorizado un poco sobre lo que va a pasar. Todo va a ir bien. La amas de veras. Pero por el amor de Dios, no me metas en esto.

Goyo dejó caer la cabeza como si estuviera avergonzado de sí mismo.

—Soy tan estúpido—dijo—. Lo siento. Estoy tan confundido ahora. Soy un idiota.

Sonrió y se puso de pie, caminando con brío hacia el pasillo. Esta vez, era yo quien llevaba a Goyo.

—Y ahora, corazón—le dije—, vamos a ver a Caridad y a hacer historia.

Llegaron!—gritó un periodista de *The New York Times*, señalando con su dedo regordete la pizarra electrónica de pared que indicaba los aterrizajes y empujando al fotógrafo hacia la puerta. El vuelo proveniente de la Ciudad de México decía ahora *LLEGADA* en lugar de *A TIEMPO*, y sentí que el mundo se me caía a los pies.

—Muévete—le dijo el reportero al fotógrafo—. No te pierdas la foto.

El fotógrafo le echó una mirada feroz al reportero como si estuviera a punto de darle un puñetazo.

Papi Pedro llegaría más tarde en su *jet* privado, pero el resto de su banda ya estaba aquí, con su amada Caridad y su primo Amado. El guitarrista de Papi tenía su instrumento en la mano y rasgueaba la clásica balada de José Alfredo Jiménez, "Serenata sin luna," cantando como mejor podía: "Consuelo en tu amoooorrr . . ." ¡Música sentimental! Quizás *60 Minutes* no tendría que musicalizar las imágenes. Muy tierno (qué asco). Sonríe, querida.

Así es que aquí estaba ella. Todo había terminado. Aquí estaba ella, con sus documentos falsos diciendo que era miembro de la banda de mi padre. Yo misma lo había hecho. Aquí estaba ella. El amor de Goyo. Y él me había besado en medio del océano, y me había llamado hermosa, y luego había vuelto a hacerlo, apenas cinco minutos antes. Y me había gustado. Y yo lo amaba.

Lo amaba tanto que había llevado a cabo todo ese plan para sacarla, y ahora Goyo recibiría una gran cobertura en *60 Minutes* y un gran artículo en *The New York Times*, y también tendría el amor de su vida. Tal era la magnitud de mi amor. ¿Se daría cuenta él? ¿Veía cuán generosa había sido, cómo le había dejado marchar, igual que en esos afiches cursis que uno compra en las oficinas de correo de un centro comercial que muestran la foto de un caballo blanco galopando en medio de un bosque verde lleno de brumas? ¿Se daba cuenta de cuánto lo amaba y cómo le había dejado marchar, mientras yo me quedaba en medio del día más emocionante de su vida, con la esperanza de que él regresara a mí? Necesitaba a Marcella, para que saliera con alguna cita mejor que no pudiera comprarse en una revista de ventas de una aerolínea. Eso de los afiches inspiradores no era suficiente. Marcella podría aparecerse con algo sacado de algún pensador profundo, un poeta o algo así. Ésa era la diferencia entre Marcella y yo. Ésa, y el hecho de que los hombres quisieran llevársela a la cama, mientras que a mí me querían para, bueno, chocar los cinco en un bar deportivo.

Los camarógrafos comenzaron a agolparse en el extremo del corredor de salida, buscando una posición mejor, y yo tuve que regresar a la realidad y hacer el papel de publicista por un momento, recordándoles que debían dejarle suficiente espacio a Goyo, y diciéndoles cosas amables como, "Sé que todos quieren conseguir su historia, pero recuerden que se trata de la vida de Goyo, no de una sección de fotos" (qué asco). "Tienen suerte de estar aquí porque él no quería que nadie grabara esto". Sí, seguro.

Goyo se deslizó hacia donde yo acorralaba a los periodistas y me puso un brazo sobre los hombros, con una sonrisa tan brillante como para iluminar todo el aeropuerto.

—Eres una mujer extraordinaria—murmuró en mi oído—. Gracias, Alexis.

Besó mi mejilla con un beso largo y húmedo, y sentí deseos de empujarlo. Pero no lo hice. Yo era Alexis López, la chica buena. Así que sonreí y luché contra el deseo de pegar mis labios a los suyos de nuevo.

—No hay problema, chico—dije.

Le di una palmada cariñosa en el brazo, y retrocedí para observar. Así era yo, la muchacha buena gente. Me miró un instante y, moviendo los labios, sin emitir sonido alguno, me dijo en español: "Lo siento, mi amor." Maravilloso. ¿Trataba de confundirme más? Yo no solía decir malas palabras, pero *mierda*.

Caridad era delgada como una gacela, por supuesto. Y más alta de lo que había pensado. ¿Por qué habría imaginado que todo el mundo en Cuba debía ser enano? Había sido una estupidez de mi parte. De cualquier modo, ella debía medir unos cinco pies y ocho pulgadas. Su piel tenía el color de un centavo americano nuevo y reluciente, y su pelo era de un oscuro marrón rojizo, abundante y brillante, que le caía sobre los hombros y llegaba a mitad de su espalda. Tenía los ojos de un verde esmeralda como los míos, pero ligeramente levantados en sus extremos exteriores, con largas pestañas negras. Goyo me había contado que su madre era una chino–cubana, y que su padre era mulato, mezcla de español con africano occidental.

Exhibía sus piernas largas y bien torneadas con una minifalda barata. Qué poco práctica, pensé. ¿Quién en su sano juicio llevaría una minifalda en un viaje de avión tan largo? Tendrías que sentarte con la preocupación de que todos vieran tu cosita. O quizás ella no pertenecía al tipo de mujeres al que le importaba que otra gente se la viera. Quizás pertenecía al tipo de las que querían que otros le vieran la cosita. Ésas existían. Mira a Marcella.

Dejé de criticarla, y me di cuenta con cierta vergüenza de que probablemente ella nunca hubiera tomado un avión. Quizás la pobre criatura ni siquiera sabía lo que era sentarse en uno de esos asientos liliputienses durante horas. Había sido cruel. Pero estaba enamorada de su maldito novio. Y al mirarla, supe que los mismos asientos que parecerían diminutos y ajustados para mi enorme trasero se sentirían amplios para el suyo. Puta.

Goyo la vio avanzar y sus ojos se humedecieron. Sus labios se distendieron en la más dulce de las sonrisas. La amaba mucho. Era evidente. No quería interponerme entre ellos . . . Hubiera querido tener todo un *ejército* para interponerme entre ellos.

Caridad vestía un *top* ajustado con la imagen de una bandera americana, y mostraba sus pezones en atención a través de las estrellas y las barras. Por favor, pensé, qué Pamela Anderson. Qué mal gusto. Saludó a Goyo con la mano y sonrió. Sus dientes eran tan blancos y perfectos como el resto de su persona. Llevaba largos pendientes y unos tristes zapatitos de tacón blancos y desgastados que gritaban *gueto*. De nuevo me detuve por ser demasiado crítica. Esta mujer acaba de llegar de Cuba, me dije. Es tan pobre como puede serlo una refugiada política, y yo estoy aquí por la gracia de Dios. Entendía todo eso, por lo menos en mi cabeza. Pero en mi corazón sólo veía que era preciosa, incluso en esos destrozados zapatos, y que ella estaba aquí para robarme a Goyo.

La odié.

Junto a ella venía su primo Amado, un hombre no muy guapo, de piel mucho más clara que Caridad y rasgos ligeramente chinos también. Cargaba las maletas en unos brazos que parecían demasiado largos, como si sus nudillos pudieran barrer el suelo. No era ni remotamente tan bien parecido como Goyo, y parecía como si prefiriera respirar por la boca. Maldita mi suerte.

Las cámaras se pusieron en funcionamiento mientras Caridad y Goyo finalmente se abrazaban. Amado se inclinó hacia un lado con sus brazos de mono y una extraña sonrisa amarilla y amplia que parecía una tajada de limón en medio de su cara. Saludó a las cámaras como si hubiera sido entrenado. Es un payaso, pensé. Un muñecón pesado. Un ridículo.

Tuve que apartar la mirada cuando Caridad y Goyo unieron sus labios. Miré la pizarra electrónica, estudié todos los nombres de ciudades y traté de imaginar que estaba en esos lugares, en cualquiera de ellos menos allí. Sentí una mano en el brazo y me volví. Era María Teresa Rodríguez, la representante de la Fundación Nacional Cubano Americana, a quien yo había invitado.

—¿Vas a presentarme o no?—me espetó.

Claro. Había prometido que ella sería la primera oradora en la mini conferencia de prensa que debíamos celebrar allí, ahora, en medio del aeropuerto.

—Perdona—dije.

Las lágrimas escaparon de mis cansados ojos treintañeros.

—¿Estás bien?—preguntó.

—Sí, estoy bien—agité mi pañuelito—. Sólo que soy una vieja tonta. Lloro por cualquier cosa. Es tan bello, ¿verdad? Me encantan los reencuentros felices.

—Es *maravilloso*—me dijo, agarrándome por los hombros y apretándome tan fuerte que casi me hizo gemir—. En nombre de todos los cubanos que buscan la libertad, quiero darte las gracias por hacer posible esto, y por llamar la atención del mundo ante las penurias por las que atraviesa nuestro pueblo por culpa de ese tirano hijo de puta.

Jesús santísimo, ¿pero esta gente necesitaba tranquilizantes o algo por el estilo?

Me compuse una vez más y la conduje hasta un pequeño podio que las autoridades del aeropuerto habían levantado para nosotros en una esquina. Le di unos golpecitos al micrófono para asegurarme que estaba encendido. Hubo un sonido de *feedback*, un ajuste, y listo. Aquí estaba Alexis López, publicista extraordinaria, agente de las futuras superestrellas del continente americano.

—Ya está bueno, ustedes dos, tortolitos—dije tan vivaz y alegremente como pude—. Tomen aire por un minuto para poderles decir a todos qué está ocurriendo.

Goyo y Caridad dejaron de besarse y me miraron. Él la condujo hasta el podio, gentil y amorosamente. Presenté a la oradora de la Fundación, y me aparté para que ella pudiera presentar a Goyo y a Caridad, o, como ella los llamó, a nuestros modernos Romeo y Julieta, pero con un final feliz, símbolos de la libertad, escapados de un dictador comunista al que ella despreciaba. Los cubanos, en mi opinión, siempre se estaban quejando. Yo también odiaba a los comunistas, pero puedo asegurarles algo: si yo hubiera escapado de la dictadura de alguno, con toda seguridad que no estaría hablando de él todo el maldito tiempo. En mi opinión, eso era como dejar que el hijo de puta "ganara". Lo mejor sería olvidarse de él y vivir la gran vida. Eso le serviría a *él* de escarmiento. Pero no. Preferían seguir quejándose eternamente. La verdad es que no sé lo que harían si no tuvieran a Fidel Castro para darle una paliza a cada momento, porque me daba la impresión de que toda su identidad se resumía en odiarlo. Quéjense ante alguien a quien le *importe*, pensé.

Mientras me abría paso entre la multitud para conseguir una esquina, me rocé con Caridad, que olía vagamente a rosas y a un olor no tan vago a . . . ¡Puaf! Uno pensaría que una mujer tan bonita tendría que usar desodorante, a menos, por supuesto, que no hubiera podido comprarlo, o que no lo vendieran en las tiendas comunistas. Sonrió y me tomó la mano.

—Gracias—dijo, masticando su goma de mascar como si jamás hubiera disfrutado de eso en toda su vida—. Goyo me ha hablado mucho de ti. Es un gran honor conocerte.

—También me alegra conocerte—mentí.

De cerca era más bonita de lo que había creído. Tenía una piel de bebé que no mostraba sus poros. Y la odié por eso también. Pero me sentí tan feliz de que oliera a establo que tuve ganas de dar vueltas de carnero.

El primo me agarró el brazo como un hombre que sufre un ataque al corazón.

—Gracias—dijo con un fuerte acento que apestaba a alcohol.

Era un payaso borracho, con enormes dientes grises. Un encanto. Abrió su mano en alto para chocarla con la mía, y herví de indignación. ¿Hasta él prefería ser mi amigo? ¿Qué *era* esto?

Miramos hacia la oradora, que estaba terminando su presentación:

—Los invito a todos a que se nos unan en una fiesta de bienvenida a Caridad, esta noche, en el Conga Room de Wilshire. Va a ser una noche especial, porque Goyo y Cary compartirán el escenario por primera vez desde que él abandonó Cuba hace alrededor de un año.

Modestia aparte, yo también había organizado *aquello*: el concierto y la fiesta en el club latino más glamoroso y *chic* de Los Ángeles. Tendríamos servicio de cantina del restaurante cubano de la planta baja. Allí habría un montón de celebridades de primera, y Goyo y su amor cantarían y tocarían. Era un brillante montaje de publicidad y un tiro directo a mi corazón.

La multitud de personas odiosamente felices aplaudió.

Yo también lo hice y sonreí hasta querer reventar.

OLIVIA

Sabía que los diseñadores de escenografía eran magos, pero no esperaba entrar en un almacén del este de Los Ángeles y hallar la casa de mi niñez, aguardando por mí bajo una confusión de luces y micrófonos.

Usando fotos de mi pueblo natal, dos fotos personales de nuestro hogar en El Salvador que mi madre había logrado traer y las entrevistas que el diseñador me había hecho a mí y a mi madre, los técnicos de *Soledad* habían recreado la casa en la que crecí con una precisión casi aterradora. Las sábanas de las camas estaban raídas, como habían estado las nuestras, hechas de la misma lana sin procesar; y hasta el falso follaje tras las ventanas había sido creado para imitar las plantas que crecían alrededor de mi casa.

—Dios mío—dijo mi madre, mientras me agarraba del brazo para sostenerse.

Había estado presente en otras ocasiones, durante las filmaciones el pasado mes, pero nunca había tenido una reacción semejante. Temblaba. La sostuve mientras mirábamos la escenografía de la casita, caminando juntas de habitación en habitación.

—Es increíble—susurró mi madre.

En una esquina del almacén, los maquillistas trabajaban para transformar a Marcella en mi madre. Se había cortado y teñido el cabello de negro para su papel, y cuando los artistas terminaron, el contorno de sus ojos se parecía al de mi madre, sus cejas eran las de mi madre y hasta el ángulo de sus mejillas era como el de Nana. La prensa solía decir que Marcella estaba "sencilla" y "fea" en este papel, pero yo no lo veía así. Era cierto que no se veía glamorosa, pero para mí, y para millones como yo, mi madre era el epítome de la belleza humana.

—La escenografía es increíble—le comenté a Marcella, que había terminado de maquillarse y se nos había acercado—. Es perfecto. Tú también. Te ves igual que ella. No puedo creerlo.

Marcella abrió los brazos y abrazó a Nana. Su transformación había sido increíble. Había pasado bastante tiempo con Nana, hablando con ella y conociéndola, y había adoptado muchas de las maneras de mi madre. No creí que hubiera otra actriz que pudiera igualar mejor la ira y el sentido de la justicia a través de su mirada que Marcella. Ahora, viéndola abrazar a mi madre, era casi como ver a la Nana joven abrazando a la vieja, y se me puso la carne de gallina. Observé cómo los ojos de mi madre seguían al joven actor que había sido seleccionado entre cientos para hacer el papel de mi Tata. Era perfecto para su trabajo; quizás demasiado perfecto, si es que la tristeza en los ojos de mi madre era un indicio. Resulta casi escalofriante verlo junto a la mesa de los refrigerios, seleccionando una rosquilla o trozos de melón, junto a un grupo de hombres vestidos de soldados del escuadrón de la muerte, mientras hablaban de béisbol.

—Sé que esto no será fácil, Soledad—dijo Marcella, refiriéndose a que hoy era el día en que se filmaba el asesinato—. Entenderé si no quieres estar aquí.

Nana sacudió su cabeza.

—No—dijo—. Me quedaré. Es la única parte que deseo estar segura de que se haga como fue.

Después del tiroteo, me fui en auto hasta Calabasas, donde vivía Samuel, a recoger a Jack.

Mi marido, del que me estaba separando, tenía mal aspecto. Parecía cansado, viejo y débil. Abandonado a su suerte, parecía como si no fuera capaz de cocinarse debidamente una comida o lavar sus ropas. Parecía querer hablar conmigo, e incluso trató de acariciarme la cara, pero yo no tenía interés. No sentía nada por él. Era casi un alivio.

Habíamos estado yendo a un consejero matrimonial una vez por semana desde que me mudé, hacía ya cuatro meses, y nada había cambiado. Bueno, no era completamente cierto. Yo había cambiado. Ya no creía que necesitara estar casada, mucho menos con un hombre que no me apreciaba. No quería seguir casada con Samuel. Nos habíamos comportado civilizadamente, por el bien de Jack y por costumbre, y creo que mi paciencia y comprensión lo tomó de sorpresa porque deambulaba con una expresión atónita y abatida en el rostro. "¿Por qué no me gritas?", preguntaba. "¡Golpéame! Haz algo". Cuando le conté a Alexis sobre la metamorfosis de Samuel, pareció impresionada.

—Nunca me lo habría imaginado—dijo—. Pero creo que has encontrado el mejor método del mundo para hacer que un hombre se sienta culpable. Ignorar su hombría. Ser amable, pero no del todo. Lo tendré en cuenta, asumiendo que alguna vez encuentre a otro hombre que me ame lo suficiente para tratarme como si yo fuera excremento.

—¿Te veo entonces el sábado con el consejero?—me preguntó Samuel.

Yo caminaba por el pasillo, alejándome de mi antiguo apartamento en dirección al elevador, mientras Jack cantaba bajito, para sí mismo, en mis brazos.

—No, creo que no—dije—. Lo siento, Samuel. No iré más.

—No puedes dejar de ir—protestó.

—Puedo. Y voy a hacerlo. No tengo el tiempo ni la energía ni las ganas. Quiero el divorcio.

Se detuvo, anonadado.

—¿No deberíamos discutir esto?

—Divorcio—dijo Jack, repitiendo la nueva palabra como acostumbraba a hacer, calibrando su peso y su sabor en su diminuta boca.

Le envié a Samuel una dulce sonrisa y un saludo, porque nada frustraba más a un hombre que soportar que el objeto de su maltrato y olvido lo tratara con el respeto y la dignidad que él mismo no había mostrado.

—No, no tenemos nada de qué hablar, excepto de Jack, y nos mantendremos en estrecha comunicación al respecto, porque ambos amamos mucho a este niño. ¿Verdad, mi cielo?

Besé a Jack en la mejilla y le hice cosquillas en el estómago. No quería que esto se convirtiera en un trauma para él. No había razón para que el divorcio de sus padres no le pareciera la cosa más natural y agradable del mundo. Pensaba que no era el divorcio lo que hacía daño a los niños, sino toda la tragedia y la estupidez que los padres les inflingían en el turbio proceso de separar sus vidas. Mis tragedias eran mías. Jack no las necesitaba.

Sonreí a mi futuro ex marido.

—Adiós, Samuel. Y buena suerte.

Llevé a Jack a casa, es decir, a la de mi madre. Jack, que tenía un instinto de párvulo, notó enseguida que no regresábamos a Calabasas, y supo hacia dónde íbamos. Pero, como siempre, me interrogó para estar seguro.

—¿Adónde va mami?—inquirió mientras yo tomaba la salida de la rampa norte en la carretera 101.

Ay, Dios mío, pensé. ¿Cómo le vuelvo a explicar esto?

—Mami está yendo para casa de su mamita. Jack y mami van a vivir con abuelita durante un tiempo. Va a ser muy divertido. Abuelita te quiere mucho. Tiene flores y jugo de manzana en su casa. A Jack le gusta el jugo de manzana.

—¿Adónde va mami?—repitió.

—Vamos a vivir con abuelita—volví a decir—. Ella te quiere mucho. Y vamos a vivir durante un tiempo en su linda casita azul. Va a ser muy divertido.

A través del espejo retrovisor, observé como alzaba sus cejas. Se dedicó a trazar rayas y garabatos en su pizarrita electrónica, perfectamente satisfecho con mi explicación. Lo amaba tanto: amaba su poder de adaptación, la fuerza de su pequeño carácter, su compañía.

—¿Dónde está papi?—preguntó.

—Papi está en su casa. Mami y Jack van a vivir en casa de abuelita. A veces las mamás y los papás viven en casas diferentes y Jack puede visitar las dos casas. Va a ser muy divertido. Hay parques y muchas cosas ricas donde vive abuelita. ¡Va a ser como una aventura!

Salí de la autopista y me dirigí a casa. Cuando pasábamos junto a las oscilantes palmeras y la resplandeciente laguna de Echo Park, se animó. "¡Pájaros! ¡Mami, pájaros!", gritó. Volví a mirarlo por el espejo retrovisor y vi que apuntaba hacia la ventana en dirección a la laguna. Dos hermosos cisnes nadaban en torno a los botecitos impulsados por pedales. Las familias paseaban por los senderos zigzagueantes con sus coches y criaturas.

—¡Mira eso!—exclamé—. ¡Qué lindo se ven los cisnes! Los cisnes tienen unos cuellos largos muy bonitos.

—Parque—dijo—. Quiero ir.

Sabía que Samuel y que el resto de las personas que yo conocía pensaban que éste era un barrio detestable, pero la visión de todas esas familias que disfrutaban de la tarde en el parque—y que hablaban español como si fuera la cosa más natural del mundo—me hizo sentir muy feliz. Y ésa era una buena señal.

Habían pasado meses desde la última vez que yo sintiera algo.

Llegamos a casa de mi madre, y me alegré de que Jack hubiera pasado la edad en que la pintura de plomo podía dañarlo, porque estaba segura de que la casa estaba llena de polvo tóxico. Ése sería el próximo asunto con el que tendría que lidiar en la larga lista de arreglos que necesitaba la decrépita residencia de mi madre. Nana no había vuelto a pintar desde que me había ido de casa hacía más de quince años. Estaba segura de que ni se le había pasado por la cabeza. También tendría que comprar detectores de humo, que formaban parte del universo de los propietarios de casa responsables, a los cuales mi Nana no pertenecía. Había sido cuidadosa al hablar de la casa, antes de decidirme por el divorcio. Pero ahora que parecía como si yo fuera a vivir aquí durante algún tiempo, con mi hijo, tendría que comenzar a arreglar algunas cosas. No sabía cómo reaccionaría Nana cuando yo empezara a interferir en su ambiente, pero había que hacerlo. Me daba la impresión de que lo que Nana hacía en su casa se parecía más a acampar que vivir, pero no me había atrevido a decírselo. Ahora tendría que hacerlo.

—¡Buelita!—gritó Jack—. ¡Llegamos!

Desabroché a Jack de su asiento y lo puse en la acera. Echó a correr sobre la yerba seca y amarilla del jardín hacia el porche donde mi madre esperaba por nosotros, con una mano en la cadera, mientras se cubría el rostro a medias con la otra, protegiéndose los ojos de los rayos del sol poniente. Llevaba un vestido largo y flotante de *batik* púrpura sobre rayón negro, con sandalias bajas de *hippie*. Su largo pelo blanco flotaba alrededor de su rostro y, como siempre, usaba largos pendientes colgantes, como los que podían comprarse a precios de baratija en los quioscos. Aparte del color de su cabello, no había nada que indicara su condición de abuela. Podría haber sido mi hermana gemela. Me di cuenta de que me vestía demasiado parecido a ella. Mientras más tiempo pasaba con mis nuevas y elegantes amigas, más comprendía que quizás necesitaba ayuda en el departamento de vestir.

—¡Buelita!—gritó Jack.

Mi madre se puso en cuclillas y tendió sus brazos para recibir a mi hijo. No podía recordar que alguna vez hubiera sido tan expresiva conmigo. Mientras se abrazaban, mi corazón se llenó de un júbilo agridulce. Sería mejor abuela que madre.

Mientras me acercaba a la casa, pude captar el olor de los pasteles rellenos con carne de cerdo y de casamiento, que es el arroz con frijoles salvadoreño. Comprendí con igual estupefacción que Nana estaba cocinando y que yo estaba hambrienta. No famélica, pero sí hambrienta. De nuevo comenzaba a sentir algo, incluyendo una tristeza enorme y constante, mezclada con la emoción de descubrir mis propias posibilidades. Necesitaría otro corte de cabello y ropa nueva, y salir a circular por ahí, ahora que estaba soltera. Era muy extraño pensar en mí de ese modo, pero también resultaba excitante. Me gustaba. De hecho, me gustaba tanto que no sentía ningún apuro en cambiar de estado civil. Ahora tenía mi propio dinero y mi propia vida. Tenía un sitio seguro para cuidar de Jack, y nuevas amigas que apreciaban lo que yo hacía. No creí que necesitara de un hombre que me felicitara por eso. Ni ahora ni, posiblemente, nunca. ¿Cuán divertido resultaría salir de nuevo con alguien? ¿Quizás tener algunos amigos con los que incluso podría tener relaciones sexuales, pero que no ocuparan un lugar tan importante en mi corazón y mi alma como para que su comportamiento influyera en mi ánimo? Eso sería maravilloso.

—Qué niño más lindo—exclamó mi madre, acogiendo a Jack entre sus brazos y sosteniéndolo sobre su cadera, mientras me tomaba del braza con su mano libre—. Bienvenida a casa, m'hija. ¿Tienes hambre?

—La verdad es que sí—admití.

Me detuve en el porche, cerca de ella, y hundí mi cabeza en su hombro. Olía a cebollas y a masa. Siempre había olido igual toda mi vida.

—Así me gusta, mi niña—dijo—. Tienes que comer. Te estás poniendo muy flaca.

—Ay, mami—suspiré—. Hoy le dije a Samuel que quería divorciarme. ¿Qué voy a hacer?

—Vas a entrar a casa y a continuar tu vida, eso es lo que harás—me animó—. Las bendiciones vienen de muchas maneras, y ésta es una de ellas. Ya verás. Las cosas sólo pueden mejorar.

—Eso espero—contesté.

Nana hizo que me volviera hacia la calle y señaló discretamente.

—Mira quién está ahí—canturreó bajito.

Chan Villar pasaba frente a la casa, llevando de la mano a una niñita de cabello oscuro amarrado en dos coletas. Al verme, agitó su mano. Yo le devolví el saludo.

—¿Le dijiste que viniera?—le susurré a mi madre horrorizada.

—Tal vez—admitió.

Sentí que la sangre se me agolpaba en las mejillas y escapé hacia el interior. Nana me siguió, silbando y cantando con Jack sobre su cadera.

—¡Nana! ¿Cómo te atreviste?

Fui hacia las ventanas y corrí las cortinas.

—Te conozco—dijo ella—. Sabía que no ibas a regresar con ese malcriado de ya–sabes–quién.

Cuando Jack estaba cerca, evitábamos mencionar el nombre de su padre cuando hablábamos mal de él.

Nana se sentó con Jack en la banqueta del piano y comenzó a mostrarle cómo tocar, algo que le encantaba, aunque jamás había sido afinado y aún tenía las iniciales de Paz talladas en la madera de las patas. Me paseé por la gris claridad de esta extraña casita maternal, preguntándome si alguna vez volvería a acostumbrarme a ella.

La camita y los muebles de Jack se hallaban en la vieja habitación de Paz; y mi antiguo cuarto, que apenas había cambiado, aguardaba por mí. Mis trofeos de declamación y debate aún colgaban de las paredes, y la puerta del clóset aún llevaba ese rosa subido con que yo la había pintado cuando estaba en octavo grado, creyendo que era un color *chic*. Me pregunté si mi madre la había dejado así por pura nostalgia o por simple pereza. Posiblemente fuera una combinación de ambas.

Nana me encontró hojeando uno de mis antiguos álbumes de fin de curso de la secundaria, sentada en mi vieja cama con dosel.

—Tenemos espacio de sobra—dijo—. Quédate todo el tiempo que necesites, Olivia. Será bonito volver a tener niños en casa.

Varios días después, Nana se quedó con Jack mientras yo iba a correr. Marcella había llamado en el momento en que yo iba a salir, para saludar, según dijo, pero yo sospeché que era para alimentar su ego porque también alardeó de lo bien que había salido la filmación ese día. Además, me confesó que iba a hacer pública cierta noticia que ayudaría a promover la causa de la justicia y mi película, pero no quiso decirme qué estaba tramando. Yo me encontraba en un estado en el que realmente no me interesaba nada. Marcella pensaba que todo cuanto hacía era una gran noticia. Aunque era cada vez más famosa, nada resultaba suficiente para ella.

—No puedes andar corriendo por ahí—exclamó cuando traté de colgarle el teléfono.

—¿Por qué no?—pregunté.

—Pueden asesinarte o puedes ser atacada por un perro callejero. Los he visto vagando por ahí en rebaños.

—Querrás decir en manadas.

—Enjambres de perros, corriendo por todas partes.

Miré los galardones obtenidos en debates escolares y recordé la sensación que producía decir lo que uno pensaba, discutir . . . y ganar. Hubo una época en que me sentí lo suficientemente optimista sobre mi futuro y sobre mi capacidad como para enfrentarme a la gente. Ahora comenzaba a sentirme así de nuevo, y no había nadie mejor para practicar que Marcella, a la que había tenido miedo enfrentarme hasta hacía muy poco.

—No sabes lo que estás diciendo—aseguré.

Era la primera vez que tenía el coraje de desafiar a Marcella. Y también, por primera vez, le colgué el teléfono de la misma manera en que ella se lo había hecho siempre a otros.

Desconecté mi teléfono y lo metí en la gaveta de la mesita en la entrada. Marcella me caía bien, pero necesitaba estar algún tiempo a solas. Necesitaba tener algún tiempo sólo para mí. Me até las zapatillas de correr nuevas: lo primero que me compré cuando llegó el dinero de la película. Lo segundo fue contratar a una compañía para que construyera una valla de madera blanca para la casa de mi madre . . . algo que ella aún no sabía. Estarían aquí la próxima semana. Lo tercero fue abrir una cuenta de ahorros para pagar la universidad de Jack. Ya tenía pagado todo un semestre en la universidad más cara del país. No estaba mal para un niño de dos años. Tan pronto terminara de pagarlo todo, comenzaría a saldar mis propias deudas universitarias, unos préstamos que me habían agobiado mucho.

Ahora llevaba *shorts* verdes de *nylon*, un *brassiere* deportivo y una camiseta Pepperdine. Había leído que correr, y otras formas de ejercicio, estimulaban las mismas hormonas y regiones cerebrales que eran estimuladas durante la actividad sexual, y que una de las mejores cosas que alguien podía hacer por sí mismo, durante la ruptura de una relación, era ejercitar el cuerpo con todo rigor. Corrí por las accidentadas aceras . . . y corrí más y más hasta que ya no pude seguir, hasta Silver Lake, alrededor de la reserva, y después hasta el centro. Llegué sudorosa y exhausta al Grand Central Market, saqué el húmedo billete arrugado de cinco dólares que llevaba en el bolsillo de mis *shorts* y compré agua de melón a un vendedor mexicano; también un ejemplar del *L.A. Times*, y me senté en una mesa del inmenso almacén para ponerme al día de los acontecimientos mundiales, mientras los compradores que me rodeaban se ocupaban de sus asuntos, hablando en español y arrastrando los pies en medio de las cáscaras de maní que cubrían el suelo. No importaba que la prensa dijera que esto estaba "muerto": me encantaba el centro de Los Ángeles. Estaba bien vivo, sólo que en español. Por lo que a mí se refería, éste era el verdadero Los Ángeles, no el mundo de Marcella. Ésta era la ciudad de la que nadie sabía en el resto del país: mi Los Ángeles. Y ésta era la ciudad sobre la que escribiría en mis guiones durante el resto de mis días.

La historia en primera plana me sorprendió. Daniel, el ex novio de Alexis que trabajaba en el *Times*, había sido suspendido por abuso de poder periodístico. El periódico admitía que se trataba del mayor escándalo desde que Jayson Blair fuera sorprendido diciendo mentiras en *The New York Times*. Hubiera deseado llevar mi teléfono para llamar a Alexis y preguntarle si había oído de él, a raíz de la noticia. La llamaría cuando llegara a casa.

Mi casa. Era la frase precisa. Mi corazón colgaba hecho trizas en algún sitio de mi pecho, y cada vez que avizoraba a una joven bonita de pelo castaño, los celos me aceleraban el pulso y me lastimaban. Sabía que estaba comenzando una nueva vida, una que podría conducirme a una mayor felicidad que la que conociera antes, pero me dolía el futuro que no había podido tener con Samuel; me dolían esos sueños sólidos y estables como una montaña que había fabricado en mi imaginación.

Caminé rumbo a casa, debatiéndome entre el regocijo de la libertad y el dolor de la muerte. Estaba trastornada, lo cual pudo ser la razón por la que decidí pasar frente al estudio de Chan Villar, en lugar de tomar por una calle diferente.

Chan estaba arrodillado en el jardín, con unos *jeans* anchos y una camiseta, ayudando a su hija a tomar la foto de una flor con una minúscula cámara digital. Me vio antes que yo pudiera reaccionar y salir huyendo.

—Olivia—me llamó, haciéndome señas con su habitual energía—. ¿Cómo estás?

Caminé con aspecto distraído.

—Aquí, haciendo un poco de ejercicio—respondí, deseando que Chan no imaginara que había pasado con la esperanza de verlo—. Había olvidado que tenías un estudio aquí. ¿Cómo estás?

—De lo mejor. ¿Puedo brindarte agua?—preguntó—. ¿Puedes pasar un minuto?

Deseaba tomar agua. Deseaba entrar y ver qué clase de fotos era capaz de tomar Chan Villar. Pero no creí que fuera correcto. No me sentía una mujer casada, pero tampoco me sentía una mujer soltera.

—Quizás otro día—dije haciendo un gesto con los hombros, mientras miraba el reloj—. Tengo que volver con mi hijo.

—Ésta es Melanie—me presentó él, y a la niña le dijo—: ¿Puedes decir hola, Melanie?

—Hola Melanie—repitió ella.

Los niños son sorprendentes. La saludé, diciendo adiós con la mano. Tenía los hoyuelos de su padre y el cabello castaño de su madre.

—Es bella—comenté, y era cierto.

—También es muy lista—me aseguró él: era la clase de elogio que un hombre perfecto haría de su hija. Y añadió—: Oí decir que estarás en el vecindario por un tiempo. Quizás Melanie y Jack puedan juntarse a jugar uno de estos días.

—Quizás—dije.

—Muy bien—Chan sonrió abiertamente—. Te llamaré a casa de tu madre para organizar algo. Tal vez podríamos ir al zoológico o algo así.

—Quizás—repetí—. Bueno, tengo que correr. Literalmente.

—Ey, Olivia—me llamó—. He estado leyendo algunas cosas en los periódicos sobre tu película. Me parece magnífico. Sólo quería felicitarte.

Sonreí.

—Gracias, Chan.

—Bueno, nos vemos por ahí.

Diciendo adiós con la mano, eché a correr sobre mis agotadas piernas como si fuera la cosa más natural.

En casa, Jack ayudaba a mi madre a regar las moribundas y secas plantas que se sostenían en las macetas del porche trasero, disfrutando de la caricia del sol en su piel, y derramando más agua sobre su camiseta y sus *jeans* que dentro de las macetas. No parecía importarle que las plantas ya estuvieran muertas. Comprendí que había una enseñanza en eso. A veces era el proceso, el camino, el riego, lo que contaba. Yo estaba aquí. Viva. Y tenía a Jack. Me incliné a besar su cabecita entibiada por el sol.

—Entró una llamada para ti—anunció Nana.

—¿Para mí? ¿De quién?

—Un tal doctor García—dijo ella, observándome con mirada sospechosa.

—¿El doctor García? ¿Del trabajo de Samuel? ¿Qué quería?

—Dijo que quería saber cómo te sentías.

Seguía mirándome torvamente, sin contarme toda la historia.

¿Y?

Nana tosió y abrió un hueco en la tierra para que Jack pusiera una semilla adentro.

—Y pidió a tu madre que saliera con él a tomarse un café. ¿Puedes creerlo? ¡Qué viejo verde!

Me reí con ganas.

—Está bien, mamá. Es muy buena persona. Deberías ir.

—Ya te las cobraré—me amenazó, pero sus ojos brillaban de expectativa.

—Tratándose de venganza—dije—, puedo contar con que no lo olvidarás.

—¿Qué demonios voy a ponerme?—preguntó—. No he salido con nadie desde que murió tu padre.

—Nos iremos de compras—propuse.

—No puedo darme el lujo . . .

Coloqué un dedo sobre los labios de mi madre.

—Sshh—dije—. Podemos darnos el lujo.

—No puedo dejar que hagas eso.

—Soy un adulto—le recordé—. No necesito tu permiso para ir de compras.

MARCELLA

Carmelo el Fantasma se presentó a mi puerta completamente vestido de negro, brillante en casi todo su atuendo, y con los ojos delineados. ¿O era un tatuaje permanente? No tocó el timbre ni la puerta, y si no me hubiera asomado a ver qué era ese débil sonido de arañazos desesperados y gatunos, jamás hubiera sabido que estaba en mi porche.

Me recordaba a algún personaje de la época de *Flock of Seagulls*. Parecía un hombre hecho de gel. Su pelo, recién teñido de púrpura, se alzaba tieso como las púas de un puerco espín, lo cual combinaba muy bien con los diversos objetos de metal que llevaba enganchados en varios sitios. Se veía desgarbado y felino, pero nada de esto me molestaba porque había llegado a un punto en que los hombres me importaban un carajo.

—Hola—sonrió, ofreciéndome una rosa roja y mustia.

No tan mustia que estuviera marchita, pero no lo bastante fresca como para excitar a una abeja. O a mí.

Llevaba el extremo de una fina cadenilla enganchado a un aro que colgaba de su ceja; el otro extremo iba enganchado a su labio inferior. Si tiro de la cadena, pensé, podría despellejarle el rostro. Llevaba dos perforaciones en la mejilla, donde tenía algo que parecía un pequeño riel de ferrocarril o una larga aguja de tejer. Era grotesco.

Le abrí la puerta para permitirle entrar y tomé la rosa.

—Gracias, Carmelo—dije—. Una rosa muerta, qué maravilla.

Me pregunté si no le dolerían todos esos orificios y metales en su cabeza.

—Pasa.

Me miró a los ojos como un león dispuesto a atacar y entró.

—Siéntate. Enseguida vengo—dije, señalando a los sofás de la sala.

Quería buscar mi cartera, pero tuve que esperar porque Carmelo parecía ausente y vagaba por la casa, encorvado y farfullando macabramente.

Por fin aterrizó, como un ave de rapiña, en una de las sillas del patio. Allí se quedó, como si fuera el abominable hombre pájaro de Laurel Canyon. No en la sala, sino en el patio. Lo seguí, y lo encontré silbándole a un gorrión, que lo miraba con curiosidad y le respondía. Por lo menos éste no le temía a Carmelo. Me quedé en el umbral, observando. Me había vestido con minifalda, una blusa de encajes y zapatos de tacón bajo, y no había planeado pasar la velada en el patio.

—Éste es el mejor cuarto de la casa—observó, mirando los viñedos que se enredaban para formar una sábana verde sobre su cabeza—. Si yo viviera aquí, pondría una tienda de campaña. Nunca entraría a la casa. Todo se ve salvaje. Mucha gente diría que esto se encuentra abandonado, pero a nosotros no nos da esa impresión, ¿verdad?

—Es mi sitio preferido—dije, encogiéndome de hombros.

Desde los árboles, mis gatos lo miraban con sus ojos amarillos cargados de sospecha.

—Es mi segundo sitio preferido aquí—dijo él.

—¿Cuál es el primero?

—La estoy mirando.

Hizo un mohín y sonrió. Realmente era un hombre guapo, pese a toda su indumentaria y sus metales. Podría haber sido un tipo impactante con el cabello corto y con menos acero inoxidable en sus orejas, cejas, labios, lengua . . . y sabe Dios dónde más.

—¿No duele todo . . . eso?—pregunté, señalando las perforaciones.

Sacó la lengua y movió la punta, donde llevaba un arete plateado, mientras una extraña sonrisa cruzaba por su rostro demente. Lucifer, pensé. Se parecía al diablo. Pero apostaba a que era experto en el sexo oral. Pocos hombres lo eran. Lo intentaban, benditos fueran los pobrecillos, pero no tenían idea qué o dónde lamer. O por qué. Eso era lo peor; no parecían creer en la existencia del orgasmo femenino como una misión en sí misma. Nuestro orgasmo era más un accesorio que una necesidad para la mayoría de los hombres. Y cuando tratabas de corregirlos, de mostrarles el camino correcto, perdían su erección y comenzaban a hacer pucheros. La verdad es que no valía la pena. Era mejor fingir. Ésa era mi teoría.

—No—contestó, mirándome a los ojos—. No duele. De todos modos, el dolor físico no es el peor dolor.

—¿No?

Yo seguía pensando en el sexo oral.

—Es peor el dolor psíquico y espiritual—dijo.

Saltó para tomar una flor rosada de la buganvilla que colgaba sobre su cabeza.

Pasó su pulgar sobre su superficie con un movimiento breve y circular que me recordó el de una mujer que se masturbaba.

—Pero eso ya lo sabes—me sonrió como si yo le hubiera confiado algún secreto—. Tú sabes más de lo que aparentas. Eres un genio. Eso es lo que creo. Pero un genio controlado. Y más cínica que el carajo. Ésa es la parte difícil.

—Eres demasiado complejo para mí, Carmelo—repuse—. ¿Quieres un trago?

—Agua—dijo—. La tomaré yo.

Pasó junto a mí y comenzó a pasearse por el comedor.

—¿Quieres que te muestre dónde están tus gafas?

Había encontrado la cocina y giró con lentitud. Me sonrió.

—No sería muy difícil suponer que están aquí en la cocina, guardadas en un gabinete.

—Sí, ¿pero en cuál?

Se acuclilló como si fuera a defecar, recorrió con sus dedos las losas del suelo como si buscara algo en ellas, luego se irguió y saltó seis veces en sus botas de campaña.

—Eso es lo interesante de conocer a alguien—dijo—. Me gusta explorar a la gente.

Abrió un gabinete lleno de especias, cogió uno o dos frascos, leyó las etiquetas y los devolvió a su sitio.

—Quiero explorar tus gabinetes. Quiero ver cómo organizas las cosas.

—¿No crees que eso es un poquito descortés?

No respondió. En vez de eso, me tomó la mano y comenzó a besarla hasta que su lengua terminó ondulando y lamiéndome entre mis dedos del medio y anular. Sentí que un tornillo de metal me rozaba la piel, caliente y húmedo. Me guiñó un ojo y desapareció dentro de la casa.

—Ven adentro—dijo—. Tu energía es mejor aquí. Yo te encontraré.

Le obedecí, pero no estaba segura por qué. Nunca había conocido a alguien como él. Un minuto después, me trajo un vaso de agua con tres rodajas de limón, como me gustaba.

—¿Cómo sabías?—pregunté.

—Lo sé—contestó, fijando su mirada en la mía sin pestañear—. Presto atención. No soy sólo un músico. También pinto. Mis ojos ven cosas que otra gente no nota. Conozco cosas.

Todavía tenía en sus manos la flor, ya apagada de tanto roce.

Apenas podía recordar cuando había sido la última vez que un hombre me puso tan nerviosa o excitada. No tenía duda de que, por supuesto, conocía cosas. Buenas cosas.

—¿Dices que sabes cosas?—pregunté.

—Ajá.

—¿Cómo cuáles?

—Como que necesitas algo de un hombre.

Claro. Éste era el momento en que emperzaría a masturbarse o a pedirme que le mostrara mis tetas. Éste era el momento en que todos pensaban que tenían exactamente lo que yo necesitaba . . . entre las piernas.

—No me interesa oír esto—le advertí.

Carmelo se me quedó mirando.

—Sé por qué me estás mirando así—dijo.

—¿De verdad?—tomé mis cigarrillos de la mesa, saqué un Capri y lo encendí.

—Porque piensas que voy a pedirte que me cojas, como todos los otros imbéciles. Y lo único que hacen es eyacular y seguir andando. Conozco a esa clase de tipos.

Me detuve en medio de una chupada y lo miré. Sonrió, complacido de haberse anotado un *home run* en el primer intento. Entonces tomó mi mano y volvió a conducirme al interior de la casa, hasta el dormitorio. Corrió las cortinas y cerró la puerta.

—¿Debo llamar a la policía ahora o más tarde?—pregunté.

—No soy como los otros imbéciles—repitió—. Soy un imbécil. No lo niego. Pero no como los otros. Soy una clase distinta de imbécil.

—¿No quieres cogerme?—dije, tan directa y a la defensiva como siempre—. Sí, claro, por supuesto.

—No, no quiero. No ahora.

Una parte de mí deseaba preguntarle por qué. Todos los demás querían. Para eso me habían puesto en este mundo, ¿no? Para ser un objeto del deseo ajeno. Como si me leyera la mente, Carmelo me respondió.

—No quiero hacerlo porque no sería un desafío.

Se mantuvo a mi lado, lo bastante cerca como para que sintiera el calor de su cuerpo, como para que aspirara el olor a pachulí y a nuez moscada que escapaba de él. Me tomó una mano para que me incorporara y quedamos de pie, uno junto al otro. Luego hizo que nos moviéramos hasta el espejo que estaba tras la puerta del dormitorio. No era mucho más alto que yo. De hecho, parecía como si tuviéramos exactamente el mismo tamaño.

—Vete al diablo—le dije a su imagen.

—No, espera. No me dejaste terminar—acercó su rostro al mío, invadiendo mi espacio personal, aunque sin tocarme—. No sería un desafío porque estarías *actuando*, siguiendo una fórmula, observándote a ti misma: la diosa del sexo. Estarías ausente de tu propia carne. Tu espíritu estaría encerrado en una cajita, en esa hermosa cajita que has fabricado para esconderte donde nadie pueda hacerte daño. Hace tiempo funcionó, pero ya no. No me interesa la caja, Marcella.

Aparté la vista de él, incapaz de creer que hubiera visto todo eso en mí.

—Entonces ¿qué te interesa, Carmelo?

Me encogí de hombros y aspiré el cigarrillo, tratando de no parecer nerviosa.

—Tú—dijo—. Tu liberación. Que entres en tu propia piel y te quedes ahí.

—¿Mi *liberación*? ¿De qué estás hablando?

—No te muevas—dijo—, por favor. Y no pienses en mí. Piensa en ti. Abre la caja y recuerda que eres dueña de tu propio espíritu. Quienquiera que fuera el culpable, no es tu dueño y ya no tiene ningún poder sobre ti. Tu cuerpo es para que lo disfrutes tú. Has olvidado ese detalle.

Carmelo se arrodilló y me levantó la falda, doblando con cuidado el dobladillo hasta convertirlo en un cinturón, con lo que dejó al descubierto la parte inferior de mi cuerpo. Pensé en protestar o retirarme, pero no quise. Quería saber qué ocurriría. Con un dedo, apartó mi pantaleta.

—Muy lindo—dijo.

Sentí su respiración. Ni siquiera nos habíamos besado en la boca y allí estaba, oliéndome *ahí*.

—Separa un poco las piernas—dijo, como si estuviera dándole instrucciones a alguien que trasladaba un sofá.

No parecía actuar de manera verdaderamente sexual, o al menos no de la manera en que yo estaba acostumbrada a que ocurriera. Era una actitud exhibicionista, casi de feria, frente a mi cuerpo. Hice lo que me pedía, y sentí el calor llenando mi centro.

—Bien—dijo.

Y entonces usó su lengua con el mismo ritmo que la había usado para mis dedos, pero más suave. Tan suavemente que apenas podía sentirla. Dejé escapar un gritito de sorpresa y sentí que mis rodillas se doblaban.

—Firme—dijo.

Bajé la vista para mirarlo y él me sonrió. Regresó a su tarea, esta vez un poco más fuerte. Evidentemente sabía lo que estaba haciendo. En el instante preciso, metió tres dedos dentro de mí y los movió a la velocidad exacta, y un momento después un cuarto, en el otro orificio. Antes de que me diera cuenta, ya me había corrido. Con un hombre.

Por primera vez. Mientras me miraba.

Supo exactamente cuándo terminé, y se detuvo. Volvió a colocar la pantaleta en su sitio, me bajó la falda, se secó la boca en un hombro, y se puso de pie.

—¿Estás lista para salir?—preguntó como si nada hubiera ocurrido.

—Claro—dije.

—Sólo iré a lavarme las manos—dijo sonriendo.

Y entonces me llegó. La cita inapropiada, y no tenía idea de dónde había venido.

—Es mejor que te mantengas limpia y pura—murmuré—. "Eres la ventana a través de la cual tienes que ver el mundo".

Sonrió de un modo salvaje y desproporcionado para el momento.

—Lo dijo George Bernard Shaw.

—Oye, Marcella—dijo—. ¿La caja de la que te hablé?

—¿Qué hay con ella?

—Yo también tenía una. Sé lo que es eso.

—¿Sí?

—Un guía de los *boy scouts*—dijo—. Cuando murió en un accidente de tráfico, no sentí ninguna lástima por él.

Entonces Carmelo, el telépata y escalofriante Fantasma, me sonrió y salió en busca del baño sin pedir indicaciones.

Carmelo había hecho reservaciones sin consultarme. Por lo general, esto me encabronaba porque indicaba una falta de respeto por la opinión de la mujer.

Pero sorprendentemente escogió el mismo restaurante que yo hubiera escogido: L'Orangerie, en La Ciénega. Considerado el mejor restaurante francés en Los Ángeles por los franceses y otra gente, estaba bastante cerca de mi casa y era uno de los pocos lugares en el mundo donde yo me permitía olvidar que estaba bajo una dieta constante. También se trataba de un restaurante francés que trataba a las verduras con respeto. Era formal, casi hasta la comicidad, y romántico de un modo tradicional que negaba lo que Carmelo acababa de hacerme en mi jardín.

Carmelo también condujo, sin preguntarme. Podría haber pensado que tenía un coche fúnebre, pero me habría equivocado. Era un Toyota Prius plateado, estrecho y sin gracia; un auto con una parte delantera ancha y una enorme pegatina del Sierra Club en el cristal trasero.

—Si pudiera vivir sin carro, lo haría—explicó, aunque no le había preguntado nada—. Los carros son un asco. Por lo menos, éste quema menos combustible que otros. Uno puede sentir que este sitio se está muriendo—añadió con un gesto de su mano, que abarcó todo el tablero—. Esto debió haber sido una maravilla cuando sólo los Chumash y los Shoshoni vivían aquí, canjeando caracoles y granos de maíz, y navegando hasta la isla Catalina en sus canoas de troncos de veinte pies de largo. Debió de ser un paraíso en la tierra.

—Hablas como Alexis, mi agente. Ella también odia este sitio, aunque no creo que le importe un carajo el medio ambiente. Es republicana.

—A mí me encanta esto—dijo Carmelo—. Ésta es la ciudad con más posibilidades para crear de Estados Unidos. Sólo que está rodeada de muerte. Uno puede sentirlo. El planeta se ahoga aquí.

—Nunca pensé mucho en eso—dije.

—Qué mentirosa—replicó. Y, por supuesto, tenía razón.

Abandonamos la oscuridad fluorescente de Los Ángeles para adentrarnos en la claridad cremosa de L'Orangerie, y dejé escapar una exclamación de sorpresa ante la belleza del lugar. Enormes velas blancas iluminaban el centro de cada mesa. Una mujer semejante a una ninfa de madera rozaba las teclas de un gran piano negro, ondulando al compás del ritmo impresionista. Caminando sobre el piso de losas negras y blancas, me sentí transportada al pasado, a la campiña francesa. Todos se volvieron cuando entramos, y alguna gente murmuró y nos señaló. Gracias a Dios, no hubo el *flash* de alguna foto. Me fascinó el gigantesco arreglo de flores silvestres en el enorme jarrón situado detrás del bar . . . Debía de tener seis pies de altura.

Me encantaba el lugar.

Durante la cena, Carmelo le hizo al camarero preguntas inocentes y desconcertantes al estilo de "¿Cómo le sacan el aceite a las aceitunas?" o "¿Para qué alguien iba a querer comerse un caracol?" También conocía de vinos. Y pese a sus perforaciones corporales y de su larga nariz, sabía usar sus cubiertos. Se trataba de un hombre que había tenido una buena educación, y que había decidido seguir su propio camino.

—Bien—dijo, mientras probaba su aperitivo de *foie gras* con compota de frutas, deteniéndose a saborearlo con los ojos cerrados—. Cuéntame sobre Marcella. ¿Qué le gusta a Marcella?

—¿Por qué hablas de mí en tercera persona?

Sonrió.

—Porque es lo mismo que haces, dentro de tu cabeza, todo el día.

—Yo no hago eso—insistí, a punto de atragantarme con una cucharada de crema de calabaza.

—Ya te dije que sé cosas.

La pianista se detuvo y anunció, pidiendo disculpas, que tomaría un breve receso. Carmelo dejó su tenedor y comenzó a cantar para mí, en voz alta.

Al principio, quería esconderme debajo de la mesa. Pero una vez que se disipó el *shock* de que un hombre me cantara en público, quedé hechizada por la canción, por Carmelo y por su hermosa voz, profunda como un pozo. Era una canción de amor para mí. *Si me dejas ver lo que hay en ti/ Tan dentro de ti que tú misma olvidaste/ a esa niña que leía y pensaba/ antes de creer que la belleza necesita callar y que el silencio trae riqueza.*

Me miró a los ojos durante todo el tiempo que duró la canción, como si estuviera hablando conmigo.

—¿Qué crees?—preguntó.

El camarero colocó tímidamente ante Carmelo las chuletas de venado sobre masa de nueces con mermelada de arándanos. Algunos clientes aplaudieron su interpretación. Otros movieron sus cabezas, como si la desaprobaran.

—Creo que eres el tipo más raro que he conocido—dije.

El camarero me observó, con una expresión que aparentaba estar de acuerdo conmigo, antes de colocar ante mí el plato principal: un *soufflé* vegetariano.

—Gracias—dijo Carmelo.

Tragó un bocado y me miró satisfecho, como si "raro" fuera un elogio por el que hubiera esperado toda su vida.

Llegamos a la fiesta una hora después que empezara, lo cual estaba bien. Se celebraba en una mansión de Hollywood Hills que pertenecía a un antiguo miembro del grupo de *hair-metal* Whitesnake, ahora arruinado. Incapaz de asumir el pago de su moderna casa, este otrora famoso la alquilaba ahora para sesiones de fotos y para fiestas. No estaba segura dónde estaría ahora, pero era muy posible que estuviera en el Motel 6 del valle, esperando poder regresar a su hogar.

La casa era enorme y sorprendentemente elegante para ser la guarida de un músico de *hair-metal*. Toda la parte posterior era una pared de cristal de dos pisos de altura, que daba a un patio inclinado con una piscina en forma de reloj de arena y una vista abierta que mostraba las parpadeantes luces naranjas de la ciudad. Los pisos estaban hechos de una especie de piedra blanca brillante, y los muebles eran completamente blancos o metálicos. Espesas alfombras blancas con aspecto de piel de oso sobresalían como islas peludas en medio de los suelos pulidos. Coloridas imitaciones de Warhol decoraban las paredes.

Un habitual surtido de ejemplares hollywoodenses hablaba en voz alta en medio de tragos y aperitivos irreconocibles en su pequeñez, generalmente mirando en torno mientras hablaban, para estar seguros de que alguien, fuera quien fuera, los observaba. La música *hip-hop* surgía de todos los rincones, lo cual supuse añadiría un nuevo insulto a un músico de metálica. Su época había pasado. Posiblemente aquello fuera un mensaje para mí, pero no quise pensar en eso por el momento.

Carmelo me tomó de la mano cuando entramos.

—No te importa, ¿verdad?—preguntó—. Me da la impresión de que necesitas apoyo, y mi mano está aquí sólo para eso. En otras palabras, esto no implica ningún tipo de propiedad.

—Gracias—dije, sintiendo la calidez y firmeza de su mano.

De inmediato descubrí a Wendy, inclinada sobre el mostrador de la cocina que hacía las veces de bar, con unos pantalones que imitaban piel de serpiente y un *top* brillante que hubiera lucido mejor en alguien con brazos bien torneados. Me volvió la espalda tan pronto me vio, y salió de la sala rumbo al patio, caminando sobre sus inseguros tacones.

—Ignórala—me dijo Carmelo.

Le había hablado de Wendy y me dijo que ella estaría aquí, pero no le aclaré que ella era la mujer que acababa de irse.

—No la necesitas. Tienes a Alexis. Y mejor aún, tienes a Marcella.

Carmelo me condujo al bar y ordenó unos tragos. Yo tomé un vino blanco y traté de calmar mis nervios. Me observó beber del mismo modo que mis gatos observaban a los pájaros revolotear entre las ramas. Casi había esperado que se pusiera a cotorrear.

—Tienes una gota ahí—dijo, señalando la comisura de mi boca.

Instintivamente alcé una mano para limpiarme, pero él me detuvo.

—¿Puedo?—preguntó.

Se acercó tanto que pude sentir su aliento en mi mejilla.

—Sí—respondí.

Me lamió. No de una manera grotesca. Fue sólo una lamida breve y delicada. Rápida.

—Sabes bien—dijo.

—No—dije—. Es que tienes buen gusto.

Para mi sorpresa, Carmelo conocía a más gente en aquella fiesta que yo . . . y eso que bastante gente me conocía o sabía de mí. Resultó que él componía mucha música para películas y trabajaba en unas cinco bandas sonoras al año. La gente se le acercaba como si fueran perros callejeros, con una mezcla de respeto y miedo. Me gustaba esa combinación. Mucho.

—Ah, perfecto—dijo Carmelo de pronto, agarrándome de la mano y llevándome al patio—. Hay alguien que quiero que conozcas.

Yo iba tropezando en la hierba, a sus espaldas, mientras él caminaba a toda prisa.

—¡Karen!—llamó.

Vi cómo Karen Debray, la famosa crítica de cine, detenía sus pasos y se volvía a mirarnos. Pese a su apariencia desvalida y su rostro de ratón, era la crítica principal del país, con un gran poder. Llevaba los cabellos cortos con mucho permanente, gafas gruesas y un vestido estampado de rayón que parecía recoger las migajas en las arrugas de su voluminoso vientre. Resultaba un gran reconocimiento a su intelecto el hecho de que una mujer con semejante facha hubiera sido capaz de convertirse en una crítica ampliamente respetada, tanto en la prensa escrita—*New Yorker, Vanity Fair*—como en la televisión, con su propio resumen de películas sindicalizado que salía los fines de semana y rivalizaba con el de Ebert & Roeper's.

—Ey, Carmelo—lo llamó—. Ahora mismo estaba pensando en ti.

—Ya lo sé—dijo él, sin indicios de que estuviera bromeando.

Nos acercamos a Karen y a su esmirriado esposo con su mota de pelo al estilo de Donald Trump. Estaban sobre un trozo de cemento cercano a la escultura de una jirafa. Se hicieron las presentaciones, hubo apretones de manos. Karen explicó que Carmelo había escrito la música para una de sus películas favoritas del pasado verano, un éxito de taquillas protagonizado por Ben Stiller.

—Creí que la había compuesto otra persona—intervine, con el nombre del compositor en la punta de la lengua—. Aaron Drake. Escribe un montón de música para películas.

Carmelo sonrió y se señaló.

—*Nom de plume*—dijo y me guiñó un ojo—. Es francés antiguo para decir seudónimo.

—Sí, *merci*.

Entornó los ojos.

—No soy lo bastante estúpido para creer que Hollywood contrataría a un puertorriqueño con nombre en español para escribir otra cosa que no fueran mambos—dijo—. Así que los jodí con Aaron Drake.

—Un genio como tú tenía que saberlo—dijo Karen, señalando a Carmelo.

—Un genio como tú tenía que saberlo—dijo Carmelo, señalando a Karen.

—Pertenecemos a una sociedad de admiración mutua—bromeó Karen.

—¿Conoces a Marcella?—preguntó Carmelo—. ¿La despreciada y desaprovechada estrella de esa mierda conocida como *Bod Squad*?

—Es un placer conocerte, Marcella—dijo ella—. Eres más bella en persona que en televisión.

Me sobresalté.

—Soy una gran admiradora de tu trabajo—dije con sinceridad.

Había pocos críticos que me gustaran o con los que estuviera de acuerdo. Pero creía que Karen era una de las pocas que conocía realmente el arte cinematográfico, además de que era *justa*. Cuando el resto del país hablaba pestes de Adam Sandler porque era popular, Karen Debray entendió la profundidad de su trabajo y habló para aquellos que lo disfrutaban. No estaba interesada en hacer amigos en Hollywood y, curiosamente, eso la hizo más simpática que los lameculos que trataban de caer bien.

—Es un gran honor conocerla—le aseguré.

—Había estado por llamarte—le dijo Karen a Carmelo, pareciendo olvidar mi presencia. Pese a su aspecto correoso y común, no estaba impresionada ni intimidada en lo más mínimo por mí. Se hallaba muy cómoda dentro de su fofa piel. Era raro hallar a alguien así en esta ciudad, y eso me inspiró un gran respeto por ella—. Leí el guión que me enviaste. Me gustó mucho.

Carmelo me apretó la mano.

—¿Sí?—preguntó—. ¿Qué te gustó de él?

—Todo, coño. Tiene todo lo que este país está buscando ahora. El ángulo latino es obvio, pero además está el tema político, que se aplica a lo que está ocurriendo hoy. Y la historia de amor de esa madre por sus hijos . . . Santo cielo. Es algo hermoso. Creo que puede verse como una parábola sobre el destino de este país. Esa escritora tiene futuro.

—¿Qué guión es ése?—pregunté a Carmelo, aunque ya sabía la respuesta.

—La semana pasada Carmelo me envió el guión de una escritora nueva y desconocida a la que me recomendó prestar atención. Antes sólo me había enviado otro, que resultó ser un éxito. Así es que cuando Carmelo me sugiere algo, yo escucho. Es un chico listo.

Le dio unas palmaditas en la cabeza como si se tratara de un hijo o de su perro.

—¿De qué trata, si es que puedo saber?—pregunté.

Carmelo me miró con fijeza, como si estuviera hipnotizado, y sonrió como un demente.

—Escucha bien, Marcella—dijo él—. Presta atención.

—Es sobre la vida de una mujer salvadoreña, Soledad Flores. Se basa en una historia real. Es como la Romero feminista de nuestros días. Completamente hermoso.

—Una vida realmente increíble—dijo Karen.

—¿Entonces te gustó?—preguntó Carmelo.

—No sé a quién escogerán para el papel protagónico—dijo Karen—. ¿Lo sabes tú?

Carmelo me sonrió. Retrocedió y me abrió los brazos, como si acabara de hacer la presentación de un premio en el escenario.

—La tienes ante ti—dijo—. De carne y hueso.

Había algo en su manera de decir *carne* que me dio deseos de tenderme.

Karen y su esposo contuvieron una exclamación, como si no se hubieran dado cuenta, hasta ese momento, que yo estaba allí.

—¿Tú?—preguntó Karen, sonriendo con tanta fuerza que pensé que le estallarían las mejillas. Su marido se atoró y varias gotas de bebida salieron despedidas de su nariz.

—Sí—contesté y me dirigí a Carmelo—. ¿Cómo conseguiste el guión de Olivia?

—De Alexis—dijo con un guiño—. Ella es tu principal admiradora. Se lo dio a Goyo para que hiciera la música, y él me lo mostró. Esa Alexis es muy especial. Estoy pensando en contratarla.

Y a Karen, le dije:

—Sé que mucha gente cree que soy una actriz que sólo enseña las tetas, pero eso no es todo lo que sé hacer.

Karen me agarró por una mano como una posesa.

—Ven aquí—me arrastró a través del patio—. Sentémonos a hablar.

Me condujo hasta un par de sillas junto a la piscina.

—Querido, ve a buscar champaña—le dijo a su marido—. Haz algo. Piérdete. Flirtea. Cógete a alguien. Vete a jugar en medio de la calle. No me importa.

Carmelo se despidió de mí con un saludo militar y regresó a la casa, cantando para sí. Luego Karen me dijo:

—No voy a andarte con pendejadas. Me encantó el guión, creo que es una maravilla. Y realmente me intriga que te hayan escogido para ese papel. Me encantaría escribir el primer artículo sobre eso para *Vanity Fair*, apenas acabes la filmación. ¿Te importaría?

No estaba segura, pero casi me pareció que estaba . . . rogándome.

No supe qué decir.

—Creo que debes hablar con mi . . . Alexis, mi representante . . . sobre esto—respondí—. Pero mi instinto me dice que no habrá problemas.

Se me ocurrió que *Vanity Fair* sería el mejor lugar del mundo para mostrar a todos la plasta de mierda que era tío Hubert.

Karen sonrió.

—Sé que no vas a creerme, pero el otro día le estaba diciendo a mi esposo que estabas siendo subutilizada en el programa que está saliendo al aire. Nunca veo programas de ese tipo, pero te estaba observando. Un placer culpable, si se quiere.

—Gracias.

Karen me dio una palmada en la pierna.

—Hablaremos más adelante con tu representante. Tengo otras ideas en mente. Para otros artículos.

En ese momento, Wendy pasó con uno de los productores de la película de Morgan Freeman, donde aparecía la Bailarina Nudista Hispana Número Uno. Casi tropezó y se cayó a la piscina cuando me vio hablando con Karen. Recordé que las lecciones de "educación" nunca me habían gustado mucho. Ser educado apestaba.

—Wendy, querida—llamé—. Ven aquí.

La presenté como mi antigua agente, y le dije que Karen estaba interesada en hacer un posible artículo para *Vanity Fair* sobre mí y la nueva película que estaba protagonizando.

—No—me corrigió Karen—. Nada de "posible". Quiero hacerlo. Y lucharé a brazo partido contra cualquiera con tal de hacerlo.

Wendy y los otros productores intercambiaron miradas.

—¿Me estás tomando el pelo, Marcella?—dijo Wendy.

—¿Yo?

—Ten cuidado—advirtió Wendy a Karen—. Ésta es una bala perdida.

Karen me sonrió.

—¿Una bala perdida?—dijo—. No es algo que me intimide, Wendy. La cosa es que en este negocio y en la vida, eso se llama tener cojones. Y me gusta una tipa con cojones. Casualmente, yo también los tengo.

Pensé que yo no hubiera podido decirlo mejor.

ALEXIS

En la sala del pequeño apartamento que Goyo compartía con su familia, en los altos de la librería, Goyo me dio la "buena" noticia, como si fuera algo por lo que yo debería sentirme feliz: quería casarse con Caridad . . . Y yo quería irme de la ciudad y escapar de mi corazón. ¿Podría hacerlo? ¿Podría esconder el corazón en la taquilla de una estación de buses y marcharme como un jodido zombi? ¿Cómo se sobrevive al hecho de que el hombre que se ama se casa con otra? Ése era el fin de mi sueño con Goyo bajo la brillante luz de la Iglesia Metodista Unida en Highland Park, mirándome mientras yo avanzaba por el pasillo hacia él. Si no hubiera sido demasiado evidente, me habría encogido como un ovillo y me habría dejado morir.

Los ojos de Goyo brillaban de excitación, como si fuera un niño al que acaban de escoger para dirigir un equipo. Pero también había un brillo de culpa en ellos. Sabía lo que esto me provocaba, tenía que saberlo. O quizás no. Quizás se daba cuenta de que yo era la última en el banco de espera, el jugador que nadie quería, el chico regordete y torpe al que todos deseaban golpear con la pelota de trucos que apestaba.

—Qué bueno—dije.

Me senté sobre el sofá de terciopelo y crucé mis manos sobre el regazo. Caridad había salido con el primo Monstruo para ayudarle a encontrar trabajo porque su inglés, que era tan bueno como mi yiddish, era mejor que el del primo.

—Se ha portado muy bien con él—continuó Goyo—. Eso fue lo que me decidió: la generosidad de su espíritu. Una mujer así será una gran madre. Le encanta la familia.

—Por supuesto—asentí—. Es la mejor.

¿Y yo? ¿Qué soy yo? ¿Una basura? ¿No amo a mis primos? No fue mi intención, pero arrugué el ceño.

—Sé que es duro para ti—dijo él con ternura.

—No, de ningún modo—mentí con una falsa sonrisa—. Tengo a un montón de hombres esperando por mí. Lo tuyo no significó mucho. Siempre beso a mis clientes.

—¿De verdad?

—No.

Dejó caer la cabeza y me miró tímidamente.

—Gracias por ayudarme a escoger el anillo—dijo.

En su mano tenía una colección de folletos de las mejores joyerías en Los Ángeles.

—¿Conseguiste su talla, como te pedí?

Goyo sacó un anillo del bolsillo. Un anillo barato, manchado y lastimoso, pero un anillo.

—Esto es de ella—dijo—. No quise preguntarle su talla porque no quería que sospechara.

—Bien—dije, tomando el anillo.

Era minúsculo, de una talla más pequeña que la mía, por supuesto. Comparada con Caridad, yo tenía las manos de un mecánico.

—Es pequeña—comenté.

No fue mi intención, pero mi voz sonó triste. Goyo me miró como si acabara de decir que me estaba muriendo de una enfermedad mortal.

—Lo siento, Alexis—se disculpó—. También es duro para mí. Todas las cosas que te dije sobre ti eran ciertas. Las sentía. Todavía las siento. Tengo sentimientos muy fuertes hacia ti.

Que me partiera un rayo si este hombre no tenía cara de querer besarme otra vez. Debía detenerlo.

—¿Nos vamos?—le animé, señalando la puerta.

No tenía ganas de volver a hablar de eso.

—Está bien—respondió.

Pasamos la tarde buscando anillos, mientras Goyo pedía mi "opinión de mujer conocedora" para todo. Finalmente se decidió por un engarce de Tiffany que costaba doce mil dólares.

—Le encantará—aseguré, preguntándome si tenía tanto dinero.

Oh, es cierto, recordé. Lo tenía gracias al contrato que yo le había conseguido con Wagner, y la promoción que le había conseguido con la línea de vestir Willy Esco. Había cambiado su destartalado Jeep azul por un flamante Jeep Wrangler negro, casi idéntico al anterior. Había querido conservar el viejo y darle todo el dinero a Caridad y a su primo, pero le aseguré que no se vería mal si gastaba un poco de dinero en él. Después de todo, yo había empleado mis regalías en una letra de entrada para comprar una oficina en Sherman Oaks. Talentosa, Inc., la compañía de agencia y publicidad para el nuevo milenio, ya estaba lista y funcionando, justo mientras mis ovarios estaban llegando a su fin.

—¿Tú crees?—preguntó mientras el vendedor lo envolvía en una caja preciosa.

—Si no le gusta, es una tonta—dije.

Y entonces, con el gesto más generoso que había tenido en años, abracé a Goyo . . . de una manera amistosa y fraternal, mientras mi corazón estallaba en pedazos y se abandonaba a una muerte lenta.

—Eres . . . asombrosa—me confesó.

Asentí, redomada y completamente de acuerdo, sonriendo con furia.

—Bastante—asentí—. Sí.

El segmento de *60 Minutes* sobre Goyo había salido al aire dos meses atrás, y pude aprovechar el impacto del momento para que Wagner Records firmara con él y lograr que hiciera un dúo con Lydia en su primer disco sencillo. También firmó con Sebastian Morton, el genio mexicano de la orquestación, para que hiciera la música de *Soledad*. Wagner quiso producir la banda sonora.

Además, Wagner estaba pensando firmar con Lydia para un disco *pop* en inglés. Todo marchaba de maravillas para mis clientes, que aparecían por todas partes. Marcella tendría una portada de *Vanity Fair*, con un artículo escrito por Karen Debray, y Olivia se hallaba de moda en el universo de los guionistas, como el descubrimiento que mencionaban continuamente como si se tratara de un nido de avispas. Había aparecido en el *Today Show* y después recibió la llamada de una agencia de oradores de Nueva York, que quería firmar un contrato para incorporarla a su lista de personalidades que viajaban por todo el país, dando conferencias ante las universidades y los grupos femeninos, por una cantidad entre cinco y diez mil dólares por conferencia. ¿Les dije que yo era una maga? Pero si era así, ¿por qué no podía hacer desaparecer a Caridad como si fuera un conejo en un sombrero?

Esta noche, Goyo tendría una aparición con Lydia y Juan Gabriel en el Hollywood Bowl—gracias a otra astuta gestión de su agente y publicista del momento—y habíamos planeado ir directamente al espectáculo, después que termináramos la compra del anillo.

Vaya suerte la mía.

Pero Goyo había olvidado empacar un nuevo micrófono que quería usar.

Tamaña estupidez la suya.

—¡Coño!—exclamó, mientras conducía su Jeep por Rodeo Drive.

¿Coño? Por lo visto, yo estaba dejando de ser una novedad para el muchacho. Me consolé pensando que, al menos, me había vuelto más cercana a él.

—Lo siento, Alexis. Tengo que parar un momentico en casa para recoger algo.

Miré mi reloj. Ir hasta la casa de Goyo nos costaría unos cuarenta minutos.

—Se está haciendo tarde—le advertí—. ¿No puedes conseguir otro micrófono?

—No—sacudió su cabeza—. Hace meses que encargué éste. Es único. Iré muy rápido.

Condujo a toda velocidad hasta Glendale. Me sujeté las gafas para evitar que salieran despedidas por la ventanilla abierta y para ocultar que volvía a tener lágrimas en los ojos. Otra vez.

Llegamos al apartamento en media hora. Los padres de Goyo estaban ausentes ese fin de semana, en un retiro religioso en Carolina del Norte, pagado por su generoso hijo. Su nuevo Buick Regal, que Caridad y su primo habían estado usando para transportarse, estaba estacionado en la entrada, indicando que la chica más dichosa del planeta estaba allí. Habían dicho que pasarían por el concierto si regresaban a tiempo de buscar trabajo. Tal vez, pensé con desespero, si tenemos suerte, querrán venir con nosotros. Excelente.

—¿Quieres subir?—preguntó.

La verdad es que no. No tenía ningún deseo de verla. Moví mi cabeza y crucé las piernas.

—Anda, vamos—me animó—. Tú misma dijiste que necesitabas ir al baño.

—Bueno—dije, tratando de sonreír, pero no pude.

—¿Estás bien?—preguntó.

—No, precioso—contesté, mientras subíamos las destartaladas escaleras de la entrada hasta la puerta del apartamento—. No lo estoy. Tengo el corazón destrozado. Bueno, ya lo dije. Ahora sigamos.

Pareció adolorido mientras abría la puerta.

—Hay alguien esperando por ti en algún sitio—aseguró—. No tengo dudas. Será un tipo con suerte.

Seguí a Goyo al apartamento, y aunque mis ojos necesitaron un segundo para ajustarse a la oscuridad de la sala, hubiera jurado que acababa de ver a Caridad, la señorita de los dedos pequeños, de la mano con su primo el Monstruo sobre el sofá de terciopelo. Por alguna razón, recordé el episodio de *Friends* en el que los hermanos se besan y Phoebe les dice que "alquilen un cuarto". Puaf, puaf, apártate de mí. En momentos así, necesitaba que Marcella sazonara un poco mis referencias culturales. Ay, sazonar. Otra vez, Emeril Lagasse. ¿Sería soltero? ¿Necesitaba un publicista? ¿Un agente? Para ser un tipo regordete era bastante sexy.

—¡Goyo!—exclamó Caridad, con una expresión que expresaba sorpresa, susto y alegría al mismo tiempo.

Soltó la mano de su primo, sentado tan cerca de ella que sus piernas se tocaban. Cuando nos vieron, se apartaron con rapidez. No soy ninguna experta en penes, pero hubiera jurado que ese primo suyo deseaba hacer algo con el suyo.

Miré a Goyo, quien también pareció notar algo, aunque no dijo nada.

—Se me olvidó una cosa—dijo en español—. ¿Cómo les fue buscando trabajo?

El Monstruo frunció el ceño y se encogió de hombros, tan carismático como un árbol caído. Apenas hablaba, y cuando lo hacía sonaba como un motor encendido. Yo sospechaba que era un tipo fronterizo o mentiroso. Y de pronto, se asemejaba más a esto último.

—Bien—dijo Caridad mientras Goyo registraba en el estuche de un equipo musical en el clóset delantero—. Creo que ya tiene trabajo en una tienda de equipos electrónicos.

Y en su mal inglés añadió: —The Good Guys.

Goyo encontró el micrófono y dejó que la puerta se cerrara con un suave golpe.

—Qué bueno—dijo él—. Me alegro por ti.

No se acercó a Caridad como solía hacer, y no la besó (qué asco) como solía hacer. Nada. Se quedó allí, sonriendo.

—Es una gran noticia—murmuró Caridad, que aún tenía una expresión extraña.

—¿Cuándo empiezas, compay?—preguntó Goyo al primo Monstruo.

—La semana que viene—retumbó.

—Magnífico. Eso les dará tiempo suficiente para encontrar otro sitio donde vivir. ¿Les parece bien?—dio varias palmadas como si se dirigiera a unos niños.

Los ojos de Caridad se abrieron desmesuradamente.

—¿Qué?—boqueó—. ¿Nosotros dos? ¿Yo?

—Sí, tú.

De pronto, desaparecieron mis ganas de orinar.

—Pero creí que viviría aquí contigo—Caridad parecía confundida.

Su excitado "primo" entornó los ojos.

—Se me hace tarde—les informó Goyo—. Tengo un concierto esta noche. Lo cual es bueno porque la verdad es que no tengo ganas de discutir nada.—Acercándose a ellos, le preguntó a Amado—: ¿La quieres?

Amado asintió, y se encogió como si esperara un golpe.

Caridad se puso una mano "espantada" en la garganta. Goyo bostezó.

—Te quedaste allá por él, ¿verdad?—preguntó Goyo—. Por culpa de él peleábamos todo el tiempo.

—Lo siento, Goyo—dijo ella con los ojos llenos de lágrimas—. Te amé por un tiempo. Y no quería usarte de esta forma. Me odio por haberlo hecho. Pero . . .

—¿Pero?—preguntó él, aún con calma. Bendito sea.

Caridad se encogió.

—Era nuestra única posibilidad de escapar. Y la manera en que el gobierno me castigó, por haber sido tu mujer. Pensé que . . .

—¿Que era lo menos que yo podía hacer?—preguntó Goyo.

—Algo así—contestó Caridad.

—¿Cuándo pensaban decírmelo?

—Pronto—intervino el tipo—. Yo quería decírtelo desde que llegamos, pero ella no quería hacerte daño.

—¡Qué amables!—dijo Goyo.

Las lágrimas de Caridad rodaron por sus mejillas.

—Goyo, yo nunca hubiera hecho esto, pero estamos . . . estamos . . . —Sollozó entre sus manos.

—'Ta embarazada—dijo el hombre.

Embarazada. Cinco sílabas. Seis, si contabas el *'ta*. Me sorprendió que pudiera soltarlas todas tan rápido. Lo echarían de L.A. apenas se dieran cuenta.

—Asegúrate de que sea tuyo, cariño—se me escapó, antes de darme cuenta que había hablado. Todos actuaron como si yo no hubiera abierto la boca, lo cual no debería haber hecho.

—Felicidades—dijo Goyo—. ¿Tienes dinero?

—No.

—Aún no—confesó Caridad—. Pero lo tendremos. Los dos vamos a trabajar.

—Toma—le ofreció Goyo, sacando el estuche del anillo del bolsillo de su pantalón.

Caridad abrió la caja y lanzó una exclamación.

—Oh, Goyo, no—dijo.

—Vale doce mil dólares. Toma, devuélvelo a la joyería—le entregó el recibo—. Toma el dinero en efectivo. Busca un sitio. Compra muebles. Aliméntate. Toma mucho ácido fólico. Mucha agua.—Se inclinó y la besó en la frente.

El primo Monstruo se puso de pie y salió disparado de la habitación.

Caridad sollozó más fuerte.

—¿Por qué estás haciendo esto?—preguntó.

—¿Haciendo qué?—preguntó Goyo.

—¡Siendo tan bueno! Es una locura.

—Yo *estoy* loco—dijo Goyo—. Y ahora se me ha hecho tarde. Te veo luego. No les digas nada a mis padres si llaman. Déjame decírselos yo.

El primo regresó, llevando dos maletas en sus brazos de gorila.

—Lo siento, Goyo—dijo.

Goyo extendió su mano para dársela al tipo. No podía creer lo que estaba viendo.

Goyo se volvió a mirarme y deslizó las llaves quedamente en su bolsillo. Tenía una expresión furiosa en la mirada que sólo le había visto aquella vez que se enfrentó a Daniel en el edificio del *Times*. Sentí como si me hubiera ganado la lotería. ¡Él no estaría con ella! Casi salgo dando saltos por la puerta. ¡Jamás estaría con ella!

Pero cuando Goyo me pidió que condujera el Jeep y vi la mirada de total desesperación y terror en sus ojos, mi júbilo se esfumó. Amaba a este hombre lastimado. Estaba muy lastimado y lo había ocultado, y había hecho lo que era correcto.

—Lo siento mucho—dije.

Tomé las llaves y lo acomodé en el asiento junto al conductor como si fuera un niño enfermo al que llevaba al médico.

—Sí—susurró débilmente—. Yo también.

Condujimos en silencio durante un rato hasta que Goyo comenzó a reírse a todo pulmón.

—¿Qué es lo que encuentras tan gracioso?—pregunté.

—Yo—respondió.

—¿Tú?

—Sí, yo.

—¿Por qué?

Lo miré y él me sonrió.

—Debo estarme sintiendo ahora igual que tú te sentías últimamente, ¿no?

Asentí.

—Posiblemente.

—Así es que estaba pensando en eso y traté de consolarme con las mismas palabras que te había dicho antes, sobre alguien que aguardaba por ti en algún sitio. Me dije: "Goyo, no te preocupes, hay alguien esperando por ti". Y de pronto me di cuenta de que ese alguien estaba conduciendo mi auto. Lo sabía hace una semana, pero lo ignoré. Lo sabía desde hace meses. Y lo ignoré.

—Ésa es una reacción provocada por el despecho—dije—. No quiero ser tu segunda opción.

—No—sacudió su cabeza—. No es así. Por eso no me siento tan destrozado como debería. Una parte de mí siente alivio, porque ahora puedo amarte.

—Vayamos con calma—propuse.

Mi alma se subió al poste y ondeó al viento.

—Claro—dijo él—. Pero quiero que sepas esto. Lo siento mucho. Ignoré lo que sentía por ti porque me sentía culpable frente a Cari. Y ahora comprendo que esto ocurrió porque Dios quiso que me diera cuenta de lo que había ignorado: que te quiero. Es la verdad. Fue algo que bloqueé a causa de ella.

—Bueno, ya veremos—dije—. Primero, ocupémonos de este concierto.

En ese momento, debí haber pensando en cómo manejar este rollo con la prensa.

Pero no pensé en eso. Sólo en que Goyo sabía que las mujeres embarazadas debían ingerir mucho ácido fólico, y me pregunté cómo sería verlo impulsar el columpio de nuestro hijo.

OLIVIA

Ver a mi madre con la cabeza llena de papel de aluminio fue uno de los momentos más lindos de mi vida. Pero verla chacharear en español con Marcella, mientras sus cabezas se cocinaban bajo los cascos hirvientes del salón Lukaro, en Beverly Hills, casi me hace estallar el corazón. En todos sus años de vida, Nana jamás se había arreglado el cabello en un salón. Se lo cortaba ella misma o dejaba que alguna de las ancianas del vecindario lo hiciera o, en el mejor de los casos, iba a la peluquería La Lupe, de Sunset. Y ahora estaba ahí, preparándose para su primer plano.

Periódicos y revistas de todo el mundo deseaban entrevistas. Conmigo, con Nana, la mayoría con Marcella. El hecho de que Marcella hubiera denunciado a su tío por abusar de ella había logrado que *Vanity Fair* la colocara en portada, y una vez que alguien consigue una portada polémica y conmovedora en *Vanity Fair*, puedes contar con que el resto de la prensa empezará a echarte abajo la puerta.

Yo también estaba recibiendo otra clase de llamadas. Varias personas de la industria tenían copias de mi guión, y algunos habían visto avances de la película que se encontraba en su fase final de edición. Los estudios querían que yo escribiera guiones para ellos, todos más o menos en la misma línea de la película que ya había escrito. No quería hacerlo. No había escrito la historia de mi madre con propósitos comerciales o para llenar las expectativas demográficas. Había escrito la vida de Nana porque era una vida increíble. Y ahora que lo había soltado todo, y que me encontraba bajo el efecto de los medicamentos y de lidiar con las experiencias de mi infancia, lo menos que deseaba hacer era estancarme en la revolución salvadoreña o en los escuadrones de la muerte. Me lo había sacado todo y me sentía bien por eso. Punto final.

Otros productores, estudios y agentes llamaban para pedirme que adaptara libros a guiones de películas, por lo general, libros sobre mujeres latinas. Yo había escrito un drama conmovedor y descarnado, pero ellos querían que escribiera comedias, supongo que asumiendo que, porque era latina, podía hacer mejor ese trabajo que alguien que fuera un guionista de comedias. No tenía ningún interés en hacer algo que no fluía naturalmente de mí, no importa cuánto dinero quisieran pagarme. Y querían pagarme bastante.

Alexis me pedía que escuchara las propuestas y que esperara al éxito de la película para subir los precios de mi trabajo. Pero yo no quería hacer eso. A casi todos los que llamaban les decía "no, gracias", con sólo dos excepciones. Una fue un canal para niños, que quería un drama moderno y diferente para adolescentes; me gustó la propuesta, porque no tenía nada que ver con la etnia y porque parecían entender que mi cerebro también era humano, capaz de hacer cualquier cosa. Y la otra fue de PBS; querían contratarme para una serie de documentales similares a los de Ken Burns, sobre las comunidades de inmigrantes y refugiados en Estados Unidos en los últimos cuarenta años. Me encantó la idea, y ya había empezado a investigar. Había muchos grupos de personas, de cada continente, que habían pasado por lo mismo que atravesó mi familia en El Salvador. Me entusiasmaba la idea de contar sus historias, buscando un vínculo entre ellas. Más que nada, me gustaba la idea de que estas historias pudieran tener finales felices. Yo era un vivo ejemplo de la capacidad humana para trascender el horror. Y quería explorar la fortaleza que tienen los pueblos en el mundo, en especial las mujeres, para enfrentar la adversidad.

El interés en *Soledad* había convertido a mi madre en una especie de celebridad, al menos en la ciudad donde, durante décadas, había defendido a los desamparados y dado voz a quienes no la tenían. Esa fama se estaba traduciendo en dinero para los sindicatos y para las causas más relevantes en la vida de Los Ángeles, que antes habían quedado fuera del radar de quienes tenían dinero. Ahora, Hollywood y East Hollywood finalmente se encontraban y se daban cuenta de que todos tenían mucho más en común de lo que podría parecer a simple vista.

—Parecen viejas amigas—dijo Alexis, que se sentó junto a mí para que le cortaran un poco las puntas.

Yo iba a intentar un cambio más drástico. Corto. Muy corto. El estilista me dijo que mi rostro era ideal para cabello muy largo o muy corto, y yo siempre había temido cortarlo. Ahora que estaba entrando en el período más temerario de mi vida, parecía apropiado deshacerme completamente de él . . . del mismo modo en que me había quitado de encima a Samuel. Y no sólo me lo iba a cortar muy bajito: también lo iba a teñir de rojo, casi color vino. En unos minutos me daría cuenta si había sido una buena idea. Y también me daría cuenta, en unos días, si mi película lo era.

—No, espera—dijo Alexis, señalando a Marcella y a Nana—. Parecen . . . gemelas.

Mientras observaba a Marcella, me asombró la manera como había asimilado los gestos de mi madre. Fruncía el ceño como mi madre, se comía las uñas como mi madre. Me daba un poco de miedo. Y cuando uno hablaba con Marcella, hasta sonaba como mi madre, salpicando cada frase con todas las frases salvadoreñas a las que mi madre jamás había podido renunciar, especialmente cuando estaba furiosa. Sabía que esto le ocurría a los actores, y que dos o tres meses después que termináramos la filmación ella volvería a ser Marcella. Pero mientras hablaban sobre la vida de mi madre, siempre el mismo tema, Marcella no sólo parecía la imagen de Soledad, sino que se transformaba en la propia Soledad.

Aunque era más que eso. Ahora que conocía un poco más sobre Marcella, sabía que disfrutaba tener una figura materna con la que pudiera hablar del modo en que siempre quiso hablar con su madre. Marcella solía venir a cenar, y terminaba viendo fotos de mi madre. Y mi madre también se mostraba afectuosa y cariñosa con Marcella, aunque al principio no había querido hablarle siquiera, creyendo que Marcella era una puta adicta al sexo. Mientras hablaban, se daban la mano y parecían olvidarse del resto del mundo. De algún modo, el año pasado, Marcella Gauthier Bosch, la atractiva belleza de las costas, se había convertido en la conmovedora y amable hermana que nunca tuve.

La vida era extraña.

Mientras los largos mechones de cabello iban cayendo a mi alrededor, miré en dirección a Alexis.

—Gracias—le dije.

Ella sabía exactamente por qué le daba las gracias, y sonrió.

—Fuiste tú quien escribió el guión, querida, no yo—me recordó—. Yo sólo fui la intermediaria.

ALEXIS

Finalmente terminamos de filmar *Soledad* y, para celebrarlo, no hice nada, absolutamente nada, durante toda una semana o más. Cualquiera podría pensar que el mundo de Hollywood y de las estrellas de cine era glamoroso, hasta que uno penetraba en él y se daba cuenta de que era extenuante. Ahora no quería hacer nada más complicado en mi vida que quitar la tapa a un frasco de crema de *marshmallow*.

Juanga y yo tratábamos de leer una novela romántica en la cama, y no deseábamos contestar el teléfono. Pero el teléfono opinaba que alguien debía responderle, y sonaba como si nunca fuera a callarse. Dejé que la máquina contestara tres veces, y por cuarta vez alguien había vuelto a llamar como si supiera que yo estaba en casa y no quería contestar. Juanga le ladró al aparato y yo le lancé una mirada de odio. ¿Quién podría estar llamando cerca de la medianoche? Miré el identificador de llamadas.

Marcella. Claro. Marcella, la reina del universo actoral, adorada por las publicaciones intelectuales, porque aparecía "sencilla" en muchas partes de la película (por alguna razón, la prensa predominantemente masculina creía que las actrices hermosas eran más serias e inteligentes cuando se dejaban filmar sin maquillaje). ¿Es que acaso la gran estrella no podía mirar la hora antes de molestar a sus amigos? Cielos.

—Es tarde—gruñí al teléfono—. Puede que seas Miss Universo, la heroína de los pueblos oprimidos del mundo, pero aún así sigue siendo tarde. Y sé que has estado saliendo con vampiros, pero las personas normales necesitamos dormir de noche.

—Ya sé. Pero me acaban de hacer una invitación para ir a jugar voleibol a la playa mañana y tú vienes conmigo. Sólo quería que lo supieras.

—¿Tengo que ir?

Cada vez que Marcella me invitaba a una actividad al aire libre, empezaba a preocuparme. La culpa era del incidente en la playa con los patines y otros parecidos. Ella siempre se veía fabulosa y atlética, y yo me caía, me raspaba con algo, tenía un ataque de asma o terminaba humillada.

—Por supuesto que irás—repuso.

—No, no iré.

Me dio el resto de los detalles. Carmelo y Goyo contra Marcella y yo. Los perdedores pagaban la cerveza. Sabía que ésta era la clase de cosas que la gente moderna y joven como nosotros debía hacer en una ciudad moderna y joven como Los Ángeles, pero aún así . . . Le había prometido a Lydia que iría de compras con ella. Y cuando no estuviera haciendo esto, había planeado ver películas en el canal Romance mientras comía helado con mi perra. ¿Por qué no podían dejarme hacer eso? ¿Por qué querían siempre que yo me mostrara tan sociable? Y peor aún, ¿por qué Marcella siempre estaba empujándome para que saliera con Goyo?

Me senté en el borde de mi cama y escuché sus argumentos, sopesando mis opciones.

—Goyo quiere verte.

—Él me ve todo el tiempo—respondí.

Pero hasta yo misma me estaba cansando de esquivarlo. Se requería de un esfuerzo sobrehumano, pero eso era parte de lo que mi mamá siempre me había enseñado sobre el amor: no te entregues hasta estar segura de que su amor es real. Lo que nunca me enseñó, sin embargo, era cómo saber que es real. ¿En qué momento ocurría?

—No, tú trabajas con él todo el tiempo. Él se queja de pasarse todo el tiempo rogándote para que salgas con él, pero que tú le das de largo. ¿Te has vuelto loca, mujer?

—Lo hace por despecho hacia la otra.

—Ya han pasado *meses*, Alex. Aesa puta ya la olvidó.

—No la llames así.

—¿Por qué la defiendes?

—Es humana. Estaba en un mal sitio. Yo hubiera hecho lo mismo a cambio de ser libre. No puedes juzgar a alguien si no estás sentada en sus zapatos.

—¿Querrás decir parada? No puedes sentarte en unos zapatos, Alexis.

—Cállate. Es tarde. ¿Qué quieres?

—Sólo decirte lo del voleibol. Adiós.

—No me gusta el voleibol.

Sintiendo mi tensión, Juanga temblaba mientras ladraba y gruñía al teléfono. También estaba cansado.

Marcella suspiró al otro lado de la línea.

—Tienes que ir, por favor.

Rasqué a Juanga detrás de las orejas y traté de pensar en una manera de escapar, aunque en realidad no deseaba hacerlo. Lo cierto es que deseaba ver a Goyo.

—Vamos, Alex.

—Está bien, pero no me culpes si estoy en tu equipo y pierdes, o si algún bravucón pasa cerca y me echa arena en la cara.

—Por favor—dijo Marcella—, te conozco lo suficiente como para no meterte en mi equipo.

Y colgó.

Regresé a mi libro.

Con infinita ternura, rozó los labios de ella con los suyos, pero de inmediato su delicadeza se transformó en pasión . . . Cuando su lengua tocó sus labios, ella se entregó a él, dándole todo lo que poseía y tomando todo lo que él tenía que ofrecer a la misma vez. Apretó su pecho contra sus senos, sus caderas la comprimieron contra la mesa, e incluso en medio de sus lágrimas y su dolor, ella lo deseó.

Lydia podía irse sola de compras.

Me preparé para irme a la cama a soñar con Goyo.

La playa estaba llena de cuerpos dorados y libres de grasa, lo cual no me entusiasmaba porque eso significaba que habría más personas para verme con mis *brassieres* deportivos, que sería mejor que no usara porque no poseía senos que se apretaran contra ellos. Juanga también llevaba sus *brassieres* deportivos y zapaticos para correr.

Nos reunimos en la cabaña para alquilar patines. Goyo lucía de maravilla con sus *shorts* caqui y su camisa hawaiana. Como siempre. Me abrazó y pareció derrotado. Cuando nos abrazamos, habría podido jurar que vi el pálido y desagradable cuerpo de Daniel que pasaba velozmente en una bicicleta de niña.

—¿Cuándo vas a darte por vencida?—me preguntó Goyo.

—¿Eh?—respondí, frotándome los ojos.

¿Era cierto que acababa de ver a Daniel montado en una bicicleta de niña en la playa, junto con un tipo de aspecto indio que tenía la cabeza afeitada y medias largas blancas? ¿Nos miró con expresión de loco?

—Ríndete—insistió Goyo—. Ven a salir conmigo. No puedo aguantar esto.

Me encogí de hombros.

—La espera vale la pena—dije.

Juanga arremetió ladrando hacia donde yo había visto a Daniel desaparecer en medio de una multitud de personas que corrían o patinaban.

—¿Qué le pasa a ese perro?—preguntó Marcella—. ¿No puedes dejarlo alguna vez en casa?

—No—respondí—. Me está cuidando. Hubiera jurado que vi a Daniel.

—¿A Daniel?—preguntó Goyo—. ¿Dónde?

Se dio vuelta, listo para atacar.

—Allí—señalé—. Pero ya se fue.

Marcella tenía las manos sobre los oídos.

—Por favor, haz callar a ese perro—dijo—. Y deja de vestirte como Christina Aguilera.

—Se ve muy bien—dijo Goyo, inclinándose para acariciar a mi perro, pero pendiente de la aparición de Daniel—. No insultes a Juanga o tendrás que vértelas conmigo.

Hasta defendía a mi perro. ¿Es que nunca terminaría su perfección?

Para mi sorpresa, Marcella y Carmelo se dieron la mano mientras caminábamos hacia el cajón de arena. Conocía a Marcella desde hacía bastante tiempo, pero jamás había visto que fuera de manos con un hombre en público. Le gustaba parecer libre de compromisos, y esa clase de cosas dañaba su imagen. Hubiera jurado que esa mujer se había enamorado de un alfiletero. No sabía qué pensar de eso.

Até a Juanga a un pequeño poste, con una correa de falsa pedrería, que había comprado para una ocasión así, y saqué de mi mochila su parasol rosado, su comida y su botella de agua. Goyo me escogió para su equipo, y perdimos nueve de los diez juegos. Una vez me lancé al suelo a buscar la pelota, esperando al menos la risa estridente de los bañistas reunidos, y me tragué un puñado de arena. Algunos granos llegaron hasta mis pulmones. Comencé a gemir, odiando la sensación de la arena en mis cabellos. Juanga se asustó al verme en aquel estado, y se llenó de piedras brillantes por todas partes.

—¿Quieres surfear?—preguntó Goyo.

Iba de mí a la perra, atendiéndonos a ambas.

—No—dije.

—¿Quieres ir a cenar?—preguntó.

Me lo quedé mirando.

—¿Contigo?—pregunté en tono de broma.

—Sí.

—Sólo si es pizza, en mi casa, y podemos ver el canal Romance y no tengo que vestirme bien.

Una amplia sonrisa se asomó a su rostro y se dejó caer en la arena.

—¡Sí!—gritó—. ¡Va a cenar conmigo! ¡Por fin!

Marcella y Carmelo aplaudieron.

Juanga lamió el rostro de Goyo, más o menos de la misma manera en que yo planeaba hacerlo más tarde.

Y a él no pareció importarle.

Otoño

Cuando la mujer se estremece y ayuda,
cuando la mujer anima y aplaude,
cuando la mujer culta y virtuosa unge
la obra con la miel de su cariño, la obre
es invencible.
—José Martí

OLIVIA

Una vez más me cepillé el cabello, que ahora llevaba corto y de color rojo, y observé el espejo colocado sobre el lavabo del baño de huéspedes de mi madre. Vi a una mujer diferente, más elegante. Había estado de compras con Alexis y Marcella, pero al final todo aquello me había parecido aburrido y estúpido. Me gustaba tener ropa buena y de calidad que fuera cómoda, pero me daba cuenta de que no tenía el menor interés en la alta costura. Prefería los *jeans*, las camisetas y las zapatillas de correr, igual que antes, pero más bonitos y costosos. No veo qué sentido tenía llevar ropa que uno debía planchar, si tenía un niño pequeño y se pasaba los días trabajando con cámaras en exteriores e interiores. Me gustaba mi cabello, pero no lo bastante como para mantenerlo así. Extrañaba la época en que me recogía toda la mata de pelo en una cola de caballo y me olvidaba de ella. El pelo corto era pesado, porque tenía que estar arreglándomelo para no parecer una mendiga, y yo no tenía tiempo para eso. Necesitaba hacer otras cosas. Mis nuevas amigas veían la ropa como una extensión de sus almas, pero yo no. Las prendas eran objetos con los que uno se cubría para mantenerse caliente, mientras se entregaba a la tarea de cambiar el mundo. Y mientras más productores, escritores y directores conocía, más me daba cuenta de que yo era uno de ellos; en Hollywood era raro encontrar personas que trabajaran detrás de las cámaras y estuvieran preocupadas por la forma en que lucían. Nos interesaba mucho más cómo lucían otras personas, y que el mundo de nuestras películas se pareciera más al que imaginábamos. ¿Quién podía tener tiempo para secadoras o rociadores de cabello? Yo no.

Sin embargo, con suficientes horas de sueño, el trabajo y la comida de mi madre, las sombras desaparecieron, y me sentí saludable, rejuvenecida y descansada para el estreno de nuestra película. Los elogios de la prensa nos auguraban una buena jornada, y los ejecutivos de Columbus que habían visto la copia definitiva estaban tan excitados que todos prometieron distribuirla en un mercado mayor que el planeado originalmente.

—¿Estás lista?—me preguntó Jack.

Estaba en la puerta, observando cómo me arreglaba, vestido con su diminuto disfraz de mariachi para Halloween y su bigote falso. Desde que nos mudamos con mi madre, hacía más de medio año, había empezado a hablar español con la misma fluidez que el inglés, y sin mezclar ambos idiomas. Ojalá todos tuviéramos cerebros tan maleables y alertas como el de un niño.

—Sí, corazón—dije—. Mami está casi lista. Ve a buscar a abuelita.

Jack salió corriendo hasta el sofá de la sala, donde Nana se hallaba sentada junto al doctor García, mientras ambos bebían un vaso de ensalada helada, un cenagoso trago salvadoreño con piña, naranja, manzana y menta. Entré en la habitación, a tiempo para ver que Jack se lanzaba sobre el regazo del doctor, riéndose.

—Malo, malo, malo.

El doctor, que ya era un experto en juegos infantiles, respondió con un "bueno, bueno, bueno".

Jack sonrió y anunció:

—Esos son opuestos.

El timbre de la puerta sonó y corrí a ver quién era. Chan estaba en el porche con una rosa roja en la mano.

—Es recurso pobre y cursi como el demonio—admitió, refiriéndose a su flor—. Pero por lo menos, lo intento.

Junto a él, Melanie giraba en su traje de bailarina, claramente orgullosa del modo en que la falda se inflaba una y otra vez cuando se movía.

Tomé la flor, tratando de recordar la última vez que Samuel había hecho algo que fuera remotamente considerado hacia mí. Hacía muchos años.

—Es muy amable de tu parte, Chan. Gracias. Pasa.

Resultó que Chan, un hombre a quien había considerado como amigo y nada más, era como yo. No le interesaban las ropas costosas, y me había dicho que mi más hermoso atributo era el cerebro y la manera en que lo veía funcionar a través de mis ojos. Tal vez podría convertirse en algo más que un amigo, uno de estos días, pero yo no tenía apuro.

—Bueno y malo—gritó Jack cuando entramos a la sala—. Son opuestos.

Como Samuel y Chan, pensé.

—Es verdad, m'hijo—dijo Nana, cerrando puertas y ventanas.

El doctor García le dio la mano a Chan, y luego se fue al porche, tarareando.

—Ya está—dijo Nana a su regreso—. ¿Listos para irnos?

aminamos juntos hasta Echo Park. Yo había organizado un festival para el vecindario, que combinaba el Día de los Muertos con Halloween, con el fin de recaudar fondos para la fundación "Soledad" dirigido a niñas que querían asistir a la universidad. Chan había sido el primero en donar dinero, seguido por Alexis y Marcella.

Voluntarios de la zona ya estaban en el parque desde hacía varias horas, ayudando a que los vendedores ambulantes colocaran sus mesas a lo largo del sendero peatonal, y ayudando a Alexis a levantar el pequeño escenario en la isla central del parque, donde cantarían Goyo y Lydia. Ya la gente había extendido sábanas sobre la yerba; también habían comenzado a formar filas frente a las mesas de algunas compañías de celulares y otros negocios que regalaban plumas y otras baratijas.

—Voy a ver cómo le va a Alexis—advertí a Chan.

—Muy bien—dijo—. Jack y yo nos vamos a ver la fuente.

Jack estaba obsesionado con la fuente que arrojaba un chorro de agua de dos pisos, en medio de la laguna.

Mientras avanzaba a través de la multitud que se iba agrupando en torno al escenario, tropecé con un hombre de mediana edad y aspecto familiar que vestía unos *jeans* anchos, una gorra tejida al estilo de Enrique Iglesias y una sudadera Puma con una caperuza. Susurraba con furia a un hombre más joven, que llevaba la cabeza rapada, en el típico estilo de los pandilleros. La sangre se me congeló en las venas, aunque no sabía bien por qué. Había algo amenazante en el modo en que miraban a su alrededor, en la manera en que el más viejo señalaba y murmuraba, que me puso la carne de gallina.

—Con permiso—dije.

El hombre soltó una palabrota y dijo algo entre dientes. Mientras se apartaba, me di cuenta que era Daniel, el ex novio de Alexis. ¿Qué estaba haciendo aquí? ¿Y quién era ese tipo con quien hablaba?

Encontré a Alexis, que estaba ayudando a Lydia con su maquillaje en una limusina estacionada cerca del escenario.

—Hola, muchacha—la llamé.

—¡Hola!

Alexis salió de la limusina para abrazarme. Lydia me saludó desde su asiento.

—¿Todo bien?—pregunté.

—Como se planeó—dijo Alexis—. Éste va a ser un buen concierto.

—¿Tienes resuelto lo del equipo de sonido?

—Sí. Todo está bajo control.

—Excelente—miré en torno y añadí—: Creo que acabo de ver a Daniel.

—¿Qué?—Alexis se mordió el labio inferior y me agarró del brazo—. Olivia, ese tipo me está empezando a dar miedo.

—Estaba hablando con un amigo que tenía muy mala pinta—añadí.

—Sigo viéndolo en todas partes—me confesó Alexis—. Es como si me estuviera siguiendo.

—Se lo diré a los policías—aseguré, refiriéndome a una cuadrilla de policías que habíamos contratado para el evento—. ¿Goyo está aquí?

—En uno de los quioscos de tacos—contestó Alexis, entornando graciosamente los ojos—. No sabía que a un cubano pudieran gustarle tanto los tacos.

—¿Cómo les va a ustedes dos?—pregunté.

—Bueno, ya sabes. Lo estamos tomando con calma.

Alexis no se había acostado aún con Goyo, lo cual, según me había confesado ella por teléfono días atrás, lo estaba volviendo loco. Le advertí que no debía dejar a un hombre demasiado frustrado, pero ella no me hacía caso.

—¿Y Chan?—me preguntó a su vez

—Las cosas marchan bien—admití.

Hacíamos el amor al menos dos veces por semana, y las cosas parecían un millón de veces mejor de lo que habían sido con Samuel. Cuando estuve casada con Samuel, llegué a creer que había perdido todo deseo sexual, pero estaba comenzando a pensar que tal vez no lo encontraba tan atractivo, sobre todo después que me engañó y mintió.

—Qué bueno.

—¡Alexis!—gritó Lydia desde la limusina—. ¡Necesito ayuda! Se me ha corrido todo el rímel.

—Tengo que irme—dijo Alexis entornando los ojos—. Es una emergencia. Te hablaré más tarde.

Caminé por el perímetro del parque para asegurarme de que todo estaba en orden, y cuando divisé a uno de los oficiales de policía me le acerqué.

—¿Disculpe, señor?—le dije, mostrándole una tarjeta de presentación. Vaya, qué bien me sentí—. Soy Olivia Flores, una de las organizadoras de este evento.

Me sonrió y asintió.

—Oficial Peter Quintanilla—saludó—. ¿En qué puedo ayudarla?

Le hablé de Daniel y su amigote y le di una descripción de ambos.

—Tal vez sea inofensivo—dije—. Pero pensé que debía ponerlo al corriente, por si acaso.

El oficial Quintanilla me dio las gracias y le pasó la información a sus colegas a través de su *walkie-talkie*.

—Estaré al tanto de ellos, señora—dijo.

Le di las gracias y regresé donde Chan, Melanie, Jack, Nana y el doctor García se sentaban en un banco del parque, cerca de la mesa del Centro. Jack mordía un burrito casi tan grande como él, mientras un hilo de queso pegajoso colgaba de su barbilla.

—¿Todo bien?—preguntó Nana.

Dije que sí y me senté sobre la hierba, cerca del banco. Nana le dio una mordida al pan italiano del doctor García. Él le limpió una migaja en la comisura de su boca. Mi madre estaba enamorada. Yo me sentía a salvo con Chan, y no había tenido una pesadilla en casi tres meses.

Tres horas después, Goyo subió al escenario. Chan, Melanie, Jack y yo nos apretujamos más para poder ver mejor, pero Nana y el doctor García dijeron que no querían lidiar con la multitud. Y estaba realmente concurrido. Echo Park era pequeño, así que habíamos cerrado varias calles adyacentes, pero la gente se metía en cada espacio disponible.

Goyo llevaba sus habituales *jeans* y camiseta, con sus botas y su sombrero de vaquero. Alexis permanecía a un lado del escenario, en unas escaleras, observando con una sonrisa. Lo amaba, aunque tratara de contenerse.

Después de tres canciones, Goyo invitó a Lydia a unírsele en el escenario. Más tarde ella tendría su propio segmento, pero casi todos habían venido hoy para ver a ambos cantar a dúo su canción, que estaba subiendo en las listas de música *pop* latina de todo el país. Cuando Lydia comenzó a subir las escaleras hacia el escenario, la multitud rugió. Ésta era su ciudad y la gente la amaba.

Sin embargo, apenas había comenzado a cantar, escuché un estruendoso sonido detrás de mí. Conocía ese sonido. Y luego, *pop, pop*. Dos más. Disparos. Esta vez, estaba segura de que había sido un disparo. Tenía que ser.

Instintivamente tiré a Melanie y a Jack al suelo y los cubrí con mi cuerpo. Chan saltó encima de los tres, y por todas partes la gente comenzó a correr agachada. La música cesó, siendo reemplazada por el agudo chillido del *feedback* de un micrófono. Podía escuchar las pisadas que corrían sobre el escenario, amplificadas a través del sistema de sonido, y el grito de Alexis: ¡No!

—Esto no está pasando—me repetí.

Los recuerdos regresaron en tropel, y sentí que el corazón me estallaría de terror. Miré a mi alrededor y vi pies que corrían en todas direcciones.

—¡De pie!—gritó Chan—. Olivia, vamos. ¡Muévete!

Me empujó para sacarme de la multitud y apartarme de la conmoción.

—¡Le dieron al rapero!—gritó alguien—. ¡Le dieron al rapero!

—Es el tipo de la gorra de esquiar—gritó otro.

—Fue el calvo—chilló un tercero—. ¡Agárrenlo!

Me volví a mirar por encima del hombro, y vi a un grupo de jóvenes del vecindario que atacaban a Daniel y a su compinche; uno de ellos era un estudiante salvadoreño llamado Fabián que yo conocía. Fabián era flaco y pequeño, como mi padre, pero vi cómo le arrebataba el revólver de la mano al cómplice de Daniel. El oficial Quintanilla, pistola en mano, se abrió paso entre la multitud. Apuntó con su arma a Fabián, que dejó caer la pistola al suelo y alzó las manos. El arma se disparó al chocar contra el suelo, y se escuchó el aullido de un hombre que chillaba de dolor. No pude ver quién era el herido, pero tenía que impedir que el policía le disparara a Fabián,

—¡No!—grité—. ¡No fue él! ¡Es un buen chico! ¡No!

La multitud comenzó a gritar que el oficial había detenido al hombre equivocado y, para mi asombro, éste les hizo caso y dirigió su arma a Daniel, que se retorcía de dolor en el suelo. Otro oficial que llegaba apuntó su arma al compinche.

—¡Vete!—gritó Chan—. ¡No te quedes aquí, Olivia, muévete!

Chan me empujó hasta que estuve detrás del escenario. Tenía el rostro rojo y sudaba por el esfuerzo de haber corrido con dos niños en sus brazos.

—¡Mierda!—dijo.

—Mierda—lo imitó Jack.

Nos detuvimos detrás de un camión que había traído los equipos de sonido.

—¿Están bien? ¿Jack? ¿Melanie? ¿Están bien? Dios mío.

Mi hijo levantó su rostro para mirarme con ojos asustados, pero por lo demás parecía estar bien. Melanie había empezado a llorar.

—Mierda—repetía mi hijo, complacido de haber aprendido una nueva palabra.

—Dios mío—musité, cargando a mi hijo—. Gracias a Dios que estás bien.

—¿Qué pasó?—preguntó Jack.

—No es nada, cariño—dije—. No te preocupes. Mami está aqui.

Chan consoló a su hija y luego se volvió hacia nosotros.

—Está bien—dijo, besando la cabeza de Jack, luego la de Melanie y después la mía—. Santo cielo, Olivia. Los dos están bien. Todos estamos bien.

Alcé la mirada para ver que varios miembros del grupo de Goyo cargaban su cuerpo exánime por las escaleras. Alexis los seguía, gimiendo.

—¿Qué pasó?—grité.

—No sé—chilló Alexis, cuyo blanco suéter se había manchado con la sangre de Goyo—. ¡Llamen a una ambulancia!

Alguien ya lo había hecho y pude escuchar que la sirena se acercaba.

Los ojos de Goyo estaban abiertos, pero no se enfocaban en nada, ni pestañeaban. Eran los ojos de un cadáver. Sus brazos colgaban inermes a ambos lados del cuerpo, y sus piernas eran las de un muñeco sin vida. Chan le cubrió los ojos a Jack con una mano y a Melanie con la otra.

—No miren—dijo.

No mires, dijo Nana. Y entonces su cabeza estalló.

—Esto no puede estar pasando—grité, mientras las palmeras parecieron rodearme y el mundo comenzó a girar—. Otra vez, no.

ALEXIS

Me senté sobre el asiento de plástico acolchado, en la sillita de madera, y velé el sueño de Goyo. El sol intentaba penetrar a través de las persianas metálicas de las cortinas, pero aún había oscuridad, silencio y un olor a desinfectante en el cuarto del hospital.

Goyo descansaba con la cabeza elevada sobre una almohada, con un vendaje blanco que le rodeaba la cabeza y un ojo. Una bala le había rozado una oreja. De ahí había salido toda la sangre. Otra bala había cortado el cable de una luz, que le cayó encima, dejándolo inconsciente y provocándole una seria conmoción cerebral. Bajo la túnica de algodón del hospital, Goyo tenía más vendajes. La tercera bala había penetrado bajo su hombro izquierdo y había salido por el otro lado. Había tenido suerte, afirmaron los médicos. Mucha suerte.

Tomé el control remoto de la televisión, sobre la mesita de madera junto a su cama, y pasé rápidamente los canales. Eran las seis de la tarde, justo a tiempo para comenzar la tanda de noticias locales.

De una bolsa intravenosa goteaban líquidos y calmantes que pasaban por una aguja insertada en el dorso de su mano derecha, sujeta por una cinta adhesiva transparente. No se despertaría. Subí el volumen para escuchar el resumen de noticias, pero pronto deseé no haberlo hecho.

Aunque Daniel estaba detenido por haber contratado a un pandillero para asesinarnos a mí y a Goyo, el presentador daba la noticia como si la raza de la víctima y el origen étnico de casi todos los asistentes al festival fueran los culpables.

—Ha sido otro sangriento capítulo en la guerra del *hip–hop* en las zonas urbanas pobres de Los Ángeles—dijo el presentador, usando todas las palabras clave que los medios usaban para referirse a los vocablos "negro" y "latino". Nombraban a Daniel el "presunto" cerebro detrás del tiroteo "hispano", aunque había decenas de testigos que vieron cómo Daniel indicaba al atacante hacia dónde apuntar su arma. Mostraron imágenes que hacían parecer a Goyo un criminal, en vez del hombre simpático, amable y romántico que era, mientras la foto de Daniel, que aparecía con una corbata que jamás le había visto usar, se veía limpia e inofensiva.

—Te odio—le dije al presentador.

Cambié para otra estación, pero era lo mismo. Violencia en los barrios pobres, el *hip–hop* y el *rap* eran los culpables, festival hispano desemboca en tiroteo . . . como si todas estas cosas estuvieran vinculadas de alguna manera, como si pertenecer a una minoría significara automáticamente que uno sería una persona violenta. Nadie mencionó que el cerebro detrás del tiroteo era un *blanco sin trabajo* y residente del "barrio hispano" donde se produjo el tiroteo. Era como si los medios estuvieran ocultando deliberadamente que Daniel era uno de ellos, como si su decadencia fuera la de todos ellos. Nadie se molestó en decir que había intentado vengarse de su adinerada novia mexico-americana, que vivía en Newport Beach, tenía su propio negocio y conducía un Cadillac, por haberlo largado.

Fui cambiando de estación hasta que llegué al canal dedicado a temas relacionados con las casas y los jardines, la única estación que podía ver sin sentirme ofendida. Había un nuevo programa producido en Miami, llamado *Casas americanas*, presentado por una desenfadada rubia cubana llamada Sara Asís, que se parecía a Martha Stewart, pero más joven y bonita. En el episodio de hoy, Sara ayudaba a una pareja de recién casados a escoger la mejor decoración para su salón familiar en Kendall. Me quedé mirando hipnotizada durante media hora, impresionada ante la transformación de aquel espacio soso y encajonado en un lujoso paraíso tropical de tonos rosa y melocotón. Me gustaba el estilo de esta Sara de Miami. Realmente nunca me había detenido a pensar en Miami, pero parecía la mezcla perfecta entre el *glamour* de Los Ángeles y la sensibilidad de Dallas. No sería un mal lugar para criar niños, especialmente niños con sangre cubana.

Cuando acabó el programa, dejé encendido el canal—en algo llamado *Diseñando para ambos sexos*—, pero saqué de mi nuevo bolso de mezclilla Jamin Puech la última novela romántica de Linda Style. Aún no la había leído, pero apenas la empecé, no pude dejar de pensar en las constantes referencias de Marcella a la sincronicidad. El libro comenzaba con un piloto de la armada, temerario, sexy y latino, llamado J.D. Rivera, que haciendo maniobras en su casa tiene un accidente que le destroza una pierna. La historia comenzaba en el cuarto de un hospital.

Imposible olvidar donde estaba.

Cerré el libro y miré a Goyo. Incluso ahora era hermoso. Me puse de pie y caminé hasta el borde de la cama. Puse una mano sobre la manta rojo vino que le cubría los pies, mientras le acariciaba una mejilla con la otra.

—Lo siento mucho—murmuré—. Es culpa mía, por salir con un cretino.

Para mi sorpresa, Goyo abrió el ojo que tenía destapado.

—Hola, cariño—dijo.

Su garganta sonaba ronca y seca como polvo.

—Hola—contesté—. ¿Cómo te sientes?

Goyo intentó encogerse de hombros, pero su rostro se deformó en una mueca de dolor.

—¿Qué pasó?

Se lo expliqué.

—Y yo que pensé que me había enamorado de una buena muchacha—bromeó.

—Está en la cárcel—dije.

—¿Alguien más fue herido?—preguntó.

—Sólo Daniel—dije, y solté una risita.

—¿Qué?

—Bueno, un chico del barrio le quitó el arma . . . Te salvó la vida, Goyo, pero el policía pensó que el chico te había disparado, así que el chico arrojó el arma y ésta se disparó cuando cayó a tierra y el disparo le atravesó el trasero a Daniel.

Goyo sonrió.

—¿La bala le dio en el culo?

—Ajá.

—Justicia divina—dijo Goyo—. ¿Y a mí dónde me dieron?

Comprendí que Goyo no sabía dónde le habían herido. Había estado desmayándose y volviendo en sí durante las últimas tres horas. Se lo dije.

—Nada serio, gracias a Dios—concluí—. Vas a recuperarte, cariño.

—Sé cómo podré sentirme mejor—dijo.

—¿Cómo?

Movió su mano con la aguja insertada en ella para tomar la mía.

—Viviendo juntos.

—¿Viviendo juntos?

—Si te casas conmigo.

Lo miré tratando de contener las lágrimas.

—Si ésta no fuera una proposición que se hace desde un lecho de muerte, me sentiría muy molesta por la falta de anillo al hacerla.

—¿Quién dice que no tengo un anillo?—preguntó.

—¿Lo tienes?

Sonrió.

—En mi cuarto, en la gaveta superior derecha de mi armario. Ve a ver.

—¿Es cierto?

—Me imaginé que era el único modo de llevarte a la cama—bromeó.

Sentí que mi corazón echaba a volar.

—En ese caso, mi respuesta es sí—me incliné para besarlo suavemente en los labios—. Pero si el anillo no sirve, te puedes olvidar de todo.

Minutos después, los padres de Goyo regresaron de su cena. Los tres teníamos la intención de pasar la noche con Goyo. Yo necesitaba ir a casa para darle de comer a Juanga y buscar algunos artículos de tocador, así que me ofrecí a pasar por el apartamento de los padres de Goyo, que me quedaba en camino, a buscar cepillos de dientes o cualquier otra cosa que necesitaran. La madre de Goyo hizo una lista, me entregó las llaves del apartamento y me abrazó. Mientras me dirigía a la puerta, la escuché decir:

—Es una buena mujer, Goyo, por fin encontraste una que servía.

Juanga estaba bien, pero con hambre. Me disculpé con mi perra por no poder llevarla al hospital.

—Estos chovinistas humanos no entienden—dije—. Pero regresaré mañana.

En el apartamento de los padres de Goyo, empaqué todas las cosas de la lista. Y antes de irme, registré la gaveta del armario. Allí estaba: un Harry Winston que hacía guiños con su brillo, desde su estuche de terciopelo.

—Oh, Dios mío—exclamé.

Noté una caja más pequeña debajo y la abrí también. Dentro había un pequeño collar para perros, tachonado con diamantes, con una placa en forma de corazón que decía: "A Juanga, de tu nuevo padre".

Lloré durante todo el camino de regreso al hospital.

MARCELLA

Era uno de esos momentos en los que tenía que pellizcarme para darme cuenta de que yo estaba donde estaba, haciendo lo que hacía: en el estudio neoyorquino del famoso diseñador Narciso Rodríguez, probándome un precioso vestido blanco y negro que él había hecho especialmente para *mí*: una vaporosa falda blanca de seda tejida y entallada al cuerpo, aunque de amplio vuelo en los talones, y un *top* transparente de seda satinada con tirantes muy finos. En mi mano tenía un ejemplar de *The New York Times*, con otro artículo de primera plana sobre la caída de tío Hubert, gran soberano del mundo teatral de Manhattan, ahora culpable de abuso de menores.

—Marcella—murmuró el diseñador, pasando su mano acariciante sobre mi costado, como si yo fuera una obra de arte—. Exquisita. Perfecta. —Qué bueno que alguien lo notaba sin necesidad de masturbarse frente a mí—. Debería usarte para algunos anuncios.

Alexis se mantuvo a un lado, asintiendo con aprobación.

—Es fabuloso, querida—dijo—. Realmente fabuloso.

Alexis había estado librándome de las llamadas de decenas de diseñadores que querían que yo llevara una de sus creaciones para el estreno de *Soledad* en Los Ángeles, mañana por la noche, y yo había entrevistado a algunos, como Alberta Ferretti, Hubert Hardy y Carolina Herrera. Me había quedado muy impresionada con el portafolio de Rodríguez, y con su sentido del humor y la pasión que sentía por su profesión. Su rostro guapo y su atractiva perilla también habían ayudado.

—Gracias, Narciso—dije—. Es un traje fantástico.

Alexis miró su Rolex.

—Hora de irnos, querida—dijo.

Varios asistentes me ayudaron a salir del vestido y a guardarlo en un estuche especial para trasladarlo. Volví a enfundarme en mis *jeans* y camiseta, anudé la gruesa chaqueta en torno a mi cuerpo, y le di a Narciso un último abrazo.

—Gracias por todo, chico—le dije.

—Adiós, amorcito—dijo Narciso—. Te quiero. Acaba con ellos.

Alexis, que llevaba un abrigo de lana rosado y guantes y sombrero de lunares, llevó la caja con el vestido por las escaleras, mientras yo tomaba su bolso y el mío. El auto negro que habíamos alquilado aguardaba junto a la acera. El chofer ruso se había arrebujado en el asiento trasero, donde miraba un programa deportivo en la televisión.

—Oye, niño, siento arruinarte la fiesta—dijo Alexis, mientras abría la puerta.

—Oh, perdone—exclamó el chofer, saltando del susto—. Permítame abrirle la puerta.

Calma—dijo Alexis—. Soy de Texas. Podemos abrir nuestras puertas.

Trepé detrás de Alexis, y el nervioso chofer cerró la puerta a mis espaldas.

—¿Al aeropuerto?—preguntó apenas ocupó su puesto.

—Eso es, corazón—dijo Alexis, temblando de frío.

El vuelo de American Airlines aterrizaría en Los Ángeles con tiempo suficiente para dejarnos descansar y acicalarnos antes del gran evento de mañana en el Mann's Chinese Theater de Hollywood.

Mientras veía pasar las luces de Manhattan, volví a pellizcarme para asegurarme de que estaba aquí.

—¿Está sucediendo esto realmente?—pregunté a Alexis.

Ella abrió su bolsa de gamuza rosada Gucci y sacó de allí el último número de *Entertainment Weekly*, que tenía en su portada una glamorosa foto mía en *jeans* y blusa negra escotada que, sin embargo, me hacía parecer decidida y lista, con un titular encima: "Una nueva Marcella: Cuando la tenacidad vence los contratiempos."

—Mira esto—chilló—. Todos te quieren. Les gusta tu película. Admiran la manera en que sobreviviste al abuso. A todos les gustan las historias de víctimas.

—Gracias a Dios por Karen Debray—dijo, pensando en la cantidad de gente que había copiado la cubierta de *Vanity Fair* del pasado mes.

—Incluso sin ella, te admiran—dijo Alexis—. Porque eres fabulosa. ¿No te dije siempre que eras fabulosa?

Saqué un cigarrillo de la cajetilla y lo encendí, moviendo mi cabeza ante la idiotez de la situación.

—La palabra que usaste fue "grosera".

—Sí, sí, grosera y fabulosa. Fabulosamente grosera. Ésa es mi Marcella.

—Es una locura—dije.

Alexis pareció replegarse ante el humo, bajó la ventanilla y aspiró el aire helado.

—Sí—afirmó—. Lo es.

No era costumbre que ocho personas y media acompañaran a la actriz al estreno de su película, pero después de ver mi actuación, me dejaron hacer lo que me viniera en gana. Y yo quería tener a ocho amigos y medio que me acompañaran . . . o, para ser más exacta, tres parejas, un niño y dos chicas atractivas. Conmigo vendrían Carmelo, Alexis y Goyo, Olivia, Jack y Chan, y Lydia y Sydney.

Nos reunimos en mi casita de Laurel Canyon, una hora antes de que llegaran las dos limusinas alquiladas. Además de mis amigos, también estaban mi madre, padre y hermano (Matilde no pudo llegar). Para completar, también había varios maquillistas y estilistas que se ocupaban de mí.

—¿Estás segura que no quieres venir en la limusina con nosotros?—le pregunté a Mère cuando la vi en el umbral del dormitorio, observando cómo un tipo llamado Glory colocaba colorete de brillo dorado en mis mejillas con el arrobo de un gran pintor.

—Es tu noche—dijo Mère.

Me di cuenta que era lo más cercano a un elogio o una disculpa que ella diría.

Sonrió y, por un momento, no hubo nada falso en ella. No sé qué estaría tomando, pero me hubiera gustado animarla a que siguiera tomándolo.

—¿Así es que finalmente admites que puedo triunfar?—pregunté.

—Tómalo como te parezca—dijo mi madre con una especie de sollozo, antes de girar sobre sus tacones y salir de la habitación.

Las tres parejas nos apretujamos en una limusina, después que Lydia y Sydney aceptaron llevar a Jack en la suya, junto con un arsenal de juguetes.

—Será como la mesa de los niños en el Día de Acción de Gracias—preguntó Lydia, sorprendiendo a todos con su sentido del humor hasta que comprendimos que no era un chiste.

—Jack no es un niño, es una persona—dije.

Olivia me oyó e intervino:

—¿No querrás decir que es un mono Rhesus?

Dentro de nuestra limusina, Goyo, que ya se había recuperado casi completamente de las heridas, abrió una botella de champaña Krug Clos du Menil, suministrada por Columbus Pictures, y vertió el líquido burbujeante en finas copas de plástico.

—Por la sangre en el cerebro de las mujeres—gruñó Carmelo, alzando su copa en el aire—. Por abrir cajas que esconden demonios.

—Uff—protestó Alexis—. Por favor, no puedo brindar por *eso*.

—Inventa algo mejor entonces—la retó Carmelo.

—Vamos a ver. Por una película maravillosa y muchas más que vendrán.

—Salud, salud—dijo Olivia.

—Qué aburrido—gritó Chan.

Olivia lo miró fijamente y sonrió.

—Muy bien—dijo ella—. ¿Qué tal, por una actriz hermosa e inteligente que nunca se rindió?

Chan asintió y aplaudió:

—Eso está mejor. Pero creo que estamos pasando por alto el verdadero poder detrás de la película—miró amorosamente a Olivia—. ¡Por la escritora!

—¡Por la escritora!—corearon todos.

—Por la tenacidad y los contratiempos—gritó Olivia.

—Por la tenacidad que triunfa *sobre* los contratiempos—corrigió Goyo.

—Evidentemente no andas mucho con Marcella—bromeó Olivia.

—¡Por todas las tes y todas las ces!—grité yo—. ¡Por las tetas y los culos!

—Así mismo—dijo Goyo—. ¡Guuuuuuuu!

—Ay, chico—se quejó Alexis, dándole un porrazo cariñoso en el brazo—. ¿Qué tal si brindamos por una digna falta de tetas y una generosa porción de culo?

—¿Acabas de decir malas palabras, debutante?—le pregunté.

—A lo mejor—dijo ella, acercándose la copa a los labios—. He sido corrompida por un montón de liberales.

—Si no tienes cuidado, pronto ingresarás en las filas del partido ecológico—dijo Olivia.

—¡Por Talentosa, Inc.!—gritó Goyo.

—¡Por Talentosa, Inc.!—corearon todos.

Hicimos chocar nuestras copas y nos reímos, y estuvimos bebiendo champán hasta que llegamos a Hollywood.

Los escasos segundos que pasé sobre la alfombra roja se fueron raudos con la ráfaga de fogonazos de cámaras, reporteros y admiradores que gritaban mi nombre. Antes de que me dieran cuenta, ya estaba adentro, dejando que el caos de la fama vociferara y empujara desde la calle.

En el cine, Olivia se sentó a mi izquierda y Alexis a mi derecha, lo cual me pareció muy apropiado. Algunas filas más abajo, Soledad se deleitaba bajo los reflectores mientras los actores, directores, productores y reporteros hacían fila para darle la mano. Vestía un traje brillante que su hija le había comprado, y me sorprendí imitando inconscientemente sus gestos mientras ella daba la mano y sonreía. Olivia la observaba con expresión de felicidad. Los padres de Alexis estaban sentados en la fila detrás de nosotras, tomados de la mano, y la madre no podía dejar de llorar y reír al mismo tiempo. El padrastro de Alexis se inclinaba para darnos palmaditas en el hombro y decirnos lo orgulloso que estaba. Habíamos invitado a Pedro Negrete, pero no se le veía por ninguna parte.

—Oh, Dios mío—murmuró Alexis cuando las luces comenzaron a apagarse, tomando una de las manos de Olivia encima de mi regazo.

—Ya empieza—dijo Olivia, respirando con fuerza.

—No es posible—dije, observando los rostros que se volvían a mirarnos.

—¿Por qué no?—preguntó Olivia.

—La parte de la alfombra roja pasó demasiado rápido para mí. Quiero hacerlo otra vez.

Olivia asintió.

—Yo también.

Nos reímos nerviosamente cuando los créditos iniciales comenzaron a aparecer y Alexis dijo:

—No se preocupen, chicas. Algo me dice que éste no será el último estreno para ninguna de nosotras.

Invienrno

Amor es que dos espíritus se conozcan, se acaricien, se confundan, se ayuden a levantarse de la tierra, se eleven de ella en un solo y único ser; nace en dos con el regocijo de mirarse; alienta con la necesidad de verse; concluye con la imposibilidad de desunirse.

—José Martí

ALEXIS

Cuando mami me envió aquel horrible libro amarillo con el dibujo de una mujer embarazada en la portada, sentada en un sillón y con un vestido de guinga, juré por todo lo que me era sagrado que jamás me parecería a eso, o que jamás me parecería a lo que esa mujer aparentaba sentir, es decir, *desgraciada*. Se supone que el embarazo te haga brillar, querida, no desteñirte.

Pero cuando pasé frente al espejo de mi armario, camino hacia la cama, con una fuente de *waffles* untados con mantequilla de maní y sirope de arce artificial (por alguna razón, mientras más artificial, mejor sabía), bien podía haber estado mirando al desastroso modelo de ese legendario dibujo. *Qué esperar cuando esperas* se había convertido en el segundo libro más importante en mi vida, después de la Biblia.

Enfundada en mi batín blanco y negro, que imitaba las manchas de una vaca, trepé a la cama como un gigantesco oso panda que se acomodara en su árbol. Coloqué mi plato sobre la bandeja de Crate and Barrel que había decidido instalarse permanentemente allí, y traté de no pensar en las migajas ni en las manchas. De algún modo, los libros y los programas de televisión dedicados a las mujeres embarazadas jamás mencionaban las migajas o las manchas, ni la horrible sensación de que tu vientre podía estallar como una crisálida en una película de horror. Acomodé las almohadas, tratando de aliviar el agudo dolor de mi espalda. Era como si los huesos del sacro estuvieran resquebrajándose. ¿Qué era este niño? ¿Un jugador de fútbol? Coloqué mis pies hinchados sobre otra montaña de almohadas y traté de recordar cuándo fue la última vez que me había visto los huesos de los tobillos. Entonces me di cuenta que había dejado el control remoto del DVD en el otro extremo del cuarto, sobre el armario. Y no me sentía capaz de levantarme denuevo. Por alguna razón, esto me hizo llorar. A juzgar por mis berridos, cualquiera habría pensado que acababa de enterarme de la muerte de alguien. De ninguna manera lograría levantarme de nuevo. ¿Y arrastrarme hasta ese armario, que estaba a millas de distancia? No quería hacerlo. Pero sabía de alguien que sí lo haría.

—¡Goyyyyoooo!—grité.

Tras seis meses de matrimonio, y un año después del estreno de la primera película que yo había producido, mi estelar marido había aprendido la importancia de atender a una mujer embarazada.

Goyo apareció en el umbral del dormitorio principal de nuestro nuevo hogar en Silver Lake: una obra maestra de Richard Neutra, completamente renovada, que se alzaba encima del lago, entre Silver Lake Boulevard y Earl Street. La casa de tres dormitorios no había sido mi primera opción, por supuesto. Me hubiera gustado una mansión en las afueras, con unos tres mil pies cuadrados y un enorme patio con piscina. Pero a Goyo le encantaba Neutra, y decía que la casa, rodeada de palmeras y abundante vegetación, le recordaba "Labana" donde, según tenía entendido, las casas del período modernista se hallaban tan inmaculadamente conservadas como en Silver Lake.

Habíamos soportado los tres primeros meses de embarazo, con los continuos vómitos y el perenne sueño, y nos dirigíamos hacia el quinto. Eso significaba que el monstrito que llevaba en mi vientre estaba aumentando de peso casi con tanta rapidez como yo, y mi insaciable apetito me había hecho sentir que las praderas de papi eran mi verdadero hogar. Ya sabía de memoria todos los detalles del crecimiento fetal. Estaba desarrollando la cubierta blanca de una sustancia parecida a la cera, llamada vernix, para evitar que la piel se arrugara con todo ese fluido amniótico. Y necesitaba mucho hierro. En los dibujos que aparecían en los libros y en Internet, el feto siempre parecía rosado y blanco, pero había muchas probabilidades de que nuestra hijita no se pareciera en nada a eso. Sería morena y hermosa, como su papá y su mamá.

—¿Qué pasa ahora?—se quejó.

En su mano sostenía un papel para escribir música y un lapicero, lo cual me hizo pensar que estaba componiendo. Ay, yo siempre parecía molestarlo en medio de alguna composición. Pero, sinceramente, no tenía por qué mirarme de ese modo. ¿Acaso yo no llevaba a su hijo? ¿No era ese niño más importante que cualquier cancioncita que podía escribir en otro momento?

—¡Ayúdame!

Goyo suspiró y dejó el papel sobre el armario. Se frotó las sienes, y por un momento temí que fuera a soltar algo desagradable, como la vez pasada, cuando dijo: "Lo siento, Alexis, pero tengo que cumplir con una fecha de entrega y necesito acabar este trabajo. ¡Habrase visto! Pero no lo hizo. En vez de eso, sonrió y después se echó a reír. De mí.

—¿Qué?—grazné.

—¿Pijamas de vaca?—preguntó—. ¿No te parece un poco . . . qué sé yo . . . lactoso?

—Ésa no es una palabra—dije.

Los raperos, como los poetas, se pasaban todo el tiempo inventando palabras.

—Muuu—dijo, aún sonriendo.

—Cállate. Fuiste tú quien me hizo esto, recuérdalo.

—¿Qué necesitas?—preguntó.

—El cambiador—pedí con tono de humildad y disculpa.

Sabía que no estaba bien que viera tanta televisión. Pero no tenía fuerzas para mucho mas. Depués de todo, estaba haciendo un niño.

—¿Cambiador?

Aún había palabras en inglés que él no conocía.

—No puedo alcanzar el remoto—gemí.

Siempre me estaba quejando ahora, pero a Goyo no parecía importarle. Era el hombre más paciente que jamás hubiera existido, más de lo que yo hubiera considerado normal.

—El cambiador—repitió.

Goyo cogió el remoto y se subió a la cama conmigo.

—¿Cómo estás?—le preguntó a mi panza—. ¿Y cómo estás tú?—me preguntó a mí.

—No tan mal—dije.

Me sentía horrible, pero no tanto como antes.

Se quedó para ver lo que estaba mirando. Cuando se dio cuenta, se arrepintió.

—¿Otra vez, Alexis?

Agarré mi caja de pañuelos y comencé a frotarme los ojos y la nariz. Sabía que pronto estaría llorando a moco tendido.

—Es tan lindo—gemí.

—Aun así, ¿cuántas veces puedes ver la misma cosa?

Lo miré fijamente, fingiendo enfado.

—Oye—le dije—, ese DVD de la boda es lo único que me impide sacarte las tripas por haberme hecho esto.

—Estaré en el estudio—dijo sonriendo—. Lejos de cierta preñada quejosa.

—¡No puedes abandonarme!—protesté.

—Alexis, por favor. Lo siento, pero tengo una fecha de entrega.

¡Otra vez con la maldita fecha! ¿Y acaso yo no tenía una? Vaya desparpajo.

—Está bien—murmuré en un tono que yo sabía le haría sentir culpable.

—No hagas eso—me rogó—. Enseguida vuelvo. Dame unos minutos. Estoy amasando algo bueno.

—Mmm . . . Amasar . . . ¿Me puedes traer un pedazo de pan?

Sonrió, después frunció el ceño y se marchó.

Cambié al cable para ver el canal dedicado al jardín y al hogar. De alguna manera, con mis aguzados instintos maternales, ningún otro canal me tranquilizaba tanto como éste. Estaba aprendiendo bastante sobre diseño y arquitectura, y me daba cuenta—si bien un poco tarde—que mi casa era una joyita, al igual que mi marido, aunque éste fuera un egoísta y pensara que tenía derecho a trabajar en su álbum en lugar de darme masajes en la espalda ahora mismo.

Miré por la ventana de nuestro dormitorio. Había árboles y colinas por doquier. Me sorprendió hallarme tan a gusto aquí y pensar que fuera imposible vivir en ninguna otra parte sobre todo después de haber pasado tanto tiempo extrañando Texas.

Había dudado la primera vez que Goyo me trajo para que viera este lugar. Pero después de pasar unos minutos admirando el espléndido panorama, desde la curvilínea mansión de Neutra, quedé atrapada. ¿Qué importaba que colgara precariamente sobre una escalonada colina en una región de terremotos? ¿Qué importaba si se hallaba en medio de la ciudad a la que una vez consideré la primera parada hacia el infierno, después del purgatorio? ¿Qué importaba que sólo pudiera tener una vista clara del océano en los días menos contaminados, y que esto ocurriera una o dos veces al año? Mi inhalador y yo ya estábamos acostumbrados, y casi me avergonzaba admitir que ahora me sentía casi enamorada de la ciudad. No sabía si alguna vez sería capaz de vivir en otro sitio. Y Silver Lake era un oasis en medio de todo, un amasijo de caminos serpenteantes, demasiado estrechos para que un carro pudiera pasar junto a otro, y de colinas escalonadas cubiertas con espesa vegetación bandadas de pájaros. La asombrosa variedad de mansiones, cada una de ellas una verdadera obra de arte, era lo opuesto de las casas móviles y las viviendas comunes con las que yo había crecido. Mi nuevo vecindario era impredecible, con sus senderos de curvas y giros siempre inesperados entre los diminutos desfiladeros, algunos de los cuales terminaban en cafeterías, otros en tiendas de baratijas. No existía ningun otro sitio que se asemejara.

Además, Goyo dijo que se sentía inspirado para escribir en nuestra casa de la colina, lo cual era importante para un hombre al que la prensa llamaba la primera estrella del *pop* nacida en Cuba desde Gloria Estéfan. Yo rogaba a Dios por que la adulona manía que tenía la prensa de llamarlo "amante latino" e "ídolo latino" no lo despojaran de su espíritu poético. Yo pensaba que el público lo comprendía mejor que los reporteros. Ya había vendido más de un millón de discos, y estaba trabajando muy duro en su segundo estreno. Por supuesto, yo también estaba trabajando, y siempre lo haría; pero era agradable saber que si yo quería dejar de hacerlo por un tiempo, y dejaba que los agentes jóvenes y nuevos de mi compañía se ocuparan de las cosas, podría permitírmelo. Y las cuentas serían pagadas por mi poeta cubano.

Tampoco extrañaba esas horas adicionales de viaje desde Orange County. Y eso que yo tenía numerosas reuniones por semana en sitios como Santa Mónica, Burbank y Culver City. Las oficinas en Sherman Oaks de Talentosa, Inc., estaban a media hora de mi nueva casa, y ya tenía suficientes clientes—de diversos estratos—como para contratar a dos agentes más que trabajaran para mí. No éramos CAA . . . todavía. Pero éramos importantes.

Por supuesto, la ventaja personal de vivir en Silver Lake era que estaba muy cerca de Olivia. Ella y Chan no se habían casado, y ella afirmaba que no pensaba volver a "responsabilizarse" tanto con ningún otro hombre, pero eso no les había impedido comprar una casa cerca de sus madres, a las que podían visitar a pie. Tampoco les había impedido concebir un bebé. Y aunque yo tenía opiniones muy definidas sobre el hecho de traer al mundo un niño de padres no casados, eso no era asunto mío. Olivia me dijo que no estaba segura de que Chan fuera el hombre que ella buscaba, pero añadió que era tonto seguir esperando a medida que se acercaba a los cuarenta. Quería otro hijo y lo consiguió.

Y era agradable tenerla tan cerca. Significaba que tenía con quien compartir bolsas enteras de salchichones, y resultaba gracioso contar con alguien que sufría de dolencias similares para caminar alrededor del lago en las tardes templadas. Ya estaba terminando de escribir el piloto de un programa dramático para una cadena infantil, y me dijo que ansiaba tomarse algunos meses para reflexionar sobre lo que le había pasado. Había rechazado a casi todos los que habían tocado a mi puerta, interesados en ella, y planeaba hacer una serie documental para PBS. Jamás se haría rica con esa clase de trabajos, pero me aseguró que no le interesaba ser rica, y yo le creí.

Bromeábamos diciendo que lo único que necesitábamos ahora era que Marcella también quedara embarazada, pero no había muchas posibilidades de que eso ocurriera pronto. El arrollador éxito de *Soledad*, no sólo en los mercados latinos sino en todo el *mundo*, la habían convertido en una estrella de primera línea a la que le llegaban muchas solicitudes para participar en proyectos importantes. (Hasta el momento, *Soledad* había hecho 70 millones de dólares en todo el mundo, siete veces más de lo que había costado hacerla). Estaba en Nueva Orleáns filmando una película de vampiros y, de vez en cuando, hablaba con ella por teléfono. Carmelo seguía con ella, y habían alquilado una casa embrujada en la que celebraban sesiones espiritistas con sus invitados. Me contó que ella y Carmelo estaban experimentando con el sexo, haciendo tríos donde siempre había otra mujer. Muy raro . . . y muy Marcella. Su éxito era mi éxito, puesto que todavía era su agente, aunque me pasaba los días en la cama comiendo y sintiendo los movimientos del bebé. Incubando.

Finalmente Goyo regresó al dormitorio, visiblemente más relajado.

—Terminé—anunció.

—¿Dónde está el pan?—le reclamé.

Se estremeció de un modo que me hizo pensar que lo había olvidado.

—Lo siento.

—No importa—dije—. Con lo gorda que estoy, no lo necesito.

—Se supone que así es como debes estar ahora—me recordó—. Hazte a un lado.

Me deslicé para darle espacio, y un dolor agudo se me clavó en la espalda.

—¡Aaay!

Se sentó en la cama junto a mí, con semblante acongojado y culpable.

—Lo siento—dijo—. Si hubiera sabido que ibas a sufrir tanto . . .

—Ni se te occurra terminar la frase—le amenacé, llevándome una mano protectora al vientre—. Sufriría cien veces más por mi Emily.

Goyo arrugó la nariz.

—No creo que ése sea su nombre, Alexis.

—Sí lo es.

—Su nombre es Gisela.

—Emily.

—Gisela.

Me acarició el cuello y me besó en la mejilla. Lo rechacé juguetonamente, y apreté la tecla de *play* en el remoto.

—Emily.

—¡No vuelvas a poner el vídeo, por favor!—me rogó, acomodándose conmigo en el nido de almohadas.

Aunque él nunca lo admitiría, sabía que era tan bobalicón como yo y que le gustaba ver el vídeo casi tanto como a mí.

—Un masaje, por favor—pedí.

—¿Todavía te duele la espalda, mi cielo?—preguntó.

Asentí y él puso a trabajar sus dedos. El alivio fue inmediato, y supe que él continuaría hasta que lo necesitara. La otra noche me había masajeado la espalda durante tres horas seguidas, cuando no lograba sentirme cómoda y no hacía más que llorar. En estos días, casi todo me hacía llorar.

El reverendo Mark Craig nos había casado en julio, en la hermosa y apacible Capilla Cox de la Iglesia Metodista Unida de Highland Park, en Mockingbird Lane, donde siempre soñé casarme. Mamá me ayudó con casi toda la planificación, y se ocupó de que la capilla estuviera llena de orquídeas y lirios, todos rosados y blancos.

Goyo había aguardado por mí en el altar, muy guapo en su traje de etiqueta negro, bajo la luz azul y roja del vitral redondo. Su padrino había sido Carmelo, y mientras me preparaba para caminar hacia él por el pasillo, pude ver en el vídeo cómo Goyo se secaba las sudorosas manos e intercambiaba miradas con su mejor amigo. Pero la mejor parte había sido ver a la famosa señorita Marcella, en medio de una fila de hermosas damas de honor tejanas, mis amigas de la secundaria y de la universidad. Casi se veía normal junto a las hermosas Heather.

Yo había llevado un traje de Vera Wang, adornado con canutillos, que se completaba con un corpiño estilo imperio y una falda flotante con pliegues atrás. Era sencillo y elegante, perfecto para la muchacha tejana que había sido . . . y para la chica californiana en la que me había transformado. Mis dos padres caminaron conmigo por el pasillo—mi padre de crianza a la izquierda y papi Pedro a mi derecha—, y mientras mi madre se sentaba a empapar su pañuelo, abuelita López ponía todo su empeño en mirar con desprecio a abuela Stiffler, por alguna imaginaria afrenta ocurrida minutos antes en el parqueo de la iglesia.

Cuando el órgano tocó la marcha nupcial, sentí que los ojos se me llenaban de lágrimas. Fue realmente el día más feliz de mi vida, y recordé con claridad lo que fue caminar junto a una multitud de familiares, amigos y colegas, sabiendo que había logrado el éxito en mi negocio, que me había convertido en todo lo que había soñado ser profesionalmente, y que al final de la alfombra me esperaba el ser humano más talentoso, inteligente, atractivo y generoso que había conocido. Sabiendo, también, que no moriría sin tener hijos.

Goyo me tomó de la mano y me la besó.

—Me duelen mucho los dedos—dijo—. ¿Puedo descansar un minuto?

Colocó su mano tibia sobre mi vientre. Su tacto me excitó. Nadie me había dicho que el embarazo pudiera provocar semejante deseo sexual. De algún modo, no parecía correcto. Pero no podía negarlo. El embarazo me llenaba de ansias . . . cuando no tenía ganas de vomitar.

Goyo me miró con sus ojos de hombre en celo.

—Pero estoy muy gorda—me quejé, enjugándome las lágrimas, mientras mi imagen vestida de novia, mucho más esbelta en la pantalla, finalmente llegaba junto a su novio.

Goyo me miró fijamente a los ojos, sin que su expresión de hombre en celo desapareciera.

—No lo creo—afirmó, sin dejar de mirarme.

—No, Goyo—dije—. No está bien.

Mientras él se pegaba a mí, mantuve mi vista clavada en la pantalla.

La pareja de la pantalla recitó los votos que habían escrito para intercambiar mutuamente, y yo los repetí de memoria. Goyo apretó su cuerpo contra mí y me besó en el cuello.

—Olvídate de la boda. ¿Te acuerdas de Canadá?—preguntó mientras sus labios se acercaban a mi barbilla. Goyo había querido que su luna de miel fuera completamente diferente a nada de lo que él hubiera conocido en su vida en el trópico. Así es que había hecho las reservaciones para nuestra luna de miel en un agradable y pequeño centro turístico en las montañas de Whistler, cerca de Vancouver. No habíamos esquiado, obviamente, porque era verano. Pero en las raras ocasiones en que no estábamos en la cama, habíamos montado a bicicleta y caminado, y tanto él como yo nos sentimos impresionados ante los parajes verdes y salvajes de las montañas.

—Me acuerdo—dije, sabiendo por sus besos que se refería a las actividades realizadas bajo techo.

—Repitamos Canadá—me dijo.

—Pero estoy gorda—protesté—. Mira, llevo una bata de vaca. Muuu.

—Estás embarazada de mi hija—dijo, como si yo aún no lo supiera—. Y apenas encuentro palabras para decirte cuán hermosa luces. Pareces una diosa.

—Pero ¿y si ella nos oye . . . o nos siente?—pregunté.

—El bebé no puede decir nada—sus dedos dejaron rastros de electricidad sobre mi piel, como había ocurrido en nuestra noche de bodas—. Ven aquí.

Mientras el vídeo saltaba a la recepción que habíamos celebrado en el hotel Crescent Court, de Dallas, sentí que me desmadejaba en el edredón junto a mi marido, sintiéndome finalmente en casa . . . con él, conmigo misma y, que Dios me perdone, con Los Ángeles.